Weiterer Titel der Autorin:

Die Küste der Freiheit

Über die Autorin:

Maria W. Peter entdeckte bereits zu Schulzeiten ihr Interesse an Literatur und Geschichte. Sie hat Amerikanistik, Anglistik und Romanistik sowie Klassische Archäologie und Alte Geschichte studiert. Nach einem Fulbright-Stipendium an der *School of Journalism* in Columbia/Missouri hat sie ihren ersten historischen Roman geschrieben. Heute ist sie als freie Autorin tätig und pendelt zwischen dem Rheinland und dem Saarland.

Besuchen Sie die Autorin auch auf ihrer Homepage:
www.mariawpeter.de
oder auf Facebook:
www.facebook.com/mariawpeter

Maria W. Peter

DIE FESTUNG AM RHEIN

Historischer Roman

BASTEI LÜBBE TASCHENBUCH
Band 17519

Dieser Titel ist auch als E-Book erschienen

Originalausgabe

Copyright © 2017 by Bastei Lübbe AG, Köln
Textredaktion: Dr. Ulrike Brandt-Schwarze, Bonn
Kartenillustration: Dr. Helmut W. Pesch, Köln
Titelillustration: © akg-images; © Richard Jenkins Photography
Umschlaggestaltung: Johannes Wiebel ¦ punchdesign, München
Satz: Urban SatzKonzept, Düsseldorf
Gesetzt aus der Garamond
Druck und Verarbeitung: CPI books GmbH, Leck – Germany
Printed in Germany
ISBN 978-3-404-17519-2

5 7 6 4

Sie finden uns im Internet unter www.luebbe.de
Bitte beachten Sie auch: www.lesejury.de

Ein verlagsneues Buch kostet in Deutschland und Österreich jeweils überall dasselbe.
Damit die kulturelle Vielfalt erhalten und für die Leser bezahlbar bleibt,
gibt es die gesetzliche Buchpreisbindung. Ob im Internet, in der Großbuchhandlung,
beim lokalen Buchhändler, im Dorf oder in der Großstadt – überall bekommen Sie Ihre
verlagsneuen Bücher zum selben Preis.

Für meinen Vater

Wer sich als Kundschafter von dem Feinde brauchen lässt,
oder demselben Operationspläne, Festungsrisse,
oder andre dergleichen Nachrichten und Urkunden mitteilt,
durch welche derselbe instand gesetzt wird,
dem Staate zu schaden,
wird mit dem Galgen bestraft. (…).
Ein (…) Landesverräter soll zum Richtplatze geschleift,
mit dem Rade von unten herauf getötet,
und der Körper auf das Rad geflochten werden.

Allgemeines Landrecht für die preußischen Staaten

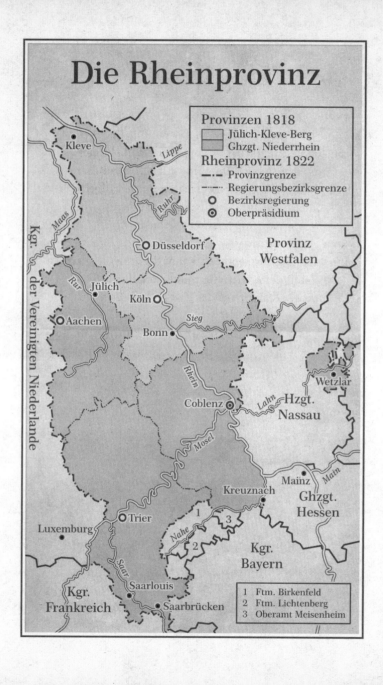

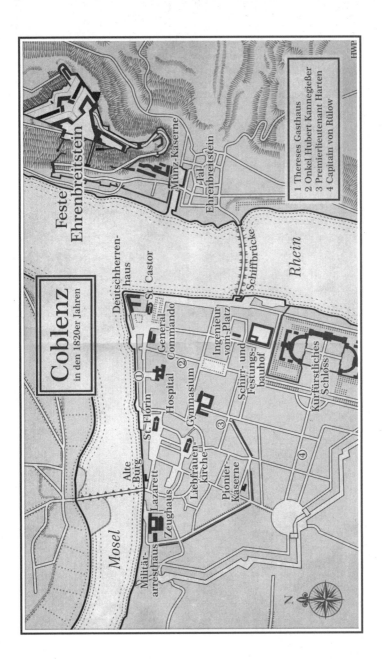

INHALT

Teil I   – Mauern aus Raum und Zeit 13
Teil II – Der Schatten des Ehrenbreitsteins 121
Teil III – Der Stein der Ehre 289
Teil IV – Verlorene Verräter 349
Teil V – Der Duft der Freiheit 467
Epilog 549

Nachwort. 559
Glossar 573
Die Figuren der Handlung 583
Historische Persönlichkeiten 585
Dank 589
Auf den Spuren von Franziska und Rudolph –
Reise- und Stöbertipps 597

Teil I – Mauern aus Raum und Zeit

Denkst du des Schlosses noch auf stiller Höh?
Das Horn lockt nächtlich dort, als ob's dich riefe,
Am Abgrund grast das Reh,
Es rauscht der Wald verwirrend aus der Tiefe –
O stille, wecke nicht! Es war als schliefe
Da drunten ein unnennbar Weh.

Aus: »Die Heimat«, Joseph von Eichendorff

Zwischen Waterloo und Belle-Alliance, 18. Juni 1815

Nacht senkte sich über das Schlachtfeld, das sich wie ein Friedhof um ihn herum erstreckte. Ein nicht enden wollender Leichenhügel, aus dem sich das Wimmern und Stöhnen derer erhob, die dort inmitten der Toten lagen, zwischen Leben und Sterben, dem Grauen der Hölle.

Der Donner der Kämpfe dröhnte noch immer in seinen Ohren und vermischte sich mit den Schreien der Verletzten und Sterbenden, dem Rauschen seines Blutes, dem Rhythmus der Hufe unter ihm. Vorsichtig zog er das Pferd am Zügel, ließ es in einen langsamen Schritt fallen, als erlaube es der Rest des ihm verbliebenen Anstandes nicht, derart achtlos an den Gefallenen und Verwundeten vorbeizureiten. So weit wie möglich hielt er sich im Schatten, obgleich ihm auch das keinen wirklichen Schutz davor bieten würde, womöglich noch von einer verirrten Kugel getroffen zu werden.

Oder von einem gezielt abgefeuerten Geschoss.

Einer Betäubung gleich legte sich Gefühllosigkeit über ihn, während sich in seinem Kopf die Bilder des Tages mit dem Anblick vermengten, der sich ihm jetzt bot. Schon hatten Plünderer sich aufgemacht, im Dunkel der Nacht das Gelände zu durchstreifen, die Toten ebenso zu berauben, wie diejenigen, die zwar verwundet waren, aber noch atmeten.

Noch...

Wenn der nächste Morgen über diesen Landstrich Brabants heraufziehen würde, wären die wenigsten von ihnen noch am Leben. Dafür würden nicht nur die unbehandelten schweren

Wunden sorgen, sondern auch umherstreunende Soldaten, die mit dem Bajonett vielen ihrer Gegner den Todesstoß versetzten – aus unversöhnlichem Hass oder vielleicht auch aus Barmherzigkeit.

Er schluckte hart, schüttelte mit einer energischen Geste das Entsetzen ab, das ihn bei dieser Vorstellung überfiel.

Es war vorbei! Der Krieg, der Europa seit über zwanzig Jahren in seinen Klauen gehalten hatte, war vorüber. Hier auf diesen schlammigen Feldern hatte er sein Ende gefunden. Der Kaiser der Franzosen war geschlagen, vom nächsten Tag an wäre die Welt eine andere, Europa hätte ein neues Gesicht – zumindest glaubte man das im Lager der Briten, wo im Freudentaumel der Sieg gefeiert wurde, während rings umher Menschen aller Nationen unter Stöhnen, Schreien und Fluchen ihren Verletzungen erlagen.

Mit festem Schenkeldruck trieb er sein Pferd zu einer schnelleren Gangart an. Er wusste es besser: Nichts war vorbei. Schon einmal schien Napoleon Bonaparte endgültig geschlagen. Und doch war es ihm gelungen, sich wie ein Phönix aus der Asche wieder zu erheben.

Das Pferd fiel in einen leichten Galopp, dann preschte es davon, weiter, Richtung Süden, Richtung Grenze. Noch bestand eine Möglichkeit, dass die überlebenden Soldaten des französischen Kaisers sich ein weiteres Mal sammeln, ihre Kräfte bündeln und noch einmal gegen die nunmehr vereinigten Heere der Briten und Preußen marschieren würden. Grimmiger als zuvor, wie ein verwundetes Raubtier, das man in die Enge getrieben hatte.

Dieser Gedanke ließ sein Herz schneller schlagen, das Blut in seinen Adern pulsieren. Die nächtliche Landschaft flog an ihm vorbei, während die Hufe des Pferdes die weiche Erde aufwirbelten.

Es war die Nacht der letzten Entscheidung.

Die Gelegenheit für ihn, den Auftrag zu erfüllen, den man ihm anvertraut hatte. Er würde nicht versagen.

Die Müdigkeit war wie weggeblasen, als er sich dichter über den Hals des Pferdes beugte, wie ein Pfeil mit ihm durch die Nacht schoss, die Schrecken des Schlachtfeldes weit hinter sich ließ.

Ein Knall zerriss die Stille, Schmerz jagte durch seinen Körper und explodierte in seinem Kopf. Er konnte nicht mehr atmen, die Zügel entglitten seinen Händen.

Und er stürzte in tiefe Dunkelheit.

Kapitel 1

Coblenz, Juni 1822

Blutrot stand die Sonne am westlichen Horizont, der sich bis tief hinein in die Eifel erstreckte. Ein milder Wind wehte von Mosel und Rhein her. Beinahe mutwillig zerrte er an ihrem Rock, den Bändern ihrer Schute und kühlte zugleich ihr Gesicht, das vor Erregung erhitzt war.

Ein Grüppchen Soldaten kreuzte ihren Weg. Die Männer bedachten sie mit anzüglichen oder herablassenden Blicken. Franziska ignorierte beides und eilte weiter.

Ich muss dich umgehend sehen. Heute Abend noch. Es ist wichtig.

Mehr hatte er ihr nicht mitgeteilt auf dem kleinen, fleckigen Zettel, den ein schmutziger Straßenjunge ihr überbracht hatte. Ein unbehagliches Gefühl überkam sie. Was konnte nur vorgefallen sein, das so wichtig war, dass er sich davor scheute, es zu Papier zu bringen?

Ihre Schritte beschleunigten sich, als sie das Generalkommando des VIII. Armeecorps passierte und die eng bebaute Castorgasse hinter sich ließ. Der Schein der Abendsonne lag über der Stadt und tauchte die zweitürmige, dem Heiligen Castor geweihte Kirche und das Deutschherrenhaus in warmes rötliches Licht. Der verblasste Glanz einer Epoche, in welcher die Trierer Kurfürsten gleichzeitig als geistliche und weltliche Herrscher hier in Coblenz residiert hatten. Eine Zeit, die vom Mittelalter bis hin zu jenem Tag reichte, als die französischen Truppen die Grenzen überquerten, um auch den deutschen Fürstentümern die Ideen ihrer Revolution zu bringen – und den Krieg.

Der Anblick des Rheins, der majestätisch vor ihren Augen vorbeizog, ließ Franziska kurz innehalten. Geblendet von dem Licht, das von den Wellen reflektiert wurde, blinzelte sie. Dann lief sie atemlos ein Stück am Fluss entlang, bis sie die von Schiffskörpern getragene Pontonbrücke erreichte, welche die Stadt Coblenz mit dem gegenüberliegenden Rheinufer und dem gewaltig aufragenden Felsplateau des Ehrenbreitsteins verband.

Schweigend passierte sie die dunkel uniformierten Wachposten und blickte zur anderen Seite hinüber. Ihre Augen streiften dabei die barocke Fassade der Münzkaserne, die zur kurfürstlichen Zeit als Verwaltungsbau gedient hatte und nun vom preußischen Militär genutzt wurde. Wie eine mahnende Erinnerung an eine frühere Zeit erstreckte sie sich mitsamt der prächtigen Stallungen entlang des rechten Ufers, unterhalb des Ehrenbreitsteins, wo gerade auf den Ruinen der ehemals kurfürstlichen Feste eine neue, eine preußische Zitadelle errichtet wurde.

Etwas seltsam Bedrohliches schien in der Luft zu liegen, schwer und dicht wie die Schwüle vor einem Gewitter. Alle Muskeln ihres Körpers spannten sich an, etwas in ihrem Inneren schrie *Gefahr!*, und trotz der angenehmen Abkühlung, die der Abend brachte, spürte Franziska, wie feiner Schweiß ihre Wirbelsäule hinabrann und vom Stoff ihres abgetragenen Kleides aufgesogen wurde.

Vereinzelt kamen Soldaten über die Brücke, einige langsam und schwerfällig, andere ausgelassen und mit flottem Schritt, als wären sie bereits von der bloßen Vorstellung, nun bald in das nächste Wirtshaus einkehren zu können, berauscht. Manch einer von ihnen ließ seinen Blick eine Weile auf Franziska ruhen, als wolle er abschätzen, ob sie zu den Frauen gehörte, die sich gegen Geld an die hier einquartierten Militärs verkauften, um den Dienern seiner Majestät manch schöne Stunde zu bereiten. Einer der Männer sprach sie an. Ein zweiter versuchte sogar, ihren Unterarm zu greifen, doch ihr abweisendes Gesicht, ihre starre, unnachgiebige Haltung ließ ihn schnell in seinem Eifer erlahmen.

Gerade, als Franziska schon fürchtete, umsonst gekommen zu sein, sah sie ihn. Hinter zwei Kameraden kam er über die Schiffsbrücke. Das satte Berliner Blau seines Uniformrocks über der weißen Hose brannte in Franziskas Augen. Sein Gesicht war verschmutzt, seine Haare, die unter der Mütze hervorlugten, waren staubbedeckt und zerzaust. An seinem schleppenden Gang erkannte sie, wie erschöpft er war.

Als er das Ende der Brücke erreicht hatte, passierte er den Mautposten und trat ans Ufer. Dort blieb er einen Moment stehen und sah sich suchend um. Dann entdeckte er sie. Ihre Blicke trafen sich, und ein Lächeln erhellte sein Gesicht. Aufrichtig, aber ein wenig traurig.

Eine tiefe Wärme durchflutete Franziska, gefolgt von einem Gefühl der Besorgnis. Mit klopfendem Herzen eilte sie auf ihren Bruder zu, stand ihm gegenüber. Ihre Hand glitt in seine, dann beugte er sich vor, hauchte ihr einen Kuss auf die Wange. Ein kurzer Moment der Vertrautheit, trotz der preußischen Uniform, die wie ein Fremdkörper an ihm wirkte.

Noch immer.

Schließlich schob sie ihn eine Armeslänge von sich, um ihn zu mustern. Er hatte die gleichen schwarzen Locken wie sie, die gleichen feinen Gesichtszüge mit hohen Wangenknochen. Es war unverkennbar, dass sie Geschwister waren. Nur waren Christians Augen so dunkel wie die ihres Vaters, der aus dem südlichen Frankreich stammte, sie selbst dagegen hatte die hellen Augen ihrer Mutter geerbt.

»Fanchon.« Der Tonfall, mit dem er ihren französischen

Kosenamen aussprach, klang erleichtert, fast wie ein Aufatmen. »Schön, dass du kommen konntest.«

»Du kannst dich immer auf mich verlassen.«

»Daran würde ich nie zweifeln.«

Franziskas Zunge strich über ihre trockenen Lippen, bevor sie die Frage stellte, die sie bereits den ganzen Tag umgetrieben hatte. »Was ist geschehen. Weshalb ...?«

»Sch... nicht hier.« Mit einer knappen Bewegung des Kopfes schnitt Christian ihr das Wort ab.

»Hast du Hunger?« Die Anspannung ihres Bruders bereitete Franziska mehr Sorgen, als sie ihm zeigen wollte. »Möchtest du irgendwo einkehren?«

Heftig schüttelte er den Kopf. »Nein, ich habe den ganzen Tag auf der Baustelle verbracht, ich brauche jetzt saubere Luft und ... den freien Himmel.«

»Sollen wir lieber hierbleiben, am Rhein?«

Ein kurzer, gehetzter Blick über die Schulter, als fürchtete er, verfolgt zu werden. Dann nickte Christian. »Ja. Lass uns ein Stück spazieren gehen.«

Rasch hatte er sie am Arm gefasst und sich flussaufwärts gewandt. Ihre Unruhe steigerte sich bei jedem Schritt, den sie am Rhein entlanggingen. Sie wollte Christian festhalten, ihn fragen, was los sei, weshalb er so dringlich nach ihr geschickt hatte, aber sie schwieg. So gut kannte sie ihn, dass sie wusste, er würde erst reden, wenn er dazu bereit war. So war er immer schon gewesen, ihr kleiner Bruder. Still, nachdenklich, und nie ein unüberlegtes Wort zum falschen Zeitpunkt. Ganz anders als sie selbst, bei der die Zunge bisweilen schneller war als die Vernunft.

Endlich hatten sie eine ruhige Stelle erreicht und blieben unweit der Baustelle vor dem ehemals kurfürstlichen Schloss stehen, wo gerade ein Teil der neuen Stadtbefestigung errichtet wurde. Das Ufer davor war jedoch noch unverbaut, ein paar Fischer hatten dort ihre Netze zum Trocknen ausgespannt. Gleichmäßig und glitzernd zog der Rhein wie ein breites, endloses Band an ihren Augen vorbei. Lastschiffe, Kähne und kleine Fischerboote schaukelten, für die Nacht in Ufernähe vertäut, auf dem Wasser. Einen Moment musste Franziska die Lider schließen, so sehr blendeten sie die kleinen goldroten Flammen, die auf den Wellen züngelten und das Licht der Abendsonne widerspiegelten.

Stumm hatte Christian sich ins Gras gesetzt, zog sie zu sich herunter. Nun starrte er regungslos auf die Wasseroberfläche, als sähe er darin etwas, das nur er wahrnehmen konnte oder als suche er nach den richtigen Worten, um von dem zu sprechen, was ihn bewegte.

Franziska konnte nicht verhindern, dass ihr Herz heftig zu klopfen begann. Vorsichtig legte sie ihre Hand auf seinen Unterarm. »Christian, was ist?«

Ruckartig wandte er sich ab.

»Ist etwas vorgefallen? Gab es ... gab es wieder Ärger? Hat man dich kujoniert wegen deiner ... wegen unserer Herkunft?«

Er schwieg weiterhin.

»Wurdest du schlecht behandelt?« Franziskas Mund wurde trocken, wenn sie daran dachte, was ihr Bruder durchzustehen hatte, seit ihr Onkel dafür gesorgt hatte, dass er auch tatsächlich als Wehrpflichtiger eingezogen wurde. Nicht nur die alltägliche Härte, Willkür und Disziplin, sondern auch den Spott und die Verhöhnung, weil er der Sohn eines französischen Offiziers war. Dazu noch eines gefallenen Offiziers, eines Mannes, der sieben Jahre zuvor in der entscheidenden Schlacht von Belle-Alliance sein Leben für den Kaiser von Frankreich geopfert hatte. »Hat Feldwebel Bäske dich wieder ...«

Heftig fuhr er herum. »Was weißt du von unserer Mutter?«

Franziska blinzelte überrascht. »Von unserer Mutter, wieso?«

»Hattest du in der letzten Zeit irgendeinen Kontakt zu ihr?« Seine Stimme klang gepresst.

»Natürlich.« Verwirrt schüttelte Franziska den Kopf. »Das heißt, ich hab ihr geschrieben. Du weißt doch, dass ich, wenn immer möglich, einen Brief nach Cöln schicke. Aber warum…« Als sie flussabwärts schaute, sah sie, dass drei Uniformierte in ihre Richtung kamen. Unwillkürlich verkrampfte sie sich. Was sie mit ihrem Bruder zu besprechen hatte, ging nur ihn und sie etwas an. Sie brauchten keine Zuhörer.

»Also, warum fragst du nach Maman?« Sie hatte die Stimme gesenkt.

Christians Blick flackerte. »Unser Vater … nun …« Er schluckte. »Was weißt du über seinen Tod?«

»Seinen Tod?« Franziska flüsterte. »Das, was Maman uns damals erzählt hat. Und … Was ist?« Sie spürte, wie ihre Hände feucht wurden.

Ihr Bruder wandte den Blick ab, sah zum gegenüberliegenden Rheinufer und schwieg. Die Soldaten waren näher gekommen, ihre Schritte knirschten leise auf dem Untergrund von Gras und Kies.

»Christian, *qu'est-ce qu'il y a?*« Sanft strich Franziska ihm über die Wange.

Endlich sah er sie wieder an, und ein gequälter Ausdruck stand in seinem Gesicht. »Der Krieg, damals, diese Schlacht…« Tief atmete er ein, als wappne er sich. »Womöglich gibt es Dinge, die…«

»Da ist der Verräter!« Wie ein Pistolenschuss krachte der Satz über das abendliche Rheinufer, zerriss die angespannte Stimmung und ließ Franziska auffahren.

Die drei Uniformierten, die sie zuvor nur am Rande wahrgenommen hatte, eilten auf sie zu. Noch ehe sie verstand, was geschah, hatte der Erste sie erreicht und legte Christian die Hand auf die Schulter.

»Pionier Berger, Sie sind verhaftet wegen Diebstahls und Geheimnisverrats.«

Einen Moment lang schien Christian wie vom Donner gerührt und keiner Bewegung fähig. Doch dann kam wieder Leben in ihn. Er stieß den Soldaten mit einem Ruck zur Seite und rannte los.

Die anderen beiden schnitten ihm den Weg ab, ergriffen ihn und warfen ihn zu Boden. Sie rissen ihm die Arme auf den Rücken und begannen, ihn mit einem festen Strick zu fesseln.

Das alles war so schnell gegangen, dass Franziska vor Schreck wie gelähmt war, unfähig, etwas zu sagen oder auch nur einen klaren Gedanken zu fassen. Dann aber packte sie den Mann, der ihr am nächsten stand, am Arm. »Was tun Sie da? Lassen Sie ihn los!«

Ruckartig drehte sich dieser zu ihr um und stieß sie dabei mit einer solchen Wucht von sich, dass sie beinahe gestürzt wäre. »Wagen Sie es nicht, Fräulein!«, knurrte er. Der Blick, den er ihr zuwarf, war bedrohlich. »Und was Ihren Liebsten da angeht, der kann sich auf eine schöne blanke Kugel gefasst machen. Am besten, Sie verabschieden sich schon mal von ihm.«

Fassungslos starrte Franziska ihn an. »Was hat das alles zu bedeuten? Was wollen Sie von ihm?« Aus den Augenwinkeln nahm sie wahr, wie die beiden anderen Christian auf die Füße zerrten.

»Ihr Liebesdiener hier hat einige brisante Informationen aus dem Bureau Capitain von Rülows geklaut und gegen klingende Münze an die Franzmänner verscherbelt ...«

Franziska hörte, wie ihr Bruder bei diesen Worten scharf die Luft einsog, und ihr war, als würde der Boden unter ihren Füßen weggezogen.

»So ein Verhalten sieht man nicht gerne bei uns, Fräulein. Ihr werter Herzensfreund wird sich dafür also verantworten müssen. Einen schönen Tag noch.«

Mit diesen Worten gab er den beiden anderen einen Wink, Christian abzuführen. Eisige Panik schlug über Franziska zusammen. »So etwas hat er niemals getan!« Ungläubig und zitternd vor Wut, stolperte sie an dem Soldaten vorbei und versperrte ihm den Weg. »Mein Bruder ist kein Dieb!« Und etwas leiser fügte sie hinzu: »Und er ist auch kein Verräter.«

Ein kaltes Lächeln traf sie. »So, so, der Herr Bruder also. Na, wen kümmert's? Und das andere wird der Auditor herausfinden, und der wartet nicht gerne. Also, los, aus dem Weg!«

Einen Augenblick blieb Franziska wie festgewachsen stehen. Ihr Atem ging heftig, ihr Herz schlug zum Zerspringen. Doch sie war nicht bereit, Christian diesen drei Kerlen zu überlassen. Schon gar nicht mit einer solch himmelschreiend falschen Anklage!

Gerade wollte sie ihre Röcke raffen, um zu den Männern aufzuschließen, als Christian sich umwandte. Fast unmerklich schüttelte er den Kopf, seine Augen fixierten sie. Lautlos formulierten seine Lippen das Wort *non*.

Geh nach Hause!, bedeutete er ihr stumm. *Schnell, du kannst nichts ausrichten.*

Wie von einem Schlag getroffen, fuhr Franziska zurück. Was in aller Welt ging hier vor? Noch ehe sie weiter darüber nachdenken konnte, rissen die Soldaten ihren Bruder herum und zerrten ihn in Richtung Stadt.

Überrumpelt und völlig unschlüssig, was sie nun unternehmen sollte, sah sie ihnen nach, bis die Männer mit Christian hinter der halb errichteten Stadtmauer verschwunden waren.

*

Schweigend stand Premierlieutenant Rudolph Harten an der Schlucht. Das Gewicht auf das rechte Bein verlagert, den anderen Fuß auf einem Felsbrocken abgestützt, glitt sein Blick in die Tiefe – bis hinunter zu dem Fluss, der unbeirrbar und majestätisch weit unter ihm einherströmte – ein bleifarbenes Band, gesprenkelt von hellen Blitzen der Abendsonne. Dann schaute er hinüber zu der Stelle, wo von Südwesten her die Mosel in einem Bogen in den Rhein mündete. Auf dem fast rechtwinkeligen Dreieck zwischen den beiden Flüssen erhoben sich neben anderen alten Häusern, Klöstern und Resten der früheren, halb abgetragenen Stadtbefestigung auch mehrere zweitürmige Kirchen sowie das ehemalige Deutschherrenhaus, die erste Niederlassung des Deutschen Ordens im Rheinland, das neuerdings als Proviantmagazin genutzt wurde.

All diese Gebäude, sie waren verblichene Symbole einer seit dem Mittelalter bestehenden Verbindung kirchlicher und staatlicher Macht – verkörpert durch einen Fürstbischof, der über Jahrhunderte das Land zwischen den Kurfürstentümern Cöln und Mainz, zwischen dem Herzogtum Luxemburg und der Kurpfalz regiert hatte, im Namen seines Kaisers, schlimmer noch, im Namen eines römischen Papstes. Eine Allianz zwischen Katholizismus und einer von den Bewohnern hier über Jahrhunderte hinweg mit der Muttermilch eingesogenen Tradition. Allein der Gedanke daran verursachte Rudolph Magengrimmen.

Das Licht der untergehenden Sonne wurde flammend von den alten Mauern und Bauwerken der Stadt reflektiert, während der restliche Himmel zu einem matten Grau erblasste.

Ein seltsames Land, dieses Rheinland, versponnen, voller Widersprüche, dabei urtümlich und kraftvoll. Trotz aller Vorbehalte von beiden Seiten würde Seine Majestät König Friedrich Wilhelm III. von Preußen nicht mehr darauf verzichten wollen, es als Teil seines Reiches zu besitzen. Verfügte es doch über den strategischen Vorteil, direkt an die Grenzen seines erbittertsten Gegners zu stoßen: *Frankreich*. Und wenn das Königreich Preußen seine hart erkämpfte Vormachtstellung in Europa nicht nur behalten, sondern weiter ausbauen wollte, tat es gut daran, diese Grenzen nicht aus den Augen zu verlieren.

Weder seine Grenzen noch die Bewohner dieses fast zwanzig Jahre lang zu Frankreich gehörenden und erst vor wenigen Jahren preußisch gewordenen Gebietes.

Die Rheinländer, im Herzen wein- und bierselige Katholiken, die einerseits nicht bereit waren, irgendeine Macht der Erde über die ihres Bischofs zu stellen, und in deren Köpfen andererseits noch immer revolutionäres Gedankengut herumspukte. Gefährliche Ideale wie Freiheit, Gleichheit und Brüderlichkeit, mit denen die französischen Truppen halb Europa zu überschwemmen versucht hatten. Dabei hatte es ihr Feldherr Napoleon Bonaparte mit den republikanischen Tugenden nicht immer so genau genommen und sich sogar selbst zum Kaiser gekrönt, zum *Empereur*. Es war nur rechtens, dass er gescheitert war. Wahre Macht konnte lediglich von einem legitimen Herrscher ausgehen, einem, der von Gottes Gnaden dazu auserwählt war. Früher oder später würden auch diese Sturköpfe am Rhein das endlich einsehen müssen. Und wenn nicht freiwillig, dann unter Anwendung von Gewalt. Schon hatte man damit angefangen, junge Männer aus den neuen Provinzen hier in den Dienst des preußischen Königs einzuberufen. Das waren zwar nur erste Schritte, dennoch war es der richtige Weg, diese und die nächste Generation dauerhaft an Seine Majestät zu binden, und zugleich an die Tugenden von Disziplin und Ordnung zu gewöhnen. *Die Zukunft.*

Lautlos ließ Rudolph Luft aus seinen Lungen entweichen. Hinter ihm erhob sich das Symbol dieser neuen Zeit. Die preußische Feste Ehrenbreitstein. Stein für Stein wuchs sie täglich weiter heran, zementierte den neuen Herrschaftsanspruch am Rhein, die neue Macht, die das vor ihnen liegende Jahrhundert zu beherrschen gedachte.

»Herr Leutnant!«, drang eine atemlose Stimme an sein Ohr. »Herr Leutnant!«

Sogleich war Rudolph wieder im Hier und Jetzt. Noch einmal glitt sein Blick über die Rheinebene und die glutrote Sonne, die unterdessen fast hinter dem Horizont versunken war. Dann straffte er sich und wandte sich dem Ankömmling zu, der sich ihm in schnellen Schritten näherte. Trotz der stechenden Schmerzen in seinem Bein – eine beständige Erinnerung an den letzten Krieg gegen Frankreich – stieg Rudolph behände über den felsigen, mit Gestrüpp überzogenen Hang. Kaum merklich hinkend ging er dem jungen Soldaten entgegen, der wenige Schritte vor ihm zum Stehen kam und pflichtschuldig salutierte.

»Erstatte Meldung, Herr Leutnant!« Das Gesicht des Burschen war gerötet, sein Atem ging stoßweise, als wäre er gelaufen. »Wir haben den Spion!«

Rudolphs Puls beschleunigte sich.

»Gerade wurde er gefasst und im Militärarresthaus festgesetzt. Erwarte Ihre Befehle, Herr Leutnant.«

Ein, zwei Atemzüge lang erwiderte Rudolph nichts. Er blickte über die Schulter des aufgeregten jungen Soldaten hin zu der im Bau befindlichen Feste, die ihm mehr bedeutete, als

er auszudrücken vermochte – und er spürte die Gefahr, die über dieser schwebte. Dann wandte er sich ruckartig um.
»Bring mich zu dem Gefangenen. Sofort!«
»Jawohl, Herr Leutnant.«
Und während er dem Soldaten den Weg hinab ins Tal folgte, fragte er sich, was er dort erfahren würde.

Kapitel 2

»Et es einfach unfassbar! Völlig...« Hubert Kannegießer schnaubte wie ein Stier vor dem Angriff und suchte nach den richtigen Worten, um seiner Empörung Luft zu machen. »En Skandal!«

Mit zusammengepressten Lippen starrte Franziska auf ihre Fußspitzen, während ihr Onkel einem wild gewordenen Feldwebel gleich vor ihr auf und ab marschierte. Dabei polterte er so laut, dass selbst die faule Küchenkatze, die sonst gerne zu seinen Füßen herumstrich, bereits zu Beginn seiner Tirade fluchtartig die Kammer verlassen hatte.

»Aber hann ich et net immer gesagt? Schon damals, als ich euch zwei zu mir ins Haus gelassen hann. Franzosenbrut! Dat konnt ja nur Unglück bringen! Die Frucht dieser Unmoral in meinem ehrbaren...«, wieder fehlten ihm offenbar die Worte, »in meinem ehrbaren Hause aufzuziehen. Wat fier en Schand!«

Gerne hätte Franziska ihrem Onkel eine scharfe Antwort entgegengeschleudert. *Unmoral!* Schande... Wie sie es hasste, wenn er so über sie redete, über ihre Familie, ja schlimmer noch, über seine eigene Schwester, ihre Mutter. *Skandal.* Was verstand er denn schon davon? Ihre Mutter hatte ihren Vater aufrichtig geliebt. Ehrlich und hingebungsvoll bis zu seinem Tod. Und er hatte sie auch geliebt, ebenso ihre beiden gemeinsamen Kinder. Was war daran verwerflich, dass ihr Vater ein französischer Offizier gewesen war, den es mit den Revolutionstruppen an den Rhein verschlagen hatte?

»En Schlang hann ich an meiner Brust genährt, hierste? En Schlang! Und wat es der Dank für meine Gutmütigkeit?« Der Zorn ließ das Gesicht des Maurermeisters noch dunkler anlaufen. »Dein Bruder hat nix Eiligeres zu tun, wie mich schlecht zu machen. Mich und mein ganzes anständiges Gewerbe.«

Franziska wusste, dass es sinnlos war, ihm zu widersprechen. Es hätte ihn nur noch rasender gemacht, und er hätte sie womöglich aus dem Haus geworfen. Ihr Onkel gehörte zu der Sorte Menschen, die Argumenten der Vernunft nur selten zugänglich waren, besonders dann nicht, wenn er gerade einen seiner gefürchteten Wutausbrüche hatte.

Stumm stand Franziska vor ihm, die Fäuste in hilfloser Wut geballt. Sie wartete darauf, dass sich die Wogen glätteten und sie endlich Gelegenheit hätte, das zu tun, weshalb sie ihn unmittelbar nach Christians Verhaftung aufgesucht hatte: Sie wollte ihn um seine Hilfe bitten. Darum, dass er seine Beziehungen zum preußischen Ingenieurcorps nutzen möge, um sich für ihren Bruder, seinen Neffen, zu verwenden. Immerhin lebten sie seit knapp sechs Jahren unter seinem Dach. Seit dem Ende des Krieges, seit jenem Tag, da ... Ein harter Griff an ihren Schultern ließ sie schmerzhaft zusammenzucken.

»Weißte, wat dat bedeutet?« Ihr Onkel schüttelte sie so heftig, dass ihr die Tränen in die Augen schossen. »Wenn die Preußen dahinterkommen, dat et ausgerechnet *mein* Neffe es, der wegen Landesverrats füsiliert werden soll, mein eigener verfluchter Bastardneffe ...« Hubert Kannegießer keuchte so heftig, dass er einen Moment lang kein Wort herausbrachte. »Dann war dat mein letzter Tag, an dem ich für die da oben einen Stein auf den anderen setzen durfte.«

Fassungslos starrte Franziska ihn an. »Das ist es also, worum du dich sorgst«, stieß sie gepresst hervor. »Deine Karriere, dein ... dein ... Profit beim Bau dieser vermaledeiten Festung.

Während der Sohn deiner Schwester in irgendeinem dreckigen Loch einsitzt und darauf wartet, vor ein Erschießungskommando gestellt zu werden.«

Der Finger, den ihr Onkel ihr entgegenstreckte, berührte fast ihre Nase. »Diese ›vermaledeite Festung‹, wie du se nennst, sichert uns unseren Unterhalt, dat Dach überm Kopp und dat täglich Brot auf dem Tisch, an den du dich jeden Abend setzt. Vergiss dat net!«

Franziska biss sich auf die Zunge, um nichts Unüberlegtes zu sagen. Zugleich war sie überzeugt, nie wieder auch nur ein Stück Brot von den Tellern ihres Onkels nehmen zu können. Judaslohn! Sie schluckte, während sie krampfhaft überlegte, wie sie Hubert Kannegießer doch noch überzeugen könnte, einmal, ein einziges Mal, das Wohl der Familie über seine eigene Gewinnsucht zu stellen.

»Deshalb solltest du«, begann sie vorsichtig, »umso mehr Interesse daran haben, dich für Christians Freilassung einzusetzen, damit er seine Unschuld beweisen kann.«

Ein unwirsches Knurren war die Antwort.

»Denn je schneller *dein* Neffe aus der Haft entlassen wird, je schneller sein Name von jeglichem Verdacht gereinigt wird, desto besser für deine Beziehungen zur Kommandantur und dem Ingenieurcorps.«

»Dafür kann der Nixnutz gefälligst allein sorgen! Er hat den Karren selber in den Dreck gefahren, also soll er auch schauen, wie er ihn wieder rauszieht.« Noch immer aufgebracht stapfte Hubert Kannegießer zum Küchentisch, griff den bereitstehenden Krug, der bis zum Rand mit Bier gefüllt war, und goss es so heftig in einen klobigen Becher, dass es überschäumte und ihm sprudelnd über die Hand lief. Ohne darauf zu achten, setzte er ihn an und nahm einen kräftigen Schluck. Mit dem Unterarm wischte er sich über den Mund, ehe er fortfuhr. »Seit dein Bruder in diesem Haus lebt, hat er nix wie Ärger gemacht. Faulheit, Aufsässigkeit, um net zu sagen schiere Dummheit! Und jetzt, wo ihm die Armee die Möglichkeit geboten hat, trotz seiner, sagen wir, *anrüchigen* Herkunft, wat Sinnvolles für König und Vaterland zu tun und in den preußischen Militärdienst einzutreten, hat er nichts Eilijeres zu tun, als sich und seine ehrbaren Angehörigen, die so viel für ihn getan hann, in Verruf zu bringen.«

Vaterland! Nur mit Mühe konnte Franziska ein bitteres Lachen unterdrücken. Welches Vaterland sollte das denn sein? Preußen, für das die neuen Provinzen am Rhein, die ihm auf dem Wiener Kongress 1815 zugesprochen worden waren, ein sehr zweifelhaftes Geschenk bedeuteten? Ein Geschenk, von dem man in Berlin nicht wusste, ob man sich darüber freuen oder es lieber hätte ablehnen sollen. Preußen, dessen Armee noch wenige Jahre zuvor der des damals französischen Rheinlandes feindlich gegenübergestanden hatte. Und einer dieser preußischen Soldaten – die Erinnerung daran schmerzte Franziska noch immer – hatte dem Leben ihres Vaters mit seiner Muskete oder seinem Bajonett ein blutiges Ende bereitet.

Stöhnend ließ sich Hubert Kannegießer auf einen der Holzstühle sinken, die unter seinem massigen Körper knarrten. »Ich jedenfalls werd keinen Finger für ihn rühren. Am Ende heißt et noch, ich dät mit dem Kerl unter einer Deck stecken, und er hät die Informationen, die er da verscherbelt hat, von mir. Vergiss et! Dein unfähiger Bruder muss selber sehn, wie er aus der Sache wieder rauskommt.«

»Onkel Hubert!«

»Das ist mein letztes Wort!«

»Aber Onkel...«

»Nichts da!« Schneller, als man es ihm bei seiner Körperfülle zugetraut hätte, war er wieder aufgesprungen und hatte sich vor ihr aufgebaut. »Und nun verschwinde mir aus den Augen, bevor mich meine Gutmütigkeit reut und ich dich aus dem Haus werfe. Dann kannste sehen, wer dich durchfüttert oder...« Seine Zähne knirschten, als er die letzten Worte hervorstieß, »...wie deine Hure von Mutter nach nächtlichen Freiern Ausschau halten.«

Nur mit Mühe konnte Franziska sich beherrschen, nichts zu tun, was sie später bereuen würde. Tränen schossen ihr in die Augen, und ihr Körper bebte vor unterdrücktem Zorn ob dieser Verleumdung. Ihre Mutter war keine Hure. Außer ihrem Vater hatte es nie einen Mann für sie gegeben. Beide waren rechtmäßig verheiratet gewesen und hatten als angesehene Bürger in Cöln gelebt, auch wenn Hubert Kannegießer diese Verbindung seiner Schwester zu einem ehemaligen französischen Revolutionsoffizier nie anerkannt hatte.

Franziska wandte sich um und kam wortlos der Aufforderung ihres Onkels nach. An diesem Abend würde sie bei ihm nichts ausrichten können. Mit letzter Kraft schaffte sie es die knarrende Stiege hinauf zu ihrer Kammer. Der Gedanke an die vor ihr liegende Nacht ließ sie erschauern.

*

Mit der schwülen Nachtluft drang die Dunkelheit durch das halb geöffnete Fenster herein. Nur einige Kerzen beleuchteten die winzige Stube, in der nichts stand außer einem Tisch, zwei Stühlen und einem weiteren Schemel in einer Ecke.

Das Gesicht des Gefangenen lag im Schatten. Dennoch konnte Rudolph erkennen, wie jung dieser war. Er mochte gerade das Mindestalter für den Eintritt in die Armee erreicht haben. Schwarzes Haar fiel ihm wirr in die Stirn. Ein Bluterguss schimmerte unter seinem linken geschwollenen Auge, und die Oberlippe war aufgeplatzt. Entweder hatte er sich seiner Festnahme widersetzt, oder jemand hatte ihm bereits einige unangenehme Fragen gestellt, auf die er die Antwort verweigert hatte.

Als Rudolph eintrat, hob der Junge langsam den Kopf und sah ihn direkt an. Angst lag in seinen Augen. Die namenlose, stumme Angst vor dem Unausweichlichen, vor dem es kein Entrinnen gab. Dem völligen Ausgeliefertsein, womöglich gar dem Tod.

Das Aufflammen von Wiedererkennen ließ Rudolph einen Moment innehalten. Einige Herzschläge lang stiegen Erinnerungen in ihm auf. An einen anderen Tag, einen vergangenen Krieg ... an eine Schlacht, die nicht verloren werden durfte. Ganz gleich um welchen Preis. Und während er die Gesichtszüge des in Ketten gelegten Soldaten beobachtete, an dessen Hals die Pulsader deutlich pochte, glaubte er fast wieder, die eigene Furcht zu riechen, die er selbst an jenem Tag empfunden hatte, den Rauch der Kanonen und Musketen, den Dunst von Schweiß, Blut und Todesangst.

Ein Wachposten trat ein und beleuchtete den Raum mit einer zusätzlichen Kerze. Jetzt konnte Rudolph das Gesicht des Gefangenen besser erkennen. Hohe Wangenknochen, ernste, ansprechende Züge mit dunklen, von vollen Wimpern umschatteten Augen. Das Gefühl des Wiedererkennens wuchs, die Gewissheit, sich an dieses Gesicht erinnern zu müssen.

Wortlos trat Rudolph einen Schritt auf ihn zu. Die Hände seines Gegenübers verkrampften sich, er schluckte mit zusammengepressten Kiefern. Und plötzlich wusste Rudolph, woher er ihn kannte. Der Inhaftierte war einer der Pioniere, die zu Schanzarbeiten auf dem Ehrenbreitstein abkommandiert waren. Und ... wenn ihn die Erinnerung nicht trog, auch einer von denen, die sich, zudem freiwillig, gegen eine Aufstockung ihres Soldes zu Zusatzdiensten gemeldet hatten.

Also doch! Ein Verrat aus den eigenen Reihen. Von einem *seiner* Untergebenen. Rudolph musste versuchen, den Schuldigen so schnell wie möglich zu überführen, seine Komplizen auszumachen, um noch größeren Schaden von der Festungsanlage abzuwehren.

Und von sich selbst.

»Ich kenne dich.« Langsam trat Rudolph einen Schritt näher. »Du hast die letzten Wochen unter meinem Kommando gearbeitet.«

Ein kurzes, zögerndes Nicken war die Antwort.

»Ein Gesicht, das mir einmal untergekommen ist, vergesse ich nicht.« Bei jedem seiner Worte beobachtete Rudolph die Miene des Gefangenen. »Das bedeutet, du warst also Tag für Tag am Bau beschäftigt und konntest die Gespräche der Ingenieure und der angeworbenen Hilfskräfte mit anhören.«

Keine Reaktion, nur ein trotziges Zusammenpressen der Lippen, ein kurzes Abwenden des Blicks.

»War es nicht so?« Rudolph war nicht gewillt, ein Schweigen zu akzeptieren. Er brauchte das Geständnis, ein schnelles Geständnis. Und dazu die Namen möglicher Komplizen und Kontaktleute. Er stützte sich mit den Handflächen auf dem Tisch ab und beugte sich vor. »Dann sag mir, *wie* du es angestellt hast.«

Irritiert schaute der junge Soldat ihn an. »Was angestellt?«

»Hör auf, mir etwas vorzumachen! Du weißt sehr gut, was ich meine.«

»Was soll ich getan haben?« Seine Stimme war schrill vor Angst.

Das war gut. Angst war in solchen Fällen stets ein willkommener Verbündeter und mochte dem verstockten Jungen die Zunge lockern. Rudolph lehnte sich noch ein Stück weiter vor. »Nun, die Unterlagen, die aus dem Bureau Capitain von

Rülows verschwunden sind. Die hast du doch genommen und zusammen mit den anderen Informationen, die dir zu Ohren gekommen sind, nach Frankreich verkauft.« Trotz des Halbdunkels sah Rudolph, dass der Gefangene blass wurde. »Sicher hat man dich reichlich dafür entlohnt. Der neue französische König hat sich vermutlich nicht lumpen lassen, um an derart detaillierte Informationen über die Befestigungsanlagen seines einstmals erbittertsten Gegners zu gelangen.«

Die Antwort des jungen Mannes kam gepresst. »Vielleicht ist Ihnen entgangen, Herr Leutnant, dass Frankreich inzwischen Teil der Heiligen Allianz ist, zu der ebenfalls Preußen und Österreich zählen.«

Ein kaltes Lächeln umspielte Rudolphs Mundwinkel, während er sich langsam auf dem freien Stuhl niederließ und die Beine ausstreckte. »Einer Verbindung, die mehr der Bekämpfung revolutionärer Umtriebe in den eigenen Ländern dient als einer militärischen Verbrüderung untereinander. Was bedeutet, dass eine Aggression aus dem neuen französischen Königreich nicht auszuschließen ist. Und in einem solchen Fall könnten detaillierte Kenntnisse über Beschaffenheit und Funktionsweise der größten Festungsanlage des Gegners über Sieg und Niederlage entscheiden. Oder siehst du das anders?«

Der Gefangene schwieg.

»Und um auf meine ursprüngliche Frage zurückzukommen: *Wie* hast du es geschafft, all diese Informationen unbemerkt zu entwenden und ungestört über die Grenze zu schaffen?«

Keine Antwort.

Rudolph zog die Beine an, stützte die Ellbogen auf den Tisch und betrachtete den jungen Soldaten wortlos, bis dieser sich unter seinem Blick zu winden begann. »Noch einmal: Welche Helfer hattest du, und wie konntest du in den Besitz all dieser geheimen Pläne und Unterlagen gelangen?«

Der Junge öffnete den Mund, wie um etwas zu sagen, klappte ihn dann aber wieder zu.

»Ich versichere dir, Bursche, Verräter sehen bei uns schneller in eine Gewehrmündung, als sie *Amen* sagen können. Wenn du dich zudem aber noch weigerst, offenzulegen, was du weißt, kann der Aufenthalt bis dahin recht unangenehm werden. Also sag mir besser, wie ...«

»Ich habe das nicht getan!« Der Gefangene fuhr so heftig auf, dass er einen der Kerzenhalter vom Tisch stieß und der Wachposten nach seiner Waffe griff. »Ich schwöre bei Gott und allen Heiligen, dass ich nichts dergleichen getan habe ... ich ...« Seine Stimme brach.

Langsam stand Rudolph auf und machte zwei Schritte auf ihn zu. »Ich fürchte, Gott und seine ...«, er räusperte sich, »seine Heiligen werden dir nicht helfen, solange du lügst. Diebstahl und Verrat sind Gräuel in den Augen des Herrn.«

Verzweiflung und Trotz standen im Gesicht des Soldaten. »Ich bin wirklich unschuldig.« Seine Stimme klang erstickt.

»Nun denn.« Scheinbar konzentriert betrachtete Rudolph seine Nägel, bis er wieder den Blick zu dem jungen Mann erhob, der noch immer blass und bebend vor ihm stand. »Die Revolutionen der vergangenen Jahrzehnte mögen halb Europa ein wenig in Unordnung gebracht haben. Wenn es jedoch eine Sache gibt, an die ich unerschütterlich glaube, dann ist es der preußische Sinn für Ordnung und Sorgfalt. Und eben deswegen kann ich mir nicht vorstellen, dass ein Mann ohne Grund verhaftet worden sein sollte ...«

Flammende Röte zeigte sich im Gesicht des Soldaten, seine Nasenflügel zitterten, und seine gefesselten Hände ballten sich zu Fäusten. »Doch!«

Rudolph zog die Augenbrauen hoch. »Du willst mir also sagen, Bursche, dass du in dieser Sache aus reiner Willkür arretiert wurdest, ohne auch nur den kleinsten Beweis für deine Schuld?«

Mit zusammengepressten Lippen nickte der andere. »Genauso ist es.«

Rudolphs Stiefel knirschten leise, als er den Gefangenen schweigend umrundete und schließlich einen halben Schritt hinter ihm zum Stehen kam.

»Dann sag mir doch einmal, was die Ursache dafür sein könnte, dass ausgerechnet *du* hier wegen Spionage und Geheimnisverrats einsitzt. Wo du ja so vehement behauptest, unschuldig zu sein, und dafür sogar die Heiligen bemühst.«

Der Kopf des Jungen fuhr herum, und seine Antwort kam so unerwartet, dass Rudolph erst nicht begriff. »Ganz einfach, Herr Leutnant, weil ich Franzose bin.«

Kapitel 3

Der Knoten in Rudolphs Magen hatte sich nicht gelöst, als er am nächsten Tag die Festungsbaustelle auf dem Ehrenbreitstein betrat. Überall herrschte Geschäftigkeit. Steinmetze hämmerten, und Zimmerleute sägten, Maurer, Bauschreiner und Schlosser verrichteten ihre Arbeit. Halb fertige Fassaden waren von hölzernen Baugerüsten eingefasst, die Winden der Seilzüge transportierten unter ohrenbetäubendem Quietschen Materialien, Mörtel, Gestein und Wasser. Das Treiben glich dem in einem Bienenstock, und inmitten der Handwerker und Arbeiter stach immer wieder das dominante Blau preußischer Uniformen hervor. Offiziere des Ingenieurcorps, die riesige Pläne zwischen den ausgestreckten Händen hielten, Fernrohre im Anschlag hatten oder mit Vermessungsgeräten hantierten. Aber auch einfache Soldaten waren zu sehen, Pioniere, die mit Schanzarbeiten beschäftigt waren und nun in der Mittagssonne schwitzten, damit zumindest ein Teil der Kasernenbauten im nächsten Jahr bezugsbereit sein würde.

Pünktlich. *Preußisch.*

Bereits jetzt standen die ersten Gebäudeteile, die später als Unterkünfte für die Soldaten dienen sollten, fertig da und mussten nur noch vollständig austrocknen. Und was das für Gebäude waren! Rudolph konnte nicht verhindern, dass er bei dem Gedanken daran erneut Stolz empfand. Stolz, weil er am Bau dieser unvergleichbar modernen und effektiven Feste beteiligt war. Dem Symbol des Aufbruchs, einer neuen Ära.

In diesen Mauern sollten die Soldaten seiner Majestät des

Königs – alle Soldaten, gleich welchen Ranges und welcher Herkunft – menschenwürdige, ja sogar komfortable Wohnverhältnisse vorfinden. Die Ideen der Militärreform aus den Zeiten der Befreiungskriege hatten auch hier ihre Wurzeln geschlagen. Und da nun seit einigen Jahren in Preußen die allgemeine Wehrpflicht herrschte, jeder männliche Untertan des Landes zum Dienst in der Armee bestellt werden konnte, galt es, so für diese zu sorgen, wie es notwendig war, um ihren Kampfgeist und ihre Vaterlandstreue zu erhalten.

Ein Ziel, dem Rudolph, der selbst in ärmlichsten Verhältnissen aufgewachsen war und sich an die entsetzlichen Behausungen im Krieg erinnerte, aus ganzem Herzen zustimmte. Wurden hier doch auch die Ideale seines Gönners und Förderers Neidhardt von Gneisenau verwirklicht.

Zur Aufrechterhaltung der Schlagkraft und Verteidigungsfähigkeit der Feste war ein eigenes, ausgeklügeltes Versorgungs- und Wasserleitungssystem eingerichtet worden. Eine komplex ausgearbeitete Anordnung von Rohren lenkte sauberes Frischwasser in alle Gebäudetrakte und verlief – was besonders fortschrittlich war – innerhalb des Mauerwerks unter Mörtel und Putz, um ein Einfrieren der Wasserleitungen während der kalten Wintermonate zu verhindern.

Und dann gab es etwas, das Rudolph mit besonderer Begeisterung erfüllte: Eine Dampfmaschine, eine der ersten ihrer Art in den gesamten Rheinprovinzen, würde das Wasser zu den verschiedenen Zisternen der Zitadelle pumpen. Zum ersten Mal wäre die Armee des Königs damit weitgehend unabhängig von den Launen der Natur, gebändigt durch den Erfindungsreichtum und die Genialität des menschlichen Geistes.

Obgleich der Anblick der stetig wachsenden Feste und das Bewusstsein ihrer Bedeutung das Gefühl grimmiger Zufriedenheit in Rudolph auslösten, konnte er sich an diesem Tag aufgrund der jüngsten Vorfälle eines gewissen Unbehagens nicht erwehren. Man hatte ihm, die Spionage und die entwendeten Pläne betreffend, nicht die ganze Wahrheit gesagt, und sein Zorn über diese Erkenntnis war so groß, dass es ihm schwerfiel, klar zu denken. Zwar hatte man ihn von offizieller Stelle angefordert, ihm in dieser Angelegenheit gewisse Verantwortung übertragen und ihn zur Befragung des Gefangenen hinzugezogen. Aber niemand hatte es für notwendig erachtet, ihn über alle Hintergründe aufzuklären.

Dieser Soldat, Christian Berger, der wegen Verrats und Spionage einsaß, hätte durchaus Gründe gehabt, sein Wissen über die Grenze nach Frankreich zu schaffen. War es doch sein *Vaterland*. Allerdings war der junge Gefangene, nach allem, was Rudolph verstanden hatte, nur zum Teil Franzose und entstammte der Verbindung eines Revolutionsoffiziers mit einer Rheinländerin. Dies erklärte, weshalb er überhaupt Dienst in der preußischen Armee hatte nehmen könnte.

In jedem Fall hatten diese Vorkommnisse ausgereicht, die Alarmglocken in Rudolph schrillen zu lassen. Wenn man in Betracht zog, dass zahlreiche Arbeiter, darunter auch Auswärtige, hier täglich ein- und ausgingen, ihren Teil zum Bau dieses gewaltigen Bollwerks beitrugen ... Wie konnte man sicher sein, dass diese tatsächlich alle das vereinbarte Stillschweigen wahrten? Ein Glas Wein zu viel in geselliger Runde, ein allzu neugieriges Eheweib. Da konnte es schnell geschehen, dass der Eid der Verschwiegenheit, der dem im entfernten Berlin weilenden König geleistet werden musste, in Vergessenheit geriet. Insbesondere wenn jemand, der ein Interesse an Plänen und Details des Festungsbaus zeigte, mit barer Münze lockte.

Allerdings unterlagen die militärischen Dokumente strikter Geheimhaltung. Keiner der angeworbenen Arbeiter, die unter verschiedenen Meistern und Betrieben ihren Dienst verrichteten, durfte sie zu Gesicht bekommen. Stattdessen gab es für jeden Bauabschnitt eine von den militärischen Details weitgehend bereinigte Version, die zudem nur einen winzigen Ausschnitt der Anlage zeigte. Jeden Morgen war ein Offizier aufs Neue damit beauftragt, diese Skizzen dem Meister und dem Polier des jeweiligen Bautrupps persönlich auszuhändigen. Die Arbeiter hingegen durften noch nicht einmal dieses bauliche Detail zu Gesicht bekommen und mussten blind mauern, lediglich nach den Anweisungen ihres Meisters. Abends wurden diese Pläne wieder eingesammelt und sicher verwahrt.

Auf der anderen Seite ... Rudolph schwindelte bei dem Gedanken, wie paradox mit der Sicherheit auf dem Ehrenbreitstein umgegangen wurde. Die modernste Feste ganz Europas, ausgeklügelt von den intelligentesten Ingenieuren und Strategen, die das Königreich zu bieten hatte, basierend auf den neuesten Erkenntnissen des Festungsbaus und der Verteidigungsanlagen – eine militärische Meisterleistung, um die Freund und Feind Preußen gleichermaßen beneidete ... Einerseits wurden alle baulichen Details auf Peinlichste geheim gehalten, und andererseits wurde diese militärische Baustelle selbst unfassbar offenherzig vorgeführt. Galt der Ehrenbreitstein doch sozusagen als ein riesiges Lehrstück, zu dem Handwerker, Bauleute und Ingenieure von überall her entsandt wurden, um zu lernen, zu experimentieren und den eigenen Horizont zu erweitern.

Und nun ... Rudolph konnte nicht verhindern, dass seine Zähne bei diesem Gedanken hörbar knirschten, lud man sogar noch Schaulustige ein, Reisende, denen man zeigen wollte, wie sich aus den Ruinen der Vergangenheit, hoch über dem Tal des Rheins und der Mosel, das aus Stein errichtete Monument einer neuen Zeit erhob. Mehr als einmal hatte er sowohl dem Festungskommandanten, Generalmajor von Hofmann, als auch den führenden Kräften des Ingenieurcorps dringend geraten, sorgsamer mit der Auswahl von Besuchern der geheimen Wehranlagen umzugehen.

Nutzlos! Offensichtlich war man in Berlin zu stolz darauf, die modernste Verteidigungsanlage aller zivilisierten Staaten zu besitzen, um darauf verzichten zu wollen, vor aller Welt damit zu prahlen. Wenn das nur nicht nach hinten losging! Mehr denn je spürte Rudolph seine Anspannung, als sein Blick über seine Festungsbaustelle glitt ...

Und dann entdeckte er sie.

Eine junge Frau – Rudolph schätzte sie auf Anfang zwanzig – balancierte auf einer der erst halb errichteten Mauern. Eine aus blauem Stoff gefertigte Schute saß etwas windschief auf schwarzem Haar, das dünne, hell geblümte Kleid, das sie trug, war vom Staub der Baustelle gelblich verfärbt und entsprach zudem nicht der neuesten Mode.

»Wie zur Hölle ...« Ruckartig fuhr er auf dem Absatz herum. Wer in aller Welt hatte dieses Frauenzimmer hier hereingelassen? Sie war nicht in Begleitung eines Soldaten. Also handelte es sich nicht um eine der Besucherinnen, die sich hin und wieder gerne die Anlage zeigen ließen. Was also hatte sie auf militärischem Terrain verloren?

An diesem Morgen war er zornig genug, um die Sache gleich an Ort und Stelle zu klären. Zielstrebig ging er in die Richtung, in der die junge Frau noch immer über Steinquader und halb fertige Mauern lief.

*

Franziskas Wut war so mächtig, dass sie in diesem Moment beinahe die Angst um ihren Bruder überdeckte. So gewaltig, dass ihr Blick zu verschwimmen drohte, während sie sich ihren

Weg über Schutt und Geröll bahnte, um möglichst schnell diese entsetzliche Baustelle zu verlassen.

Nachdem ihr Onkel am Vorabend derart uneinsichtig gewesen war, hatte sie beschlossen, am Morgen noch einmal mit ihm zu sprechen. In der Hoffnung, dass er zur Vernunft kommen, in der Hoffnung, dass er seine guten Beziehungen zu den Preußen doch noch dafür einsetzen würde, seinen Neffen, den Sohn seiner Schwester Luise, vor diesen absurden Anschuldigungen in Schutz zu nehmen. Aus diesem Grunde hatte sie Hubert Kannegießer sogar auf der Baustelle besucht. Unter dem Vorwand, ihm das Mittagessen bringen zu wollen, hatte sie Zutritt zur Feste auf dem Ehrenbreitstein erhalten. Aber sie hätte sich den langen Weg auch sparen können.

Salaud! Wie konnte ihr Onkel sich nur derart kalt und hartherzig zeigen! Selbst jetzt noch, nachdem er die Gelegenheit gehabt hatte, die ganze Angelegenheit eine Nacht zu überschlafen und seine Meinung zu überdenken?

Geldgieriger Menschenschinder! Dieser verfluchte Bauauftrag war ihm so wichtig, dass er seinen Neffen einfach fallen ließ. Noch einmal hatte sie ihm ins Gewissen geredet. Ihn angefleht, er möge sich für Christian verwenden, seine Beziehungen zum Ingenieurcorps nutzen, um in Erfahrung zu bringen, was man überhaupt gegen ihren Bruder in der Hand hatte und was man ihm im Einzelnen vorwarf.

Zwecklos!

Dabei hätte sie damit rechnen müssen. Seit ihr Bruder und sie – nach dem Tod ihres Vaters – unter Hubert Kannegießers Dach lebten, hatte er sie mehr als unbezahltes Dienstpersonal, denn als Verwandte behandelt. Sie selbst musste bei allen Arbeiten im Haushalt Hand anlegen und Christian ... Tränen schossen ihr in die Augen, als sie daran zurückdachte, wie sie, damals noch in Cöln, mit fünf Jahren ihren kleinen Bruder gehätschelt und beschützt hatte, seit er auf wackeligen Beinen zum ersten Mal durch die gute Stube gestolpert war ... Christian war für seinen Onkel nie mehr gewesen, als ein Schandfleck der Familie. Noch nicht einmal eine berufliche Perspektive in seinem Baugewerbe hatte er ihm geboten. Obgleich er keine eigenen Kinder hatte und Christian somit sein nächster männlicher Verwandter war, hatte er ihm nie angedeutet, dass er später einmal in seine Fußstapfen treten, seine Werkstatt übernehmen könnte. Zwar hatte ihr Bruder von früh bis spät auf den Baustellen mitarbeiten müssen, doch mehr als ein unbezahlter Lehrling war er für Hubert Kannegießer dabei nie gewesen.

Nicht dass Christian diese Tatsache an sich in irgendeiner Weise bedauert hätte. Ähnlich wie sie selbst war auch er von feingeistiger Natur und hatte mehr Interesse an Musik, Malerei und Literatur, als daran, Steine zu bearbeiten. Doch kaum, dass Christian alt genug gewesen war, hatte Hubert Kannegießer die Möglichkeit genutzt, seine gesellschaftlichen Beziehungen mit der neuen preußischen Herrschaft zu festigen, indem er seinen ungeliebten Neffen der glorreichen preußischen Armee als Rekruten zuführte.

Was hätte Christian dagegen unternehmen können? Wenn ihr Onkel sich einmal etwas in den Kopf gesetzt hatte, wovon er sich einen persönlichen Vorteil versprach, war er kaum davon abzubringen. Franziska spürte, wie ihr Herz schneller schlug, und schmeckte bittere Galle in ihrem Mund, als sie weiter ausschritt.

Später würde sie selbst nicht mehr sagen können, was in diesem Moment tatsächlich geschehen war. Vielleicht hatte der Zorn ihren Blick getrübt, oder es waren die Tränen, die in ihr aufgestiegen waren. Gerade als sie das Ende einer der unfertigen Mauerteile erreicht hatte, verlor ihr Fuß den Halt. Ein

Stein löste sich aus seiner Fassung, und ehe sie wieder das Gleichgewicht erlangen konnte, stürzte sie vornüber.

Für den Bruchteil eines Herzschlags sah sie sich schon mit gebrochenem Knöchel und blutendem Schädel auf der Erde liegen. Doch im gleichen Moment schimmerte etwas Blaues vor ihren Augen auf, und sie spürte, wie zwei Arme sie umfingen, während sie zugleich so hart auf einen Körper prallte, dass ihr die Luft wegblieb.

*

Es war ein Reflex gewesen, die geschulte Reaktion eines im Krieg gedienten Soldaten, der die Gefahr schon ahnte, bevor sie ihm wirklich bewusst wurde.

Mit wenigen Schritten hatte Rudolph den Mauervorsprung erreicht, den die junge Frau als Wanderpfad erkoren hatte. Dann war sie ihm schon in die Arme gefallen. Mit einer solch unerwarteten Heftigkeit, dass es ihn beinahe zu Boden gerissen hätte.

Einen Moment benötigte er, um sein Gleichgewicht und seine Würde wiederzufinden, dann blickte er auf, sah jedoch nur die Flügel der mit verblassten Bändern verzierten Schute.

»Hoppla, mein Fräulein!« Mühsam unterdrückte er den Ärger in seiner Stimme. »Versuchen Sie gerade, die neue Feste des Königs in Schutt und Asche zu legen?«

Zwei zierliche Hände griffen nach der Schute und schoben sie wieder an ihren angestammten Platz. Darunter erschien ein herzförmiges Gesicht mit geröteten Wangen, schwarzen Locken und einem Paar heller Augen, das ihren Retter eher wütend als dankbar anschaute. »Ist das neue Schmuckstück seiner Majestät denn tatsächlich so unsolide gebaut, dass es derart leicht zusammenbricht?«

Der Anflug von Sympathie, den Rudolph beim Anblick der hübschen jungen Frau empfunden hatte, verschwand genauso schnell, wie er gekommen war. »Solch abfällige Bemerkungen haben gefälligst zu unterbleiben, Fräulein.« Nicht gerade sanft stellte er seine unwillige Bürde vor sich ab und maß sie mit einem Blick, mit dem er üblicherweise aufsässige Rekruten oder betrunkene Untergebene in ihre Schranken wies.

»So?« Das vorlaute Ding klopfte sich Sand und Staub vom Rocksaum, ohne ihn dabei auch nur eines weiteren Blickes zu würdigen. »Wenn ich mich recht entsinne, waren Sie es doch, die eine solche Möglichkeit zuerst in Betracht gezogen haben.«

Er schluckte.

»Und außerdem ...« Offensichtlich war sie mit dem Zustand ihrer Kleidung zufrieden, denn nun sah sie Rudolph direkt ins Gesicht. »... kann eine höfliche Nachfrage wohl kaum den Tatbestand einer Straftat erfüllen. Noch nicht einmal in Preußen.«

Den letzten Satz hatte sie nur leise gesprochen, aber Rudolph hatte ihn verstanden. Seine Miene verhärtete sich. Also gehörte sie zu diesen hinterwäldlerischen Rheinländern, die es vorgezogen hätten, weiterhin einem vom römischen Papst eingesetzten Fürstbischof oder dem kleinen aufrührerischen Korsen die Treue zu halten, statt dem rechtmäßigen König von Preußen. Weshalb sich die Frage, was sie hier zu suchen hatte, mit erneuter Dringlichkeit stellte.

»Was verschafft uns die Ehre Ihres Besuches, hier auf Seiner Majestät höchsteigener Baustelle?«

Der Anflug eines belustigten Lächelns glitt über ihr Gesicht und ließ kleine Grübchen in ihren Wangen erscheinen. »Abgesehen davon, dass ich gern die wundervolle Aussicht von hier oben genieße?« Sie machte eine unbestimmte Handbewegung in Richtung Rhein, der jedoch von ihrem derzeitigen Standort nicht zu sehen war.

»Abgesehen davon und von der Tatsache, dass unangemeldetes Herumlaufen auf militärischem Gelände leicht den Verdacht der Spionage erwecken könnte.«

Ihre Augen verengten sich. »Wie ich sehe, ist man mit derartigen Anschuldigungen heutzutage recht schnell bei der Hand. Ich sollte nun besser gehen.« Sie wandte sich um.

»Einen Moment, Fräulein.«

Statt zu gehorchen, beschleunigte sie nur ihre Schritte.

Zorn flammte in Rudolph auf. Diese unverschämte Person!

»Bleiben Sie stehen!« Im gleichen Moment hatte er sie eingeholt und versperrte ihr den Weg.

Wütend, aber keineswegs eingeschüchtert, funkelte sie ihn an. »Was denn noch? Haben Sie vergessen, mich zum Tee einzuladen?«

»Höchstens auf einen Becher schalen Wassers im Arresthaus.«

»Zu meinem Bedauern muss ich dankend ablehnen.«

»Ich bestehe darauf. Sie haben meine Frage nicht beantwortet.«

Nun wirkte sie aufrichtig verwirrt. »Die da lautet?«

»Unter Vergesslichkeit leidet das Fräulein auch noch, und das schon in solch jungen Jahren. Nun, ich habe gefragt, was Sie hier oben zu suchen haben.«

Sogleich entspannten sich ihre Züge. »Ach so ... Ich hab meinem Onkel das Essen gebracht. Hubert Kannegießer. Vielleicht erinnern Sie sich, er leitet eines der hiesigen Bauunternehmen.«

An diese Möglichkeit hatte er nicht gedacht. Ein wenig überrumpelt ließ er von ihr ab.

»Darf ich nun gehen, oder bestehen Sie darauf, unser Gespräch bei Wasser und Brot fortzusetzen?«

Knapp nickte Rudolph ihr zu. »Es steht Ihnen frei, dahin zu gehen, wo immer Sie möchten.«

»Sehr gnädig von Ihnen. Einen schönen Tag noch.« Wieder traf ihn ein herablassender Blick, in dem allerdings ein Funken von Erleichterung aufblitzte.

Interessant.

Ohne sich noch einmal umzusehen, setzte sie ihren Weg ins Tal fort. Rudolph blickte ihr nach und konnte sich des Gefühls nicht erwehren, dass ihm die Gesichtszüge der jungen Frau bekannt vorkamen.

*

Franziska stolperte den Weg hinunter, ja, sie floh geradezu. Keinen Moment länger hätte sie das Treiben auf dieser verfluchten Baustelle ertragen können. Einer Baustelle, die ihren Bruder das Leben kosten konnte.

Die Entschiedenheit und Schlagfertigkeit, die sie während des ungewollten Zusammenstoßes mit diesem impertinenten Offizier an den Tag gelegt hatte, waren vollständig von ihr abgefallen. Zurück blieb die blanke Angst, das Gefühl, hilflos der Willkür anderer Menschen ausgeliefert zu sein.

Wie so oft in den vergangenen Jahren. Seit der Tod ihres Vaters ihre Mutter nicht nur mit gebrochenem Herzen, sondern auch als von der Gesellschaft ausgegrenzte, mittellose Witwe zurückgelassen hatte.

»Franziska!« Eine Stimme irgendwo hinter ihr, die vom Rauschen des Windes in den Bäumen und dem Knirschen des steinigen Bodens unter ihren Füßen fast übertönt wurde. »Franziska, so bleib doch stehen!«

Schwer atmend kam sie dieser Aufforderung nach. Als sie sich umwandte, sah sie, dass Andres Fassbender auf dem Felsenweg hinter ihr hereilte. Der etwa Fünfzigjährige war der Mann ihrer besten Freundin Therese und arbeitete bei ihrem Onkel als Maurergeselle. Gutmütig und von wachem Verstand war er eine große Stütze für seine Frau, die in der Castorgasse unweit des Moselufers ein einfaches Gasthaus führte. An Sonn- und Feiertagen, wann immer er Zeit hatte, griff er ihr dabei unter die Arme. Franziska fragte sich, wie er es nur jeden Tag in der Gesellschaft von Hubert Kannegießer aushielt. Aber Andres verfügte über eine große Gelassenheit. Zudem liebte er sein Handwerk und war durch sein Können für ihren Onkel unverzichtbar.

»Franziska! Gut, dat ich dich noch erwischt hann!« Andres war groß gewachsen und von kräftigem Körperbau, gebräunt von der täglichen Arbeit im Freien. Schweiß lief ihm über die Stirn, und sein Atem ging schnell. Freundschaftlich berührte er mit der Hand ihre Schulter. Sein Gesicht war ernst. »Ich hann gehiert, wat mit deinem Bruder passiert es.«

Unwillkürlich stiegen Franziska die Tränen in die Augen, als sie nickte.

»Ich versteh net, dat der Meister nichts unternehmen will, um seinen Neffen irgendwie aus der Sache rauszuholen.« In Andres' tiefer Stimme schwang ein deutlicher Vorwurf mit. »Kann ich irgendwat für dich tun? Irgendwie... verflucht, ich weiß et auch net... irgendwie helfen?«

Seine Freundlichkeit und Sorge waren zu viel für Franziska. Die Tränen ließen sich nun nicht mehr zurückhalten. Statt einer Antwort begann sie hemmungslos zu weinen, sodass der Maurer sie mit einer etwas unbeholfenen Geste an seine breite Brust drückte und mit der Hand über ihren Rücken strich.

»Sch... sch... nicht weinen. Alles wird gut.«

Beide wussten, dass das eine barmherzige Lüge war. Die Realität sah anders aus, und Gott allein wusste, wie viel Zeit ihnen blieb, bis. ...

Noch immer bebend, aber entschlossen schluckte Franziska ihre Tränen hinunter, löste sich aus Andres' Umarmung und wischte sich mit dem Handrücken über die Wange. »Sie werden ihn erschießen ... wenn es nicht gelingt, seine Unschuld zu beweisen.«

»Wat solle mer bloß mache?« Unglücklich sah Andres sie an.

Franziska zuckte mit den Schultern. »Ich weiß es nicht. Wenn Onkel Hubert lieber den Sohn seiner einzigen Schwester füsilieren lassen will, statt etwas zu unternehmen, das womöglich seine guten Beziehungen zur Garnisonsverwaltung gefährden könnte ... oder seinen großen Auftrag ... was kann ich dann tun?«

Schweigen entstand, nur das Rauschen der Blätter und der entfernte Lärm von der Baustelle waren zu vernehmen, vereinzelt der Flügelschlag eines Vogels.

»Ich versuch noch mal, mit dem Meister zu sprechen.«

»Danke.« Hoffnungslosigkeit drohte Franziska zu übermannen. »Es wird nur nicht viel bewirken.«

»Trotzdem ...« Hilflos ließ Andres die Arme an seinem Körper herabhängen. »Und du musst selber sehen, dat du wat zu essen bekommst ... un Schlaf.« Er lächelte mitfühlend. »Du siehst aus, als ob du beides nötig hättest.«

Franziska glaubte nicht, dass sie irgendetwas hinunterbringen könnte, sie war nur unendlich müde. »Am liebsten würde ich nie wieder einen Fuß in das Haus meines Onkels setzen!«

»Dann komm doch einfach zu uns.«

Franziska, die schon wieder ihren eigenen Gedanken nachhing, zuckte zusammen. »Was hast du gesagt?«

Ein Lächeln zog über Andres' wettergegerbtes Gesicht. »Thres freut sich immer, wenn du kommst. Wahrscheinlich blubbert schon einer von ihren berühmten Eintöpfen überm Feuer und e Bett...«, er zuckte die Achseln, »dat wird sich bestimmt auch noch finden.«

Gerührt über diese unerwartete Einladung sah Franziska ihn schweigend an. Es war verlockend, sich vorzustellen, nicht mehr jeden Morgen und Abend das feiste, selbstgerechte Gesicht ihres Onkels und die verbitterten Züge ihrer Tante sehen und sich immer wieder anhören zu müssen, wie viel Dank sie beiden wegen ihrer Großherzigkeit schulde.

Dabei konnte man mit Fug und Recht behaupten, dass sie sich ihren Unterhalt durchaus selbst verdiente. Denn für das Essen und die kleine Dachstube, die sie im Haus ihrer Verwandten bewohnte, musste sie ja von früh bis spät mitarbeiten. Kochen, Putzen und Waschen gehörten zu ihren Aufgaben, die ihre Tante ihr gerne vollständig überließ.

Franziska überlegte. Wie viel lieber würde sie stattdessen bei Therese wohnen! Neben ihrem klugen, weltoffenen Wesen, ihrer zupackenden und unprätentiösen Art verfügte ihre Freundin über das Talent, Lösungsmöglichkeiten für ein Problem zu finden, indem sie es erst einmal nüchtern betrachtete. Zugleich wusste sie aber auch, dass es eine Bürde für Therese wäre, wenn sie bei ihr einziehen würde. Das wollte sie der Freundin nicht zumuten. Resigniert schüttelte sie den Kopf. »Das wäre nicht richtig. Deine Frau hat alle Hände voll zu tun. Da kann sie keinen zusätzlichen Gast gebrauchen. Ich glaube auch kaum, dass sie derzeit eine freie Pritsche hat, wo sich doch gerade Militärs und Handwerker um jede noch so kleine Absteige bemühen.«

Der Anflug eines zufriedenen Lächelns glitt über Andres' Gesicht. »Ja, Thres kann sich im Moment net über Gästemangel beklagen. Trotzdem wird se sich freuen, dich zu sehen. Auch wenn's en traurigen Grund hat.«

Noch immer unentschlossen schüttelte Franziska den Kopf. »Ich weiß nicht.«

»Awer *ich* weiß et. Se würd arg mit mir schenne, wenn se hörte, dat ich dich jetzt net zu uns eingeladen hann. Und du willst bestimmt net schuld sein an unserm Ehekrach, genä?«

Gegen ihren Willen musste Franziska lächeln. »Mit dieser Last auf dem Gewissen könnte ich in der Tat keine Nacht mehr schlafen.«

»Dann is et also abgemacht. Du packst dein paar Habseligkeite und ziehst zu uns?«

Franziska nickte.

»Gut. Dann sehn wir uns spätestens zum Nachtmahl. Sag Thres, se soll 'nen besonders großen Schinken aus der Speisekammer holen und ... keine Widerrede!«, fügte er hinzu, als Franziska zu einer Entgegnung ansetzte. »Wenn dich dein Gewisse plocht, kannste ihr ja en bisschen zur Hand gehen. Se hat so vill Gäste, da kann se jede Hilfe gebrauchen. Jetzt muss ich aber los, eh mich der Meister sucht.«

Onkel Hubert hat jemanden wie dich gar nicht verdient, wollte sie sagen, doch sie schwieg. Stattdessen drückte sie nur stumm und dankbar Andres' Hand. Dann wandte sie sich um und machte sich wieder auf den Weg zurück ins Tal.

Kapitel 4

Die lauten Stimmen, das Geklapper von Geschirr und die Gerüche nach Eintopf, Zwiebeln, Speck, Bier und Wein wirkten einladend auf Franziska und schienen die Kälte in ihrem Inneren ein wenig schwinden zu lassen. Einen Moment blieb sie auf der Türschwelle stehen, lugte in den schattigen Innenraum der Schankstube, wo bereits um diese Zeit einige Gäste an schweren Holztischen saßen, um ihr Mittagessen einzunehmen.

Noch immer war Franziskas Magen wie zugeschnürt, allein bei dem Gedanken an Essen wurde ihr übel. Doch gerade, als sie sich fragte, ob es wirklich eine gute Idee gewesen war, hierherzukommen, hatte Therese sie entdeckt. Rote Locken umgaben das Gesicht ihrer Freundin wie ein Flammenkranz. Einzelne Strähnen hatten sich aus dem Knoten gelöst und kringelten sich über Stirn und Wangen. Um Phereses ein wenig schräg stehenden Augen und die Mundpartie hatten sich schon die ersten Fältchen eingegraben.

Während sie auf Franziska zukam, wischte sie sich die Hände an der Schürze ab. »Oh, gut, dass du da bist, Liebes. Ich hab schon gehört, was passiert ist. Gütiger Himmel! Wie furchtbar.« Die Stimme der Wirtin, die bereits weit in den Vierzigern war, klang angenehm tief und ein wenig heiser. »Komm her und setz dich. Ich hab einen leckeren Kartoffeleintopf auf dem Feuer. Er ist gleich fertig, und dann erzählst du mir alles, ja?« Aufrichtige Sorge schimmerte in den braungrünen Augen der Freundin. »Ich muss nur schnell die Gäste bedienen, aber dann bin ich für dich da.«

»Mach dir wegen mir keine Umstände«, erwiderte Franziska, während sie eine Träne wegblinzelte.

»Papperlappapp, das sind keine Umstände.« Energisch nahm Therese sie bei der Hand und zog sie kurzerhand in die Schankstube. »Häng Schute und Umhang an den Haken und dann such dir 'nen Platz. Ich werd Ännchen sagen, sie soll dir ein Glas vom neuen Wein bringen. Du wirst sehen, der macht den Kopf wieder frei.«

Nicht dass Franziska das glaubte. Nicht dass sie überhaupt daran glaubte, dass irgendetwas oder irgendjemand ihr helfen könnte, solange ihr Bruder in Haft war, den sicheren Tod vor Augen. Dennoch kam sie der Aufforderung nach, legte ab und setzte sich dann an den einzigen freien Tisch. Er stand unweit des Fensters, das einen herrlichen Blick auf die in der Sonne dahinströmende Mosel freigab.

Wer kann sagen, wie lange noch, dachte Franziska. Wenn die Preußen mit dem Bau ihrer einengenden Stadtbefestigung fertig waren, würde man hier nur noch auf Mauern starren.

Eingesperrt in seiner eigenen Stadt.

Sogleich brachte ihr Ännchen, die jüngste Tochter der Wirtin, ein großes Glas mit hellem Wein. Sie ignorierte die neugierigen Blicke des Mädchens, das sich zu fragen schien, was die Freundin der Mutter bereits um diese Zeit in der Gastwirtschaft zu suchen hatte, und nahm einen Schluck. Der Wein schmeckte leicht, fruchtig, ein klein wenig säuerlich und weckte in ihr Erinnerungen an vergangene Zeiten: Zeiten, in denen sie und ihr Bruder abends mit den Eltern um den Tisch saßen, zumindest dann, wenn die Geschäfte ihres Vater es zuließen. Unermüdlich hatten die beiden Kinder seinen Geschichten gelauscht, von seinem Zuhause in Marseille im warmen Süden Frankreichs, den großen Handelsschiffen und einfachen Fischern, aber auch von der Zeit der Revolution, die so unverhofft erst Frankreich und dann halb Europa auf den Kopf gestellt hatte. Dabei hatten sie das gute Essen genossen und schweren roten Wein aus der Heimat des Vaters getrunken oder auch den leichten vom Rhein. Auch die Kinder durften ab und zu ein wenig von beidem probieren. Es waren sorglose Tage gewesen, das Haus erfüllt von Heiterkeit und Lachen, der Geborgenheit einer Familie ...

Vorbei. Mit der Niederlage Napoleons und dem Abzug der Franzosen aus dem Rheinland war das Misstrauen gekommen, das Misstrauen, das besonders jenen galt, die sich wie ihre Mutter mit den früheren Verbündeten und jetzigen Gegnern allzu intensiv eingelassen hatten. Als dann, nach jener Schlacht von Belle-Alliance im Sommer des Jahres 1815, die Nachricht vom Tod ihres Vaters eintraf, einem Tod, dessen Hintergründe noch immer im Dunkeln lagen, gesellte sich zu der Verachtung noch die Armut hinzu. Eine Witwe hatte nichts zu erhoffen, besonders, wenn sie kein Vermögen besaß und von der eigenen Familie verstoßen worden war. Und als Gattin eines französischen »Besatzungsoffiziers« – also eines politischen Gegners – konnte sie nicht mit der Unterstützung der neuen Herrscher rechnen.

Und so war ihrer Mutter in ihrer Not nichts anderes übrig geblieben, als ihre beiden Kinder – vorübergehend, wie sie hoffte – zu ihrem Bruder Hubert nach Coblenz zu schicken. Fast zwanzig Jahre zuvor hatte sie diese Stadt, aus der sie selbst stammte, wo sie ihre Kindheit und Jugend verbracht hatte, auf Druck ihres Bruders wegen ihrer Liaison mit Lucien Berger, dem französischen Offizier aus den Revolutionstruppen, verlassen müssen. Hubert Kannegießer hatte sie damals einfach aus dem Haus geworfen.

Das kalte Hungerjahr 1816, in dem es keinen Sommer gegeben hatte und die Ernte entsprechend dürftig ausgefallen war, hatte Luise Berger zu der schweren Entscheidung getrieben, ihre Kinder aus ihrer Obhut zu entlassen. Franziska erinnerte sich noch gut daran, wie ausgezehrt, verdreckt und erschöpft sie bei ihrem Onkel und ihrer Tante in Coblenz angekommen waren. Die halbe Strecke den Rhein hinauf waren sie zu Fuß gelaufen. Es war ein regnerischer Abend, als sie an die grobgezimmerte Türe in der Nagelsgasse klopften. Und die Tatsache, dass gerade in dem Moment, als ihre Tante ihnen öffnete, ein Gewitter losbrach und ein grollender Donner über Mosel und Rhein hinwegrollte, schien ihnen beinahe so etwas wie ein Zeichen, eine Vorahnung auf das, was ihnen bevorstand ...

Ein Abstieg, den sie damals, mit ihren knapp siebzehn Jahren, kaum hatte begreifen können. Aufgewachsen als die geliebte und behütete Tochter eines respektierten Cölner Paares, das beinahe sinnbildlich die damals anbrechende neue Zeit mit ihren Ideen der Revolution und ihren Freiheiten verkörperte, zu der nur geduldeten und gering geachteten Nichte eines Maurermeisters.

Aber selbst das erschien ihr rückblickend erträglich, im Vergleich zu Christians Verhaftung – und seiner drohenden Hinrichtung. Einen Moment lang fragte sich Franziska, ob sie ihre Mutter von den schrecklichen Geschehnissen in Kenntnis setzen sollte. Doch sogleich verwarf sie den Gedanken wieder. Es war sinnlos, sie auch noch zu beunruhigen, womöglich zu Tode zu erschrecken, wo sie ohnehin nichts für ihren Sohn tun konnte.

Zudem ginge eine Reise von Cöln nach Coblenz weit über ihre finanziellen Möglichkeiten. Womöglich müsste sie sich sogar verschulden, um die Kosten dafür aufzubringen. Wobei Franziska sich nicht vorstellen konnte, dass es jemanden gab, der einer Frau wie ihrer Mutter auch nur einen Groschen oder Centime borgen würde. Nein, wahrscheinlich würde sie den ganzen Weg von Cöln bis hierher zu Fuß laufen, um ihren Sohn zu sehen. Ihren Sohn, auf den vielleicht bald jahrelange Festungshaft, im schlimmsten Falle gar ein Erschießungskommando wartete. Verzweifelt schlug Franziska mit der Hand auf den Tisch. Es war so ungerecht, so himmelschreiend ungerecht!

»*A wee Rhine Thrissil.*« Eine Stimme, warm, weich und so tief wie ein See und zugleich ein wenig brummend, wie von gutmütigem Spott, drang an ihr Ohr. »*Adeed*, die Frauen hierzulande ... wirklich temperamentvoll.«

Franziska sah auf, blinzelte gegen das Licht, das durch die leicht milchigen Scheiben hereinfiel. Am Fenster stand ein Mann. Groß, das war das Erste, was sie erkennen konnte, bis ihre Augen sich an das Zusammenspiel von Licht und Schatten gewöhnt hatten. Dann erst nahm sie Einzelheiten wahr, nussbraunes Haar, das im Nacken zu einem Zopf zusammengebunden und bereits von zahlreichen grauen Strähnen durchzogen war. Darüber trug er eine Kopfbedeckung, die sie ein wenig an die Barrets aus der Heimat ihres Vaters erinnerte.

»*And ay the stound, the deadly wound, cam frae her een sae bonnie blue* ... Das Mädchen mit den blauen Augen. *She talk'd, she smil'd, my heart she will'd, she charm'd my soul – I wist na how.*« Inzwischen war der Mann an ihren Tisch getreten. »Sie sprach, sie lächelte, sie verzauberte meine Seele ... So sagt der Dichter.« Ein zurückhaltendes Lächeln glitt über seine Züge, »Und wenn ich nun so verwegen sein darf, die Dame mit den blauen Augen zu fragen, weshalb sie alleine mit einem Glas Wein dasitzt und weint? Hat der Liebste sie verlassen?«

Seine rauchige Stimme hatte einen schweren, rollenden Akzent, den Franziska nicht einzuordnen wusste, der ihr aber sehr angenehm in den Ohren klang. Schnell wischte sie sich mit dem Handrücken über die Wange. »Ich wünschte, es wäre nur so etwas.«

»*Och aye!*« Obgleich Franziska die Bedeutung dieser Worte nicht verstand, hörte sie den traurigen Klang heraus, der dem Lächeln auf dem Gesicht des Mannes eine melancholische Note verlieh. »Was kann so schrecklich sein, dass es mehr schmerzt als eine verlorene Liebe?«

»Eine verlorene Heimat...« Franziska wusste nicht, weshalb sie diesem Fremden, der eine ihr kaum verständliche Sprache sprach, derart offenherzig begegnete, »eine verlorene Vergangenheit, eine verlorene Familie...«

Die Züge des Mannes wurden ernst. Etwas wie Verständnis glomm in seinen Augen auf. Von feinen Fältchen umgeben, blickten sie wach, neugierig, wenn auch ein wenig traurig. »*Adeed, it is.*« Fragend schaute er sie an. »Ist es erlaubt, Ihnen Gesellschaft zu leisten?«

Von der ungewöhnlichen Begegnung überrumpelt, nickte Franziska nur und wies auf den Stuhl ihr gegenüber.

»*Ah, braw...*« Der Blick des Mannes ging sehnsüchtig zum Fenster. »*Mither Mosel, Fayther Rhine*... Wissen die Menschen hier eigentlich, was sie an diesem wunderschönen Landstrich haben?«

Franziskas Herz begann bei dieser Frage schneller zu schlagen. Der Rhein, die Heimat... Wie Traumbilder stiegen Szenen aus ihrer Kindheit auf. Die Spiele mit ihrem Bruder in den engen Gassen von Cöln, Frachtschiffe und Kähne, die Waren in die Stadt brachten. Heiße Sommertage, wo sie hin und wieder an einer abgeschiedenen Stelle ein erfrischendes Bad im kühlen Nass genommen hatte. Alle ihre prägenden Kindheitserinnerungen waren mit diesem Fluss verbunden. Sie spürte, wie sie unwillkürlich von einer Woge von Sympathie für den Fremden erfasst wurde.

»*And the castles*... die Schlösser und Burgen. *In ruins though.*« Er hob an und rezitierte. »*In contrast with their fathers – as the slime, the dull green ooze of the receding deep, is with the dashing of the spirit-tide foam.«*

Unwillkürlich musste Franziska lächeln. »Monsieur scheinen ein Dichter zu sein.«

Ein amüsiertes Lächeln glitt über das Gesicht des Mannes. »*Ah, no' me, lassie, no' me.* Ich bin nur ein einfacher Reisender, der sich ein wenig an den Schönheiten der Welt erfreut.«

»… noch dazu einer, der gerne zum Pinsel greift, um diese auf Leinwand zu bannen.« Therese, die unbemerkt hinzugetreten war, wischte sich die Hände an der Schürze ab und betrachtete ihre beiden Gäste mit einem zustimmenden Nicken. »Oder sie tatsächlich in blumigen Versen besingt. Wie ich sehe, hast du ihn schon kennengelernt, unseren Künstler aus fernen Landen.«

Franziska blickte zu ihrer Freundin auf, die sich auf einen freien Stuhl setzte. »Ein wenig. Aber wir hatten noch nicht das Vergnügen, einander vorgestellt zu werden.«

Ein warmherziges, etwas dröhnendes Lachen entrang sich dem Fremden. »*Nae a bit.* Habe ich das doch tatsächlich vergessen?«

»Nun«, sagte Therese praktisch, »dann lass uns das gleich nachholen. Darf ich vorstellen, unser ganz besonderer Gast Alasdair McBaird aus Schottland, der seit einiger Zeit an unserem schönen Rhein weilt, um sich hier zu seiner Kunst inspirieren zu lassen.«

Wohlwollend neigte der so Beschriebene den Kopf. »Zu viel der Ehre, *my lass*. Ist nicht vielmehr die Natur, die Landschaft das wahre Kunstwerk, und wir armen Sterblichen versuchen lediglich, etwas von ihrem Zauber einzufangen?«

»Wobei Mr. McBairds Heimat auch einen ganz besonderen Charme haben muss, nach allem, was er bisher erzählt hat: verwunschene Schlösser, Moorlandschaften und nicht zu vergessen, die unergründlichen Seen, in deren Tiefen sogar schaurige Ungeheuer hausen sollen.«

»Was aber keine Gefahr für schöne junge Damen darstellt. Nur unerwünschte Eindringlinge haben zu befürchten, von diesen Ungeheuern gefressen zu werden. *Happ!*«

Dazu machte der Mann ein solch komisches Gesicht, dass Franziska trotz ihrer Sorgen auflachen musste. »Mit derartigen Ungeheuern können wir am Rhein nicht aufwarten«, sagte sie, noch immer lächelnd. »Allerdings erzählt man sich, dass hier einige Nixen ihr Unwesen treiben. Besonders eine ganz aufreizende namens Loreley macht häufiger von sich reden.«

»Ach, von der Dame habe ich bereits gehört. Soll sie nicht auf einem Felsen sitzen und mit ihrem Gesang die Boote der Fischer vom Weg abbringen und kentern lassen?«

»So ungefähr.«

»Vielleicht erwischt sie ja dabei ein paar Blauköpp«, murmelte Therese kaum hörbar, aber Franziska hatte sie dennoch verstanden.

»Pardon, was sagten Sie, Madam?«, fragte der Schotte.

»Unsere verehrte Wirtin sprach von dem wirklichen Schrecken der Rheinlande«, erklärte Franziska, »Nachdem wir hierzulande schon nicht mit vierbeinigen Ungeheuern dienen können.«

»Ah, Ungeheuer auf zwei Beinen, also.« McBaird sah sie interessiert an.

»Und einem blauen Rock«, ergänzte Franziska.

Der Gast hob die Brauen. »Madam spricht von den *Prussians*, den Preußen, wenn ich richtig verstehe?«

Röte schoss Franziska ins Gesicht, und zugleich bereute sie ihre voreiligen Worte. Es war mehr als unklug, sich in ihrer derzeitigen Situation abfällig über die neue Herrschaft zu äußern. Schließlich schob sie das Kinn vor und nickte.

Ein Funke des Verstehens glomm in den Augen des Schotten auf, und einen Moment sah es so aus, als wolle er etwas darauf erwidern. Doch schien er ein Mann von feinfühligem Gespür zu sein, denn mit einem nachsichtigen Lächeln ließ er das Thema auf sich beruhen.

»Vielleicht habe ich ja das Vergnügen, dass Sie mir eines Tages die Schönheiten Ihrer Heimat zeigen, *lassie*. Ihrer Heimat, die Sie ja offenbar sehr lieben.«

Dankbar für diesen Themenwechsel, erwiderte Franziska das Lächeln. »Wir werden sehen, Monsieur. Wenn ich mich dadurch nicht allzu sehr kompromittiere.«

Ein amüsiertes Auflachen war die Antwort. »Mit einem alten Mann wie mir wohl eher nicht.«

Franziska zog die Augenbrauen hoch. *Alt* war sicher nicht der richtige Begriff, um sein Aussehen zu beschreiben. Und obgleich sie ihn auf Mitte der Fünfzig schätzte, konnte er bei Weitem nicht als Greis bezeichnet werden. »Wir werden sehen«, wiederholte sie und nahm noch einen Schluck Wein. Ihr Blick ging zu ihrer Freundin, mit der sie noch kaum ein privates Wort hatte wechseln können.

Erneut stellte McBaird seine Feinfühligkeit unter Beweis, denn er nickte und lächelte. »Ich bitte die Damen, mich zu entschuldigen. Die Kunst lockt mit einem gar wundervollen Sonnenschein. *Pity*, ein wahrer Jammer, diesen zu versäumen. *Guid day, ladies,* noch einen angenehmen Tag.« Mit einer angedeuteten Verbeugung setzte er sich seine Kopfbedeckung auf und zog von dannen. Selbst durch das allgegenwärtige Gemurmel im Schankraum war zu hören, dass er dabei eine Melodie vor sich hinsummte, die zugleich beschwingt und unendlich traurig klang.

Fast bedauerte Franziska, auf die Gesellschaft dieses außergewöhnlichen Mannes, den sie gerade erst kennengelernt hatte, gleich wieder verzichten zu müssen. Doch was ihr auf der Seele brannte, hatte Vorrang vor allem anderen. Ihre Hände verkrampften sich. »Sie werden Christian vor ein Erschießungskommando stellen.«

Therese schwieg, ihr sonst so resolutes Gesicht war blass geworden.

»Und Onkel Hubert tut nicht das Geringste, um sich für ihn einzusetzen. Es ist ihm völlig gleichgültig, wenn nur sein eigener Name ...« Eine Träne löste sich aus Franziskas rechtem Auge und lief ihr über die Wange.

Tröstend fasste Therese ihre Hand und drückte sie sanft. »Du bleibst erst mal bei uns«, beschied sie. »Solange du möchtest.«

»Solange Christian noch lebt, meinst du?«, fragte Franziska schwach.

»Gib nicht so schnell auf.« Mit dem Schürzenzipfel tupfte Therese ihr die Tränen weg. »Welche Beweise haben sie gegen ihn in der Hand?«

Franziska hob die Schultern. »Ich weiß es nicht.«

»Glaubst du, er hat es getan?« Thereses Worte waren so leise, dass man sie kaum verstand.

»Landesverrat zu begehen? Spionage?«

»Wie jeder weiß, ist er nicht freiwillig in der Armee. Und er verabscheut die Preußen, die höchstwahrscheinlich seinen Vater, *euren* Vater, getötet haben. Ein starkes Motiv für einen Verrat.«

»Aber er ist von Herzen ehrlich!«, begehrte Franziska auf. »Wenn er sich gegen jemanden stellen würde, täte er das offen und unverblümt. Nicht hinterrücks, nicht wie ein Feigling!«

Therese nickte. »Nun, dann gilt es, die Militärgerichtsbarkeit auch davon zu überzeugen, seine vorgesetzten Offiziere, alle, die in dieser Sache etwas zu sagen haben.«

»Du meinst ...«, ungläubig sah Franziska die Freundin an, »es gibt irgendwas, das *ich* tun könnte?«

»Schwer zu sagen. Mit deinem Onkel ist ja nicht zu rechnen, und die Preußen ...«

»... brauchen so schnell wie möglich einen Schuldigen. Christian hat also niemanden außer mir.«

»Außer uns«, verbesserte Therese und nickte. »Ich red mal mit Andres. Vielleicht kann er ja rausfinden, wer in dieser Sache die Verantwortung trägt. Und wer weiß ...« Sie schwieg vielsagend.

In Franziska keimte neuer Mut auf. Ein Plan reifte in ihr heran. »Ich kann versuchen, mit Christian zu sprechen. Vielleicht erfahre ich dann, um was es wirklich in dieser Angelegenheit geht.« Sie spürte, wie ihre Wangen zu glühen begangen.

»So gefällst du mir schon besser«, beschied Therese zufrieden. »Und nun trink deinen Wein aus. Ich werde Ursula nach einem Mittagsmahl für dich schicken.« Sie gab ihrer ältesten Tochter, die geschäftig die Gäste bediente, ein Zeichen. »Und danach soll einer der Buben deine Sachen holen. Es geht nicht an, dass du länger unter dem Dach deines schrecklichen Onkels lebst. Und heute Abend überlegen wir uns einen Plan, wie du zu Christian vorgelassen werden kannst.«

»Aber hast du überhaupt noch Platz?«, wandte Franziska ein. »Ich meine, es ist Sommer und die Gäste ... zusätzlich zu den Arbeitern von auswärts ...«

»Lass das mal meine Sorge sein, Franzi. Die finden notfalls auch anderswo ein Bett, in dem sie vom Rhein und seinen halb nackten Flussnixen träumen können. Eine kleine Gesindekammer ist noch frei.« Ein fast mitleidiger Blick folgte ihren Worten, da sie Franziskas gutbürgerliche Herkunft kannte. »Nicht ganz das, was du von früher her gewohnt bist, aber ...«

»Ich danke dir.« Aufrichtig gerührt, nickte Franziska.

»Dann ist ja alles geklärt. So, und da kommt ja auch deine Schüssel mit Eintopf. Ich wünsche guten Appetit. Aber jetzt muss ich wieder zurück an die Arbeit.« Schnell stand Therese auf, strich sich die Schürze glatt und eilte mit flatternden Röcken zurück in die Küche. Sie hatte ihr noch ein Lächeln zugeworfen. Dennoch war Franziska die Sorge nicht entgangen, welche die Augen der sonst so fröhlichen Freundin verdunkelte.

Kapitel 5

»Ich hoffe, ich habe mich in diesem Punkt klar ausgedrückt, Leutnant Harten. Ich mache Sie höchstpersönlich für diese Vorfälle verantwortlich.«

Rudolph spürte, wie sich seine Augen vor Zorn verengten.

Capitain von Rülow hatte ihn in sein Bureau in der Münzkaserne beordert, in dessen Marstall der Ingenieurstab untergebracht war, und schritt nun mit hinter dem Rücken verschränkten Armen vor ihm auf und ab.

»Überhaupt«, fuhr dieser fort, »habe ich es von Anfang an für eine äußerst schlechte Idee gehalten, ausgerechnet Sie mit einer derart verantwortungsvollen Position im Ingenieurcorps zu betrauen.«

»Wie meinen Sie das, Herr Capitain?«

Diese Frage war überflüssig. Rudolph kannte die Antwort bereits, kannte sie zur Genüge. Alle Widrigkeiten, die ihm in den vergangenen Jahren, seit dem Ende dieses verfluchten Krieges widerfahren waren, hingen damit zusammen. »Belle-Alliance...« Von Rülows Worte waren kaum hörbar und dennoch vernahm Rudolph sie mit schmerzhafter Schärfe direkt an seinem Ohr. »Vielleicht sagt Ihnen der Name noch etwas. Obgleich man heutzutage dazu neigt, gewisse Dinge lieber dem Vergessen anheimfallen zu lassen oder den Mantel des Schweigens darüber zu breiten. Ich jedoch nicht.«

Belle-Alliance, Waterloo ... Mit albtraumhafter Genauigkeit stiegen die Bilder jener Schlacht wieder vor seinem inneren Auge auf, das Donnern der Geschütze, der durchdringende

Geruch nach verbranntem Pulver und Rauch, die Schreie der Offiziere, die sich mit dem Gebrüll der Verwundeten mischten. Und nicht zuletzt jene schicksalhafte Nacht danach, die seither wie ein Fluch auf seinem Leben zu lasten schien ...

»Ich sehe, Sie wissen, wovon ich spreche.«

Rudolphs Stimme klang heiser. »Ja, Herr Capitain.«

Ein bedrohliches Schweigen breitete sich aus. »Und nun – schon wieder ein Verrat!«, brach es dann förmlich aus von Rülow heraus.

Nur mit Mühe gelang es Rudolph, weiterhin starr geradeaus zu blicken und keinerlei Regung zu zeigen.

»Ein Verrat in den innersten Reihen. Unter *Ihren* Männern.«

Unwillkürlich ballte Rudolph die Hände zur Faust. »Noch ist nicht erwiesen, dass es einer meiner Männer ...«

»Schlimmer noch«, fiel ihm der Capitain ins Wort. »Nicht einfach nur Verrat, sondern nach allem, was wir wissen ... *Spionage!*« Er umrundete Rudolph und kam schließlich einen Fuß hinter ihm zum Stehen, sodass dieser den Atem seines Vorgesetzten unangenehm im Nacken spürte. »Und wer weiß, was sonst noch alles dahintersteckt ... Abtrünnigkeit, Meuterei, Sabotage.«

Gegen seinen Willen fuhr Rudolph herum. »Bisher ist alles reine Spekulation! Nichts, was sich irgendwie belegen oder nachweisen ließe.«

»Zumindest nicht, wenn jemand alles dransetzt, es zu verhindern.«

»Was meinen Sie damit?«

»Nun ...« Capitain von Rülow ließ sich auf seinem Stuhl nieder, schlug die Beine übereinander und legte die Fingerspitzen zusammen. »Wäre es nicht durchaus möglich, dass der in dieser Angelegenheit verantwortliche Offizier ein gewisses

Interesse daran hat, dass die Vorfälle ... hm ... sagen wir, unaufgeklärt bleiben?«

Das war ein direkter Angriff gegen ihn, eine schallende verbale Ohrfeige, die saß.

»Herr Capitain«, seine Stimme klang gepresst, »ich werde alles daransetzen, die Wahrheit ans Licht zu bringen. Vollständig und ohne Vorbehalt.«

Von Rülows Blick war eisig. »Nun, das will ich hoffen, Leutnant Harten.« Und ein wenig leiser fuhr er fort: »Obgleich ich berechtigte Zweifel hege.«

Es kostete Rudolph ungeheure Mühe, die vorgeschriebene Haltung zu wahren. »Ich *werde* die Sache in Ordnung bringen, Herr Capitain. Verlassen Sie sich darauf.«

Langsam, fast spöttisch zog von Rülow die Augenbrauen hoch. »Nun, wir werden sehen. Immerhin wird dem Jungen nicht unmittelbar der Prozess gemacht. Da General von Thielemann gerade in Berlin ist ...« Von Rülow ließ den Rest des Satzes unausgesprochen, doch Rudolph wusste, was er meinte.

Der kommandierende General des VIII. Armeecorps, dem auch das Ingenieur- und Pioniercorps unterstand, war vor einigen Tagen in wichtiger Angelegenheit in die Hauptstadt aufgebrochen und wurde frühestens in drei Wochen zurückerwartet. Vorher würde in einer derart heiklen Angelegenheit – Geheimnis- oder gar Landesverrat – kein Kriegsgericht einberufen und kein Urteil gesprochen werden.

»Nun, zumindest gibt uns das ein wenig Zeit, aus dem Kerl herauszubekommen, wer die Drahtzieher sind. Er hat wohl kaum allein und auf eigene Faust gehandelt.« Von Rülows Blick schien Rudolph zu durchbohren. »Klären Sie den Fall, bis von Thielemann zurück ist, und ich werde davon absehen, darüber nachzudenken, warum Sie die Männer, die unter ihrem Befehl arbeiten, nicht besser im Griff haben.«

Rudolph lag eine scharfe Erwiderung auf der Zunge. Ganz sicher waren die Pioniere nicht *seine* Männer, auch wenn sie in den letzten Wochen unter seiner Anweisung Schanzarbeiten verrichtet hatten.

»Ich bin Ingenieur«, sagte er stattdessen, »kein Auditor oder ...«

»Das ist ein Befehl.« Von Rülows Miene war undurchdringlich. »Ich habe bereits mit Aster in dieser Sache gesprochen. Er teilt meine Auffassung, dass die Sicherheit der Festung Vorrang vor allem anderen hat, selbst noch vor Ihrer Tätigkeit als Ingenieur. Und wenn Sie mir nicht bis zur Rückkehr des Generals ein Geständnis des Gefangenen präsentieren können, verbunden mit den Namen weiterer Komplizen, haben Sie die längste Zeit hier Vermessungen und Berechnungen durchgeführt.«

Ungeheure Wut stieg in Rudolph auf. Wie kam dieser Mann dazu? Mit welchem Recht stellte er ihm ein solches Ultimatum, betraute ihn gar mit einer Aufgabe, die nicht in sein Fachgebiet fiel, sodass ihm weniger Zeit blieb für seine eigentliche Arbeit, die ihm alles bedeutete?

»Herr Capitain, ich –«, begann er, doch mit einer entschiedenen Geste schnitt dieser ihm das Wort ab.

»Das war alles. Ich denke, wir haben uns verstanden.«

Einen kurzen Augenblick war Rudolph versucht, erneut zu protestieren, sich dieser irrsinnigen Anordnung offen zu widersetzen. Aber er wusste, dass von Rülow seine Drohung wahr machen, womöglich dafür sorgen würde, dass er vom Festungsbau – seinem Lebenswerk – abgezogen und auf einen anderen Posten versetzt würde. Also besann sich Rudolph eines Besseren und schwieg.

»Sie können wegtreten, Herr Leutnant.«

Mit einem knappen Gruß kam Rudolph der Aufforderung

nach. Fester, als von ihm beabsichtigt krachte die Tür hinter ihm ins Schloss.

※

»Heißt das also, dass Sie es mir verwehren, meinen eigenen Bruder zu sehen?« In hilfloser Wut stand Franziska vor dem wachhabenden Sergeanten. Wie Zerberus vor dem Hades hatte sich dieser vor der Tür aufgebaut, die zu den Arresträumen führte, und dachte offenbar nicht daran, auch nur einen Schritt zu weichen.

»Landesverräter genießen nicht das Privileg, Besucher empfangen zu dürfen.« Die Stimme klang gleichgültig, der Tonfall dienstlich. Nur die zusammengekniffenen Augen zeigten, dass der Uniformierte sich zu fragen schien, was diese junge Frau vorhatte, dass sie so vehement Einlass zu einem der Gefangenen forderte. »Wenn General von Thielemann nicht gerade für drei Wochen in Berlin wäre, hätte der Kerl schon längst eine Kugel im Leib.«

»Dass mein Bruder einen Verrat begannen hat, wäre ja wohl erst zu beweisen.« Franziska spürte, wie der Zorn in ihr wuchs und sie Mühe hatte, sich im Zaum zu halten.

Ein herablassender Blick traf sie. »Wie das Fräulein meinen.«

»Oder wird man in Preußen jetzt schon auf bloßen Verdacht hin abgeurteilt?«

Lautlos richtete sich ihr Gegenüber auf, die Augenbrauen des Mannes zogen sich zusammen, eine missbilligende Furche erschien auf seiner Stirn. »Eine solch impertinente Frage sollte man besser überhören.«

Franziska hob den Kopf. »Sie war durchaus ernst gemeint.«

»Umso schlimmer.« Langsam kehrte der Uniformierte zu seinem Schreibpult zurück, tauchte eine Feder in die Tinte und schrieb ein paar unleserliche Zeilen auf einen Bogen Papier. »Ich muss Sie nun bitten zu gehen.«

»Ich möchte meinen Bruder sprechen.«

»Wie bereits gesagt, Fräulein, ist das ausgeschlossen.«

Franziskas Wut schlug in Verzweiflung um, Traurigkeit und Angst. »Bitte, Monsieur, darf ich wenigstens wissen, ob es ihm gut geht?«

Ein Anflug von Mitleid schlich sich in die Augen des Sergeanten, als er sie ansah. »Der Pionier Berger erhält die ihm zustehende Ration an Nahrung und Wasser. Zumindest, solange er sich kooperativ zeigt.«

Franziska schluckte.

»Was womöglich mehr ist, als ein Verräter wie er verdient. Und wenn ich Sie nun bitten dürfte ... Einen schönen Tag noch.«

Mit diesen Worten wandte sich der Mann endgültig seiner Schreibarbeit zu.

Ihr Gefühl sagte Franziska, dass sie an diesem Tag nicht mehr erreichen würde. Außer vielleicht, die Lage ihres Bruder noch zu verschlimmern. Also schob sie sich ihre Schute wieder auf dem aufgesteckten Haar zurecht und verließ grußlos das Militärarresthaus.

*

Rudolph wusste nicht, was er sich von dieser erneuten Befragung erhoffte. Ja, er war selbst nicht gänzlich davon überzeugt, dass der junge Mann, der nun seit zwei Tagen im Arresthaus einsaß, tatsächlich etwas mit der ganzen Angelegenheit zu tun hatte. Die Tatsache, dass sein Vater ein französischer Offizier gewesen war, hatte nichts zu bedeuten. Das ganze verfluchte Rheinland war voll von dieser Franzosenbrut, Bastarden, die den zwei Jahrzehnten der französischen Besatzung entstammten. Und dass er sich neben dem regulären Militärdienst freiwillig für zusätzliche Arbeiten am Bau der Festung gemeldet hatte, ebenso wenig. Versuchten doch viele junge Soldaten, ihre knappe Löhnung auf diese Weise ein wenig aufzubessern.

Einen Fluch unterdrückend trat Rudolph einen Stein beiseite und bog um eine Straßenecke in die Weissergasse. Der Chor der Dominikanerkirche und davor die imposante Pforte des ehemals dazugehörigen Klosters, das nun als Garnisonslazarett diente, zogen seinen Blick an. Einen Moment nahm er sich Zeit, die aus Sandstein gehauenen Figuren zu betrachten, die – wie konnte es bei Katholiken anders sein – die Gottesmutter und zwei Heilige darstellten. Dann setzte er seinen Weg zum Militärarresthaus fort. Beinahe körperlich spürte er die missbilligenden Blicke einiger Passanten, Blicke, die seinem Degen, den Insignien und dem Blau seiner Uniform galten, die ihn als Offizier des preußischen Königs kennzeichneten. Eines Königs, der sich hierzulande keiner großen Beliebtheit erfreute.

Rudolph spürte, wie ihm bei diesem Gedanken die Galle hochstieg. Noch immer spukten in vielen Köpfen die Ideen der Revolution herum. Und die gleichen Leute, die insgeheim auf das Bild des Königs von Preußen spuckten, würden mit offenen Armen diesen korsischen Usurpator willkommen heißen, wenn ihn nicht im Vorjahr der Tod ereilt hätte. Napoleons Hinscheiden in seinem Exil auf der Insel St. Helena hatte bei seinen noch immer zahlreichen Anhängern in ganz Europa große Trauer ausgelöst.

Verrotten möge er in seinem Grab!, dachte Rudolph. Die Vorstellung, dass Menschen in diesem Land hier, Preußens westlichsten Provinzen, womöglich sogar solche, mit denen er täglich zusammenarbeitete, im tiefsten Herzen Revolutionäre, ja Bonapartisten waren, empörte ihn so sehr, dass er beinahe die junge Frau übersehen hätte, die stolpernd auf ihn zueilte. Sie war offensichtlich ebenso in Gedanken versunken wie er und achtete nicht auf den Weg.

Im letzten Augenblick wich er vor ihr auf die Straße aus und wäre dabei beinahe von einem der vorbeizockelnden Fuhrwerke erfasst worden. Er konnte gerade noch verhindern, dass die junge Frau, die von der plötzlichen Bewegung und den darauffolgenden herben Flüchen des Bierkutschers, aus ihren Tagträumen aufgeschreckt war, dieses Schicksal ereilte.

Mehr aus einem Reflex heraus denn aus einer bewussten Überlegung hatte er ihren Arm gepackt und sie zu sich herangezogen. »So passen Sie doch auf!«, grollte er und musste sich beherrschen, das kopflose Weibsstück nicht zu schütteln. »Wenn Sie am helllichten Tag träumen, bringen Sie sich und andere in Gefahr!«

Statt eines Dankes hob die soeben Gerettete den Kopf und funkelte ihn verärgert an. »Ich bin alt genug, um auf mich selbst achtzugeben. Ihre Belehrungen können Sie sich also sparen.«

Rudolph schnaubte. Es war dieselbe Rheinländerin, die ihm am Tag zuvor bereits auf der Festungsbaustelle buchstäblich vor die Füße gefallen war. *Verfluchte Tagträumerin!* Offensichtlich brauchte das verantwortungslose Frauenzimmer eine gehörige Lektion in Sachen Aufmerksamkeit.

Er verstärkte den Druck seiner Hand und maß sie mit einem eisigen Blick. »Wie ich sehe, kennen wir uns bereits.«

Die junge Frau versuchte, sich dem Griff zu entwinden, doch Rudolph packte noch fester zu, nicht bereit, sie so einfach davonkommen zu lassen.

»Tatsächlich, Monsieur?«

»Tatsächlich.« Er lächelte kalt. »Und wie ich sehe, verfügen Sie über das bemerkenswerte Talent, sich in die Arme preußischer Offiziere zu werfen.«

»Wenn Sie es sagen, Monsieur.« Noch immer zerrte die Frau an seinem Arm. »Nun, da Sie mich auf diese kleine Schwäche hingewiesen haben, würde ich gerne meinen Weg fortsetzen.«

Rudolphs Blick ging zu der Richtung, aus der sie gekommen war. Das Militärarresthaus? Sollte sie womöglich...?

Nein. Er verwarf den Gedanken ebenso schnell, wie er aufgetaucht war. Sicher war das nur Zufall. Was sollte eine Frau wie sie dort zu schaffen haben? War sie nicht die Nichte eines der Baumeister auf der Feste? Als solche hatte sie sich ihm zumindest vorgestellt. Wie hieß dieser noch gleich?

»Fräulein Kannegießer?«, erkundigte er sich in einem amtlichen Tonfall, der so klang, als nähme er jedes ihrer Worte zu Protokoll.

Die so Angesprochene zuckte kaum merklich zusammen, ihre Lider flatterten, doch sie hielt seinem Blick stand und rang sich schließlich etwas ab, das man als ein Nicken deuten konnte. »Wenn Sie mich so nennen möchten«, antwortete sie schließlich gepresst, »dann sind wir uns ja ausreichend vorgestellt worden, Monsieur. Hätten Sie nun die Güte, mich endlich loszulassen? Morgen habe ich sicherlich überall blaue Flecken.«

»Was Ihnen nur recht geschähe.« Er gab sie frei und sah mit nicht geringer Befriedigung, wie sie sich den Arm rieb. Dennoch verschwand der herausfordernde Ausdruck nicht aus ihrem Blick.

»Danke«, sagte sie von oben herab.

»Und passen Sie zukünftig besser auf, wohin Sie treten.«

Ein Anflug von Trotz flackerte in ihren Augen auf. Dann wandte sie sich zum Gehen. »Einen schönen Tag noch, der Herr.«

Eilig setzte sie ihren Weg in Richtung Florins Markt fort und ließ Rudolph mit dem untergründigen Gefühl zurück, dass sie irgendetwas vor ihm zu verbergen suchte.

Kapitel 6

Ein Knarren zerriss die nächtliche Stille, als Franziska die Tür öffnete und fast lautlos nach draußen in die Castorgasse trat. Für einen kurzen Moment drangen die Gerüche nach Wein, Bier, Rauch, Eintopf und menschlichen Ausdünstungen aus dem Schankraum in die schwüle Nacht.

Tief atmete Franziska durch und ließ die Ruhe, die über den Flusstälern lag, auf sich wirken. Seit Tagen wollte es nicht abkühlen, selbst in der Nacht lag die Hitze noch über der Stadt, den Gewässern und Uferhängen. Die schmale Mondsichel am Himmel erhellte schwach den Weg zu Franziskas Füßen und die Häuser der Stadt, die von sommerlichem Grün umwucherte Landschaft.

Wie ein verzaubertes Land, dachte Franziska, eine Welt, die irgendwo aus der fernen Vergangenheit aufgetaucht war und sich nicht dem neu angebrochenen Zeitalter aufkeimender Industrie und moderner Technik anpassen wollte.

Durch die Häuserzeilen hindurch erhaschte sie einen Blick auf den hoch aufragenden Felsen des Ehrenbreitsteins. Die bereits fertiggestellten Mauern der neuen Feste schimmerten blass im Mondlicht. Rein äußerlich ähnelte sie durchaus den Burgen, Klöstern und Kirchen aus dem Mittelalter, die sich entlang den Hängen des Rheins erstreckten – meist nur noch verwitterte Ruinen als Zeugen verflossener Jahrhunderte. Dennoch bildete jene magische alte Welt das Gegenstück zu dem preußischen Bauwerk auf dem Ehrenbreitstein, das, obwohl es erst im Entstehen begriffen war, bereits das Symbol dieser neuen

Ära darstellte. Einer Zeit, die sich der Moderne verschrieben hatte und sich zugleich nach der Vergangenheit sehnte.

Energisch zwang sich Franziska, ihre Gedanken auf ihr Vorhaben zu richten. Sie würde nicht tatenlos zuschauen, wie ihr Bruder wegen eines Verbrechens, das er nicht begangen hatte, verurteilt und womöglich hingerichtet wurde. Und wenn ihr von offizieller Seite niemand weiterhelfen konnte oder wollte – es ihr nicht einmal gestattet war, mit ihm zu reden –, so musste sie eben einen anderen Weg finden, mit Christian Kontakt aufzunehmen. Ganz gleich, welche Folgen das für sie selbst haben mochte.

Es war kein allzu weiter Weg von Thereses Gasthaus in die Weissergasse, wo sich unweit der Moselbrücke das Militärarresthaus befand. Um diese Uhrzeit waren nur wenige Leute unterwegs. Eine Militärpatrouille, der sie vorsichtshalber auswich, ein paar Männer, die bereits zu sehr dem Alkohol zugesprochen hatten und infolgedessen stöhnend durch die Straße wankten, sowie eine Dirne, welche die Suche nach Freiern aufgegeben zu haben schien und mit trübem Blick in einem Hauseingang verschwand.

Franziskas Herz schlug so laut, dass sie glaubte, es müsse in den leeren Gassen widerhallen. Obgleich die Stadt tagsüber eine lärmende, preußische Baustelle war, wirkten nun die alten, schlicht verputzen Häuser seltsam verträumt und friedlich. Wie trügerisch! Dabei verwandelte sich ihre Heimat doch Tag für Tag mehr in eine undurchdringliche Festung.

Franziska schluckte schwer, schob den Gedanken beiseite und wandte sich nach links in die Kornpfortstraße, eilte die Danne hinauf, vorbei an der Kirche St. Florin, die den Preußen nun als protestantisches Gotteshaus und Garnisonskirche diente. Mächtig hoben sich ihre Doppeltürme vom mondhellen Nachthimmel ab und warfen unheimlich anmutende Schatten.

Rasch überquerte Franziska den Florins Markt, lief an der Alten Burg vorbei, die eine moderne Blechwarenfabrik beherbergte, und erreichte schließlich über eine Brückenrampe den Altengraben. Von dort bog sie in die Weissergasse ein und stand schließlich mit klopfendem Herzen vor dem Militärarresthaus. Obgleich es sich von der Größe her nicht wesentlich von den anderen Gebäuden unterschied, erschien es Franziska mit seiner glatten, abweisenden Außenmauer und den kleinen, hoch gelegenen Fenstern in diesem Moment wie ein Fremdkörper in ihrer Stadt. Ein Stachel im Fleisch, ein Bollwerk, das einzig dem Zweck diente, die Menschen, die mit ihren Familien schon seit Jahrhunderten hier lebten, mit Gewalt zu zwingen, sich einer fremden Herrschaft und Gesellschaftsstruktur unterzuordnen.

Und irgendwo dort drin befand sich ihr Bruder.

Schauder überliefen sie, und ihre Nackenhaare stellten sich auf, als sie sich vorsichtig der Rückseite des Gebäudes näherte. Noch in der Dunkelheit strahlten die Mauern die Hitze des Tages ab, und Franziska fragte sich, wie sie herausfinden könnte, in welcher Zelle ihr Bruder untergebracht war.

»Christian!«, rief sie leise, »Christian!«

Ein Scheppern wurde laut, doch statt der vertrauten Stimme ihres Bruders drang eine andere, weitaus tiefere und ungehaltenere an ihr Ohr. Jemand, der zornig etwas grummelte, das sie zwar nicht verstand, ihr aber Warnung genug war, nicht mitten in der Nacht vor einem preußischen Militärarresthaus herumzulärmen.

Einige Augenblicke lang wartete Franziska, bis wieder alles still war, dann begann sie, eine leise Melodie anzustimmen, eine Melodie, die ihr Vater ihnen häufig vorgesungen hatte, wenn sie abends nach dem Essen gemütlich mit der Familie beisammensaßen.

»Au claire de la lune ...«

Die Töne der Melodie klangen sanft und vertraut, trugen wie flatternde Vögel durch die stumme Nacht, hinauf zu den Gemäuern.

Irgendwann vernahm Franziska ein kaum hörbares Schaben. Einige Takte lang sang sie weiter, wenn auch ein wenig leiser.

Dann hörte sie ein Flüstern.

»Fanchon?«

Beinahe wäre sie vor Erleichterung in Tränen ausgebrochen.

»Fanchon, *c'est toi?*«

Christian!

Langsam beendete sie noch die Strophe, dann wandte sie sich um und sah in die Richtung eines der vergitterten Fenster, die etwas höher lagen, als sie selbst groß war.

»Pst ... *Oui, c'est moi.*« Fast lautlos ging sie darauf zu. Im blassen Mondlicht konnte sie die Hände ihres Bruders erkennen, die die Eisenstangen umklammert hielten. »Ich musste dich sehen.«

»Was tust du hier? *Tu es folle?*«

»Ich musste dich sehen«, wiederholte sie bestimmt.

»Du bist leichtsinnig!«, flüsterte er, doch in seiner Stimme schwang ein Hauch von Wärme mit. »Pass auf, dass dich niemand entdeckt.«

»Ich hab mir solche Sorgen um dich gemacht!« Franziska wusste nicht, wie sie das Thema, das am meisten in ihr brannte, ansprechen solle. »Behandeln Sie dich gut?«

Christian antwortete nicht.

»Ich werde dir helfen!« Ihr Flüstern drang gedämpft durch die schwüle Nacht.

»Fanchon, was hast du vor?« Er klang beunruhigt.

»Heute habe ich versucht, zu dir zu kommen. Hab sogar bei

dem Wärter vorgesprochen. Aber er hat mich nicht eingelassen. Nun werde ich mit dem Kommandanten ...«

»Nein! Das ist zu riskant!« Christians heisere Worte hörten sich an wie ein Bellen, und als Antwort darauf ertönte von irgendwo aus dem Arresthaus ein so lautes Scheppern, dass Franziska erschrocken zusammenzuckte. »Ich will nicht, dass du dich wegen mir in Gefahr begibst«, fuhr Christian leiser fort, doch seinem Ton war anzumerken, dass er seine Schwester am liebsten an den Armen gepackt und geschüttelt hätte. »Versprich mir, dass du dich aus dieser Sache heraushältst! Es wäre gefährlich, wenn man auch dich noch mit Spionage und Landesverrat in Verbindung bringen würde. Versprichst du mir das?«

Franziska schwieg. So sehr sie ihren Bruder liebte, oder gerade deswegen, das konnte sie ihm nicht versprechen. Sie war nicht bereit, ihn seinem Schicksal zu überlassen. Selbst wenn er sie noch so inständig darum bat.

Ein anderer Gedanke schob sich in ihr Bewusstsein. Die Zeit drängte, und es galt, so viel von ihm zu erfahren, wie es nur ging. Jede Information, mochte sie auch noch so unbedeutend scheinen, konnte ihr vielleicht helfen, die Wahrheit herauszufinden.

Sie atmete tief durch. »An dem Tag, als sie dich verhaftet haben ...«, begann sie vorsichtig.

»Ja?« Christian Tonfall zeigte ihr an, dass er mit diesem Themenwechsel nicht einverstanden war.

»An jenem Abend wolltest du mir etwas sagen, erinnerst du dich?«

Sein Schweigen ließ erkennen, dass er sich vor ihr verschloss.

»Du hast geschrieben, du müsstest mir etwas Wichtiges mitteilen ... *Was* war es?«

»Das spielt jetzt auch keine Rolle mehr!«, stieß er hastig hervor.

Hart schlug Franziskas Herz gegen ihre Brust. »Was war es, Christian? Du musst es mir sagen!«, flüsterte sie beschwörend. Sie stellte sich auf die Zehenspitzen und streckte den Arm aus, um durch das Gitter seine Hand zu erreichen.

»Lass die Vergangenheit ruhen, Fanchon. Es ist jetzt wichtiger...« Ein verzweifelter Klang lag in seiner Stimme, »dafür zu sorgen, dass du eine *Zukunft* hast.« Mit einer für ihn ungewöhnlichen Vehemenz schob er ihre Finger beiseite. »Komm bitte nicht mehr hierher, Fanchon. Das ist zu gefährlich für dich.«

Widerstand regte sich in Franziska. »Ich werde nicht...«

»Kannst du nicht ein einziges Mal auf mich hören, verd...«, unterbrach er sie, »auch wenn ich nur dein kleiner Bruder bin?«

Mühsam schluckte Franziska die Tränen hinunter. »Warum, Christian? Warum willst du mir nichts sagen?«

»Um dich zu schützen, Fanchon«, entgegnete er unerwartet sanft. »Ich könnte es nicht ertragen, wenn dir etwas zustoßen würde... Und nun geh!«

Unfähig sich zu rühren, verharrte Franziska auf ihrem Platz unter dem Fenster, die Hand noch immer auf der Wand ruhend. Was wollte Christian damit sagen? Was in aller Welt hatte er nur getan?

»Geh jetzt, Fanchon! Hörst du?«

Wieder dieses laute Scheppern, darauf ein kreischendes Quietschen, als ob eine Tür geöffnet würde, und dann vernahm sie einen unverständlichen gebellten Befehl.

»Lauf weg!«, war das Letzte, was sie von Christian hörte.

Franziska machte kehrt und stolperte orientierungslos einige Schritte in Richtung Stadt. Dann begann sie zu rennen.

*

»Das Fundament ist uneben, die Linie krumm. Zudem verläuft sie in einem falschen Winkel. Können Sie keine Pläne lesen, Mann?« Einen Fluch unterdrückend warf Rudolph dem Polier, der mit aufgerollten Ärmeln und halb geöffnetem Hemd vor ihm stand, den Plan zu.

Mit zusammengekniffenen Augen und ausgestreckten Fingern wies er in Richtung der Linie, in welcher die Mauer eigentlich hätte verlaufen sollen.

»Wenn Sie meine Berechnungen korrekt übernommen hätten, würde das Fundament in gerader Linie an die weiter vorne angelegte Außenfront stoßen, und zwar genau so...«

Mit der Handkante der rechten und den ausgestellten Fingern der linken Hand versuchte Rudolph zu veranschaulichen, was er meinte.

Der andere schaute hin, verstand und fluchte. Dann spuckte er aus, zog ein schmutziges Taschentuch aus der Hose und wischte sich damit über das verschwitzte Gesicht, auf dem eine undefinierbare Schicht aus Staub und Dreck klebte. »Muss wohl wieder abgerissen werden...«

»Sieht so aus!«, knurrte Rudolph.

»Die verdammte Arbeit von einem ganzen Vormittag umsonst.« Wieder spuckte der Mann aus.

»Besser, Sie lernen, Pläne zu lesen.« Rudolphs Stimme klang kalt.

Ein Grummeln, gefolgt von einem Kratzen am Kopf und einem gemurmelten Fluch, war die Antwort.

Schritte von Stiefeln wurden laut, dann fiel ein Schatten auf die beiden Männer und den ausgerollten Plan. Bedrohlich knirschte der Kies unter Capitain von Rülows Füßen, als dieser abrupt stehen blieb. Rudolph wandte sich um und bemerkte den herablassenden Blick, den sein Vorgesetzter erst dem neu hochgezogenen Mauerabschnitt, dann ihm und dem

Polier zuwarf. Letzterer trat unbehaglich von einem Fuß auf den anderen. Rudolfs Züge verhärteten sich.

Ungeduldig riss der Capitain ihm den Plan aus der Hand, und während er diesen akribisch studierte, verfinsterte sich sein Gesicht zusehends. »Verfluchte Stümper!« Es schien ihn Mühe zu kosten, die Zeichnung nicht in den Händen zu zerknüllen. »Weder in der Lage, einen Bauplan zu lesen, noch, eine gerade Linie zu ziehen.«

Rudolph spürte, wie sich seine Kiefermuskeln anspannten. »Ich habe den Fehler auch gerade festgestellt. Der Kerl hier...«, er wies auf den Polier, »wird mit seinen Leuten den Schaden heute noch beheben. Er muss...« Mit einem kurzen Wink deutete er diesem an, zu verschwinden.

Sichtlich verlegen murmelte der Angesprochene einen Gruß und beeilte sich dann, der Anordnung nachzukommen.

»Er wird dieses falsch angesetzte Stück wieder abtragen und dann genau nach den berechneten Daten weiterarbeiten, Herr Capitain.«

Von Rülow stand noch immer mit zusammengekniffenen Augen und verächtlich herabgezogenen Mundwinkeln vor ihm, sein sorgfältig gestutzter Schnurrbart zuckte vor unterdrücktem Zorn. »Ich wusste, dass Ihnen nicht zu trauen ist, Harten.«

Unter Aufbietung all seiner Willenskraft gelang es Rudolph, unbewegt weiter geradeaus zu schauen, während sein Bein unter der Anspannung stärker zu pochen begann.

»Allerdings war ich zunächst nur der Überzeugung, dass Sie nicht der geeignete Mann dazu sind, um militärische Geheimnisse zu wahren.« Von Rülows Stimme wurde noch einen Ton schärfer. »Aber gerade haben Sie mir bewiesen, dass Sie außerdem ein ganz erbärmlicher Ingenieur sind, noch nicht einmal dazu in der Lage, die Arbeiter richtig zu instruieren.«

Rudolph zwang sich, tief durchzuatmen, den Zorn zu ignorieren, während er seine Worte sorgfältig wählte. »Ich bedauere sehr, Herr Capitain, dass diese Arbeit einen solchen Eindruck erweckt hat«, brachte er schließlich zwischen zusammengepressten Zähnen hervor. »Aber viele der Männer sind Ungelernte, und selbst den Meistern der Betriebe fehlt oft die Erfahrung für ein solch groß angelegtes Vorhaben. Die neuen Baumaterialien, die ungewohnte Zusammenarbeit ... Noch dazu die Sprachbarriere, wenn es darum geht, sich mit den Produzenten aus dem Ausland zu verständigen.«

»Das ist keine Entschuldigung für schlampige Arbeit.« Von Rülows Worte fegten alle Argumente vom Tisch. »Ein Mann wie Sie, ein Offizier noch dazu, sollte das eigentlich wissen. Oder haben die Franzmänner damals bei Belle-Alliance nicht nur Ihr Bein zerschmettert, sondern auch Ihren Verstand?«

Keuchend atmete Rudolph aus und schloss für einen Moment die Augen, während er spürte, wie ihm vor Hitze, Anspannung und unterdrückter Wut der Schweiß aus den Poren brach und über den Rücken rann.

Als er die Lider wieder öffnete, entdeckte er nur einige Schritte entfernt Henriette von Rülow, die Gattin des Capitains, am Arm eines Unteroffiziers fröhlich plaudernd über die halb fertige Anlage schreiten. Ihr blondes, unter einer Schute aufgestecktes Haar blitzte golden in der Sonne, und erneut verspürte Rudolph Wut darüber, dass es Zivilisten, ja sogar Frauen, gestattet war, nur zum Vergnügen das Fortschreiten dieser so bedeutsamen militärischen Anlage zu begutachten.

»Nun denn, Mann«, ergriff der Capitain wieder das Wort, »dann rate ich Ihnen gut, zukünftig pflichtbewusster zu handeln. Oder wollen Sie, dass Seine Majestät eines Tages die Entscheidung bedauern muss, es dem Sohn einer Wäscherin und eines Feldarbeiters gestattet zu haben, die Offizierslaufbahn einzuschlagen?« Ohne ein weiteres Wort wandte sich von Rülow ab.

Einem Reflex folgend salutierte Rudolph und sah dem Capitain nach, der zielstrebig auf seine Gattin zuging.

Ganz sicher nicht, dachte Rudolph grimmig. Er würde den Verräter überführen und auf diese Weise seinen Namen reinwaschen. Vor allem aber würde er weiter daran mitarbeiten, diese Feste, dieses einzigartige, unvergleichliche Bauwerk fertigzustellen.

Um welchen Preis auch immer.

Kapitel 7

»War mal wieder en elend heißer Tach, Herr Leutnant, wa? Wundere mich selbst, dass meene Wenichkeit noch nich jeschmolzen is wie'n Stück Butter.«

Rudolph musste sich anstrengen, um den leichthin fließenden Worten seines Burschen zu folgen, während dieser sich anschickte, ihm aus den Stiefeln zu helfen. Eine Prozedur, die ihn an diesem Abend wesentlich stärker peinigte als sonst.

»Es mag auch an der Hitze liegen ... vielleicht ...«, gab er gepresst zurück, bevor ein heftiger Schmerz sein linkes Bein durchzuckte, als Fritz es mit einem Ruck aus seiner ledernen Hülle befreite.

Rudolph keuchte auf, umkrallte die Armlehne des Stuhls, in dem er saß, und wartete mit zusammengebissenen Zähnen darauf, dass das Pochen allmählich nachließ, während sich sein Bursche bereits an dem anderen Stiefel zu schaffen machte. Dann stellte dieser beide ordentlich neben den Tisch und wandte sich um. Sein Gesicht nahm einen besorgten Ausdruck an, als er seinen Offizier betrachtete.

Rudolphs schmerzverzerrte Züge, die feinen Schweißperlen auf der Stirn offenbarten seine verhasste Schwäche, die ihn in Momenten wie diesen zwang, die Anteilnahme eines ihm Untergebenen zu ertragen. Versuchte er doch in der Öffentlichkeit meist, wenn auch unter Anstrengung, das Hinken weitgehend zu unterdrücken.

»Schlimm, Herr Leutnant?«

Rudolph kniff die Lippen zusammen und verzichtete auf eine Antwort. Stattdessen humpelte er zur Anrichte und goss sich einen Cognac ein. Um Fritz' mitfühlendem Blick auszuweichen, knurrte er: »Nimm dir auch einen!«

In einem Zug kippte Rudolph das Getränk herunter und spürte, wie sich die brennende Flüssigkeit ihren Weg durch seine Speiseröhre bahnte und einige Sekunden später eine Woge von Hitze in seinem Körper explodieren ließ, die sich langsam in all seine Gliedmaßen ausbreitete und den quälenden Schmerz in seinem linken Bein ein wenig eindämmte. Ein leises Klirren ließ erkennen, dass sein Bursche der Aufforderung nachgekommen war, inzwischen ebenfalls sein Glas geleert hatte und es nun wieder auf dem Tablett abstellte.

Er sah zufrieden aus, dieser Fritz Schmitt. Gerade mal fünf Fuß groß, sommersprossig, segelohrig und auch sonst nicht gerade mit den Eigenschaften der Schönheit und Eleganz gesegnet, noch dazu Hunderte Meilen von Heimat und Familie entfernt, schien er dennoch mit sich und seinem Leben im Reinen zu sein.

Dieses Gefühl hatte Rudolph schon vor langer Zeit verloren. Für ihn war nichts mehr in Ordnung, seit dieser verfluchten Schlacht, damals, bei Belle-Alliance, in deren Folge er fast sein Bein verloren hätte. Und noch weit schlimmer quälte ihn, was dieses Gefecht ihn wirklich gekostet hatte: seine Ehre, seinen Leumund, seinen guten Namen als Offizier seiner Majestät – hatte man ihn damals doch der Kooperation mit den Franzosen verdächtigt.

Dennoch hatte er nach seiner langwierigen Genesung nicht den Dienst quittieren müssen. Auf persönliche Empfehlung General von Gneisenaus, der allen Gerüchten zum Trotz nicht den Glauben an ihn und seine Loyalität verloren hatte, war es ihm stattdessen sogar möglich gewesen, in der neu gegründeten Ingenieurschule in Charlottenburg eine Ausbildung als Armee-Ingenieur zu beginnen.

In seinem neuen Metier hatte er sich bald einen hervorragenden Ruf erworben. Das war auch der Grund, weshalb er hierher an den Rhein beordert worden war, um unter Generalmajor Aster, Capitain von Huene und Premierlieutenant Schnitzler beim Aufbau der größten Festungsanlage Preußens, ja wahrscheinlich sogar ganz Europas, seine außerordentlichen Fähigkeiten unter Beweis zu stellen.

Allerdings gab es Vorgesetzte, die in ihm nur einen Emporkömmling sahen, der sich aus eigener Kraft und etwas Glück zum Offizier hochgearbeitet hatte – eine Laufbahn, die noch eine Generation zuvor dem Adel vorbehalten gewesen war.

Und nun führte ein verfluchter Fall von Spionage unter seinem Kommando dazu, dass ihn seine Vergangenheit wieder einholte! Seine Finger krampften sich so fest um das Glas, dass es zersprang. Klirrend fielen die Scherben zu Boden, und ein paar Tropfen Blut rannen aus einem kleinen Schnitt in seiner Hand.

Sogleich war Fritz mit einem Lappen zur Stelle, kniete sich hin und machte sich, ohne eine Miene zu verziehen, ans Aufwischen. Dieser Bursche mochte der Sohn analphabetischer Bauern sein und über eine gelegentlich etwas vorlaute Zunge verfügen, aber er besaß ein feines Gespür dafür, wann es vonnöten war, unaufgefordert zu handeln.

Zornig über sich selbst, seine Unbeherrschtheit und seinen Schmerz, humpelte Rudolph zu seinem Schreibtisch und ließ sich schwerfällig auf den Stuhl sinken, der davorstand. Das schmerzende Bein hielt er von sich gestreckt. Sein Blick fiel auf einen Umschlag, der vermutlich an diesem Tag eingetroffen und von Fritz auf den Tisch gelegt worden war.

Guter Kerl, dachte Rudolph, während er das versiegelte Couvert umdrehte. Als er den Namen des Absenders las, erstarrte er. Da waren Anschrift und Wappen derer von Rülow.

Einen Moment schwebte Rudolphs Hand reglos über dem Papier, während seine Gedanken rasten, sein Herz schneller zu schlagen begann.

Was konnte der Capitain von ihm wollen? Hatte er offiziell Beschwerde gegen ihn eingelegt, wegen seiner – wie er es nannte – Nachlässigkeit, und dies war schon eine Vorladung?

Mit einem entschiedenen Ruck brach Rudolph das Siegel und faltete das Schreiben auseinander. Sein Herzschlag verlangsamte sich, als er sah, dass es sich um eine Einladung handelte. Eine Einladung zu einem Abendessen mit anschließendem Umtrunk, zu dem das Ehepaar von Rülow herzlich einlud. *Herr Capitain von Rülow und seine Gattin Henriette geben sich die Ehre, Herrn Premierlieutenant Harten…*

Einen Moment lang starrte Rudolph ungläubig auf das Blatt. Es konnte sich doch nur um ein Missverständnis handeln. Weshalb sollte der Capitain, der ihn ob seiner einfachen Herkunft verachtete und zudem der Unfähigkeit und mangelnden Vertrauenswürdigkeit bezichtigt hatte, den Wunsch verspüren, mit ihm zu dinieren? Dann fiel sein Blick auf die Unterschrift. Natürlich – es war Henriette von Rülow, welche die Einladungen geschrieben hatte, nicht ihr Gatte.

Bitter lachte Rudolph auf. Welche Ironie, dass der gestrenge Herr Capitain mit einer sehr selbstbewussten Ehefrau gesegnet war, die das gesamte gesellschaftliche Leben in seinem Hause bestimmte. Mehr als einmal hatte es Gerede gegeben, wenn die werte Frau von Rülow eine ihrer höchst unkonventionellen Abendgesellschaften ausgerichtet hatte. Einmal, hieß es, habe sie sogar einige Unteroffiziere zu sich gebeten. Aber einen solchen Fauxpas hielt Rudolph dann doch für ein Gerückt. Nichtsdestoweniger verspürte er keinerlei Lust, der Einladung Henriette von Rülows, von der ihr Gatte mit Sicherheit nichts wusste, nachzukommen. Gerade wollte er sich anschicken, den Brief zu zerknüllen, als er ein Räuspern hinter sich vernahm.

»Komische Sache, det mit'm von Rülow, wa, Herr Leutnant?«

Rudolph wandte sich zu seinem Burschen um, der, die Schuhbürste in der Hand, hinter ihm stand und nach einem Blick auf das Schreiben wissend grinste.

»Was meinst du?« Ein Anflug von Misstrauen klang in Rudolphs Stimme mit.

»Nu ja, er vermisst wohl 'n paar wichtije Unterlagen.«

»Woher weißt du das?«

Ein Lächeln glitt über das Gesicht des Soldaten. »Man hört so allerhand, wenn's abends so schwül is ... und de Männer Durscht ham ...«

Also Schwatzhaftigkeiten innerhalb der unteren Ränge ... Rudolph nickte als Zeichen, dass der andere fortfahren solle.

»Und se sagen, eene Sache wär besonders komisch ...« Fritz ließ ein beredetes Schweigen folgen.

»Ja? Nämlich was?«, hakte Rudolph ungeduldig nach.

»Se sagen, dass die Pläne nich alle aus seenem Bureau in der Münzkaserne jeklaut worden sind.« Wieder machte der Bursche eine vielsagende Pause, und Rudolph spürte, wie seine Kopfhaut zu kribbeln begann, wie immer, wenn er spürte, dass er etwas Bedeutsames erfahren würde.

»Nu ja, se sagen, 'n paar von de jeheimen Dokumenten hätt er eene janze Zeit bei sich zu Hause jehabt ... und nu ... nu sin se wech. Irjendwie komisch, wa?«

Rudolph überlegte kurz. Unterlagen, die auch aus dem Privathaushalt des Capitains gestohlen worden waren ... *Interessant.*

Zwar wurden Dank der vielen Gesellschaften der Frau von Rülow seine privaten Räumlichkeiten wahrscheinlich von mehr Gästen frequentiert, als es dem Hausherrn lieb sein konnte, aber dennoch hielt Rudolph diese Behauptung für ein Gerücht. Weshalb sollte von Rülow einen Teil der militärischen Unterlagen bei sich zu Hause aufbewahren?

Wieder sah Rudolph auf das Schreiben. Vielleicht war es doch keine so schlechte Idee, der Einladung des Capitains – oder dessen Frau – nachzukommen. Auch wenn abzusehen war, dass von Rülow nach den jüngsten Auseinandersetzungen über sein Erscheinen alles andere als begeistert sein würde.

Rudolph lächelte grimmig. Manche Dinge waren jedes Opfer wert ... denn er würde sich in der Anwesenheit seines Vorgesetzten den ganzen Abend über ebenso unwohl fühlen wie dieser. Ehe er es sich anders überlegen konnte, tauchte er die Feder in die Tinte und schrieb hastig einige Zeilen auf einen Bogen Papier. Dann streute er Sand darüber, schüttelte diesen ab und faltete den Brief zusammen.

»Fritz«, sagte er dann und drückte seinem überrascht dreinschauenden Burschen das Schreiben in die Hand. »Du musst noch einen Botengang für mich erledigen. Stell bitte sicher, dass dieser Brief Capitain von Rülow noch heute erreicht.«

Als Fritz verschwunden war, verschränkte Rudolph die Hände hinter dem Kopf und lehnte sich zurück.

Bis zu dem besagten Abend hätte er Zeit zu überlegen, wie er es anstellen könnte, der liebreizenden Dame des Hauses ein paar Informationen zu entlocken.

*

»Jetzt lass den Kopf nicht hängen, Franzi. Du hast es doch erst einmal versucht. Ein einziges Mal! Wahrscheinlich hast du nur noch nicht den richtigen Mann erwischt, der für diese Sache zuständig ist.« Aufmunternd stieß Therese ihrer Freundin in die Seite.

Aber Franziska schüttelte nur mutlos den Kopf. »Und wenn ich dann den *richtigen Mann* gefunden habe? Den, der zuständig ist, was dann? Glaubst du, ich kann einfach zu ihm hingehen und sagen ›Ach, entschuldigen Sie, Herr Major, aber aufgrund eines bedauerlichen Irrtums sitzt mein kleiner Bruder gerade bei euch ein. Allerdings haben Sie den Falschen erwischt. Lassen Sie ihn einfach laufen!‹« Bitter lachte sie auf. »Willst du mir wirklich weismachen, damit könnte ich irgendetwas erreichen?«

Beruhigend legte Therese ihr den Arm um die Schulter. »Ganz so leicht wird's wohl nicht werden, Liebes. Aber aufgeben wirst du doch nicht so schnell, oder?«

Wieder schüttelte Franziska den Kopf, »Nein, werd ich nicht.« Aber im Augenblick wusste sie nicht mehr, was sie noch tun konnte. Von offizieller Seite war niemand bereit, ihr zuzuhören, und ihr Bruder selbst zog es vor, sich in Schweigen zu hüllen, statt ihr zu erzählen, was wirklich geschehen war.

»*Guid mornin ladies!*« Die sonore Stimme Alasdair McBairds drang durch den Raum und zog die Aufmerksamkeit der beiden Frauen auf sich. »*It's weet the day ...*« Mit zusammengezogenen Brauen blickte er nach draußen. »Die Wolken draußen verheißen Regen, aber hier drin strahlen gleich zwei Sonnen!«

Franziska spürte, dass die Wärme in der Stimme des Schottens ihren Kummer für einen kurzen Moment milderte. So freundlich, wie sie es derzeit vermochte, lächelte sie zurück.

Mit großen Schritten kam McBaird näher und deutete eine

kurze Verbeugung an. »*May I* ... Würde meine Gesellschaft Ihnen sehr zur Last fallen?«

Obgleich Franziska lieber allein geblieben wäre, zeigte sie mit der Hand auf einen freien Stuhl. »Bitte, nehmen Sie Platz.«

»Immer noch traurig, *lass?*«

Achselzuckend sah sie zu ihm hoch. Das aufrichtige Mitgefühl in seinen Augen rührte sie, und beinahe war sie versucht, sich diesem Fremden anzuvertrauen, diesem Mann, der vom Alter her ihr Vater sein konnte. Doch schließlich schüttelte sie den Kopf. »Es hilft nichts, über die Welt zu jammern. Es gibt keine andere...«

Der Schotte nickte. »Eine weise Einstellung... die Lady ist klug und gebildet. Aber immer so traurig...« Er legte den kleinen Stapel Blätter, den er zusammen mit einer Zeitung unter dem Arm hielt, auf den Tisch. »*This will mibbe gie yer speerits a bit lift,* kann Sie ein bisschen aufheitern. *May I present*: meine bescheidenen Ansichten von Ihrer schönen Heimat.«

Mit diesen Worten arrangierte er die Papierbögen vor den beiden Frauen, sodass diese einen Blick auf die Landschaftsskizzen werfen konnten.

Es waren Bleistiftzeichnungen, mit schneller Hand auf Papier gebannt. Auch ohne Farbe zeigten sie eindrucksvoll die Hügel und Schluchten, Täler und Hänge an Mosel und Rhein. Mit den bewaldeten Ufern, zerfallenen Ruinen und manchmal schweren Wolken, die über dem Land hingen. Sogar das Glitzern der Wasseroberfläche, die Sonne, die sich auf den Wellen brach, waren auf den Bildern eingefangen.

»Oh...« Franziska spürte, wie der Anblick der Zeichnungen einen Moment lang ihre Sorgen zurückdrängte und ihr warm ums Herz wurde.

»Sie sind wahrhaftig ein Künstler!«

Lange starrte sie auf die Blätter. Es war ihre Heimat, die der

Fremde auf so einzigartige Weise festgehalten hatte. Die Heimat, die sie so sehr liebte. Ihre Finger zitterten ein wenig, als sie einen der Bögen zur Seite schob und darunter eine Skizze von Cöln zum Vorschein kam. Vom Deutzer Rheinufer auf die Stadt blickend, war da ganz deutlich der Turm von Groß St. Martin zu sehen und daneben die markante Silhouette des dunklen, noch immer unvollendeten Domes, der auf der schwarz-weißen Zeichnung eine fast hypnotische Wirkung auf sie ausübte.

Hier hatte sie ihre Kindheit und Jugend verbracht, die glücklichste, die unbeschwerteste Zeit ihres Lebens. Gleich nach seiner Heirat hatte ihr Vater seinen Dienst als Offizier bei der französischen Armee quittiert und sich zusammen mit seiner Frau Luise in Cöln niedergelassen. Als Sohn einer Marseiller Händlerfamilie und Neffe eines Winzers gelang es ihm, in dieser Stadt, direkt am Heumarkt, einen florierenden Weinhandel zu etablieren und sich in der ganzen Region einen Namen zu machen. Franziska und ihrem Bruder Christian hatte nie etwas gefehlt. Freiheitliches Gedankengut, eine solide Schulbildung in zwei Sprachen, aber vor allem die gegenseitige Liebe ihrer Eltern waren die wertvollsten Erinnerungen, die sie in sich trug. Cöln, Coblenz, Rhein und Mosel ... Das hier war ihre wahre Heimat. Nicht Preußen mit seinem diktatorischen Getue und seiner weit entfernten Hauptstadt Berlin. Nein, zwischen diesen Mauern, Ruinen und an diesem Fluss war sie aufgewachsen ... Die Erinnerung daran war so stark, dass ihre Kehle eng wurde.

»Und das ist noch nicht alles, was er kann.« Selbst Therese schien berührt, was bei der sonst eher bodenständigen Wirtin höchst selten vorkam. »Oft malt er auch in Öl. Das solltest du sehen ... diese Farben, das Licht ...«

»Es ist wunderschön«, murmelte Franziska.

»Zeugen der Vergangenheit, nicht wahr?« Die leise Stimme McBairds legte sich tröstend auf ihre Seele, und einige Herzschläge lang glaubte Franziska zu spüren, dass er wusste, was gerade in ihr vorging. Er sprach nicht nur von der Vergangenheit ihres Landes, verkörpert durch die verwitterten Felsen und Burgen, sondern auch davon, dass sie um ihre eigene Vergangenheit trauerte ... und etwas, das im Lauf der Geschichte für immer verloren gegangen war.

»Dann wollen wir das Verflossene für den Moment vergessen und uns lieber, dem Augenblick zuwenden. *Let's see*, welche Nachrichten es heute gibt. *Aye?*« Mit diesen Worten schob er die Bögen wieder zusammen und schlug stattdessen die Zeitung auf, die er mitgebracht hatte.

Hin- und hergerissen zwischen der Erleichterung über den plötzlichen Themenwechsel und dem Wunsch, die eindrucksvollen Zeichnungen noch länger zu betrachten, glitt Franziskas Blick über die Schlagzeilen. Ausführlich wurde über die aktuelle Vereinigung der beiden rheinischen Provinzen Jülich-Kleve-Berg mit dem Großherzogtum Niederrhein berichtet, die Coblenz zum Sitz der Provinzialregierung, also quasi zur Hauptstadt aller preußischen Gebiete am Rhein machte.

Franziskas Blick blieb an einer Anzeige hängen, und ein Name sprang ihr ins Auge: Capitain von Rülow. Sie zuckte zusammen, und bitterer Speichel sammelte sich in ihrem Mund. Das war doch dieser Ingenieur, aus dessen Bureau diese geheimen Unterlagen gestohlen worden waren, was ihrem Bruder angelastet wurde. Sie schluckte, und ihr Herz schlug schneller, während sie sich vorbeugte. Was konnte ein Capitain denn in einer Zeitung schreiben? War es ein politischer Aufruf? Eine Stellungnahme, womöglich gar eine Schmähschrift gegen die Franzosen, die noch im Lande lebten?

»Möchten Sie auch ein Stück Zeitung, *m' dear?*« Mit einem

freundlichen Lächeln reichte McBaird, dem Franziskas Interesse nicht entgangen war, ihr die entsprechende Seite.

Ihre Finger waren klamm und zitterten, als sie zu lesen begann. Und für einen Schlag setzte ihr Herz vor Erleichterung aus, als sie sah, dass es nichts dergleichen war. Keine Anschuldigung, kein militärischer Aufruf!

Lediglich eine Stellenanzeige. So wie es aussah, suchten die von Rülows ein Hausmädchen und hatten zu diesem Zweck diese Anzeige geschaltet. Tief atmete Franziska aus und lehnte sich in ihrem Stuhl zurück ... Eine Idee, vielmehr der Hauch einer Idee klopfte irgendwo an die Hintertür ihres Unterbewusstseins, ohne zunächst Gestalt anzunehmen. Zugleich verspürte Franziska eine seltsame Aufregung. Und während sie den fragenden Blick ihres schottischen Tischnachbarn auffing, sah sie es plötzlich klar vor sich: Ein Gedanke, der so ungeheuerlich war, dass sie ihn zunächst nicht festzuhalten wagte.

Hausmädchen bei Capitain von Rülow! Jemand, der – von den Herrschaften wenig beachtet – Zutritt zu einem Großteil der Räumlichkeiten hatte und sich zudem durch Klatsch und Tratsch der anderen Bediensteten rasch ein Bild vom Alltag und von den Gewohnheiten der Familie machen könnte. Eine Möglichkeit tat sich vor ihr auf, die ihr den Atem nahm. Sie selbst würde sich in die Höhle des Löwen begeben, in das Haus, in dem sich vielleicht Spuren und Hinweise finden ließen, die das Schicksal ihres Bruders wenden könnten. Sie würde versuchen, so viele Informationen wie möglich zu sammeln. Besonders, wer dort alles ein und aus ging, wer zum Arbeitszimmer des Capitains Zugang hatte und so an seine Unterlagen herankommen konnte. Und mit den anderen Dienstboten würde sie sich gut stellen, denn bekanntlich waren diese über die Vorgänge im Haus oft besser informiert als ihre Arbeitgeber selbst.

Es war nicht ungefährlich. Sollte herauskommen, dass sie nicht die war, die zu sein sie vorgab – sondern die Schwester eines mutmaßlichen Landesverräters, die Tochter eines französischen Offiziers, konnte das fatale Folgen haben ... So verzweifelt, wie sie sich fühlte, war sie dennoch bereit, dieses Risiko einzugehen, um ihren Bruder zu retten. Wenn niemand etwas unternahm, um Christian zu helfen, würde er sich sehr bald einem Erschießungskommando gegenübersehen. Franziska spürte, wie sie bei der bloßen Vorstellung Panik überkam und ihr übel wurde.

Ihre Entscheidung war gefallen, und einen Moment lang hatte sie das Gefühl, an einer tiefen Schlucht zu stehen, die sie überqueren musste, obgleich nur ein schmaler, ungesicherter Steg auf die andere Seite führte.

»Was hast du, Franzi?« Thereses Stimme klang besorgt. »Erst wirst du krebsrot im Gesicht und dann plötzlich weiß wie ein Leintuch. Bist du vielleicht krank?«

»Nein, ich bin nicht krank!« Franziska hatte es plötzlich sehr eilig. »Mir ist nur eingefallen ... dass ... eine wichtige Besorgung.« Mit flatterndem Puls stand sie auf und bemerkte nur am Rande McBairds überraschten Blick. »Wenn du ... Sie ... mich bitte entschuldigen ... Therese ... Mr. McBaird«, stotterte sie.

Nun, da sie ein festes Ziel vor Augen hatte, wollte sie keine Zeit verlieren. Immerhin galt es, eine hochgestellte preußische Offiziersfamilie davon zu überzeugen, dass sie die beste Anwärterin auf die Position des gesuchten Hausmädchens wäre – und das, bevor jemand anderes ihr diese Stelle vor der Nase wegschnappte.

Kapitel 8

Die Neustadt gehörte zu den besseren Wohngegenden, die Coblenz zu bieten hatte. Das Viertel war noch im Zuge der Stadterweiterung unter dem letzten Kurfürsten entstanden, gelangte aber erst in diesen Tagen zu seiner vollen Blüte. Während Franziska mit klopfendem Herzen die Schloßstraße entlangging, betrachtete sie die schmucken Fassaden der Reihenhäuser. Dann verengte sich die Straße, und ihr Blick fiel auf gepflegte Vorgärten mit schmiedeeisernen Toren. Der Lärm der polternden Fuhrwerke, schreienden Händler oder spielenden Straßenkinder drang selten bis hierher.

Schließlich war Franziska an der gesuchten Adresse angekommen. Sie stand vor einem zweistöckigen, in einem dezenten Grünton gestrichenen Gebäude, dessen Vorderfront und Fenster ebenso wie der winzige Balkon mit feinen Stuckarbeiten verziert waren. Alles in allem war auf den ersten Blick deutlich zu erkennen, dass die Familie von Rülow Geld besaß. Viel Geld.

Wenn es stimmte, was man sich in der Stadt so erzählte, so verfügte der Capitain nicht nur über ein beträchtliches Familienvermögen, sondern hatte zudem hier in der Gegend einen Steinbruch aufgekauft, der, bedingt durch den Festungsbau, nicht unbeträchtliche Gewinne abwarf. Kein Wunder also, dass er hier ein ganzes Haus bewohnte, während andere, ebenfalls wohlhabende Familien sich mit einer einzigen Etage begnügen mussten – von ärmeren Bevölkerungsschichten gar nicht zu reden.

Wohnraum war knapp in Coblenz. Weitere Flächen konnten nicht erschlossen werden, da diese von der ständig weiter anwachsenden Stadtbefestigung umschlossen waren, welche die räumliche Enge bald noch bedrückender werden lassen würde.

Franziska atmete tief durch, dann gab sie sich einen Ruck, öffnete das Tor und durchquerte den Vorgarten. Sie stieg die Stufen zur Haustür hinauf, um für die ausgeschriebene Stelle vorzusprechen, blieb jedoch auf halber Treppe stehen. Das hier war der Haupteingang, das Portal für die Herrschaften und ihre Gäste. Wenn sie also vorhatte, das überzeugende Bild eines Dienstmädchens abzugeben, sollte sie tunlichst nicht dort anklopfen.

Sie reckte das Kinn, ging die Stufen wieder hinab und wandte sich zu dem etwas abseits gelegenen Seiteneingang. Schnell zog sie ihre leicht abgetragenen Handschuhe aus, stopfte sie in ihre Tasche und klopfte.

Zunächst regte sich nichts, doch gerade als Franziska es ein weiteres Mal versuchen wollte, hörte sie hinter der dicken Holztür ein Schlurfen wie von schweren Schritten.

Kurz darauf sah sich Franziska einer Frau mittleren Alters gegenüber, allem Anschein nach die Köchin. Ihr fülliges Gesicht war gerötet, und sie wischte sich die Hände an der Schürze ab.

»Woas wünscha Se? Dieser Satz war in einem derart fremdartigen Akzent ausgesprochen worden, dass Franziska es zunächst nicht verstand und einen Moment brauchte, um sich klar zu werden, dass sie wohl nach ihrem Anliegen gefragt worden war.

»Ich komme wegen der Anzeige.« Nachdem die Antwort der Älteren aus einem Stirnrunzeln bestand, fügte sie hinzu: »Die Anzeige, dass hier im Haus ein Dienstmädchen gesucht wird. Bin ich hier richtig bei der Familie Capitain von Rülows?«

Die Frau nickte. »Und Se wull'n sich der Herrschaft virstell'n, Frollein?« Wieder dieser fremde, rollende Akzent, der es Franziska schwer machte, sie zu verstehen.

Dennoch konnte sie sich den Inhalt der Frage zusammenreimen und lächelte. »Genau deswegen bin ich hier.«

»Dann kumm'n Se mal rei.« Die Köchin trat beiseite und ließ Franziska eintreten. Wortlos folgte sie ihr durch einen schmalen dunklen Flur. Vorbei an einer geräumigen Küche, auf die sie jedoch nur einen kurzen Blick werfen konnte, da sie gleich zu einer Tür auf der gegenüberliegenden Seite geführt wurde. Die ältere Frau klopfte.

Sogleich öffnete ein grauhaariger, schlicht gekleideter Mann. Die Köchin stellte ihn als Erich, den Hausdiener, vor und erklärte ihm in kurzen, schnarrenden Sätzen, worum es ging.

Ein Paar dunkler Augen hinter runden Brillengläsern richtete sich auf Franziska und musterte sie durchdringend, aber nicht abweisend. Sachlich stellte Erich ihr einige Fragen über ihre Herkunft, ihre Fähigkeiten in Küche und Haushalt, die Franziska alle wahrheitsgemäß zufriedenstellend beantworten konnte. Immerhin hatte sie ihrem Onkel schon jahrelang den Haushalt geführt. Das Ganze dauerte nur wenige Minuten, dann musterte sie der Mann von allen Seiten, begutachtete ihre von der Hausarbeit angegriffenen, aber sauberen Hände und wies sie schließlich an, ihm zu folgen. Franziska spürte, dass ihr Herz schneller schlug, als sie hinter ihm die Dienstbotentreppe hinaufstieg und durch eine Seitentür zum Herrschaftstrakt gelangte, wo sie vor einer Tür stehen blieben.

Auf ein leises Klopfen hin, erklang eine helle Frauenstimme. »Was gibt es, Erich?«

Eine kurze gemurmelte Antwort folgte, und während Franziska eintrat, erhob sich die Hausherrin aus ihrem Fauteuil am Fenster. Zugleich sprang ein schneeweißer Pudel von seinem Kissen und umrundete die Neuankömmlinge mit einem halb begeisterten, halb knurrenden Kläffen.

»Still, Ernesto! Auf deinen Platz!« Widerwillig verkroch sich das Tier unter einem der Sessel, sodass Franziska einen Moment Zeit hatte, Frau von Rülow zu betrachten.

Ein bodenlanges, blau schimmerndes Kleid, an der Taille gerafft mit weiten Ärmeln, wie es die derzeitige Mode vorgab, umschmiegte eine hochgewachsene schlanke Gestalt. Eine Flut hellblonder Haare war zu einer komplizierten Frisur aufgetürmt. Durchdringend blassblaue Augen musterten Franziska ein wenig gelangweilt.

Loreley, schoss es Franziska durch den Kopf. So musste die Loreley ausgesehen haben, wie die Dichter sie beschrieben. Zumindest, wenn man von den Fältchen absah, die sich um die Mund- und Augenpartie der Hausherrin gebildet hatten, und die verrieten, dass sie die Blüte ihrer Jugend bereits weit überschritten hatte. Zudem hätte der schroffe Tonfall ihrer Stimme ganz sicher keinen Schiffer in einen Liebesrausch versetzt.

»Wen bringen Sie mir da wieder an, Erich?« Ihr Blick ging vom Hausdiener zu Franziska.

»Eine weitere Bewerberin für die von Ihnen ausgeschriebene Stellung, gnädige Frau.« Bei seiner Antwort fixierte der Angesprochene einen imaginären Punkt auf der gegenüberliegenden Wand.

»Ach ja, tatsächlich?« Ein kleines, entnervtes Stöhnen entrang sich der Dame des Hauses. »Mal schauen, was es diesmal ist ... nach den aufpolierten Straßenmädchen, Bierkutschertöchtern oder ganz einfach ...« Sie unterbrach sich, als sie Franziska genauer ansah. Mit leicht hochgezogenen Augenbrauen trat sie näher. »Nun, wen haben wir denn da?«

Offensichtlich hatte sie bemerkt, dass diese junge Frau weder aus der Gosse noch einem zweifelhaften Gewerbe stammte. Franziska wusste, dass ihre Kleidung bei Weitem nicht der neuesten Mode entsprach, aber noch immer gepflegt und von gediegener Qualität war. Einer Offiziersgattin musste diese Tatsache sofort ins Auge fallen.

Ein wenig beschwichtigter und ganz offensichtlich neugierig richtete Frau von Rülow das Wort an Franziska. »Nun, wie heißt du, Mädchen?«

Diese musste sich bemühen, die Augen gesenkt zu halten, um zumindest halbwegs ihrer Rolle als arbeitsuchender junger Frau gerecht zu werden. »Franziska, gnädige Frau.«

»Franziska, und wie noch?«

Einen Moment zögerte sie. Natürlich durfte sie nicht ihren wahren Nachnamen verraten, wenn sie nicht binnen eines halben Tages als die Schwester eines potenziellen Landesverräters entlarvt werden wollte. Also entschied sie sich für die Übersetzung ihres französischen Familiennamens Berger.

»Franziska Schäfer«, sagte sie leise.

»Und hast du bereits in anderen Häusern gedient? Gibt es irgendetwas, das du mir vorlegen kannst? Irgendeine Empfehlung?«

Franziska schluckte: »Nun, gnädige Frau, mehrere Jahre habe ich den Haushalt meines Onkels geführt, der ein recht angesehenes Bauunternehmen betreibt. Da fällt einiges an Arbeit an, und wahrscheinlich gibt es kaum eine Tätigkeit, die ich dabei nicht erlernt und erfahren ...«

»Sonst hast du nichts vorzuweisen?«, unterbrach die Hausherrin sie barsch. »Ein bisschen Hausarbeit in der Familie? Und sonst nichts, kein Leumund, kein Zeugnis?«

Franziska schwieg, während sich die Stille wie eine erdrückende Decke auszubreiten schien, und sie glaubte, die bohrenden Blicke der Hausherrin fast körperlich zu spüren.

Sie brauchte diese Stelle. Bei Gott, es war die einzige Möglichkeit, irgendetwas über die Hintergründe dieser Spionagegeschichte zu erfahren, um vielleicht – so Gott wollte – das Leben ihres Bruders zu retten. Wenn sie nun versagte ...

»Ich bin nicht unbegabt im Nähen und habe eine feine Führung bei Stickarbeiten aller Art.« Franziska hasste es, sich dermaßen anpreisen zu müssen, doch sie merkte, dass Frau von Rülow ihr zuhörte. »Ich verstehe ein klein wenig Englisch, da mein Vater mir gelegentlich aus den Gedichten Lord Byrons vorgelesen hat.«

Die Dame zog wissend die Augenbrauen hoch und nickte dann.

»Und ich spreche ... ganz leidlich Französisch, Madame. Meine Familie betrieb ein Handelshaus. Da war es von Vorteil, mehrere Sprachen zu ...« Erschrocken unterbrach sich Franziska, glaubte, zu viel gesagt, ihre Tarnung durch ihre Offenherzigkeit gefährdet zu haben. Aber statt Misstrauen hatte sie nun scheinbar das Interesse der Hausherrin geweckt.

Mit neugierigem Blick trat Frau von Rülow noch einen Schritt näher. »So, so, ein Hausmädchen, das Französisch spricht und die Gedichte Lord Byrons kennt, wie ungewöhnlich.«

Franziska spürte, wie sie bis zu den Haarwurzeln errötete, während sie wieder den Kopf senkte. Im Stillen verfluchte sie sich dafür, dass sie sich ihre Worte vorher nicht besser zurechtgelegt hatte.

»Was kannst du sonst noch? Waschen?«

Sie nickte.

»Putzen, bügeln und flicken?«

Wieder bejahte Franziska und entspannte sich ein wenig.

Ein kurzes Schweigen entstand. »Gut, dann kannst du nächste Woche bei uns anfangen. Erst einmal zur Probe. Wir werden ja sehen, wie du dich machst und wozu du wirklich zu gebrauchen bist. Schließlich...« Ihre Mundwinkel waren etwas nach unten gezogen, wie Franziska feststellte, als sie zögernd aufsah, »scheinst du eine Verbesserung zu sein, im Vergleich zu den Personen, die bisher um die Stellung nachgefragt haben. Wie heißt du noch mal Kind?«

»Franziska«, antwortete sie mit noch immer gesenktem Kopf.

»Gut, Franziska. Gleich übermorgen wird Erich dich einweisen. Aber für jetzt...«

Die blonde Dame machte eine verheißungsvolle Pause und kehrte mit rauschenden Röcken wieder zu ihrem Schreibtisch zurück. »... muss ich mich wichtigeren Dingen widmen.«

Franziskas Blick war der Frau gefolgt, ein aufgeschlagenes Büchlein lag auf dem zierlichen Nussbaumtisch. Nach allem, was sie von ihrer Position aus sehen konnte, handelte es sich um einen Gedichtband.

Damit war Franziska entlassen. Sie hauchte einen kurzen Dank und verschwand dann lautlos durch die Tür. Ihr Herz pochte bis zum Hals. Sie war nicht in der Lage, Erleichterung zu empfinden.

Doch die erste Hürde war geschafft!

Kapitel 9

Es klickte leise, als Rudolph mit fliegenden Fingern den Abakus betätigte. Schnell kritzelte er einige Zahlen auf ein Stück Papier, nahm das Lineal zur Hand, maß die genaue Länge ab und markierte die berechneten Punkte. Dann trat er einen halben Schritt zurück und richtete sich auf, um den Entwurf im Ganzen anzuschauen. Mit der linken Hand schob er sich eine kurze Haarsträhne aus der Stirn, während er das bekannte Kribbeln in den Fingerspitzen spürte, die langsam wachsende Befriedigung, dass sich eins zum anderen fügte und eine neu erdachte Konstruktion zu funktionieren versprach.

Das berauschende Gefühl, dabei zu sein, beim Entstehen von etwas völlig Neuem – etwas nie da Gewesenem. Der Verschmelzung von althergebrachter Bautradition mit modernen Erkenntnissen, exakten wissenschaftlichen Berechnungen, von alten Materialien mit neuartigen Baustoffen. Eine Verbindung von Eisen, Bruchstein, Ziegeln und Stahl. All das würde die Feste auf dem Ehrenbreitstein zu einem Bauwerk machen, wie es in der Welt seinesgleichen suchte, einem Monument des Einflusses und der Stärke in dieser ehemaligen Grenzregion, in den jetzt zu Preußen gehörenden Rheinlanden.

Im wahrsten Sinne der Grundstein der neuen Zeit, der Zukunft.

Kaum spürte Rudolph die Müdigkeit, so vertieft war er in seine Arbeit, dass alles andere in den Hintergrund trat – die Ereignisse um die Spionage, sogar das Wissen, an welch dünnem Faden sein eigenes Schicksal und Fortkommen hing.

Ja, selbst die ständigen Schmerzen durch die Kriegsverletzung am Bein nahm er nur am Rande wahr, so sehr waren all seine Gedanken auf die vor ihm liegenden Pläne gerichtet, die er im Auftrag Generalmajors Aster noch einmal durchsah und auf die statische Festigkeit hin überprüfte. Fast hätte er den jungen Soldaten überhört, der salutierend in der Tür stand und einen Besucher ankündigte.

Verärgert über diese Störung zog Rudolph die Stirn in Falten. »Wer ist es?«, fragte er barsch, in Gedanken noch immer bei seinen Berechnungen.

»Weiß ich nicht, Herr Leutnant. Hab seinen Namen nicht verstanden. Er redet ziemlich komisch ... man muss genau hinhören, um rauszufinden, was er meint.«

Ruckartig fuhr Rudolph herum. Ein Fremder? Ein Ausländer?

»Ist es möglich, dass es sich um einen Franzosen handelt?«

Der Soldat schüttelte den Kopf. »Glaub ich nicht. Auch wenn ich's nicht versteh, aber das Genuschel von den Franzosen hör ich raus.«

Rudolph runzelte die Stirn. Ein Ausländer, der nach ihm fragte. Wer sollte das sein? »Er soll hereinkommen!«, befahl er knapp.

Der junge Mann salutierte erneut und wandte sich zum Gehen.

»Aber du...«, rief Rudolph ihm hinterher, »du bist mir persönlich dafür verantwortlich, dass er ohne Umwege direkt hierherkommt und nicht unbeaufsichtigt durch das Gelände streicht.«

»Verlassen Sie sich ganz auf mich, Herr Leutnant. Ich bring den Mann direktemang zu Ihnen.«

Angespannt trommelte Rudolph mit den Fingerspitzen auf die Tischplatte, während sein Blick über die vor ihm ausgebreiteten Unterlagen glitt. Einen Moment überlegte er, ob es vielleicht klüger wäre, die Dokumente vor neugierigen Blicken zu schützen. Doch dann besann er sich eines anderen. Falls der Fremde an diesen Plänen interessiert war, würde er es bemerken und dadurch womöglich einen Hinweis erhalten.

Rudolph konnte sich eines gewissen Unbehagens nicht erwehren, als der Soldat erneut Meldung machte und den Besucher ankündigte.

Der Mann, der hinter diesem eingetreten war, stand etwas im Schatten, sodass Rudolph ihn zunächst nicht genau erkennen konnte. Nur ein bärtiges Gesicht, dichtes, von grauen Strähnen durchzogenes braunes Haar, das im Nacken zu einem Zopf zusammengebunden war. Auf dem Kopf trug der Fremde eine Art Barett, darunter eine einfache Weste über dem Hemd und eine etwas antiquiert wirkende Kniebundhose. Ein befremdlicher Aufzug.

»*Guid efternuin, auld freen.*«

Es war die volle, ein wenig dröhnende Stimme, die Rudolph stutzen ließ. Aber nein ... das konnte nicht ... oder doch? Ohne Vorwarnung waren sie wieder da ... die Erinnerungen an den Krieg, wachgerufen durch die Anwesenheit dieses Mannes.

Irritiert trat Rudolph einen Schritt näher und sah in helle Augen unter buschigen, halb ergrauten Brauen. Beinahe hätte er sich mit der flachen Hand gegen die Stirn geschlagen, weil er so blind gewesen war. »Alasdair?«, flüsterte er ungläubig. »Alasdair McBaird? *Colonel* McBaird? Bist du's wirklich?«

Ein nachsichtiges Lächeln huschte über das Gesicht des Ankömmlings. »Colonel? Das war ich einmal, *auld freen*. Vor langer Zeit ... *lang syne.*«

Von der unerwarteten Begegnung gerührt und von der

Macht der Erinnerung überwältigt trat Rudolph einen weiteren Schritt vor.

»Zwischenzeitlich habe ich meinen Dienst in der britischen Armee quittiert und bin nur noch in eigener Sache unterwegs«, fügte McBaird hinzu.

Ungläubigkeit, Wiedersehensfreude und die plötzlich über ihn hereinbrechende Wucht der Erinnerung fochten in Rudolphs Brust einen Kampf aus, der von einer plötzlichen Umarmung unterbrochen wurde.

»Gut dich zu sehen!«, sagte der Schotte, zog ihn an sich und klopfte ihm freundschaftlich auf die Schulter. Beiläufig ließ er seinen Blick über die auf dem Tisch ausgebreiteten Pläne gleiten, die Schreibgeräte, Lineale, Zirkel, Rechenschieber. »Also ein Ingenieur ist aus dir geworden. Aus dem jungen Offizier, auf den Gneisenau so große Hoffnungen setzte.«

Rudolph zuckte die Achseln.

Fragend sah der Schotte ihn an. »Wie ist es dazu gekommen?«

»Die Verwundung...«, erwiderte Rudolph und wies auf seinen linken Schenkel. »Es kämpft sich nicht so gut mit einem Hinkebein.« Wieder durchfuhr ihn die Erinnerung wie ein Blitz, die Schmerzen, die Angst, das Blut, das seine Uniform tränkte... »Da erschien mir die Ingenieurslaufbahn als die bessere Möglichkeit. Gerade auch in Friedenszeiten.«

Verständnisvoll nickte McBaird, ohne jedoch etwas dazu zu sagen.

Mit den Fingern strich Rudolph über die Ränder der Pläne, griff gedankenverloren nach einem Zirkel und drehte ihn in der Hand.

»Außerdem...«, setzte er an, unterbrach sich aber sogleich wieder. Was hatte es für einen Sinn, über diese Dinge zu sprechen – den Verdacht ihm gegenüber, die Anschuldigungen, die unzähligen misstrauischen Blicke? »Wie hast du mich gefunden?«, fragte er stattdessen.

Ein noch breiteres Lächeln entblößte die Zähne des Schotten. »Dein Ruf ist dir vorausgeeilt. Allenthalben spricht man von dem jungen hoffnungsvollen Ingenieur, dem keine Herausforderung zu groß, keine technische Neuerung zu schwierig ist. Dem Mann, der auf Gneisenaus persönliche Empfehlung hier ist und von Generalmajor Aster bereits mit Aufgaben betraut wird, die weit über seinen üblichen Verantwortlichkeiten liegen.«

»Jung ... nun ja.« Bitter lachte Rudolph auf. »Das ist wohl Ermessenssache. Immerhin bin ich bereits einige Jahre älter als dieses Jahrhundert.«

»*Onie gaits*, sogar in Cöln ist dein Name in aller Munde. Und natürlich hier ganz besonders.«

Überrascht zog Rudolph die Augenbrauen hoch. »Du warst in Cöln? Wann?«

Das Lächeln des anderen wurde zu einem Grinsen und ließ den altbekannten Schalk in seinen Augenwinkeln erkennen. »Ich habe mir erlaubt, in dieser altehrwürdigen Stadt zu überwintern. *In fact* habe ich dort den Winter und das halbe Frühjahr verbracht. Bin erst seit einigen Wochen in Coblenz. Vorher war ich weiter südlich unterwegs, Remagen, St. Goar, Caub.« Unverhohlene Begeisterung klang in seinen Worten mit. »*A dream of a landscape*. Erinnert mich in vieler Hinsicht an zu Hause.«

»Was tust du hier?«, fragte Rudolph schließlich. »Jetzt, wo du nicht mehr im Dienst bist?«

Wieder dieses fast jungenhafte Lächeln. »Ich male. Ich fange die Natur ein, wie Gott der Herr sie geschaffen hat. In all ihrer Pracht und Schönheit.«

Rudolph war so verwundert, dass er einen Augenblick lang

nicht recht wusste, was er darauf erwidern sollte. Colonel McBaird – ein Künstler? Ein wandernder Maler gar? Eine seltsame Vorstellung.

»Und das genügt dir, Alasdair? Jemand wie du, der mit seinen Männern in den Krieg gezogen ist, Napoleon Bonaparte in Schach gehalten hat?«

Ein Schatten verdunkelte das Gesicht des Schotten. »Die Zeiten sind vorbei. Zeiten, in denen die Briten die Weltordnung zu ihren Gunsten wiederherstellen mussten.« Er lächelte schief. »Wie mir scheint, haben sie ihr Ziel erreicht.«

»Selbst Frankreich«, gab Rudolph zu bedenken, während er noch immer den Zirkel in seiner Hand betrachtete, »hat offensichtlich seine alte Ordnung wiedergefunden. Was jedoch nicht bedeutet, dass von dort keine Gefahr mehr droht.« Unwillkürlich musste er an die Sache mit dem Spion denken und spürte, wie er sich sogleich wieder verspannte.

»Also habe ich mich der Kunst zugewandt«, fuhr McBaird fort, »der Natur, wenn man es so sagen darf ... dem Ursprung *o' a' thing* ... der Herkunft ... dem eigenen Sein ... *the essence o' a' being.*«

Rudolph wusste nicht, was er damit meinte, wollte aber nicht in ihn dringen.

Wieder betrachtete der Schotte das Arrangement auf dem Tisch, und Rudolph vermochte nicht einzuschätzen, ob Anerkennung oder Spott aus dessen Augen sprach.

»So ist also tatsächlich ein Ingenieur aus dir geworden, *auld freen*«. Ein Hauch von Verwunderung schwang in McBairds Stimme mit. »Einer von denen, die heutzutage glauben, die Natur vermessen, berechnen und bezwingen zu können.«

Langsam legte Rudolph den Zirkel zurück auf den Tisch. »Die Natur nur zum Teil. Doch das von Menschenhand Geschaffene gewiss.« Seine Fingerspitzen strichen über die mit

Anmerkungen und Daten übersäten Pläne. »Mit den Materialien von heute und dem Wissen der Jahrhunderte ... Alasdair, ich sage dir, wir werden in der Lage sein, Bauwerke zu errichten, wie die Welt sie noch nicht gesehen hat. Bauwerke, die sogar die sagenhaften Pyramiden in den Schatten stellen. Monumente für die Ewigkeit ... Wie die – nun, wie diese Burgen, die du hier allenthalben siehst.« Er machte eine vage Geste in Richtung Rhein. »Nur noch besser, noch stabiler, noch durchdachter!« In seiner Begeisterung hatte er immer schneller gesprochen, und nun hielt er mit blitzenden Augen inne.

McBaird lächelte, fast ein wenig traurig. »Mir ist *Mither Naitur* lieber. Die Natur in ihrer wilden Ungezügeltheit, der gewaltigen Schönheit, dem rauen Glanz. Sag mir ehrlich, *Rudy-lad*: Gibt es etwas Ehrfurchtgebietenderes als einen Felsen im Licht der Abendsonne oder den Anblick der Wolken kurz vor der Morgenröte? Gigantisch, *Am tellin' ye. A miracle* ...«

»Es gibt keine Wunder mehr. Das solltest du doch wissen. Eine neue Ära ist angebrochen, eine neue Welt entstanden. Und was diese braucht, sind feste Strukturen, eine gute Verteidigung, Feuer, Eisen, Stein und Stahl ...«

Für einen Moment ruhte McBairds Blick auf Rudolph, nachdenklich, fragend. Dann richtete er sich auf und schüttelte den Kopf. »Du hast dich verändert. Als ich dich zum letzten Mal gesehen habe, warst du ...«

»Nein«, widersprach Rudolph leise, »nicht bei unserer letzten Begegnung. Da hab ich blutend und fluchend im Lazarett gelegen und den Feldscher angefleht, mir mein Bein zu lassen. Selbst wenn ich daran krepieren würde.«

Ein feuchter Glanz schimmerte in McBairds Augen, als er seine Hand schwer auf Rudolphs Schulter legte. »Wir haben uns beide verändert. Jeder in eine andere Richtung, wie mir scheint. Und doch liegt ein Stück gemeinsamen Weges hinter uns.«

»Du hast mir damals das Leben gerettet. Wenn du mich nicht aus diesem dreckigen und verseuchten Lazarett herausgeholt und dafür gesorgt hättest, dass ich in einem privaten Haushalt gepflegt wurde, hätte ich nicht nur mein Bein verloren, sondern wahrscheinlich auch mein Leben.« Rasch wandte Rudolph sich ab und schickte sich an, die Pläne und Schreibutensilien für den Tag zusammenzuräumen. »Darauf wollen wir einen Schluck trinken.«

Als er sich wieder umwandte, lag das typische Lächeln auf McBairds Gesicht.

»Das scheint mir eine außerordentlich gute Idee zu sein, *auld freen*. Lass uns auf die alte Zeit anstoßen, die vielleicht besser war, als alles, was noch kommen wird.«

Rudolph brummte eine unbestimmte Antwort, streifte den Uniformrock über, griff nach Degen und Tschako. Dann gab er seinem Gast ein Zeichen, ihm zu folgen.

Gemeinsam verließen sie die Münzkaserne und machten sich auf den Weg über die Rheinbrücke.

Kapitel 10

Rudolph ertappte sich dabei, dass er wie gebannt aus dem Fenster starrte und dem faszinierenden Spiel der Wolken am strahlend blauen Himmel zusah, während Colonel McBaird – Alasdair, wie er nun ausschließlich genannt werden wollte – in seiner tiefen Stimme von seinen Erlebnissen berichtete. Das tat er so lebhaft, dass Rudolph, der nie von sich behauptet hätte, über eine allzu ausgeprägte Phantasie zu verfügen, sich alles bildhaft vorstellen konnte. Plötzlich verspürte er sogar Lust, sich selbst einmal auf den Weg zu machen, seine nähere Umgebung zu erkunden. Die Täler und Schluchten, die Alasdair so malerisch beschrieb, den Graben, welchen der Rhein so tief in das Schiefergebirge geschnitten hatte.

Irgendwie merkwürdig, befand Rudolph. Nun arbeitete er selbst schon einige Jahre hier in den neuen preußischen Rheinlanden und hatte sich kaum einmal die Zeit dazu genommen, mehr von diesem Landstrich kennenzulernen, als für seine Arbeit unbedingt nötig war. Hatte die Städte, aber auch die Natur ausschließlich mit den Augen des Ingenieurs betrachtet, nie jedoch deren Schönheit bewusst gewürdigt.

»Und dann sind ein paar Wäscherinnen kreischend von ihrem Platz am Rhein aufgesprungen und auf mich zugestürzt. Meine Staffelei fiel dabei ins Wasser, und das ganze Bild war dahin«, beendete Alasdair mit einem schallenden Lachen seinen Bericht und hob seinen Krug. »Verrückte Weiber, hier im Rheinland. Mit einem Temperament, das einen das Fürchten lehren kann.«

Rudolph brachte ein schiefes Lächeln zustande, als ihm die recht stürmische Begegnung mit dem weiblichen Geschlecht in den Sinn kam, die ihn erst vor vier Tagen buchstäblich fast zu Fall gebracht hätte.

»Nun aber ...« McBairds Gesicht wurde ernst. »Was ist mit dir? Du schwärmst zwar von deiner Arbeit als Ingenieur an dieser Feste, und die Begeisterung dringt dir aus jeder Pore. *However* ...«, er kniff die Augen zusammen, »einem alten Veteranen und Kameraden kannst du nichts vormachen. Es gibt doch etwas, das dir auf der Seele lastet.«

Rudolph atmete langsam aus. Er nahm noch einen Schluck Bier, während er überlegte, was er antworten sollte. Die Atmosphäre des Abends war so entspannt, zum ersten Mal seit langer Zeit fühlte er sich wohl, beinahe wie befreit, was sicher mit der Warmherzigkeit McBairds zu tun hatte, und es drängte ihn danach, dem Freund von den jüngsten Ereignissen zu berichten.

Doch wäre das klug? Die innere Stimme des lang gedienten Soldaten warnte ihn vor allzu großer Vertraulichkeit. Oder war es nur seine eigene Scham, sein verletzter Stolz, der ihn daran hinderte, vor seinem alten Offizierskollegen zuzugeben, dass er in Ungnade gefallen war, dass sein Vorgesetzter ihn der Mitwisserschaft, wenn nicht gar der Mittäterschaft bei einem Fall von Landesverrat für fähig hielt?

»Nun, mein Freund ... Was bedrückt dich?« McBaird schaute ihn mitfühlend an.

Rudolph schluckte, während er das Glas abstellte. Seine Finger krampften sich darum. Dann nickte er. Also gut ...

»In den letzten Tagen hat es hier einiges an Unruhe gegeben.« Er senkte die Stimme, falls eines der Schankmädchen neugierig das Gespräch zu belauschen versuchte. »Es geht um den Bau der neuen Feste auf dem Ehrenbreitstein ...«

»Dein großes Projekt«, warf McBaird ein und nickte.

Rudolph holte tief Atem. »Capitan von Rülow, einem der leitenden Ingenieuroffiziere unter Generalmajor Aster, sind wichtige Unterlagen abhandengekommen, geheime Pläne zu Aufbau und geplanter Verteidigung der Festung. Es besteht Grund zu der Annahme, dass sie ihm entwendet wurden – zu welchem Zweck kannst du dir wohl denken. Zugleich vermutet unser Geheimdienst, in Frankreich ein verstärktes Interesse an festungsbaulichen Aktivitäten festgestellt zu haben sowie Planungen zu einer Aufstockung des militärischen Aufgebots.« Er hob die Schultern. »Es ist wohl offensichtlich, wer da die Hand im Spiel hat.«

Mit ausdrucksloser Miene hörte McBaird ihm zu und nippte hin und wieder an seinem Bier.

»Es steht zu befürchten«, Rudolph senkte die Stimme noch weiter, »dass es sich nicht nur um einen Fall von französischer Spionage handelt, sondern auch um Verrat aus den eigenen Reihen.«

Noch immer war McBairds Blick unbewegt. »Und das belastet dich so sehr? Hast du Angst vor einem französischen Angriff? Oder etwa davor, dass euch da drüben in Frankreich Konkurrenz erwächst, dass sie eine Festung bauen könnten, die dieser hier gleichkommt?«

»Es gibt nichts, was dieser Festung hier gleichkommt!«, platzte Rudolph heraus. »Nicht in Preußen, nicht im Deutschen Bund und auch nirgendwo sonst in Europa ... wahrscheinlich noch nicht einmal auf der Welt. Diese Anlage ist einzigartig!«

Ein belustigtes Aufblitzen erschien in den Augen des Schotten, doch sagte er nichts.

»Aber das ist nicht alles, was mich beunruhigt. Denn ...« Rudolph suchte nach den richtigen Worten. »Man hat mich für diese Sache zur Verantwortung gezogen. Der Hauptverdächtige in diesem Fall verstand meinem Kommando und ...« Er unterbrach sich, als er sah, wie McBairds Blick sich verdunkelte. »Seit jenen Vorfällen, damals bei Belle-Alliance, bei Waterloo, gibt es ... gewisse Personen, die mir nicht mehr trauen ... die glauben, ich sei zu allem fähig, sogar zum Landesverrat. Dabei ...« In hilflosem Zorn krachte seine Faust auf den Tisch. »Als ob ich diese Festung verraten könnte, in deren Mauern so viel von meinem Herzblut steckt. Ausgerechnet ich!«

Der Blick des Schotten war ernst, beinahe betroffen, als er Rudolph die Hand auf den Unterarm legte. »*Deine* Festung, *auld freen* ... hm, ... *this makes things complicated* ...« Wieder nahm er einen Schluck, doch etwas in seiner Miene hatte sich verändert.

»Man hat den Verdächtigen bereits festgenommen und verhört. Wie gesagt, einer der Pioniere, die unter meinem Kommando beim Festungsbau arbeiten. Aber ...«, Rudolph zögerte, »aber ich bin mir nicht sicher, ob wir auf der richtigen Spur sind.«

McBaird schüttelte den Kopf, und in seinen Augen lag plötzlich eine tiefe Traurigkeit, die Rudolph bei ihm noch nie erlebt hatte. »*Feids awgates*. Überall nur Feindschaften unter den Menschen und Völkern ... Und du stehst mittendrin, *auld freen*. Direkt zwischen den Fronten sozusagen. Wieder einmal. *Mercy me*.«

Für einen Augenblick hatte Rudolph das seltsam irrationale Gefühl, den Freund trösten zu müssen, der stumm in seinen Becher starrte. Dann trank er ihn mit einem Zug leer, und als er ihm das Gesicht zuwandte, lächelte er wieder. »Ich glaube, jetzt könnte ich einen kleinen Spaziergang vertragen. *Fresh air!* Begleitest du mich noch eine kleine Weile? Die Nacht ist angenehm, *the crickets are chirping. Ah, what a wonderful landscape, the Mosel, the Rhine.*«

Froh, dass das Gespräch wieder in unverfängliche Bahnen angekommen war, nickte Rudolph und winkte eines der Schankmädchen herbei, um die Rechnung zu begleichen.

✻

Es war bereits spät, als Franziska mit den gefüllten Bierkrügen, auf denen weiße Schaumkronen thronten, in die Schankstube trat. Obgleich der Abend noch jung war, war Thereses Gasthaus bereits zum Bersten voll. Es war ihr letzter Abend, an dem sie hier aushelfen, und die letzte Nacht, die sie hier verbringen würde – auf unbestimmte Zeit. Schon am nächsten Tag würde sie ihren Dienst bei Capitain von Rülow antreten. Bis vor wenigen Minuten war sie noch damit beschäftigt gewesen, ihre wenigen Habseligkeiten zusammenzupacken, die sie bei Therese hatte lagern dürfen, seit sie das Haus ihres Onkels verlassen hatte.

Während sie die Gläser balancierte, glitt Franziskas Blick über die meist dicht besetzten Tische und blieb schließlich an zwei Männern hängen, die allein in der Nähe des Fensters saßen. Einer der beiden war Alasdair McBaird, wie immer mit einem gutmütigen Lächeln auf den Lippen, ins Gespräch vertieft. Den anderen, der neben ihm saß und ein Bein neben dem Tisch ausgestreckt hatte, sah Franziska nur von der Seite. Er trug einen blauen Uniformrock und eine weiße Hose über schwarzen Stiefeln. Erst als er seinem Gesprächspartner den Kopf zuwandte, konnte sie sein Gesicht erkennen … und erschrak dermaßen, dass sie die Gläser in ihrer Hand klirrend zusammenschlug und sich etwas Bier über ihren Unterarm ergoss.

Der Offizier von der Festungsbaustelle! Dieser unverschämte Leutnant, dem sie kurz darauf unweit des Arresthauses erneut begegnet war und der sie bei dieser Gelegenheit wiederum harsch zurechtgewiesen hatte. Zum ersten Mal hatte sie nun die Möglichkeit, den schroffen Mann genauer zu betrachten, wenn auch aus einigen Schritt Entfernung, halb hinter dem Türrahmen verborgen.

Er war groß, größer als sie ihn in Erinnerung hatte, selbst im Sitzen überragte er den Schotten beinahe um einen Kopf. Nussbraunes, kurz geschnittenes Haar umrahmte ein Gesicht, das Franziska – all ihrer Menschenkenntnis zum Trotz – nicht einzuschätzen vermochte. Womöglich lag es daran, dass sich selbst im ungezwungenen Gespräch seine Miene immer wieder verschloss. Harte, von der Sonne gebräunte Züge, ein ausgeprägtes Kinn, eine leicht gebogene Nase, die wohl einmal gebrochen gewesen war, und ein Mund mit einem strengen, beinahe verbissenen Ausdruck.

Am meisten faszinierten Franziska seine Augen. Obgleich sie nicht nah genug war, um die genaue Farbe zu erkennen, sah sie, dass sie beinahe schwarz schimmerten, aber wenn sie ein Lichtstrahl traf, eher grünlich wirkten. Etwas in ihnen, eine Intensität – oder war es Verletzlichkeit? – stand im deutlichen Widerspruch zu seiner restlichen Erscheinung, die streng und eine Spur herrisch wirkte.

Ännchen, eine von Thereses Töchtern, rempelte sie im Vorbeigehen an, doch konnte sie noch immer nicht die Blicke von dem seltsamen Gespann nehmen. Der liebenswürdige schottische Maler und dieser grobe preußische Offizier ... ein gegensätzlicheres Paar konnte es kaum geben. Franziska spürte ein warnendes Kribbeln auf ihrer Haut, als sie daran dachte, dass dieser Preuße gerade immer dann aufgetaucht war, wenn sie versuchte, etwas für ihren Bruder Christian zu tun. Aus welchem Grund auch immer.

Zu gern hätte sie gewusst, was die beiden Männer miteinander besprachen. Aber um sich dem Tisch zu nähern, hätte sie ihr sicheres Versteck aufgeben müssen, was sie tunlichst vermeiden wollte. Eine weitere Begegnung mit diesem Preußen war das Letzte, wonach ihr der Sinn stand.

Ännchen kam zurück, in jeder Hand mehrere leere Bierkrüge.

»Wer ist dieser Mann da vorn?«, fragte Franziska leise.

»Wer?« Verständnislos schüttelte Ännchen den Kopf.

»Na, der Blaukopp da am Fenster, bei unserem Schotten.«

Die Gläser klirrten leise, als Ännchen sich zum Schankraum umwandte und ein wenig kurzsichtig in die besagte Richtung blinzelte.

»Keine Ahnung.« Gleichgültig zuckte die Kleine mit den Schultern. »Nur ein Offizier oder so. McBaird hat ihn vorhin angeschleppt, und seitdem sitzen sie da.«

»Hast du zufällig gehört, was die beiden miteinander reden?«

Das Mädchen stieß einen prustenden Laut aus und schüttelte erneut den Kopf. »Hab nicht zugehört. Zu viel zu tun heute.« Mit diesen Worten wandte sie sich um und brachte die Gläser in die Küche.

Ratlos blieb Franziska zurück und beobachtete, wie die zwei Männer aufstanden und sich zum Aufbruch bereit machten.

Erst jetzt sah sie, wie ernst das sonst so offene Gesicht McBairds war, und sie empfand ein starkes Bedürfnis, aus ihrem Versteck zu treten und ihn nach dem Grund zu fragen. Stattdessen presste sie sich jedoch noch tiefer in die Ecke und verbarg sich schnell hinter der geöffneten Tür.

Kurz darauf wurden Schritte laut, und sie hörte zwei murmelnde Stimmen.

»Dann steht also Ehre gegen Ehre ... Leben gegen Leben ...« An dem rauen, rollenden Akzent erkannte sie den Schotten.

Die Schritte verharrten, und ein schweres Ausatmen war zu vernehmen.

»So könnte man sagen.« Die Stimme des Preußen klang entschlossen. »Nur dass ich diesmal alles daran setzen werde, diese Ehre zu retten und den französischen Verräter vor einem Erschießungskommando zu sehen. Koste es, was es wolle.«

Dann verhallten die Schritte, die Tür des Gasthauses fiel zu, und Franziska blieb im Halbdunkel zurück.

Erschüttert und bis ins Mark getroffen.

Teil II – Der Schatten des Ehrenbreitsteins

Ein preußischer Husar fiel in Franzosen Hände,
Prinz Clermont sah ihn kaum, so fragt er ihn behende:
»Sag an, mein Freund, wie stark ist deines Königs Macht?«
»Wie Stahl und Eisen!«, sprach der Preuße mit Bedacht.

Autor unbekannt, 1748

Nahe der französischen Grenze, 18. Juni 1815

Der Schmerz zerriss ihn. Einer Flamme gleich brannte er in ihm, fraß sich in seinen Körper wie ein Raubtier, die Klauen fest in das blutige Fleisch gekrallt. So fest, dass es am Knochen schabte, und er glaubte, das kreischende Geräusch an seinem Ohr zu hören.

Übelkeit stieg in ihm auf, Übelkeit, die so allumfassend war, dass er glaubte, darin zu versinken. Der Mond war fast voll und tauchte die nächtliche Landschaft in ein unwirkliches Licht.

Stille, vollkommene Stille, die in seinen Ohren umso lauter dröhnte, weil der Nachhall des Schlachtenlärms in seinem Inneren noch immer nicht verebbt war.

Zitternd kroch er einen Zoll weiter, die Hände in die trockene Grasnarbe gebohrt. Jede Bewegung ließ den Schmerz in seinem Bein ins Unermessliche wachsen. Doch langsam und beharrlich zog er sich weiter.

Stück für Stück.

Er würde den französischen Bastard finden, der ihm das angetan hatte. Er würde ihn finden und – tot oder lebendig – Generalleutnant von Gneisenau ausliefern, auch wenn es ihn selbst das Leben kostete.

Wie in einer dichten Wolke erinnerte er sich noch an dessen Auftrag, nachdem die Schlacht vorbei war und er seine Offiziere versammelt hatte. Den Befehl, die versprengten französischen Einheiten zu verfolgen, sie aufzustöbern... Alles zu tun, um diese daran zu hindern, sich wieder zu sammeln und unter der Führung ihres vom Größenwahn besessenen Kaisers einen weiteren Angriff zu planen.

Besessenheit, das schien ihm auch der richtige Begriff, um den Zustand zu beschreiben, dem der Generalmajor in dieser Nacht selbst verfallen war. Besessen von dem Wunsch, in dieser Nacht auch noch den Resten der *Grande Armée*, die zwei Jahrzehnte lang Europa mit Blut, Terror und Tod überzogen hatte, den Garaus zu machen.

Ohne Rücksicht auf die Verfassung seiner Soldaten und die zahlreichen Kämpfe, die bereits hinter ihnen lagen, trotz des langen Marsches und der darauf folgenden blutigen Schlacht. Nach dem Tag der Entscheidung sollte nun die Nacht ohne Wiederkehr folgen, den Franzosen ein für alle Mal die Möglichkeit eines weiteren Angriffs genommen werden.

Heiß flammte der Schmerz in seinem Körper auf, als er sich unter Aufbietung all seiner Kräfte über eine unebene Stelle schob. Er hasste sich dafür, dass er wie ein Wurm über die Erde kroch, hasste denjenigen, der dafür verantwortlich war. Doch lieber würde er hier, irgendwo in der Einöde von Brabant, verbluten, als nicht alles zu tun, was noch in seiner Macht stand, um dem Befehl seines Vorgesetzten und Gönners Gneisenau nachzukommen. Solange noch ein Funken Leben in ihm war, würde er diese Franzosen verfolgen und Rache nehmen für das, was sie in den vergangenen zwanzig Jahren seinem Land angetan hatten.

Ein Geräusch schreckte ihn auf, und er fuhr zusammen, sodass sich sein zerschossener Körper verkrampfte. Einige keuchende Atemzüge lang schwoll der Schmerz zu einer solchen Stärke an, dass er fast das Bewusstsein verlor. Schweiß brach ihm aus, noch heftiger als zuvor. Regungslos blieb er liegen. Ganz langsam ließen die Krämpfe nach, und er war in der Lage, wieder etwas anderes zu hören als das rasende Hämmern seines Herzens und das Dröhnen des Blutes in seinen Ohren.

Angestrengt lauschte er in die undurchdringliche Dunkelheit. Eine Wolke musste sich vor den Mond geschoben haben. Er wartete, ob er wieder dieses Geräusch vernahm, das nach menschlichen Schritten geklungen hatte. Doch alles um ihn blieb ruhig.

Es war, als ob die Nacht nach den Schrecken dieses Tages den Atem anhielt. Nicht einmal das Rascheln einer Maus oder der Schrei eines Käuzchens waren zu hören.

Ein Stöhnen unterdrückend schob er sich weiter, versuchte, das linke Bein dabei so wenig wie möglich zu belasten. Nur elend langsam kam er voran. Gneisenau zu enttäuschen, den Mann, dem er mehr verdankte als jedem anderen, war ihm ein unerträglicher Gedanke. Und so kroch er weiter, Zoll für Zoll, verbiss den rasenden Schmerz.

Bevor der Morgen über dieser Lichtung dämmerte, wäre er entweder tot oder hätte zumindest einen Teil seines Auftrags ausgeführt.

Weiter, immer nur weiter ... wenn es sein musste, bis zur Grenze. So viel Leid hatten diese napoleonischen Hunde in den vergangenen Jahren über halb Europa gebracht, so viel Elend, so viel Tod.

Nie wieder sollten sie in der Lage sein, sich zu sammeln, erneut gegen Preußen oder ein anderes Land zu marschieren.

Ein Geräusch ließ ihn zusammenfahren, das Knacken eines Astes gefolgt von schnellen Schritten.

Er hob den Kopf und erstarrte. Vom blassen Licht des Mondes beleuchtet, sah er in die aufblitzende Klinge eines Degens.

Dann erkannte er die Uniform eines französischen Offiziers, der mit unbewegter Miene auf ihn herabschaute.

Kapitel 11

Coblenz, Juni 1822

Die Arbeit im Hause derer von Rülow war reichlich und mühsam. Dennoch befand Franziska, dass sie keinen Grund hatte, sich über ihre neue Stellung zu beklagen. Immerhin hatte sie zuvor bei ihrem Onkel ähnliche Tätigkeiten verrichtet. Nur dass sich dort die Aufgaben auf viel weniger Hände verteilt hatten, da ihr Onkel, von einem krankhaften Geiz besessen, sich rundheraus weigerte, mehr Personal einzustellen als unbedingt notwendig. Zumal er ja, wie Franziska in Gedanken bitter hinzufügte, über zwei unbezahlte Arbeitskräfte verfügte, ihren Bruder und sie, bei denen er sicher sein konnte, dass sie ihm nicht einfach davonliefen, wenn die Arbeit zu hart und die Verpflegung dürftig war.

Und so empfand Franziska die ersten beiden Tage in ihrer Anstellung als gar nicht so unerträglich, wie sie es zunächst befürchtet hatte. Obgleich der Capitain sich als ein bestimmender, autoritärer Mann erwies, dem daran gelegen war, dass man seine Anordnungen unverzüglich befolgte, herrschte keine einschüchternde Atmosphäre. Jeder ging geschäftig, aber gelassen seiner Arbeit nach. Selbst die sirenenhafte Blondine – die, wie Franziska bald erfuhr, Henriette hieß –, war keine unangenehme Arbeitgeberin. Zwar sparte sie nicht mit belehrenden Bemerkungen und stellte ihren Wohlstand gerne offen zur Schau, doch schien sie sich in der Rolle der jovialen Dienstherrin zu gefallen und behandelte ihr Personal durchaus menschlich.

Alles in allem hatte Franziska es also nicht schlecht getroffen, auch wenn sie bisher noch keine Gelegenheit gefunden hatte, ihrem eigentlichen Vorhaben nachzukommen. Der Versuch, Einzelheiten über das Verschwinden – oder gar den Verbleib – der geheimen militärischen Unterlagen des Capitains herauszufinden, war bisher erfolglos geblieben. Seit Franziska ihre Stellung angetreten hatte, war es zu keinem weiteren solchen Zwischenfall mehr gekommen, und alle Bewohner des Hauses schienen dieses heikle Thema tunlichst zu meiden. Es wurde von keinem der Angestellten zur Sprache gebracht, und als Franziska eines Nachmittags das dralle blonde Küchenmädchen namens Berte in ein Gespräch darüber verwickeln wollte, wurde diese plötzlich puterrot, entschuldigte sich rasch mit einer wichtigen Erledigung und verließ den Raum.

Aber Franziska würde nicht aufgeben. Im Stillen hegte sie die Hoffnung, irgendwann Näheres über den Zeitpunkt oder die Umstände des Diebstahls zu erfahren. Wenn dann bezeugt werden könnte, dass ihr Bruder in dieser Zeit anderswo beschäftigt gewesen war, womöglich unter Aufsicht eines Feldwebels oder Offiziers, könnte das ein erstes Indiz für seine Unschuld sein, eine Verurteilung zumindest erschweren.

Daneben bot diese Stellung Franziska einen weiteren Vorteil, an den sie zunächst gar nicht gedacht hatte. Zum ersten Mal in ihrem Leben verdiente sie eigenes Geld! Nicht gerade viel, aber sie konnte in ihrer derzeitigen Situation jeden Groschen gut gebrauchen. Aus tiefster Seele wünschte sie sich, über ausreichend finanzielle Mittel zu verfügen, um ihrem Bruder einen Anwalt bezahlen oder zumindest einen solchen um Rat fragen zu können. Auch wenn sie Zweifel daran hegte, dass die preußische Militärgerichtsbarkeit potenziellen Landesverrätern einen juristischen Beistand zubilligte.

Jedenfalls fühlte sie sich, während sie die Tätigkeiten eines Hausmädchens verrichtete, nicht mehr ganz so hilflos wie zuvor. Sie wusste, dass sich in jeder Stunde, die sie im Hause des Capitains verbrachte, die Gelegenheit ergeben konnte, etwas zu erfahren, das ihr und ihrem Bruder weiterhelfen würde.

Da ihr Tagwerk in den Schlafzimmern und Salons getan war, half Franziska an diesem Abend der rundlichen Köchin, die sie damals, als sie im Hause vorstellig geworden war, begrüßt hatte. Sie wusste inzwischen, dass diese Johanna hieß, aus einer Provinz kam, die sich Schlesien nannte, und dass sie der Familie von Rülow bereits seit vielen Jahren diente. Viel mehr hatte Franziska bisher noch nicht von der alten Frau erfahren – nicht etwa, weil diese besonders schweigsam gewesen wäre, sondern weil sie noch immer Mühe hatte, den rauen Dialekt der Schlesierin zu verstehen.

Mit einem Messer kratzte Franziska gerade die angebrannten Reste aus einem schweren Suppentopf, als ihr Blick durch das Küchenfenster hinaus auf die Abendsonne fiel, die sich langsam rötlich verfärbte. Dieser Landstrich zwischen Rhein und Mosel schien dazu angetan, Völker aus der ganzen Welt hierherzulocken, was Franziska nur allzu gut verstand. Aus ihrer Schulzeit wusste sie, dass schon die Römer hier gesiedelt und in den größeren Städten für eine florierende Wirtschaft gesorgt hatten. Vor nicht allzu langer Zeit waren es dann die Franzosen gewesen, die sich hier eingerichtet hatten, und zu guter Letzt – unwillkürlich kratzte das Messer etwas fester über das Metall und gab kreischende Geräusche von sich – zu guter Letzt auch noch diese Preußen. Und mit ihnen Beamte und Bedienstete aus abgelegenen Regionen und Provinzen, deren Namen man hierzulande zuvor kaum gehört hatte.

»Bist 'n schönes, anstelliges Weib.« Die Köchin musterte sie wohlwollend. »Hast 'n guten Blick für'n ordentlichen Haushalt. Da dran fehlt's hie bei uns.«

Franziska verstand nur etwa die Hälfte von dem, was die

Alte sagte, doch dem Tonfall nach zu urteilen, schien es als Kompliment gedacht zu sein. Also nickte sie freundlich und fuhr dann mit ihrer Arbeit fort.

»Ein Jammer nur, dass es hier ... aber ach. S' woar oh friher schunt asu. Seit es doas ahle Froovulk ...« Sie unterbrach sich, als hätte sie schon zu viel gesagt. Über ihrem runden, von Falten durchzogenen Gesicht flammte kurz eine tiefe Röte auf. Schnell griff sie nach dem Besen, der an der Wand lehnte, und begann, die Küche auszufegen. Ihren heftigen Bewegungen nach zu urteilen, war sie aufgebracht.

»Der Herr Capitain, ja, der is 'n anständiger Kerl und hätt was Besseres verdient ...« Sie lächelte breit und entblößte eine Zahnlücke im hinteren Oberkiefer. »Feine Familie das. Die von Rülows in Masuren.« Ihr Blick fiel wieder auf Franziska, die in ihrer Arbeit innegehalten hatte. »Du kommst aber auch nicht aus 'nem schlechten Elternhaus, was, Kindchen?«

Einen Moment war Franziska geneigt, zu lügen, zu erzählen, sie hätte bereits in vielen vornehmen Haushalten gedient. Dann entschied sie sich jedoch für die Wahrheit, zumindest einen Teil davon. »Ich war nicht immer Dienstmädchen, Johanna. Ich hab bessere Zeiten gesehen.«

Einen Moment entstand Schweigen. Dann zeichnete sich Verstehen auf den Zügen der alten Frau ab, und sie nickte. »So kann's gehen, mein Kind, so kann's gehen im Leben. Den einen verschlägt's nach oben, den anderen nach unten. S' iehs halt asu.« Tröstend klopfte sie mit ihrer rissigen Hand auf Franziskas Schulter. »S' wird schunt weder. Wirscht sehen. Auch hier im Haus sinse nicht alle das, was se vorgeben. Das wirscht du auch noch merken.« Ihre Augen verdunkelten sich, und abschätzig schnalzte sie mit der Zunge. »S'is sogar bei uns hie asu.«

Franziska, die in ihrer Arbeit innegehalten hatte, sah die

Köchin stirnrunzelnd an. Was hatte sie damit gemeint? Ihre Worte hatten fast wie eine Warnung geklungen. Aber wovor? Unwillkürlich zitterten Franziskas Finger, und das Messer fuhr in ihre Fingerkuppe. »Au!«, schrie sie, und ihr schwindelte, als sie sah, dass Blut auf den Tisch tropfte wie ein Unglück verheißendes Omen.

Noch eine Warnung? Was ging hier in diesem Hause vor?

Johanna, die sich sofort der kleinen Verletzung annahm und dabei aufgeregt vor sich hin plapperte, enthob Franziska weiterer Überlegungen. Bald schmückte ein blütenweißes Taschentuch ihre lädierte Fingerspitze. Zurück blieben der Anblick des halb eingesickerten Blutes auf der blank gescheuerten Tischplatte und das ungute Gefühl, nicht verstanden zu haben, was die Worte der Köchin zu bedeuten hatten.

Kapitel 12

Der Nachmittag war schon weit vorangeschritten, und die Hitze, welche die ganze Woche über dem Rhein- und Moseltal gelegen hatte, schlug in eine unerträgliche Schwüle um. Schwere, dunkle Wolken türmten sich am Himmel, hingen bedrohlich über dem Land. Die stickige Luft stand zwischen den Straßenzügen, und nicht die kleinste Brise regte sich.

Die Ruhe vor dem Sturm, dachte Franziska, die den typischen Geruch wahrnahm, welcher der dicken, aufgeheizten Luft anhing und das Nahen eines Gewitters ankündigte. Froh, dass sie trockenen Fußes Thereses Gasthaus erreicht hatte, bevor das Unwetter losbrach, öffnete sie die Tür und trat in den Flur. Die vertraute Atmosphäre, die Stimmen und das Geklapper von Töpfen, Besteck und Geschirr aus der Küche wirkten noch einladender als gewöhnlich, aber das änderte nichts an Franziskas bedrückter Stimmung.

Die ersten beiden Tage als Dienstmädchen im von Rülowschen Hause lagen hinter ihr, und sie hatte sich fest vorgenommen, ihren freien Nachmittag – den einzigen in der Woche – in eigener Sache zu verbringen. Allerdings war es doch etwas später geworden, bis sie das Haus des Capitains hatte verlassen können, und anschließend hatte sie erneut versucht, zu ihrem Bruder vorgelassen zu werden. Ein weiteres Mal war sie zum Arresthaus gegangen, hatte bei dem diensthabenden Wachmann vorgesprochen und ihn darum gebeten, wenigstens ein paar Worte mit Christian wechseln zu dürfen. Doch war ihr Anliegen wiederum abgewiesen worden.

Franziska legte Schute und Umhang ab und sah sich nach einem freien Platz um. Ihr Kopf schwirrte, als sie den Raum durchquerte. Ihr Herz fühlte sich so schwer an wie die schwarzen Wolken draußen über dem Moseltal, hinter denen die Hänge des Schiefergebirges halb verschwunden waren. Würde jemals wieder etwas wie Normalität oder Frieden in ihrem Leben einkehren?

Nicht, solange das Leben ihres Bruders in Gefahr war, solange diese ungeheuerliche Anschuldigung auf ihm lastete.

Geschäftig, die Arme mit Bierkrügen beladen, huschte Therese vorbei und grüßte sie erfreut. »Oh, Franzi, setz dich doch. Ich glaub, da hinten ist noch ein Platz frei. Sobald es hier etwas ruhiger wird, komm ich kurz zu dir. Hast du Hunger?«

Franziska verneinte. Ihr Magen war wie zugeschnürt. Sie hatte zwar seit der Mittagsmahlzeit in der Dienstbotenküche nichts mehr zu sich genommen, aber sie spürte, dass sie keinen Bissen herunterbekommen würde. Einen Moment nur wollte sie sich ausruhen und dann ihrer Freundin beim Ausschank helfen. Müde strich sie über ihren Rock. Es fühlte sich gut an, statt der dunklen Dienstbotenkleidung ihre eigenen Sachen zu tragen. Obgleich das helle, cremefarbene Kleid mit der hoch gerafften Taille aus der Mode war, barg es die Erinnerung an ihre Familie in Cöln, an den Vater, der es ihr kurz vor seinem Tod geschenkt hatte. Ja, bisweilen glaubte sie fast, den feinen Geruch von Mutters Rosenwasser zwischen den Fasern wahrnehmen zu können, mit denen sie sich in früheren, besseren Zeiten gern Handgelenke und Schläfen betupft hatte.

Tatsächlich war am Fenster noch etwas frei, nur ein Mann saß allein am Tisch und sah schweigend hinaus. Noch bevor sie ihn erreicht hatte, erkannte sie Alasdair McBaird, der sich jedoch erst zu ihr umwandte, als sie direkt neben ihm stand.

»Guten Abend, Monsieur«, sagte sie leise, und bemerkte, dass sie ihn gerade aus tiefen Gedanken gerissen hatte.

Er blinzelte verwirrt, dann schenkte er ihr jedoch dieses tiefe, warme Lächeln, das ihn so sympathisch machte. »*The wee Rhineland lass, how nice*...« Mit einer Handbewegung bot er ihr einen Platz an und stand dann auf, um ihr den Stuhl zurechtzurücken.

Dankbar, sich hinsetzen zu können und zur Abwechslung selbst ein wenig umsorgt zu werden, ließ Franziska es sich gerne gefallen.

»Wie ist die neue Arbeit?«, fragte er mit seinem starken Akzent. Offensichtlich hatte Therese ihm davon berichtet, dass sie nun eine Anstellung im von Rülowschen Hause hatte. »Wir haben Sie schon sehr vermisst.«

Es klang aufrichtig, und Franziska war ein bisschen gerührt. »Ich nehme an, wie überall sonst auch. Wobei...« Sie unterbrach sich, als ihr ein Gedanke kam, wie es ihr gelingen könnte, das Gespräch auf das Thema zu bringen, das sie beschäftigte. »Wobei ich zugeben muss, dass der Herr Capitan und seine Frau in manchen Punkten großzügig sind. Sie gewähren mir ziemlich viel Freizeit.«

Interessiert sah der Schotte auf, als frage er sich, was sie damit andeuten wolle.

»Ich habe jeden Mittwochnachmittag und jeden Sonntagvormittag zu meiner freien Verfügung. Und alle zwei Wochen sogar den ganzen Sonntag. Es besteht also kein Grund zur Klage.«

»*Indeed that's true*. Wenn man davon absieht, dass Sie während der Arbeitszeit so viele Preußen ertragen müssen.«

Franziska entging nicht, dass die Stimme des Mannes ein wenig bedrückt klang. Doch lächelte sie über den leisen Spott in seinen Worten und nickte. »In der Tat ein hartes Los. Doch ich werd es überstehen. Und was die Preußen betrifft ... Mit denen scheinen Sie ja durchaus Freundschaften geschlossen zu haben.«

McBaird zog eine Augenbraue hoch, unterbrach sie jedoch nicht.

»Vor ein paar Tagen hab ich Sie am Fenster sitzen sehen. Da waren Sie in Begleitung eines Mannes. Eines preußischen Offiziers, wenn ich mich nicht irre.«

Für die Dauer eines Wimpernschlags verdunkelte sich der Blick ihres Gegenübers, dann aber schmunzelte er amüsiert. »Und der hat der jungen Lady gefallen?«

»Nein!« Franziska spürte, wie die Röte ihr ins Gesicht schoss, es folgte das Gefühl von Verärgerung, gepaart mit Empörung. »Wie kommen Sie darauf?«

»Nun, Sie haben nach ihm gefragt.« Wieder dieses feine Lächeln, das Franziskas Zorn noch weiter anstachelte.

»Eher soll mich der Teufel holen!«, brach es aus ihr heraus.

»Der also, so so ... *It seems,* Sie machen ohnehin recht wenig Unterschiede zwischen den Preußen und dem Teufel.«

Franziska entzog sich einer Antwort, indem sie fortfuhr: »Dieser Offizier ist mir nun schon mehrfach begegnet. Da hab ich mich einfach gefragt, wer das sein könnte. Und da Sie offensichtlich mit ihm bekannt sind, dachte ich ...«

»Da dachten Sie, ich könnte Ihnen das sagen?« Ein Hauch von Wehmut trat in seine Augen. »*Weel*, mein Begleiter war Premierlieutenant Rudolph Harten, ein alter Freund aus Kriegstagen. Wir haben gemeinsam gegen Napoleon ... *Oh, pardon me* ...« McBaird hatte wohl bemerkt, dass Franziska bei seinen Worten unwillkürlich zusammengezuckt war. »Ihr Vater war ja Franzose, wie man mir sagte.«

Offensichtlich hatte McBaird schon so manchen Abend mit Therese oder ihren Mädchen geplaudert.

»Ja, und er ist bei Belle-Alliance gefallen«, sagte Franziska.

»Waterloo, wie wir diese Schlacht nennen.« Der Schotte nickte. »Ein Blutbad. Vernichtend und ... endgültig.« Der Ausdruck von Schmerz trat auf sein Gesicht. »Viele hat dieser Tag das Leben gekostet oder die Gesundheit.«

»Und Leutnant Harten?«

McBaird schwieg eine Weile, als wäge er ab, wie viel er aus dem Leben seines Freundes berichten durfte. »Er wurde schwer verletzt und hat auf persönliche Empfehlung General von Gneisenaus nach seiner Genesung die Ingenieurlaufbahn einschlagen können. Mit dem kaputten Bein hätte er für den echten Kriegsdienst ohnehin nicht mehr getaugt. Nun ist er unter Premierlieutenant Schnitzler für den Bau der neuen Feste auf dem anderen Rheinufer mitverantwortlich ... dem Ehrenbreitstein ...«

Der vertraute Name des Ortes klang seltsam rau und fremd aus seinem Mund.

»Ein Ingenieuroffizier, also«, sinnierte Franziska. Sie fing den verwunderten Blick McBairds auf und überlegte, wie sie das Gespräch in unverfänglichere Bahnen lenken konnte. »Mein Bruder tut ebenfalls Dienst bei der Armee, nicht freiwillig allerdings. Er ist Pionier und momentan steckt er in ... in großen Schwierigkeiten.«

Nachdenklich sah der Schotte sie an und nahm einen weiteren Schluck. »Also der Sohn eines napoleonischen Offiziers in der preußischen Armee ... *Strange things do happen here, indeed.*«

Franziska verspürte Trotz in sich aufsteigen. »Haben Sie Vorbehalte gegen die Franzosen, Sir?«

Überrascht sah McBaird auf. »Aber wie käme ich dazu, *my dear*? In Schottland hat man nie vergessen, welch gute Dienste Frankreich uns in der Sache unseres verbannten Königs geleistet hat. *Naw, naw, lassie*, die Bindungen zwischen unseren beiden Ländern reichen tief. Tiefer, als dass ein einziger Krieg sie zerreißen könnte.«

Franziska wusste nicht, wovon er sprach, war jedoch zu bewegt und zu verwirrt, um nachzufragen.

Langsam trank er sein Glas aus und tupfte sich mit einem Tuch über den Mund. »Jetzt wird es aber Zeit für mich. Diese Wolken da draußen, diese Natur ... das muss ich unbedingt mit dem Pinsel einfangen.« Zum Abschied nickte er Franziska zu und erhob sich dann.

Zwischen Hoffnung und Mutlosigkeit schwankend blickte sie ihm nach.

Kapitel 13

Die Wolken des Vortages hatten sich verzogen, ohne die erhoffte Abkühlung gebracht zu haben. Die Hitze in der Münzkaserne war wieder einmal unerträglich. Schweißnass klebte das Hemd an Rudolphs Rücken. Selbst das Schreibzeug fühlte sich unangenehm klamm an, und die Papiere waren dort, wo seine Hand gelegen hatte, gewellt und fleckig geworden. Zudem brummte ihm der Kopf, sodass er Schwierigkeiten hatte, sich auf seine Arbeit zu konzentrieren.

Da war das Eintreten seines Burschen Fritz eine willkommene Ablenkung. Ein wenig besorgt grinste dieser seinen Vorgesetzten an. »Immer noch bei der Arbeet, Herr Leutnant?«

Rudolph ließ seinen Blick über die vor ihm ausgebreiteten Schreib- und Rechenutensilien gleiten und nickte knapp.

»Nu denn, Herr Leutnant. Jetzt ham Se schon dat Mittagessen verpasst, und deshalb bring ick Ihnen 'n paar Stullen. Ick würd Ihnen raten, sich 'n bisschen abzukühlen.« Naserümpfend kratzte er sich an seinem ebenfalls schweißgetränkten Haarschopf. »Tut eenem nich jut, sich nie 'ne Pause zu jönnen ... jrad bei der Hitze.« Mit diesen Worten legte er den in Zeitungspapier eingelegten Mittagsimbiss auf den Tisch und sah seinen Vorgesetzten auffordernd an. »Nu kommen Se schon, Herr Leutnant. Ist nich nötich, dat Jehirn eindampfen zu lassen wie 'nen Bratappel im Backofen.«

Rudolphs Bein schmerzte mehr als üblich, als er sich langsam erhob. »Danke«, sagte er nur. »Ich werd's mir überlegen.«

Ein kurzer, zweifelnder Blick des Soldaten schien zu sagen: *Jetzt denken Sie doch auch mal an sich, Herr Leutnant!* Dann salutierte Fritz und verließ den Raum.

Nur das Brummen einer Fliege war zu vernehmen, in der Hitze, die von Stunde zu Stunde zuzunehmen schien. Unschlüssig blickte Rudolph erst auf seine Unterlagen, dann zum Fenster hinaus, wo sich ein tiefblauer Himmel über das Rheintal spannte.

Fritz hatte wie immer recht. Er sollte eine Pause einlegen, um wieder einen klaren Gedanken fassen zu können. Doch zuvor würde er noch rasch einige Unterlagen ins Ingenieurgebäude in der Karmeliterstraße bringen.

Sorgfältig schraubte Rudolph das Tintenfass zu und brachte mit einigen routinierten Handgriffen den Tisch wieder in einen präsentablen Zustand. Er wusste, dass er im Ruf stand, ein von seiner Arbeit besessener Pedant zu sein. Doch störte ihn das nicht im Geringsten, entsprach es doch in allen Punkten der Wahrheit.

Tatsächlich lebte er für seine Ingenieurstätigkeit, seine Vermessungen, den Aufbau einer neuen Zeit. War das womöglich der Versuch, die eigene Vergangenheit zu vergessen, indem er seinen Blick ausschließlich auf diese von Technik geprägte Zukunft richtete?

Rudolph lächelte dünn, während er nach Rock, Degen und Tschako griff. Wenn er schon anfing, solch persönlichen Gedanken nachzuhängen, war es wirklich an der Zeit, sich abzukühlen.

*

Als Franziska mit dem schweren Wäschekorb eine geeignete Stelle am Rhein erreichte, war sie so erschöpft, dass sie einen kurzen Moment verschnaufen musste. Ein wenig außer Atem trat sie in den Schatten eines Baumes, der nahe am Ufer stand und sie mit angenehmer Kühle umfing. Einen Moment lang sah sie zum Fluss hinüber, der träge in der frühen Nachmittagssonne dahinfloss, dann zog sie Stiefel und Strümpfe aus. Zuletzt raffte sie die Röcke und setzte sich mit ihrem Korb direkt ans Wasser. Das kühle Nass an ihren Beinen war erfrischend. Froh darüber, den Tätigkeiten innerhalb des Rülowschen Hauses vorübergehend entkommen zu sein, begann sie, die in Seifenlauge getränkten Wäschestücke im Wasser des Flusses auszuspülen, wobei sie darauf achtete, dass keines von der Strömung fortgerissen wurde.

Das rhythmische Plätschern der Wellen, das eintönige Rubbeln und Auswringen der Wäsche ließen ihre Gedanken bald zu früheren Zeiten abschweifen. Wie oft war sie mit ihrem Bruder Christian und anderen Kindern zum Rheinufer gelaufen und hatte an heißen Tagen im kühlen Nass gebadet. Es war eine glückliche Kindheit gewesen. Behütet und geborgen waren sie beide im Schoß ihrer Familie aufgewachsen. Bereits vor ihrer Geburt hatte ihr Vater den Abschied von der Armee genommen und mit dem Aufbau eines Weinhandels in Cöln bescheidenen Wohlstand erlangt. Rückblickend erschien Franziska diese Zeit so viel freier und unbeschwerter als heute, unbekümmert, unbelastet von Einengungen und Etikette.

Mit Schaudern erinnerte sie sich an jenen Tag im Jahre 1813, als die Nachricht von Napoleons Niederlage in Leipzig die Stadt erreichte und die Stimmung in Cöln plötzlich umgeschlagen war. Von heute auf morgen waren überall Schmährufe gegen die Franzosen laut geworden, und manche ihrer früheren Freunde, Nachbarn und Kunden begannen gar, sie zu schneiden. Um die ganze Situation noch unerträglicher zu machen, wurden ehemalige französische Soldaten unter eine besondere Aufsicht gestellt, die selbst vor ihrer privaten Post nicht haltmachte. Sie waren regelrecht bespitzelt worden.

Vielleicht war es diese erschreckende Wendung gewesen, die ihren Vater zu der Entscheidung getrieben hatte, seinen Kaiser nach dessen Flucht von Elba zu unterstützen. Gemeinsam mit ihm gegen eine Welt zu kämpfen, die wieder in die alte Enge, Starre und Kurzsichtigkeit zurückzufallen drohte. Im Frühling des Jahres 1815 hatte Lucien Berger seinen Dienst als Offizier Napoleons wieder aufgenommen und war mit ihm in die Schlacht gezogen.

Belle-Alliance, Waterloo ... Abgesehen von der Nachricht, dass er gefallen sei, hatten Franziska und ihre Familie nie wieder etwas von ihm gehört. Und auch die genauen Umstände seines Todes waren im Dunkeln geblieben.

Ein Geräusch ließ Franziska innehalten. Zunächst glaubte sie, ihre Kindheitserinnerungen wären so lebhaft gewesen, dass sie es sich nur eingebildet hätte. Doch als sie genauer hinhörte, vernahm sie deutlich ein gleichmäßiges Klatschen auf dem Wasser. Ihre Neugierde war erwacht. Sie legte das Leintuch, das sie gerade bearbeitete, auf einen großen Stein neben sich, stand auf und eilte barfuß am Ufer entlang über das trockene Gras bis zu einem Gebüsch, dessen Zweige weit ins Wasser hineinragten.

Vorsichtig schob sie das dichte Laub beiseite und spähte hindurch. Mit zusammengekniffenen Augen schaute sie über die Wasseroberfläche, die das grelle Sonnenlicht reflektierte, und entdeckte einen Mann, der mit gleichmäßigen Zügen unweit des Ufers entlangschwamm. Sein dunkles Haar klebte ihm feucht am Kopf, aber da er ihr den Rücken zuwandte, konnte sie sein Gesicht nicht erkennen. Dennoch kam irgendetwas an ihm Franziska bekannt vor und weckte eine – äußerst ungute – Erinnerung in ihr.

Erst als sich ihre Augen an das helle Licht der Wasserspiegelung gewöhnt hatten, bemerkte sie, dass seine rechte Schulter durch eine breite Narbe entstellt war, die sich vom Schlüsselbein bis zum Hals zog und von dort aus in einem zackigen Bogen bis zur Wirbelsäule reichte. Scharf sog Franziska die Luft ein. Sie wusste, dass der Anstand es geboten hätte, sogleich den Blick abzuwenden. Doch die Spuren, die eine schwere Verwundung auf den sonst ebenmäßigen, wohlgeformten Schultern hinterlassen hatten, zwangen sie fast gegen ihren Willen, immer wieder dorthin zu schauen. Was auch immer diesen Mann derart gezeichnet hatte, es musste entsetzlich gewesen sein.

In diesem Moment machte er eine Kehrtwendung, sodass er ihr nun das Gesicht zuwandte, und sie erkannte die Züge Leutnant Hartens. Einen leisen Fluch ausstoßend verbarg sie sich hinter dem Gebüsch, lag ihr doch wahrlich nichts an einer weiteren Begegnung mit ihm.

Wie kam es nur, dass dieser grobe Kerl ständig überall auftauchte? Konnte sie noch nicht einmal in Ruhe Wäsche waschen, ohne ihm zu begegnen? Coblenz war wirklich allzu beengt, stellte sie stirnrunzelnd fest, man lief sich dauernd über den Weg…

Vorsichtig spähte Franziska von ihrem Versteck aus wieder in die Richtung des Offiziers, der mit kräftigen Bewegungen am Ufer entlangschwamm. Hatte der Schotte nicht erzählt, Leutnant Harten sei bei Waterloo, also bei Belle-Alliance, schwer verwundet worden? Gegen ihren Willen empfand sie Mitleid. Die Kriege der vergangenen Jahre hatten so viele Opfer gefordert. Auf beiden Seiten.

Ein Rascheln unweit des Ufers weckte ihre Aufmerksamkeit. Als sie den Kopf wandte, entdeckte sie dort eine Person, die trotz der brütenden Hitze einen dunklen Umhang trug. Was ging hier vor?

Fassungslos beobachtete sie, dass sich diese über ein Bündel beugte, das dort sorgfältig zusammengefaltet im trockenen Gras lag. Es musste sich dabei um Hartens Sachen handeln, die er vor seinem Bad dort abgelegt hatte, denn es schimmerte blau, daneben lagen Degen, Stiefel und Tschako. Franziskas Blick flog zu dem Leutnant. Er döste jetzt mit geschlossenen Lidern im Wasser und schien von dem sonderbaren Besuch nichts zu bemerken.

Wild wirbelten die Gedanken durch ihren Kopf. Wer auch immer sich dort an Hartens Sachen zu schaffen machte, konnte ein einfacher Strauchdieb sein. Oder aber ... ihr Puls raste bei dieser Erkenntnis, jemand, der es gezielt auf militärische Informationen abgesehen hatte. Ein Spion ... womöglich gar derjenige, an dessen Stelle ihr Bruder wegen Geheimnisverrats einsaß! Wer sonst sollte die Dreistigkeit besitzen, am hellen Tag einen Offizier seiner Majestät zu bestehlen?

Franziskas Atem ging heftig, ihre Muskeln spannten sich unwillkürlich an. Die Wäsche war ebenso vergessen wie der Anblick Hartens in den Rheinfluten. Ohne weiter nachzudenken, schlich sie hinter dem Gebüsch hervor und versuchte, kein Geräusch zu verursachen, als sie sich der Gestalt auf Zehenspitzen näherte.

*

Das Wasser im Rhein war wundervoll, kühl und frisch – obgleich die Hitze der vergangenen Tage den Pegelstand des Flusses hatte absinken lassen. Ein Geflecht aus grünlichen Algen und Schlingpflanzen verlieh dem Fluss den Anblick einer verwunschenen Welt, ließ ein geheimnisvolles Reich am Grunde seines Bettes vermuten. Zauberinnen, Elfen und Flussnixen ... welch seltsame Geschichten sich die Leute hierzulande erzählten, um sich die Zeit zu vertreiben, ihren abergläubigen Traditionen zu frönen oder schlicht und ergreifend, um der Arbeit aus dem Weg zu gehen.

Schnell machte Rudolph einige Schwimmstöße und spürte, wie der Auftrieb des Wassers seinen Körper schweben ließ und den Schmerz in seinem Bein erträglich machte. Zugleich genoss er die körperliche Anstrengung als belebenden Ausgleich zu dem stundenlangen konzentrierten Arbeiten am Schreibtisch.

Einige Berechnungen hatte er sogar mitgenommen und mit seinen Sachen am Ufer abgelegt. Er würde sich in den Schatten der Bäume setzen und diese fertigstellen, ehe er wieder zurückkehrte in die Hitze und den Staub seines Bureaus.

Die Zeit floss vorbei wie das Wasser des Rheins, und Rudolph wusste nicht, wie lange er geschwommen war, ehe er sich auf den Rücken drehte und erschöpft, aber zufrieden vor sich hindöste. Die Blätter der Bäume, die über das Ufer hinwegragten, rauschten leise und geheimnisvoll. Kaum eine Wolke war am Himmel zu sehen, und der Duft des Sommers stieg ihm in die Nase, ein Geruch, der ihn für einen kurzen Augenblick an die Tage seiner Kindheit in Ostpreußen erinnerte. Als Sohn eines früh verstorbenen Feldarbeiters und einer Wäscherin auf einem der großen Güter hatte er stets hart mit anpacken müssen. Es waren Momente wie dieser gewesen, seltene Mußestunden im Schatten eines Baumes, in denen er sich mit den Dingen befassen konnten, die ihn interessierten. Der Verwalter des Gutes, auf dem seine Mutter arbeitete, hatte recht früh sein Talent für Mathematik, Zahlen und Dinge der natürlichen Ordnung erkannt und persönlich den Gutsherrn auf die Begabung des Jungen aufmerksam gemacht.

Ein Rascheln wie von Füßen auf trockenem Gras und

das laute Knacken eines Zweiges ließen Rudolph die Augen öffnen. Sofort war er hellwach und richtete sich auf. Zunächst war nichts zu erkennen, so stark blendeten ihn die Lichtreflexionen auf der Wasseroberfläche. Er kniff die Augen zusammen und konnte einen menschlichen Schatten ausmachen ... in der Nähe der Stelle, wo er seine Kleidung abgelegt hatte.

Seine Muskeln verkrampften sich, rasender Schmerz durchzuckte sein Bein, als er begriff, was er da gerade sah. Jemand machte sich an seinen Sachen zu schaffen! Sachen, zu denen nicht nur die Uniform gehörte, sondern auch die militärischen Berechnungen, die er leichtsinnigerweise mitgenommen hatte. Nur mühsam unterdrückte er den Drang, einen wütenden Schrei auszustoßen, und erreichte mit einigen kräftigen Stößen das Ufer.

Atemlos kam er an die Wasseroberfläche, und ein schneller Blick zeigte ihm, dass niemand mehr da war. Einsam und zerwühlt lagen dort seine Sachen unter dem Baum. War er zu spät gekommen? Seine Gedanken überschlugen sich, als er aus dem Wasser stieg und zu der fraglichen Stelle humpelte. Hatte er gerade den Mann entwischen lassen, den sie suchten? Den Spion und Verräter, der für die kürzlich gestohlenen Unterlagen verantwortlich war? Bebend vor Wut durchsuchte er seine Taschen, bevor er mit Erleichterung feststellte, dass nichts fehlte. Beruhigend knisterten die Schriftstücke unter dem festen blauen Stoff, selbst sein Bleistift fiel noch heraus und landete im trockenen Gras.

Was hatte den Fremden gestört? Hatte er bemerkt, dass er entdeckt worden war und rasch das Weite gesucht? Ohne sich abzutrocknen, schlüpfte Rudolph in seine Hose, während seine Blicke unablässig die Umgebung sondierten, in der Hoffnung, eine Spur zu entdecken, der er folgen konnte.

Nichts! Wer auch immer sein Bündel durchsucht hatte, war wie vom Erdboden verschluckt.

Wasser tropfte aus Rudolphs Haar, seine Brust hob und senkte sich vor Anstrengung und Erregung. Mit dem Handrücken wischte er sich den Rest Feuchtigkeit aus den Augen. Der Zorn brannte in ihm, so heftig, dass er kaum einen klaren Gedanken fassen konnte. Zorn auf den Unbekannten, der ihm entkommen war, Zorn auf seinen eigenen Leichtsinn. Und nicht zuletzt auch Zorn, weil er die Chance verpasst hatte, Capitain von Rülow womöglich endlich den Schuldigen präsentieren und seinen eigenen Namen reinwaschen zu können.

Gerade als er sich vollständig anziehen wollte, nahm er aus dem Augenwinkel eine Bewegung wahr. Blitzschnell wandte er sich in die Richtung und sah eine junge Frau in schwarzem Kleid und weißer Schürze mit einem Wäschekorb davonhuschen.

Kapitel 14

Mit übereinandergeschlagenen Beinen und ausdrucksloser Miene saß Rudolph in einem Sessel, hielt ein Glas erlesenen Rotweins in der Hand und starrte mit zusammengezogenen Brauen in die Runde – bemüht, sich nicht das kleinste Wort der Gespräche entgehen zu lassen. Schließlich war das der einzige Grund, weshalb er diesen entsetzlichen Abend in Kauf genommen hatte: die Hoffnung, irgendetwas in Erfahrung zu bringen, das mit den verschwundenen Unterlagen des Capitains im Zusammenhang stehen konnte. Nur dass dieser Wunsch offenbar nicht in Erfüllung gehen würde. Obgleich er versuchte, alles im Auge zu behalten, was es im Salon des von Rülowschen Hauses zu beobachten gab, war ihm dabei nichts aufgefallen, was auch nur im Entferntesten einen Hinweis auf den Vorfall geliefert hätte. Nichts, absolut nichts! Das unangenehme Thema wurde mit keiner Silbe erwähnt.

Stattdessen hatte Rudolph bei seiner Ankunft die Demütigung ertragen müssen, seitens des Capitains zuerst mit einem überraschten und dann mit einem herablassenden Blick bedacht zu werden. Den Rest des Abends strafte von Rülow ihn mit Verachtung, was Rudolph stärker traf, als er sich eingestehen wollte.

Zwar waren in der preußischen Armee seit über zehn Jahren auch Bürgerliche zum Offizierspatent zugelassen. Im Ingenieurcorps bildeten sie sogar die Mehrheit, was sich auch in den weniger formellen Umgangsformen untereinander zeigte. Aber hier im Hause des Freiherrn von Rülow war er noch immer zu spüren, dieser Geist der alten, überkommenen Zeit, der ein klares Oben oder Unten kannte und selbst von zwanzig Jahren Revolutionswirren beinahe unberührt geblieben war. Unterstützt wurde diese Gesinnung durch den eisigen Wind der Restauration, der seit dem Wiener Kongress durch Europa wehte und der bestrebt war, die alte Ordnung der Dinge – wie sie vor den Zeiten Napoleons und der Revolution bestanden hatte – wiederherzustellen. Auch königstreue Reformer wie Rudolphs Förderer Neidhardt von Gneisenau hatten diesen Gegenwind konservativer Kräfte zu spüren bekommen, die seit der endgültigen Niederlage Napoleons ständig mehr an Einfluss gewannen.

Rudolph wusste selbst, dass er nicht hierher passte. Dies war nicht seine gesellschaftliche Klasse. Er zählte nicht zu dem Kreis der vornehmen Gäste, die sich Zigarren rauchend reichlich an den Karaffen mit Wein, Port und Schnaps bedienten. Die Anwesenden – ob Zivilisten oder Offiziere – waren Edelmänner, Herren von vornehmer Abkunft, deren Familien meist schon seit Generationen die Geschicke des Landes bestimmten oder Truppen unter ihrem Befehl in die Schlacht schickten. Er selbst hingegen war ein Emporkömmling aus der untersten Schicht der Gesellschaft. Und keine Uniform, keine glänzenden Abzeichen – noch nicht einmal seine Leistungen im Krieg oder als Ingenieur – konnten darüber hinwegtäuschen, dass er nicht zu dieser erlesenen Gesellschaft dazugehörte. Jeder im Raum wusste das, denn die Zahl der eingeladenen Offiziere und Stadtältesten war überschaubar, und man kannte sich gegenseitig. Die knappen Worte, die Rudolph der Höflichkeit halber wechselte, kamen über einige nichtssagende Floskeln nicht hinaus.

Gelegentlich versuchte eine der wenigen Frauen, die ebenfalls eingeladen waren, ihn in ein Gespräch zu verwickeln. Doch ihr oberflächliches Geplapper langweilte ihn so sehr, dass er sich selbst verfluchte, diese Einladung angenommen zu haben. Würde nicht die Sicherheit *seiner* Feste und sein guter Ruf als Offizier auf dem Spiel stehen, hätte er sich schon längst unter einem Vorwand verabschiedet.

Mit dem Rest des Weins spülte Rudolph seinen Ärger hinunter und schalt sich selbst einen Narren, dass er gehofft hatte, hier auch nur einen vernünftigen Gesprächspartner anzutreffen. Und um alles noch schlimmer zu machen, sah er nun eine Person direkt auf sich zusteuern, die ihm in etwa so willkommen war wie die Zange eines Zahnarztes in seinem Mund.

Henriette von Rülow rauschte in schimmernder Robe heran, einem augenscheinlich sehr kostspieligen Gewand aus veilchenblauer Seide, Perlen und Spitze, das eng genug geschnitten war, um zu zeigen, dass sie auch mit über vierzig Jahren noch die Figur eines jungen Mädchens hatte. Und dem Hunger in ihren Augen nach zu urteilen, auch dessen Bedürfnisse.

Eine Woge teuren Parfüms drang in Rudolphs Nase, als die Dame des Hauses sich vorbeugte und ihm ein Glas in die Hand drückte, das mit einer dunkel schimmernden Flüssigkeit gefüllt war.

»Probieren Sie mal dies, Herr Leutnant. Das Beste, was der Keller unseres Hauses zu bieten hat. Echter schottischer Whiskey, eine Ewigkeit gelagert, wie man mir versichert hat, und ein Geschmack, der einem buchstäblich die Sinne raubt.« Bei den letzten Worten warf sie Rudolph einen Blick zu, der zweifelsfrei deutlich machte, dass sich ihre Worte nicht nur auf die Qualität des Getränks bezogen.

»Tatsächlich?« Pflichtschuldig nahm Rudolph das Glas entgegen und nippte daran. Sogleich schoss ihm brennende Hitze durch die Kehle bis hinunter zum Magen. Ein Husten unterdrückend fragte er sich, ob eine derart starke Spirituose wohl das richtige Getränk für eine Dame der Gesellschaft war.

»Nun, habe ich zu viel versprochen?« Das Glitzern in ihren Augen verhieß nichts Gutes.

Rudolph fiel es schwer, weiterhin die Höflichkeit zu wahren und nickte knapp. »Ein interessanter Geschmack, in der Tat.«

Die Wolke aus goldenem Haar und seidiger Spitze rückte noch einen Zoll näher.

»Nicht wahr? Doch ich versichere Ihnen, Herr Leutnant… dies sind bei Weitem nicht die einzigen Genüsse, die unser Haus bereithält.«

Rudolph presste die Kiefer zusammen. Unwillig sah er zu dem Hausherrn hinüber, um festzustellen, ob er vielleicht geruhte, Anstoß am Verhalten seiner Gattin zu nehmen und sie zur Ordnung zu rufen. Der Capitain aber saß rauchend in einem Sessel, war in ein angeregtes Gespräch mit einigen Stadthonoratioren vertieft und schenkte seiner Frau keinerlei Beachtung.

Na großartig, schoss es Rudolph durch den Kopf. Das vernachlässigte Eheweib seines vorgesetzten Offiziers hatte offensichtlich bestimmte Vorstellungen von einem gelungenen Abend. Und ihrem verschleierten Blick nach zu urteilen, der über seinen Körper strich und schließlich an seinem Mund hängen blieb, sollte er selbst bei der Umsetzung ihrer Ideen eine zentrale Rolle spielen.

»Machen Sie mir doch die Freude und trinken Sie das Glas mit mir, Herr Leutnant.« Ihre makellose, reich beringte Hand lag plötzlich auf Rudolphs Schulter und glitt langsam in Richtung Hals. »Sie werden gewiss nicht enttäuscht sein!« Samtene Fingerspitzen schoben sich in den Kragen seines Uniformrocks.

Hastig erhob er sich. Die aufdringliche Hand fiel zurück, und ein leises empörtes Aufschnauben drang an sein Ohr.

»Bitte entschuldigen Sie mich, gnädige Frau. Die Natur verlangt ihr Recht. Ich fürchte, man muss eine Weile auf meine Anwesenheit verzichten.«

Ohne eine Antwort abzuwarten, verließ er den Raum. Der Blick Henriette von Rülows brannte zwischen seinen Schulterblättern.

*

Franziska war übel vor Angst. Wie ein Schatten schlich sie durch den Flur, der verlassen im Licht des warmen Sommerabends lag, das von den drei Kristallvasen auf einer Kommode in allen Regenbogenfarben reflektiert wurde. Verstohlen sah sie sich um, als sie die gesuchte Tür erreichte. Ihre Finger zitterten so heftig, dass sie Mühe hatte, die Klinke zu umgreifen. Sie wusste, dass sie gerade im Begriff war, alles auf eine Karte zu setzen, womöglich gar das Leben ihres Bruders.

Aber es blieb ihr keine Wahl. Eine solche Chance würde es in absehbarer Zeit nicht wieder geben. Solange in den unteren Räumlichkeiten gefeiert wurde, war davon auszugehen, dass sich weder Herrschaft noch Dienstpersonal auf der oberen Etage aufhielten – zumindest hoffte Franziska das inständig. Sie schluckte den Rest ihrer Zweifel hinunter und sprach ein stummes Gebet. Dann drückte sie vorsichtig auf die Klinke.

Die Tür knarrte, nur leise zwar, doch in dem menschenleeren, dämmrigen Flur erschien es Franziska, als wäre das Geräusch im ganzen Haus zu hören. Einen Moment wartete sie regungslos, ob jemand herbeigelaufen käme. Aber nichts geschah, und so schlüpfte Franziska hinein.

Vor ihr lag das große Arbeitszimmer des Capitains. Durch die halb von schweren Gardinen verhängten Fenster fielen die letzten Strahlen der Abendsonne. Vor einer Wand mit deckenhohen Regalen, in denen dicht an dicht die Rücken dicker

Buchbände zu sehen waren, stand ein mächtiger Schreibtisch aus Eichenholz, der mehrere Schubladen und Gefächer aufwies.

Einen Moment lang drohte sie bei der bangen Frage, was man in Preußen wohl mit einem Dienstmädchen machte, das die privaten Dokumente ihres Arbeitgebers durchwühlte, die Angst zu übermannen. Doch rief sie sich wieder den Anblick ihres Bruders in Erinnerung, als die drei Soldaten ihn gefesselt und fortgeschafft hatten... Und sie dachte an ihren Onkel, der aus Opportunismus und Missgunst keinen Finger gerührt hatte, um seinem Neffen zu helfen. Nein, *sie* würde Christian nicht im Stich lassen, sie würde jedes sprichwörtliche Blatt umdrehen, auch wenn sie sich dadurch selbst in Gefahr brachte. Ihr langer schwarzer Rock raschelte leise, als sie die warnende Stimme in ihrem Inneren ignorierte und entschlossen auf den Schreibtisch zuschritt.

Vorsichtig öffnete sie die erste Schublade.

*

Kurz war Rudolph versucht, sich vom Hausdiener seine Sachen aushändigen zu lassen und nach Hause zu gehen. Allerdings wäre ein solcher Affront sicher nicht dazu angetan gewesen, das ohnehin angespannte Verhältnis zwischen ihm und dem Capitain zu verbessern. Allein der Gedanke, wieder in den Salon zurückzukehren und einer ausgehungerten Offiziersgattin zu Willen zu sein, war ihm unerträglich. Ein wenig die Füße zu vertreten mochte erlaubt sein, zumal sein Bein vom langen Sitzen bereits schmerzhaft pochte.

Gerade als er sich umdrehte, um zum Ausgang zu humpeln, ließ ihn das Knarren von Dielen innehalten. Er schaute zurück und entdeckte ein schwarzhaariges Dienstmädchen, das verstohlen über die Schulter schielte, ehe es blitzschnell und lautlos die Treppe hinaufschlüpfte. Rudolph unterdrückte einen Ausruf der Überraschung. Das war doch ...

Dieses Dienstmädchen strahlte förmlich vor Schuldgefühlen. Ohne sich über die möglichen Folgen seines Verhaltens Gedanken zu machen, gab er sich einen Ruck und eilte ihr so leise wie möglich die Treppe hinauf nach in den oberen Flur.

Tatsächlich, da war diese Person! Gerade noch rechtzeitig gelang es Rudolph, hinter einen massiven Dielenschrank zu gleiten, bevor sie vor einer der Türen stehen blieb und den Korridor entlangblickte, wie um sicherzugehen, dass sie nicht beobachtet wurde. Aus seinem Versteck heraus beobachtete Rudolph, wie das Mädchen hastig die Klinke hinunterdrückte und in dem dahinterliegenden Raum verschwand.

Einige Augenblicke verharrte Rudolph regungslos. Sein Puls beschleunigte sich bei dem Gedanken, dass er vielleicht zum ersten Mal auf eine mögliche Spur gestoßen war. Lautlos glitt er hinter dem Schrank hervor und näherte sich der Tür. Den Schmerz unterdrückend ging er vorsichtig in die Hocke und spähte durch das Schlüsselloch. Was er sah, trieb ihm die Zornesröte ins Gesicht, und am liebsten wäre er sogleich hineingestürmt, um dem Ganzen ein Ende zu bereiten. Er zwang sich jedoch, noch eine Weile auszuharren und das Weibsstück auf frischer Tat zu ertappen.

Jeder Muskel seines Körpers war angespannt, als er sich wieder aufrichtete und tief durchatmete. Dann straffte er seine Gestalt und drückte die Klinke hinunter. Ein unterdrückter Schrei erklang aus dem Inneren, als er eintrat.

*

Panik erfasste Franziska. Die Zeit lief ihr davon, und bisher hatte sie auch nicht den geringsten Anhaltspunkt für das gefunden, was sie suchte. Hastig flogen ihre Finger durch die sorgsam angeordneten Stapel von Papieren und blätterten sich durch dicht beschriebene Seiten, die sich kaum entziffern ließen. Doch je mehr sie las, desto enttäuschter wurde sie.

Nichts! Keine Spur, kein noch so kleiner Hinweis, der von Interesse für sie sein konnte. Kein verschwörerischer Brief, keine geheimen Botschaften. Ja, noch nicht einmal auf irgendwelche Dokumente von staatstragender Bedeutung war sie bei ihrer Suche gestoßen. Dafür gab es umso mehr langatmige Abhandlungen über Baumaterialien, ihre Kombinationsmöglichkeiten und Vorzüge, sowie nicht enden wollende Seiten mit irgendwelchen mathematischen Berechnungen, bei deren bloßem Anblick Franziska bereits der Kopf schwirrte. Verdrossen stopfte sie alles wieder zurück und bemühte sich, es so herzurichten, wie sie es vorgefunden hatte. Als sie die Schublade zuschieben wollte, klemmte sie jedoch. Ein zusammengefaltetes Blatt war dazwischen geraten. Nach einigen Versuchen gelang es Franziska, es herauszuziehen. Hastig faltete sie es auseinander.

Ein Plan, eine detaillierte, sorgfältig ausgearbeitete Skizze der in Auftrag gegebenen Festungsanlagen auf der rechten Rheinseite, zu der, allen voran, die neue Feste auf dem Ehrenbreitstein zählte. Zusätzlich war darauf die ungefähre Stärke der späteren Bewaffnung und Bemannung vermerkt. Die möglichen Schwachstellen der Verteidigungsanlagen waren dünn mit Bleistift markiert, ergänzt um Anmerkungen, wie diese zu beheben seien.

Franziskas Herz klopfte zum Zerspringen. Zwar war ihr nicht klar, ob dieser Fund sie in ihrer Sache weiterbringen könnte, aber zumindest wusste sie jetzt, dass der Capitain tatsächlich Teile seiner Unterlagen bei sich zu Hause aufbewahrte. Ob das wohl gestattet war? Oder verstieß der sonst so überkorrekte von Rülow damit gegen militärische Regeln? Franziskas Augen glitten immer wieder über die Aufzeichnungen, welche die geplante militärische Schlagkraft der Feste , sowie die Verteilung der dort oben zu lagernden Waffen beschrieben ...

Erschrocken fuhr sie zusammen, als plötzlich die Tür aufgestoßen wurde und ein Mann erschien, den Franziska hier nicht erwartet hätte, der ganz entschieden nicht hier sein sollte. Einen Moment glaubte sie, in einem Albtraum gefangen zu sein, der ihre schlimmsten Befürchtungen noch übertraf.

Leutnant Harten!

»*Foutrebleu!*« Ohne es zu wollen, entfuhr ihr ein französischer Fluch, dann spürte sie, wie ihr Körper sich verkrampfte, sie zu keiner Bewegung mehr fähig war. Ihr Herz pochte, in ihren Ohren rauschte es. Wie gelähmt stand sie da, das verräterische Dokument in der Hand.

Der Leutnant schloss leise die Tür hinter sich. Sein Blick blieb erst an der Skizze hängen, dann auf ihrem Gesicht. Der Ausdruck, der daraufhin in seine Augen trat, war dazu angetan, Wasser zu Eis gefrieren zu lassen.

Kapitel 15

Seine Augen schimmerten tatsächlich grünlich! Absurderweise waren das die ersten Gedanken, die Franziska durch den Kopf schossen, als Harten sie am Arm gepackt hatte. Genauer gesagt waren sie von einem tiefen, kühlen Sandbraun, mit grünen Sprenkeln durchsetzt. Umrahmt war diese außergewöhnliche Iris von einem dunklen Rand, der sich deutlich vom Weiß des Auges abhob und dem Blick eine stechende Schärfe verlieh.

»Was tust du hier?« Die harte, drohend ausgestoßene Frage unterbrach Franziskas irrationale Beobachtungen und brachte sie zurück in die Realität.

Mit der freien Hand entriss er ihr den Plan und überflog ihn. Sein Gesicht verdüsterte sich, sein Zorn schien ins Unermessliche zu wachsen.

»Du bist gar kein Dienstmädchen, oder? Neulich warst du noch die Nichte eines Baumeisters.« Seine Hand drückte fester zu. »Und wenn ich deinen kleinen Fluch richtig verstanden habe, kommst du weder aus Preußen noch aus dem Rheinland. Also, *wer* bist du?«

Franziskas Gedanken rasten. Sie war in die Falle getappt. Leugnen hatte keinen Zweck. Schon gar nicht, nachdem sie sich mit den Worten, die ihr so unbedacht entglitten waren, als Französin verraten hatte.

»Na los, Fräulein, rede schon, oder soll ich die Wahrheit hier an Ort und Stelle aus dir herausprügeln?«

Der körperliche Schmerz, den seine unnachgiebigen Finger

an ihrem Arm auslösten, verstärkte die Furcht, die in ihr explodierte, als ihr die Tragweite seiner Worte bewusst wurde.

Ein harter Ruck riss sie nach vorn. Sie stolperte und wäre gestürzt, wenn sein eiserner Griff sie nicht noch immer gehalten hätte. Aber sie bemerkte es kaum. Zu sehr war sie von der Tatsache erschüttert, dass Leutnant Harten sie gerade überführt hatte. Und allem Anschein nach hielt er nun *sie* für eine französische Spionin, im Begriff, die Unterlagen des Capitains zu stehlen.

»Nun mach endlich den Mund auf!« Hartens Stimme klang ein wenig heiser.

»Ich muss zurück zu meiner Arbeit ... ich habe keine Zeit«, war das Erste, was sie in ihrer Verwirrung hervorbrachte.

Die Augen ihres Gegenübers verengten sich. »Mir scheint, du hast im Augenblick keine andere Wahl, als hierzubleiben!«

»Sie können doch nicht das Hausmädchen derer von Rülow hier einsperren und misshandeln!«, protestierte sie in dem hoffnungslosen Versuch, ein wenig Würde zu bewahren.

»Ich kann sogar noch mehr, wenn ich nämlich aufdecke, wen der gute Capitain da eingestellt hat.«

»Und wer wäre das?« Franziska stieß diese Frage zwischen zusammengepressten Zähnen hervor.

Der eisige Blick des Leutnants traf sie bis ins Mark.

»Sag du's mir ...«, fuhr er sie an.

Franziska schluckte. »Ich bin nur ein einfaches Dienstmädchen.« Selbst in ihren Ohren klang das nicht gerade überzeugend.

»Ach ja?« Ohne seinen Griff zu lockern, trat er einen halben Schritt näher zu ihr heran. »Dann erkläre mir einmal, was ein *Dienstmädchen*«, er sprach das Wort mit unverhohlenem Hohn aus, »auf der Baustelle Seiner Majestät verloren hat? Und warum schleicht sie um das Militärarresthaus, und das immer dann...« Er unterbrach sich, als hätte er bereits zu viel gesagt, und seine Miene machte unmissverständlich klar, dass er ihr ohnehin kein Wort glauben würde.

Franziska versuchte erneut, sich ihm zu entwinden. »Aber ich sagte doch bereits, mein Onkel leitet ein Bauunternehmen... Ich wollte nur... Au! Sie tun mir weh!«

Unbeeindruckt von ihrem Ausbruch rührte sich der Offizier nicht vom Fleck. »Ich werde dir gleich noch viel mehr wehtun, wenn du mich weiterhin so dreist belügst.« Wie um seine Worte zu unterstreichen, verstärkte er den Druck um ihren Arm. »So, so, ein Bauunternehmer... Wie überaus praktisch. Dann hat man ja die Informationen zum Bau der Feste gleich aus erster Hand.« Seine Stimme war schneidend. »Und wenn man dann auch noch die Chance bekommt, unten am Rhein die Sachen eines Ingenieuroffiziers zu durchwühlen...«

»Was wollen Sie damit sagen?«, fragte sie tonlos.

Langsam ließ der Leutnant sie los, ging zur Tür und drehte den Schlüssel um. Dann kam er zurück und blieb vor Franziska stehen. »Ich denke, wir werden uns jetzt ernsthaft unterhalten müssen.«

Ihre Panik war so groß, dass sie ihr fast den Atem nahm. Schwarze Schatten tanzten vor ihren Augen. Grundgütiger, was hatte sie nur getan? Und vor allem, was würde man nun mit ihr tun? Das preußische Gesetz war erbarmungslos, so viel war bekannt. Hilfesuchend flog ihr Blick zu der verschlossenen Tür und dann wieder zu dem Offizier. Er war groß und schlank, hatte breite Schultern, und unter seiner Uniform zeichneten sich feste Muskeln ab. Sie würde nicht gegen ihn ankommen können.

Franziska Mund war trocken und ausgelaugt, ihr Kopf leer. Das Blut rauschte so laut in ihren Ohren, dass sie Schwierigkeiten hatte, Harten zu verstehen.

»Schon seit einiger Zeit verschwinden Unterlagen. Geheime Dokumente über sensible ... Details ... der im Bau befindlichen Festungsstadt, insbesondere der Feste Ehrenbreitstein.«

Franziska schwieg.

»Man hat mich, sagen wir, beauftragt, mich dieser Sache anzunehmen. Und nun ... Wie erfreulich, dass sich die Frage nach dem Verbleib der Dinge so schnell lösen ließ. Konnte ich doch die Schuldige auf frischer Tat ertappen.«

»Sie ziehen die falschen Schlüsse«, stieß sie matt hervor.

Ein herablassender Blick traf sie. »Tue ich das?«

Sie nickte schwach.

»Nun, danach sieht es aber nicht aus.«

Er kam noch näher auf sie zu, so dicht, dass sie den Geruch nach Wolle, Cognac und Zigarrenrauch wahrnehmen konnte, der ihn umgab.

»Ich bin sicher, dass der Capitain sich freuen wird, zu erfahren, dass ich die Diebin der Pläne gefunden habe.«

Franziska spürte, dass sie verloren hatte.

»Allerdings glaube ich nicht, dass du die Drahtzieherin in dieser Angelegenheit bist«, fuhr Harten leise fort. »Du arbeitest jemandem zu. Und ich würde gerne wissen, wem.«

Ein Schauder durchlief Franziskas Körper. Ihre Lage wurde immer schlimmer. Nun sollte sie auch noch Komplizen nennen, die es nicht gab. Übelkeit stieg in ihr auf, und nur mit Mühe hielt sie sich auf den Beinen.

»Du willst nicht reden?«

Mit mehr Mut, als sie tatsächlich empfand, sah sie ihm in die Augen. »Es gibt nichts, was ich zu sagen wüsste.«

Langsam schüttelte er den Kopf. »Landesverrat ist eine ernste Angelegenheit, und das Verkaufen militärischer Geheimnisse ist eine Sache, die einen leicht den Hals kosten kann ... auch eine Frau.«

Franziska schlug die Augen nieder.

»Und ich versichere dir, wenn wir diese Unterhaltung beendet haben, dann habe ich erfahren, was ich wissen will. Also erzähl es mir lieber gleich.«

Ihre Gedanken überschlugen sich. Die Angst lähmte ihren Verstand. Was sollte sie tun? Es gab doch keinen Komplizen, keinen Namen, den sie nennen konnte. Einen Moment lang war sie versucht, irgendetwas zu erfinden, nur um vor dem Zorn dieses Preußens geschützt zu sein, vor den stechenden Augen, der erbarmungslosen Anklage. Aber dadurch würde sie indirekt zugeben, hier im Hause spioniert zu haben. Und damit wäre keinem geholfen, weder ihr selbst noch ihrem Bruder. Also schwieg sie.

»Nun denn...« Hartens Stimme war gefährlich leise, »bedauerlich, dass du nicht bereitwilliger kooperierst.«

Einen Moment ließ er von ihr ab, und Franziska fragte sich, was er vorhatte, als er hinüber zum Schreibtisch ging und sich umsah. Ehe sie sich einen Reim darauf machen konnte, hatte er ein langes hölzernes Lineal in der Hand, war in wenigen Schritten bei ihr und riss sie herum.

»Also gut.« Sein Blick war eisig. »Allzu verstockten Wesen hilft man am besten mit einer gehörigen Tracht Prügel auf die Sprünge. Aber vielleicht haben wir ja beide Glück, und du erinnerst dich doch wieder daran, wer dein Auftraggeber ist.«

Scheusal!, schoss es Franziska durch den Kopf. *Salaud! Imbécile!* Aber diesmal war sie klug genug, es nicht laut auszusprechen. Stattdessen verharrte sie wehrlos in seinem Griff und überlegte, ob er tatsächlich die Kaltblütigkeit aufbringen würde, ein Dienstmädchen seines Vorgesetzten in dessen eigenem Haus zu verprügeln.

»So, Mademoiselle!« Aus seinem Mund klang diese Anrede verächtlich. »Dann frage ich noch einmal – höflich und freundlich: Wer hat dich beauftragt, dich hier ins Haus einzuschleichen ...«

Franziska Herz hämmerte zum Zerspringen. Sie saß in der Falle. Ganz gleich, was sie antwortete, nichts würde sie vor einer Festnahme bewahren. Und wenn sie erst einmal einsaß, hätte sie keinerlei Möglichkeiten mehr, ihrem Bruder zu helfen, auch nur das Geringste für ihn zu tun.

»Es ist alles ganz anders, als Sie denken«, brachte sie hervor.

Harten zog nur die Augenbrauen hoch und zeigte ihr damit, für wie wenig originell er diese Ausrede hielt.

»Ich bin keine Spionin ...«, schob sie hinterher, während sie verzweifelt nach den richtigen Worten suchte, um ihr Verhalten zu erklären.

»Warum überrascht es mich nicht, das zu hören?« Seine Stimme troff vor Spott.

»Wahrscheinlich, weil es die Wahrheit ist«, stieß Franziska hastig hervor. »Ich ... ich wollte nur sehen, wer hier im Hause Zugang zu den Dokumenten des Capitains hat ... den militärischen Berichten und ... Au!«

Der Druck auf ihren Arm verstärkte sich schmerzhaft.

»*Militärische* ... Dokumente ...«, wiederholte er, ohne sie loszulassen. »Was weißt du davon, du *einfaches* Dienstmädchen? Na los, sprich!« Er schüttelte sie, als sie nicht gleich antwortete.

Franziska schrie auf, doch sogleich ließ er das Lineal fallen und presste seine Hand fest auf ihren Mund. »Sei still!«, flüsterte er scharf.

Erst als sich schwarze Schatten in ihrem Blickfeld ausbreiteten und sie den Widerstand aufgab, ließ er sie wieder los.

»Ich wollte«, keuchte sie, nach Luft ringend, »nur sehen, welche Korrespondenz Capitain von Rülow mit ... mit seinen ...« Jetzt, wo sie versuchte, ihr Anliegen zu formulieren, erschien es ihr noch unsinniger als zuvor, ja geradezu verrückt, zu glauben, aus irgendwelchen Briefen oder Eintragungen einen stichhaltigen Beweis zu finden.

»Weißt du, was ich denke? Ich denke, wir haben hier eine kleine französische Spionin, die sich als Dienstmädchen ins Haus des Capitains eingeschlichen hat, um dessen militärisches Wissen außer Landes zu bringen.«

Nur mit Mühe erstickte Franziska einen weiteren Aufschrei, stumm, mit weit aufgerissenen Augen schüttelte sie den Kopf. So war es nicht. Verflucht! Genau das Gegenteil war der Fall. Sie wollte nicht spionieren, sie wollte den Spion überführen. Nur ... dass ausgerechnet die einzig nachweisbaren Fakten zutrafen.

Sie hatte sich wirklich unter Vorspiegelung falscher Tatsachen ins Haus eingeschmuggelt. Auch hatte sie unbestreitbar die geheimen Ablagen des Capitains durchwühlt ... und, nun ja, Französin war sie ebenfalls, zumindest zur Hälfte.

»Wenn Sie aufhören, mir wehzutun, erzähle ich Ihnen, wie es wirklich ist.« Sie bemühte sich um einen festen Ton, was ihr aber nur unvollkommen gelang.

Der Leutnant zögerte einen Moment, gab sie dann aber ganz frei und trat einen Schritt zurück. Mit dem Rücken lehnte er sich gegen die Tür und verschränkte die Arme vor der Brust. »Nun denn, ich höre.«

*

Rudolph spürte, wie seine Anspannung wuchs, je länger er der jungen Frau zuhörte, die zunächst stockend, dann immer flüssiger ihre Geschichte erzählte. Von ihrer Kindheit in Cöln, dem Tod des Vaters, der ein Offizier Napoleons gewesen und bei Belle-Alliance gefallen war. Auch von ihrer Mutter, die wegen ihrer Heirat mit einem Franzosen von ihrem Bruder verstoßen wurde und nach dem Tod ihres Mannes keine andere Möglichkeit gehabt hatte, als ihre beiden Kinder bei jenem unterzubringen. Schließlich von der Zeit bei besagtem Onkel, dem Maurermeister Kannegießer, der gute Geschäfte mit dem preußischen Festungsbau machte, und davon, dass dieser Onkel ihren Bruder gegen dessen Willen in die Armee gedrängt hatte.

Das alles berichtete sie in dem weichen Singsang, den er hier im Rheinland so oft zu hören bekam und in den sich bei ihr gelegentlich die noch weicheren französischen Konsonanten mischten, wenn sie von ihrem Vater oder dem *Empereur* sprach.

»Aus freien Stücken wäre mein Bruder niemals in die preußische Armee eingetreten«, sagte die junge Frau, »aber Onkel Hubert hatte es satt, gleich zwei Sprösslinge seiner Schwester durchzufüttern. Außerdem versprach er sich davon ein noch besseres Verhältnis zur preußischen Militärverwaltung. Immerhin galt es für ihn, sich weitere Aufträge zu sichern. Also hat er dafür gesorgt, dass Christian für die drei Jahre Wehrdienst eingezogen wurde. Sonst hätte er doch nie ...«

»Christian?« Eine ungute Vorahnung stieg in Rudolph auf. »Dein Bruder heißt Christian?«

»Ja.« Die junge Frau blinzelte verwirrt. »Sein Name ist Christian Berger. Er ist als Pionier hier im Festungsbau beschäftigt. Vor wenigen Tagen wurde er festgenommen, wegen des Verdachts auf Landesverrat.«

Christian Berger! Rudolph war es, als hätte ihm jemand eine Ohrfeige verpasst.

Ach ... *so* war das also.

Die junge Frau hatte den Namen ihres Bruders französisch ausgesprochen, und dennoch gab es keinen Zweifel, wen sie meinte. Deshalb war sie ihm gleich so bekannt vorgekommen.

Bei genauem Hinschauen war die Ähnlichkeit zu dem im Arresthaus einsitzenden Soldaten nicht zu übersehen.

Mühsam schluckte Rudolph seine Wut herunter. Dieses unverschämte Weibsbild besaß also nicht nur die Dreistigkeit, sich in den Haushalt eines hochrangigen Militärs einzuschmuggeln und dessen private Unterlagen zu durchstöbern. Sie trug zudem noch auf der Baustelle Informationen zusammen und verscherbelte sie ins Ausland.

»Und deswegen, Monsieur, bin ich hier, um herauszufinden, was wirklich geschehen ist. Um meinen Bruder zu entlasten.«

Rudolph war nicht bereit, sich länger diese Lügengeschichten anzuhören. »Dein Bruder ist also jener Pionier Berger, der wegen Landesverrats arretiert wurde, es aber vorzieht, zu schweigen, statt mit uns zu kooperieren?«

Herausfordernd hob sie das Kinn: »Er hat nichts Unrechtes getan!«

»Das kommt natürlich auf die Perspektive an, nicht wahr? Aber wer würde sich besser für die Rolle eines Spions eignen als der Sprössling eines napoleonischen Offiziers? Noch dazu jemand, der einen ganz persönlichen Groll auf die Preußen hegt, weil diese seinen Vater in der Schlacht bei Belle-Alliance getötet haben. Wie überaus günstig, wenn man mit einem am Bau der Feste beteiligten Maurermeister verwandt ist und so Zugang zu sensiblen und hochbrisanten Daten hat und dann auch noch die eigene Schwester in Diensten eines für den Bau zuständigen Offiziers steht.«

Die junge Frau sah ihn mit zusammengekniffenen Lippen böse an, erwiderte aber nichts.

»Schöne Verhältnisse sind das hierzulande. Ich muss schon sagen«, sagte er langsam und beobachtete ihre Reaktion. »Da haben wir also die Tochter eines französischen Offiziers, die

Nichte eines rheinischen Maurermeisters und die Schwester eines Verräters ...«

Wütend fuhr sie herum. »Christian ist kein ...«

»Schweig! Ich bin noch nicht fertig.« Er betrachtete ihre zierliche Gestalt, die schlanken, wohlgeformten Rundungen, die selbst in der schlichten Kleidung eines Dienstmädchens höchst anziehend wirkten. »Ich erwische dich also ausgerechnet im Arbeitszimmer des Hausherrn mit allerlei Unterlagen von militärischer Bedeutung in den Fingern. Und dann soll ich diesen rührseligen Unsinn glauben?« Sie zuckte zusammen, als er sie wieder am Arm packte und mit der anderen Hand ihr Kinn nach oben zwang. »Meinst du wirklich, du könntest mich so einfach hinters Licht führen?«

Rudolph sah die Angst in ihren Augen, spürte, wie ihr Körper bebte. Doch in ihrem Blick las er keine Schuld, kein Zurückweichen, nur eine eiserne Entschlossenheit. Widerwillig zollte er ihr für diesen Mut Respekt. Er ließ sie so plötzlich los, dass sie einen Schritt zurücktaumelte und einen Moment um Gleichgewicht rang.

»Mein Bruder ist unschuldig, Monsieur«, sagte sie leise, sah ihn jedoch fest dabei an. »Dafür verbürge ich mich. Es ist wahr, dass ich mich hier als Dienstmädchen eingeschlichen habe. Aber erst *nach* seiner Verhaftung, weil ich versuchen wollte, Beweise für die Unschuld meines Bruders zu finden. Ich hab keine andere Möglichkeit gesehen, ihm zu helfen.« Ihre stumme Angst schien den ganzen Raum auszufüllen, obgleich sie es verzweifelt zu verbergen suchte. »Prügeln Sie mich, oder nehmen Sie mich in Gewahrsam, wenn Sie glauben, damit ihre Pflicht zu tun, aber lassen Sie Christian frei.«

»Franziska!« Heiser, aber durchaus tragend drang eine weibliche Stimme durch die verschlossene Tür. »Wo steckst du nur? Komm, ich brauch dich!«

Die junge Frau zuckte zusammen. Ihre Wangen wurden eine Spur blasser. »Ich muss gehen ... man ... man ruft nach mir.«

Rudolph schwieg. Wie sollte er sich verhalten? War es möglich, dass sie tatsächlich die Wahrheit gesagt hatte?

Verzweifelt sah sie ihn an. »Und was jetzt?«

»Fran-*zis*-ka!« Die Stimme wurde ungeduldiger. »Nun komm schon!«

Ein Hauch von Panik schoss über die Züge des Mädchens. »Bitte, darf ich gehen?«, flüsterte sie.

Ihre Blicke trafen sich. Der ihre angespannt und verzweifelt, der seine nachdenklich und taxierend.

»Franziska! Du kopfloses Ding, wo treibst du dich herum?«

Einen kurzen Moment war Rudolph versucht, das falsche Dienstmädchen hier und jetzt zu verhaften und ihr Gespräch im Arresthaus fortzuführen.

Nur, wäre das klug? Hatte er überhaupt die Befugnis dazu? Und wie würde der Capitain reagieren, wenn er – ohne vorherige Absprache mit ihm – eine seiner Hausangestellten einfach in Gewahrsam nähme? Aber noch etwas anderes ließ ihn zögern. Die Miene der jungen Frau – Franziska, wie sie wohl hieß – wirkte so aufrichtig, ihre Verzweiflung so echt, dass er tatsächlich geneigt war, ihre Geschichte zu glauben. Und wenn sie wirklich erst nach der Festnahme ihres Bruders diese Stelle angetreten hatte? Er würde es nachprüfen. Mit der Hand machte er ihr ein Zeichen. »Geh.«

Unglauben und Erleichterung spiegelte sich in ihrem Blick. »Danke.«

Verfluchter Narr!, schalt er sich im Stillen, als er langsam zur Tür ging. Das Schloss knackte leise, als er den Schlüssel drehte, die Klinke jedoch festhielt. »Verschwinde! Aber glaube nicht, die Angelegenheit sei hiermit erledigt.« Seine Stimme klang streng. »Und wenn ich herausfinde, dass du lügst, wenn ich dich auch nur noch einmal bei einer einzigen verdächtigen Handlung erwische, werden dein Bruder und du gemeinsam zum Tode verurteilt. Verstanden?«

Ihr Gesicht war nun kalkweiß, doch sie nickte und richtete schnell ihr Kleid. Einen Spaltbreit öffnete Rudolph die Tür und vergewisserte sich, dass niemand in der Nähe war. Lautlos schlüpfte die junge Frau hinaus. Er folgte ihr kurze Zeit später, gequält von Zweifeln, ob er nicht gerade einen schweren Fehler gemacht hatte.

Kapitel 16

Rudolph erwachte an diesem Morgen noch zeitiger als sonst. Der Himmel hatte sich gerade erst grau gefärbt, und er wunderte sich, dass sein Bursche noch nicht bereit stand. Ein Blick auf dessen Lager in dem winzigen Nebenraum zeigte ihm, dass Fritz noch schlief. Seltsam. Doch dann erinnerte er sich, dass dieser in den letzten Tagen sehr bedrückt gewirkt hatte, und so entschloss er sich, ihn nicht zu wecken. Das würde ihn selbst auch vor neugierigen Fragen über seine Pläne bewahren.

Mit ungelenken Schritten ging er zum Waschtisch und spritzte sich das halbwegs kühle Nass ins Gesicht. Zugleich spürte er, wie die Blutzirkulation in seinem verletzten Schenkel langsam in Gang kam, der nach dem Aufstehen zuerst immer ein wenig steif war.

Rasch kleidete er sich an, rasierte sich und war binnen kürzester Zeit bereit, das Haus zu verlassen.

Die halbe Nacht hatte er wach gelegen und überlegt, ob es nicht doch ein Fehler gewesen war, Franziska Berger, dieses falsche Dienstmädchen, die Schwester des Hauptverdächtigen, einfach laufen zu lassen. Zumindest hatte er nun etwas gegen sie in der Hand. Das gedachte er auszunützen, um ihren Bruder unter Druck zu setzen. Vielleicht würde ihn das ein wenig gesprächiger machen. Aus diesem Grunde entschloss sich Rudolph, zunächst einmal das Militärarresthaus aufzusuchen, ehe er seinen Dienst in der Münzkaserne und später auf der Baustelle des Ehrenbreitsteins antrat.

Mit einem leisen Klacken fiel die Tür ins Schloss, und

Rudolph atmete tief die frische Morgenluft ein. Dann machte er sich auf den Weg, während seine Gedanken immer wieder zu der Begegnung am Vorabend zurückkehrten. Er fragte sich, ob der Gefangene Berger die Darstellung seiner Schwester bestätigen oder sich in Widersprüche verwickeln würde. Damit hätte er einen ersten Anhaltspunkt, ob das Mädchen ihm die Wahrheit gesagt hatte. Dennoch war es möglich, dass beide Geschwister durch eine Komplizenschaft in diese Angelegenheit verstrickt waren. Aber wer konnte sie beauftragt haben?

Allmählich brach der Tag an, orange und rosa spannte sich der östliche Himmel über dem Rhein- und Moseltal. Das Leben in den engen Gassen der Stadt erwachte. Fenster und Türen wurden geöffnet, die ersten Hausfrauen steckten ihre Köpfe heraus. Aus den Bäckereien strömten verlockende Düfte, und viele der unermüdlichen Handwerker nahmen bereits ihr Tagewerk auf, um die Kühle der Morgenstunde zu nutzen.

Eigentlich war es noch zu früh, um im Arresthaus den Gefangenen zu befragen. Um diese Uhrzeit würde er dort vermutlich nur für Missstimmung bei dem Wärter sorgen und nichts von dem erreichen, was er sich vorgenommen hatte. Also beschloss er, den Spaziergang ein wenig zu verlängern und zuvor in der Neustadt am Haus Capitain von Rülows vorbeizugehen. Die Herrschaften würden nach der Gesellschaft vom Vorabend wohl alle noch schlafen. Aber er hatte Franziska Berger angekündigt, künftig ein Auge auf sie zu haben, und seine Versprechen pflegte er einzuhalten.

Kurze Zeit später hatte Rudolph die Schloßstraße erreicht, wo alles noch weitgehend ruhig war. Unweit des Rülowschen Hauses verbarg er sich hinter einem mächtigen Baum. Nichts rührte sich, obgleich das Personal sicher bereits bei der Arbeit war.

Wieder schweiften seine Gedanken zu dem gestrigen Vorfall

zurück. Die Geschichte, welche die junge Frau ihm aufgetischt hatte, hatte so überzeugend geklungen, ihre Miene war so aufrichtig gewesen, dass er fast geneigt war, ihr zu glauben. Wenn er sich damit nur nicht noch mehr Ärger eingehandelt hatte! Er wäre nicht der erste Mann, der auf ein schönes Gesicht und unschuldig dreinblickende Augen hereinfiel.

Als plötzlich eine Tür in den Angeln knarrte, zuckte Rudolph zusammen. Aus dem Seiteneingang des von Rülowschen Hauses trat eine Frau. Das schlichte schwarze Kleid ließ vermuten, dass es sich um ein Dienstmädchen handelte. Aber er stand zu weit entfernt, als dass er Einzelheiten hätte erkennen können, zumal die Kapuze eines Umhangs den Großteil des Gesichts verbarg. Höchst merkwürdig, denn es versprach wieder ein heißer Tag zu werden. Aus welchem Grund wollte diese Frau unerkannt bleiben?

Verstohlen blickte sie sich nach allen Seiten um, als wolle sie sichergehen, dass ihr niemand folgte. Schließlich löste sie sich aus der Tür, hastete durch den Vorgarten, passierte das kleine Tor und lief eilig in östlicher Richtung davon. Bevor sie in einer Seitengasse verschwand, sah Rudolph noch, dass ihre Kapuze verrutscht war und eine Strähne hellen Haares hervorblitzte. Dann war die Frau aus seinem Blickfeld verschwunden.

Verblüfft blieb Rudolph zurück. Ganz offensichtlich gingen im Hause des ehrenwerten Freiherrn von Rülow einige Dienstboten ihre eigenen Wege – und zwar solche, auf denen sie lieber nicht gesehen werden wollten. Am Vorabend Franziska Berger und nun heute Morgen ... Vermutlich würde es sich auszahlen, dieses Haus zukünftig ein wenig genauer im Auge zu behalten.

Wie auch immer, zuerst würde er sich noch einmal den inhaftierten Pionier vornehmen.

✳

Das Polieren der Gläser schien kein Ende nehmen zu wollen. Kopfschüttelnd griff Franziska nach einem frischen Tuch. In ihren besseren Zeiten hatte sie durchaus Einblicke in die gehobene Gesellschaft bekommen und war auf Diners und Empfänge eingeladen worden. Doch konnte sie sich nicht an eine solch übertriebene Zurschaustellung von Luxus und Wohlstand erinnern. Während sie die Reihe der Rotweinkelche beendet hatte und sich nun die Weißweingläser eines nach dem anderen vornahm, fragte sie sich, weshalb jemand überhaupt derart viele Gläser brauchte. Zumal in einem Haus, in das man aufgrund seiner überschaubaren Größe bestenfalls halb so viele Gäste einladen konnte, wie die Anzahl der Gläser vermuten ließ.

Es klirrte leise, als Franziska eines der zerbrechlichen Kunstwerke hinstellte und nach einem neuen griff. Jedes einzelne Glas war aus schwerem Kristall, die Stiele mit anmutigen Schnörkeln verziert. Franziska war sicher, dass diese Prunksucht nicht der Art des Capitains entsprach, der sich eher durch seinen unter dem Dienstpersonal berüchtigten Geiz auszeichnete. Vielmehr mussten solch repräsentative Anschaffungen auf seine Frau zurückgehen. Nach allem, was sie bisher über die Offiziersgattin erfahren hatte, liebte Henriette von Rülow es, sich in teure Stoffe zu hüllen und mit ihrem Aussehen und ihrer sozialen Stellung zu glänzen.

So sehr Franziska sich auch bemühte, sich mit derartigen Überlegungen abzulenken, glitten ihre Gedanken ständig zu den Ereignissen des Vorabends zurück. Dabei konnte sie nicht verhindern, dass ihre Hände so stark zitterten, dass ihr beinahe einer der kostbaren Kelche aus der Hand gerutscht wäre.

Noch immer glaubte sie, den unnachgiebigen Griff Leutnant Hartens an ihrem Arm zu spüren. Dort, wo er zugedrückt hatte, waren an diesem Morgen bläuliche Verfärbungen zu sehen gewesen. Mit Schaudern entsann sie sich daran, wie er sie in dem Arbeitszimmer eingeschlossen, in die Ecke gedrängt, ihr sogar Prügel angedroht hatte, obgleich sie ihm nichts als die Wahrheit erzählt hatte.

Das Glas klirrte, als Franziska es heftig in den Schrank zurückstellte.

Ein solches Verhalten war wieder typisch für diese Preußen mit ihren klaren Vorstellungen von Autorität und Hierarchie, Herren und Untertanen hatten. Obgleich seit der Jahrhundertwende der Geist der Französischen Revolution buchstäblich durch ganz Europa gefegt war, dem etliche alte Zöpfe zum Opfer gefallen waren. Doch hatten sich diese neuen Herren aus dem Osten seit dem ersten Tag ihrer Herrschaft am Rhein in einer Weise gebärdet, dass man sich ins finsterste Mittelalter zurückversetzt fühlte. Anfangs hatten sie sogar die einheimischen Arbeiter zu Frondiensten am Festungsbau herangezogen. Und noch immer versuchten sie, die in der Franzosenzeit eingeführten neuen Rechte und Privilegien der hiesigen Bevölkerung, das von Napoleon am Rhein eingeführte Gesetzbuch, den *Code Civil*, wieder abzuschaffen und stattdessen das überkommene Allgemeine Preußische Landrecht in den neu erworbenen Gebieten durchzusetzen. Aufseufzend schob Franziska das letzte Glas an seinen Platz.

Mochten diese Preußen sich auch damit brüsten, sie hätten in den Jahren der Revolutions- und Kriegswirren ihr rückständiges Land, Militär und Gesellschaft reformiert, so wusste Franziska es besser. Herrschsüchtige Tyrannen waren sie, alle miteinander! Aber was war auch von einem Volk zu erwarten, das in großen Teilen seines Landes den Grundherren und Junkern noch immer juristische Rechte gegenüber ihren Untergebenen zugestand, die einer modernen Gesellschaft wie Relikte der Vergangenheit erschienen?

Und was die preußische Armee betraf, so hatte sie nicht nur von Christian erfahren, wie es dort zuging. Ihr in liberaler Umgebung aufgewachsener Bruder war nicht mehr wiederzuerkennen, so sehr litt er unter der Härte, der Rechtlosigkeit, den täglichen Schikanen. Insbesondere sein Feldwebel Bäske schien es zu seinem persönlichen Ziel erklärt zu haben, Christian das verweichlichte Franzosentum ein für alle Mal auszutreiben und ihn zu einem strammen Untertanen seiner Majestät, des Königs von Preußen, zu erziehen. Einmal nur hatte Franziska einen kurzen Blick auf diesen Feldwebel erhascht und sogleich einen solchen Abscheu verspürt, dass sie hoffte, ihm nie persönlich begegnen zu müssen.

Das Knarren einer Tür ließ sie erschrocken zusammenfahren, und wieder verspürte sie Wut darüber, dass es Harten gelungen war, sie derart einzuschüchtern. Seit ihrer Begegnung am Abend zuvor schaute sie ständig wie ein verängstigtes Reh über die Schulter und rechnete fast jeden Augenblick damit, von einem Gendarmen verhaftet und abgeführt zu werden. Denn daran, dass dieser Leutnant, wie er gedroht hatte, von nun an jeden ihrer Schritte beobachten würde, zweifelte sie keinen Augenblick. Doch hatte sie keine andere Wahl, als weiterzumachen wie bisher, zu hoffen und zu beten, dass sie diesen furchteinflößenden Offizier nie mehr wiedersehen würde. In der Nacht hatte sie kaum ein Auge zugetan, und wenn sie kurz in einen unruhigen Schlummer gefallen war, hatten sie entsetzliche Traumbilder gequält, die ihren Bruder und sie vor dem Richterstuhl zeigten, als Verräter und Spione verurteilt, unmittelbar vor der Hinrichtung.

Franziska hörte, wie leise Schritte über den Flur huschten. Einem Impuls folgend legte Franziska den Lappen hin. Auf Zehenspitzen eilte sie zur Tür, die einen Spaltbreit offen stand, und spähte hinaus. Gerade noch sah sie, wie eine schwarz gekleidete Gestalt um die Ecke huschte und den Weg zur Treppe einschlug, die hinunter zur Küche führte. Augenblicklich war Franziskas Neugierde geweckt.

Wer war denn das? Und was hatte diese Person hier zu schaffen? Wie eine Blitzentladung stieg vor ihrem inneren Augen die Erinnerung an den Nachmittag am Rhein in ihr auf, wo sich jemand an den Sachen des Leutnants zu schaffen gemacht hatte, bei ihrer Ankunft jedoch gleich verschwunden war.

Konnte das alles Zufall sein?

Im Hause war es still. Die Herrschaften schliefen nach der langen Feier am Vorabend noch, nur das Personal ging seinen Aufgaben nach. Lautlos schlüpfte Franziska hinaus, eilte den Flur entlang und dann die Treppe hinunter. Vorsichtig öffnete sie die nur angelehnte Tür zur Küche. Sie lag verlassen da, wahrscheinlich war Johanna zu dieser frühen Stunde zum Markt unterwegs.

Mit Herzklopfen sah sich Franziska um und entdeckte, dass die Tür zum Vorratsraum offen stand. Der Puls dröhnte in ihren Ohren, als sie sich so nah der Gefahr, vielleicht aber auch der Lösung ihrer Probleme wusste. Ohne lange zu überlegen, schlich sie zur Tür und spähte hinein.

Verflucht! Die Gestalt war nur von hinten zu sehen! Zudem bedeckte ein dunkler Kapuzenumhang Kopf und Schulter. Sie kniete in einer Ecke der Vorratskammer und stocherte mit einem Messer in dem Spalt zwischen zwei Bodendielen.

Franziska musste sich am Türrahmen festhalten, so sehr schwindelte es ihr bei diesem Anblick. Die Gedanken in ihrem Kopf überschlugen sich, und stumm beobachtete sie, wie es der Person schließlich gelang, eines der Bretter zu lösen und anzuheben. Dann zog sie einen kleinen Beutel hervor. Es klimperte, als sie den Inhalt in ihre Hand gleiten ließ. Fasziniert beugte sich Franziska vor, um besser sehen zu können.

»Franziska!« Laut hallte die Stimme des Hausdieners Erich durch den Flur. »Wo steckst du denn? Komm her, ich brauche deine Hilfe.«

Erschrocken fuhr sie herum und drückte sich enger an die Küchenwand, um von dem Menschen im Vorratsraum nicht entdeckt zu werden. Innerlich stöhnte sie auf. Ausgerechnet jetzt! Wo sie doch so nahe dran war und endlich eine Spur entdeckt hatte. Unschlüssig wartete sie einen Moment ab, nicht gewillt, ihren Beobachtungsposten zu verlassen, so kurz vor ihrem Ziel einfach aufzugeben.

»Franziska, ich warte!« Ungeduld schwang in Erichs Stimme mit, Schritte näherten sich.

Lautlos stieß sie einen Fluch aus, wusste aber, dass ihr im Augenblick keine Wahl blieb, als seiner Aufforderung zu folgen, wollte sie nicht zusätzlichen Ärger riskieren.

Hastig verließ sie die Küche. Fest entschlossen, bei nächster Gelegenheit nachzuschauen, was dort hinten versteckt wurde.

Kapitel 17

Wie immer, wenn Rudolph das Innere eines Gefängnisses betrat, überfiel ihn ein ungutes Gefühl, gegen das er nicht ankam. Und obgleich er auf der richtigen Seite des Gesetzes stand, war ihm nicht wohl, sobald sich die Tür hinter ihm geschlossen hatte.

Das mochte mit seiner eigenen Vergangenheit zu tun haben, dem hierarchisch geordneten System auf dem Gutshof, in dem er aufgewachsen war. Mehr als einmal war er wegen irgendeiner Nachlässigkeit bei der Arbeit auf Anordnung des Verwalters in einen dunklen Schuppen gesperrt worden, irgendwo zwischen Hacken, Spaten und anderen Erntewerkzeugen. Damals war er wohl acht oder neun Jahre alt gewesen, doch hatte sich ihm durch diese Erlebnisse das Oben und Unten in der gesellschaftlichen Ordnung unauslöschlich eingeprägt. Geblieben war auch sein Widerwille gegen geschlossene Räume.

Der Spuk hatte erst ein Ende gehabt, als der alte Gutsherr überraschend starb und sein jüngerer Bruder dessen Erbe antrat. Mit diesem, womöglich von den Ideen der neuen Zeit und den Reformen berührt, sollte sich vieles zum Besseren ändern, die alten, verkrusteten Strukturen langsam, aber sicher aufbrechen. Bei seinen Bemühungen, sich mehr um das Wohl der Arbeiter zu kümmern, hatte er auch auf die Stimme des Verwalters gehört und dabei Rudolphs außergewöhnliches Talent bemerkt. Vielleicht, so vermutete Rudolph rückblickend, war es die Sympathie, die der neue Herr für seine verwitwete Mutter empfunden hatte, oder einfach dessen Idealismus, das Beste in seinen Leuten fördern zu wollen. Auf jeden Fall hatte dieser dafür gesorgt, dass der Sohn der Wäscherin für Arbeiten eingesetzt wurde, die seinen Fähigkeiten mehr entsprachen, und später – im Nachhinein vermochte Rudolph es fast nicht zu glauben – hatte der Mann sich sogar dafür eingesetzt, dass er die höhere Schule in Königsberg besuchen konnte.

Während er regungslos unter dem kleinen Fenster stand und darauf wartete, dass der Pionier Berger zu ihm geführt wurde, fragte sich Rudolph, weshalb er gerade in letzter Zeit so häufig an seine Kindheit denken musste.

Das Quietschen der Tür riss ihn aus seinen Überlegungen. Er straffte sich, während er langsam auf den Gefangenen zuschritt. Wortlos nahm er zur Kenntnis, dass der junge Soldat, der wie beim ersten Mal mit gefesselten Händen vor ihm stand, noch eine Spur blasser war als bei ihrer letzten Begegnung. Er konnte sich kaum auf den Beinen halten und taumelte, als Rudolph ihn mit einer stummen Geste anwies, sich zu setzen.

Wieder fiel ihm die unverkennbare Ähnlichkeit zwischen Franziska und ihrem Bruder auf, wie unterschiedlich in Auftreten und Erscheinung sie auch waren. Beide hatten feine, symmetrische Gesichter mit hohen Wangenknochen und von dichten Wimpern umrahmten Augen. Der Soldat vor ihm schien der jüngere der beiden Geschwister zu sein, Rudolph schätzte den Altersunterschied auf nur wenige Jahre.

»Nun denn, Pionier. Hat dich unsere Gastfreundschaft hier so weit ermuntert, dass du dich wieder an Einzelheiten aus den letzten Wochen erinnerst?«

Ein kurzer, trotziger Blick. »Mein Gedächtnis ist genauso gut wie bei Ihrem letzten Besuch, Herr Leutnant.«

»Soso...« Rudolph trat einen Schritt näher heran. »Und was hast du uns dann Interessantes mitzuteilen?«

»Worüber, Herr Leutnant?«

»Nennen wir es, über deine nebendienstlichen Aktivitäten.«
»Da gibt es nichts zu berichten, Herr Leutnant.«
»Bist du dir da ganz sicher?«
»*Ganz* sicher, Herr Leutnant.«
So würde er nicht weiterkommen. Entweder wusste der Junge tatsächlich nichts, oder er war entschlossen, für seine Ziele notfalls in den Tod zu gehen.

Rudolph befand, dass es an der Zeit war, seine Trümpfe auszuspielen. »Hm...« Er machte eine Pause, die sich bedrohlich dehnte. Langsam ging er zu dem kleinen Fenster hinüber und schaute nach draußen. Noch immer sagte er kein Wort, bis er sich endlich wieder zu dem Gefangenen umdrehte. »Ich fürchte, wir haben eine Möglichkeit, deiner Erinnerung ein wenig auf die Sprünge zu helfen.«

Kaum merklich zuckte Berger zusammen, Angst glomm in seinen Augen auf, und seine Hände verkrampften sich. Rudolph ließ die Anspannung, die seine Worte ausgelöst hatten, noch ein wenig auf den Gefangenen wirken. Dann ließ er die Bombe platzen. »Wir haben deine Schwester Franziska in der Hand!«

Berger sprang so heftig auf, dass der Stuhl hinter ihm umkippte. »Das ist eine Lüge!«, stieß er hervor. »Franziska hat nichts mit der Sache zu tun! Was habt ihr...«

»Dann gibst du also zu«, fuhr Rudolph von dem Ausbruch äußerlich ungerührt fort, »dass es eine *Sache*, wie du es nennst, tatsächlich gibt.«

Der junge Soldat keuchte, seine gefesselten Hände ballten sich zu Fäusten. Er schien nach Worten zu suchen, die weder ihn selbst noch seine Schwester belasten würden. »Es gibt keine – *Sache!*« Das letzte Wort spuckte er beinahe heraus, seine Augen schimmerten feucht, Verzweiflung und ohnmächtige Wut sprachen aus seinem Blick. »Es gibt überhaupt keinen

Grund, mich hier festzuhalten, und meine Schwester, sie ... was ist ...?« Seine Stimme brach.

Rudolphs Sinne waren aufs Höchste angespannt. Er wusste, dass er den anderen an einem Punkt hatte, an dem er verletzlich war, an einem Haken, den er packen konnte, wenn es sich als nötig erweisen sollte. »Ich bedauere außerordentlich, dir mitteilen zu müssen, dass sich deine Schwester in eine höchst prekäre Situation gebracht hat ...« Er hielt inne und wartete.

Die Pupillen des Gefangenen flackerten in aufsteigender Panik. »Was hat sie ...?«

Durch sein Schweigen ließ Rudolph die Ungewissheit noch weiter ansteigen. Er sah, wie die Nasenflügel seines Gegenübers bebten, als Berger schließlich hervorbrachte: »Was ist mit ... mit Franziska?«

Rudolph ließ den Mann nicht aus den Augen, als er langsam antwortete: »Nennen wir es mal so: Sie wurde in einer höchst eindeutigen Situation ertappt. In flagranti. Als sie sich gerade daran zu schaffen machte, die Schubladen im Arbeitszimmer von Capitain von Rülow zu durchwühlen.«

Das Gesicht des Gefangenen wurde weiß. Schweiß bildete sich auf seiner Oberlippe, fassungslos schüttelte er den Kopf. »Das kann nicht sein. Nein. Das ist völlig unmöglich! Sie ist ...«

»Was ist sie?«, hakte Rudolph ungerührt nach. »Deine Gehilfin, deine Komplizin? Diejenige, die für dich die Strippen zieht, während du hier einsitzt und auf dein Urteil wartest?«

»Sie ist nichts dergleichen ...« Rote Flecken bildeten sich auf Bergers Wangen. »Franziska ist ... ich weiß nicht ... Großer Gott, was hat sie mit all diesen Dingen zu schaffen?« Er schrie fast, Tränen standen in seinen Augen.

Doch Rudolph hatte nicht vor, seine strenge Befragung an diesem Punkt zu beenden.

»Ich dachte eigentlich, genau das könntest du mir erklären«, sagte er leise. »Also, noch einmal, was hast du – und was hat deine Schwester – mit der Angelegenheit zu tun?«

»Ist sie verhaftet worden? Wurde sie... verhört?«, stammelte Berger, ohne auf die Frage zu antworten. »Geht es ihr gut?«

Rudolph atmete langsam aus. »Das hängt jetzt von dir ab.«

»Was?« Der junge Soldat war zusammengezuckt, als wäre er erst in diesem Moment wieder in die Realität zurückgekehrt und in der Lage, dem Gespräch zu folgen.

»Erzähle *du* uns, was du weißt, und wir werden deine Schwester nicht weiter behelligen.« Der Ausdruck der Verzweiflung auf dem Gesicht des Gefangenen war so echt, dass Rudolph seine Worte fast bereute.

»Ich weiß nichts!«, stieß Berger gepresst hervor.

»Du gibst vor, nichts zu wissen, und doch erzählst du, es gäbe da eine ›Sache‹, mit der deine Schwester nichts zu tun habe. Also, Mann, für wie dumm hältst du mich?«

Der Gefangene kniff die Augen zusammen und schüttelte den Kopf. »Da ist nichts, Herr Leutnant.« Er wirkte hoffnungslos, fast gebrochen.

»Welche *Sache*?« Ungeduld schwang in Rudolphs Stimme mit.

»Eine Familienangelegenheit. Nichts von ... von Bedeutung...«

»Und das soll ich glauben?« Rudolph wusste, dass er dem anderen nicht zu viel Zeit zum Nachdenken geben durfte, wenn er ihn weiter in die Enge treiben wollte. »Und warum, wenn ich fragen darf, bist du – der stolze Sohn eines napoleonischen Offiziers – überhaupt Soldat in der preußischen Armee geworden? In der Armee des Feindes?«

»Die Wehrpflicht, Herr Leutnant. Außerdem ... mein Onkel ... er hat dafür gesorgt, dass ...«

»Welcher Onkel, Mann?« Rudolph wollte den Namen aus dem Mund des Gefangenen hören.

»Hubert Kannegießer, Herr Leutnant. Er leitet eines der hiesigen Bauunternehmen. Ich glaube, er wollte ... er dachte ...«

Rudolph konnte sich denken, worauf der werte Meister Kannegießer spekuliert hatte. Wenn er seinen missratenen Bastardneffen zur Armee schickte, machte das sicher einen guten Eindruck auf die preußische Militärverwaltung. Was keinesfalls von Nachteil sein konnte für die aktuelle Auftragslage im Bezug auf den Festungsbau. So hatte es Franziska auch dargestellt. Nun, zumindest in diesem Punkt schien der Junge die Wahrheit zu sagen.

»Aber wenn du nicht aus eigenem Antrieb der Armee Seiner Majestät des Königs von Preußen beigetreten bist, und, wie ich deinen Worten entnehme, keinerlei Leidenschaft für die Sache des Souveräns und dessen Staat aufbringst..., was hat dich dann dazu veranlasst, dich auch nach Dienstschluss noch freiwillig zum Bau der Feste abkommandieren zu lassen?«

Berger schluckte, sein Blick flackerte. »Ich hab das Geld gebraucht.«

»Wofür?« Als keine Antwort kam, erhob Rudolph die Stimme. »Ich habe gefragt, wofür. Jetzt sprich mit mir, wenn du nicht möchtest, dass hier andere Saiten aufgezogen werden.«

Der Junge wurde erst rot, dann leichenblass. Schließlich sagte er leise. »Bitte zwingen Sie mich nicht, darüber zu reden, Herr Leutnant. Es ist etwas sehr Privates ... eine ...«, er räusperte sich, »... eine Familienangelegenheit.«

»Aha, also noch eine solche *Familien*angelegenheit – womöglich mit der lieben Verwandtschaft da im Franzosenland!«

Berger wollte etwas erwidern, aber Rudolph ließ ihn nicht zu Wort kommen. Stattdessen fuhr er in einem noch schärferen Ton fort: »Da dir die teure Familie ja anscheinend so am Herzen liegt, solltest du vielleicht darüber nachdenken, was du deiner Schwester antust, wenn du länger schweigst.«

»Bitte, Herr Leutnant. Ich muss es wissen, geht es Franziska gut?«

»Wie ich bereits sagte«, entgegnete Rudolph, nachdem er zur Überzeugung gelangt war, dass er den jungen Mann lange genug gequält hatte, »das hängt von dir ab.«

»Wie meinen Sie das?« Die Worte waren so leise gesprochen, dass sie kaum zu verstehen waren.

»Nun, wenn du bereit bist, uns zu sagen, wie es dir gelungen ist, Zugang zu den Dokumenten zu erhalten und diese außer Landes zu befördern, werden wir vielleicht zur Überzeugung gelangen, die Begegnung mit deiner Schwester beruhe lediglich auf einem Missverständnis.«

Der junge Mann zitterte am ganzen Körper und schien sich nur noch mit Mühe aufrecht zu halten. »Ich habe doch bereits gesagt, Herr Leutnant, ich kann diese Frage nicht beantworten. Ich weiß nichts von diesen Plänen, und Franziska«, er schluckte, »meine Schwester auch nicht. Ich...« Die Stimme versagte ihm. Sein Gesicht hatte unterdessen die Farbe eines Lakens angenommen, und Schweiß rann ihm die Schläfe hinab. »Ehrlich, ich weiß nichts darüber!«

Die Angst und die Verzweiflung des jungen Mannes waren fast körperlich spürbar, aber Rudolph konnte darauf keine Rücksicht nehmen. Schließlich ging es um die Sicherheit seines Landes, auch die *seiner* Feste, und um die Ehre seines Königs. Er warf dem Gefangenen einen langen, durchdringenden Blick zu, ehe er sich zum Gehen wandte: »Überleg es dir gut, Pionier Berger. Dein Leben und das deiner Schwester stehen auf dem

Spiel. Und nun wünsche ich noch einen angenehmen Morgen. Wer weiß, wie viele dir davon noch vergönnt sein werden.« Mit diesen Worten wandte er sich um und verließ den Raum. Im Gehen gab er dem Wachposten ein Zeichen, den Gefangenen wieder zu übernehmen.

Kapitel 18

Zu seinem Erstaunen genoss Rudolph das geschäftige Treiben, das Anwachsen der Mauern nach den genau gezeichneten und berechneten Plänen weitaus weniger als sonst. Normalerweise wurde er nicht müde zu beobachten, wie das, was Generalmajor Aster und seine Ingenieuroffiziere entworfen, berechnet und aufgezeichnet hatten, Schritt für Schritt Gestalt annahm. Wie ein Konstrukt des Geistes, der menschlichen Vorstellungskraft und Ingenieurskunst in feste Materie umgesetzt wurde. In Stein verewigt für alle Zeit.

Rudolph liebte den Anblick der trutzigen, schnörkellosen Mauern, die in so vollkommener Weise die Baukunst der modernen Zeit repräsentierten und zugleich in Form und Struktur Anleihe machte bei den großen Reichen der Vergangenheit, den deutschen Burgen hier am Rhein. Daneben erinnerten sie an die Baukunst der Römer, die es so vortrefflich verstanden hatten, ihre Herrschaft ebenfalls in Stein zu manifestieren, ja in Zement zu gießen.

An diesem Nachmittag jedoch musste er immer wieder an das Gespräch mit dem Gefangenen Berger denken. Die Angst und Verzweiflung des jungen Soldaten hatten so greifbar im Raum gestanden, dass es Rudolph schwerfiel, die Erinnerung daran zu verdrängen. Zudem wollte ihm auch diese seltsame Begegnung mit dessen Schwester am Abend zuvor nicht aus dem Kopf gehen. Ihre unverbrüchliche Treue, die Leidenschaft, mit der sie sich für das Leben ihres Bruders einsetzte, nötigte ihm Bewunderung ab. Dennoch war er nicht bereit, die rührselige Geschichte der Geschwister zu glauben. Alle Tatsachen sprachen gegen die beiden.

Trotzdem bohrte eine Ungewissheit in ihm, die ihn dazu veranlasste, weitere Informationen einzuholen. Oder besser gesagt, sich ein genaueres Bild von dieser merkwürdigen Familie zu machen, deren Mitglieder allesamt – direkt oder indirekt – ihre Finger im Festungsbau zu haben schienen. Aus diesem Grund war er unterwegs zu dem dritten Familienmitglied im Bunde. Er wollte sich Hubert Kannegießer vornehmen, um zu hören, was dieser zu der ganzen Angelegenheit zu sagen hatte.

Rudolph musste nicht lange nach ihm suchen. Ein Arbeiter erklärte ihm auf Nachfrage, wo auf der Baustelle der Maurermeister gerade seiner Tätigkeit nachging. Auf dem Weg dorthin dachte er zwar schon über das bevorstehende Gespräch nach, konnte jedoch nicht umhin, mit kritischem Blick die weiter in die Höhe strebenden Mauern zu mustern. Im Vorbeigehen schätzte er ab, ob auch alles genau nach den Berechnungen und Plänen angefertigt wurde. Ärgerlicherweise trug er seine Wasserwaage nicht bei sich und konnte so nicht sicherstellen, ob an dieser oder jener Stelle nicht gepfuscht wurde.

Eine brüllende Stimme unterbrach seine Augenmaßkontrolle. Er schaute in die Richtung, aus der sie gekommen war. Ein kleiner, untersetzter Mann hatte sich gerade vor einem halbwüchsigen Arbeiter aufgebaut und schrie ihn aus Leibeskräften an, sodass einige der Umherstehenden die Köpfe wandten. Zwar konnte Rudolph nur die Hälfte von dem verstehen, was der Mann in tiefstem Coblenzer Dialekt dem Jungen an den Kopf warf, der unter den Beschimpfungen buchstäblich zu schrumpfen schien. Aber das, was er verstand, genügte ihm vollkommen.

Kannegießer war Rudolph nicht unbekannt. Bereits zuvor

hatte es flüchtige Kontakte zu dem Maurermeister gegeben. Immerhin gehörte er zu denen, die jedes Jahr aufs Neue Aufträge von der preußischen Militärverwaltung erhalten hatten, zumindest seit diese durch öffentliche Ausschreibungen an Zivilpersonen und -firmen übertragen wurden.

»Dau Hejel!«, knurrte der Meister und gab seinem Gehilfen eine schallende Ohrfeige. Eine weitere Tirade wüster Beschimpfungen brach sich dumpf an der halb hochgezogenen Steinmauer.

Stirnrunzelnd blieb Rudolph stehen und betrachtete das Treiben. Eigentlich standen doch die Preußen hierzulande in dem Ruf, die einheimische Bevölkerung zu schikanieren. Besonders, da zu Beginn ihrer Herrschaft durch die drohende Kriegsgefahr noch Zwangsverpflichtungen zum Frondienst an der Tagesordnung gewesen waren und viele Ortsansässige unbezahlt oder nur gering entlohnt zum Bau der Festungsanlagen herangezogen worden waren. Allerdings gingen, wie er gerade feststellen konnte, die Hiesigen auch nicht immer zimperlich mit ihren Leuten um.

Nun, wem Macht gegeben..., schoss es Rudolph durch den Kopf, als er sich dem ungleichen Paar näherte. Bevor er die beiden erreichte, sah er, wie der Maurermeister seinem Gehilfen einen solch harten Stoß gegen die Brust versetzte, dass dieser ins Straucheln geriet. Im letzten Moment fing sich der Arbeiter jedoch und schlich mit rotem Kopf und eingezogenen Schultern von dannen.

Wirklich eine seltsame Sippe, diese Kannegießer-Bergers. Obwohl Rudolph sich bemühte, war es ihm nicht möglich, unvoreingenommen auf das Familienoberhaupt zuzugehen. Zu viel Ärger hatten ihm seine Verwandten verursacht, zu viel Unruhe in seine geliebte Baustelle gebracht. Nun war er begierig darauf, mehr über diese zu erfahren.

»Meister Kannegießer«, sagte Rudolph trocken, als er an den Mann herantrat, der sich gerade abwenden und wieder zu seiner Arbeit zurückkehren wollte.

Als der Angesprochene sich zu ihm drehte und einen Offizier erkannte, veränderte sich sein Gesichtsausdruck umgehend. Statt der wutverzerrten Miene, die er noch einen Moment zuvor dem jungen Arbeiter gezeigt hatte, verzog sich sein Mund zu einem Lächeln, das jedoch nicht die Augen erreichte.

»Ah, Herr Leutnant. Ich wünsch en wunderschönen Tag.« Geschäftig kramte der Meister in seiner Hosentasche und zog ein zerknülltes Tuch hervor, mit dem er sich über das von Staub und Schweiß überzogene Gesicht wischte. »Sind Se hier, um sich den Fortgang von unserm großartigen Bau anzugucken?«

Verärgert presste Harten die Lippen zusammen. Was hieß hier »unser« Bau? Wie kam dieser Mensch dazu, sich mit ihm gemeinzumachen? Das wäre ja noch schöner, wenn sich dahergelaufene rheinische Maurermeister hier auf der Feste Seiner Majestät als Bauherren aufspielten. Unter normalen Umständen hätte Rudolph diesen aufgeblasenen Kerl sofort zurechtgewiesen. Aber im Augenblick hatte er weitaus wichtigere Dinge mit ihm zu besprechen, und so schüttelte er nur den Kopf. »Nicht in erster Linie, nein.«

»Bedauerlich. Höchst bedauerlich«, fuhr der andere davon unbeeindruckt fort. »Aber die Zeit müssen Herr Leutnant sich nehmen. Um zu sehen, wat für en gute Qualität wir hier abliefern. Meine Arbeiter sind sehr geschickt, davon müssen Se sich überzeugen.«

Arbeiter, die du mit Prügel gefügig machst, dachte Rudolph.

»Das muss ich nicht«, beschied er Kannegießer knapp. »Ich habe mit Ihnen zu reden.«

»Aber immer doch gerne, Herr Leutnant. Immer gerne.« Das falsche Lächeln auf dem Gesicht, rieb er sich die Hände.

Nun, das würde ihm schnell vergehen.

»Es geht um Ihren Neffen, Christian Berger, der bis vor Kurzem hier bei den Pionieren Dienst tat.«

Wie nicht anders zu erwarten, wandelte sich die großspurige Miene des Meisters sogleich zu einer verärgerten. »Wat es met dem Nixnutz? Hann se en verurteilt?«

»Sie wissen von seiner Verhaftung?«, fragte Rudolph zurück.

Die Miene des Maurers verfinsterte sich noch weiter. »Ich hab et gehört.«

»Dann ist Ihnen wohl auch bekannt, dass Ihrem Neffen Geheimnisverrat, vielleicht sogar Landesverrat, vorgeworfen und sicher bald der Prozess gemacht wird.«

Ein verächtliches Brummen war die Antwort.

»Verrat von militärischen Geheimnissen *dieser* königlichen Baustelle«, fuhr Rudolph fort. »Er soll daran beteiligt gewesen sein, brisante Dokumente entwendet und über die Grenze nach Frankreich weitergeleitet zu haben. Wo er, wie ich erfahren habe, Verwandte hat. – Vielleicht auch Verwandte von Ihnen, Meister Kannegießer?«

»Aber, Herr Leutnant, wo denken Se hin?« Das Gesicht des Mannes war vor Entrüstung rot angelaufen. »Ich, Verwandte im Franzosenland? Wie kommen Se denn da drof? Dat es en böswillige Unterstellung, Herr Leutnant. Ausgerechnet *ich!*«

Bevor Rudolph Gelegenheit hatte, etwas darauf zu erwidern, fuhr er fort: »Meine Schwester Luise, dat Luder, war et, die im Krieg en Fisternöll mit 'nem Franzmann angefangen hat. Ja, sogar geheiratet hat se den Kerl, und der hat se dann auch gleich geschwängert. Natürlich konnt ich dat net dulden und hab se aus dem Haus geschmess. Unsere Eltern sind schon früh gestorben, müssen Se wissen, und da war ich für meine jüngere Schwester verantwortlich. Also, gleich aus dem Haus geworfen hab ich se, zusammen mit ihrem dahergelaufenen Franzos. Dann es se mit ihm nach Cölle. Da ham se dann en Weinhandlung aufgemacht und irgendwelchen französischen Fusel verkauft. Die Familie von dem Franzmann lebt irgendwo in Marseille und hat da ein Weingut und ... Na, egal«, beeilte er sich zu sagen, als er Rudolphs ungeduldigen Blick bemerkte. »Auf jeden Fall haben meine Schwester und er da in Cölle einen auf Dicke gemacht, auf Freiheit, Gleichheit, Brüderlichkeit ... und viel neues Geld verdient. Net schlecht gelebt haben se. Bis dann dieser Franzmann meinte, er müsste noch mal für seinen Kaiser in den Krieg ziehen. Von da es er aber zum Glück net zurückkomme.« Erschöpft von der langen Rede holt Kannegießer keuchend Atem.

»Ihr Neffe«, erinnerte ihn Rudolph, »ich bin hier, um etwas über Ihren Neffen zu erfahren.«

»Wat? Ach ja, natürlich!« Wieder wischte sich der Maurermeister mit dem Tuch übers Gesicht. »Ein unerträglicher Bengel. Aber wat es auch anders zu erwarten, bei diesem Blut, der Vater en Franzos und Revolutionär, die Mutter en Flittchen ... und ich ... an mir es et hängen geblieben, die verdorbene Brut meiner Schwester aufzuziehen, nachdem die dazu nicht mehr in der Lage war – so ohne Geld.«

»Der Pionier Berger hat also bis zu seinem Eintritt in die Armee in Ihrem Haus gelebt?«

»Ja, hat er, der verfluchte Nixnutz. Bedauerlicherweise. Ich hann ja schon gesagt, dat meine unfähige Schwester ihre beiden missratenen Sprösslinge zu mir nach Coblenz geschickt hat, weil se als verarmte Witwe nicht mehr für se sorgen konnte, und ...«

»Diese Bürde haben Sie dann auf sich genommen«, unterbrach ihn Rudolph trocken, obgleich er die Antwort bereits zu kennen glaubte.

Kannegießer schnaubte. »Gesorgt hab ich für sie, als wären et meine eigenen Kinder. Genährt und gekleidet. Der Junge durft sogar als Lehrling in meinem Betrieb arbeiten. Wir hann ja keine Kinder, meine Frau und ich. Von daher ...«

Von daher hatte Meister Kannegießer die Notwendigkeit und Chance gesehen, die Arbeitskraft seines unmündigen Neffen auszubeuten, vermutete Rudolph, enthielt sich jedoch jeglichen Kommentars.

»Und als er dann alt genug war, der Bursche, hann ich alles getan, damit er en Platz in der Armee Seiner Majestät kriegte. Persönlich vorgesprochen hann ich in der Kommandantur, ja. Und dann ist dieser Bengel bei den Pionieren untergekommen und konnte in aller Ruhe weiter dat tun, wat er ohnehin gelernt hatte. Wenn dat keine leichte Arbeit es!« Wieder ließ er ein verständnisloses Schnauben hören.

Rudolph zog eine Augenbraue hoch. Der Dienst bei der preußischen Armee wurde von Freund und Feind mit verschiedenen Begriffen tituliert. Nur *leicht* war ein Adjektiv, das nicht unbedingt zutraf. Insbesondere nicht für einen Rekruten im ersten Jahr. Er fragte sich kurz, ob der Maurermeister wohl je in irgendeiner Armee gedient hatte – eher unwahrscheinlich.

»Und wie wurd et mir gedankt?«, fuhr Kannegießer fort, dem die Reaktion seines Gesprächspartners offensichtlich entgangen war. »Der Bursche fällt vom ersten Tag an unangenehm auf, mit seiner Aufmüpfigkeit und seinen wirren Ideen. Und dat Mädel, Franziska, läuft, kaum, dat et von der Verhaftung gehört hat, von zu Hause weg und lässt mein Frau und unseren ganzen Haushalt em Stich. Undankbares Geschöpf, nach allem, wat wir in den letzten Jahren für se getan hann, mein Frau und ich.« Er schniefte, dass seine Nasenflügel bebten und wischte sich mit dem Handrücken darüber. »Aber wahrscheinlich kann ich froh sein, dat se weg es. Womöglich steckt se sogar mit ihrem Bruder unter einer Decke. Und mit solchen, hören Se, mit su kromme Dinger möcht ich nix zu tun haben.«

»Dann glauben Sie also auch, dass Ihr Neffe ein Verräter ist? Geheime militärische Dokumente entwendet und an den Feind verkauft hat?«

Das Gesicht des Maurermeisters wurde puterrot. »Ja, wat soll ich denn davon wissen?«

»Sie haben das Thema gerade selbst angesprochen«, entgegnete Rudolph.

»Ja, aber doch nur ...« Kannegießer rollte die Augen. »Hören Se, Herr Leutnant, wir sind eine ehrbare Familie, mein Frau und ich, König und Vaterland treu ergeben, dat können Se mir glauben. Und auch mein Geschäft leistet seit Jahren gute Arbeit für Seine Majestät. Nie hat et Grund zur Klage gegeben.«

Was das betraf, so hatte Rudolph andere Informationen. Zweimal war es zu Unstimmigkeiten bei der Abrechnung und Materialbeschaffung gekommen. Zudem gab es in regelmäßigen Abständen Beschwerden von Arbeitern über die Behandlung, die der gute Meister Kannegießer ihnen zukommen ließ, die schlechten Arbeitsbedingungen und die miserable Bezahlung.

Aber er schwieg und forderte den anderen mit einem Kopfnicken auf fortzufahren.

»Ich hann getan, wat ich konnt, um den Kerl zu einem guten Untertan Seiner Majestät zu erziehen«, brummte Kannegießer. »Is net meine Schuld, wenn et net geklappt hat.«

»Dann glauben Sie also, dass Ihr Neffe in dieser Sache schuldig ist?«, wiederholte Rudolph seine bereits zuvor gestellte Frage.

»Ja, wat weiß denn ich? Er es widerborstig und red schon lang net mehr mit mir. Kann sein, dat er sich irjendwelche Flausen in den Kopf gesetzt hat, es dat schlechte französische Blut, wat soll man da machen?« In gespielter Resignation breitete er die Arme aus. »Verpassen Se dem Burschen eine kräftige Tracht Prügel, und lassen Se ihn en paar Tage hungern, dann wird er schon sagen, wat er weiß.«

Rudolph schüttelte den Kopf. Durch die Gespräche mit dem Auditor wusste er, dass Berger unter strengem Arrest stand. Eine scharfe Maßnahme, die ganz offensichtlich ihren Tribut forderte. Dennoch war bisher kein Wort aus dem Jungen herauszubekommen gewesen. »Ist das alles, was Sie dazu zu sagen haben?«, fragte er knapp.

»Alles, Herr Leutnant. Außer vielleicht, dat et mir unsagbar leidtäte, wenn Seine Majestät der König irgendwelche Schwierigkeiten hätte durch diesen Bastard.«

Interessante Familie, in der Tat.

»Nun denn, dann möchte ich Sie bei Ihrer Arbeit nicht weiter aufhalten. Nicht dass Seine Majestät der König durch diese Verzögerung noch unersetzlichen Schaden erleidet.« Den letzten Satz hatte er in kaum verhohlenem Hohn ausgesprochen, was sein Gegenüber aber offensichtlich nicht bemerkte. »Ich empfehle mich, Meister Kannegießer.« Plötzlich hatte es Rudolph sehr eilig, den feisten Mann mit den brutalen Gesichtszügen und herzlosen Gebaren zu verlassen. Aber gerade, als er sich zum Gehen wandte, lief dieser einige Schritte hinter ihm her.

»Herr Leutnant! So warten Se bitte, Herr Leutnant!«

Unwillig wandte sich Rudolph um. »Was gibt es denn noch, Mann?«

»Darf ich davon ausgehen, Herr Leutnant, dat weder mir noch meinem Geschäft hier durch das Verhalten von meinem Neffen irgendwelche Nachteile entstehen? Et wäre doch mehr als bedauerlich, wenn en jahrelange gute Zusammenarbeit wegen der Dummheiten von su 'nem Bengel kaputt gehen würde, oder?«

Einen Moment lang wusste Rudolph nicht, was er entgegnen sollte. Es geschah selten, dass ihn etwas aus der Fassung brachte, aber diesmal war es fast so weit. Durchdringend sah er den Mann an. »Wenn es Ihre einzige Sorge ist, die lukrativen Aufträge seiner Majestät zu behalten, dann kann ich Sie beruhigen. In Preußen kennt man Recht und Gesetz. Sippenhaft ist bei uns nicht üblich.« Ohne eine Antwort abzuwarten, wandte er sich ab und schritt schwerfällig davon.

Kapitel 19

Die Messe in St. Castor an diesem Sonntag dauerte länger als sonst. Obgleich Franziska von ihrer Arbeit im Hause des Capitains so müde war, dass sie während der Predigt und der Choräle bisweilen eingenickt war, genoss sie die Ruhe, welche die alten vertrauten Riten auf sie ausübten. Die Gebete, die Kerzen, die immer wiederkehrenden lateinischen Gesänge des Priesters.

Dabei konnte sie nicht verhindern, dass sie ein Hauch von Wehmut überkam, als sie daran dachte, wie sie als Kind mit Mutter und Bruder die Messe besucht hatte. Wenn er die Gelegenheit dazu fand, hatte ihr Vater sie begleitet. Denn obwohl er als Offizier mit den Revolutionstruppen nach Cöln gekommen war und sich den Idealen von Freiheit, Gleichheit und Brüderlichkeit verschrieben hatte, teilte er nicht die antiklerikalen Ansichten des Ersten Consuls und späteren Kaisers Napoleon. Überhaupt hatte Franziska ihren Vater als sehr besonnenen Mann in Erinnerung, der ihrer Mutter Luise eine zuverlässige Stütze gewesen war. Gerne erinnerte sich Franziska an die tiefe Liebe, die ihre Eltern verbunden hatte, ihr gemeinsamer Glaube an Freiheit und Selbstbestimmung, dazu eine gewisse Aufgeschlossenheit der damals so neuen Epoche gegenüber, welche die Revolutionstruppen bis an die Gestade des Rheins gespült hatten.

Ein Glöckchen ertönte, und die Gläubigen erhoben sich. Benommen vom Weihrauch und der Schwere ihrer Gedanken, tat es Franziska ihnen gleich und versuchte, sich wieder auf das Geschehen am Altar zu konzentrieren. Stumm murmelte sie ein Gebet, dann spendete der Priester den Segen. Die Gläubigen schlugen das Kreuzzeichen, ein kurzer Abschlussgesang folgte, dann strömte die Menge aus der Kirche.

Franziska, die die Sonntagvormittage dienstfrei hatte, verspürte jedoch das Bedürfnis, noch ein wenig in den schattigkühlen Räumen des Gotteshauses zu verweilen. Seit es sie damals, nach dem Tod ihres Vaters, nach Coblenz verschlagen hatte, war die alte Kirche St. Castor, die sich unweit der Mündung von Rhein und Mosel befand, zu einem Ort des Trostes geworden, den sie nicht nur sonntags gerne aufsuchte.

Auch an diesem Tag, an dem solch große Sorgen auf ihr lasteten, legte sich die heilige Atmosphäre tröstend auf ihr Gemüt. Der Duft nach Weihrauch und Kerzen, der sich zwischen den Bänken, Bildern und an den Wänden angebrachten Heiligenfiguren verfangen hatte, die Aura des seit Jahrhunderten mit Gebeten angefüllten Raums erlaubten ihr, für einen Moment innerlich zur Ruhe zu kommen. Sie schloss die Augen und ließ die vergangenen Tage Revue passieren.

Seit dem Zusammenstoß mit Harten im Arbeitszimmer des Capitains waren nun zwei Tage vergangen, ohne dass sie etwas von ihm gehört oder gesehen hatte. Weder war sie verhaftet worden, noch hatte ihr Dienstherr sie wegen ihres Spionierens zur Rede gestellt. Was nur bedeuten konnte, dass der Leutnant sie tatsächlich nicht verraten hatte. Den Grund dafür kannte Franziska nicht, doch sie wusste, dass der Preuße sie immer noch in der Hand hatte.

Diese Vorstellung jagte ihr einen heißen Schauder über den Rücken. Harten war kein Mann, dem man gerne ausgeliefert war. Sie konnte sich nicht erinnern, ihn jemals wirklich lächeln gesehen zu haben, und die Strenge, die er ausstrahlte, war selbst für einen Blaurock noch bemerkenswert.

»*Fiat voluntas tua, sicut in caelo et in terra.*«

Um sich von der Erinnerung an die groben Berührungen und den durchdringenden Blick des Leutnants abzulenken, begann Franziska, leise zu beten. Für sich selbst, für ihren Bruder und dafür, dass er trotz seiner scheinbar aussichtslosen Lage den Mut und die Hoffnung nicht verlor. Und auch dafür, dass es ihr gelingen möge, seine Unschuld zu beweisen.

Nicht dass sie diesem Ziel in den vergangenen Tagen auch nur einen Schritt näher gekommen wäre. Im Gegenteil, ihre unüberlegte Idee, den Schreibtisch Capitain von Rülows zu durchstöbern – und ihre Dummheit, sich dabei erwischen zu lassen –, hatten vielmehr dazu beigetragen, den Verdacht gegen ihren Bruder zu erhärten. Nicht davon zu reden, dass jetzt auch sie selbst zum Kreis der Verdächtigen zählte. Aber nun war es zu spät, um sich darüber Gedanken zu machen. Solange Harten den Capitain nicht in seine Entdeckung einweihte, gab es Grund zur Hoffnung.

»*Et ne nos inducas in temptationem, sed libera nos a malo. Amen.*«

Ein wenig gefestigter beendete Franziska ihr Gebet und erhob sich mit steifen Beinen. Bevor sie nach Hause ging, wollte sie eine Kerze für Christian anzünden. Sie hatte noch ein bisschen Zeit, da sie erst am frühen Nachmittag zu ihrem Dienst zurückerwartet wurde. Auf dem Weg durch das Seitenschiff bemerkte sie einen Mann, der schweigend und in sich gekehrt in einer Bank kniete, dem Anschein nach in ein stummes Gebet vertieft. Erst, als sie schon fast an ihm vorbeigelaufen war, erkannte Franziska ihn.

»Mr. McBaird«, flüsterte sie leise, und schämte sich im gleichen Moment, ihn einfach so angesprochen zu haben.

Der Schotte brauchte einen Moment, um in die Gegenwart zurückzukehren. Er blinzelte, doch dann zeigte seine Miene, dass er sie erkannte.

»*Miss Frances.*« Seinem Tonfall war zu entnehmen, dass er ebenso überrascht war, sie hier zu sehen, wie sie ihn.

»Bitte entschuldigen Sie.« Franziska flüsterte. »Ich wollte sie nicht in ihrem Gebet stören.«

»*A prayer near done.*« Kurz wandte er sich wieder dem Kruzifix zu, das einen der Seitenaltäre schmückte und schlug ein Kreuzzeichen. Dann erhob er sich aus der Bank und beugte tief das Knie, bevor er sich wieder Franziska zuwandte. »*Let's gang outside.*«

Einen kurzen Moment blickte Franziska ebenfalls auf die Figur des Gekreuzigten, bevor sie McBaird hinaus ins warme Morgenlicht folgte.

»*Braw to see the sun* ... Es wird ein heißer Tag«, sagte er mit einem feinen Lächeln, aber seine Stimme klang traurig.

Franziska nickte. »Mosel und Rhein führen schon jetzt wenig Wasser. Etwas Regen würde nichts schaden.«

»Dann wird eure Loreley sicher bald wieder ihre Opfer fordern.«

Wieder nickte Franziska. »Das steht zu befürchten.«

Um diese frühe Zeit nach dem Hochamt war die Luft noch erträglich und klar. Auf dem Kirchplatz erhoben sich flatternd ein paar Spatzen, die zuvor auf dem Boden nach Krumen und Essbarem gesucht hatten. Kirchgänger, Kinder und andere Passanten zerstreuten sich nach und nach.

Als sie sich gemeinsam mit McBaird auf den Weg zu Thereses Gasthaus machte, sah Franziska zum Rhein. Der freie Blick auf den Fluss würde bald versperrt sein. Wieder einmal überkam sie bei dem Gedanken an hohe, steinerne Festungsmauern, mit denen die Preußen ihre Stadt einzukesseln versuchten, ein heftiger Groll, und so ging sie eine Weile schweigend neben dem Schotten her.

»*Ye seem unhappy.* Gibt es etwas, das Ihre Seele bedrückt?«

»Hier spricht die Stimme des Dichters.« Bei den wie üblich etwas geschwollenen Worten des Schotten konnte Franziska ein Lächeln nicht unterdrücken. Einen Moment überlegte sie, ob es opportun wäre, ihre Meinung offen zu äußern. Doch dann erinnerte sie sich an den gutmütigen Humor ihres Begleiters.

»Es verletzt mich, zu sehen, wie unsere Stadt verschandelt wird und wie wir der Aussicht auf unsere Flüsse beraubt werden. Man kommt sich vor wie in einem Kerker.«

»*The Prussians again?*« McBaird lächelte wissend.

»Eben diese...« Franziska biss sich auf die Zunge, um eine noch schärfere Bemerkung zu unterdrücken.

Zudem wollte sie nicht ihren einzigen freien Vormittag mit Groll und Verbitterung verbringen. Vielmehr freute sie sich auf einen kleinen Schwatz und Imbiss in Thereses Gasthaus.

»Sie verabscheuen die Preußen, und dennoch stehen Sie in ihrem Dienst?«

Zorn blitzte in Franziska auf, ein winziger Stich fuhr durch ihre Brust. »Bisweilen hat man nicht die Wahl und muss sich der Macht beugen, die über einen herrscht. Das bedeutet aber nicht, dass man sie gutheißt oder gar schätzt.«

Ein Anflug von Verständnis glitt über das bärtige Gesicht. »Wie wahr.«

»Wie kommt es aber, wenn ich fragen darf«, sagte Franziska, um von dem unangenehmen Thema abzulenken, »dass Sie unsere Kirche besuchen? Ich dachte immer, die Schotten seien samt und sonders Protestanten.«

»Ketzer, Gotteslästerer und Heiden?« Ein Hauch von Belustigung blitzte in McBairds Augen auf, doch dann wurde sein Blick ernst. »*No*, nicht alle, *my dear*. In den großen Städten und im Süden des Landes, das schon...« Versonnen schaute er über die Häuserdächer hinweg in die Ferne. »Aber im Norden, in den fernen Hochmooren, Heideflächen und Hügeln finden sich noch immer Familien, die dem alten Glauben Roms anhängen.«

Erstaunt blieb Franziska stehen. »Sie kommen aus dem Hochland, Monsieur? Nicht dass ich allzu viel von Geografie verstünde, aber ich dachte, Ihre Heimat sei ... wie sagte Therese noch gleich ... Edinburgh.«

Als keine Antwort kam, ging Franziska weiter. McBaird folgte ihr langsam, eine ungewohnte Düsternis schien sich auf ihn gelegt zu haben.

»Das ist auch wahr, *my dear*. Seit meiner Jugend lebe ich in der Hauptstadt. Aber meine Großeltern stammen beide aus dem Norden, den Highlands. Auch meine Mutter ist da geboren.«

Nichts war zu hören als das Klackern ihrer Schuhe auf dem Kopfsteinpflaster. Der Wind, der vom Rhein her kam, war warm und ließ das Laub der Bäume am Wegesrand sanft rascheln. Unvermittelt bückte sich McBaird, pflückte eine lilafarbene Blüte, die auf einem kräftigen Stängel saß und reichte sie Franziska, die unwillkürlich lachen musste.

»Eine Distel, Monsieur, halten sie mich für so widerborstig?« Vorsichtig drehte sie die stachelige Pflanze in der Hand.

»*Mibbe, my lass*, wer weiß ... Aber vor allem, *the thrissil*, die Distel, sie ist ein Symbol meiner Heimat, ein Symbol Schottlands ... *and adeed, it is* ... sie ist wie Sie, *lassie*, schön, stark und etwas stachelig.« Sein Lächeln wirkte warm, spitzbübisch, aber auch ein klein wenig traurig.

»Danke«, meinte Franziska ein wenig überrumpelt von so viel Offenheit aber auch der kaum versteckten Anspielung auf ihr bisweilen ungestümes Temperament. »Sie ist wirklich hübsch ... und durchaus ... wehrhaft.«

Eine verlorene Heimat, eine vergessene Vergangenheit,

durchfuhr es sie, während sie mit den Fingerspitzen vorsichtig über die leuchtende Blüte strich. »Und dann«, fuhr sie hastig fort, als sie spürte, dass ihre Augen feucht wurden, »dann haben Ihre Großeltern in der Stadt nach Arbeit gesucht und deswegen ihr Zuhause aufgegeben?«

Ein langes Schweigen folgte, dann antwortete McBaird so leise, dass sie ihn kaum verstand: »Nein, meine Familie wurde gezwungen, die Highlands zu verlassen.«

Es klang so viel Schmerz in diesen Worten mit, so viel Verbitterung, dass Franziska zunächst nicht wusste, was sie darauf antworten sollte. »Wurden sie vertrieben?«, fragte sie schließlich, als sie das Gasthaus schon erreicht hatten und McBaird ihr, noch immer in Gedanken versunken, die Tür öffnete.

»Ja, weil Weidefläche für Schafe gebraucht wurde, Platz für eine moderne Zeit.«

Verständnislos runzelte Franziska die Stirn.

»Da blieb nichts mehr übrig für die alten schottischen Sitten, die traditionellen Lebenswelten.« Wieder diese tiefe Trauer, die Franziska ans Herz ging.

»Und was hätte sie erwartet, wenn sie geblieben wären, sich geweigert hätten, ihre Heimat zu verlassen?«, wagte Franziska zu fragen.

Zorn flammte in McBairds Blick auf, als sie in die Gaststube traten.

»Der Tod«, antwortete er leise und schloss die Tür hinter ihnen.

*

Rudolph keuchte, als er die Anhöhe erklomm. Seine Muskeln brannten, sein Bein verzieh ihm nicht das Tempo, das er angeschlagen hatte, als ginge es darum, einen erbitterten Feind zu verfolgen oder vor den höchsteigenen Dämonen zu fliehen, welche die Ereignisse und Beschuldigungen der jüngsten Zeit wieder heraufbeschworen hatten.

Erst als er sein Ziel erreicht hatte, hielt er inne und schaute um sich. Einige Augenblicke benötigte er, um wieder zu Atem zu kommen und den Schmerz abklingen zu lassen. Sein Blick schweifte über die trotz ihrer Rauheit betörend schöne Landschaft. Steile, teilweise kahle Felsen ragten vor ihm auf, von mannshohem Gras, Gebüsch oder Bäumen bewachsene Hügel fielen zum Rheinufer hin ab. Tief unter ihm, so tief, dass der Anblick ihn beinahe schwindeln machte, strömte ruhig der Fluss, der an dieser Stelle die Lahn in sich aufnahm.

Rudolphs Hemd war schweißdurchtränkt und klebte ihm unangenehm am Körper. Sein überstrapaziertes Bein drohte unter ihm nachzugeben, und zitternd wischte er sich mit dem Unterarm über die Stirn.

Flimmernd lag die drückende Luft über der ausgetrockneten Erde, welche die Hitze reflektierte. Den Einheimischen zufolge lag das am Schiefer, der die Eigenschaft besaß, die Wärme zu speichern und nach und nach wieder abzugeben, was in kühleren Nächten wie ein hervorragend ausgeklügeltes Heizsystem funktionierte. Es hieß sogar, die Qualität des hier seit der Römerzeit angebauten Weins hinge mit dem vom Schiefer angewärmten Erdreich zusammen.

Schiefer, dachte Rudolph, wieder ein solch urzeitliches Baumaterial, das sich seit Jahrtausenden bewährt hatte und nicht nur für Dachziegel und Wandverkleidungen verwendet wurde. Kaum vorstellbar, was mit diesem Naturprodukt noch alles machbar wäre, wenn man versuchte, es mit modernen Materialien zu kombinieren. Dieser Gedanke brachte Rudolph wieder darauf, weshalb er den über zweistündigen Fußmarsch von Coblenz aus hier hinauf auf sich genommen hatte. Auf einem

Felssporn auf halber Höhe des Hanges, der sich über dem Dorf Capellen steil ins Tal hinabneigte, stand die Ruine einer alten Burg. Einer prächtigen Burg, wie man sie hier entlang des Rheins häufig fand.

Stolzenfels.

Der Name schien ihm passend. Obgleich sie bereits vor langer Zeit zerstört worden war, ragten die Reste der Wehrtürme in den strahlend blauen Himmel. Auch Teile der Anbauten und der umgebenden Mauern waren noch vorhanden und ließen die einstige Größe und Bedeutung der Burg erahnen. Ein Bauwerk aus alter Zeit, das über viele Menschenalter hinweg Regen, Stürmen und anderen Unwettern getrotzt hatte und auch durch Brandschatzung und Belagerung nicht vom Erdboden verschwunden war. Ein Bollwerk also, an dem man sich bei den Festungen, die in der heutigen Zeit erbaut wurden, durchaus einiges abschauen konnte.

Aus diesem Grund hatte Rudolph nach dem sonntäglichen Garnisonsgottesdienst in der Florinskirche beschlossen, trotz seines schmerzenden Beines den Marsch zu diesem außergewöhnlichen Fleckchen Erde auf sich zu nehmen. Er wollte sich ein Bild davon machen, was von diesem Zeugnis der Vergangenheit noch übrig geblieben war – das Material, den Mörtel, die statischen Besonderheiten. Maßband, Notizbuch und Bleistift steckten in seiner Tasche, damit er das eine oder andere Element auf Papier übertragen und eigene Berechnungen dazu anstellen konnte.

Wie immer, wenn eine neue bautechnische Aufgabe vor ihm lag, spürte Rudolph das vertraute Kribbeln in seiner Brust, die Faszination und Aufregung, die stärker waren als nahezu jedes andere Gefühl, das er kannte. Und der Anblick des halb verfallenen, verwitterten Gemäuers ließ ihn den Schmerz vergessen. Mit Efeu und Moos bewachsen, schimmerte es in der Mittagssonne und zeichnete sich scharf gegen den wolkenlosen Himmel ab. Er hatte gehört, dass die Burg von einem Fürstbischof erbaut worden war, um die Grenze seines Territoriums gegen den angrenzenden Herrschaftsbereich abzusichern. Zudem erzählte man sich im Tal, dass die dunklen Gewölbe auch dazu benutzt worden wären, um dort Alchemie zu betreiben, der Natur ihre Geheimnisse abzutrotzen und Macht über sie zu erhalten.

Rudolph empfand Bewunderung, als er durch das trockene, hohe Gras stapfte und sich der Ruine näherte. Faszinierend, wie die Menschen damals, in jenen frühen Jahrhunderten zu bauen verstanden und mit einfachsten technischen Möglichkeiten ein solches Gebäude errichteten, das noch immer stand und nur durch schweres Kriegsgerät beschädigt werden konnte. Einige Schritte vor den trutzigen Mauern blieb er stehen. Wirklich faszinierend, diese Stabilität, die Dicke der Wände, die – wenig überraschend – aus einer Art Schiefergestein zu bestehen schienen.

Er erinnerte sich daran, wie er vor nicht allzu langer Zeit einige Wochen in Cöln verbracht hatte. Dort hatte er nicht nur den preußischen Festungsbau studiert, sondern auch die Gelegenheit gehabt, Gebäude zu sehen, die noch aus der Römerzeit stammten. Was er dabei entdecken konnte, hatte alle seine Vorstellungen übertroffen. Eine Bauweise, so präzise und stabil, dass sie auch noch viele Menschenalter später ihre Festigkeit bewahrt hatte, zusammengehalten von einem Mörtel, der seinesgleichen suchte und bis zu diesem Tag nicht die Geheimnisse seiner Zusammensetzung preisgegeben hatte. Es war eine beeindruckende Erfahrung gewesen, die noch immer in seinem Gedächtnis lebendig war und seine Arbeit als Ingenieur beflügelte.

Da er aus armen Verhältnissen stammte, hatte Rudolph

zuvor kaum Gelegenheit gehabt, Kultur, Kunst und Geschichte der Antike so kennenzulernen, wie es Männern aus dem gehobenen Bürgerstand oder gar dem Adel von Kindheit an selbstverständlich war. Aber er bewunderte die architektonischen Glanzleistungen der antiken Welt und wünschte sich bisweilen, über die finanziellen Mittel zu verfügen, um selbst die alten Stätten in Italien, Griechenland, Rom und Athen zu besuchen und deren Wunder mit eigenen Augen zu sehen. Was hätte er dabei lernen können über die Ingenieurskunst und Fähigkeiten einer längst verflossenen und immer noch präsenten Epoche!

Aber auch die mittelalterlichen Baumeister hatten Großes geleistet. Als er hier oben vor der Burg Stolzenfels stand, zog ihn die Atmosphäre des Ortes so sehr in ihren Bann, dass er geradezu Ehrfurcht empfand. Kein Wunder, dass der Kronprinz von Preußen, der zukünftige Thronfolger des derzeitigen Königs, eine nahezu heilige Begeisterung gegenüber allen Zeugnissen und Überresten aus dem Mittelalter an den Tag legte. Und hier, entlang des Rheins, reihten sie sich wie Perlen an einer Schnur.

Was mochten diese Mauern schon alles gesehen haben? Rudolph spürte die Hitze, die das von der Sonne aufgeheizte Gestein ausstrahlte, die Macht, die davon ausging. Behutsam ließ er seine Finger über das verwitterte Gemäuer gleiten, als ließe sich dadurch den Steinen ihr Geheimnis entlocken.

Dabei fiel sein Blick zufällig auf den Boden, und er bemerkte, dass das Gras niedergetreten war, und zwar bis zum Eingang, der zum Inneren der Ruine führte. Sollte schon jemand vor ihm da gewesen sein, der jetzt in den Innenräumen herumwanderte? Er wusste, dass es immer wieder Schaulustige hier herauftrieb, um die Einsamkeit und die grandiose Aussicht zu genießen.

»Ist da jemand?«, rief er laut.

Keine Antwort.

Er versuchte es ein zweites Mal. Wieder keine Reaktion. Anscheinend war der Besucher nicht mehr da. Mit festem Schritt trat Rudolph ein, streifte durch die breiten, deckenlosen Räume, genoss den Anblick des Himmels über sich, den von Mörtel und Stein an seiner Seite. Zwischen den hohen Mauern stand die trockene Hitze, und es herrschte eine Temperatur wie in einem Backofen, aber das störte ihn nicht. Hin und wieder sah er sich um, ob er den Besucher doch noch antreffen würde, aber er entdeckte niemanden.

Ein Rascheln auf dem steinigen Boden zeigte Rudolph, dass er gerade eine Maus oder ein anderes Kleintier aufgescheucht haben musste. Im nächsten Moment flog mit erschrecktem Flügelschlag eine Taube auf und verschwand durch eine der Fensteröffnungen nach draußen. Dann war alles wieder still. So still, dass Rudolph seinen eigenen Atem, das feine Knistern des Grases hörte. Er begutachtete das Innere der Ruine. Rohe, unverputzte Bruchsteine, die stummen Zeugen einer längst erloschenen Epoche. Schließlich betrat er einen Raum, in dem es etwas dunkler war, da Teile einer Zwischendecke erhalten geblieben waren, welche die Sonne abhielten, und sogleich umfingen ihn Schatten und Kühle. Die Mauern waren so dick, dass sie ein wenig von der draußen herrschenden Hitze abfingen, zugleich wehte ein feiner Luftzug durch die Ritzen und offenen Fensterluken.

Der Boden der Kammer bestand aus über die Jahrhunderte hinweg festgetretener Erde, die nun mit trockenen Blättern, Zweigen und Unrat bedeckt war. Rudolphs Blick glitt über die brüchig gewordene Außenwand und blieb an einer kleinen Unebenheit kurz über dem Boden hängen, wo das Mauerwerk – vielleicht durch aufsteigende Feuchtigkeit – im Laufe der

Zeit besonders spröde geworden war. Einem Impuls folgend ging Rudolph in die Hocke, ignorierte den stechenden Schmerz, der ihm dabei durch das Bein schoss, und strich vorsichtig über das lose Gestein. Erstaunt spürte er eine kleine Öffnung, die mit dünneren Ästen und welken Blättern verdeckt war, sodass sie unter der Laubschicht kaum zu erkennen war.

Was war das?

Neugierig schob er das Laub zur Seite, und darunter kam ein etwa handbreiter Spalt zum Vorschein. Mit seinen Fingern tastete er hinein und stieß auf etwas Festes, das sich wie Papier anfühlte. Einen Moment verharrte Rudolph in seiner Bewegung. Was konnte das sein? Vorsichtig ergriff er es und zog es heraus.

Eine Papierrolle, die von einer Kordel zusammengehalten wurde.

Ein Aufstöhnen unterdrückend stand er auf. Er löste das Band um die fest zusammengedrehten Blätter, die sich sogleich entrollten. Rudolph erschrak, als er sah, was da in seiner Hand lag.

Pläne, exakt abgezeichnete Pläne der Baustelle auf dem Ehrenbreitstein! Er erkannte die Grundrisse seiner Feste sofort. Es waren detailliert ausgearbeitete Zeichnungen, allerdings vollständiger in ihrer Gesamtsicht, als er sie kannte. Nicht nur Gebäude und Grundrisse waren darin aufgezeichnet, auch die voraussichtliche Bemannung, die Stärke der späteren Bewaffnung und die vorgesehenen Lagerplätze für Munition und Ausrüstung.

Fassungslos starrte Rudolph auf die sorgfältig gefertigten Skizzen, die klare saubere Handschrift der Beschreibungen, die Genauigkeit der militärischen Informationen, die er hier, an diesem unwirklichen Ort plötzlich in Händen hielt. Ein dumpfes Pochen machte sich hinter seiner Stirn breit, Schweiß brach ihm aus, aber diesmal nicht wegen der Hitze. Er fragte sich, wieso ihm diese Schrift bekannt vorkam. Denn eines war sicher: Dies waren nicht Pemierlieutenant Schnitzlers Aufzeichnungen. Er arbeitete lange genug mit diesem zusammen, um dessen kantige Schrift und seine exakten, klaren Linien zu erkennen. Auch stammten sie sicher weder von Generalmajor Keibel, noch von Captain von Rülow oder einem der anderen Männer, die mit Planungen und Zeichnungen betraut waren. Dazu war diese Schrift zu geschwungen, zu gut leserlich und angenehm fürs Auge, die dazugehörigen Skizzen waren detailreich und plastisch.

Es handelte sich also nicht um die Originalpläne der Feste, sondern um Abschriften, haarklein übertragene Kopien von Unterlagen, die alle bisher bekannten Einzelheiten der Festung enthielten und zudem um weitere Informationen ergänzt waren. Was die nächste Frage aufwarf: Wo waren die Originale geblieben?

Unfähig, sich zu rühren, starrte Rudolph auf die Pläne, und unter seinen Fingern schien das Papier zu glühen, als ihm langsam dämmerte, was die Blätter in seiner Hand bedeuteten: Ohne danach gesucht zu haben, hatte er das Versteck des Spions gefunden.

Kapitel 20

Mit schnellen Schritten eilte Franziska durch den Flur. Leise klopfte sie an einer der Türen an, um zu hören, ob sich jemand in dem dahinter befindlichen Zimmer aufhielt. Als keine Antwort folgte, öffnete sie und trat ein.

An diesem Morgen hatte sie die unangenehme Aufgabe, die Kamine auszufegen, die in der warmen Jahreszeit nur selten in Betrieb waren. Bei dieser Gelegenheit sollte sie auch Unrat aus den Räumen der Herrschaft, aus Salon und Bibliothek sowie aus den Schlafzimmern und dem Arbeitszimmer zusammentragen, damit alles später im Küchenherd verbrannt werden konnte. Zu diesem Zweck hatte sie außer dem Eimer für die Asche einen zweiten bei sich, in dem sie die Abfälle sammelte.

Seit ihrem letzten Aufeinandertreffen mit Leutnant Harten hatte sie es tunlichst vermieden, in weiteren Räumen herumzustöbern. Nicht zuletzt, weil sie nicht mehr daran glaubte, dabei auf irgendetwas zu stoßen, das ihr bei ihrem Anliegen weiterhelfen würde.

Franziska verlor mehr und mehr den Mut. Sobald General Thielemann aus Berlin zurück war, würde Christian vor ein Kriegsgericht gestellt und abgeurteilt werden. Und bisher hatte sie nicht das Geringste gefunden, um ihn zu entlasten. Zudem war ihr klar, dass der Leutnant sie jederzeit festnehmen lassen konnte, und noch immer fürchtete sie, plötzlich einem Gendarmen gegenüberzustehen, der ihr Fesseln anlegte. Besonders aber bedrückte es sie, nicht zu wissen, wie es um ihren Bruder stand. Einmal noch hatte sie sich nachts heimlich aus dem Haus geschlichen und versucht, beim Arresthaus mit Christian zu sprechen. Doch auf ihr leises Rufen hin hatte er sich nicht gerührt. Die Sorgen, die sie sich seither um ihn machte, wuchsen ins Unermessliche und legten sich wie ein düsterer Schatten auf ihre Stimmung. Hatten sie ihn in eine andere Zelle gebracht? Oder ging es ihm so schlecht, dass er nicht in der Lage war, mit ihr zu sprechen?

Trotz ihrer quälenden Ängste musste Franziska weiterhin ihrer Arbeit nachgehen, wollte sie nicht riskieren, dass man sie wegen Faulheit entließ und sie dadurch von der womöglich einzigen Quelle an Informationen abschnitt, die ihr zur Verfügung stand. So stopfte sie alte Zeitungen, Unrat und Müll aus dem letzten Zimmer in einen der Eimer und schüttete die Asche in den anderen. Dann packte sie beide Henkel und schleppte ihre Last nach draußen auf den Flur und dann hinunter zur Küche.

Dort entleerte sie den Müll in eine große Holzkiste, in der alles gesammelt wurde, was verbrannt werden sollte. Erschöpft rieb sie ihre verspannten Schultern und wandte sich dem anderen Eimer zu. Als sie ihn auskippte, entdeckte sie einen kleinen, angekohlten Papierfetzen in der Asche, auf dem etwas geschrieben stand. Sie fischte ihn heraus ... und erstarrte. Ihre Hände wurden feucht, ihr Herz hämmerte gegen die Brust, als ihre Augen wieder und wieder über das Geschriebene flogen.

»... *am gewohnten Ort, zur gewohnten Zeit ... Habe etwas, das ...*«, las sie und auf der anderen Seite: »*Es ... zu befürchten ... er etwas ahnt ... müssen ... vorsichtiger ... unserem nächsten Treffen ...*«

Damit brach die Nachricht ab.

Was konnte das sein? Ihr Puls raste. War es das, wonach sie die ganze Zeit vergeblich gesucht hatte? Ein Hinweis, dass hier, im Hause des Capitains, tatsächlich geheime und verbotene Dinge vor sich gingen?

Zitternd vor Aufregung kippte Franziska den Ascheimer ganz aus, in der Hoffnung, vielleicht noch ein weiteres Stück dieser mysteriösen Botschaft zu entdecken. Sie ging in die Hocke, krempelte die Ärmel hoch und begann hastig, aber vorsichtig mit ihrer Suche, da jeden Augenblick jemand hereinkommen konnte.

Plötzlich hörte sie Schritte. Schnell richtete Franziska sich auf. Keinen Augenblick zu früh, denn kaum hatte sie den Rock glatt geschüttelt, kam Berte, die blonde Küchenmagd, hereingeschlurft. Mit ihren immer ein wenig verschlafenen Augen blinzelte sie Franziska an.

»Was is denn mit dir passiert?«, fragte sie. »Dein ganzes Gesicht ist voll Ruß und deine Hände... heilige Muttergottes, lass das bloß nicht den Capitain sehen.«

Verärgert rieb sich Franziska die juckende Nase mit dem Unterarm. »Keine Sorge, der pflegt sich nicht in der Küche aufzuhalten. Und was das andere angeht, einer muss hier ja schließlich seine Arbeit tun.« Es war ein offenes Geheimnis, dass die gute Berte sich des Öfteren vor ihren Aufgaben drückte und diese den anderen Dienstboten im Haus überließ.

»Jetzt hab dich mal nicht so.« Grummelnd hob Berte die Müllkiste vom Küchenboden auf und kippte den gesamten Inhalt in den Küchenherd. Mit leichtem Schmatzen und Knistern leckten die Flammen an dem Abfall, dann brannte er lichterloh.

»Haste nichts zu tun?«, brummte Berte unwirsch, als sie sich umwandte und Franziska noch immer da stehen sah. »Dann könntste mir ein bisschen helfen... mir geht's heut nicht so gut.« Sie zog ein wehleidiges Gesicht, bis ihr Blick auf den Zettel in Franziskas Hand fiel. »Was haste denn da?«, fragte sie mit zusammengezogenen Brauen. Als Franziska zusammenzuckte, streckte sie die Hand aus. »Gib mal her!«

»Ach, nichts«, murmelte Franziska, während sie rasch das Papierchen in ihrer Schürzentasche verschwinden ließ und aus der Küche eilte.

Erst als die schwere Tür hinter ihr zugefallen war, stopfte sie das Papier in den Ausschnitt ihres Kleides und gestattete sich ein zufriedenes Lächeln. Es war ein Mosaikstein, mehr nicht, doch belegte es, dass der Capitain – oder jemand anderes in diesem Hause – in wie auch immer geartete Angelegenheiten verwickelt war, die nicht ans Tageslicht gelangen sollten.

Franziskas Müdigkeit war verflogen, und mit neuem Tatendrang machte sie sich wieder an die Arbeit.

※

Die Dämmerung senkte sich bereits herab, als Rudolph humpelnd durch die Gassen in Richtung Neustadt lief, darauf bedacht, dass ihm niemand folgte. Was er vorhatte, konnte ihm einiges an Ärger einbringen, wenn man ihn dabei entdeckte: Auch an diesem Abend wollte er wieder das Haus des Capitains im Auge behalten.

Dabei ging es ihm nicht nur um diese Franziska und das verdächtige blonde Dienstmädchen, das er zuletzt am Morgen beobachtet hatte. Er wollte auch wissen, wer alles bei der Familie von Rülow ein und aus ging, nicht zuletzt auch des Nachts. Das herauszufinden, würde ihm vielleicht bei seiner Spurensuche weiterhelfen.

Die Schloßstraße lag im Halbdunkel, als Rudolph das von Rülowsche Haus erreichte und sich eng an die Wand eines gegenüberliegenden Gebäudes drückte. Die Zeit verging, ohne dass sich etwas tat. Nach und nach wurden die Lichter in den umliegenden Häusern gelöscht, nur vereinzelt drang noch schwacher Kerzenschein durch eines der Fenster. Den Rücken an die Wand gelehnt, betrachtete Rudolph den sternenklaren Nachthimmel über sich.

Der Geruch nach trockener Erde und das Zirpen der Grillen ließen erneut Erinnerungen an den Krieg in ihm aufsteigen. Mit albtraumhafter Genauigkeit entsann er sich ähnlicher Nächte in den unruhigen Jahren des Krieges, als das Schicksal Preußens, ja die Ordnung ganz Europas, auf Messers Schneide gestanden hatten. Es waren einsame Nächte gewesen, Nächte, in denen einige der Soldaten schmutzige Lieder grölten, um der Anspannung Herr zu werden, während andere mit Angstschweiß auf der Stirn stumm ins Feuer starrten. Alle jedoch hatten sie die Gewissheit geteilt, dass der folgende Tag eine Schlacht bringen und mancher von ihnen das nächste Abendrot nicht mehr erleben mochte...

Das Rascheln im trockenen Gras, gefolgt von einem leisen Miauen, ließ Rudolph kurz zusammenfahren. Dann war wieder alles ruhig, und während er das Gewicht vom linken Bein auf das rechte verlagerte, fragte er sich, ob er umsonst gekommen war und nach Hause gehen sollte.

Plötzlich hörte er ein kurzes Knarren. Ein schwacher Lichtkegel fiel aus dem Dienstboteneingang des von Rülowschen Hauses, und Rudolph erblickte die ihm vertraute Silhouette einer Frau. Beinahe geräuschlos trat sie nach draußen und schloss sorgfältig die Tür hinter sich. Rudolph presste sich fester an die Hauswand, als sie sich flüchtig nach allen Seiten umsah und dann davoneilte. Er ließ ihr einen kleinen Vorsprung, bevor er ihr folgte, lautlos und unbemerkt.

Wie erwartet schlug sie den Weg zum Moselufer ein, wo sich in der Weissergasse das Militärarresthaus befand. Rudolph spürte, dass sein Herz bei dieser Erkenntnis schneller schlug.

Würde er nun erfahren, ob Franziska Berger ihm die Wahrheit gesagt oder dreist ins Gesicht gelogen hatte? Eine perfekte Schauspielerin, die nur zum Schein mit den Tränen kämpfte, während sie ihn um Gnade für ihren Bruder anflehte?

Nach einem eiligen Marsch hatte sie ihr Ziel erreicht und verlangsamte ihre Schritte. Das Arresthaus hob sich als schwarze Silhouette scharf vom Nachthimmel ab. Rudolph war nahe genug, um zu erkennen, dass die Frau beim Anblick des Gebäudes erschauderte und mutlos die Schultern sinken ließ. Ein Anflug von Mitleid überkam ihn, den er aber rasch beiseiteschob. Geschmeidig glitt er in den Schatten eines der gegenüberliegenden Gebäude, von wo aus er alles sehen und hören konnte. Zielsicher ging das Fräulein auf eines der Fenster zu – sie war also nicht zum ersten Mal hier! So leise, dass Rudolph es in seinem Versteck kaum verstehen konnte, rief sie den Namen ihres Bruders.

Eine Weile geschah nichts, dann sah Rudolph, wie Franziska Berger zwei Hände ergriff, die sich ihr durch die Vergitterung entgegenstreckten. Vorsichtig trat er noch ein wenig näher, wobei er hoffte, dass ihn kein Geräusch oder sein Schatten verraten würde. Doch die junge Frau war so in die Begegnung mit ihrem Bruder vertieft, dass sie sich gar nicht umsah.

Ein seltsamer Laut ließ Rudolph aufhorchen, und bei genauerem Hinhören bemerkte er, dass der Gefangene weinte. Seine Hand, mit der er die seiner Schwester umklammert hielt, zitterte.

»*Qu'est-ce qu'il ya? On te maltraite?*«

Rudolph fluchte stumm, als er feststellte, dass die junge Frau Französisch sprach, was er nicht ausreichend beherrschte, um einer Konversation im Detail folgen zu können.

Das leise Weinen war zu einem Aufschluchzen angeschwollen. »*Tu es en liberté? Tu es libre? Dieu merci...*« Berger rang nach Atem. »Du bist also ... gar nicht im ... im Gefängnis ...«

Seine Schwester zuckte zusammen. »Wie kommst du darauf?«

Er keuchte. »Da war dieser Offizier. Er ist zu mir in die Zelle gekommen und hat gesagt, dass sie dich erwischt hätten, als du bei Capitain von Rülow spionieren wolltest. Fanchon, ist das ... ist das wahr?«

Einen Moment erstarrte die junge Frau in ihrer Bewegung. Statt einer Antwort kramte sie dann in ihrer Tasche und zog etwas hervor, was sie ihrem Bruder reichte. Erst beim zweiten Hinsehen erkannte Rudolph, dass es sich um ein Stück Brot handelte.

Berger zögerte einen Moment, dann griff er mit bebenden Händen zu. Er schien am Ende seiner Kräfte zu sein, was Rudolph nicht verwunderte. Kaum einer hielt die Entbehrungen des strengen Arrests länger als einige Tage durch. Gegen seinen Willen keimte erneut Mitgefühl in Rudolph auf. Er selbst hatte Hunger gelitten, mehr als einmal. In seiner Kindheit war es recht häufig vorgekommen, dass er mit leerem, knurrendem Magen im Bett lag. Und später dann, während des Krieges ... Rudolph verscheuchte den Gedanken und zwang sich, wieder auf die Szenerie vor seinen Augen zu achten.

»Du musst mir sagen, was passiert ist«, sagte Franziska.

»Fanchon, *ne fais* ...«

»Sei ehrlich zu mir!« Es klang wie ein Schrei, geboren aus Verzweiflung.

Plötzlich überkam Rudolph das Bedürfnis, sie zu trösten. Auch wenn er noch lange nicht von ihrer Unschuld überzeugt war. Auch wenn sie die Schwester eines mutmaßlichen Verräters war. Auch wenn sie womöglich mit diesem gemeinsame Sache machte.

»Ich versteh dich nicht, Christian. Warum kannst du mir nicht sagen, was du weißt?« In ihren Worten klang ein unterdrücktes Weinen.

»Da gibt es nichts, Fanchon. Also frag mich nicht weiter, und geh wieder nach Hause, wenn die Preußen dich nicht auch noch in ihre Finger bekommen sollen.«

Rudolph sah, wie die junge Frau bei diesen Worten zusammenzuckte, sich dann jedoch sogleich wieder straffte und entschlossen zu dem Fenster aufblickte.

»Red nicht solchen Unsinn! Weshalb sollte ausgerechnet ich ...«

»Dieser Offizier«, fiel ihr Bruder ihr ins Wort. »Sein Name ist Harten, und er ist Ingenieur auf der Festungsbaustelle.«

Das Schweigen, das daraufhin entstand, zeigte, dass sie zuhörte.

»Er hat damit gedroht, dich ebenfalls als Verräterin anklagen zu lassen, wenn ich mich nicht kooperativ zeigen würde. Er sagt, sie hätten dich in der Hand, eben weil du bei Capitain von Rülow ... Großer Gott! ... Fanchon ...«

»Da gibt es nichts!«, schoss die junge Frau zurück. Obwohl sie flüsterte, waren ihre Anspannung und Angst deutlich zu spüren. »Mach dir um mich keine Sorgen.«

»Es gab auch nichts, was *ich* ihm hätte sagen können. Also ist er gegangen. Für diesmal ... Aber, Fanchon, hör auf, irgendwelche Dummheiten zu machen, und halte dich aus dieser Angelegenheit heraus!«

»Nicht, bevor du mir nicht sagst, was du darüber weißt!«

»Da gibt es nichts. Nichts, verstehst du? *Absolument rien!*« Der Gefangene schrie nun fast, zumindest erschien es so, und das Echo seiner Stimme wurde von einem lauten Klappern aus dem Inneren des Arresthauses beantwortet, gefolgt von einem unwirsch gebrüllten »Ruhe!«.

»Verschwinde jetzt! Geh!« Die Stimme des jungen Soldaten war erregt und heiser. »Und komm nicht mehr zurück, hörst du ... *hörst* du?«

Einen Moment lang stand seine Schwester regungslos vor dem Fenster, den Blick starr nach oben gerichtet, ein Wille, der auf einen anderen traf, wie in einem stummen Zweikampf. Schließlich senkte sie den Kopf. »Ich gehe, weil du es so willst. Aber ich werde nicht aufgeben. Nicht, bis ich weiß, wer wirklich hinter dieser Sache steckt, und bis ich beweisen kann, dass du nichts mit den verschwundenen Dokumenten zu tun hast. Und du wirst mich nicht daran hindern.«

»Fanchon ...« Es klang wie ein Flehen, doch sie sah nicht mehr auf.

»*Je t'aime, Christian ...*«, sagte sie leise, wandte sich um und ging zurück in die Richtung, aus der sie gekommen war.

Einen Moment lang war Rudolph gefangen vom Anblick dieser jungen Frau, die entschlossen war, das Leben ihres Bruders zu retten, und die – dem geheimen Zwiegespräch nach zu urteilen – tatsächlich von seiner Unschuld überzeugt war. Loyalität, Familie ... Einen Moment lang verspürte Rudolph einen leichten Stich. Er hatte niemanden mehr.

Lautlos glitt er aus seinem Versteck und versperrte Franziska den Weg. Im ersten Moment zuckte sie erschrocken zusammen, als sie ihn erkannte. Dann trat der Ausdruck von Trotz in ihren Blick.

»Werden Sie mich nun verhaften, Monsieur?«

»Wahrscheinlich sollte ich es tun.«

Ein Moment des Schweigens entstand, zäh, undurchdringlich.

»Und was hindert Sie daran?«

»Sie werden es vielleicht nicht glauben ...«, entgegnete er leise, »aber auch in Preußen kennen wir Ehre und Anstand.«

»Dann ist also noch nicht alles verloren, Monsieur?«

»Nein ... ist es nicht.«

Er spürte ihre Erregung, die Überraschung, die sich auf ihrem Gesicht abzeichnete. Blasses Mondlicht schimmerte in ihren Augen, vielleicht auch eine unterdrückte Träne, und er beschloss, ihre unausgesprochene Frage zu beantworten. »Vor zwei Tagen habe ich mit Ihrem Bruder gesprochen. Er ist sich daher darüber im Klaren, dass ich Sie in der Hand habe, sollte er ...«

Franziska schluckte. »Ich weiß.«

»Dennoch hat er sich entschieden, weiterhin zu schweigen.«

»Und welche Schlüsse ziehen Sie daraus?« Ihre Worte waren kaum mehr als ein Flüstern.

»Dass er ein flammender Fanatiker ist, der nicht nur *sein* Leben, sondern auch das seiner Schwester opfern würde ... für seine heilige Sache.«

Die junge Frau presste den Mund zu einem schmalen Strich zusammen, Furcht glomm in ihren Augen auf.

»Oder ...«, er zögerte, »dass er tatsächlich die Wahrheit sagt.«

Wieder entstand ein Schweigen. Nichts war zu hören als die Geräusche der Nacht und das leise Wispern des Windes, der von der Mosel her kam, durch die Blätter der Bäume strich und etwas Abkühlung brachte.

»Das heißt, Sie glauben mir?« Vage Hoffnung lag in ihrer Stimme.

»Das habe ich nicht gesagt. Der Verdacht ist noch nicht widerlegt. Auch ist da noch immer die Frage, weshalb die Schwester des Hauptverdächtigen als Hausmädchen bei eben jenem Capitain arbeitet, dem auf bisher ungeklärte Art geheime Dokumente abhandengekommen sind. Beides stellt ein gehöriges ... Problem dar.«

»Aber...«, begehrte Franziska auf, wurde jedoch sogleich unterbrochen.

»Allerdings würde ich ungern den Falschen vor dem Exekutionskommando sehen. Oder den wahren Täter auf freiem Fuß.« Er betrachtete sie eingehend. »Solange berechtigte Zweifel an der Schuld des Verdächtigen bestehen, ist es meine Aufgabe, mit aller Kraft nachzuforschen, wer und was wirklich hinter der Angelegenheit steckt.« *Und meinen eigenen Namen reinzuwaschen*, fügte er in Gedanken hinzu. Wieder wollte sie etwas erwidern, aber er ließ ihr keine Gelegenheit dazu. »Auch wenn manche Leute hierzulande das Gegenteil behaupten, herrschen in Preußen Zucht und Ordnung – keine Willkür. Gute Nacht, Fräulein Berger.«

Mit diesen Worten wandte er sich ab und ging in die entgegengesetzte Richtung davon. Laut hallten seine Schritte durch die schwüle Nacht.

Kapitel 21

Rudolph hasste die Aufgabe, die ihm bevorstand, und verfluchte Capitain von Rülow, dass er ihn in dieser Sache derart unter Druck gesetzt hatte. Er war Ingenieur, das war seine Bestimmung, nicht Gendarm oder Auditor. Besser, man hätte ihm bei dieser Spionagegeschichte keinerlei juristische Befugnisse erteilt – auch wenn der Pionier, dem dieses Verbrechen zur Last gelegt wurde, ausgerechnet seinem Kommando unterstand.

Neben den Voruntersuchungen, die er auf von Rülows Befehl durchführen musste, hatte Rudolph sich zwischenzeitlich bereits mehrfach mit dem verantwortlichen Auditor getroffen, der keinen Zweifel an der Schuld des Gefangenen zu haben schien und sicher war, dass bei der Rückkehr General von Thielemanns ein schnelles Urteil gefällt werden würde.

Während sich Rudolph durch die trotz der sommerlichen Hitze von Passanten, Soldaten und Handwerkern verstopften Straßen schob, fragte er sich, weshalb ihn diese Angelegenheit persönlich so sehr beschäftigte. Ging es ihm dabei wirklich nur um die Sicherheit seines Lebenswerks, *seiner* Festung? Darum, seinen Namen, seine Ehre vor Capitain von Rülow und dem gesamten Ingenieurcorps reinzuwaschen?

Seine innere Anspannung unterdrückend, stieß Rudolph mit der Stiefelspitze einen Stein beiseite, während er beinahe zornig auflachte.

Oder hing es etwa mit der jungen Frau zusammen, die ihm in den vergangenen Tagen auf höchst unterschiedliche Art und Weise mehrmals buchstäblich in die Arme gelaufen war?

Immerhin, sie hatte Zweifel in ihm gesät, diese Franziska Berger, die – falls sie denn die Wahrheit gesagt hatte – so viel riskierte, um das Leben ihres Bruders zu retten. Allein schon die Idee, sich als Dienstmädchen im von Rülowschen Hause zu verdingen, in der Hoffnung, dort etwas in Erfahrung zu bringen, das ihren Bruder entlasten könnte! Rudolph fragte sich, ob jemand all das auf sich nehmen würde, einschließlich der Gefahr, selbst in Verdacht zu geraten, ohne von der Unschuld des anderen überzeugt zu sein.

Aber sie war Halbfranzösin! Die Tochter eines gefallenen Offiziers Napoleons!

Er wusste einfach nicht, was er von der ganzen Angelegenheit halten sollte. Sie hatte aufrichtig geklungen, doch hatte die Geschichte gezeigt, dass den Franzosen nicht zu trauen war.

Er bog in die Straße Am alten Löhrtor ein und erblickte das ehrwürdige Gebäude, das ihn wieder an seinen Auftrag erinnerte. Ursprünglich ein Nonnenkloster am Südrand der Stadt, diente es bis zur Fertigstellung der neuen preußischen Kaserne am Löhrtor als provisorisches Quartier der Pioniere und des Ingenieurs vom Platz. Der lang gestreckte, dreistöckige Bau mit mehreren Reihen unzähliger Sprossenfenster strahlte noch immer die Strenge und Würde einer verflossenen Epoche aus, in der hier täglich fromme Schwestern ein und aus gingen, in stummer Andacht ihre Gebete verrichtend. Nun beherbergte er die unteren Ränge der Pionierabteilungen, für die in den barocken Gemäuern provisorische Mannschaftsstuben eingerichtet worden waren.

Um einen festen Gang bemüht, brachte Rudolph die letzten Schritte bis zum Hauptportal hinter sich, über dem ein in roten Sandstein gehauenes Relief des Heiligen Martins prunkte. Dabei kam es ihm in den Sinn, wie typisch derartige Arrangements für diese neuen Provinzen am Rhein waren, wo es Bischofspaläste, Klöster und alte Kirchengebäude zuhauf gab. In früheren Tagen hatten diese Bauwerke den Einfluss der katholischen Kirche, die Verquickung von geistlicher und weltlicher Macht demonstriert. Von Napoleon enteignet und säkularisiert, gehörten sie nun – wie dieses Kloster – zum preußischen Besitz. Oft dienten sie zur Truppenunterbringung oder als Proviantmagazin wie das Deutschherrenhaus, die alte Kommende des Deutschherrenordens an der Moselmündung, aber auch als staatliche Verwaltungsgebäude, wie das ehemals kurfürstliche Schloss am Rheinufer, in dem die zentrale Verwaltung der in diesem Jahr vereinigten Rheinprovinzen ihren Sitz hatte.

Doch die große Politik war nicht Rudolphs Angelegenheit. Er hatte eine andere Aufgabe zu erledigen, eine, die den inhaftierten Pionier Berger betraf. Und da Rudolph bisher weder etwas Brauchbares aus dem Gefangenen herausbekommen hatte, noch ein anderer Verdächtiger gefunden worden war, erschien es ihm ratsam, sich selbst noch etwas genauer mit diesem Halbfranzosen zu befassen. Aus diesem Grund hatte er dem verantwortlichen Feldwebel Bäske mitteilen lassen, dass er selbst Stube und Habseligkeiten Bergers in Augenschein nehmen wolle.

Als Rudolph den Flur entlangschritt, glaubte er, einen Hauch von Weihrauch zwischen den alten Mauern zu erahnen. Obgleich durch die Sommerhitze noch verstärkte, nicht gerade angenehme Gerüche deutlich machten, dass die Räumlichkeiten derzeit einer Horde von Männern als Unterkunft dienten, die auf den Festungsbaustellen schufteten, war sie noch zu spüren, die Atmosphäre einer längst vergangenen Epoche.

Kurz bevor Rudolph die Mannschaftsunterkünfte erreichte, kam ihm der Feldwebel schon entgegen, grüßte knapp und führte ihn in die Stube, die der Pionier Berger bis zu seiner Verhaftung mit drei weiteren Soldaten bewohnt hatte.

Dem kleinen, weiß gekälkten Raum war anzusehen, dass er einmal eine Klosterzelle gewesen war. Zwei schlichte Stockbetten waren notdürftig hineingezwängt worden, dazwischen hing an der Wand ein Waffengerüst, das aus zwei übereinander angebrachten, lang gestreckten Regalböden bestand. Dazu gab es einen grob gezimmerten Waschtisch, auf dem eine Keramikschüssel stand. Zwei Schemel und eine einfache, mit einem Deckel versehene Kiste, in der Brennmaterial gelagert wurde, vervollständigten die karge Ausstattung.

Rudolph lächelte grimmig. Zumindest etwas, das fromme katholische Betschwestern mit dem preußischen Militär gemeinsam hatten – ihren Hang zu Einfachheit, Ordnung und Strenge. Mit zusammengekniffenen Augen sah er sich um.

Im Augenblick lag die Stube verlassen da. Die Sonne hatte die Luft aufgeheizt. Staubkörner tanzten umher, und eine dicke, träge Fliege zog an der Decke brummend ihre Kreise. Doch weder die Hitze noch der Schweiß, der Rudolph unter der Uniform den Rücken hinabbrann, waren ihm derart zuwider wie die Person des Feldwebels Bäske. Dieser hatte sich in der geöffneten Tür der Stube postiert und verfolgte jede von Rudolphs Bewegungen mit stechendem Blick und spöttisch hochgezogenen Mundwinkeln. Sein blondes Haar war vorschriftsmäßig geschnitten, ein heller Oberlippenbart kräuselte sich unter einer dominanten Nase. Seine Miene wirkte kalt und selbstgerecht.

»Der Pionier Berger hat Ihnen bis zu seiner Verhaftung direkt unterstanden?«, begann Rudolph ohne große Vorrede. »Also kennen Sie ihn entsprechend gut?«

»Bis in den tiefsten Winkel seiner verdorbenen Seele, Herr Leutnant.«

Zwar missfiel Rudolph die Wortwahl des Feldwebels, aber er nickte. »Dann können Sie mir sicher einiges über ihn erzählen. Hat er früher schon einmal Ärger gemacht?«

»*Einmal*, Herr Leutnant?« Bäske verzog das Gesicht zu einem abschätzigen Grinsen. »Andauernd, würde ich sagen. Unfähig dieser Bursche, ein verträumter Taugenichts, der ständig aufrührerische Ideen im Kopf hatte.«

»Die da wären?«

»Nun, ganz offensichtlich hat er Schwierigkeiten mit der notwendigen Ordnung und Disziplin.«

Rudolph kniff die Augen zusammen, so sehr erinnerte ihn diese Beurteilung an das, was Meister Kannegießer über seinen Neffen geäußert hatte. »Inwiefern, Feldwebel? Hat er seine Sachen nicht sauber gehalten, schlampig gearbeitet?«

»Das nicht unbedingt, Herr Leutnant. Da hatte ich meinen Daumen drauf. Aber die Flausen waren dem Kerl einfach nicht auszutreiben.«

»Flausen?« Rudolph runzelte die Stirn.

»Hatte Probleme, Befehle von Vorgesetzten zu befolgen, der Franzmann.«

Rudolph sah auf. »Drücken Sie sich genauer aus – oder nennen Sie mir einen Vorfall, damit ich weiß, was Sie meinen.«

Bäske schnaubte vernehmlich und schien nachzudenken.

Also nur heiße Luft, kam es Rudolph in den Sinn, und einen Moment fragte er sich, ob der Feldwebel den jungen Berger vielleicht nur aufgrund seiner Herkunft verachtete, ohne wirklich etwas gegen ihn vorbringen zu können. Er wollte sich schon abwenden, um sich Bett und Kleidung des Gefangenen anzusehen, als Bäske schließlich den Mund aufmachte.

»Da war die Sache mit dem Pionier Cramer, seinem Stubenkameraden, der das Lager über ihm hat.« Mit seiner sehnigen Pranke wies der Feldwebel auf das rechte Stockbett. »Wegen wiederholter Trunkenheit und öffentlicher Schlägerei wurde Cramer zu drei Wochen strengem Arrest verurteilt, Sie verstehen?«

Rudolph nickte, das bedeutete jeweils drei Tage und Nächte am Stück Einzelhaft in einem abgedunkelten, leeren Raum bei Wasser und Brot, ohne die Möglichkeit, sich zum Schlafen niederzulegen, da der Boden mit kantigen Latten vernagelt war. »Und was hat das mit Berger zu tun?«

Auf dem fahlen Gesicht des Feldwebels bildeten sich rote Flecken, seine Augen verengten sich. »Dieser Bastard hat tatsächlich versucht, seinem Kameraden etwas zu essen zuzuschustern. Ist natürlich aufgeflogen. Als wir ihn wegen dieses dreisten Vergehens zur Rede gestellt haben, hat er was von Freiheit, Würde und Menschlichkeit gefaselt. Französisches Revoluzzerpack!« Er stieß ein höhnisches Lachen aus. »Hab persönlich dafür gesorgt, dass er nie wieder auf solche Ideen kommt.«

Bäskes brutale Selbstgerechtigkeit widerte Rudolph so sehr an, dass er Mühe hatte, nicht vor ihm auszuspucken. »Wenn es stimmt, was man dem Jungen vorwirft, scheinen Ihre Bemühungen nicht wirklich von Erfolg gekrönt gewesen zu sein. Immerhin sitzt er ja jetzt wegen Diebstahls und Geheimnisverrats in Haft.«

Wieder ein abschätziges Aufschnauben. »Nicht meine Schuld, Herr Leutnant. Hab wirklich mein Bestes getan, um den Kerl zurechtzustutzen. Aber Sie wissen ja, Franzosenbrut. Da kann man nichts machen. Verrat und Aufrührertum liegt denen einfach im Blut. Wenn Sie mich fragen, man hätte sie alle aus dem Land jagen sollen, hinter ihrem Kaiser her.«

Obgleich Rudolph selbst nicht allzu viel für die Franzosen und noch viel weniger für Bonapartisten übrig hatte, stieg bei Bäskes Gehässigkeit Widerwille in ihm auf. »Dann wäre dieses Land hier aber ziemlich entvölkert, nicht zuletzt, weil noch bis vor einigen Jahren alle linksrheinischen Gebiete zu Frankreich gehört und ihre Bewohner somit als Franzosen gegolten haben.« *Ganz abgesehen von den unzähligen Sprösslingen aus legitimen und illegitimen Verbindungen zwischen Rheinländerinnen und Soldaten der Revolutionstruppen*, fügte er im Stillen hinzu.

»Wundert mich nicht, dass Sie das sagen, Herr Leutnant.«

Der schneidende Spott in Bäskes Stimme ließ Rudolph unwillig aufblicken. »Wie meinen Sie das?«

Die Spur eines Grinsens erschien auf dem Gesicht des Feldwebels. »Nach allem, was man so über Sie erzählt.«

Rudolph versteifte sich, zwang sich jedoch, den Blick seines Untergebenen fest zu erwidern. »Das da wäre?«

Bäske zuckte die Achseln. »Tja, was allgemein bekannt ist.« Sein Grinsen schien in die Breite zu wachsen. »Dass Sie während der Schlacht von Belle-Alliance so gut Freund mit den verfluchten Franzmännern waren. So gut, dass Sie sogar ...«

»Sie vergessen wohl, mit wem Sie reden!«, schnitt ihm Rudolph scharf das Wort ab. Es kostete ihn Mühe, sich zu beherrschen. Also war diese Geschichte bereits bis hierher gedrungen. Er hatte es zwar geahnt, aber es derart unverblümt ausgesprochen zu hören, traf ihn stärker als erwartet. »Eine weitere solche Impertinenz«, brachte er hervor, »und ich lasse *Sie* wegen Insubordination vor das Standgericht bringen. Verstanden?«

Bäske wich nicht zurück, senkte noch nicht einmal den Blick. Lediglich sein Grinsen verblasste, als er fest die Lippen zusammenpresste und seinen vorgesetzten Offizier hasserfüllt anstarrte.

»Ich habe gefragt, ob Sie mich verstanden haben, Feldwebel.«

Ein Zögern, das so lange dauerte, dass Rudolph schon glaubte, Bäske würde sich ihm offen widersetzen. Doch dann nahm dieser Haltung an. »Jawohl, Herr Leutnant.«

»Gut.« Ruckartig wandte sich Rudolph ab. »Sind Bergers Sachen noch an ihrem Platz?«

»Jawohl, Herr Leutnant.«

Langsam ging Rudolph auf das Waffengerüst zu, auf dem sich ein Großteil der wenigen Habseligkeiten befand, die ein einfacher Soldat besaß, und das er mit den anderen in der Stube teilte. »Welche davon gehören ihm?«

Mit der Hand wies Bäske auf die rechte Seite des regalähnlichen Gestells. Obgleich Rudolph sich nicht allzu viel Hoffnung machte, hier auf einen Hinweis zu stoßen, der ihn irgendwie weiterbringen würde, begann er damit, die Besitztümer des Pioniers zu durchsuchen. Schnell befühlte er das Innere des Tschakos, der auf dem oberen Regalboden stand, dann öffnete er die Patronentasche, die jedoch auch nichts Auffälliges enthielt. Der Tornister, der auf dem unteren Teil des Regals stand, war wie erwartet ebenso leer wie der Brotbeutel, der darunter hing. Sauber gereinigt war das Faschinenmesser an einem hölzernen Riegel befestigt. Das Leinenhemd, das Rudolph auseinanderfaltete und ausschüttelte, roch noch schwach nach Lauge.

Was auch immer Rudolph zu finden gehofft hatte, er würde mit leeren Händen zurückkehren. Aber ... Kopfschüttelnd legte er die Kleidungsstücke wieder zurück an ihren Platz. Was hatte er denn geglaubt, hier finden zu können? Das Versteck weiterer geraubter Pläne, womöglich sogar die Originaldokumente? Hinweise darauf, dass die Loyalität des jungen Pioniers noch immer der Heimat seines Vaters galt und nicht dem preußischen König?

Der Blick des Feldwebels drückte unverhohlenen Spott aus. Mit zusammengepressten Kiefern trat Rudolph an das untere rechte Stockbett, das Berger zugeteilt gewesen war, und zerrte mit einem Ruck das Laken herunter. Einem Impuls folgend tastete er über den mit Stoff bezogenen Strohsack, der als Matratze diente, hob diesen an, befühlte alle Seiten und hielt plötzlich inne. Was war das? Unter dem Stoff spürte er etwas Festes, Hartes.

Bäske ließ ein lautes Schnauben vernehmen. Rudolphs Finger glitten weiter über den Sack und entdeckten am Rand einen tiefen Einschnitt, der lediglich mit ein paar groben Stichen zugenäht worden war. Mit lautem Ratschen riss die Naht, als Rudolph sie mit einem Ruck auseinanderzog. Seine rechte Hand griff in die so entstandene Öffnung, seine Finger wühlten durch das kratzige Stroh und stießen schließlich auf etwas Knisterndes. Papier? Sollten das die vermissten Pläne sein? Vorsichtig zerrte Rudolph es hervor. Es war ein Couvert aus dickem, dunklem Karton, sorgfältig verschlossen.

Sein Blick ging zu Bäske, der seinen Bewegungen gefolgt war und nun ebenfalls die Stirn runzelte.

»Was ist das?«

»Das sollte ich *Sie* fragen, Feldwebel«, Rudolphs Stimme klang schneidend, während er mit fliegenden Fingern das Couvert öffnete. Eine beträchtliche Anzahl von Münzen fiel heraus, sie schlugen mit lautem Scheppern auf dem Boden auf und kullerten kreuz und quer durch die Stube, bis sie schließlich liegen blieben.

Wortlos bückte sich Rudolph und nahm eine Münze in die Hand. *Französische Francs.* Er begriff sogleich, dass dies deutlich mehr Geld war, als die Löhnung eines einfachen Pioniers betrug. Die Tatsache, dass es sich dabei um französische Währung handelte, war zwar zunächst nichts Verdächtiges. Parallel zu den preußischen Thalern und Groschen wurden diese hier im Rheinland noch immer als Zahlungsmittel verwendet. Doch zumindest bedeutete dies, dass es sich bei dem Geld nicht um Bergers Sold handeln konnte, der selbstredend in preußischer Währung ausgezahlt wurde.

»Und wie erklären Sie sich das, Feldwebel?« Herausfordernd hielt er Bäske die Münze hin.

Dieser griff danach und sah sie nur einen Moment an. »Judasgeld«, meinte er, »von den Franzmännern. Hier haben wir den Beweis.«

»Vielleicht.« Vorsichtig schritt Rudolph über die anderen Münzen hinweg. »Vielleicht auch nicht. Was mich jedoch überrascht ist die Tatsache, dass *ich* das Geld«, er wies auf die am Boden liegenden Münzen, »gefunden habe.«

Bäskes Blick verfinsterte sich.

»So wie es aussieht wurde hier keine gründliche Untersuchung angestellt, Feldwebel.«

»Wie kommen Sie darauf?«

Nur am Rande nahm Rudolph das Fehlen der Respektsbezeichnung wahr. »Nun, wenn Sie sich die Mühe gemacht hätten, genauer hinzuschauen, hätten Sie das Geld ja wohl selbst entdecken müssen!«

Das Gesicht des Feldwebels lief rot an, er räusperte sich kurz, hatte sich aber im Griff. »Sie wollen mir doch wohl keine Nachlässigkeit in meiner Arbeit vorwerfen.«

»Genau das tue ich.« Rudolph trat dicht an Bäske heran, dessen Züge sich verhärteten. »*Sträfliche* Nachlässigkeit.«

Zorn blitzte aus den Augen des Mannes, der den Eindruck erweckte, als koste es ihn alle Selbstbeherrschung, seinen Vorgesetzten nicht körperlich anzugreifen.

Rudolph lächelte dünn: »Dieser Vorfall kommt mir äußerst dubios vor, und mit der militärischen Sorgfalt scheint hier einiges im Argen zu liegen. Diese Sache muss näher untersucht werden!« Wieder bückte er sich, hob eine der Münzen auf, warf sie kurz nach oben und fing sie dann geschickt wieder auf. »Sicher wird es Generalmajor von Hofmann nicht gefallen, wenn er davon erfährt, dass einer der verantwortlichen Feldwebel seinen Pflichten nicht ordnungsgemäß nachgekommen ist.«

Bäskes hasserfüllter Blick schien ihn beinahe zu durchbohren.

In provozierender Langsamkeit ließ Rudolph die Münze in einer seiner Taschen verschwinden. »Schlamperei in den unteren Rängen.« Er warf einen letzten Blick auf den Feldwebel, der so aussah, als würde er jeden Moment vor Wut explodieren, jedoch klug genug war, sich zurückzuhalten. »Wir hören noch voneinander.«

Dann wandte er sich ab und verließ die Mannschaftsstube. Mit der untrüglichen Gewissheit, sich gerade einen Feind gemacht zu haben.

*

Die Hitze des Tages war kaum abgeklungen, als Rudolph am Abend verschwitzt und durstig seine winzige Wohnung im Rheingässchen betrat. Schwer und stickig stand die Luft zwischen den Wänden, und erleichtert legte er Tschako, Degen und Rock ab. Aufatmend lockerte er die Halsbinde.

»Fritz?« Irritiert sah er sich nach seinem Burschen um, der üblicherweise schon beim ersten Knarren der Tür bereitstand. »Fritz, bist du da?«

Ein verhaltenes Murmeln, schlurfende Schritte, dann tauchte der Gerufene vor ihm auf. »Juten Abend, Herr Leutnant.«

Rudolph stutzte. Die sonst meist unbekümmerte Miene des jungen Soldaten wirkte bedrückt, nur mühsam schien er sich aufrecht zu halten, die Augen waren gerötet.

»Was ist los? Bist du krank?« Einen Moment befürchtete Rudolph, dass das stickige Wetter womöglich wieder eine der zahlreichen Epidemien ausgelöst hätte, die das Leben in einer solch beengten Stadt mit sich brachte. Erleichtert nahm er daher das Kopfschütteln seines Gegenübers zur Kenntnis.

»Nee, Herr Leutnant.«

»Das freut mich zu hören.« Rudolph humpelte zu einem

Stuhl und streckte das schmerzende Bein aus. Sogleich war Fritz zur Stelle, um ihm aus den Stiefeln zu helfen.

»Was ist es dann?« Noch nie hatte er seinen Burschen derart bekümmert gesehen, und dessen ungewohnte Schweigsamkeit beunruhigte ihn zusätzlich.

Wortlos stellte Fritz die Stiefel zusammen, richtete sich auf und goss dann ein Glas frisches Wasser ein, das Rudolph dankbar entgegennahm.

»Nun?«, fragte er, als er getrunken und noch immer keine Antwort erhalten hatte. »Was ist los?«

»Meene Mutter, Herr Leutnant. Et jeht ihr nich jut. Ick hab ...« Fritz' Worte zerfaserten. Stattdessen hielt er seinem Vorgesetzten einen zerknitterten Brief hin, den er offenbar die ganze Zeit mit sich getragen hatte.

»Du hast einen Brief bekommen, dass es deiner Mutter nicht gut geht?«

Der Soldat nickte.

Rudolph räusperte sich. »Sieht es sehr ernst aus?«

Wieder ein Nicken, und Rudolph konnte nicht verhindern, dass sich ein Kloß in seinem Hals bildete. Er selbst hatte seine Mutter kurz nach dem Krieg verloren, nachdem er sie einige Jahre kaum gesehen hatte. Und obgleich er nie darüber sprach, hatte ihn dieser Verlust sehr getroffen, ja schmerzte bisweilen immer noch. Seither hatte er nie wieder einem Menschen so nahe gestanden.

»Du solltest zu ihr reisen«, hörte er sich selbst sagen.

»Herr Leutnant?« Fritz' Stimme klang ungläubig.

»Ich habe gesagt, du solltest zu ihr reisen. Wer weiß, wie lange du noch ...« Wie lange du noch die Gelegenheit dazu hast, wollte er ergänzen, doch erschien es ihm besser, es nicht auszusprechen. »Ich werde mich um einen Urlaubsschein für dich kümmern. Gleich morgen.«

Der Ausdruck auf dem Gesicht des jungen Soldaten spiegelte unterschiedliche Empfindungen wider: Sorge und Erleichterung, Verblüffung und Ungläubigkeit. Offensichtlich hatte Rudolph seinem Ruf, streng, unerbittlich und gefühlskalt zu sein, in der Vergangenheit alle Ehre gemacht, sodass eine derart menschliche Regung sogar bei seinem Burschen Fassungslosigkeit auslöste.

Unbehagen stieg in ihm auf, und schnell wandte er den Blick ab. »Pack deine Sachen zusammen! Alles Weitere werde ich regeln.«

Noch immer Schweigen. Fritz, der mit halb offenem Mund vor ihm stand, schien es buchstäblich die Sprache verschlagen zu haben.

»Gibt es noch ein Problem, Soldat?«

»Nee, Herr Leutnant.« Hastig nahm dieser Haltung an. »Danke, Herr Leutnant.«

Rudolph lächelte grimmig und bückte sich ein wenig, um seinen schmerzenden Schenkel zu massieren, während sein Bursche, der jetzt wesentlich erleichterter wirkte, seine Sachen in Ordnung brachte.

»Da wäre noch wat, Herr Leutnant.«

Ohne dass er es bemerkt hatte, stand Fritz wieder vor ihm und hielt einen Umschlag in Händen.

Rudolph sah auf. »Ja?«

»Een Bote hat det hier jebracht.«

Als Rudolph das Schreiben entgegennahm, erkannte er sogleich das Siegel derer von Rülow. Unwillkürlich krampften sich seine Hände um den Umschlag, ein saurer Geschmack stieg von seinem Magen auf. Was wollte der Capitain nun schon wieder von ihm?

Schnell erbrach er das Siegel und faltete den Brief auseinander. Eine Einladung ... viel eher eine Vorladung ... Er runzelte die Stirn. Capitain von Rülow befahl ihm, sich zu einer kurzen Unterredung bei sich zu Hause einzufinden. *Bei sich zu Hause?* Dieser Mann, der ihn für einen Versager und potenziellen Verräter hielt, zudem für weit unter seinem gesellschaftlichen Niveau stehend? Was konnte so wichtig, ja so heikel sein, dass der Capitain darauf Wert legte, die Angelegenheit in seinen eigenen vier Wänden zu besprechen und dabei sogar in Kauf nahm, dass Rudolph Harten, der Sohn einer Wäscherin, erneut über seine teuren Teppiche schritt? Langsam ließ er Luft aus der Lunge entweichen.

»Schlechte Nachrichten, Herr Leutnant?« Die Besorgnis in Fritz' Stimme galt nun eindeutig seinem Vorgesetzten.

Rudolph legte den Brief beiseite. »Um ehrlich zu sein, ich weiß es nicht, Fritz. Capitain von Rülow will mich sehen, privat.«

Der Ausdruck auf dem Gesicht seines Burschen sprach Bände. »Donnerwetter, Herr Leutnant. Dann haben Se sich entweder eene Belobijung verdient oder wat einjebrockt.«

Barfüßig stand Rudolph auf, hinkte zum Fenster und öffnete es mit einem Quietschen. Plötzlich verspürte er das Bedürfnis nach frischer Luft. »Entweder das, oder es geht um etwas ganz anderes ...«

»Wat anderes, Herr Leutnant?«

Rudolph überging die Frage und entgegnete stattdessen: »Bevor du abreist, bring noch meine Sachen in Ordnung, besonders die erste Uniformgarnitur. Wir wollen dem Capitain doch keinen Anlass zur Beschwerde geben.«

Fritz nickte. »Natürlich, Herr Leutnant, verlassen Se sich nur uf mich.«

Kapitel 22

Rudolph verspürte einen Knoten im Magen, als er in die Schloßstraße einbog und nach wenigen Schritten vor dem Haus Capitain von Rülows stand. Schwere Gewitterwolken hingen am Himmel, und wäre er ein weniger nüchterner Mensch gewesen, hätte er darin wohl ein schlechtes Omen gesehen. Welches Unwetter würde im Hause des Vorgesetzten wohl gleich über ihn hereinbrechen?

Steifbeinig durchquerte er den kleinen Vorgarten, nahm die Stufen zum Eingang und klopfte an der Tür. Nach kurzer Zeit öffnete der Hausdiener, den er bereits bei seinem letzten Besuch kennengelernt hatte. Mit einem verhaltenen Gruß hieß der Mann ihn willkommen, bat ihn herein und führte ihn die Treppe hinauf, wo er vor einer Tür stehen blieb und respektvoll die Ankunft des Leutnants meldete.

Unwillkürlich verspannte sich Rudolph beim Eintreten. In seinem Hinterkopf flammte eine Erinnerung auf: In diesem Raum hatte er Franziska Berger beim Spionieren erwischt, hier hatte sie ihm die Geschichte von ihrem Bruder und ihrer Familie aufgetischt. Rudolph fragte sich, wo sie im Augenblick stecken mochte.

»Ah, Leutnant Harten.«

Langsam erhob sich der Capitain von seinem Lehnstuhl, kam aber nicht auf ihn zu. »Da sind Sie ja endlich!«

Rudolph nahm Haltung an und grüßte knapp.

»Rühren Sie sich.«

Rudolph registrierte, dass von Rülow ihm weder einen

Platz noch eine Erfrischung anbot. Nun, das war auch nicht anders zu erwarten gewesen.

Der Capitain kam dann auch unumwunden zur Sache. »Ich habe Sie einbestellt, da ich es für notwendig erachte, Ihnen einige…hm…Neuigkeiten in Bezug auf den Fall des Pioniers Berger mitzuteilen.«

Rudolph zog die Brauen zusammen. »Die da wären?«

»Ich habe mir erlaubt, die ganze Angelegenheit ein wenig zu beschleunigen.«

Das klang nicht gut in Rudolphs Ohren, doch statt einer Erwiderung wartete er ab, bis von Rülow ihn ausreichend gemustert hatte und den Gesprächsfaden wieder aufnahm.

»Nachdem die bisherigen Untersuchungen – und da meine ich nicht nur diejenigen, mit denen Feldwebel Bäske betraut ist, sondern insbesondere auch die Ihrigen – von nur wenig Erfolg gekrönt waren, sah ich mich gezwungen, andere Maßnahmen zu ergreifen.«

»Maßnahmen, Herr Capitain?« Rudolph konnte nicht verhindern, dass seine Stimme heiser klang.

»Ganz genau, Maßnahmen. Ich habe an General von Thielemann geschrieben und ihn über die Ermittlungen unterrichtet. Er lässt mir für die Zeit seiner Abwesenheit freie Hand und hat mich beauftragt, das Kriegsgericht vorzubereiten. In zehn Tagen wird er zurückerwartet.«

Rudolph musste schlucken. Die Zeit lief ihnen davon. Wenn erst einmal ein Kriegsgericht einberufen war, gab es für Berger kaum noch eine Chance. Aber vielleicht war das ja sogar der Zweck dieser Beschleunigung. Wollte von Rülow verhindern, dass ein schlechtes Licht auf ihn selbst fiel? Einen Moment dachte Rudolph an die im Bett des Pioniers gefundenen Münzen und fragte sich, was es damit auf sich hatte.

»Haben Sie nichts dazu zu sagen?« In dem Blick seines Vorgesetzten schien eine weitere unausgesprochene Frage zu liegen.

»Habe ich ein Mitspracherecht in dieser Angelegenheit, Herr Capitain?«

»Nein.« Entschieden schüttelte von Rülow den Kopf. »Doch werden Sie natürlich ebenfalls vor Gericht erscheinen. Dann werden Sie Ihren Part zu der Sache beisteuern können.«

Rudolph räusperte sich. Er wusste, dass er sich mit seiner nächsten Bemerkung recht weit aus dem Fenster lehnte. »Mit Verlaub, Herr Capitain, ich hielte es für besser, den General um Aufschub in dieser Angelegenheit zu bitten.«

Die Augen von Rülows verengten sich, seine Lippen waren zu einem schmalen Strich zusammengepresst. »Das wundert mich nicht, Harten. Das würde Ihnen mehr Zeit verschaffen, um gewisse Dinge zu vertuschen.«

Rudolph spürte, wie ihm Hitze ins Gesicht schoss, der Zorn ob dieser haltlosen Beschuldigung in ihm aufstieg. Unwillkürlich ballten sich seine Hände zu Fäusten, dennoch zwang er sich, seinem Vorgesetzten gegenüber den gebührenden Respekt an den Tag zu legen. »Das halte ich für eine Verleumdung, Herr Capitain«, sagte er schließlich mühsam beherrscht.

»Nur eine Feststellung«, gab dieser kalt zurück und nahm wieder Platz.

Mit einer scheinbar nachlässigen Geste nahm von Rülow eine Zigarre aus einem Kästchen, schnitt ein Stück davon ab und entzündete sie an einer Kerze. Rudolph entging nicht, dass seine Hand dabei leicht zitterte.

Interessant. Aber aus welchem Grund? Warum nur beunruhigte diese Sache von Rülow derart? Trieb ihn die nicht unberechtigte Sorge um, selbst wegen Nachlässigkeit in dieser Angelegenheit belangt zu werden? Immerhin hieß es, dass ein Teil der Pläne aus den privaten Räumlichkeiten des

Capitains entwendet worden sei. Konnte von Rülow also Pflichtvergessenheit in Bezug auf die militärische Geheimhaltung vorgeworfen werden? Oder gab es noch etwas ganz anderes, wovor er sich fürchtete? Etwas, das Rudolph bisher übersehen hatte?

Und warum hatte der Capitain ihn zu dieser Unterredung in sein eigenes Haus bestellt und nicht in die Räumlichkeiten des Ingenieurcorps in der Münzkaserne? Hatte er etwas zu verbergen, sodass er nicht in Anwesenheit anderer Offiziere mit Rudolph hatte sprechen wollen? Sehr seltsam! Auffällig war zudem, dass dem Capitain daran gelegen schien, die Angelegenheit so schnell wie möglich aus der Welt zu schaffen. Irgendetwas stimmte hier nicht.

»War das alles, Herr Capitain?« Rudolph bemühte sich um einen sachlichen Tonfall.

Von Rülow sah ihm direkt in die Augen. »Für heute ja. Doch sollten Sie Ihre Bemühungen, die Namen der Auftraggeber und Kontaktleute dieses Pionier Bergers herauszufinden, ein wenig verstärken. Das würde uns in der Sache bedeutend weiterbringen. Auf Wiedersehen, Leutnant Harten.«

Einen kurzen Moment glitt Rudolphs Blick über das düstere Arbeitszimmer und den Capitain, der mit der glimmenden Zigarre in der Hand dasaß. Welche Geheimnisse mochte dieser Raum wohl verbergen? Rudolph salutierte knapp, wandte sich um und trat auf den Flur. Rasch eilte er die Treppe hinunter, ignorierte den Hausdiener, der ihn mit nichtssagenden Floskeln verabschiedete und öffnete selbst die Tür.

In dem gepflegten Vorgarten entdeckte er ein dunkel gewandetes Dienstmädchen, das ein aussichtsloses Wettrennen mit einem Hund veranstaltete. Wortlos zog er die Tür hinter sich zu und stieg die wenigen Stufen der Vordertreppe hinunter. Diese unverhoffte Begegnung kam ihm wie gerufen. Schlagartig spürte er, wie sich seine Stimmung ein wenig aufhellte. Vielleicht wäre es interessant zu erfahren, wie die junge Frau auf seine jüngste Entdeckung reagieren würde.

*

»Ernesto, bleib stehen! Du verflixter Köter, wirst du wohl ...!«

Fluchend stolperte Franziska über die sorgsam gepflegten Blumenbeete, die Henriette von Rülows schneeweißer Pudel gerade als Spiel- und Tummelplatz auserkoren hatte. Mit gerafften Röcken rannte sie dem bellenden Wollknäuel hinterher, doch schien der Preuße auf vier Beinen ganz eindeutig seine eigene Vorstellung von Vergnügen zu haben. Denn kaum hatte er den Duft der Freiheit geschnuppert und verstanden, dass er seiner Bewacherin entkommen war, begann er, wie wild durch den Vorgarten zu rennen, bis Franziska es schwer atmend und wütend aufgab, ihn weiter zu verfolgen. Irgendwann musste das Biest doch müde werden oder die Lust verlieren, und dann würde es ihr schon gelingen, es wieder einzufangen.

Diesen Gefallen wollte ihr die Miniaturausgabe eines Zerberus jedoch vorerst nicht tun. Nachdem der Pudel ausgiebig lange herumgetollt war, widmete er sich unter begeistertem Kläffen der Aufgabe, das geliebte Rosenbeet der Herrin mit scharrenden Pfoten zu durchwühlen.

»Ernesto! Nein! Halt, aus!« Von leichter Panik erfasst, stürzte Franziska auf das Tier zu. Aber als sie das Beet erreichte, konnte sie nur noch mit Schrecken feststellen, dass der Pudel eines der frisch eingepflanzten Rosenstämmchen ausgebuddelt hatte, das sogleich umgefallen war und wie eine stumme Anklage über dem Boden lag.

»Oh, nein, du grässlicher Köter, was hast du gemacht. Sieh dir das nur an!«

Rasch machte sie sich daran, die rund um das Beet verstreute Erde wieder zurück an ihren Platz zu bringen und den so rüde behandelten Rosenstock wieder einzugraben. Sie schrie auf, als sich eine der Dornen tief in ihren Finger bohrte. Sogleich steckte sie ihn sich zwischen die Lippen, um das austretende Blut aufzusaugen. Dabei verteilte sie einiges von der frisch gewässerten Krume, die ihr an der Hand klebte, auf ihrer Wange. Ihr Zorn auf das wollige Untier, das schwanzwedelnd und mit leicht schräg gelegtem Kopf vor ihr stand, wuchs ins Unermessliche. Sie versuchte, mit der anderen Hand den Schmutz zu beseitigen, was nur dazu führte, dass sie noch mehr Erde auf ihrem Gesicht verrieb und wahrscheinlich aussah wie ein Bergarbeiter.

»Hau bloß ab, du Lump!«, rief sie Ernesto zu, als er sich erneut auf das Beet stürzen wollte, »verschwinde, preußischer Teufel, ehe ich ...«

»Befinden wir uns seit Neuestem wieder im Krieg mit den Franzosen?«, vernahm sie eine bekannte Stimme und sah auf. Unmittelbar neben ihr stand Leutnant Harten und beobachtete die ganze Szene interessiert, doch mit der für ihn typischen unbewegten Miene. »Ihrem Aussehen nach zu urteilen, liegt gerade eine schwere Schlacht hinter Ihnen.«

Franziska schluckte einen Fluch hinunter. Wie peinlich, halb verdreckt vor dem Leutnant auf der Erde zu knien. Mit einem letzten Rest von Würde rappelte sie sich auf und schob sich mit dem noch sauberen Unterarm eine Haarsträhne aus dem Gesicht. »Derzeit befinde ich mich im Kampf gegen einen wilden Höllenhund.« Mit ausgestreckten Fingern wies sie auf Ernesto, der nun hechelnd über die Nelkenbeete purzelte.

»Ein preußischer, wie ich gerade vernommen habe«, sagte der Leutnant trocken, aber Franziska hörte die Belustigung in seiner Stimme.

»Das sind die Schlimmsten.«

Schweigen entstand, und Franziska befürchtete bereits, zu weit gegangen zu sein.

»Sie sollten aufpassen, wem gegenüber sie so etwas äußern«, sagte Harten leise. »Wie Sie wissen, ist das nicht ungefährlich.«

Sie sah auf, und sogleich schoss Hitze in ihr Gesicht, als sie bemerkte, dass sein Blick fest auf sie gerichtet war.

»Nicht ungefährlich für das Dienstmädchen eines preußischen Capitains ... Und schon gar nicht ungefährlich für ...« Er zögerte.

»... für die Schwester eines französischen Spions«, ergänzte sie.

»Oder die.«

Das erneute Schweigen wurde durch Ernesto unterbrochen, der laut kläffend und schwanzwedelnd im Kreis rannte und einen imaginären Feind zu verfolgen schien.

»Sie scheinen ein Talent dafür zu haben, preußische Höllenhunde zu verhexen.«

Franziska hob die Schultern. »In schwierigen Situationen muss man sich aller Mittel bedienen, die einem zur Verfügung stehen.«

Die dunklen Augen des Offiziers blickten ernst. »Auch solchen, die verboten sind?«

Ein Augenblick lang fragte sich Franziska, ob das ein Verhör war, doch dann entschloss sie sich, auf das Spiel einzugehen. »Nun, ich wusste nicht, dass in Preußen noch immer Hexen verfolgt werden. Allerdings«, fügte sie nach einer kurzen Pause hinzu, »heißt es, dort sei man in gesellschaftlichen und politischen Dingen ein wenig rückständig.«

Der Leutnant erwiderte nichts darauf.

Nervös griff Franziska nach einem Grashalm, den der sonst

so sorgfältige Gärtner bei seiner Arbeit auszuzupfen vergessen hatte. »Ich habe Ihnen erzählt, dass meine Mutter aus Coblenz stammt, dass ich in Cöln aufgewachsen bin und nun seit fast sechs Jahren hier in der Stadt lebe. Der Rhein ... das ist meine Heimat.«

Eine kaum merkliche Spannung war plötzlich sich zwischen ihnen entstanden.

»Also ... nicht Frankreich?«

Franziska legte den Kopf schief. »Wenn man von der Tatsache absieht, dass das linke Rheinufer bis vor nicht allzu langer Zeit ebenfalls zu Frankreich gehört hat, muss ich gestehen, dass ich dieses Land höchst selten betreten habe.«

»Dann würden Sie sich also als Deutsche bezeichnen?«

Franziska ließ den Klang dieses Wortes eine Weile auf sich wirken und schüttelte dann leicht den Kopf. »Was ist das?«

Wieder glaubte sie, etwas Falsches gesagt zu haben, denn das Schweigen, das auf ihre Worte folgte, dauerte länger als zuvor.

Schließlich sah er sie an. »Warum hasst ihr Rheinländer die Preußen so? Gerade, als wären *wir* der Feind und nicht die französischen Besatzer, die sich manch einer hier zurückwünscht?«

Es war eine persönliche Frage, und Franziska spürte das ernst gemeinte Interesse darin. Ein preußischer Offizier, noch dazu derjenige, der womöglich das Leben ihres Bruders in der Hand hatte, fragte sie aufrichtig nach ihrer Meinung. Ihr Herzschlag beschleunigte sich, während sie sich ihre Worte sorgfältig überlegte.

»In der Rückschau ist alles anders. Manches wird dann gerne verklärt. Sogar die Franzosen, die – anders als Sie vielleicht glauben – ebenfalls nicht von allen hier am Rhein geliebt wurden.« Franziska dachte an die unbeschwerten Tage ihrer Kindheit, das Toben und Lachen im Haus ihrer Eltern, die

Freunde, Geschäftspartner und ehemaligen Offizierskollegen ihres Vaters, die abends gerne zu Besuch kamen. Doch hatte ihre Mutter auch manchen scheelen Blick geerntet, weil sie sich mit einem Franzosen eingelassen hatte, einem Besatzer. »Aber zumindest haben sie die Ideale von Freiheit, Gleichheit und Brüderlichkeit hierher in die alten Städte an Rhein und Mosel gebracht, die zuvor noch immer in einer anderen, einer rückschrittlichen Zeit verwurzelt waren. Nicht zu vergessen den *Code Civil*, das französische Recht, das, mit Verlaub, noch immer seine Gültigkeit hierzulande besitzt, egal, wie heftig es von Berlin aus auch bekämpft wird. Ja, und diese neuen Ideen haben viele begeistert, und sie tun es nach wie vor. Auch wenn nicht alles davon Wirklichkeit geworden ist.«

»Aber dennoch war es bedeutend mehr als das, was Preußen im Gegenzug zu bieten hat?« Seine Stimme war leise, beinahe sanft.

»Mehr als preußische Hierarchie, Zensur und Gehorsam, ja?« Es gelang ihr nicht, den feinen Spott aus ihrer Stimme herauszuhalten.

»Dann also lieber Aufruhr und Rebellion.« Aus Rudolphs Mund klangen diese Begriffe wie Schimpfwörter.

»Es war damals eine neue Ordnung, mit neuen Ideen für eine neue Epoche!«

»Diese ist nun vorbei...« Rudolphs Tonfall erlaubte keinen Widerspruch.

Langsam ließ Franziska Luft aus ihrer Lunge entweichen, um zu verhindern, dass sie unüberlegt dazwischenfuhr. »... und wurde von Polizei und Militär abgelöst«, sagte sie dann, »von strenger staatlicher Kontrolle und starrer Obrigkeit.«

»War Ihr Vater nicht auch Soldat? Ein Offizier des französischen Kaisers?«

Franziska ließ die Schultern hängen und schloss die Augen. Er würde es nicht verstehen, selbst wenn sie versuchte, ihm den Unterschied zu erklären. Dieser plötzliche Machtwechsel, der hierzulande wie ein Rückschritt ins Mittelalter empfunden wurde.

»Und was ist mit dem wirtschaftlichen Aufschwung? Eine Neuerung von der – wenn mich nicht alles täuscht – nicht zuletzt auch die Familie Ihres Onkels profitiert?«

Ein bitteres Auflachen stieg in Franziska auf, blieb ihr jedoch im Halse stecken. »Onkel Hubert, ja. Er wird immer aus jeder Situation das Beste für sich herausholen...« *Ganz gleich, um welchen Preis*, fügte sie in Gedanken hinzu.

Sie entschloss sich, offen auf Hartens Frage zu antworten. »Wie würden Sie sich fühlen, wenn Ihr Land enteignet, Ihre Felder beschlagnahmt würden, nur, um darauf eine Festung zu erbauen – zu Ehren eines Königs, der Tausende von Meilen entfernt wohnt und den Sie noch nie zu Gesicht bekommen haben? Wenn die Stadt, aus der Ihre Familie stammt, eingemauert würde wie ein Gefängnis, der ohnehin knappe Wohnraum von Soldaten beschlagnahmt würde, die Sie nicht als Ihresgleichen ansehen? Wenn Sie Ihre Heimatstadt weder betreten noch verlassen könnten, ohne dazu stets Kontrollen und Wachposten passieren zu müssen, die Sie fast so behandeln, als seien Sie ein Verbrecher?«

Harten wollte etwas erwidern, doch Franziska ließ ihn nicht zu Wort kommen.

»Oder wenn man Sie zwingen würde, Loyalität und Ehrfurcht gegenüber einer Regierung zu empfinden, die seelenruhig dabei zuschaut, wie Sie in Armut abgleiten, da Sie Jahr um Jahr vergeblich auf die Entschädigung warten, die Ihnen für das Abtreten Ihrer Äcker für den Festungsbau zugesagt wurde, die sie jedoch nie erhalten haben.«

Atemlos hielt Franziska inne, aber diesmal folgte keine Antwort. Davon ermutigt fuhr sie fort: »Damals, vor sieben Jahren, als dieser Landstrich hier an Ihren verehrten König fiel, hatte dieser gelobt, Sitten, Kultur, Glauben und Bräuche zu achten. Trotzdem sind Katholiken hier Bürger zweiter Klasse, die mit Zwang in eine neue Ordnung gepresst werden und um manche ihrer Rechte kämpfen müssen. So werden junge, katholische Männer, die ihren Dienst in der Armee nehmen, dazu verpflichtet, die Gottesdienste eines protestantischen Garnisonsgeistlichen zu besuchen... und das alles mit der in Preußen üblichen Nachdrücklichkeit, wenn es darum geht, Befehle durchzusetzen. Schlimmer noch, man verlangt von den hiesigen Frauen, wenn sie tatsächlich einen Preußen ehelichen wollen, ihren katholischen Glauben abzulegen oder doch zumindest zuzustimmen, dass ihre Kinder Protestanten werden. Von Gesetzes wegen!« Franziska hielt inne, als ihr bewusst wurde, wie sehr sie sich in Rage geredet hatte. »Und Sie fragen mich, weshalb Applaus und Bewunderung hierzulande so dürftig ausfallen?«

Die Miene des Offiziers hatte sich verfinstert, seine Lippen waren zu einer dünnen Linie zusammengepresst, die von dichten Wimpern umschatteten Augen ließen keine Regung erkennen.

Es dauerte eine Weile, ehe er schließlich antwortete: »Danke für Ihre Offenheit. Ich werde darüber nachdenken.«

Er wandte sich zum Gehen, und Franziska verspürte plötzlich das Bedürfnis, noch etwas hinzuzufügen: »Und ich danke, dass Sie mich nicht verhaftet haben... an jenem Abend.«

Sein Blick traf sie, tief, sondierend, unergründlich. »Womöglich hätte ich es besser getan. Sie sind eine Betrügerin, mein Fräulein.«

Franziska schluckte trocken. Dieser Tatsache hatte sie nichts entgegenzusetzen.

»Es steht Ihnen jederzeit frei, Ihr Versäumnis nachzuholen«, sagte sie mit mehr Courage, als sie tatsächlich empfand.

»Vielleicht werde ich das noch ... Vielleicht werde ich das. Aber ...« Einen Moment schien Harten mit sich zu ringen, blieb dann jedoch stehen und beugte sich zu ihr hinab. »Es gibt schlechte Nachrichten. Man hat einiges an Geld, eingenäht in der Strohmatratze des Pioniers Berger, gefunden. Zudem hat der Capitain an General von Thielemann geschrieben. Dieser wird in zehn Tagen in Coblenz zurückerwartet und dann die Angelegenheit aus der Welt schaffen. Wenn Sie also noch etwas für Ihren Bruder tun möchten, sollten Sie sich damit beeilen.«

Damit wandte er sich um, verließ den Vorgarten und trat auf die Straße. Fassungslos sah Franziska ihm nach, während sie glaubte, die plötzlich in ihr aufsteigende Angst risse sie zu Boden.

Kapitel 23

Franziska wusste, dass die Zeit knapp wurde. Das hatten die unerwarteten Eröffnungen Leutnant Hartens ihr noch einmal erschreckend deutlich gemacht. Die ganze darauffolgende Nacht hatte sie keinen Schlaf gefunden, sich rastlos auf dem engen, knarrenden Bettgestell in der winzigen Dienstbotenkammer hin und her gewälzt und verzweifelt um eine Lösung gebetet.

Als endlich der Morgen graute, fühlte sie sich mutlos und zerschlagen, ohne auch nur einen Schritt weitergekommen zu sein. Weder konnte sie sich erklären, was es mit dem Geld in Christians Bett auf sich haben mochte, noch hatte sie eine Idee, was sie in den wenigen Tagen bis zur Rückkehr des Generals unternehmen konnte, um ihren Bruder zu retten. Schwerfällig stand sie auf, um ihr Tagwerk zu beginnen.

Doch war sie so in Gedanken und übermüdet, dass sie den Morgenkaffee auf dem Tablett der Frau Capitain verschüttete. Dann stieß sie einen Eimer mit glühender Asche um, den Johanna in der Küche ein wenig ungünstig platziert hatte.

Und so kam es, dass ihr die alte Köchin grummelnd und schimpfend einen Lappen, Eimer und Bürste in die Hand drückte und sie anwies, nicht nur die Schweinerei aufzuwischen, die sie in der Küche verursacht hatte, sondern auch gleich die daran angrenzende Speisekammer zu reinigen. Berte sei wieder einmal unpässlich, und irgendjemand müsse es schließlich tun.

Die Unpässlichkeit der drallen, blond gelockten Küchenhilfe war ein häufig auftretendes Leiden, das sich besonders bei größeren Arbeitseinsätzen bemerkbar zu machen schien. Bereits zum zweiten Mal in dieser Woche war Berte, die im Bergischen Land in einfachsten Verhältnissen aufgewachsen war, wegen irgendwelcher angeblicher Wehwehchen nicht in der Lage, ihre Arbeit zu verrichten. Meist war es dann Franziska, die auch noch deren Aufgaben übernehmen musste.

Normalerweise hätte sie sich darüber sehr geärgert, doch jetzt verschaffte es ihr die Gelegenheit, auf die sie so lange gewartet hatte. Nur mit Mühe konnte sie ihre Aufregung zügeln. Die *Speisekammer!* Der Raum, wo sie vor Kurzem diese schwarz vermummte Gestalt beobachtet hatte, wie sie etwas unter einer losen Bodendiele verbarg. Die ganze Zeit über hatte sie fiebrig vor Ungeduld auf einen Moment gehofft, in dem sie unbemerkt nachschauen konnte, was dort außer Schinken, Karotten, Bohnen und Speck Geheimnisvolles lagerte. Dabei zermarterte sie sich noch immer das Gehirn, wer die Person gewesen sein könnte, die sie gesehen hatte. Jemand aus diesem Haushalt? Wahrscheinlich – aber nicht die einzige Möglichkeit. Welches Geheimnis auch immer unter diesem Dach versteckt war, Franziska hatte die feste Absicht, es zu lüften.

Beherzt machte sie sich mit Putzeimer, Lappen, Messer und Bürste bewaffnet auf den Weg zum Vorratsraum neben der Küche. Ihre Beine zitterten, als sie eintrat, ihre Utensilien abstellte und sich mit klopfendem Herzen hinkniete. Der schwarze Rock bauschte sich ein wenig um sie. Hier irgendwo musste die lose Bodendiele sein. Kurz schloss sie die Augen und sprach ein inbrünstiges Gebet. Mit den Fingerspitzen fuhr sie zwischen die Ritzen, um zu fühlen, welches der Bretter locker war. Sie zuckte zusammen, als sich eines tatsächlich bewegen ließ.

Einen Moment lang drohte sie der Mut zu verlassen. Aber

dann dachte sie an ihren Bruder und daran, dass sie womöglich ganz kurz davorstand, etwas zu finden, das ihn retten mochte. Vorsichtig, um kein Geräusch zu verursachen, hob sie mit dem Messer die Diele an. Ein Schauder rann ihr die Wirbelsäule hinab, während sie sich erneut hastig umsah und in die Küche horchte, um sicherzugehen, dass niemand in der Nähe war und sie bei ihrem Tun überraschen könnte.

Schließlich schob sie behutsam ihre Hand unter das Dielenbrett und ertastete darunter eine Vertiefung. Bei der Vorstellung, welcher Dreck und Unrat sich darin verbergen mochte, musste sie gegen den aufkeimenden Ekel ankämpfen, arbeitete sich aber Zoll für Zoll weiter vor. Dann stieß sie auf etwas Weiches und unterdrückte einen Aufschrei. Für einen Moment vergaß sie zu atmen. Dann ergriff sie den Gegenstand und zog ihn vorsichtig heraus. Es klimperte.

Im matten Licht, das durch die milchigen Fensterscheiben hereinfiel, erkannte Franziska einen kleinen, prall gefüllten Lederbeutel. Mit klammen Fingern nestelte sie an dem Band, das ihn zusammenhielt, zog es auf und sah hinein.

Münzen!

Ein Beutel, prall gefüllt mit preußischen Thalern und, wie es aussah, recht frischen, eine Prägung aus jüngster Zeit. Franziskas Gedanken rasten. Es war also ausgeschlossen, dass dieser Schatz noch aus der Franzosenzeit oder gar der des Kurfürsten stammte. Es war neues preußisches Geld, und diese Tatsache ließ nur einen Schluss zu: Wem auch immer es gehörte – er hatte es erst kürzlich erhalten. Aber weshalb wurde es an einem solch unmöglichen Ort versteckt?

Die wichtigste Frage lautete jedoch: Wer war der Besitzer dieses kleinen Vermögens?

Angespannt strichen Franziskas Finger über das dunkle Leder des Beutels. Schwindel überkam sie. War es denkbar, dass sie gerade den Lohn für den Verrat in Händen hielt? Die Bezahlung für die Spionagedienste? Und damit zugleich den Beweis, dass der Verräter hier im Hause des Capitains zu finden war – und nicht irgendwo in der Armee? Nicht im Umfeld ihres Bruders?

Hoffnung und Zweifel kämpften in ihrer Brust. Selbst wenn das Geld wirklich dem Spion und Verräter gehörte, wie sollte sie herausfinden, um wen es sich dabei handelte? Wer im Haus konnte etwas mit dieser schmutzigen Geschichte zu tun haben? Einem Impuls folgend beugte sie sich erneut vor, schob ihren Unterarm in die Öffnung unter der angehobenen Bodendiele und tastete mit der Hand in alle Richtungen. Vielleicht fand sie ja noch etwas, das ihr Hinweise auf die Herkunft des Geldes oder auf dessen Besitzer liefern könnte.

Sie wurde nicht enttäuscht. Ihre Finger trafen auf etwas Hartes, Kantiges. Einen Moment glaubte sie, es handele sich dabei um ein Stück des Mauerwerks, vielleicht des Bodenfundaments. Dann zog sie eine kleine viereckige Schachtel hervor, die mit Schmutz und Mörtel bedeckt war.

Vorsichtig öffnete sie das Behältnis und blickte erstaunt auf ein silbernes Schmuckstück, allem Anschein nach eine Kette. Als sie genauer hinsah, erkannte sie, dass daran ein schlicht gearbeiteter Anhänger hing, dessen Anblick sie ein wenig an ein Hirschgeweih erinnerte. Irritiert hielt sie das Schmuckstück hoch, das im hereinfallenden Licht des Spätnachmittags matt aufschimmerte. Was war das für ein seltsames Gebilde? Franziska konnte sich keinen Reim darauf machen.

Schlurfende Schritte wurden laut, gefolgt von leisem Stöhnen und schlesischem Gemurmel. Johanna!

Der Schreck fuhr ihr in die Glieder. Was, wenn die Köchin sie hier entdeckte, das Geld und dieses Schmuckstück in der Hand? Man würde sie für eine Diebin halten und festnehmen lassen –

sie wollte nicht wissen, welche Strafe darauf in Preußen stand. Bei einem Verhör würde auch zwangsläufig ihre wahre Identität aufgedeckt werden. Die Tatsache, dass sie sich unter Vorspiegelung falscher Tatsachen hier eingeschmuggelt hatte, dass ihr Bruder der mutmaßliche Verräter war. Und Christian, er ...

Noch ehe sie den Gedanken zu Ende geführt hatte, legte Franziska das Schmuckstück in seine Schatulle und schob diese in ihr Versteck zurück. Der Beutel mit Goldmünzen folgte, und trotz ihrer Aufregung gelang es ihr, ohne allzu großen Lärm die Bodendiele wieder an ihren Platz gleiten zu lassen und festzudrücken. Gerade noch rechtzeitig, bevor die Köchin in der Tür erschien.

»Du hast ja noch gar nichts geschafft! Erst ist die Berte krank, und jetzt trödelst du auch noch rum. Herrjesses, wie soll man da noch mit der Arbeit fertig werden?«

Franziska war sicher, dass ihr das Schuldbewusstsein ins Gesicht geschrieben stand. Ihre Wangen glühten bis zu den Ohren. Hastig murmelte sie eine Entschuldigung, stand auf und begann zügig mit ihrer Aufgabe in der Speisekammer. Währenddessen arbeitete ihr Verstand fieberhaft. Sie musste ihre Entdeckung irgendjemandem melden, mit jemandem darüber reden. Nur ... mit wem?

Wem konnte sie in dieser Angelegenheit vertrauen? Und wer besaß genug Wissen, um aus dem seltsamen Fund die richtigen Schlüsse zu ziehen, und zudem genügend Einfluss, um dieses an der entscheidenden Stelle vorzubringen, um ihren Bruder zu entlasten?

Therese? Die Gute hatte wahrlich genug zu tun und konnte ihr wohl kaum weiterhelfen. Der Capitain persönlich? Das verbot sich von selbst.

Nein, das waren nicht die richtigen Optionen ...

Während sie den Eimer ausgoss, Lappen und Bürste an

ihren Platz legte, kam ihr ein Gedanke. Ein recht absurder, der zeigte, wie verzweifelt sie war. Doch jemand anderes fiel ihr nicht ein.

Und so schien es ihr an der Zeit, sich in die Höhle des Löwen zu begeben.

※

Das Donnern der Kanonengeschütze ließ die Luft explodieren, die Erde erzittern. Zugleich durchfuhr seinen Körper ein entsetzlicher Schmerz. Mit letzter Kraft konnte er einen Aufschrei unterdrücken, gelang es ihm, einen Fuß vor den anderen zu setzen. Die Umgebung drohte in waberndem Nebel zu versinken.

Dennoch hörte er mit unbarmherziger Klarheit die Schreie der Getroffenen, Männer aus seinen Reihen, Männer, die ihm anvertraut waren. Während die Nacht über dem Schlachtfeld immer undurchdringlicher wurde, der Kanonenlärm abschwoll, zog das Stöhnen der Verwundeten und Sterbenden wie Geistergeheul über die verlassene Ebene.

Gehetzt und ruhelos irrte er durch die Dunkelheit, ohne genau zu wissen, wo er sich befand. Nur die vage Erinnerung, auf der Suche zu sein, trieb ihn weiter voran. Auf der Suche nach was? Nach wem?

Dann, plötzlich, tauchte ein Gesicht vor ihm auf, ein ernstes Gesicht, schwarzes Haar, traurige, dunkle Augen. Im gleichen Augenblick zerriss ihn wieder dieser Schmerz, er stürzte und fiel tiefer, immer tiefer.

Mit einem Stöhnen fuhr Rudolph aus dem Albtraum hoch. Rauch und Feuer brannten ihm noch in der Lunge, die Schreie der Verwundeten gellten in seinen Ohren. Langsam nur verblassten die Bilder der Vergangenheit, die Geräusche, der Geruch. Was blieb, war die Höllenqual, die seinen ganzen Körper gefangen hielt und auch nicht nachließ, als er wieder zur Besinnung kam und ihm bewusst wurde, dass er in seiner winzigen Wohnung und in Sicherheit war. Dieser Traum, immer wieder wurde er von ihm heimgesucht. Jene Schlacht und die Nacht danach hatten sich mit qualvoller Genauigkeit in sein Gedächtnis eingebrannt. Seither war er gezeichnet – am Körper wie auch ... an der Seele.

Rudolph spürte, dass er in dieser Nacht keinen Schlaf mehr finden würde, und so schälte er sich aus den Laken. Der Schweiß hatte sein dünnes Hemd getränkt, und er streifte es ab, während sich sein keuchender Atem beruhigte, das Hämmern seines Herzens nachließ. Sein Mund war wie ausgetrocknet. Er ächzte, als er bei dem Versuch aufzustehen das Bein belastete. Die Schrecken des Traumes und die ruckartige Bewegung hatten einen Krampf ausgelöst.

»Fritz!«, rief er heiser, während er sich am Bettpfosten festkrallte, vor Schmerz unfähig, sich zu rühren »*Fritz.*«

Doch dann wurde ihm bewusst, dass sein Bursche für einige Zeit abwesend war. Er selbst hatte sich um Fritz' Urlaubsgesuch gekümmert. So wartete er mit zusammengebissenen Zähnen, bis der Krampf abklang und er langsam wieder Gewalt über seinen Körper erlangte. Einen Fluch unterdrückend zog er sich vorsichtig hoch, schleppte sich zu seiner Kommode und goss sich etwas von dem schweren Branntwein ein, der dort in einer verstöpselten Flasche stand. Dann schob er das halb geöffnete Fenster weit auf und starrte eine Weile in das Dunkel der schwülen Nacht.

Das Zirpen der Grillen, das Funkeln der unendlich vielen Sterne riefen erneut Erinnerungen an die Nächte auf den Feldzügen wach. Kaum dem Schulalter entwachsen, hatte er eine kurze militärische Ausbildung durchlaufen und war dann in den Krieg gegen die französischen Besatzer geschickt worden. Zwar hatte es die Einsamkeit gegeben und die Angst, aber auch das vollkommen neue Gefühl, dazuzugehören, gemeinsam mit anderen eine Aufgabe zu erfüllen, die von großer Bedeutung war – die Befreiung seiner Heimat von den Franzosen.

Von klein auf an harte Arbeit, karges Essen und wenig Schlaf gewöhnt, war es Rudolph nicht schwergefallen, sich dem Leben in der Armee anzupassen. Aber sehr bald schon hatte sich gezeigt, dass er zwar ein guter Soldat und ausgezeichneter Schütze war, seine besonderen Fähigkeiten jedoch in ganz anderen Bereichen lagen.

War es Glück oder Fügung gewesen, dass ausgerechnet der Reformer und Generalmajor Neidhardt von Gneisenau Rudolphs Begabung für Logik und Strategie, Mathematik und Geometrie erkannt hatte? Seiner Förderung hatte Rudolph vieles zu verdanken, nicht zuletzt seinen Aufstieg in den Offiziersrang und seine derzeitige Laufbahn als Ingenieur, die ihn letztendlich – ebenfalls auf Gneisenaus Empfehlung – hierhergebracht hatte.

Eine sanfte Brise strich über Rudolphs verschwitzte Haut, sodass sich die feinen Härchen leicht aufstellten. Er bedauerte zutiefst, dass General Gneisenau sich einige Jahre zuvor dem Druck konservativer Kräfte gebeugt und das Rheinland verlassen hatte, um seither in Berlin anderen Aufgaben nachzukommen. Unwillig schüttelte Rudolph den Kopf. Wenn es einen Punkt gab, in dem er den kritischen Stimmen in den neuen Provinzen recht geben musste, dann war es die Tatsache, dass die augenblickliche politische Gesinnung in hochrangigen Berliner Kreisen alles andere als aufgeschlossen und fortschrittlich zu nennen war. Im Gegenteil, seit dem Ende des Krieges gegen Frankreich, ja seit dem Wiener Kongress und spätestens seit den Karlsbader Beschlüssen waren alle früheren Reformbemühungen plötzlich nicht mehr opportun. Nicht zuletzt König Friedrich Wilhelm III. schien das Rad der Geschichte zurückdrehen zu wollen, vor die Zeit der Revolution, in eine Epoche, als noch unverrückbare Hierarchien, ein klares Oben und Unten existierten. Und auch wenn Rudolph dies niemals laut ausgesprochen hätte, so beunruhigten ihn diese Strömungen doch sehr.

Er schob den Gedanken beiseite, leerte das Glas in einem Zug und humpelte wieder zu der Kommode, um sich ein weiteres Mal einzuschenken. Dann erst kehrte er zu seinem Bett zurück, ließ sich darauf nieder und lehnte sich gegen das Rückenteil.

Waren es die Nachwirkungen des Traumes? Oder war es das Zusammenwirken von Hitze und Schweiß, dass sich auch die wulstigen Narben auf der Schulter und der rechten Seite stechend bemerkbar machten? Gewöhnlich war es nur sein Bein, das ihn unablässig quälte, sodass es ihn Mühe kostete, zumindest in der Öffentlichkeit nicht allzu stark zu hinken.

Reglos starrte er in das nur vom blassen Mondschein erhellte Zimmer, glaubte beinahe, durch die nächtlichen Geräusche hindurch das Rauschen von Mosel und Rhein zu vernehmen. Diesen beiden Flüssen, die seit ewigen Zeiten dieses seltsame Land durchzogen – so stur und unbeirrbar wie seine Bewohner – und hier vor den Toren der Stadt zusammentrafen.

Der Branntwein entfaltete seine Wirkung, und mit dem Schmerz schwand auch Rudolphs innere Anspannung ein wenig. Schwer sank seine Hand mit dem Glas auf das Bett. Er schloss die Augen, doch der Schlaf wollte nicht kommen.

Ein leises Klackern ließ ihn zusammenfahren. Sofort waren all seine Sinne wieder auf das Hier und Jetzt gerichtet. Sein Blick durchforschte den leeren Raum, sein Ohr lauschte in die

Dunkelheit. Das Klackern wiederholte sich, und er erkannte, dass es von dem Fenster her kam, das zur Straße führte. War ein Stein dagegengeworfen worden?

»Herr Leutnant!« Eine leise Stimme, gepresst und von der Nacht beinahe verschluckt. »Leutnant Harten...«

Einen Augenblick glaubte er erneut zu träumen, aber da war die Stimme wieder.

»Herr Leutnant, hören Sie mich?« Gefolgt wurde der leise Appell von einem weiteren Klackern.

Mit einem Satz war Rudolph auf den Beinen. Hastig streifte er sich ein Hemd über und unterdrückte den Schmerz, als er ans Fenster trat. Blasses Mondlicht erhellte die enge Gasse, die zu dieser späten Stunde verlassen dalag.

»Herr Leutnant?« Als sein Blick der Stimme folgte, erstarrte er.

Halb vom Schatten der Häuser verborgen, stand einsam und allein Franziska Berger auf der Straße und sah unverwandt zu seinem Fenster hinauf.

»Verfluchtes Weib, was...«, entfuhr es ihm, als sie ihm mit der Hand eine Geste machte, zu ihr herunterzukommen. Aber dann unterbrach er sich.

Was sie auch immer um diese Zeit hierhergetrieben hatte, es musste wichtig sein. Weshalb sonst würde eine junge Frau den Rest ihres guten Rufs aufs Spiel setzen und nächtens vor der Wohnung eines fremden Offiziers auftauchen? Doch nur wegen einer Sache von größter Dringlichkeit. Gott helfe ihr, dass dem tatsächlich so war. Sonst würde sehr bald nicht nur ihr Bruder in Schwierigkeiten stecken!

Er sah hinunter, presste erst den Zeigefinger auf den Mund und bedeutete ihr, dass er sie verstanden habe. Dann zog er sich eine Hose über und schickte sich an, dieser impertinenten Rheinfranzösin zu öffnen.

Kapitel 24

Es kostete Franziskas ganze Kraft, ihren verwegenen Plan durchzuführen. Dennoch stand sie in der nächtlichen Straße vor dieser Tür. Fest hatte sie die Arme vor dem Körper verschränkt, wie um sich selbst am Weglaufen zu hindern. Mitten in der Nacht die Wohnung eines fremden Mannes zu betreten, war nicht gerade das, was sich für eine anständige junge Dame ziemte. Schlimmer noch, es würde sie geradewegs in die gesellschaftliche Ächtung treiben, wenn man sie dabei erwischte.

Dies war momentan allerdings ihr geringstes Problem, wusste sie doch, welch kurze Frist Christian noch bis zur Rückkehr des Generals blieb. Früher einmal, als Tochter eines hochrangigen napoleonischen Offiziers im Ruhestand, eines wohlhabenden Wein- und Spirituosenhändlers im damals französischen Cöln, hätte sie auf solche Dinge achten müssen. Aber diese Zeiten waren unwiderruflich vorbei. Zurückgeblieben war nur ein schlecht bezahltes Dienstmädchen mit einem Bruder, dessen Leben schon fast verwirkt war. Es gab nicht mehr viel, was sie noch zu verlieren hatte – außer ihrer Tugend.

Das Schloss knirschte, als der Schlüssel sich drehte, und dann öffnete sich die Tür. Franziska musste sich zwingen, in das halb im Schatten liegende Gesicht des Mannes zu sehen. Stumm, entschlossen und nicht gewillt, sich fortschicken zu lassen.

»Was wollen Sie hier?« Die gedämpfte Stimme des Preußens klang kalt und abweisend.

»Ich muss mit Ihnen reden.« Sie schluckte. »Ich habe eine wichtige Entdeckung gemacht.«

»Verschwinden Sie, und melden Sie sich deswegen morgen in der Münzkaserne.«

Franziska fiel es schwer, seinem Blick standzuhalten. So hart, so unerbittlich. Doch sie rührte sich nicht vom Fleck.

»Nein! Zuerst müssen Sie es hören. Allein.« Stumm betete sie darum, dass er ihr nicht die Tür vor der Nase zuschlagen würde.

»Ich bin nicht bestechlich, Mademoiselle. Wenn Sie also versuchen, mich mit zweideutigen Angeboten zu umgarnen ...«

»Im Hause des Capitains geht etwas Merkwürdiges vor!«

Das brachte ihn zumindest zum Schweigen.

»Etwas, das vielleicht mit dem Verschwinden der Unterlagen und dem mutmaßlichen Verrat zu tun hat«, flüsterte sie.

»Sind Sie sicher?«

Franziska nickte. »Sonst wäre ich bestimmt nicht hier.«

Sie wartete. Der Leutnant schien einen inneren Kampf mit sich auszufechten, hin und her gerissen zwischen Pflicht und Neigung, einem Kodex, sich an den ordnungsgemäßen Gang der Dinge zu halten und seinem – wie sie spüren konnte – brennenden Wunsch, jede Gelegenheit zu nutzen, um Licht in das Dunkel zu bringen. Schließlich ging es um die Sicherheit *seines* Bau, *seiner* Feste.

»Was ist? Lassen sie mich nun eintreten, oder möchten Sie lieber sich und mich der Schande aussetzen, von jemandem gesehen zu werden?«

Im Schein der Kerze, die er in der Hand hielt, wirkte Hartens Gesicht noch kantiger – undurchdringlich und einschüchternd.

Schließlich nickte er. »Kommen Sie.« Er stieg die hölzerne Treppe hinauf, und sie folgte ihm, bemüht, kein Geräusch zu machen, um nicht die anderen Bewohner des Hauses zu wecken und peinliche Fragen zu vermeiden.

Ohne ein weiteres Wort öffnete der Leutnant die Tür seiner Wohnung und ließ Franziska eintreten. Schwül, eng und alles andere als hochherrschaftlich – so viel konnte Franziska auf den ersten Blick erkennen, auch wenn die Kerze, die Harten noch immer in der Hand hielt, und das hereinfallende Mondlicht das Einzige waren, das die bescheidene Räumlichkeit erhellte.

Alles an diesem Raum wirkte nüchtern, einfach, und Franziska fragte sich, ob dies auf seine Ingenieurstätigkeit oder ein spartanisches Preußentum zurückging – oder ob diese Schlichtheit lediglich seine finanziellen Verhältnisse widerspiegelte. War es doch allgemein bekannt, dass der Sold eines preußischen Leutnants nicht annähernd dazu ausreichte, den eigenen Lebensunterhalt zu bestreiten. Daher war dieser entweder auf finanzielle Unterstützung seitens der Familie angewiesen oder musste – wenn er nicht aus wohlhabendem Hause stammte – sich verschulden. Und so wie diese karge Wohnung auf sie wirkte, schien Letzteres hier der Fall zu sein.

»Was haben Sie mir mitzuteilen?« Noch immer war Harten ungehalten, die Stimme klang nur mühsam beherrscht. Kein Wort, um ihr einen Platz anzubieten, geschweige denn ein Glas Wasser, das ihr geholfen hätte, die Zunge zu lösen, die ihr heiß und trocken am Gaumen klebte.

»Vor ein paar Tagen«, begann sie daher ohne Umschweife, »hab ich beim Saubermachen einen Briefschnipsel gefunden. Ärgerlicherweise kann ich nicht mehr mit Sicherheit sagen, aus welchem Zimmer er stammt. Doch scheint mir der Inhalt recht interessant zu sein.«

Der Leutnant sah sie an und schwieg.

Mit einer fast resignierten Geste griff Franziska in ihr Mieder und zog den halb angesengten Zettel, den sie dort sorgfältig aufbewahrt hatte, heraus.

Das Gesicht des Leutnants verdunkelte sich, als er die Zeilen überflog.

»Und Sie wissen wirklich nicht, in welchem der Zimmer er lag, in dem des Capitains oder in den Räumlichkeiten seiner Gattin? Oder ob er vielleicht von jemandem vom Personal stammt...«

»Dienstboten korrespondieren wohl kaum auf solche Art miteinander«, wandte Franziska ein.

»Auszuschließen wäre es nicht.« Harten hob die Schultern. »Es gilt, alle Möglichkeiten in Erwägung zu ziehen.«

»Sie denken also...« In Franziskas Stimme klang ungewollt Hoffnung mit.

»Ich denke, dass der einzige Mann, der bisher verdächtig ist, hinter Schloss und Riegel sitzt«, antwortete Harten ruhig. »Und dass es ansonsten nur eine Person gibt, deren Verhalten zu Spekulationen Anlass gibt. Und diese befindet sich mit mir im gleichen Raum.«

Die Anschuldigung hatte gesessen, und ein, zwei Herzschläge lang wusste Franziska nicht, was sie darauf erwidern sollte. Doch sie hielt dem Blick des Offiziers eisern stand. »Bevor Sie mich nun ebenfalls in Gewahrsam nehmen, sollten Sie sich anhören, was ich sonst noch entdeckt habe.«

»Das Spionieren scheint Ihrer Familie ja im Blut zu liegen.«

Franziska beschloss, nicht auf diese Spitze einzugehen und stattdessen gleich zur Sache zu kommen.

»Im von Rülowschen Haus hat jemand ein kleines Vermögen versteckt.«

Der Ausdruck in den Augen des Offiziers veränderte sich. »Wie meinen Sie das? Es ist kein Geheimnis, dass der Capitain ein wohlhabender Mann ist, was also...«

»Ja, aber das Vermögen, von dem ich spreche, wird an einem recht ungewöhnlichen Ort aufbewahrt ... unter einer losen Diele in der Speisekammer.«

»Haben Sie heute schon dem Branntwein zugesprochen?«, fragte er misstrauisch.

»Die Dienerschaft im hochherrschaftlichen Haus derer von Rülow kommt nicht in den Genuss solch hochprozentiger Getränke.«

»Nein?«

»Nein.«

»Darf ich dann fragen, was Sie unter einer Bodendiele gesucht haben, noch dazu in der Speisekammer? Lässt der gute Capitain Sie hungern, sodass Sie versuchen mussten, etwas für Ihren knurrenden Magen zu finden?«

Franziska ignorierte seinen Spott. »Ich sollte dort sauber machen. Berte, die Küchenhilfe, die eigentlich dafür zuständig ist, war mal wieder unpässlich, also blieb diese Arbeit an mir hängen.«

»Eine Küchenhilfe?«

Franziska nickte. »Ja, drall, pausbäckig und blond.«

»Blond?«

Entweder hatte Harten eine Schwäche für blond gelockte Weibsbilder, oder es gab etwas anderes, das an dieser Tatsache sein Interesse weckte. »Wieso fragen Sie nach der Haarfarbe?«

Einen Moment zögerte Harten. »Nun, ich habe kürzlich eine vermummte Frau aus dem Hintereingang des von Rülowschen Hauses kommen sehen. Trotz der Hitze war sie in einen Kapuzenmantel gehüllt. Darunter konnte ich kurz das Gewand einer Hausangestellten erkennen – und blondes Haar.«

Franziska gab einen überraschten Laut von sich und hielt sich erschrocken die Hand vor den Mund. »Sie scheinen sich ja recht häufig in der Nähe dieses Hauses aufzuhalten, Herr Leutnant.«

Halb verärgert, halb herausfordernd sah er sie an. »Hatte ich nicht gesagt, dass ich Sie im Auge behalte?«

»Sie nehmen Ihr Wort ja mächtig ernst.«

Er nickte. »Meine Versprechen pflege ich zu halten.«

»*Preußen*...« Franziska konnte nicht verhindern, dass es wie ein Schimpfwort klang und biss sich sogleich auf die Zunge. »Entschuldigen Sie, das war ... ungebührlich.«

»In der Tat«, entgegnete er nur und trat ans Fenster. »Sie glauben also, es wäre möglich, dass jemand aus dem Hause des Capitains mit dem Landesverrat zu tun hat und den Lohn für die verkauften Informationen an dem von Ihnen erwähnten ungewöhnlichen Ort verbirgt?«

»Wäre das so unwahrscheinlich?«

Harten schien zu überlegen. Mit einer Geste bot er ihr nun doch einen Platz auf einem der Stühle an, aber mit einem stummen Kopfschütteln lehnte sie ab. Die Situation war auch schon so delikat genug, und Franziska wollte verhindern, dass die Stimmung zwischen ihnen allzu vertraulich wurde.

»Aber bevor ich es vergesse«, warf Franziska ein. »Da Sie von einer vermummten Person sprachen. Eine solche hat mich überhaupt erst auf die Spur mit der losen Diele gebracht.« Rasch berichtete sie ihm, was sie am Morgen nach der Feier in der Speisekammer beobachtet hatte.

Der Leutnant runzelte die Stirn, als könne er ihr nicht so recht glauben.

»Und außerdem...« Franziska musste all ihren Mut zusammennehmen, um auch das Nächste zu erzählen, »bin ich einer solch vermummten Gestalt schon zuvor begegnet, als...«, wieder zögerte sie, »als ich heute vor einer Woche die Wäsche am Rheinufer ausgespült und Sie beim Baden gesehen habe.«

Schnell senkte Franziska den Blick und hoffte, dass im Halbdunkeln nicht zu erkennen war, dass sie errötete.

»Also habe ich mich damals nicht geirrt«, knurrte Harten und kam einen bedrohlichen Schritt näher. »*Sie* waren es, die meine Sachen durchwühlt hat.«

»Grundgütiger, nein!« Hastig schüttelte Franziska den Kopf und bereute bereits, das Thema überhaupt zur Sprache gebracht zu haben. »Ich hatte ein Geräusch gehört, eine Person gesehen, eine vermummte Gestalt, und bin ihr nachgeschlichen. Sie muss mich gehört haben, denn als ich ankam, war sie spurlos verschwunden. Aber Ihre Sachen lagen ganz durcheinander da.«

Nachdenklich sah der Leutnant sie an. »Dann hätte ich es also Ihnen zu verdanken, dass nichts von den Zeichnungen und Plänen, die ich, zugegeben ein wenig leichtsinnig, unbeobachtet hatte liegen gelassen, weggekommen ist. Sie sind dem Dieb oder der Diebin bei ihrem Vorhaben in die Quere gekommen. – Falls es der Person überhaupt um die Pläne ging, und nicht um irgendwelche Wertgegenstände.«

Franziska hob die Schultern. »Das wäre durchaus möglich. Fragt sich nur, ob es sich bei der Gestalt am Rheinufer und der im Hause des Capitains um ein und dieselbe Person handelt und ob beide Vorfälle etwas mit dem Spionagefall ...«

Harten ließ sie den Satz nicht zu Ende führen. »Haben Sie einen Verdacht, wer sich sich dort an den Bodendielen zu schaffen gemacht haben könnte?«

Franziska entging nicht, wie stark der Leutnant das Bein nachzog, als er zu einem Stuhl ging und sich – wenn auch nicht setzte, so doch dagegenlehnte. Wieder erinnerte sie sich an die Narben auf der Schulter und an der Seite, die sie bei seinem Bad im Rhein beobachtet hatte. Sie fragte sich, wie man eine solche Verwundung überleben konnte, und der Anflug von Mitleid, der sie bei diesem Gedanken überkam, ließ sie trocken schlucken. »Ich kann es nicht sagen«, antwortete sie zögerlich. »Die Bewohner des Hauses sind mir noch recht fremd. Da gibt es Erich, den Hausdiener, ein sauertöpfischer Geselle, besagte blonde Berte, weiter eine Wäscherin, die tageweise vorbeikommt, einen Jungen aus der Stadt, der beim Holzhacken und Kohleschleppen aushilft. Ein Lächeln umspielte ihre Lippen, als sie hinzufügte: »Und natürlich Johanna, die alte Köchin, aus Schlesien. Was sie sagt, ist kaum zu verstehen, und ich habe berechtigte Zweifel, dass sie rein körperlich dazu in der Lage wäre, an einer solch schwer zugänglichen Stelle irgendwelche Schätze zu verstecken. Ganz davon abgesehen wäre sie nicht fähig, sich mit militärischen Informationen vertraut zu machen.«

»Das ist auch nicht nötig«, gab Harten zu bedenken. »Es würde genügen, die Dokumente zu stehlen und an den richtigen Mann weiterzuleiten.«

»Wozu es hilfreich wäre, ungestört alle Räume des Hauses betreten zu können. Was bei einer Köchin, deren Reich die Küche ist, ja weniger üblich wäre.«

Rudolph nickte. »Das stimmt wohl.«

»Aber da war noch etwas anderes in dem Versteck«, nahm Franziska den ursprünglichen Gesprächsfaden wieder auf. »Ich weiß nicht, wie ich es beschreiben soll, eine Art Kette.«

»Ein Schmuckstück? Aus Gold?«

Franziska schüttelte den Kopf. »Nein, wohl aus Silber. Recht einfach verarbeitet, doch das Motiv kam mir ungewöhnlich vor. Ein spitzer Kopf und darum so etwas wie ein Geweih...« Sie spürte sie, wie sie rot wurde. Das klang selbst in ihren Ohren albern.

»Ein Geweih?« Der Offizier wirkte befremdet.

Beinahe entschuldigend hob Franziska die Schultern. »So

sah es zumindest für mich aus. Aber ergibt das irgendeinen Sinn?«

Sein Blick wurde wieder ernst. »Das müsste ich eigentlich *Sie* fragen. Sie sind die Französin. Wenn es also etwas gibt, das der Verräter als Lohn für seine ehrlosen Dienste zu erwarten hatte, sollte es wohl aus diesem Lande stammen, oder?«

Es folgte ein Schweigen, in dem keine anderen Geräusche zu hören waren als das vereinzelte Knacken alter Holzbalken.

Hartens Miene war wie immer distanziert, abweisend und undurchdringlich. Dennoch glaubte Franziska, in seinem Blick etwas Ungewöhnliches zu entdecken – ein menschliches Gefühl. War es Interesse oder Mitleid, das sich schließlich auf seinen Zügen abzeichnete? Für einen Moment sah es so aus, als wolle er noch etwas hinzufügen. Oder etwas zurücknehmen, etwas, das seine Worte, die einen unleugbaren Vorwurf enthalten hatten, ein wenig abmilderten. Aber er schwieg.

Und so war es Franziska, die sich als Erste aus der Starre löste. »Das war es, was ich Ihnen mitteilen wollte. Ich dachte, es könnte von Interesse sein. Ich ...«, sie wandte sich um, »ich denke, ich gehe jetzt besser.«

»Warten Sie!« Die Worte kamen unerwartet und klangen fast wie ein Befehl.

Franziska gehorchte und wandte sich um.

»Danke«, brachte Harten hervor, und es war deutlich, dass es ihn Überwindung gekostet hatte. »Ich werde sehen, was ich damit anfangen kann ... Vielleicht ergibt sich ja daraus die Möglichkeit, Ihren Bruder zu entlasten.«

»Ich bete darum.« Sie ging zur Tür und legte die Hand auf die Klinke. Etwas trieb sie weg von diesem Ort und hielt sie gleichzeitig fest.

»Einen Augenblick noch.« Mit zwei kurzen Schritten hatte er sie eingeholt und stellte sich ihr in den Weg.

Franziska runzelte die Stirn. »Ja?«

»Nun...« Nach wie vor schien der Leutnant einen inneren Kampf mit sich auszufechten. »Warten Sie einen Moment. Ich ziehe mir etwas über und begleite Sie nach Hause.«

Überraschung breitete sich in Franziska aus, Überraschung und noch ein anderes Gefühl ... Rührung? Ihre Kehle wurde eng, doch sie schüttelte den Kopf.

»Das ist nicht nötig, Monsieur.«

Das Gesicht des Preußen verfinsterte sich. »Reden Sie keinen Unsinn. Da draußen ist es gefährlich, und es ist nicht gut, sich als Frau nachts allein in den Straßen herumzutreiben. Das könnte leicht...«, er unterbrach sich und räusperte sich kurz, »zu Missverständnissen führen.«

Ihre Blicke trafen sich. Einen Moment lang spürte sie nichts als ihr Herz, das fest und regelmäßig gegen ihre Brust schlug. Sie sah den Mann an, der ihr gleichzeitig so fremd und plötzlich so nah war.

Kurz war sie versucht, sein Angebot anzunehmen, aber dann schüttelte sie erneut den Kopf. »Ich habe schon Schlimmeres durchgestanden, Monsieur«, sagte sie und drückte die Klinke herunter.

Harten rührte sich nicht, ließ sie nicht passieren. »Kein Grund, es noch weiter zu verschlimmern.«

Eine Trauer überkam Franziska, eine Trauer, die so tief war, dass sie einen Augenblick nicht einmal wusste, was sie betrauerte. Den Tod ihres Vaters? Das Leben, das sie hätte führen können, wenn der Krieg anders verlaufen wäre? Die Gefahr, in der ihr Bruder schwebte?

Oder war es die unsichtbare Mauer, die zwischen ihr und diesem Mann lag? Diese unüberwindbare Kluft in Ansichten, Religion und Herkunft, die tiefer war als der Rhein?

»Sie sind unbelehrbar, Fräulein Berger. Gerade *Sie* sollten doch wissen, wie gefährlich es ist, in einem falschen Licht gesehen zu werden. Haben Sie nicht schon genug Kummer erlebt?«

»Gilt das nicht für jeden von uns, Monsieur? Als Kinder eines Umbruchs, einer Revolution. Als Menschen, die ihre Heimat verloren haben und von einem Tag auf den anderen leben?«

Er schien etwas entgegnen zu wollen, öffnete den Mund, doch er blieb stumm. Wortlos trat er einen Schritt zurück und ließ sie die Tür öffnen.

»Wir alle tragen die Narben dieses Krieges. Das gilt es zu akzeptieren.« Halb stand sie schon im Flur, als sie sich noch einmal umwandte. »Und es gibt keinen Grund, den alten Wunden auch noch neue hinzuzufügen ... *Bonne nuit, Lieutenant.*«

Kapitel 25

Heiseres Gebrüll scholl über den Exerzierplatz, gefolgt vom Geräusch knallender Stiefelschritte. Befehle zerschnitten die drückende Hitze und wurden von der flimmernden Luft reflektiert. Kurz schaute Rudolph hinauf zu dem tiefblauen wolkenlosen Himmel. Schweißgetränkt klebte der Stoff der Uniform an seinem Körper, und für einen Moment empfand er einen Anflug von Mitleid für die Männer, die bei diesen Temperaturen exerzieren mussten.

Ungezählte Male hatte er dies alles selbst mitgemacht. Nur zu gut kannte er den Alltag eines einfachen Soldaten, die Entbehrungen, den unbarmherzigen Drill. Selbst das hatte ihn jedoch nicht auf die grausame Realität des Krieges vorzubereiten vermocht – auf Hunger, Schmerz und Verwundung, auf das Töten und Sterben.

Mit einem Kopfschütteln verscheuchte Rudolph die Erinnerung, zwang seine Gedanken zurück in das Hier und Jetzt, wo es dringliche Angelegenheiten zu erledigen galt. Aufgrund der Informationen, die er durch den nächtlichen Besuch von Franziska Berger erhalten hatte, war er fast geneigt, an die Unschuld ihres Bruders zu glauben. Nach wie vor gab es weder ein Motiv noch einen Beweis für dessen Verrat. Nichts außer seiner französischen Herkunft und – vielleicht – dem in der Strohmatratze eingenähten Geld.

Noch in aller Frühe an diesem Morgen hatte Rudolph den Gefangenen ein weiteres Mal aufgesucht. Auf die Frage, woher die Münzen stammten, hatte dieser jedoch nur beharrlich geantwortet, es handele sich um seine gesamten Ersparnisse. Obgleich Rudolph am Wahrheitsgehalt dieser Behauptung zweifelte, hatte er davon abgesehen, weiter in den Jungen zu dringen, dem die Bedingungen des strengen Arrests sichtbar zugesetzt hatten. Stattdessen hatte er bei dem zuständigen Auditor nachgehört, wer damals die Verhaftung Bergers veranlasst hatte. Er war nicht sonderlich überrascht gewesen, als der Name Feldwebels Bäske fiel.

Bäske!

Noch immer stieg Wut in Rudolph auf, wenn er an den Zusammenstoß mit diesem Kerl dachte, an sein brutales und unverschämtes Verhalten. Allerdings schien es Dinge zu geben, die der Feldwebel ihm bisher verschwiegen hatte. Um dies zu klären, stand Rudolph nun reglos am Rande des Exerzierfeldes und betrachtete das Treiben, das wohl auf allen Plätzen und Kasernenhöfen des preußischen Königreiches ähnlich ablief. Marschieren im Gleichschritt, Wenden, Stehen und immer wieder die notwendigen Griffe zum Schultern, Laden und Anlegen des Gewehrs, bis diese in Fleisch und Blut übergegangen waren. Eine Tortur bei der Hitze, zumal der Schweiß an den Händen es fast unmöglich machte, die Waffe sicher zu packen.

Der Einzige, der weder von den unmenschlichen Temperaturen noch von dem Anblick der schwitzenden Männer, deren Bewegungen zunehmend schwerfälliger wurden, beeindruckt zu sein schien, war Feldwebel Bäske. Unverrückbar wie ein Fels stand er vor ihnen, erteilte Befehl auf Befehl und begutachtete die ordnungsgemäße Ausführung. Für einen Moment kam es Rudolph vor, als würde er nur darauf warten, dass einem der Soldaten ein Fehler unterlief. Erneut stieg Widerwille in ihm auf, während er Bäske weiter beobachtete.

Der Kerl musste hier und jetzt offenlegen, welche Umstände Berger in seinen Augen verdächtig gemacht hatten und welche Beweise diesen belasteten. Weder eine unerwünschte französische Abstammung noch ein aufmüpfiges Verhalten, das eindrücklich bezeugte, dass er weder allzu viel für seinen neuen preußischen Souverän noch für dessen Staat und Armee übrig hatte, waren ein ausreichender Grund für eine Inhaftierung als Landesverräter.

Ein letzter gebrüllter Befehl, dann hatte das lautstarke Exerzieren ein Ende gefunden. Schwer atmend traten die Soldaten ab. Zwei Reihen in Stiefeln steckender Füße, die in einem einzigen Augenblick gleichzeitig kehrtmachten und dann dröhnend in die entgegengesetzte Richtung marschierten. Im perfekten Gleichschritt, in einem einzigen hämmernden Rhythmus, dem Herzschlag des Königreiches, dem Klang, der Rudolph seit seiner Jugend begleitete.

Langsam ging er auf Bäske zu, der den Blick noch immer auf seine Männer gerichtet hatte, bereit, jede Nachlässigkeit sofort zu ahnden. Mit zusammengekniffenen Augen musterte Rudolph die Gestalt des Mannes, jeder Zoll geballte Kraft, ein Symbol für die preußische Armee: Disziplin, Stärke und Härte.

»Feldwebel Bäske.«

Der Angesprochene wandte sich um. Als er Rudolph erkannte, blitzte für einen kurzen Augenblick Hass in seinen Augen auf. Doch dann nahm er Haltung an und salutierte vorschriftsmäßig. »Herr Leutnant.«

Rudolph nickte nur, als Bestätigung dafür, dass er den Gruß zur Kenntnis genommen hatte, forderte den anderen jedoch nicht auf, bequem zu stehen. »Ich habe noch einige Fragen…«, begann er und wartete auf die Reaktion des Feldwebels.

Wieder dieses falsche Lächeln, der Hohn, der das respektvolle Auftreten Lügen strafte. »Nur zu, Herr Leutnant!«

Rudolph schob seinen Ärger beiseite. »Ich habe mich inzwischen noch eingehender mit der Angelegenheit der gestohlenen militärischen Dokumente befasst.«

Die Pupillen des Feldwebels verengten sich. »Tatsächlich?«

Rudolph machte einen weiteren Schritt auf den Mann zu, nicht gewillt, sich von einem Menschenschinder wie ihm die Autorität untergraben zu lassen. »Tatsächlich ... Dabei bin ich auf weitere Ungereimtheiten gestoßen, die ich mir nicht erklären kann.«

Einen Moment flackerte in Bäskes Miene etwas auf, das Rudolph nicht deuten konnte, eine plötzliche unkontrollierte Regung. Dann wurde sein Blick eisig.

»Soll das etwa heißen, Sie hegen Zweifel an der Richtigkeit meiner Entscheidung, Herr Leutnant?«

Rudolph hob die Schultern. »Nun, vielleicht können Sie meine Zweifel ja zerstreuen«, sagte er mit mehr Gelassenheit, als er empfand.

»Dann stellen Sie Ihre Fragen.« Der Mund des Feldwebels wurde zu einem schmalen Strich.

Die Feindseligkeit, die Rudolph zusammen mit dieser respektlos kurzen Antwort entgegenschlug, war beinahe greifbar.

»Nach allem, was ich bisher über diese Sache in Erfahrung bringen konnte, fehlt noch immer jeder echte Beweis, dass der Pionier Berger der gesuchte Spion und Verräter ist.«

Rudolph sah, wie sich der Gesichtsausdruck des Feldwebels veränderte und die Anspannung darin verflog.

»Außerdem, welche Gelegenheit hätte er gehabt, an die Pläne heranzukommen? Wie Sie wissen, gibt das Offizierscorps nur eine bereinigte Version der Gesamtdarstellung aus der Hand, einen kleinen Ausschnitt, den die Bauleiter und Meister des jeweiligen Segments erhalten. Nie das gesamte

Dokument, nie etwas von bedeutender militärischer Geheimhaltung«, fuhr Rudolph fort.

Langsam löste sich Bäske aus seiner Habachtstellung, obgleich er keine Erlaubnis dazu erhalten hatte. Er lächelte, kalt und berechnend. »Vergessen Sie nicht das Geld, das in Bergers Bett gefunden wurde, Herr Leutnant.«

Zorn kochte in Rudolph auf ob dieser Impertinenz, dieser offenen Herausforderung. Dennoch klang seine Stimme beherrscht, als er noch einen Schritt näher trat. »Nehmen Sie Haltung an, wenn ich mit Ihnen rede, Feldwebel.«

Ein stummer, verbissener Zweikampf, Rudolph spürte den Widerstand seines Gegenübers, aber auch das Aufflackern von Respekt. Dann kam Bäske in provozierender Trägheit dem Befehl nach.

Einige Atemzüge lang musterte Rudolph ihn stumm, bevor er fortfuhr. »Sie scheinen zu vergessen, Feldwebel, dass das Geld erst gefunden wurde, *nachdem* Berger verhaftet worden war – durch Ihre Nachlässigkeit, wie Sie sich wohl noch erinnern können«, sagte er und ignorierte Bäskes hasserfüllten Blick. »Darüber hinaus sehe ich bisher auch keinen Zusammenhang zwischen dem gefundenen Geld und den gestohlenen Dokumenten. Also, *was* hat der Pionier getan, dass er dieses Vergehens verdächtigt wird? Je länger ich darüber nachdenke, desto stärker wird meine Vermutung, dass Berger ohne jeden stichhaltigen Grund festgehalten wird.«

Schweigend beobachtete er, welche Veränderung sich bei diesen Worten im Gesicht des Feldwebels abzeichnete. Der Hass wich einem Ausdruck, den Rudolph erst nicht zu deuten wusste, dann jedoch als etwas erkannte, das aussah wie ... Amüsement. Eine unverhohlene Belustigung, beinahe Überlegenheit.

»Also, Herr Leutnant, dann werde ich Ihnen mal meine Gründe schildern.«

Rudolph unterbrach ihn nicht, sondern wartete ab, was der andere ihm zu sagen hatte. Ein dumpfes Gefühl, dass dessen Überlegenheit nicht gespielt war, überfiel ihn, die vage Ahnung, dass ihm das, was er nun zu hören bekäme, nicht gefallen würde.

»Zum Beispiel, dass Berger mehr als einmal durch sein aufrührerisches Verhalten unangenehm aufgefallen ist und diszipliniert werden musste.«

»Das erwähnten Sie bereits bei unserem letzten Gespräch.« Rudolph kniff die Augen zusammen. »Außerdem, wenn alle Wehrpflichtigen, die sich gegen die Disziplin auflehnen oder zuweilen rebellisch zeigen, zu Landesverrätern werden, dann gnade uns Gott!« Bäske räusperte sich ungehalten, aber Rudolph fügte scharf hinzu: »Also, welche echten Beweise können Sie liefern, Feldwebel?«

»Nun...«, setzte Bäske an, und sein ganzer Körper schien bei seinen Worten anzuwachsen, sein Blick war triumphierend. »Wären *Ihre* Untersuchungen sorgfältiger gewesen, wüssten Sie, dass der Pionier Berger wenige Tage vor seiner Verhaftung um Urlaub gebeten hat. Auf die Frage, was der Grund für dieses Ansinnen sei, hat er nur angegeben, dass es sich um eine Familiensache handele. Eine Privatangelegenheit.« Das Grinsen auf dem Gesicht des Mannes wurde verächtlich. »Als ob so jemand ein Anrecht auf Privatangelegenheiten hätte. Erst aufsässig, dann subversiv und zuletzt noch in dubioser Absicht nach Cöln verschwinden. Und der Urlaub wurde sogar bewilligt...« Bäske schnaubte abfällig. »Der Rest der Geschichte ist ja bekannt. Glücklicherweise haben wir den Verräter dingfest gemacht, bevor er noch größeren Schaden anrichten konnte.«

Rudolph war zu überrascht, um etwas zu erwidern. Berger hatte die Stadt verlassen, in eigener Sache, Richtung Cöln? Zu welchem Zweck?

Ein feiner Wind strich durch die Bäume, die das Exerzierfeld umgaben, und einen kurzen Moment lang glaubte Rudolph, in dem leisen Rauschen ein Flüstern zu vernehmen, ein spöttisches Wispern: *Sie hat dich getäuscht! Seine Schwester wusste davon. Sie musste es wissen. Und doch hat sie dir nichts davon gesagt.*

Er spürte, wie seine Kiefermuskeln sich anspannten. Das Gefühl der Enttäuschung war so stark, dass er am liebsten etwas zerschmettert, dem herausfordernd grinsenden Mann vor sich ins Gesicht geschlagen hätte.

»Aber dass der Urlaub Bergers etwas mit dem Verschwinden der Pläne zu tun hat, muss erst einmal bewiesen werden! Bis jetzt deutet nichts darauf hin. Sie können wegtreten, Feldwebel«, stieß Rudolph hervor und wandte sich ruckartig ab. Als er davonstapfte, hatte er das Gefühl, keinem Menschen mehr trauen zu können.

Kapitel 26

Behutsam legte Franziska den kleinen Strauß aus Margeriten, Kornblumen und Wildrosen auf den Sockel des aus Stein errichteten, alten Bildstocks, der eine Kreuzigungsgruppe mit Christus und drei weinenden Frauen darstellte. Die Hitze hatte ihren Tribut gefordert, und schon waren ein paar der Rosenblätter abgefallen, die nun wie eine zarte rosa Wolke zu Füßen der verwitterten Figuren lagen.

Einen Moment verharrte Franziska regungslos und sprach ein stilles Gebet. Für ihren Bruder, dessen Schicksal sie stündlich mehr belastete. Mit jedem Tag, der verstrich, kam die Rückkehr des Generals und in deren Folge auch der unausweichliche Gerichtsprozess näher, ohne dass sie bisher etwas für Christian hätte tun können.

Sie betete auch für ihre Mutter Luise in Cöln, die sie seit Jahren nicht mehr gesehen hatte, und der sie früher oder später würde mitteilen müssen, wie es um ihren Sohn stand – ganz gleich, wie die Sache ausgehen würde. Und zuletzt auch für sich selbst ... denn die jüngsten Ereignisse hatten ihr deutlich gemacht, wie abhängig sie von anderen war, wie brüchig die Illusion von Sicherheit war, die sie in der Familie ihres Onkels erfahren hatte. Obgleich dieses Arrangement nur dafür gesorgt hatte, dass ihr Bruder und sie in den vergangenen Jahren ein Dach über dem Kopf, einen Platz zum Schlafen und einen gefüllten Magen hatten.

Aber nun, nach dem endgültigen Zerwürfnis zwischen ihr und Hubert Kannegießer, gab es selbst dorthin kein Zurück mehr. Und wie lange sie noch ihre Stellung im Hause des Capitains behalten konnte, stand in den Sternen. Früher oder später würde herauskommen, dass sie die Schwester eines Mannes war, der des Landesverrats verdächtigt wurde, und dann ... Trotz der Hitze fröstelte sie. Sie schloss die Augen und murmelte leise eines der tröstlichen Gebete, die ihr seid Kindertagen vertraut waren: »*Notre père qui est au...*«

»Er hat gelogen!«

Wie ein Donnerschlag rissen die Worte Franziska aus ihrer frommen Andacht. Sie wandte den Kopf und sah in das sonnenverbrannte Gesicht Leutnant Hartens, dessen Blick nur mühsam unterdrückten Ärger verriet. Er packte sie am Arm und riss sie herum. »Der verfluchte Bursche hat gelogen, und ich bin sicher, dass Sie ...« Harten unterbrach sich, als würde ihm erst in diesem Augenblick bewusst, dass sie gebetet hatte. Sein noch immer grimmiger Blick wanderte von ihr zu dem steinernen Wegkreuz und wieder zurück, blieb schließlich an dem Strauß Sommerblumen hängen, dessen schlichte Blütenpracht wie eine Lobpreisung Gottes und seiner Schöpfung wirkte.

Franziska nutzte die Gunst des Augenblicks, um sich aus dem schmerzhaften Griff zu befreien, strich sich mit so viel Würde, wie sie aufbringen konnte, über den Rock und reckte dem Offizier herausfordernd das Gesicht entgegen. »Ist es in Preußen üblich, unbescholtene Bürger einfach so in ihrem Gebet zu stören? Oder verfolgen Sie mich jetzt schon am hellen Tag, Herr Leutnant?«

Ein spöttisches Lächeln war die Antwort. »Wie versprochen, Sie erinnern sich?« Wieder sah er zu der Kreuzigungsgruppe hinüber und der kleinen Gabe, die sie davor dargebracht hat. »Und wie ich sehe, pflegen Sie gerade Ihre primitiven katholischen Rituale.«

Franziska spürte, wie gerechter Zorn in ihr aufstieg. Ruckartig fuhr sie herum und setzte ihren Weg fort. »Ich wüsste nicht, was Sie das angeht, Monsieur. Oder ist dergleichen in Preußen neuerdings auch verboten? Wie so vieles andere?« Sie war so wütend, dass sie es versäumte, auf ihre Worte zu achten. »Seine Majestät der König scheint ja über genügend Zeit und Langeweile zu verfügen, um sich derart in die Belange seiner Untertanen einmischen zu können.«

In wenigen Schritten hatte Harten sie erreicht und verstellte ihr den Weg. »Sie hüten besser Ihre Zunge, Fräulein. Sonst könnte es üble Folgen haben, und Sie landen bei Ihrem Bruder im Arresthaus.«

Erst jetzt erinnerte sich Franziska daran, was der Leutnant statt einer Begrüßung gesagt hatte. Eine schlimme Vorahnung überkam sie, und sie runzelte die Stirn. »Was haben Sie gesagt, *wer* hat gelogen?«

»Das fragen Sie noch? Ihr Bruder natürlich ... und, wie mir scheint, haben auch Sie nicht die Wahrheit gesagt.«

Die Worte, die unausgesprochen blieben, hingen wie eine Drohung in der sommerlich schwülen Luft.

»Was meinen Sie damit?«, fragte sie tonlos.

»Weder Sie noch Ihr Herr Bruder hatten die Freundlichkeit, mir mitzuteilen, dass er kurz vor seiner Verhaftung um Urlaub ersucht hat, um die Stadt für einige Tage zu verlassen. Und nun sagen Sie mir, zu welchem Zweck?«

Franziska fühlte sich, als hätte sie einen Schlag in die Magengrube erhalten. Ihr schwindelte, stumm rang sie nach Luft, während sie spürte, wie ihr die Farbe aus dem Gesicht wich. »Er hat was?«, brachte sie schließlich hervor.

Offenbar hielt der Leutnant ihre Überraschung nicht für geheuchelt, denn ein wenig milder antwortete er: »Wie ich bereits sagte. Er hat um Urlaub ersucht und Coblenz für einige Tage verlassen. Sie sind seine Schwester, Mademoiselle, Sie sollten mehr darüber wissen als ich.«

»Nein«, erwiderte sie nur und kämpfte darum, Ordnung in ihre wirren Gedanken zu bringen. »Ich kann nicht glauben, was Sie da sagen. Christian hat mir nichts davon erzählt ... nur dass ...« Franziska unterbrach sich und schüttelte stumm den Kopf.

Ihr Bruder hatte ihr etwas verschwiegen. Ihr kleiner Bruder, den sie kannte, seit er zum ersten Mal den Kopf aus seinem blütenweißen Kissen gehoben hatte und dem sie seither nie von der Seite gewichen war. Ausgerechnet er hatte Geheimnisse vor ihr! Mit einem Mal war ihr Mund wie ausgetrocknet. Christian hatte die Stadt verlassen und es nicht für nötig befunden, ihr auch nur ein Wort davon zu sagen ...

»Sie sehen blass aus, Mädchen, kann ich Ihnen helfen?«

Wie von weit her drang die Stimme des Offiziers an ihr Ohr und erinnerte Franziska daran, dass sie nicht allein war.

»Danke, Herr Leutnant, mir geht es gut. Ich war nur ... ein wenig überrascht.« Zwar hätte sie in diesem Augenblick tatsächlich einen Schluck Wasser vertragen können, sich zugleich aber lieber die Zunge abgebissen, als vor diesem unterkühlten Preußen irgendeine Schwäche zu zeigen.

»Überrascht über die Reisepläne Ihres Herrn Bruders oder über die Tatsache, dass ich davon weiß?«

Sie maß den Offizier mit einem zornigen Blick. »Normalerweise haben Christian und ich keine Geheimnisse voreinander.«

Normalerweise ... ?

Die unausgesprochene Frage stand zwischen ihnen. Franziska konnte nur mit einem stummen Nicken antworten, zu erschüttert war sie über die Erkenntnis, dass ihr Bruder womöglich etwas Wichtiges vor ihr verheimlichte. *Was hatte er vor ihr zu verbergen?* Hatte das vielleicht mit den seltsamen Dingen zu tun, nach der er sie gefragt hatte? Kurz vor seiner Verhaftung? Nach dem Tod des Vaters? Vor allem aber, wie konnte er die Stadt verlassen haben, ohne dass sie es gemerkt hatte? Wann immer möglich sahen sie sich regelmäßig, zumindest ein, zweimal in der Woche, nach seinem Dienstschluss oder sonntags nach dem Gottesdienst. Doch dann fiel ihr ein, dass sie ihn eine Zeit lang nicht zu Gesicht bekommen hatte. Mit Sonderschichten zum Bau der Festung oder Ähnlichem hatte er es begründet. Franziska hatte damals auch nicht weiter nachgefragt, da sie wusste, wie sehr er es hasste, über seinen Dienst in der Armee zu sprechen. Über den Drill, die unnachgiebige Härte und die nicht enden wollenden Demütigungen.

»Interpretiere ich Ihr Schweigen richtig, wenn ich davon ausgehe, dass Sie von dieser Tatsache genauso wenig Kenntnis hatten wie ich?« Dieser Preuße hatte anscheinend nicht vor, locker zu lassen.

Resigniert nickte Franziska wieder, ohne zu wissen, ob sie ihrem Bruder mit dieser halbherzigen Antwort schaden würde. Doch in diesem Moment war sie selbst unsicher, was sie glauben und wem sie trauen konnte.

»Demnach wäre es auch in Ihrem Sinne, wenn ich den Pionier Berger noch einmal dazu befragen würde?«

Langsam schaute Franziska auf. »Das werden Sie ja ohnehin tun. Warum fragen Sie mich dann?« Sie gab sich Mühe, patzig zu klingen, aber das misslang gründlich.

»Ganz einfach: Ich will Sie dabeihaben.«

»Wie bitte?« Franziska blinzelte überrascht.

»Sie haben richtig verstanden, Mademoiselle. Sie sollen mich zum Arresthaus begleiten. Denn welche Fragen ich ihm auch immer gestellt habe, Ihr Bruder hat mir jegliche hilfreiche Auskunft verweigert. Bei Ihnen allerdings ... wer weiß.«

»Sie wollen mich als Spitzel!«, fuhr Franziska auf. »Wie können Sie es wagen, so etwas auch nur in Betracht zu ziehen!«

Trotz ihres Ausbruchs blieb der Leutnant ruhig. »Bedauerlich, dass Sie noch immer so von mir denken. Nach alledem, nun ja... Aber ich kann Sie beruhigen. Ich will mit Ihrer Hilfe Ihren Bruder nicht ausspionieren, sondern verhindern, dass ihm der Prozess gemacht wird, obwohl er womöglich nichts mit der Sache zu tun hat.«

»Aber...«

»Unterbrechen Sie mich nicht. Wenn er etwas zu verbergen hat, findet man es früher oder später ohnehin heraus. Notfalls mit Methoden, die Ihnen unmöglich gefallen würden. Dann wird er seine gerechte Strafe erhalten. Doch wenn es einen Grund für seine Abwesenheit gibt, der nichts mit den Dingen zu tun hat, deren er verdächtigt wird, wenn es wirklich eine Familienangelegenheit war, dann täte er gut daran, mit offenen Karten zu spielen. Vielleicht ist er Ihnen gegenüber nicht so verschlossen. Also, kommen Sie mit mir?«

Franziska sah in das Gesicht des Offiziers, in dem noch immer der Ärger darüber zu lesen war, dass er hinters Licht geführt und getäuscht worden war, aber sie sah noch mehr... Da war auch der Wunsch, die Wahrheit herauszufinden und zu verhindern, dass womöglich der Falsche hingerichtet würde.

»Begleiten Sie mich nun, ja oder nein?«

Bis vor wenigen Augenblicken hatte Franziska mit Sicherheit zu wissen geglaubt, dass Christian unschuldig war, und sie hätte es vor Gott, dem König und dem Papst geschworen. Bevor sie wusste, dass ihr Bruder vor ihr Geheimnisse hatte, bevor sie wusste, dass es Dinge in seinem Leben gab, die er selbst vor ihr verbarg. Warum auch immer...

Sie nickte und hörte sich sagen. »Ich begleite Sie.«

Ihr Blick glitt noch einmal zu dem Wegkreuz und ihrem kleinen Strauß. Und während sie dem Leutnant folgte, der mit großen Schritten vorauseilte, betete sie, dass sie ihren Bruder nicht gerade ans Messer geliefert hatte.

*

Laut krachte die Tür gegen die Wand und riss den Gefangenen aus seinem Dämmerzustand. Taumelnd nahm er Haltung an, in seinem Gesicht zeichneten sich Schrecken und Überraschung ab.

Rudolph stürmte in die Zelle und baute sich vor Christian Berger auf. Sein Ärger und seine Enttäuschung waren so groß, dass er Mühe hatte, an sich zu halten.

»Du hast mich belogen, Kerl!«, knurrte er und trat noch näher an den Pionier heran.

Bergers Blick flackerte, aber er wich nicht zurück.

»Obgleich ich immer und immer wieder mit dir gesprochen habe, hast du gelogen.«

»Was meinen Sie, Herr Leutnant?« Die Worte kamen so leise, dass sie kaum zu verstehen waren, und doch schwang etwas wie aufsässiger Trotz darin mit.

»Warum ...« Rudolph hatte Mühe, seinen Zorn so weit zu beherrschen, den Jungen nicht zu ohrfeigen. »Warum hast du mir verschwiegen, dass du kurz vor deiner Festnahme um Urlaub nachgefragt hast? Noch dazu mit der Bitte, die Stadt zu verlassen. Was hattest du vor?«

Schlagartig veränderte sich der Gesichtsausdruck des Gefangenen. Seine Wangen wurden kalkweiß, über seiner Oberlippe bildeten sich feine Schweißperlen, und sein Blick wurde geradezu panisch.

»Nun? Ich höre!« Rudolph hatte die Stimme erhoben und erzielte die beabsichtigte Wirkung. Oder zumindest zum Teil, denn der junge Mann fuhr zusammen und senkte den Blick.

»Das ist eine persönliche Angelegenheit, Herr Leutnant.«

»Soso, persönlich also. Persönlich genug, um dafür zu sterben?«

»Ich habe nichts getan!«

Rudolph sah, dass die Halsschlagader des Soldaten heftig pochte.

»Es ist mein gutes Recht, um Urlaub zu ersuchen, ich...«, fuhr Berger fort.

»Es schert mich einen Dreck, welche Rechte du zu haben glaubst, es kümmert mich auch nicht, welche Ausreden du mir auftischen willst. Du hast eine wichtige Tatsache verschwiegen, was die Vermutung nahelegt, dass das etwas zu bedeuten hat.«

Der Gefangene hob den Kopf und sah ihn an. Stumm, widerspenstig, die Lippen zusammengepresst. »Es war ein persönliches Ersuchen, Herr Leutnant.«

Danach schwieg er, und Rudolph wusste, mehr würde Berger ihm nicht sagen.

Auf dem Flur waren leise Schritte zu vernehmen.

»Was hast du getan, Christian? Was ist passiert, dass du...«

»Fanchon?« Wie vom Schlag getroffen fuhr der Gefangene herum. Ungläubig starrte er seine Schwester an, die in der offenen Tür stand und stumm seinen Blick erwiderte. »Fanchon, wie...« Er sah zu Rudolph und dann wieder zu seiner Schwester. Sein Gesicht wurde hart. »Bist du jetzt eine von *ihnen*?« Sein Atem ging heftig, seine Worte kamen abgehackt. »Hast du dich auf deren Seite geschlagen?«

»Christian!« Verzweifelt machte sie einige Schritte auf ihn zu. »Christian, bitte erklär mir, was das alles... sprich mit mir!«

»*Traîtresse!*« Das Wort, dessen Bedeutung Rudolph mehr erahnte als verstand, war wie ein Hieb. »Du machst gemeinsame Sache mit ihnen, du Verräterin, du ...« Er brach ab, aber der Blick, den er seiner Schwester zuwarf, sagte alles: Enttäuschung, Zorn und unendliche Traurigkeit. »*Pourquoi?*«

Rudolph war froh, dass die junge Frau die Ruhe bewahrte und zudem die Konversation in deutscher Sprache fortführte.

»Hör zu, Christian. Ich weiß nicht, warum du glaubst, die Wahrheit vor mir geheim halten zu müssen. Aber was es auch ist, bitte sei ehrlich zu mir ... Es gibt nichts, was du mir nicht sagen könntest.« Es klang wie ein leises Flehen.

Die Augen des Gefangenen glitzerten. Tränen der Wut und der Verletztheit fochten ihren Kampf mit seinem offensichtlichen Wunsch aus, seine Schwester tröstend in die Arme zu nehmen – oder rasend vor Wut zu schütteln.

Doch rührte er sich nicht von der Stelle. Seine Brust hob und senkte sich in unterdrückter Erregung, ein Zittern lief durch seinen Körper.

»Bitte, Christian. Du brauchst mich nicht zu schonen.« Sanft, aber eindringlich hallten die Worte der jungen Frau durch den trostlosen Raum. »Wir haben uns früher immer alles gesagt, nie hatten wir Geheimnisse voreinander. Und ich weiß ...«, sie unterbrach sich, schien nach Worten zu suchen, »ich weiß doch, dass du aufrichtig bist ... kein Verräter ...«

Ihre Stimme war belegt wie von unvergossenen Tränen. Plötzlich hatte Rudolph das Bedürfnis, schützend seine Arme um sie zu legen, alles von ihr fernzuhalten, was ihr Kummer oder Schmerz bereiten konnte. Aber hier war nicht der richtige Ort dazu.

Der Gefangene trat nur einen Schritt auf sie zu, und so blieb ein Abstand zwischen den beiden Geschwistern, ein Abstand, der mehr sagte als alle Worte.

Langsam sah Berger von seiner Schwester zu Rudolph und wieder zurück. »Du hast recht, Fanchon, nicht *ich* bin hier der Verräter.«

Sie zuckte zusammen wie unter einem Schlag, wich aber nicht zurück. Ihre großen Augen blickten ihren Bruder an, hilfesuchend, bittend. »Rede mit mir, Christian. Ich bin doch auf deiner Seite.«

Die letzten Worte waren kaum hörbar, doch der Soldat musste sie vernommen haben, denn er schloss die Augen und schüttelte den Kopf.

Wut machte sich in Rudolph breit. Wut über eine solche Dickköpfigkeit und Sturheit. Aber auch Zorn über den Schmerz, der dieser entschlossenen, mutigen Frau zugefügt wurde. »Nun, wenn du nicht reden willst, Pionier, dann werden eben andere die Wahrheit herausfinden. Und ich weiß nicht, ob dir das gefallen wird.« Er atmete tief ein, hoffte, in der kurzen dadurch entstandenen Pause eine Antwort zu erhalten, aber Berger schwieg. »Es wäre besser für dich, wenn du dich kooperativer zeigen würdest.«

Wortlos wandte sich der Gefangene ab, drehte ihnen demonstrativ den Rücken zu. Das Gespräch war beendet.

»Gehen wir«, sagte Rudolph leise, »ich bringe Sie nach Hause.«

Die junge Frau schien zu zögern. Die Hände in ihrem Rock vergraben, den Blick weiterhin wie gebannt auf ihren Bruder gerichtet, stand sie da, wie in Erwartung einer Antwort, die aber ausblieb.

»Kommen Sie, Fräulein Berger. Hier gibt es für uns nichts mehr zu tun.«

Sanft berührte Rudolph sie an der Schulter und wies die Wache an, den Gefangenen wieder einzuschließen. Widerstandslos ließ Franziska sich von ihm nach draußen führen, ohne sich noch einmal zu ihrem Bruder umzudrehen oder ein Wort zu sagen.

Ihr verletzter Gesichtausdruck, das stumme Zeugnis eines tiefen Schmerzes, traf Rudolph bis ins Innerste. Und zum ersten Mal, seit er rheinischen Boden betreten hatte, verfluchte Rudolph seine Aufgabe, seine Position und seine Rolle.

Kapitel 27

»Ich breche morgen nach Cöln auf.«

Um ein Haar wäre Rudolph bei Franziskas Worten gestolpert. So tief war er in Gedanken versunken gewesen, seit sie gemeinsam das Arresthaus verlassen hatten und schweigend in Richtung Neustadt gingen.

»Sie wollen was?«, fragte er verblüfft. Konnte sie Gedanken lesen? Gerade hatte er sich das auch überlegt.

Cöln ... was auch immer der Pionier Berger vor ihnen verbarg, musste irgendetwas mit dieser Stadt zu tun haben. Womöglich mit seiner Mutter, die dort lebte. Die einzig sinnvolle Möglichkeit, Licht ins Dunkel zu bringen, bestand darin, selbst nach Cöln zu fahren und dort nachzuforschen. Aber dass die junge Frau, die die ganze Zeit schweigend neben ihm hergegangen war, den gleichen Gedanken hatte, dass sie offenbar bereit war, die Kosten und Strapazen dieser Reise auf sich zu nehmen ...

Rudolph schüttelte den Kopf. »Reden Sie keinen Unsinn! Das ist völlig unmöglich.«

»Ist es nicht. Vor ein paar Jahren habe ich diesen Weg zu Fuß zurückgelegt, nur in umgekehrter Richtung.«

»Damals mussten Sie auch nicht auf Ihren guten Ruf achten. Es ist undenkbar, dass eine junge Dame allein reist. Außerdem standen Sie da nicht in den Diensten der Familie eines preußischen Capitains, die Ihre ständige Anwesenheit verlangt.«

»Lassen Sie das nur meine Sorge sein. Ich werde einige freie

Tage bekommen.« Mit dem Fuß kickte sie einen kleinen Stein weg, der auf ihrem Weg lag.

»Eher friert die Hölle zu, als dass unter von Rülows Knute irgendetwas nicht seinen gewohnten Gang geht«, wandte Rudolph ein. »Und dazu gehört auch, dass seine Angestellten ihm ständig zur Verfügung stehen. Alle ...«

»Lassen Sie mich nur machen«, sagte sie leichthin. »Ich werde einen Weg finden. Immerhin gibt es familiäre Notfälle, bei dem es um Leben und Tod geht. So etwas in der Art werde ich erzählen und ...« Sie unterbrach sich und sah ihn fragend an. »Was ist?«

Rudolph war sich nicht bewusst, dass er stehen geblieben war und sie anstarrte. Er schüttelte er den Kopf. »Allmählich glaube ich, dass Sie mit Ihrer Strategie tatsächlich Erfolg haben könnten.« So entschlossen, wie die zierliche Gestalt da vor ihm stand, mit besorgter Miene, aber bereit, allen Widerständen zu trotzen, konnte wohl niemand sie aufhalten.

»Im schlimmsten Fall werden sie mir den Lohn kürzen, aber das muss ich dann eben verschmerzen. Ich fahre auf jeden Fall nach Cöln.«

»Oder Sie werden wegen Unzuverlässigkeit entlassen.«

»Egal, ich fahre.« Sie hatte sich wieder in Bewegung gesetzt und schritt nun so eilig aus, dass Rudolph beinahe Schwierigkeiten hatte, ihr zu folgen.

»Aber wenn Sie Ihre Stelle verlieren, können Sie bei Capitain von Rülow nicht mehr unbemerkt Nachforschungen anstellen, die ...«, er räusperte sich, »bisweilen doch recht ergiebig waren.«

Einen kurzen Moment blieb Franziska stehen und schien zu überlegen. Dann nahm ihr Gesicht wieder diesen unerschütterlichen Ausdruck an. »Ich werde nicht entlassen.«

Ohne zu wissen, weshalb, glaubte er, dass sie recht hatte.

Der Duft des Sommers, des Rheins und der Mosel wehte zu ihnen herüber, eine seltsame, ungewohnte Befangenheit hatte sich in Rudolph ausgebreitet, seit er im Arresthaus Zeuge dieses heftigen, beinahe verzweifelten Zusammenstoßes der beiden Geschwister geworden war. Ein Entschluss reifte in ihm heran.

»Ich begleite Sie«, sagte er, noch bevor er es sich anders überlegen konnte, und der Gedanke an seine hiesigen Verpflichtungen, seine Berechnungen, die in der Sommerhitze glühende Baustelle ihn zurückhalten würde.

Ein überraschter Blick traf ihn. »Das können Sie nicht.«

»Und warum nicht?« Enttäuschung, die er sich nicht erklären konnte, stieg in ihm auf.

»Sie haben hier Ihre Aufgaben«. Franziska sah ihn ernst an. »Und weshalb sollte Sie es kümmern, was mit meinem Bruder geschieht, einem Verräter aus den unteren Reihen?«

Die unverhohlene Anklage traf Rudolph tief. Es kümmerte ihn. Bei Gott, es kümmerte ihn mehr, als er sich eingestehen wollte. Allerdings konnte die junge Frau nicht wissen, wie eng sein eigenes Los, seine Zukunft mit der dieser Feste und mit der ihres Bruders verbunden waren. Durch unsichtbare und doch dicht miteinander verwobene Fäden des Schicksals. Und dass Capitain von Rülow alles daransetzen würde, ihn wegen Unzuverlässigkeit seines Postens zu entheben und damit seiner Lebensaufgabe zu berauben, wenn er nicht bald Beweise oder ein Geständnis liefern würde ...

Nur dass ihnen die Zeit davonlief, ihnen bis zur Rückkehr General von Thielemanns kaum noch acht Tage blieben, das wussten sie beide.

»Ich bin mit verantwortlich für das, was geschehen ist«, sagte er nur knapp und unverbindlich.

Ein kurzes Zusammenziehen der Brauen zeigte, dass Franziska das nicht überzeugen konnte. Und auch Rudolph fragte sich, ob das wirklich alles war. Ob es noch immer allein der Wunsch war, den wahren Verräter zu finden und die Sicherheit seiner Feste zu bewahren, der ihn antrieb. Oder ob es noch einen anderen Grund für ihn gab, darauf zu hoffen, dass der im Militärarresthaus einsitzende Pionier tatsächlich unschuldig war.

»Ich werde tun, was ich für richtig halte«, sagte er schroff, bevor ihn seine Gedanken und ihr skeptischer Blick weiter verunsichern konnten. »Ich breche morgen ebenfalls nach Cöln auf. Sie können mich begleiten. Das wird wesentlich sicherer für Sie sein. Es sei denn...« Ein anderer Gedanke war ihm gekommen, und für dieses Problem fiel ihm zunächst keine Lösung ein.

»Es sei denn, was?« Franziskas Gesicht war vor Anspannung und Sommerhitze gerötet. Ihre Zunge huschte kurz über ihre Lippen, um diese zu benetzen, und Rudolph musste den Blick abwenden, um weiterhin klar denken zu können.

»Es sei denn, Sie haben Angst um Ihren Leumund, wenn Sie sich mit mir in der Öffentlichkeit zeigen. Mit mir... allein.«

Einen kurzen Augenblick glaubte er, die junge Frau würde sich aufgrund seiner Worte besinnen, auf die Stimme der Vernunft hören und von ihren Plänen Abstand nehmen. Doch dann lachte sie bitter auf und schüttelte den Kopf.

»Als hätte ich noch einen Ruf zu verlieren.« Mit einer Handbewegung, die in Rudolphs Augen unglaublich elegant wirkte, drückte sie ihre Schute ein wenig fester auf den Kopf. »Also abgemacht, wir treffen uns morgen kurz nach Sonnenaufgang am Rheinhafen.« Sie wandte sich zum Gehen, blieb dann jedoch stehen und drehte sich noch einmal um. »Ich vertraue darauf, dass Sie nichts tun werden, was meinem Ansehen ernsthaft schaden könnte«, sagte sie leise.

Dann ging sie davon, ohne eine Antwort abzuwarten. Rudolph sah ihr nach und beobachtete, wie der Stoff ihres Dienstbotenkleides um ihren schlanken Körper flatterte. Ein Anblick, der irritierende Gefühle in ihm weckte.

Teil III – Der Stein der Ehre

Meine Welt war mir zerbrochen,
Wie von einem Wurm gestochen
Welkte Herz und Blüte mir;
Meines Lebens ganze Habe,
Jeder Wunsch lag mir im Grabe,
Und zur Qual war ich noch hier.

Novalis

*Nahe der französischen Grenze, in der Nacht
zum 19. Juni 1815*

Notdürftig hatte man seine Wunden versorgt. Die Blutungen waren gestillt, doch der Schmerz des durchgeschlagenen Schenkelknochens peinigte ihn so furchtbar, dass es ihm den Schweiß aus den Poren trieb.

Dennoch war Rudolph in der Lage, die anderen Gestalten zu betrachten, allesamt französische Soldaten, die sich mit ihm in der schmutzigen Scheune befanden, in der der kleine Trupp Zuflucht gesucht hatte. Sechs junge Kerle, kaum dem Knabenalter entwachsen, die entweder im Taumel der Freude über die Rückkehr ihres Kaisers Napoleon zu den Waffen geeilt oder eingezogen worden waren.

Zwei von ihnen waren verwundet, einer sogar schwer. Mit wächsernem Gesicht und blutender Bauchwunde würde er den nächsten Morgen sicher nicht erleben. Doch auch die anderen vier Burschen schienen am Ende ihrer Kräfte zu sein. Blass vor Angst und Erschöpfung starrten sie mit leeren Gesichtern vor sich hin.

Keiner von ihnen wagte es zu schlafen. Wussten sie doch, dass die Preußen hier überall die Gegend durchsuchten, um die versprengten Truppen Napoleons aufzuspüren. Noch bevor der Morgen graute, konnten sie Gefangene der siegreichen Allianz sein – oder tot.

Rudolph spürte, wie Schmerz und Müdigkeit ihren Tribut forderten und dass der Hass auf diese Franzosen darin zu versinken drohte. Aber das mochte auch an dem großen, schweigsamen Offizier mit dem pechschwarzen Haar und der beherrschten, sonoren Stimme liegen, der trotz der aberwitzigen Situation Ruhe und Besonnenheit ausstrahlte. Seine Männer, so verzweifelt sie auch waren, schienen ihm blind zu vertrauen. Niemand hatte bisher gewagt, sich an ihm, dem preußischen Gefangenen, zu vergreifen.

Rudolph verstand nicht, weshalb der feindliche Offizier ihn nicht auf der Stelle getötet hatte. Ein gefallener Preuße mehr, ein weiterer Feind, dessen Blut den Boden tränkte, eine nutzlose, aber befriedigende Rache für die Demütigung, die ihrem *Empereur* zugefügt worden war.

Besonders belastete Rudolph, nicht zu wissen, was da draußen geschah. Ob die versprengten Truppen Napoleons ein für alle Mal vertrieben werden konnten, oder ob sie sich wieder sammelten, um mit ihrem Kaiser zu einem neuen Angriff aufzubrechen.

Stumm stand der französische Offizier am halb offenen Fenster und sah hinaus. Seine Stirn war in Falten gelegt, Rudolph schätzte ihn auf vielleicht vierzig Jahre.

»Warum haben Sie mich nicht getötet?«, fragte er.

Der Franzose fuhr zusammen und schwieg einige Augenblicke lang. »Du bist nicht mein Feind«, sagte er dann, und wieder fragte sich Rudolph, wieso er so gut Deutsch sprach. »Du gehörst nicht zu denen da oben, die wir bekämpfen ... in Wahrheit bekämpfen *wollten*.«

Vielleicht lag es am Fieber, vielleicht an dem nicht abklingen wollenden, bohrenden Schmerz, aber Rudolph verstand nicht, was der andere damit sagen wollte. Mit dem Kopf an die raue Wand des Schuppens gelehnt versuchte er, nicht das Bewusstsein zu verlieren, während er darum betete, dass jemand ihn hier fand, ein Suchtrupp von Gneisenaus Männern – oder der Tod. Wer auch immer zuerst eintreffen würde.

»So hätte es nie werden sollen. Ein Krieg unter Völkern, ein

Krieg um Grenzen, es ist ...« Der Franzose hatte leise gesprochen, in seinem weichen, melodischen Tonfall, der Rudolph zugleich besänftigte und in seinen Bann zog. Dann schwieg er, als hätte er bereits zu viel gesagt und bereue seine Offenheit. In seinem Blick lag Traurigkeit, tiefe Resignation und das Wissen, dass es zu Ende war. »Ein Kampf um Freiheit, der zu einem Kampf um Macht wurde.«

Die letzten Worte waren geflüstert, sodass Rudolph ihre Bedeutung mehr erahnte als verstand. Seine Wunden brannten, sein Kopf dröhnte, und doch tat es gut, seine Gedanken mit irgendetwas zu beschäftigen, um nicht an Ort und Stelle in Bewusstlosigkeit zu versinken – um vielleicht nie wieder daraus zu erwachen.

»Man muss wissen, wann der Moment gekommen ist, um aufzugeben. Wissen, wann man besiegt ist.« Der Offizier blickte an Rudolph vorbei durch das Fenster in die Nacht. »Und wann es nicht länger Mut bedeutet, sich dem Feind zu widersetzen, sondern blanken Mord am Gegner und an sich selbst.« Sein Blick glitt hinüber zu seinen Männern, die mit geschlossenen Augen auf der Erde kauerten. Hoffnungslos. Vielleicht dem Tode geweiht. »Nicht zuletzt an denen, die einem untergeben sind.«

Rudolph wusste, wovon der Franzose sprach. Er war selbst Offizier, auch ihm war das Schicksal von Männern anvertraut, die seinem Befehl unterstanden. Die Verantwortung für diese Soldaten, die Verpflichtung, ihr Leben nicht sinnlos zu opfern, war in den letzten Schlachten nur allzu oft vergessen worden. Und nun ...

»Das heißt«, stieß Rudolph gepresst hervor, begierig darauf, das Gespräch in Gang zu erhalten, seinem Geist etwas zu geben, womit er sich beschäftigen konnte, um nicht in Schwärze zu versinken, »dass Sie nicht vorhaben, mit Ihren

Männern wieder zur Armee zu stoßen, sich zu sammeln, zu einem Gegenangriff...«

Der Franzose machte einige Schritte, die festgestampfte Erde knirschte unter den Ledersohlen seiner Stiefel. Bleiches Mondlicht fiel durch die kleinen geöffneten Fenster und tauchte den Raum in ein unwirkliches Licht. Als befänden sie sich in einer Seifenblase, irgendwo im Grenzgebiet zwischen den Niederlanden und Frankreich, zwischen gestern und heute, Krieg und Frieden.

»Diese Entscheidung liegt nicht bei mir.« Er sah Rudolph nicht an, doch dieser erkannte die innerliche Kapitulation des Franzosen.

»Sie selbst würden sich nicht dafür aussprechen?« Jedes Wort kostete Rudolph eine fast übermenschliche Anstrengung. Aber er musste es wissen.

Wie durch Nebel hindurch sah er, dass der andere den Kopf schüttelte. Kaum merklich und doch unmissverständlich. Rudolph stöhnte auf, als er seine halb kauernde Position um einen Zoll breit verschob. Der Franzose wandte ihm das Gesicht zu. In seinen Augen standen Müdigkeit und Sorge. »Haben Sie große Schmerzen?«

Fest presste Rudolph die Lippen zusammen und schloss einen kurzen Moment die Augen, antwortete jedoch nicht. Stattdessen nahm plötzlich eine Idee in seinem Kopf Gestalt an, eine Idee, die so abwitzig war, dass er sie zunächst für die Ausgeburt seines Fieberwahns hielt. Dann jedoch nickte er, mehr zu sich selbst. Womöglich würde er recht behalten.

Und wenn nicht... Er hatte nichts mehr zu verlieren.

Kapitel 28

Cöln, Ende Juni 1822

Das unvorhergesehene Wiedersehen mit Cöln, der Stadt, in der sie ihre Kindheit verbracht hatte, ihrer alten Heimat, traf Franziska wie ein Schock.

Nur einen Tag hatte die Reise rheinabwärts von Coblenz nach Cöln gedauert. Franziska, die diese Strecke beim letzten Mal zu Fuß zurückgelegt hatte, war die Fahrt mit einem der Segelschiffe, die regelmäßig zwischen den großen Rheinstädten verkehrten, beinahe wie ein Wunder vorgekommen. Wären nur der Anlass für die Fahrt nicht so ernst, ihre Gedanken nicht so trübe, ihre Hoffnung nicht so gering gewesen.

Ein wenig schwindelig verließ sie das Schiff, blieb einen Moment stehen und atmete tief die herbe Luft ein, den Geruch nach Algen und Rheinschlamm. Erstaunt ließ sie ihren Blick vom Hafen aus über die sanft schaukelnden Segelschiffe hinweg zu der im Bau befindlichen Pontonbrücke schweifen, welche die Stadt Cöln bald mit dem gegenüberliegenden Deutzer Ufer verbinden würde.

Seit sie im Hungerjahr 1816 mit ihrem Bruder zusammen nach Coblenz aufgebrochen war, hatte sich einiges verändert. Zugleich erschien es ihr fast, als sei es erst gestern gewesen, dass sie hier gelebt hatte, mit ihrer Familie ... ihrem Vater.

Bevor die Wehmut ganz von ihr Besitz ergreifen konnte, wandte sie sich ab und schritt an Harten vorbei, der noch kein Wort mit ihr gesprochen hatte, seit sie wieder festen Boden betreten hatten. Ob er damit seinen Respekt gegenüber ihren Gefühlen ausdrücken wollte oder diese mangelnde Kommunikationsfreudigkeit lediglich eine preußische Marotte war, vermochte sie nicht zu sagen.

Langsam folgte er ihr durch die Salzgassenpforte. Die preußische Wache, die dort postiert war, musterte sie skeptisch und schien drauf und dran zu sein, sie zu befragen. Doch genügten einige Worte Hartens, und sie durften problemlos passieren. Ohne Verzögerung gingen sie die Richtung Stadtmitte ansteigende, enge Salzgasse hinauf.

Ein Wirrwarr unterschiedlicher Gerüche stieg Franziska in die Nase, die von den Bäckereien, den Metzgereien und Gerbereien, den Garküchen und Schankwirtschaften herrührten. Trotz aller Versuche – erst der Franzosen und nun der Preußen –, die Stadt nach ihren Vorstellungen zu formen und zu erneuern, war ihr noch immer der leicht marode, mittelalterlich wirkende Charme zu eigen, an den sich Franziska so gut erinnerte.

Durch halb geschlossene Lider ließ sie den Eindruck der engen Gasse mit den düsteren, teils vom Schmutz der Jahre nachgedunkelten Häusern auf sich wirken, die nur noch vage an den Glanz der Freien Reichsstadt erinnerten, einen Rang, den Cöln in vergangenen Jahrhunderten innegehabt hatte.

Wie früher flitzten mehr oder weniger saubere Kinder durch die Sträßchen, Arbeiter eilten zum Hafen oder von dort in Richtung Stadt, träge Katzen, denen es zum Mäusefangen zu heiß war, hatten sich ein schattiges Plätzchen gesucht.

Und doch ... stumm schüttelte Franziska den Kopf. Und doch war es anders. Damals, als sie hier aufgewachsen war, erklangen nicht nur vereinzelt französische Worte, Sätze und Gesprächsfetzen zwischen den Häuserwänden, sondern das Licht der Revolution, das Licht dieser neuen Epoche war auch bis in die schmalen, verdreckten Passagen gedrungen. Beides schien nun gänzlich erloschen, erstickt von einer völlig anderen – ihr immer noch fremden – Zeit.

Bald öffnete sich die enge Gasse zu einem großen Platz hin, als sie den Heumarkt erreichten, an dem Franziskas Vater Lucien früher seine Weinhandlung geführt hatte. Ein kleiner Stich fuhr durch ihre Brust, als sie im Vorbeigehen feststellte, dass in ihrem früheren Ladengeschäft nun ein Schuster seine Dienste anbot. Die Fenster der darüberliegenden Wohnung, in der sie damals mit ihrer Familie gelebt hatte, waren mit dichten Gardinen versehen.

Doch mehr als alles andere verstörte Franziska der Anblick preußischer Militärs in ihren blauen Uniformen an diesem Ort ihrer alten Heimat, die verträumt im spätnachmittäglichen Sonnenlicht lag. Immer wieder begegneten sie ihnen, einzeln oder in kleinen Gruppen. Als einer der Soldaten so dicht an ihr vorbeiging, dass er sie beinahe streifte, verspürte sie einen solch starken Widerwillen, dass sie sich unwillkürlich abwandte und die Augen schloss. Sie konnte kaum ertragen, wie ihre Erinnerungen durch dieses Bild zerstört wurden.

»So abgestoßen, *ma chère?*« Der beißende Spott in Rudolphs Stimme ließ sie wieder die Augen öffnen, und als sie ihn ansah, erkannte sie, dass sie ihn mit ihrem Verhalten verletzt hatte.

Unwillkürlich spürte sie einen Anflug von Bedauern. Dennoch zog sie die Nase kraus. »Blauröcke«, murmelte sie, »nichts als Blauröcke. Die Stadt wimmelt ja nur so von ihnen.«

»Tatsächlich.« Ärger schwang in der Stimme des Leutnants mit. »Das mag daran liegen, dass Cöln eine der wichtigsten Festungen der Rheinprovinzen werden wird. Natürlich nicht zu vergleichen mit Coblenz und Ehrenbreitstein, aber...«

Franziska hörte den Rest des Satzes nicht, da sie eilig rechts in die Straße Unter Käster und zum Alter Markt abbog. Zur Linken erhob sich der Turm des alten Rathauses, in dem bereits seit dem Mittelalter die Geschicke der Stadt bestimmt wurden – ganz gleich, wer gerade Landesherr sein mochte. Tief atmete sie die stickige Sommerluft ein, die zwischen den alten Gebäuden hing. Die Geräusche der Stadt dröhnten in ihren Ohren, Staub schien auf ihrer Zunge zu liegen, und plötzlich spürte sie, wie erschöpft sie war. Überhitzt und ausgelaugt und absolut nicht zum Streiten aufgelegt.

Als sie sich umwandte, bemerkte Franziska den Schweiß, der auf der Stirn des Leutnants stand, die fest zusammengepressten Lippen. Sein Schritt wirkte mühsamer als sonst, und Mitleid durchzuckte sie, als sie an sein schmerzendes Bein dachte.

»Lassen Sie uns weitergehen«, sagte sie versöhnlich. »Ich bin müde, komme um vor Hunger und möchte nur gerne das Haus im Eigelstein finden, wo meine Mutter wohnt.«

Harten schien etwas sagen zu wollen, nickte dann aber stumm und folgte ihr hinkend in Richtung Norden.

*

Es waren Stunden vergangen, in denen Franziska, halb dösend, halb angespannt auf der Holztreppe vor der Tür ihrer Mutter saß, die ein kleines Zimmer im Dachgeschoss eines schäbigen im Lauf der Jahrhunderte heruntergekommenen Hauses im Eigelstein bewohnte. Die Zeit floss vorbei, und unablässig quälte Franziska die Frage, wie ihre Mutter auf ihren unangekündigten Besuch und die Nachricht, die sie ihr überbringen musste, reagieren würde.

Gegen ihren Willen nötigte es Franziska ein gewisses Maß an Hochachtung ab, dass Harten die ganze Zeit über an ihrer

Seite blieb. Weder suchte er seine Unterkunft auf noch eine der zahllosen Schenken, um sich dort mit einem Glas Bier und einer guten Mahlzeit zu stärken. Ob er aus einem Gefühl der Verantwortung mit ihr wartete oder aufgrund seines besessenen Wunsches, jeden ihrer Schritte und jede noch so kleine Spur selbst zu beobachten, konnte sie nicht sagen.

Dennoch war es irgendwie tröstlich, seine Nähe zu spüren. Während sie dort auf den abgewetzten Stufen saß, die Arme um die angewinkelten Beine geschlungen, den Kopf auf die Knie gebettet, sah sie bisweilen verstohlen zu ihm auf. Regungslos lehnte er mit dem Rücken an der Wand, die Augen halb geschlossen, das Gewicht auf sein gesundes Bein verlagert. Franziska fragte sich, wie er das aushielt. Er musste sicher Schmerzen haben, hungrig und müde sein ... Und während sich draußen langsam die Dämmerung über die Straße senkte, dachte sie darüber nach, ob es wohl das Ergebnis der preußischen Disziplin war, die Harten zu seinem stummen, stoischen Ausharren befähigte.

Um diese Jahreszeit wurde es erst spät dunkel, aber ihre Mutter war noch immer nicht zurück. Sorge machte sich in Franziska breit. Vielleicht arbeitete sie gerade außerhalb und kehrte an diesem Abend gar nicht heim?

»Möchten Sie, dass ich ein Zimmer für Sie besorge?« Leise und sachlich klang Hartens Stimme durch den dunkler werdenden Flur. Er schien zu einer ähnlichen Schlussfolgerung gekommen zu sein wie sie. »Wenn Sie möchten, könnte ich auch ...«

»Nein.« Entschieden fiel ihm Franziska ins Wort. »Ich warte.«

Im gleichen Moment war zu hören, dass unten eine Tür geöffnet wurde, kurz drangen die Geräusche der Straße herein, dann knarrten die ersten Stufen. Unwillkürlich stand Franziska auf und strich sich die Haare aus der Stirn. Nur halb bewusst spürte sie, wie sich Hartens Hand auf ihre Schulter legte, fest, unverrückbar und beruhigend.

Eine zierliche, mit einem schweren Wäschekorb beladene Frau schob sich die Treppe hinauf, sichtlich erschöpft, doch mit gerade durchgedrücktem Kreuz.

Trotz des Halbdunkels erkannte Franziska sie sofort. »Maman.«

Die Frau blieb stehen und sah nach oben. »Fanchon?« Die Stimme drückte Sorge aus, ein unterdrücktes Erschrecken.

Ihre Mutter musste sofort begriffen haben, dass etwas vorgefallen war, wenn ihre Tochter so unerwartet bei ihr vor der Tür stand. Noch dazu in Begleitung eines preußischen Offiziers. Dennoch blieb sie ruhig, stellte keine Fragen, sondern ging an Franziska und deren stummen Begleiter vorbei und schloss die Tür auf.

»Nur herein.«

Kapitel 29

Endlich zu Hause ...

Noch ehe sie Gelegenheit hatte, ihre Schute abzulegen, empfing Franziska das im Dämmerlicht gelegene, halbdunkle Zimmer mit solch vertrauten Gerüchen, Empfindungen und Erinnerungen, dass ihr die Tränen in die Augen traten.

Ihre Mutter. Cöln. Ihre Heimat, ihre Kindheit!

Natürlich hatten sie damals, zu Lebzeiten ihres Vaters, in diesem weitaus besseren Haus, in diesem weitaus besseren Viertel am Heumarkt gewohnt, in Räumen, die in ihrer Vorstellung stets mit Leben und Lachen erfüllt gewesen waren. Nur wenig erinnerte in diesem kleinen, aber peinlich sauberen Zimmer an jene sorglosen Zeiten.

Und doch waren da die kleine Anrichte mit dem französischen Geschirr, der alte Lehnstuhl mit dem bestickten Kissen, das Franziska ihrer Mutter einmal zu Weihnachten geschenkt hatte, die schlichten, aber sorgfältig verarbeiteten Gardinen, die vor dem offenen Fenster flatterten. Der ganze Raum trug die Handschrift ihrer Mutter, ganz gleich, wie bescheiden die Umstände auch sein mochten.

Unterdessen hatte Luise Berger ihre Schute abgelegt, den mit Wäschestücken gefüllten Korb in einer Ecke abgestellt und rasch eine Kerze entzündet. Dann erst trat sie wieder auf ihre beiden Gäste zu, wobei ihr Blick zunächst über den Soldaten strich, bevor er an ihrer Tochter hängen blieb. »Fanchon ...« Ohne ein weiteres Wort hatte sie die Arme ausgestreckt und ihre Tochter an sich gedrückt. Obgleich sie unendlich viele

Fragen haben musste, hielt sie diese zurück und erkundigte sich erst einmal nach Franziskas Befinden. »Wie lange wartest du schon auf mich, Kind? Du musst hungrig sein. Komm, ich mache uns schnell etwas zu essen. Ich habe ...« Ihr Blick wanderte zu Rudolph. Falls sie irgendeine Form von Überraschung verspürte, ihre Tochter in Begleitung eines preußischen Offiziers, zu sehen, verbarg sie es gut. »Darf ich Ihnen auch einen *Mocca faux* anbieten, Herr ...?«

»Premierlieutenant Rudolph Harten vom preußischen Ingenieurcorps.«

Für den Bruchteil eines Herzschlags verengten sich ihre Augen, dann jedoch hatte sie wieder zu ihrer üblichen Ruhe zurückgefunden. »... Herr Leutnant?«

Einen Moment schien der Angesprochene zu überlegen, ob er das Angebot annehmen sollte, doch schließlich nickte er. »Da sage ich nicht nein.«

Franziskas Mutter setzte einen Kessel auf den Herd. Als das Wasser kochte, goss sie es in die Kanne ihres ehemals guten Geschirrs. Sie hatte es wohl nicht übers Herz gebracht, es ebenso zu verkaufen wie das meiste andere Inventar. Luise stellte drei passende Tassen auf den Tisch, nahm Franziska gegenüber Platz und schenkte ihren Gästen ein. Der Geruch des Muckefucks nach geröstetem Getreide und Zichorie stieg Franziska in die Nase, anheimelnd und beruhigend. »So, und nun erzähl mir, was geschehen ist.«

Wieder bewunderte Franziska ihre ruhige und beherrschte Art, ihre Fähigkeit, das Leben von der praktischen Seite her anzugehen. Ähnlich wie sie selbst, musste ihre Mutter nicht nur von Wiedersehensfreude, sondern auch von Sorge getrieben sein. Doch alles, was sie in ihrem Blick las, war tiefe Liebe und eine stumme, unausgesprochene Frage.

»Es geht um Christian«, begann Franziska, und sie bemerkte, wie ihre Mutter erstarrte, die Hand, welche die Tasse hielt, sich verkrampfte. Für einen kurzen Moment glitt ihr Blick zu Harten, der äußerlich ungerührt an seinem Getränk nippte.

»Was ist mit ihm?«

Nun kam der schwerste Moment, und Franziska spürte, wie ihr Mut sank. Ihrer Mutter von dem zu berichten, was ihrem Sohn widerfahren war, ja, in welcher Gefahr er sich befand, brach ihr beinahe das Herz.

»Nun, er …«, begann sie, doch ihre Stimme drohte zu versagen, ihre Zunge wurde trocken. Da verspürte sie eine unerwartete Berührung an ihrer linken Hand, die auf ihrem Schoß ruhte. Ein kurzer rauer Händedruck.

»Christian ist verhaftet worden«, sagte sie schließlich.

Trotz des schwachen Lichtes sah Franziska, wie die Farbe aus dem Gesicht ihrer Mutter wich und sich ihre von feinen Fältchen umgebenen Augen weiteten.

»Was sagst du da?«

Einige Herzschläge lang schwebte ihre Tasse gefährlich unruhig über ihrem Rock, doch dann hatte sich Luise wieder gefangen. »Was legt man ihm zur Last?«

Die folgenden Worte kamen Franziska nur schwer über die Lippen: »Landesverrat … Spionage …«

Ungläubiges Erstaunen stand in Luises Gesicht geschrieben. Stumm schüttelte sie den Kopf, als könne sie es nicht fassen. »Das glaube ich nicht«, brachte sie schließlich hervor. »Das ist völlig unmöglich!«

Franziska hasste die Aufgabe, die ihr bevorstand, hasste sich für den Schmerz, den sie ihrer Mutter zufügen musste. Und doch gab es keinen anderen Weg.

»Momentan sitzt er im Militärarresthaus ein. Es werden Untersuchungen angestellt. Leutnant Harten hier ist einer der

Ingenieure, die mit dem Bau der neuen Feste auf dem Ehrenbreitstein beauftragt sind. Christian hat dort unter seinem Kommando gearbeitet.«

Kaum merklich zogen sich Luises Augenbrauen zusammen.

»Wenn sich nicht bald der wahrhaft Schuldige findet – oder Beweise für Christians Unschuld, dann wird ihm der Prozess gemacht und möglicherweise...« Franziska gelang es nicht, den Rest des Satzes auszusprechen. Zu ungeheuerlich war die Vorstellung, man könne ihren Bruder für das ihm zur Last gelegte Verbrechen hinrichten.

Doch Luise hatte genug gehört. Tränen schossen ihr in die Augen, ihre Hände, die sonst jede Nadel mit der Präzision einer Künstlerin führten, zitterten. Gefährlich schwankte der Rest des dunklen Gebräus in ihrer Tasse.

»Aber wieso...? Wie kommt man...?« Obgleich sie selbst noch in dieser Situation um Fassung bemüht war, wirkte sie sichtlich erschüttert. »Warum *er*?«

Stumm schüttelte Franziska den Kopf. Der Schmerz der Mutter, die Sorge um den Bruder, die Gefühle, die das Wiedersehen hervorgebracht hatte – all das drohte sie zu überwältigen.

Ruckartig stand Luise auf und ging zum Fenster. »Ist das *sein* Werk?«, fragte sie schließlich. »Hat mein Bruder Hubert etwas damit zu tun?«

Franziska sah, dass die Schultern ihrer Mutter bebten, wie von unterdrücktem Weinen.

»Bitte, beruhigen Sie sich, Frau Berger. Noch ist nichts entschieden.«

Etwas in der Stimme Hartens ließ Franziska aufhorchen. Ganz gegen seine Gewohnheit klang er verständnisvoll – um nicht zu sagen, freundlich. Ein Charakterzug, den Franziska bei dem distanzierten Mann bisher noch nicht beobachtet hatte. Aber wen hätte die stille Würde ihrer Mutter auch unbeeindruckt lassen können?

»Seien Sie versichert, dass alles getan wird, um die Rechtmäßigkeit des Verdachts sowie alle Beweise zu überprüfen. Aus diesem Grunde sind Ihre Tochter und ich auch hier, um Sie zu fragen...«

Langsam drehte sich Luise wieder zu ihnen um. Noch immer waren ihre Augen gerötet, ihr Blick jedoch war klar. »Bitte verzeihen Sie, Herr Leutnant.« Entschlossen blinzelte sie eine Träne weg. »Sagen Sie mir, wie ich Ihnen weiterhelfen kann.«

Franziska spürte, wie die Anspannung von ihr wich. Es gelang ihr wieder, gleichmäßig zu atmen. Wie schon in Kindertagen wirkten die Stärke und Ruhe, die ihre Mutter ausstrahlte, beruhigend auf sie. Und so war sie in der Lage, die richtigen Worte zu finden.

»Maman, ich habe erfahren, dass Christian einige Zeit vor seiner Verhaftung bei dir in Cöln war. Stimmt das?«

Luise hatte wieder Platz genommen und schien sich von ihrem kurzen Ausbruch erholt zu haben. Sie nickte. »Ja, er war hier, doch nur für einen Tag. Ich war überrascht und froh, ihn zu sehen. Aber... hat er dir nichts davon erzählt?«

Franziska schüttelte den Kopf. »Bis vor Kurzem hab ich das nicht gewusst.«

Erstaunen zeichnete sich auf den feinen Zügen ihrer Mutter ab. »Habt ihr euch gestritten?«

»Nein.« Franziska versuchte, sich die Ereignisse unmittelbar vor der Verhaftung ins Gedächtnis zurückzurufen, die wie hinter dichtem Nebel zu liegen schienen. »Wir haben uns in letzter Zeit nicht mehr so oft gesehen wie früher... der Festungsbau... meist musste er bis zum Einbruch der Nacht arbeiten.«

»Davon wiederum hat er *mir* nichts erzählt.« Langsam stellte Luise die Tasse ab, betrachtete einen imaginären Punkt auf der ihr gegenüberliegenden Wand. »Der Festungsbau ... Ich nehme an, Coblenz hat sich in den letzten Jahren sehr verändert.«

»Du würdest es nicht wiedererkennen, Maman. Wo man hinschaut, wird gebaut. Kasernen entstehen, mehrere Festungswerke. Und als wäre das noch nicht genug, wird nach und nach die gesamte Stadt mitsamt dem gegenüberliegenden Ehrenbreitstein mit einer Umwallung und Festungsmauern umgeben, ja selbst von den Flussufern abgetrennt.«

Luise hatte die Augen geschlossen, als versuche sie, sich das Bild von der Stadt, in der sie aufgewachsen war, vorzustellen. Ein kurzes Beben ging durch ihren Körper, doch als sie die Lider wieder öffnete, war ihr Blick ruhig und nüchtern. »Das wird den Honoratioren sicher nicht gefallen – in einer Festung eingesperrt zu sein, während ringsherum die Wirtschaft aufblüht«, sagte sie leise.

»Noch dazu, da die rechtmäßigen Besitzer für das Land, das sie für den Bau all dieser Anlagen abtreten mussten, noch immer nicht entschädigt wurden ... Die Preußen hungern die enteigneten Bauern lieber aus.«

Ein vernehmliches Räuspern unterbrach Franziskas Ausführungen. Harten hatte sich erhoben und erklärte mit unbewegter Miene: »Und zum Bau ebendieser Festungsanlagen hat ihr Sohn sich für Sonderdienste gemeldet, zusätzlich zu den Schanzarbeiten, die er als Pionier ohnehin leistete. Bis zu seiner Verhaftung unterstand er dabei indirekt meinem Kommando ...« Einige Atemzüge lang schwieg er, und Franziska vermutete, dass er etwas unausgesprochen ließ, was ihm gerade in den Sinn gekommen war. »Nun, nachdem ich mich vergewissern konnte, dass in dieser Familie weitestgehend eine, sagen wir – den Belangen Seiner Majestät des preußischen Königs – weniger aufgeschlossene Grundstimmung herrscht, muss ich mich doch fragen, wieso Ihr Sohn sich dann auf eigenes Bestreben für zusätzliche Dienste beim Festungsbau hat abkommandieren lassen.«

»Onkel Hubert liebt die Preußen«, konnte Franziska sich nicht verkneifen einzuwerfen. »Wenn er die Möglichkeit dazu hätte, würde er nicht nur seine ganze Arbeitskraft, sondern auch noch seine Seele an die Blauröcke verkaufen, solange er weiterhin so gut an ihnen verdient.«

»An den Teufel, also...«, kommentierte Harten trocken, verzog jedoch keine Miene. »Womit Ihr Herr Onkel mit seiner Haltung in dieser Familie jedoch ziemlich allein dazustehen scheint. Weder von Ihnen, mein Fräulein, noch von Ihrem Bruder habe ich je ein wohlwollendes Wort über Ihre neuen Landsleute vernommen.«

Franziska biss sich auf die Lippen und schwieg, verärgert über ihre unklugen Worte. Dabei gab es doch wahrhaftig Dringlicheres zu bereden.

»Dennoch wollte mein Sohn ein Teil dieses Bauprojektes sein...«, sinnierte Luise, den Blick abwesend. »Und er hat mir nichts davon gesagt.«

»Können Sie sich vorstellen aus welchem Grund? Warum Ihr Sohn Ihnen diese Tatsache verschwiegen hat?«

»Nein.« Luises Stimme klang fest.

Deutlich hörbar ließ Harten Luft aus seiner Lunge entweichen. Mit seiner Größe, der blauen Uniform und dem dienstlichen Auftreten wirkte er fremd in der kleinen, anheimelnden Wohnung.

»Frau Berger, vor nicht allzu langer Zeit sind wichtige Dokumente eines der leitenden Ingenieure entwendet worden... Es besteht der Verdacht, dass Ihr Sohn etwas mit dieser Sache zu tun hat. Wenn Sie also etwas wissen, das diesen Vorwurf entkräften könnte, sollten Sie uns das unbedingt sagen.«

Luise überlegte eine Weile. Still und regungslos saß sie da und schien in ihrem Gedächtnis nach irgendeinem Hinweis zu suchen, nach etwas, das vielleicht weiterhelfen könnte. Schließlich schüttelte sie den Kopf. »Mir ist nichts besonders aufgefallen, außer dass er bedrückt wirkte.«

Franziska schluckte. Es musste doch etwas geben, irgendeinen Anhaltspunkt, der das seltsame Verhalten ihres Bruders erklärte – und die Tatsache, dass er so beharrlich schwieg. Sie trat einen Schritt auf ihre Mutter zu und ergriff ihre Hand. »Warum ist er zu dir gekommen, Mama? Was hat er erzählt? Er musste doch irgendeinen Grund genannt haben, weshalb er den ganzen Weg bis nach Cöln auf sich genommen hat, um dich zu sehen.«

Wieder dachte ihre Mutter eine Weile nach. »Er hat nach seiner Familie gefragt.«

Franziska zog die Stirn in Falten. »Doch nicht etwa nach Onkel Hubert?«

»Nein. Nach seinem Vater. Und nach dessen Verwandten in Marseille.«

»Ach!« Hartens keuchendes Ausatmen war durch die ganze Stube zu hören und spiegelte genau das wider, was auch Franziska empfand. Fassungslosigkeit.

»Aber das würde ja...«

Langsam sah ihre Mutter auf. »Was würde das? Ist es nicht ganz natürlich, dass man mehr über seine Familie erfahren möchte? Über seine Herkunft?« Sie wandte den Kopf und sah den Offizier an. »Ist es nicht so, dass man sich gerade in schwierigen Zeiten, in denen so vieles im Umbruch ist, auf seine Wurzeln besinnt, seine Kindheit, seine Herkunft?«

Für einen Moment glitt ein Anflug des Verstehens über die

Züge des Offiziers, gefolgt von einem Ausdruck des Schmerzes. Seine Augen verdunkelten sich, aber nur kurz. Dann hatte er sich wieder in der Gewalt. »Hat er zuvor schon einmal Interesse an seiner väterlichen Familie gezeigt? Gab es irgendwelche Kontakte?«

Franziska dachte an die seltsamen Worte ihres Bruders unmittelbar vor seiner Verhaftung. Doch vermied sie es, ihre Mutter in Anwesenheit Hartens darauf anzusprechen.

Luise hob die Schultern. »Seit unserer Hochzeit hatte mein Mann nur wenig Kontakt zu seinen Verwandten in Frankreich. Doch waren es weniger die politischen Ereignisse, die eine Reise nach Marseille verhinderten, als vielmehr wir, seine eigene Familie, unsere beiden kleinen Kinder und ich.« Ein feines Lächeln erschien auf Luises Gesicht. »Es kommt im Leben schon mal vor, dass man andere Prioritäten setzt.«

Harten verzog keine Miene, und Luise fuhr mit ihrer melodischen Stimme fort: »Als dann der Krieg zu Ende war... wir hätten Cöln verlassen können, wenn wir gewollt hätten. Frankreich, nun ja... es wäre eine Möglichkeit gewesen, auch wenn dort nun alles anders war als damals, während der Revolution, während der Kriege...« Einen Moment lang schien sie in Erinnerungen zu versinken. Ihr Blick ging durch die Anwesenden hindurch, dann jedoch lächelte sie, beinahe entschuldigend. »Aber so in der Fremde... ich weiß nicht, ob die Familie meines Mannes uns mit offenen Armen empfangen hätte, eine alleinstehende Frau mit zwei Kindern, eine Ausländerin. Noch dazu, nachdem sich die politische Situation so sehr verändert hatte und es in Paris wieder einen König gab.« Sie hob den Kopf, sah erst Franziska, dann Harten an. »Das hier ist meine Heimat, ganz gleich...«

»Ganz gleich, wer die Macht innehat«, ergänzte Franziska und unterdrückte den Impuls, ihre Mutter in den Arm zu nehmen, sie fest an sich zu drücken. Sie konnte kaum ermessen, was diese in den vergangenen Jahren durchgemacht hatte.

»Selbst wenn es die Preußen sind?«, fügte Harten eine Spur herausfordernd hinzu.

»Selbst dann.« Luises Lächeln vertiefte sich, und in diesem Moment sah sie trotz ihrer Müdigkeit und ihrer einfachen Kleidung beinahe jung aus. »Hierzulande ist man es gewohnt, mal von diesem, mal von jenem Herrn regiert zu werden. Das formt den Charakter.«

»Eine sehr eigenwillige Sicht der Dinge haben Sie da, Frau Berger.«

Zu ihrer eigenen Überraschung spürte Franziska, dass Harten ihrer Mutter eine Art widerwilligen Respekt zollte und diese ihm zumindest mit unvoreingenommener Höflichkeit begegnete.

»Wir hatten gehofft, du könntest uns sagen, was Christian umgetrieben hat, Maman. Irgendetwas, das uns einen Hinweis geben könnte, was ihn dazu veranlasst hat, die Reise nach Cöln auf sich zu nehmen, ohne mir davon auch nur ein Wort zu sagen.«

Wieder schüttelte Luise den Kopf, und für einen kurzen Moment schimmerten Tränen in ihren grauen Augen, etwas, das Franziska, außer beim Tod ihres Vaters, von ihrer Mutter nicht kannte.

»Mein Sohn ist kein Verräter. Er mag die Preußen hassen und den Dienst, in den mein Bruder ihn gezwungen hat. Und vielleicht gibt es sogar Dinge, die er noch nicht einmal seiner Schwester und mir anvertrauen mochte. Doch eines weiß ich sicher: Christian ist hochanständig und grundehrlich. Er würde niemals etwas tun, das anderen Schaden zufügt, sei es aus Falschheit oder Gier.«

»Vielleicht aber aus Loyalität gegenüber seinem verstorbenen Vater und dessen Land.« Etwas im Tonfall Hartens klang nach Entschlossenheit – nach der Entschlossenheit, Gewissheit zu erlangen, und nach der Hoffnung, sich zu irren.

»Ich nehme an, Sie bleiben noch länger in der Stadt, um Ihre Untersuchungen abzuschließen?« Luise hatte sich wieder gefangen und wandte sich dem Naheliegenden zu.

»Ein oder zwei Tage, höchstens drei. Dann muss ich zurück zu meiner Baustelle.«

»Haben Sie bereits eine Unterkunft?«

»Ja, ich übernachte in der Dominkanerkaserne. Sie ist nicht weit von hier.«

»Gut«, sagte Luise, »und Franziska bleibt natürlich so lange bei mir. Ich denke, das ist das Beste.«

Etwas Unausgesprochenes klang in ihren Worten mit, doch der Leutnant nickte nur.

»Wir werden unser Gespräch morgen fortsetzen. In der Zwischenzeit werde ich weitere Auskünfte einholen. Sicher waren Sie nicht die einzige Person, mit der Ihr Sohn Kontakt hatte.«

Luise machte eine vage Geste. »Das kann ich Ihnen nicht sagen.«

Noch immer war Hartens Gesicht unbewegt, und Franziska kam nicht umhin, ihn für diese Beherrschtheit zu bewundern. In ihrer Brust tobten widerstreitende Gefühle, ihre Haut kribbelte, und das Gefühl, dass ihr Bruder ganz offensichtlich ein Geheimnis hatte, drohte sie rasend zu machen.

Der Leutnant wandte sich ihr zu. Sein Blick traf sie, seine Augen wurden weich... Franziskas Herz begann schneller zu schlagen, und unsicher machte sie einen Schritt auf ihn zu. Plötzlich empfand sie es im Raum als unerträglich heiß, und dies schien nicht nur an den hochsommerlichen Temperaturen zu liegen.

»Dann empfehle ich mich für heute.« Er setzte seinen Zweispitz auf. »Wenn Sie erlauben, werde ich morgen wiederkommen.«

Nur am Rande nahm Franziska wahr, dass ihre Mutter ihm antwortete. Etwas in ihr wollte ihn bitten zu bleiben, ihn bedrängen, weiter nach Antworten auf all die ungeklärten Fragen zu suchen, Antworten, die Christian vielleicht retten konnten. Doch sie schwieg. In der Wohnung ihrer Mutter erschien es ihr seltsam und irritierend, dass sie ein solches Vertrauen zu dem Mann hatte, in dessen Hand womöglich das Leben ihres Bruders lag.

»Danke«, sagte sie nur, doch in seinen Augen las sie, dass er verstanden hatte.

Nach einem kurzen Gruß ließ der Leutnant die beiden Frauen allein.

Kaum war die Tür hinter ihm ins Schloss gefallen, fasste Luise ihre Tochter bei der Hand. »Ich glaub, wir haben uns eine Menge zu erzählen.«

Kapitel 30

Das Brauhaus »Zum Elephanten« war eine Schankwirtschaft in der Nähe des Eigelsteintors, wo auch ihre Mutter wohnte. Vage erinnerte sich Franziska daran, dass sie als Kind gelegentlich daran vorbeigeschlendert war und dem grölenden Gelächter gelauscht hatte, das aus den Fenstern und Türen drang. Ein einziges Mal hatte sie sich sogar hineingeschlichen, um einen Blick in das Innere zu erhaschen. Ohne ihren kleinen Bruder, versteht sich. Es wäre doch für eine ältere Schwester unverantwortlich gewesen, den Fünfjährigen in ein Etablissement mitzunehmen, in dem Soldaten des französischen Kaisers alkoholischen Getränken zusprachen und sich zudem Damen zweifelhafter Herkunft und noch zweifelhafteren Absichten aufhielten.

Nur verschwommen sah Franziska vor sich, wie sie einmal mit neun Jahren auf leisen Sohlen morgens durch den Hintereingang geschlüpft war und sich neugierig umgesehen hatte, bis der Wirt, ein dicklicher, kahlköpfiger Mann mit rotem Gesicht, sie entdeckt hatte. Als er mit einem gutmütigen Lachen fragte, was die *petite Demoiselle* hier zu suchen habe, hatte Franziska ihn nur mit großen Augen angeschaut, zu verlegen, um etwas zu erwidern. Dann hatte sie bemerkt, dass die Aufmerksamkeit der wenigen um diese Uhrzeit anwesenden Gäste auf sie gerichtet war, zum Großteil Soldaten in französischen Uniformen. Diese wiederum waren ihr vertraut genug gewesen, dass sie wieder etwas Mut fasste. Rasch hatte sie einige französische Sätze zum Gruß hervorgesprudelt und sich entschuldigt: Sie habe sich wohl verlaufen, müsse jetzt aber wieder nach ihrem kleinen Bruder sehen. Vermutlich hatte sie ein belustigendes Bild abgegeben, mit ihrem rosa Musselinkleid und der großen Schleife im Haar, das auf beiden Seiten zu kleinen Rattenschwänzchen gebunden war. Bevor sie sich jedoch umdrehen und das Weite suchen konnte, hatte der Wirt ihr noch ein klebriges, sehr süßes Stück Kuchen in die Hand gedrückt. Unter dem Gelächter der Wirtshausbesucher war sie hinausgestürzt. Zurück bei ihrem Bruder, der im Schatten einer Kastanie unweit des Gasthauses brav auf sie gewartet hatte, teilte sie den Kuchen gerecht auf, auch wenn sie von dem Erlebnis noch so erhitzt und aufgewühlt war, dass sie kaum wahrnahm, wie er schmeckte.

Heute diente das Schankhaus als Treffpunkt der einheimischen Bevölkerung und – wie Franziska stirnrunzelnd zur Kenntnis nahm – preußischer Militärs.

Sie seufzte. Das alles behagte ihr nicht. Doch es war bereits weit nach Mittagszeit, und sie hatte Hunger. Ihre Mutter musste fertige Arbeiten bei den Kunden abliefern, und Franziska wollte ihr weder zusätzlich zur Last fallen wollen noch allein in der Wohnung voller Erinnerungen bleiben. Und so hatte sie Hartens Vorschlag angenommen, ihn in eine Schankwirtschaft zu begleiten, wo dem Vernehmen nach das Essen gut und der Wirt ehrlich sein sollte. Franziska hoffte, dass beides zutraf.

Der Geruch nach Ruß, gebratenem Speck und Tabakqualm schlug ihr entgegen. Wieder war es ein heißer Tag, und ihre Kleidung klebte unangenehm feucht an ihrem Körper. Dennoch schritt sie hoch erhobenen Hauptes hinter Harten her, der den sogleich dienstbeflissen herbeieilenden Wirt mit einigen knappen Worten um einen Tisch und etwas zu trinken bat.

Wortlos schob der Offizier Franziska einen Stuhl vor, auf dem sie sich so würdevoll wie möglich niederließ.

»*Merci.*« Sie lächelte, als er – wie erwartet – ein wenig das Gesicht verzog. Doch dann verblüffte er sie, indem er antwortete: »*Je vous en prie,* Mademoiselle.« Seine Miene blieb zwar ausdruckslos, aber Franziska vermeinte, einen Hauch von Erheiterung in seinen Augenwinkeln zu entdecken.

»Ich hätte nicht gedacht, dass es Ihnen gelingt, mich zu überraschen, Herr Leutnant«, sagte sie und hoffte, dass er es als das Kompliment verstand, als das es gemeint war.

Harten rückte für sich selbst einen Stuhl heran, nahm den Zweispitz ab und setzte sich. »Alte Soldatenregel: Man soll den Feind nie unterschätzen.«

»Dann betrachten Sie mich also als Ihren Feind?«

»Ich würde sagen, diese Fronten haben Sie gesetzt.« Er warf ihr einen vielsagenden Blick zu. Dann wurde ihm offenbar bewusst, wie sehr seine Worte sie getroffen hatten, und fügte etwas freundlicher hinzu: »Außerdem wurde die französische Sprache in Preußen lange Zeit geschätzt. Unser noch immer sehr verehrter König Friedrich II. soll sie seinerzeit gar besser gesprochen haben als seine deutsche Muttersprache.«

Spöttisch zog Franziska die Augenbrauen hoch. »Dann ist ja noch nicht alles verloren im guten alten Preußen.«

»Wohl nicht. Zudem hatte ich auch meine ganz persönlichen Begegnungen mit Franzosen – im Krieg...«

Am Klang seiner Stimme spürte Franziska, dass mehr dahintersteckte, als diese beiläufige Bemerkung vermuten ließ. Aber an diesem Ort ihrer Kindheit, der voller Erinnerungen war und doch wieder fremd, brachte sie es nicht über sich, ihn danach zu fragen.

Der Wirt erschien mit zwei Bechern Bier, und Franziska

nutzte die Ablenkung vom Gespräch, um sich ein wenig umzuschauen. Und was sie sah, berührte sie seltsam.

Obgleich die meisten Tische besetzt waren, kam es ihr vor, als sei der Raum durch eine unsichtbare Mauer in zwei Hälften geteilt, und es kostete sie einen zweiten Blick, um zu begreifen, wodurch dieser Eindruck entstand.

Ähnlich wie in Coblenz saßen auf der einen Seite des Raumes die Einheimischen. Die Cölner waren unschwer an ihrem singenden Tonfall, den temperamentvollen, nicht gerade gedämpft geführten Reden, die häufig noch gestenreich unterstrichen wurden, zu erkennen. Auf der anderen Seite sah Franziska nur Uniformierte an den Tischen. Das preußische Blau schimmerte matt im dämmrigen Licht der Schankstube. Jede der beiden Parteien schien den Kontakt zur anderen Seite um jeden Preis vermeiden zu wollen, als käme es einer Beleidigung gleich, sich gegenseitig auch nur eines Blickes zu würdigen.

Franziska sank das Herz. So war es auch in Coblenz, so war es überall, wo die alten Einwohner und die neuen Herren aufeinandertrafen. Doch hier in ihrer Heimatstadt empfand sie die unausgesprochenen, aber deutlich erkennbaren Spannungen als schier unerträglich. Zum ersten Mal verspürte sie so etwas wie Bedauern über diese Situation, die Feindschaft, das gegenseitige Misstrauen ... In ihrem Kopf begann es leise zu brummen, und nur mit Mühe konnte sie den Impuls unterdrücken, die Hände gegen die Schläfen zu pressen, um all den verwirrenden Gefühlen, Gedanken und Empfindungen Einhalt zu gebieten.

»Geht es Ihnen nicht gut?« Durch das lärmende Stimmengewirr drang Hartens Stimme erstaunlich sanft an ihr Ohr, und sie sah zu ihm auf.

Wie üblich ruhten seine Augen auf ihr – beobachtend. Doch diesmal lag noch ein anderer Ausdruck darin. Vielleicht Besorgnis?

»Ich weiß es nicht. Es ist so...« Franziska schüttelte den Kopf, irritiert von ihren eigenen Gedanken. »Sehen Sie die beiden Gruppen hier in der Schenke, Einheimische und Preußen, und wie sie versuchen, sich gegenseitig entweder zu ignorieren oder mit Blicken zu töten?«

Schweigend sah Harten sich um und nickte. »Und was überrascht Sie daran?« Als sie nicht antwortete, beugte er sich ein wenig weiter vor und raunte ihr zu: »Das muss doch ganz in Ihrem Sinne sein, wenn den verhassten Blauröcken gezeigt wird, was man hierzulande von ihnen hält?«

Franziska konnte nicht verhindern, dass ihr die Hitze ins Gesicht stieg. Für einen kurzen Moment senkte sie den Blick. Ja, war es denn nicht wirklich so? Hatte Harten, dieser Preuße mit den stechenden Augen und dem messerscharfen Verstand, recht? Aber weshalb empfand sie dann dieses Szenario als so belastend, so entmutigend – statt als Triumph gegenüber den neuen Herren, dass sie selbst nach acht Jahren noch immer nicht willkommen waren, an Mosel und Rhein keine wirkliche Heimat gefunden hatten?

Lag es an der Begegnung mit ihrer Mutter, der unprätentiösen, selbstverständlichen Art, mit der sie auf den preußischen Offizier an der Seite ihrer Tochter zugegangen war? Ohne Ressentiments, ohne Vorurteile. Oder spielte dabei vielleicht noch etwas ganz anderes eine Rolle? Etwas, das mit der Person des Mannes zu tun hatte, der ihr hier am Tisch gegenübersaß und selbst bei einem zwanglosen Mittagsmahl noch den Eindruck erweckte, als sei alles eine dienstliche Angelegenheit? Durch halb gesenkte Lider beobachtete sie ihn, sein kantiges, von der Sonne gebräuntes Gesicht – und die Gefühle, die mit einem Mal in ihr aufstiegen, waren ebenso angenehm wie beunruhigend.

»Gestern Abend hatte ich die Gelegenheit, mich ein wenig in der Stadt umzusehen«, unterbrach er das Schweigen.

Dankbarkeit durchströmte Franziska, Dankbarkeit dafür, dass dieser Offizier sie wieder in die Realität zurückholte, ihr in Erinnerung zurückbrachte, weshalb sie eigentlich hier waren. Als Zeichen dafür, dass sie ihm zuhörte, nickte sie.

»Ich habe einen Offizierskollegen aus Potsdam getroffen, und er hat mich auf Besuche in einigen Häusern mitgenommen.«

Hartens Blick wich dem ihren aus, und dennoch fragte sie nicht nach, um welche Häuser es sich handelte. Sie wusste, dass Offiziere oft bei vornehmen Familien zu Gast waren und ihre Abende damit verbrachten, eine Einladung nach der anderen auszukosten. Es wurde getrunken, gegessen, geredet.

Sie wartete ab, bis er weitersprach.

»Allerdings hab ich nicht viel herausfinden können. Zumal ich...«, er senkte die Stimme, »zumal ich nichts über die eigentliche Angelegenheit sagen durfte.«

Fahrig fuhr Franziska mit dem Finger über den Rand des Bechers vor ihr. »Ja.«

»Aber über den Capitain und seine Familie habe ich einiges... sagen wir... Interessantes erfahren.«

»Von Rülow?« Sie wusste, dass dieser bis vor nicht allzu langer Zeit in Cöln stationiert gewesen war und erst seit etwa einem halben Jahr mit Frau und Hausstand in Coblenz lebte.

Harten nickte. »Und wie mir scheint, hat er hier ein recht offenes, sehr geselliges Leben geführt.«

Franziska verkniff sich ein Grinsen. Der Ruf der vergnügungssüchtigen Offiziersgattin war ihr bekannt. Ein Ruf, den sie offensichtlich in Cöln erworben hatte. Denn seit Franziska in ihrem Hause angestellt war, hatte es noch nicht viele Gesellschaften gegeben.

Das Essen wurde gebracht, ein herrlich nach Zwiebeln, Bohnen und Speck duftender Eintopf, und Franziska lief das

Wasser im Mund zusammen. Trotz ihrer Anspannung tauchte sie sogleich den Löffel hinein, pustete kurz und kostete. Es schmeckte so gut, wie es roch, wunderbar vertraut und bodenständig, beinahe so wie bei ihrer Mutter.

»Es hieß«, fuhr Harten fort, »dass im Hause des Capitains oft mehrmals in der Woche große Diners veranstaltet wurden und die Herrschaften auch sonst dem gesellschaftlichen Treiben in der Stadt nicht abgeneigt waren.«

Auf einem Stück knorpeligem Speck herumkauend versuchte Franziska, dies mit dem Bild in Einklang zu bringen, das sie sich im Coblenzer Haushalt von der Familie hatte machen können.

»Henriette von Rülow soll regelrechte Wutanfälle bekommen haben, als sie erfuhr, dass ihr Mann nach Coblenz versetzt würde und sie alles hier...« Harten machte eine vage Geste in Richtung der Stadt, »aufgeben musste.«

Da mochte etwas dran sein. Es war unter den Hausangestellten ein offenes Geheimnis, dass die lebenshungrige Frau des Capitains in ihrem von strengen Regeln bestimmten Alltag vor Langeweile fast verging. Beinahe hätte Franziska sogar etwas wie Mitleid mit ihr empfunden, denn schließlich schien diese genauso unter der Steifheit und Enge der neuen Zeit zu leiden wie sie selbst.

Allerdings hatte Franziska auch einige Male beobachten können, wie sich die gnädige Frau recht eigenmächtig über die Einschränkungen hinwegsetzte und sich auf die eine oder andere Art schadlos hielt. Sie dachte an die erlesenen Gläser, das Silberbesteck und das wertvolle Porzellan. Außerdem führte Henriette von Rülow täglich eine recht rege Korrespondenz.

»Man kann die Arme ja fast bedauern«, murmelte Franziska nicht ohne Ironie. Aber im Grunde verspürte sie keinen Groll gegen ihre Dienstherrin. Immerhin schikanierte sie ihre Angestellten nicht, und das war mehr, als man von anderen Damen ihres Standes behaupten konnte.

Hartens leises Auflachen brachte Franziskas Gedanken wieder in die Gegenwart zurück. »Man erzählt sich, dass bei diesen Gesellschaften immer auch Künstler geladen waren, bunte Vögel, die den steifen Haushalt des Capitains aufgemischt haben.«

Bei dieser Vorstellung musste Franziska ebenfalls lächeln. Zumindest derartige Eskapaden hatte sich die Frau Capitain in ihrem Coblenzer Haus bisher nicht erlaubt.

»Dabei ließ sich die gute Dame nicht nur gerne portraitieren, sondern beauftragte einmal sogar einen Dichter, eine Ode auf sie zu schreiben...« Der Leutnant blinzelte Franziska schalkhaft an: »Oh Holde mein ... du Stern meiner Augen...«

Laut lachte sie auf und fühlte sich mit einem Male so befreit, dass sie kaum spürte, wie ihr zugleich die Röte ins Gesicht schoss, sich eine verräterische Hitze in ihrem Körper ausbreitete. Ohne zu überlegen, was sie da tat, hatte sie sich halb aufgerichtet, zu Harten hinübergebeugt und ihm einen Kuss auf die Stirn gedrückt. Kurz genug, um schwesterlich zu wirken, lang genug, um den seltsam anregenden Duft von Leder, Wolle und männlicher Haut wahrzunehmen, den er ausstrahlte. Dann plumpste sie zurück auf ihren Platz, benommen, irritiert und ein wenig erschrocken über sich selbst.

Harten sah sie erstaunt an, die Mundwinkel ein klein wenig angehoben.

Plötzlich kostete es Franziska Mühe, regelmäßig zu atmen. Die Luft in der Schankwirtschaft kam ihr ungewöhnlich warm vor.

»Was war das?«, fragte er mit belegter Stimme.

Franziska schüttelte nur den Kopf. Was sollte sie darauf antworten, wusste sie es doch selbst nicht. »Ein kleiner Dank«, murmelte sie und spürte, dass es die Wahrheit war, zumindest zum Teil. »Ein Dank dafür, dass Sie sich so für meinen Bruder einsetzen. Und für mich ...«

An einem Tisch auf der anderen Seite des Raumes wurde ein Stuhl quietschend über den Boden geschoben.

»Tue ich das?« Hartens Ton war weicher, als sie es je zuvor wahrgenommen hatte.

Schwere Schritte näherten sich.

Franziska nickte und spürte, wie ihr Mund sich zu einem Lächeln verzog. »Das tun Sie, zweifellos.« Und, als bedürfe es einer weiteren Erklärung, fügte sie hinzu: »Sonst wären Sie wohl jetzt nicht hier ... mit mir.«

»Hurenminsch, du!«

Wie ein Peitschenhieb zerschnitt eine Stimme diesen unwirklichen Augenblick, der Franziska so sehr in den Bann geschlagen hatte, dass es sie einige Atemzüge kostete, um zu begreifen, was gerade vor sich ging.

»Wat haste mit dem Blaukopp zu schaffen?«

Eine Hand fuhr zwischen Franziska und ihren Begleiter, riss mit einer einzigen Bewegung ihren Becher vom Tisch, sodass er mit einem lauten Krachen auf dem Boden zersprang. Das Bier spritzte nach allen Seiten und benetzte den Saum von Franziskas Kleid. Erschrocken sprang sie auf und fuhr zurück, als ihr Blick auf den Angreifer fiel, der sich mit zorniger Miene und geballten Fäusten über den Tisch beugte und so Harten und Franziska voneinander trennte.

»Preußenflittchen, dreckijes!«, keifte der Cölner hasserfüllt. Dünne Speicheltropfen trafen auf Franziskas Gesicht, die noch immer wie gelähmt dastand, unfähig, etwas zu sagen oder zu tun.

Ein weiterer Stuhl knarrte, als Harten sich langsam von seinem Platz erhob. Seine Miene war wie aus Eis, während er sich vor dem Fremden aufbaute, den Blick unverwandt auf die von Wut und Suff zitternde Gestalt gerichtet.

»Du wirst dich bei der Dame entschuldigen!« Die Stimme des Leutnants klang gefährlich leise und drang wie ein Messer durch die stickige, lärm- und rauchgetränkte Luft der Schankstube.

Empört fuhr der Angesprochene zusammen. »Warum sollte ich dat tun, Preuß?«, keuchte der Kerl.

Harten machte einen Schritt auf ihn zu. »Weil ich es sage, genau deshalb.«

Franziska beobachtete die beiden, die sich eine kurze Weile wortlos anstarrten, ein stummes Kräftemessen, wie bei einem Zweikampf. Hartens ganzer Körper schien unter Spannung zu stehen, sein Blick war noch immer fest auf den Cölner geheftet, seine Augen wirkten fast schwarz, unergründlich, drohend.

Ein Schauder überlief Franziska, und im gleichen Moment verstand sie, dass der Mann an ihrer Seite wirklich ein Soldat war, einer, der den Krieg gesehen, der eine Waffe in der Hand getragen hatte.

Wie ihr Vater.

Ein Offizier, dessen Befehlen man gehorchte.

Zumindest jeder, der noch einen Funken Verstand besaß. Was bei dem angetrunkenen Kerl hier offensichtlich nicht der Fall war.

»Ich habe gesagt, entschuldige dich bei der Dame!« In Hartens Miene stand eine unverhohlene Warnung.

Schwankend stützte sich der andere auf dem Tisch ab. »Du hast mir jar nix zu sagen, Blaukopp!«, lallte er, spannte sich an und ließ die Faust in Richtung von Hartens Gesicht vorschnellen. So unerwartet, dass Franziska vor Schreck zusammenfuhr und einen leisen, hellen Schrei ausstieß.

Der Leutnant musste diesen Schlag bereits kommen gesehen haben, denn mit einer einzigen kurzen Bewegung fing er ihn ab. Mit seiner Linken packte er das Handgelenk des Angreifers so fest, dass dieser vor Schreck oder Schmerz aufbrüllte, und riss dessen Arm nach unten.

»Ich habe gesagt, entschuldige dich bei der Dame.«

Ein Zittern lief durch den Körper des Betrunkenen, und gerade als Franziska glaubte, er wolle nachgeben, holte er Luft und spuckte dem Offizier direkt vor die Füße.

Einen Moment lang geschah nichts, es war so, als sei die ganze Szenerie eingefroren. Die Gespräche in der Gaststube waren verstummt, alle Augen auf die beiden Männer gerichtet. Dann stieß der Cölner einen drohenden Schrei aus, spannte sich an und schien sich auf Franziska stürzen zu wollen, die noch immer vor Schreck gelähmt neben dem Tisch stand.

Was dann passierte, ging so schnell, dass sie kaum folgen konnte. Harten stürzte vor, um Franziska mit seinem Körper zu schützen. Der Angreifer prallte hart gegen ihn, ohne dass der Leutnant jedoch das Gleichgewicht verlor. Stattdessen platzierte dieser einen gezielten Gegenschlag.

Erneut brüllte der Kerl auf und taumelte zurück, um mit glasigem Blick ein weiteres Mal auszuholen. Diesmal erfolgte Hartens Reaktion so rasch, dass Franziska keine Zeit mehr hatte zu schreien. Zielgenau traf seine Faust die Schläfe des Betrunkenen. Es knackte, der Getroffene zuckte zusammen, seine Augen verdrehten sich, und dann stürzte er mit einem Krachen zu Boden, wobei er noch einen Stuhl mit sich riss. Stöhnend und halb benommen blieb er liegen, verkrümmt, hustend und würgend.

Franziska befürchtete, dass er sich über ihre Füße erbrechen würde und wich einen Schritt zurück.

Harten stand völlig reglos da, die Hände noch immer geballt

und leicht am Körper angewinkelt. Seine Brust hob und senkte sich wie von unterdrückter Erregung, doch seine Miene war starr, beinahe ausdruckslos. Nur in seinen Augen schimmerte ein zorniger Glanz.

Einen Moment lang glaubte Franziska, er würde erneut zuschlagen, dem am Boden liegenden Mann einen Tritt geben, seinen Stiefel auf den Hals setzen.

Doch nichts dergleichen geschah. Harten sah sie an, schwer atmend, ansonsten jedoch völlig beherrscht. »Geht es Ihnen gut?«, fragte er etwas heiser.

Franziska nickte. »Ja, alles in Ordnung.«

Sie sah auf den Mann hinunter, dem entweder der Mut oder die Kraft fehlte, sich wieder aufzurichten. Erst jetzt begann die Wut über dessen unverschämte Worte, seine Beleidigung in ihr zu bohren, die Schmähungen, die er ihr an den Kopf geworfen hatte.

Preußenflittchen ...

Franziska schüttelte sich, zwang ihre Gedanken jedoch sogleich in eine andere Richtung. »Lernt man es in der preußischen Armee, so zu kämpfen?«, fragte sie nicht ohne Respekt.

Der Hauch eines Lächelns blitzte in seinem Gesicht auf. »Nein, bei Prügeleien mit Stallburschen, Erntehelfern und Pferdeknechten.« Als Franziska ihn verständnislos ansah, fügte er hinzu: »Mein Vater hat als Feldarbeiter auf einem der großen Güter nicht weit von Königsberg gearbeitet. Dort lernt man schnell, sich durchzuschlagen, wenn man nicht untergehen will.« Er hielt inne, als erwarte er eine Reaktion ihrerseits.

Franziska nickte. »Ich verstehe.«

Tatsächlich war sie von dieser Eröffnung nicht überrascht. Es passte zu ihm, auf eine höchst widersprüchliche und irritierende Weise. Zu seiner Geradlinigkeit, seiner offensichtlichen Bedürfnislosigkeit und der Fähigkeit, ein selbst gestecktes Ziel mit aller Macht zu verfolgen. »Beruhigend zu wissen«, murmelte sie und ergriff Hartens dargebotene Hand. Ihre Finger schlossen sich um die seinen, als er ihr half, über den Kerl am Boden zu steigen. Dieser kam langsam wieder zu sich, machte jedoch keine Anstalten, sich aufzurappeln.

Als sie schon fast den Ausgang erreicht hatten, blieb Harten stehen, warf eine Handvoll Münzen auf den Tresen und drehte sich zu ihr um. »Bitte entschuldigen Sie, dass ich Sie an einen solchen Ort geführt habe, Fräulein Berger. Wie es scheint, ist es nicht die richtige Umgebung für eine geruhsame Mahlzeit.«

Sein aufrichtiger Blick zeigte, dass er es ernst meinte. Etwas begann sich in Franziska zu lösen, ein Gefühl, das sie zunächst nicht benennen konnte. Vermutlich war es die Erleichterung über den überstandenen Schrecken.

»Sie brauchen sich nicht zu entschuldigen.« Unwillkürlich musste sie lächeln, als sie sich an die verbotenen Ausflüge ihrer eigenen Kindheit erinnerte. »Ich bin auch nicht ganz so behütet aufgewachsen, wie Sie vielleicht meinen, Monsieur.«

Gutmütiger Spott blitzte in seinen Augen. »Möchten Sie mir davon erzählen?«

Franziska setzte ihre Schute auf und knotete die Bänder unter ihrem Kinn zusammen. »Nein«, sagte sie, als sie damit fertig war, und fügte mit einem vielsagenden Blick hinzu: »Jede Frau hat ihre kleinen Geheimnisse, und die möchte ich auch gerne für mich behalten.«

Es überraschte Franziska, dass Harten lachte, doch es war ein angenehmes Lachen, warm, weich und tief. Und als sie, ihre Hand in seiner Armbeuge, nach draußen trat, überkam sie das untrügliche Gefühl, dass sich gerade etwas zwischen ihnen geändert hatte.

Kapitel 31

Als Franziska die Augen aufschlug, dämmerte der Morgen durch das kleine Fenster. Ihre Mutter war bereits damit beschäftigt, Frühstück zu machen. Das vertraute Klappern drang von der anderen Seite des Raumes zu Franziska herüber und versetzte sie für einige wundervolle Momente zurück in ihre Kindheit. Obgleich ihre Eltern damals wohlhabend genug gewesen waren, um ein Hausmädchen zu beschäftigen, hatte ihre Mutter es sich nicht nehmen lassen, die meisten Mahlzeiten für ihre Familie selbst zuzubereiten und mit ihren Kindern zusammen einzunehmen. Wann immer möglich war auch der Vater dabei gewesen. Franziska genoss diesen Zauber des Augenblicks zwischen gestern und heute, bis neben ihren Erinnerungen langsam wieder ein anderes Gefühl erwachte und schließlich all ihre Gedanken beherrschte.

Die Ereignisse am Vortag in der Schenke, der Gast, der sie angepöbelt hatte, und Harten, der ihr zu Hilfe gekommen war. Noch immer konnte sie es nicht fassen, dass der Leutnant ihre Ehre mit seinen – *tatsächlich* – mit seinen Fäusten verteidigt hatte. Dabei hatte er sich als recht geschickt erwiesen – gleichgültig, ob er die Fähigkeit, einen aufmüpfigen Kerl einfach zu Boden gehen zu lassen nun seiner militärischen Ausbildung oder der rauen Kindheit auf einem ostpreußischen Gutshof verdankte. Mehr als ihr lieb war, beschäftigte Franziska die Tatsache, dass dieses Ereignis etwas in ihr selbst verändert hatte – etwas, das ihre Einstellung zu dem Leutnant betraf. Sie hatte den Zorn in seinen Augen gesehen, als der betrunkene

Mann sie angegriffen hatte, seine Entschlossenheit, als er sich ihretwegen zu einer Handgreiflichkeit hatte hinreißen lassen, die ihm als Offizier streng verboten war und ihn in ernsthafte Schwierigkeiten bringen konnte.

Hitze stieg in ihrem Körper auf, als sie sich an seinen Blick erinnerte, den festen Druck seiner Finger, als er ihre Hand nahm. Gütiger Himmel, war es am Ende sogar möglich, dass sie... Allmächtiger!

»Fanchon Liebes, guten Morgen.« Ohne dass sie es gemerkt hatte, war Luise an ihr provisorisches Nachtlager getreten und schob den Vorhang am Fenster zurück. Warmes Sommerlicht durchflutete den Raum und machte ihn gleich viel freundlicher. Ebenso wie das Lächeln ihrer Mutter, deren Augen so viel Zuversicht und Zuneigung ausstrahlten, dass Franziskas Sorgen der jüngsten Zeit ein wenig schwanden – oder doch zumindest erträglicher wurden.

In einer herzerwärmend vertrauten Geste hielt Luise ihr einen Becher mit einer dampfenden hellbraunen Flüssigkeit hin, den sie dankbar entgegennahm.

»Ich sehe, du hast dich gut herausgemacht in letzter Zeit...« Nachdenklich ruhte Luises Blick auf ihr, und Franziska spürte den Stolz, den diese damit zum Ausdruck bringen wollte.

»Danke.« Hin und her gerissen zwischen ihrer Sorge und dem Wunsch, zumindest für eine kleine Weile all die schrecklichen Ereignisse zu vergessen und nur das seltene, so unendlich kostbare Zusammensein mit ihrer Mutter zu genießen, nahm sie einen Schluck aus dem Becher. Auch wenn es nur Muckefuck war, so schmeckte er doch so süß und vertraut nach zu Hause, dass er ihr köstlicher erschien, als alles, was sie in den vergangenen Jahren zu sich genommen hatte.

»Wann wird dein Preuße kommen, um dich abzuholen?«

»Er ist nicht...«, wollte Franziska einwenden, unterbrach

sich jedoch sogleich. »Er müsste bald da sein. Unser Schiff geht in einer Stunde.«

Ein wissendes Lächeln hatte sich in die Augenwinkel ihrer Mutter geschlichen und für einen Moment den Ausdruck der Sorge vertrieben. »Er hat sich sehr für dich eingesetzt, Fanchon ... und für Christian.«

Lag da tatsächlich etwas wie Dankbarkeit in ihrer Stimme?

»Er hat selbst allen Grund dazu, herauszufinden, was hinter der Sache steckt, immerhin ist er der Verantwortliche«, wehrte Franziska ab, schwieg dann jedoch, um nichts Unwahres zu sagen.

Seit dem Vortag, seit jenem Ereignis in der Schankstube ... noch immer wurde es ihr flau im Magen, wenn sie daran dachte. Die Berührung seiner Hand auf ihrem Arm, sein Blick, der auf ihr ruhte. Grundgütiger, wieso nur ...

»Er hat die Mühe auf sich genommen, dich hierher zu begleiten ...«, sagte ihre Mutter leise, als würde das alles erklären. »Und er scheint aufrichtig zu sein.«

»Er ist ein Preuße«, protestierte Franziska und spürte wieder diese seltsame Verwirrung, wenn sie an ihn dachte.

»Das ist er, in der Tat.«

»Und er ...«

»Ja?«, fragte ihre Mutter.

»Ach schon gut ...« Sie wusste nicht, wie sie es hätte ausdrücken können, diese widersprüchlichen Empfindungen und Gedanken, die er in ihr auslöste.

»Er ist ein aufrichtiger Mann – und er hat einen Kummer ...« Luise schien in sich hineinzuhorchen. »War er damals im Krieg?«

Typisch für ihre Mutter, sich um alle zu sorgen, stets für jeden und jedes ein offenes Ohr und Verständnis zu haben.

»Ja«, antwortete Franziska. »Warum fragst du?«

»Ein Krieg formt die Seelen der Menschen oft stärker als den Leib. Verletzungen können heilen, wenn auch nicht immer. Aber die entsetzlichen Erlebnisse... Nun, das wird wohl seine Sorge sein, nehme ich an. Hast du Hunger auf ein Frühstück?«

Dankbar über diesen Themenwechsel nickte Franziska. Wenige Augenblicke später saß sie mit ihrer Mutter an dem kleinen Tisch am Fenster, den diese normalerweise für ihre Näharbeiten verwendete, und biss in ein Stück Brot, das Luise mit etwas zerlassener Butter beträufelt hatte. Wenn sie die Augen schloss, konnte Franziska sich beinahe vorstellen, wieder ein Kind zu sein und in einer Welt zu leben – in der für sie und ihre Familie alles in Ordnung war.

»Du hast dich zu einer jungen Dame entwickelt, wie mir scheint.« Der Anflug eines leisen Lächelns zeigte Franziska, dass dieser Satz noch mehr beinhaltete als die Wertschätzung ihres Aussehens und ihres Auftretens. »Ich bin froh, dass Christian dich an seiner Seite hat.«

»Nur dass ich ihm bisher nicht wirklich helfen konnte.«

Der Schatten von Traurigkeit und Besorgnis huschte über die noch immer ebenmäßigen Züge ihrer Mutter. Doch dann hatte sie sich wieder in der Gewalt. »Das wird sich noch zeigen.«

»Sie werden ihn vor Gericht stellen«, brach es aus Franziska heraus, »sie werden ihm den Prozess machen, und ich weiß nicht mehr, was ich noch tun kann...«

»Fanchon...« Tränen schimmerten in Luises grauen Augen, doch traten sie nicht hervor. Wieder nötigte diese Selbstbeherrschung Franziska Respekt ab. Niemals würde Luise Berger ihre Kinder mit ihren eigenen Sorgen belasten. Dennoch hätte Franziska es in diesem Augenblick vorgezogen, wenn ihre Mutter geweint oder getobt hätte. Zumindest waren das die Impulse, die sie selbst verspürte, sobald sie an Christian dachte und an das, was man ihm vorwarf.

Sanft legte Luise ihr die Hand auf die Schulter. »Ich komme mit dir nach Coblenz. Vielleicht gibt es etwas, das ich tun kann, vielleicht ...«

»Nein.« Entschlossen schüttelte Franziska den Kopf. »Da gibt es nichts. Es tut dir nur unnötig weh und ...« Sie unterbrach sich und wusste nicht, wie sie den Satz zu Ende führen sollte. Die Sorge um Christian allein auszustehen, war eine Sache. Dabei noch ihre Mutter leiden zu sehen, wie tapfer diese das auch vor ihr zu verbergen suchte, war mehr, als sie ertragen könnte. Zudem wusste sie, dass ihre Mutter dringend auf ihre kargen Einkünfte angewiesen war und ihre Arbeit nicht im Stich lassen konnte. Auch überstieg der Preis für diese Fahrt ihre finanziellen Möglichkeiten bei Weitem. Es hatte Franziska selbst ihre ganzen kümmerlichen Ersparnisse gekostet, die Schiffsreise zu bezahlen. Den Rest hatte Therese ihr vorgestreckt.

»Bitte bleib hier, Maman. Es ist besser, du kommst nicht mit.« Es klang wie ein Flehen.

Nachdenklich sah ihre Mutter sie an, und Franziska hatte das Gefühl, diese könne noch immer in ihrem Gesicht lesen wie damals, als sie klein war. Wortlos stand Luise auf, wandte sich um und machte sich daran, das Geschirr abzuwaschen, sodass bald ein Platschen und Klappern den Raum erfüllte.

»Vielleicht hast du recht. Womöglich würde ich nur ...« Sie sprach den Satz nicht zu Ende, und doch war es Franziska, als fiele ihr eine Zentnerlast von der Seele.

Schnell stand sie auf, lief zu ihrer Mutter hin und schlang von hinten die Arme um sie. »Ich werde alles für Christian tun, was in meiner Macht steht, Maman. Das verspreche ich dir«, sagte sie leise.

Ein Klopfen unterbrach die ungewohnte Gefühlsaufwallung. Beide Frauen wandten die Köpfe. Einen Moment lang herrschte Stille. Dann löste sich Franziska aus der Umarmung und ging zur Tür.

✻

Die Müdigkeit steckte Rudolph in den Knochen, und sein Bein schmerzte mehr als sonst, als er sich durch die engen Cölner Gassen drängte, um zu dem Haus zu gelangen, in dem Luise Berger ihre kleine Wohnung hatte.

Die vergangene Nacht hatte er wieder mit einigen Offizieren zugebracht, die ihn von Einladung zu Einladung geschleppt hatten. Er war darauf eingegangen in der Hoffnung, weitere Einzelheiten über Capitain von Rülow und dessen Zeit in Cöln in Erfahrung zu bringen oder darüber, ob ein Pionier aus Coblenz kürzlich irgendjemandem aufgefallen war. Doch außer einem heftigen Kater, der von dem unumgänglichen, ausgiebigen Genuss alkoholischer Getränke herrührte, und den Folgen des Schlafmangels hatte dieser Abend Rudolph keine neuen Erkenntnisse gebracht. Dabei mochte er diese öden, nichtssagenden gesellschaftlichen Veranstaltungen ohnehin nicht. Sie raubten ihm lediglich seine Zeit, die er viel lieber mit Bauplänen verbracht hätte. Oder, da er nun schon einmal hier war, hätte er sich gerne näher mit der alten Bausubstanz dieser Stadt und ihren Gebäuden befasst.

Einen Moment blieb Rudolph stehen, um die Geräusche und Gerüche dieser Stadt wahrzunehmen. Cöln, Colonia, dieses Relikt aus der Vergangenheit, aus einer überkommenen Zeit, das sich jetzt anschickte, wie Phönix aus der Asche wiedergeboren zu werden. Er dachte an den Torso des Domes, der dunkel in den Himmel ragte und ihm beinahe wie ein Symbol dieser Stadt erschien: unfertig, zerrüttet, vergessen ... und doch darauf wartend, dass jeden Moment etwas Neues mit ihr geschah, etwas, das sie endgültig aus diesem Dornröschenschlaf aufweckte.

Kopfschüttelnd rieb sich Rudolph die Schläfen. Er musste in der Nacht doch mehr getrunken haben, als er sich erinnern konnte, wenn ihm derart abstruse Gedanken im Kopf herumspukten. Oder war es die Aura dieser uralten Gemäuer, die ihn so wunderlich werden ließen? Dabei wusste er als Ingenieur natürlich, dass Gebäude keine Aura besaßen. Es gab nur exakte Berechnungen, Zement, Stein und Mörtel... und all die neuen Materialien, welche die Zukunft versprach.

Schnell legte er die letzten Schritte zurück, und als er in den dunklen Flur trat, wurde ihm klar, was derart heftig in seinem Inneren gärte, seine ehernen Grundsätze erschütterte und ihn von seinen klaren Standpunkten abkommen ließ: Franziska Berger. Diese außergewöhnliche junge Frau mit dem engelsgleichen Gesicht und der teuflisch spitzen Zunge. Langsam und steif stieg er die Treppe hinauf. Dann klopfte er und wartete, dass sich auf der anderen Seite etwas tat.

Als Franziska ihm öffnete, zuckte er zusammen. Ihre Augen waren gerötet, als hätte sie geweint. Und dieser Anblick versetzte ihm einen solchen Stich, dass es ihn selbst überraschte.

»Sind Sie fertig? Wir müssen gleich los.« Seine knappen Worte ließen nichts von seiner inneren Anspannung erkennen. Aus einem Reflex heraus nahm er den Zweispitz ab, bevor er eintrat, und nickte Frau Berger zu, die sich mit der Schürze verstohlen über die Augen wischte.

Mitleid und Sympathie überkamen ihn. Die arme Frau musste ja völlig außer sich sein vor Sorge um ihren Sohn. Und nun stand schon wieder dieser Preuße vor der Tür! Wäre die Situation nicht so ernst gewesen, hätte Rudolph beinahe über die Ironie des Ganzen lachen können. Doch so empfand er nur Anteilnahme mit den beiden Frauen, die in dieser kleinen

Wohnung standen und ihn ansahen, als sei er Engel und Teufel in einer Gestalt. Als könne er Rettung und Verderben gleichermaßen über sie bringen, und in gewisser Weise mochte das sogar stimmen.

»Haben Sie Ihre Sachen gepackt? Es bleibt nicht viel Zeit.«

Wie gewöhnlich zeigte sich Franziska von seiner schroffen Art keineswegs beeindruckt. »Bitte nehmen Sie doch einen Moment Platz, ich bin gleich so weit«, sagte sie und machte sich daran, ihre wenigen Habseligkeiten, die sie mitgebracht hatte, zusammenzusuchen.

Ihre Mutter hatte einige Schritte auf Rudolph zu gemacht. »Darf ich Ihnen vielleicht vor Ihrem Aufbruch noch mal einen *Mocca faux* anbieten, Herr Leutnant?«

Wieder dieses gefasste, unaufgeregte Auftreten – von einer Frau, deren Sohn die Hinrichtung drohte und deren Gatte wohl von einem Preußen in den Tod geschickt worden war. Rudolph nickte nur, aufrichtig bewegt von so viel innerer Stärke.

Wenige Augenblicke später kam sie mit einem Becher zurück, den sie ihm reichte. »Er ist schon ein wenig abgekühlt, was aber bei den sommerlichen Temperaturen da draußen sicher ganz angenehm ist.«

Ihr Lächeln war das Letzte, was Rudolph jemandem wie ihm gegenüber erwartet hätte. »Danke«, sagte er kurz angebunden.

Doch Luise Berger ließ sich davon genauso wenig abschrecken wie ihre Tochter. Einige Augenblicke lang sah sie ihn an, als würde sie ihn abschätzen, herauszufinden versuchen, was für ein Mensch er war. Gerade, als diese Musterung Rudolph unangenehm zu werden begann, wandte sie sich ab und überließ ihn seinem Getränk.

Gedankenverloren nippte er daran, ohne den Geschmack zu

registrieren, ohne irgendetwas anderes wahrzunehmen als diese sorgfältig aufgeräumte kleine Wohnung, die eine Behaglichkeit ausstrahlte und in Rudolph ein lange verloren geglaubtes Gefühl weckte. Sein Blick fiel auf einen zusammengefalteten Stapel Weißwäsche auf einem Schemel neben dem Fenster, und er erinnerte sich daran, dass Franziskas Mutter ihren Lebensunterhalt als Putzmacherin und mit Näharbeiten bestritt.

Sein Herz zog sich zusammen, als er an seine eigene Mutter dachte. Und mit einem Mal verschwammen die Unterschiede zwischen den Welten, Osten und Westen, Stadt und Land, Preußen und dieses ... was auch immer es war ... diese neue Provinz, die im Herzen noch im Mittelalter steckte und mit dem Kopf in der Französischen Revolution. Hüben wie drüben gab es Frauen wie seine eigene Mutter und diese hier, die sich von morgens früh bis abends spät krummlegten, um für sich und ihre Kinder zu sorgen, gleichgültig, wer im Land das Sagen hatte, gleichgültig, was die Politik gerade beschloss ...

Aus Liebe, Liebe zur Familie, Liebe zu den Kindern.

Ein schabendes Geräusch entstand, als Rudolph den Stuhl heftig zurückschob. Hastig trank er den Rest des Kaffees aus, als könne er damit die Gedanken beiseiteschieben, die ihn plötzlich überkommen hatten. So rührselig, so verletzlich.

»Sind Sie jetzt fertig?«, fragte er lauter als beabsichtigt.

»Einen Augenblick noch, Herr Leutnant«, entgegnete Franziska, während sie geschäftig hin und her eilte.

Rudolph stellte verwundert fest, wie angenehm ihr weicher Akzent ihm erschien, wie wunderbar er seine Stimmung aufhellte, die düsteren Wolken der Erinnerung vertrieb.

Kurze Zeit später stand sie neben ihm, die Schute auf dem Kopf, ein Bündel in der Hand. »Wir können.«

Einige Atemzüge lang rührte er sich nicht, sah sie nur an. Wie sie auf ihn wartete, in ihrer einfachen, schon aus der Mode gekommenen Kleidung, den vor Aufregung geröteten Wangen, dem ernsten Blick, den er so gerne aus ihrem Gesicht gewischt hätte.

Leise knisterte Stoff, als Luise Berger sich näherte. In ihren grauen Augen schimmerten Tränen. Auf eine für sie untypische Art wirkte sie unentschlossen, und für einen Moment befürchtete Rudolph, sie könnte die Bitte äußern, nach Coblenz mitgenommen zu werden. Stattdessen jedoch zog sie ihre Tochter an sich, strich ihr über die Wange und flüsterte ihr etwas ins Ohr, das er nicht verstand, Franziska jedoch nicken ließ. Dann schob sie sie eine Armlänge von sich und sah sie an, so lange und eindringlich, als wolle sie sich ihr Bild einprägen, als stünde zu befürchten, dass sie sich in nächster Zeit nicht wiedersehen würden.

Als sie Franziska Hand ergriff, streifte sie etwas über deren Finger. Erst beim zweiten Hinsehen erkannte Rudolph, dass es sich dabei um einen Ring handelte.

»Den hat mir dein Vater zur Verlobung geschenkt ... Lucien, er ... er hatte den gleichen. Damals, in diesem Krieg, von dem er nicht zurückkehrte, da ...«, Luise Berger unterbrach sich, Trauer und Liebe klangen in ihrer Stimme mit, als sie sich an ihre Tochter wandte. »Ich möchte, dass du ihn trägst, zumindest bis ... bis ...« Sie sprach nicht weiter, doch Franziska schien verstanden zu haben, denn sie nickte wieder.

Noch einmal umarmte sie ihre Mutter, drückte sie fest an sich und ging dann zur Tür. »Ich bin bereit, Herr Leutnant.«

Rudolph war es auch. Doch bevor er das Haus verlassen konnte, das solch seltsame Gefühle in ihm weckte, gebot die Höflichkeit, sich erst von der Mutter zu verabschieden.

»Gnädige Frau.« Er deutete eine Verbeugung an. »Ich bedanke mich für die Gastfreundschaft und den Kaffee.«

Wärme trat in die Augen von Luise Berger. »Ich danke

Ihnen, dass Sie meine Tochter hierher begleitet haben. Und ich danke Ihnen auch für alles, was Sie für meinen Sohn tun. Es gibt wohl niemanden sonst, der sich für jemanden wie ihn einsetzen würde.«

Rudolph wollte protestieren, wollte die Sache richtigstellen und ihr erklären, dass es ihm nur darum ginge, den wahren Schuldigen zu finden, wer immer das auch sei. »Madame, Sie irren, ich ...«, begann er, doch mit einer Geste schnitt sie ihm das Wort ab.

»Passen Sie bitte gut auf Franziska auf, Herr Leutnant. Sie hat schon so vieles erlebt. Es ist nicht nötig, dass noch ...«, den Rest des Satzes brachte sie im Flüsterton hervor, »... dass ihr auch noch das Herz gebrochen wird.« Dann lächelte sie wieder. »Eine gute und sichere Reise. Gott schütze Sie beide.«

Nach einem knappen Abschiedsgruß folgte Rudolph Franziska, die im Flur auf ihn wartete, die rechte Hand mit dem Ring, vorsichtig vor ihrem Gesicht hin und her drehend.

Die Worte von Luise Berger klangen in Rudolphs Kopf nach. Der wissende Blick, mit dem sie ihn angesehen hatte, als gäbe es Dinge, von denen sie Kenntnis hatte, die er noch nicht einmal selbst ahnte. Oder doch, vielleicht ahnte, aber nicht wahrhaben wollte, unfähig, es sich einzugestehen.

Mit einem Mal fühlte er sich in seine Kindheit versetzt, fühlte sich wie der zehnjährige Knabe, dem die Mutter sacht mit der rauen, abgearbeiteten Hand über die Wange strich. Doch es gelang ihm, dieses Gefühl abzuschütteln und wieder in die Gegenwart zurückzukehren, in den Körper des Mannes, der er jetzt war, mit den Spuren des Krieges auf seiner Haut, dem zerschossenen Bein.

»Wollen wir aufbrechen?« Franziskas Stimme klang ein wenig belegt, und sie musste sich räuspern.

Statt einer Antwort nickte er nur und reichte ihr den Arm.

Ein kleines Lächeln huschte über ihr Gesicht, als sie sich bei ihm einhakte. Sein Blick fiel auf das Schmuckstück, das die Mutter ihr angesteckt hatte – und erstarrte. Er blinzelte, um sicherzugehen, dass ihm seine Augen keinen Streich spielten.

Auf den schlanken Fingern der jungen Frau prangte ein zierlicher Silberring, der ein Siegel zeigte, das er nur allzu gut kannte: ein gebogener Hirtenstab, um den sich Weinreben rankten, umgeben von drei Bienen.

Und plötzlich war der Geruch von Blut, Rauch und Pulverdampf wieder da, so durchdringend, dass Rudolph glaubte, ersticken zu müssen.

Kapitel 32

Das Wasser am Bug des Schiffes schäumte auf, zog sich an den Seiten entlang in weißer, glitzernder Pracht. Feine Gischtspritzer trafen Franziskas Gesicht, ihre Hände und auch die Arme, die – dem warmen Wetter entsprechend und jeglicher Etikette trotzend – bis auf ein dünnes Schultertuch nackt waren. Einen Moment hielt Franziska die Augen geschlossen und genoss den erfrischenden Luftzug der Brise, die kühlenden Wassertropfen auf ihrer von der Sonne erhitzten Haut. Wahrscheinlich würden schon sehr bald ein Sonnenbrand und wenige Tage danach eine sehr undamenhafte Bräune die jetzt unbekleideten Körperstellen verunzieren.

Doch wozu sollte sie überhaupt vorgeben, eine Dame zu sein, wo sie erst als unbezahlte Hilfskraft im Haushalt ihres Onkels ausgenutzt worden war und jetzt als Dienstmädchen bei einem Preußen arbeitete?

Das leise Vibrieren des Schiffskörpers, der sich, von Segeln getrieben, entgegen der Strömung des Rheins in Richtung Süden bewegte, wirkte beruhigend und erhebend zugleich auf sie. Franziska genoss es, eine Weile allein zu sein und ihre Gedanken zu ordnen. Ihre Reise nach Cöln hatte nicht das erhoffte Ergebnis gebracht. Zwar war es ihr und ihrem Begleiter gelungen, einige neue Informationen zusammenzutragen ... nur, ob diese ihrem Bruder zur Freiheit verhelfen konnten, war nicht ersichtlich. Die feuchte Gischt einatmend schloss Franziska die Augen. Und doch war nicht von der Hand zu weisen, dass dieser Aufenthalt in Cöln etwas verändert hatte.

Vielleicht nicht in Bezug auf den Fall des angeblichen Landesverrats und die entwendeten Dokumente, aber auf etwas anderes... Etwas, an das zu denken sie sich fast schämte, das aber deswegen nicht weniger verlockend war.

Noch immer glaubte sie, Rudolphs Gesicht unter ihren Lippen zu spüren, den Moment, als sie ihm den flüchtigen Kuss auf die Stirn gedrückt hatte, bevor er sie vor dem aufdringlichen Kerl und dessen beleidigenden Worten beschützte. Mit Erstaunen stellte sie fest, dass sie die Anwesenheit dieses stillen Preußen seither nicht mehr als so lästig empfand wie noch einige Tage zuvor. Genau genommen nahm sie seine Gegenwart bisweilen als geradezu angenehm wahr. Auch wenn er sich ihr gegenüber stets korrekt und distanziert verhielt – immerhin war sie eine halbe Französin und dazu die Schwester des Hauptverdächtigen. Doch war ihr während dieser Reise bewusst geworden, dass auch er eine gewisse Sympathie für sie empfand, vielleicht so etwas wie Freundschaft. Und das war in Zeiten wie diesen etwas, das man nicht zu gering achten durfte.

»Sind Sie in Träumereien versunken?«

Franziska ertappte sich dabei, dass ein verräterisches Lächeln auf ihr Gesicht trat.

»Nach was sieht es denn aus, Monsieur? Finden Sie nicht auch, dass dieser Anblick genau dazu einlädt?« Langsam öffnete sie die Augen und wandte sich ihm zu. »Der Rhein, der Himmel, die Sonne...« Sie unterbrach sich, als sie seine verschlossene Miene bemerkte. Unwillkürlich versteifte sie sich, obgleich sie nicht wusste, was die Ursache dafür war.

Einen Moment ruhte sein Blick auf ihr. Dann wandte er sich ab und trat neben sie an die Reling. Hätte er ohne Vorwarnung einen Eimer mit eiskaltem Wasser über Franziska ausgegossen, wäre sie kaum ernüchterter gewesen. Gerade noch hatte sie geglaubt, diese unerwartete, wundervolle Nähe zu spüren, die zwischen ihnen in Cöln geherrscht hatte, in der Wohnung ihrer Mutter, im Gasthaus ... Die Wärme, die er dort ausgestrahlt hatte, den Anflug von trockenem Humor. Was war geschehen, dass er sich nun wieder so kalt und abweisend verhielt?

Verwirrt blickte Franziska zum sommerlich blauen Himmel auf, an dem nur vereinzelte Wölkchen hingen. Der Tag hatte seine Strahlkraft verloren, der Fluss den Zauber, den er noch einige Augenblicke zuvor besessen hatte.

»Worüber denken Sie nach?«, fragte sie schließlich, als sie das Schweigen nicht mehr länger aushielt.

Stumm starrte er weiterhin ins Wasser, als hätte sie nichts gesagt. Seine Kiefermuskeln waren angespannt, sein Kinn war nach vorne gereckt.

Franziska spürte Ärger in sich aufsteigen. Sie hieß das Gefühl willkommen, weil es sie von der Bestürzung und Sorge ablenkte, welche die unheilschwangere Miene Hartens in ihr ausgelöst hatte.

»Ich weiß nicht genau, wie man es bei Ihnen da oben im Osten hält, doch hierzulande gilt es als unhöflich, die Frage einer Dame nicht zu beantworten.« Sie war einen Schritt näher an ihn herangetreten, bereute dies jedoch sogleich, als er sich zu ihr umwandte.

Sein Gesicht wirkte nun geradezu finster, und Franziska fragte sich, ob preußische Militärs eigentlich eine gesonderte Schulung darin erhielten, ihr Gegenüber mit einem einzigen strafenden Blick zum Schweigen zu bringen und in sengende Schuldgefühle versinken zu lassen. Wenn ja, wäre das vor ihr stehende Exemplar seiner Gattung in diesem Fach sicher als Klassenbester hervorgegangen.

Allerdings war Franziska nicht bereit zu kuschen. »Ich wollte nur wissen, was Sie gerade beschäftigt, da Ihre Miene das Schlimmste befürchten lässt.«

»Haben Sie schon einmal über die Funktionsweise dieses Segelschiffs nachgedacht?«, fragte er statt einer Antwort.

Diese Erwiderung verblüffte Franziska nun doch. *Segelschiff? Funktionsweise?* Was in aller Welt hatte das mit ihrem Problem zu tun? Und ganz sicher war das auch nicht der Grund für seinen seltsamen Stimmungsumschwung. Ein ungutes Gefühl beschlich sie, und plötzlich hatte sie trotz des Sonnenscheins das Bedürfnis, ihr Schultertuch fester um sich zu ziehen.

»Leider nicht, Monsieur. Derartige technische Feinheiten haben sich bisher meiner Kenntnis entzogen.«

Noch immer war sein Gesicht ernst, aber zumindest war das Drohende für den Moment aus seinem Blick verschwunden.

»Es wird nur durch die Kraft des Windes angetrieben«, sagte er, »durch die Macht der Natur sozusagen. Eine Gewalt, die der Mensch nun schon seit Jahrhunderten zu beherrschen gelernt hat, von deren Launen er aber auch abhängig ist ... Flauten und Windstille einerseits, Stürme und Unwetter auf der anderen Seite.« Er machte eine Pause und blickte auf einen unbestimmten Punkt vor sich, als gäbe es etwas zu sehen, das nur er wahrnehmen konnte. »Die Zukunft jedoch wird anders sein ... neue technische Möglichkeiten, moderne Berechnungen ... der Mensch wird immer weiter lernen, die Natur zu kontrollieren, statt sich ihrer lediglich zu bedienen. Von Dampfkraft bewegte Schiffe werden bald den Rhein hinauf- und hinunterfahren, angetrieben von einem komplizierten Zusammenspiel von Feuer, Hitze und sich ausdehnendem Gas. Von Menschenhand geschaffen und gemeistert. Dann wird nichts mehr, *nichts*, den Fortschritt aufhalten können.«

»Klingt interessant ...« Franziska blinzelte gegen den leichten Fahrtwind an, während sie sich fragte, was Harten ihr wirklich sagen wollte. »Doch nehme ich an, dass Ihre verdrießliche Miene nicht mit der sich hinauszögernden Einführung der Dampfkraft im Schiffsverkehr in Verbindung steht.« Noch ehe sie zu Ende gesprochen hatte, bereute sie es bereits, denn sogleich hatte sich die Stirn ihres Gegenübers wieder in Falten gelegt.

Eine Weile sah er sie schweigend an, dann schüttelte er den Kopf. »Ich fürchte, wir haben in Cöln wenig herausgefunden, was dazu beitragen wird, Ihren Bruder vor einer Verurteilung zu retten.«

Obgleich Franziska den Eindruck hatte, dass auch dies nicht der wirkliche Grund für den rätselhaften Stimmungswandel Hartens war, konnte sie nicht verhindern, dass ihr Herz bei diesen Worten sank. »Sie haben recht ...«, brachte sie schließlich gepresst hervor, da sie glaubte, eine Antwort schuldig zu sein. »Lediglich, dass Henriette von Rülow sich in der Rolle der hochherrschaftlichen Gastgeberin gefällt und einen Ruf wie Donnerhall in der Stadt hinterlassen hat.«

Harten nickte. »Keinerlei Verbindung zu irgendwelchen verschwundenen Dokumenten.«

»So sieht es aus.« Mutlos ließ sie die Schultern sinken. »Und wie ich die Gattin des Capitains einschätze, gilt ihr einziges Interesse ohnehin ihrer Garderobe, ihrem entsetzlich kläffenden Pudel und der Frage, welche Gesellschaft in dieser Woche noch reizvoll genug wäre, um daran teilzunehmen.«

Der Leutnant hob eine Augenbraue, blieb jedoch eine Erwiderung schuldig.

»Nichts ... nichts, was irgendwie Licht in die ganze Sache bringen könnte«, murmelte sie. »Selbst Maman konnte uns nichts Bedeutsames mitteilen.«

»Beinahe nichts«, korrigierte Harten. »Außer, dass Ihr Bruder ein sehr plötzliches Interesse an seinen Verwandten in Südfrankreich gezeigt hat.«

Überrumpelt schluckte Franziska die Bemerkung, die ihr auf der Zunge gelegen hatte, herunter und fragte stattdessen: »Und was soll das bedeuten? Außer, dass mein Bruder schon immer ein Mensch mit Familiensinn war, der den Tod seines Vaters nie ganz verwunden hat? Was ist daran anstößig, nach seiner Familie zu fragen, insbesondere wenn man nie die Gelegenheit hatte, diese näher kennenzulernen?«

Ein herablassender Blick war die Antwort. »Nun, all die Jahre hatte er keinerlei Verbindung zu den Geschwistern seines Vaters, und dann diese neu erwachte Wissbegier!« Die Worte des Leutnants klangen schneidend wie eine Anklage.

Franziska spürte, wie der Zorn in ihr wuchs, gepaart mit dem Wunsch, ihren kleinen Bruder zu verteidigen. »Für mein Empfinden ist nichts Auffälliges dabei, wenn man sich für seine Herkunft interessiert ... seine eigene Familie. Gerade in Zeiten, in denen man selbst Übles erlebt, Verunsicherungen und Demütigungen. Da kann es wichtig sein, zu wissen, wo man herkommt ...« Franziska konnte nicht verhindern, dass sie sich ereiferte. »Oder hat man dort oben im kalten Ostpreußen etwa keine Familie, die einem etwas bedeuten könnte?«

Einen Moment sah es so aus, als wollte Harten sie wegen ihrer respektlosen Worte zurechtweisen, dann besann er sich jedoch eines anderen und schüttelte den Kopf. »Mein Vater starb, als ich fünf war. Und meine Mutter ...«, er hob die Schultern, »sie hat von früh bis spät geschuftet, um meine Geschwister und mich versorgen zu können.«

Die Aufrichtigkeit, mit der er diese Worte hervorbrachte, ließ Franziska schlucken. Für einen Moment war ihr eigener Kummer in den Hintergrund getreten. »Dann wird sie jetzt stolz auf Sie sein, Ihre Mutter ... und Sie sicher sehr vermissen.«

Ruckartig wandte sich Harten ab. Er sah wieder auf das Wasser und das in vollem Grün stehende Ufer, das gleichmäßig an ihnen vorbeizog. »Sie ist vor einigen Jahren verstorben. Kurz nach dem Ende des Krieges, als ich gerade die Ingenieurschule besuchte.«

Franziska spürte einen Kloß in der Kehle. Sie wusste nicht, was sie erwidern sollte und betrachtete den ihr zugewandten Rücken. Über den kräftigen Schultern spannte sich der blaue Stoff der Uniform. »Und Ihre Geschwister?«, fragte sie nach einer Weile. Haben Sie noch Kontakt zu ihnen?«

Einige Augenblicke lang schwieg er. Dann sagte er so leise, dass seine Worte beinahe vollständig vom Fahrtwind weggetragen wurden: »Die meisten von ihnen sind schon als Kinder gestorben. Bis auf meinen Bruder Heinrich ... der hat noch das siebzehnte Lebensjahr erreicht, bis auch er starb.«

Eine Weile herrschte Stille zwischen ihnen. Nur noch das Rauschen der Strömung, die sich am Schiffskörper brach, war zu hören.

Es irritierte Franziska, wie es diesem Mann gelang, selbst dann noch distanziert zu wirken, wenn er ihr solch private Dinge erzählte. Zugleich empfand sie Mitleid mit ihm. Es musste hart gewesen sein, bereits als Kind so viel Armut, Tod und Verlust zu erleiden. Und es musste hart sein, als Sohn einer einfachen Wäscherin aufzuwachsen, auf einem dieser Landgüter, dort im Osten. Wenn auch nur die Hälfte von dem stimmte, was man sich im Rheinland hinter vorgehaltener Hand erzählte, konnte es keine Freude sein, als Knecht oder Magd dort zu leben. Ein despotisches Feudalsystem, in der eine grausame, fest gefügte Hierarchie herrschte – preußisch eben. Eingerostet und erstarrt. Für jemanden mit einem messerscharfen Verstand, der die gesellschaftlichen Grenzen sicher sehr schnell erkannt hatte, musste es nur schwer zu ertragen gewesen sein.

Ein anderer Gedanke kam ihr, und ehe sie sichs versah, hatte sie ihn auch schon ausgesprochen: »Aber wie kann es dann sein, dass Sie jetzt Ingenieur sind, ein Offizier noch dazu? Ich dachte immer, man benötige Geld, um ... Oh, Verzeihung.« Franziska spürte, wie flammende Röte in ihre Wangen schoss, als ihr der Fauxpas bewusst wurde.

Eine Weile sah Harten sie schweigend an, eindringlich und sondierend, so wie er es – aus ihr unerfindlichen Gründen – immer wieder getan hatte, seit sie zusammen die Wohnung ihrer Mutter in Cöln verlassen hatten.

»Das braucht man tatsächlich. Eine Familie mit Geld ... oder, wie in meinem Fall, einen wohlhabenden Gönner, der einen bei dem Vorhaben unterstützt. Und bisweilen ...«, Harten zog in einer resignierten, halb trotzigen Geste die Schultern hoch, »erhebt sich dann auch im starren Preußen jemand aus dem Staub seiner Herkunft. Selbst wenn Sie es mir nicht glauben wollen, Mademoiselle *la révolutionnaire*.«

Plötzlich war sie wieder da, die alte Feindschaft, die unterschiedlichen Welten, die sie weiter voneinander trennten als der Rhein das eine Ufer vom anderen. Sie, die Tochter eines Revolutionsoffiziers des französischen Kaisers von eigenen Gnaden, und Harten ein Soldat Preußens, seinem Monarchen von Gottes Gnaden in Treue verbunden bis in den Tod. Und nicht zuletzt mit der Aufgabe betraut, ihren Bruder als Spion und Landesverräter zu entlarven.

Fest presste sie ihre Lippen aufeinander. Wie hatte sie je glauben können, dass ...

»Falls das als Beleidigung gedacht war, Herr Leutnant, so muss ich Ihnen sagen, dass diese nicht trifft. Die Revolution in Frankreich war eine durchaus notwendige und ehrenvolle Angelegenheit. Allerdings eine, die – wenn ich mir Ihr Land und die dortigen Zustände so anschaue – nicht weit genug gegriffen hat.«

Hartens Augen verengten sich, auch noch der letzte Rest

von Freundlichkeit war aus seinen Zügen gewichen. »Ihr Glück, dass wir uns hier auf dem Wasser befinden, mein Fräulein. Denn wenn Sie etwas Derartiges auf preußischer Erde geäußert hätten, wäre es meine Pflicht, sie wegen aufrührerischer Rede zu verhaften.«

Seine Stimme war kalt, doch statt Furcht zu empfinden, verspürte Franziska nur einen seltsamen Schmerz über die so plötzlich verlorene Nähe. »Tun Sie, was Sie glauben, nicht lassen zu können, Monsieur. Aber fragen Sie sich bitte auch, was mit einem Staat passiert, in dem alle von ihm nicht erwünschten Ideen zum Schweigen, alle Andersdenkenden hinter Schloss und Riegel gebracht werden.«

Franziskas Herz schlug fest gegen ihre Brust, als sie das Gesicht Hartens betrachtete, seinen vor unterdrücktem Zorn zusammengekniffenen Mund. Der unpassende Gedanke überkam sie, dass sie diesen Mann lieber geküsst hätte, statt ihn zu verärgern.

»Und Sie, mein Fräulein, sollten überlegen, was mit einem Staat passiert, in dem jeder tun oder lassen kann, was er will, und seine abstrusen Ideen notfalls mit Waffengewalt herbeizwingt. Wir haben gesehen, in welches Chaos ganz Europa dadurch gestürzt wurde ... aber das ist nun vorbei. Jetzt herrscht hier wieder Ordnung im Land. Und diese wird auch kein französisches Frauenzimmer wie Sie mit wirren Vorstellungen und einem losen Mundwerk erschüttern.«

»*Das* nun war eine Beleidigung, Monsieur.« Ruckartig zog Franziska ihr Schultertuch um sich. »Ich empfehle mich bis zum Ende unserer Reise.«

Mit verschlossener Miene wandte sie sich zum Gehen, wurde jedoch von einem festen Griff am Unterarm zurückgehalten.

»*Ich* sage, wann Sie gehen dürfen.« Hartens Stimme war so

kalt wie ein Rheinfelsen. »Und wir sind noch nicht fertig, Mademoiselle.«

Franziska wurde rot vor Wut über diese preußische Grobheit, wollte aber ihre Würde nicht verlieren, indem sie versuchte, sich gegen einen geschulten Soldaten zu wehren, der nicht nur viel stärker, sondern auch um einiges größer war als sie. Also begnügte sie sich damit, böse zu ihm hochzustarren, während ihr Handgelenk unter seinen Fingern pulsierte.

»Ich bestelle Sie hiermit auf die Festungsbaustelle auf dem Ehrenbreitstein ein. Am kommenden Mittwoch, wenn Sie wieder Ihren freien Nachmittag haben.«

Franziska konnte nicht verhindern, dass ihr der Schreck in die Glieder fuhr. »Werde ich verhaftet ... offiziell vernommen?«

Der Anflug eines verkniffenen Lächelns huschte über Hartens Gesicht, als er den Kopf schüttelte. »Nein. Auch wenn Sie es mehr als verdient hätten. Aber Sie werden dort etwas sehen, das Sie vielleicht zur Vernunft bringt.«

Franziska verstand weder, was er damit meinte, noch waren seine Worte dazu angetan, dass sie sich in irgendeiner Weise besser fühlte. Dennoch nickte sie. Ohnehin blieb ihr keine andere Wahl, als diesem Befehl nachzukommen. Zumindest, solange das Leben ihres Bruders in gewisser Weise in der Hand dieses Mannes lag.

»Ich werde da sein.«

Harten nickte ebenfalls, ohne den Blick von ihr zu lassen. Dann ließ er sie los, und sie zog hastig den vor Schmerz pochenden Unterarm an sich.

»Sie können jetzt gehen. Wir sehen uns dann auf dem Ehrenbreitstein.«

Mit diesen Worten machte er kehrt, und Franziska sah ihm nach, wie er schwerfällig über das schwankende Deck davonging.

Teil IV – Verlorene Verräter

Denn was auch immer auf Erden besteht,
besteht durch Ehre und Treue.
Wer heute die alte Pflicht verrät,
verrät auch morgen die neue.

Adalbert Stifter

Nahe der französischen Grenze,
Morgendämmerung des 19. Juni 1815

Er vernahm ein leises Klirren, ein Rascheln und Schaben von Schritten und öffnete die Augen. Schwerfällig, als tauche er von irgendwo aus der Tiefe des fiebrigen Dämmerzustandes auf, in den er gefallen war – trotz seines verzweifelten Versuchs, bei Bewusstsein zu bleiben.

»Les Prussiens! Mon Dieu les Prussiens...«

Gemurmelte Stimmen, voller Angst und Anspannung flogen von der einen Seite des Raums zur anderen. Unter Anstrengung hob Rudolph den Kopf, den er auf das angewinkelte unverletzte Knie gebettet hatte, und sah durch das kleine Fenster nach draußen. Ein rötlicher Schimmer am Horizont. Was war das? Das erste Morgenrot? Oder der Widerschein eines Feuers?

Er sackte wieder in sich zusammen. Die Schmerzen, durch die notdürftige Behandlung und den Schlaf ein wenig gedämpft, schossen mit ungehemmter Intensität durch seinen Körper. Ein Stöhnen entfuhr ihm, einer der französischen Soldaten wandte sich zu ihm um. Ihre Blicke kreuzten sich einen Moment. Der Junge mochte nicht älter als siebzehn sein, und für einen Moment, einen irrealen, flüchtigen Moment, erinnerte ihn das magere, ernste Gesicht mit den großen Augen an seinen Bruder Heinrich, der schon vor Jahren an einem eisigen Wintertag seinem Fieber erlegen war.

»Tu vois? Là-bas, sous les arbres!« Eine Stimme, die sich trotz des Flüsterns beinahe überschlug, und erst da begriff Rudolph, was die anderen gesagt hatten: *Les Prussiens.* Sein

Herz begann schneller zu schlagen. *Die Preußen!* Hieß das, Soldaten seiner Einheit waren hier, irgendwo in der Nähe dieser Scheune im Niemandsland? Preußische Soldaten, die unter Gneisenaus Befehl die versprengte französische Armee verfolgen sollten?

Entferntes Hufgetrappel war zu vernehmen, Schritte, Rascheln im Unterholz. Mühsam richtete sich Rudolph aus seiner kauernden Position auf und spähte aus dem Fenster. Tatsächlich ... Seine Kehle brannte trocken, als er schluckte. Gneisenaus Männer ... seine Leute. Großer Gott!

Schwer atmend ließ er sich wieder hinabgleiten und lehnte den Kopf an die Wand. Das beständig steigende Fieber, die Benommenheit, dazu der schier unerträgliche, lähmende Schmerz. Verzweifelt versuchte er, einen klaren Gedanken zu fassen, schlug sich mit dem Handballen gegen die Stirn, um das Dröhnen zu verscheuchen.

War das die Rettung? Oder würden die Franzosen ihn, ihren Gefangenen, ihre Geisel, erschießen, noch bevor seine Landsleute da draußen Gelegenheit hätten, ihn zu befreien?

Die Anspannung in der Scheune wuchs. Nervös flackerten die Augen der jungen Soldaten, während sie nach ihren Waffen griffen, sich gürteten, bereit machten.

Bereit wofür?

Für die Flucht, die Gegenwehr ... den Tod?

Rudolph verfluchte seine eigene Schwäche, die ihn daran hinderte, irgendetwas zu unternehmen.

Der Schimmer einer Fackel drang durch das Fenster. Als er den Kopf hob, sah er den schwarzhaarigen Offizier, der so leise wie möglich das Scheunentor zuschob. Seine Augen waren gerötet, die ganze Nacht über schien er nicht geschlafen zu haben. Wann immer Rudolph aus seinem oberflächlichen Schlaf erwacht war, hatte er dagesessen, dieser Franzose, und durch das geöffnete Tor in die Dunkelheit hinausgeblickt ... wachend über die Männer, die ihm anvertraut waren. So wie Rudolph es auch getan hätte, wie er es in den Schlachten zuvor getan hatte.

Du bist nicht mein Feind, hatte der Franzose gesagt. Hatte ihn verbunden, statt ihn zu töten. *Es sollte kein Krieg der Völker gegeneinander sein, sondern ein Kampf für die Freiheit ...*

Rudolph verstand nicht, was der Offizier damit meinte, was Freiheit bedeuten sollte für einen wie ihn, dessen Eltern noch in Abhängigkeit von ihrem Grundherren gestanden hatten.

In diesem Moment wusste Rudolph, dass der Mann sterben würde, dieser stille, besonnene Franzose, sobald die Soldaten da draußen die Scheune erreicht hätten. Und er erkannte, wie sehr ihn dieser Gedanke entsetzte. Es musste das Fieber sein, etwas anderes war undenkbar. Hier drinnen lagerte der Feind, Soldaten aus dem Volk, das Rudolphs Heimat jahrelang in den Klauen gehalten und ausgeblutet hatte, das halb Europa mit Krieg und Terror überzogen hatte und jederzeit wieder zuschlagen würde, wenn es die Gelegenheit dazu bekäme. Und er, Secondelieutenant Rudolph Harten, hoffte gerade für diese Männer auf Gnade?

Du bist nicht der Feind, hämmerte es in seinem Kopf, es war ein Kampf um die Freiheit ... Freiheit ... nicht Grenzen ...

Und plötzlich erkannte er, was er zu tun hatte.

Das Hufgetrappel wurde lauter. Stimmen waren zu hören.

»Da sind welche drin, Sergeant! Wahrscheinlich Franzmänner.«

Sie werden hierherkommen, hier ... und dann ... Das Frösteln, das Rudolph bei diesem Gedanken durch die Glieder zog, rührte nicht allein von seiner Verwundung her. In wenigen Augenblicken wären sie in der Scheune, die preußischen Soldaten, und dann würde diese Nacht in einem weiteren Blutbad enden. Das Fieber brannte in seinem Inneren. Rudolph wusste nicht mehr, was er tat. Irgendetwas verlieh ihm die Kraft, sich aufzurichten, mit dem Arm am Fenster hochzuziehen und den Oberkörper darauf abzustützen.

»Halt! Nicht schießen! Ich werde ...«

Der Rest des Satzes ging in einer Gewehrsalve unter. Sengende Hitze fuhr durch seine Schulter, als ihn eine Kugel traf. Ein ohrenbetäubendes Donnern riss ihn zu Boden. Weitere Kugeln zischten über ihn hinweg. Einige schlugen krachend ins Holz der Wand ein, andere hingegen drangen fast lautlos in menschliches Fleisch. Dumpf prallte ein Körper hinter Rudolph auf. Mühsam hob er den Kopf und erkannte, dass der französische Offizier zu Boden gegangen war. Er sah, dass sich auf dessen Brust ein dunkler Fleck gebildet hatte, der sich rasch ausbreitete.

Entsetzen, Schmerz und Erschöpfung lähmten für einen Moment Rudolphs Bewegung. Ein Schrei drängte sich auf seine Lippen. Es kostete ihn all seine Kraft, sich trotz seiner Verletzungen über den Scheunenboden zu ziehen.

Die Rufe und Schritte wurden noch lauter, das Licht der Fackeln kam immer näher. Rudolph wusste, dass ihm wenig Zeit blieb.

Zeit wofür?

Schwarze Schatten erschienen in seinem Gesichtsfeld, einige furchtbare Atemzüge lang glaubte Rudolph, die Besinnung zu verlieren. Dann hatte er den Offizier erreicht.

»Meine Frau ... *ma femme et mes enfants, ils sont* ...« Ein Gurgeln verschluckte den Rest des Satzes. Blut lief aus den Mundwinkeln des Mannes.

Vorsichtig nahm Rudolph ihm das Tuch, das er umklammert hielt, aus der Hand und tupfte ihm damit das Gesicht ab.

Das Dröhnen der Schritte näherte sich unaufhaltsam der

Tür. Wie durch Watte vernahm Rudolph die Geräusche um sich herum. Wieder tanzten Schatten vor seinen Augen.

»*Ma femme, mes enfants*...« Ein Stöhnen, gefolgt von einem weiteren Schwall Blut. »Ich habe eine Frau und zwei Kinder. Sie sind ... sie müssen ...« Der Rest des Satzes ging in einem Röcheln unter.

»Ich werde sie benachrichtigen.« Trotz Schmerzen, Fieber und Schwindel wusste Rudolph, dass seine Worte eine Lüge waren. Er kannte diesen Mann nicht, ja noch nicht einmal seinen Namen. Wie also sollte er dieses Versprechen jemals in seinem Leben einlösen können?

»*Prenez ça!* Nehmen Sie das hier.« Zitternd streckte der Franzose ihm seine blutverschmierte Hand hin, an der ein Ring mit einem Schmuckstein steckte. »Meine Frau, *elle doit*...« Weiter kam er nicht mehr. Sein Blick brach, und sein Arm sank zu Boden.

Im gleichen Augenblick wurde mit einem lauten Krachen die Tür aufgestoßen. Trampelnde Schritte, gefolgt von Gebrüll.

Ohne lange zu überlegen, zog Rudolph dem Toten den Ring vom Finger, wickelte ihn hastig in dessen mit Blutflecken übersätes Schnupftuch und ließ beides im Rock seiner Uniform verschwinden.

Ein Schuss krachte, aus den Augenwinkeln sah Rudolph, wie einer der französischen Soldaten, ein halbes Kind noch, zu Boden ging. Der Junge, der in der Nacht den Rest seines Wasservorrats mit ihm geteilt hatte.

Rudolph litt Höllenqualen, als er hochfuhr. »Nicht schießen, verdammt! Nicht schießen!«

Durch das wabernde Rot vor seinen Augen erkannte er die dunklen Uniformen von Gneisenaus Männern. Ein weiterer Schuss fiel.

»Ich sagte doch, nicht ... sch...«

»Ja, was haben wir denn da?« Vom Dröhnen in seinem Kopf gedämpft, drang eine Stimme an Rudolphs Ohr. »Ein Haufen Franzmänner, wie vermutet ... und dazu ... ein Überläufer ... Da wird sich ...«

Mehr hörte Rudolph nicht mehr. Er spürte nur noch unerträgliches Brennen, als sich die Klinge eines Bajonetts in seine bereits verletzte Schulter bohrte. Hart schlug sein Kopf auf der Erde auf, und es wurde schwarz um ihn.

KAPITEL 33

Coblenz, Anfang Juli 1822

Der Duft von starkem Bohnenkaffee drang durch den Flur, als Franziska vorsichtig das Tablett mit Kanne, Tasse, Teller und frischem Gebäck die Treppe hinaufbalancierte. Allein der Geruch des schwarzen Getränks genügte, um ihre Lebensgeister zu wecken und die Müdigkeit zu vertreiben, die sie seit der späten Rückkehr aus Cöln und der darauffolgenden, viel zu kurzen Nacht gefangen hielt.

Ihre Grübeleien jedoch ließen sich nicht so leicht in geordnete Bahnen lenken, sondern drehten sich ständig um die Reise mit Leutnant Harten. Während sie am Morgen gedankenverloren ihrer Arbeit im Hause nachgegangen war, Bertes hektisches Geplapper und Johannas unverständliches Gerede hatte über sich ergehen lassen, war sie in Gedanken noch immer in Cöln.

Es erschien ihr unglaublich, dass sie bei ihrer Rückkehr nach Coblenz alles unverändert vorgefunden hatte, wo doch ihre eigenen Gedanken und Empfindungen derart in Unordnung geraten waren. Und obgleich hier alles den gewohnten Gang ging, kam es Franziska vor, als sei die Welt mit einem Mal eine andere.

Oder war sie es, die sich plötzlich gewandelt hatte? Wie sonst war es zu erklären, dass sie Leutnant Harten geküsst hatte, noch dazu in der Öffentlichkeit? Ausgerechnet ihn, diesen grimmigen, gefühlskalten Mann, der über ausreichend Einfluss und Macht verfügte, ihren Bruder in den Tod zu schicken.

Sie musste vollkommen den Verstand verloren haben, dass sie so leichtfertig gewesen war. Dennoch verspürte sie kein Bedauern, nur einen Hauch von Scham und ein seltsames Ziehen in ihrer Brust.

Gern hätte sie sich selbst etwas vorgemacht und ihre Verwirrung lediglich auf das Wiedersehen mit ihrer Mutter und die Kindheitserinnerungen zurückgeführt. Aber während Franziska mit klappernden Schuhsohlen und klirrendem Porzellan den Flur entlangging, wusste sie, dass es einen anderen Grund dafür gab. Auch für das Sehnen, das sie erfüllte, seit sie ihre Arbeit im Hause des Capitains wieder aufgenommen hatte.

Während der Tage in Cöln hatte sie geglaubt, das Eis zwischen dem Leutnant und ihr wäre gebrochen, ja, sie beide hätten ein gemeinsames Ziel: den wahren Verräter zu finden. Als Harten – Rudolph – dann sogar in aller Öffentlichkeit ihre Ehre verteidigt hatte, war sie fast bereit gewesen zu denken, dass … Sie schüttelte den Kopf. Auf der Heimfahrt jedoch hatte er sich ihr gegenüber noch unnahbarer gezeigt als zuvor. Verstehe einer diese Preußen!

Eine leichte Brise bahnte sich ihren Weg durch eines der geöffneten Fenster, verfing sich in den Gardinen und brachte den Hauch von Sommer, den schwachen Geruch nach Blumen und Gras mit sich.

Kurz stellte Franziska das Tablett auf einer Kommode ab, zupfte Schürze und Haube zurecht und überprüfte, ob die Falten des Rocks ordentlich saßen. Dann klopfte sie leise, nahm das Tablett wieder auf und wartete.

»Ja bitte!«

Die gedämpfte Stimme von innen klang wie fröhliches Vogelgezwitscher, was so gar nicht zu Franziskas augenblicklicher Stimmung passte. Sie unterdrückte ein Seufzen und öffnete die Tür mit dem Ellbogen.

Inzwischen kannte sie die meisten Räume recht gut. Doch die privaten Gemächer der Dame des Hauses, ihr Schlafzimmer, das daran anschließende Boudoir sowie das winzige Schreibzimmer mit einem Sekretär, hatte sie bisher nur selten zu Gesicht bekommen. Umso überraschter war Franziska über den Anblick, der sich ihr bot. Auf der einen Seite des kleinen Raums stand Henriette von Rülow in einer exklusiven Robe.

Schon an gewöhnlichen Tagen war sie eine beeindruckende Erscheinung, aber an diesem Abend trug sie ein elegantes, der neuesten Mode nach wieder etwas enger geschnürtes Kleid von einem so tiefen Rot, dass in Franziska unwillkürlich recht zweideutige Assoziationen aufstiegen und sogleich die Hitze in ihre Wangen schoss. Das silberblonde Haar war zu einer komplizierten Frisur hochgesteckt, rechts und links kräuselten sich einige kunstvoll aufgedrehte Locken. Arme, Ohren und Dekolleté waren verschwenderisch üppig mit Perlen und Goldschmuck behängt, der bei jeder Bewegung leise klirrte. Doch am auffälligsten war das kräftige Lippenrot, der zarte Hauch von Rouge auf dem hellen Gesicht und der Duft eines schweren Moschusparfüms, das Franziska für einen kurzen Moment den Atem raubte.

»Was ist denn, was ist denn, Mädchen? Los, komm herein, ich habe nicht den ganzen Tag Zeit.« Der Tonfall der Frau Capitain war ungeduldig und beschwingt zugleich, aber nicht unfreundlich.

Franziska beeilte sich zu gehorchen. Rasch stellte sie das Tablett mit den Erfrischungen auf dem zierlichen runden Tisch neben der Chaiselongue ab, auf welcher der Pudel vor sich hin döste. Einen Moment verweilte sie beim Anblick eines riesigen Straußes roter Rosen, dessen intensiver Duft sich mit der Moschusnote von Henriette von Rülows Parfum vermischte.

»Oh, wie wunderschön«, murmelte Franziska, während sie schnell den Kopf senkte. Bei dem ganzen Szenario, das sich ihren Augen präsentierte, stieg ein unbehagliches Gefühl in ihr auf. Irgendetwas war nicht so, wie es zu sein hatte. Auch wenn sie nicht gleich wusste, was es war. Ihr Verstand arbeitete an diesem Abend langsam, die Sehnsucht nach einem anderen Ort, nach einer anderen Person erfüllte ihr Inneres so sehr, dass es fast körperlich wehtat.

»Noch nie habe ich solch schöne Rosen gesehen, Madame.«

Henriettes Gesicht begann derart zu strahlen, dass es mit dem Anblick des üppigen Bouquets konkurrierte. »Nicht wahr? Sie sind wirklich eine Pracht, die schönen Blumen.« Beschwingt machte sie einen Schritt darauf zu, strich mit ihren schmalen Fingern über die flammend roten Blütenblätter und griff dann nach der bereitstehenden Tasse, die Franziska rasch mit dem Kaffee füllte.

Henriette von Rülow schnupperte, dann nippte sie daran, schließlich verzog sie das Gesicht zu einer Schnute. »Heute ist Zeit für etwas mehr Wumm im Becher.«

Noch bevor Franziska verstand, was ihre Herrin damit meinte, war diese bereits zu ihrem Sekretär geschwebt, hatte mit einem leisen Knacken eines der Gefächer aufgeschlossen und eine Flasche mit einer dunklen Flüssigkeit hervorgeholt. Rasch entkorkte sie diese und goss einen kräftigen Schuss davon in das tiefschwarze Getränk. Sogleich verbreitete sich ein scharfer Geruch im Raum.

Ein verstohlenes Schnuppern sowie der Blick auf das Etikett zeigten Franziska, dass es sich um schottischen Whiskey handelte.

Die Frau Capitain trat ans Fenster, setzte die Tasse wieder an und trank sie in einem Zug leer. Ihre Wangen waren noch eine

Spur röter, als sie das Gefäß mit einem zufriedenen Zungenschlecken absetzte. »Ah, das ist besser!«

Wortlos stand Franziska daneben, die Kaffeekanne noch immer dienstbereit in der Hand. Sie wusste nicht, was sie davon halten sollte. Die bisweilen eher undamenhaft zu nennenden Umgangsformen ihrer Herrin waren ihr schon bei verschiedenen Gelegenheiten aufgefallen, nicht jedoch, dass diese trank. Noch dazu schon so früh am Tag, und nicht etwa einen leichten Rheinwein, sondern, wie es aussah, schweren, hochprozentigen Alkohol.

»Wenn Sie es sagen, gnädige Frau«, murmelte sie schließlich, um überhaupt irgendetwas zu antworten.

Lieber Himmel, welche Abgründe taten sich da auf! Erst diese fast schamlose Aufmachung und nun auch noch die augenscheinliche Trinkerei ihrer Arbeitgeberin. Franziska war dankbar, dass Letztere gerade mit sich selbst beschäftigt war und ihr keine Fragen stellte oder weitere Dienste in Anspruch nahm. Das gab ihr Gelegenheit, ihre Gedanken zu sortieren, die wild in ihrem Kopf herumschwirrten.

War der Capitain nicht für zwei Tage verreist, um seinen Geschäften nachzugehen?

An dieser Erkenntnis blieb Franziska kleben wie ein gefangenes Insekt an einem Spinnennetz. Herr von Rülow war für eine Weile außer Haus, seine Frau trug ein tief ausgeschnittenes Kleid, duftete nach Parfum, war mit Schmuck bedeckt und wirkte völlig ausgelassen ... Noch dazu prangte in ihren privaten Räumlichkeiten ein taufrischer Rosenstrauß.

Das konnte ja nur bedeuten ... Um ein Haar wäre Franziska die Kanne aus der Hand geglitten, als sich ein Verdacht hinter ihrer Stirn formte, der immer mehr Gestalt annahm, je länger sie darüber nachsann.

Die werte Frau Capitain hatte einen Liebhaber!

Einen, den sie anscheinend an diesem Abend besuchen wollte, da ihr Mann abwesend war und sich somit Zeit und Gelegenheit boten. So musste es sein, aber ... »Gnädige Frau gehen heute Abend noch aus?«, fragte Franziska und spürte, wie flammende Röte über ihr Gesicht schoss, einerseits aus Erschrecken über ihre eigene Dreistigkeit, andererseits wegen der anzüglichen Bilder, die vor ihrem inneren Auge aufstiegen.

Aber ihre Dienstherrin war offenbar keineswegs verärgert. Im Gegenteil – es hatte sogar den Anschein, dass sie sich über das Interesse an ihrer Person aufrichtig freute. So kehrte sie dann auch von dem Fenster zurück zu Franziska und schenkte ihr ein huldvolles Lächeln. »In der Tat ... das werde ich, heute Nacht ... und dann ...« Ein leiser Hickser unterbrach den fröhlichen Redeschwall, und ein wenig irritiert klimperte Henriette von Rülow mit den Wimpern, die sie deutlich sichtbar geschwärzt hatte.

Und dann ...?, lag es Franziska auf der Zunge zu fragen, konnte es sich aber noch im letzten Augenblick verkneifen. Eine solche Indiskretion wäre dann doch zu weit gegangen.

Stattdessen knickste sie schnell. »Kann ich Ihnen mit noch etwas behilflich sein, gnädige Frau?«

»Nein danke. Das wäre alles. Du kannst gehen.« Noch während sie sprach, galt die Aufmerksamkeit Henriette von Rülows schon wieder anderen Dingen. Die Tasse in der Hand war sie wieder ans Fenster getreten und schaute mit verklärtem Blick hinaus.

Auch wenn Franziska darauf brannte, zu erfahren, mit wem sich die Frau des Capitains traf, zu erfahren, ob es wirklich nur um eine Liebschaft ging oder andere Gründe eine Rolle spielten, blieb ihr nichts anderes übrig, als sich zurückzuziehen.

Verfluchtes Pech! Nun gab es endlich einen Anhaltspunkt

für verdächtiges Verhalten im von Rülowschen Hause, und sie hatte keine Möglichkeit, mehr darüber herauszufinden. Ob es etwas mit den verschwundenen Dokumenten zu tun hatte? Sie musste unbedingt mit Harten reden! Trotz der eisigen Stimmung, die nun zwischen ihnen herrschte.

Vor Anspannung zitternd knickste Franziska erneut und verließ den Raum. Das Schloss knackte leise, als sie die Tür hinter sich zuzog.

*

Weihrauch zog durch die Straßen, in solch dichten Schwaden, dass Rudolphs Augen brannten und er ein Husten unterdrücken musste. Vier schwitzende Männer balancierten eine riesige Statue der Gottesmutter Maria auf den Schultern. Hunderte von Füßen schlurften in einem getragenen Rhythmus über den Straßenbelag, während dazu helle Glöckchen bimmelten. Das Ganze wurde von dem monotonen Gemurmel eines Gebets übertönt, das von einer Stimme begonnen und dann von unzähligen Mündern mitgesprochen wurde, immer hin und her, ein nicht enden wollendes Zwiegespräch, dessen lateinische Worte in Rudolphs Ohren fremdartig klangen.

Er hatte den ganzen Tag über die Dinge aufgearbeitet, die während seiner Abwesenheit liegen geblieben waren. Nun war er auf dem Weg von seinem Büro in der Münzkaserne zurück nach Hause. In der Ruhe seines Zimmers wollte er über all das nachdenken, was in den letzten Tagen in Cöln geschehen war und was er dort erfahren hatte. Besonders beschäftigte ihn eine Sache, die mehr durch Zufall ans Licht gekommen war und die ihm noch immer so ungeheuerlich erschien, dass er beinahe glaubte, es müsse sich um einen bösen Traum handeln. Und diese Angelegenheit war auch der Grund dafür, dass er

Franziska Berger auf der Rückreise so grob behandelt hatte. Er würde sich bei ihr entschuldigen müssen.

Mit einem Kopfschütteln vertrieb Rudolph die Erinnerung. Er hatte es eilig, nach Hause zu kommen und sich selbst Klarheit zu verschaffen. Allerdings versperrte ihm diese Zurschaustellung rheinländisch-katholischer Frömmigkeit den Weg. Den Weg zu seinem Bett, zu einem Glas Cognac, zum Erinnern oder auch Vergessen, je nachdem, was im Augenblick erträglicher sein würde.

Das Gemurmel verstummte. Einige Atemzüge lang waren nur die Geräusche der wiegenden Schritte zu hören, der Nachhall des hellen Glockengeläuts. Dann setzte eine schwermütige, getragene Melodie ein. Binnen weniger Augenblicke verwandelte sich die enge Straße in eine Kathedrale, eine Kirche aus Menschen, Liedern und geweihtem Wasser, das ein in sein goldbesticktes Messgewand gehüllter Priester mit einer Art Kelle auf die Umstehenden verteilte.

Rudolph zuckte zusammen, als ihn ein Wassertropfen traf und ihn aus dem tranceähnlichen Zustand riss, in den er für einen kurzen Moment beim Anblick der vorbeiziehenden Prozession gefallen war. Gerade als er sich fragte, ob dem Weihrauch der Katholiken wohl etwas beigemischt war, das alle, die ihn einatmeten, in einen Rausch versetzte, flog ein Stein.

Trotz seiner militärischen Ausbildung konnte Rudolph nicht erkennen, woher dieser kam und wer ihn geworfen hatte. Direkt darauf erklang ein klatschendes Geräusch, gefolgt von einem Aufschrei. Ein empörtes Schnauben, ein zornig ausgestoßener Fluch, der den getragenen Gesang der Gläubigen zerschnitt und übertönte. Es ging so schnell, dass später niemand mehr hätte sagen können, wie alles angefangen hatte: Ein pickeliger Jungspund in einer blauen Uniform, der am Straßenrand stand, verlor seine Mütze, und einen Augenblick später verschwand das Lächeln aus seinem Gesicht, als sich ein fülliger Ministrant, der zwar einige Jahre jünger, aber sicher zwei Dutzend Pfund schwerer war als der Soldat, sich auf ihn stürzte.

»Verfluchter Heide, du!« Wie ein Schlachtruf dröhnte es durch die vom Weihrauch geschwängerte Luft, bereit, seine explosive Ladung zerbersten zu lassen.

Im ersten Moment drang noch die entsetzte Stimme eines weiteren Priesters mahnend in die Menge. Er war offensichtlich darauf bedacht, das unwürdige Spektakel, das sich anbahnte, noch zu verhindern. Doch niemand hörte auf ihn, und der Mann Gottes in vollem Ornat bemühte sich verzweifelt, die goldene Monstranz nicht aus den Händen gleiten und auf dem staubigen Boden zerschellen zu lassen.

Im Nu war eine handfeste Rauferei im Gange, in die – soweit Rudolph das erkennen konnte – zwei Messdiener, ein Schusterbursche und drei halbwüchsige, preußische Rekruten verwickelt waren, die am Straßenrand übereinander herfielen, während die Prozession ins Stocken geriet.

Wie erstarrt war Rudolph stehen geblieben und beobachtete das unheilige Treiben. Er brauchte nicht zu fragen, um was es bei dieser handgreiflichen Verteidigung theologischer Argumente ging. Es war nicht das erste Mal, dass die Auseinandersetzung über die entgegengesetzten religiösen Ansichten der Katholiken hierzulande und der Neuankömmlinge aus dem protestantischen Osten des Königreichs im Straßenstaub ausgetragen wurde. Doch zum ersten Mal flammte beim Anblick derartiger Intoleranz Zorn in ihm auf. Er loderte so hell wie die schwankenden Kerzen derjenigen Ministranten, die – noch immer in Reih und Glied, wenn auch mit entsetzt oder sensationslüstern geweiteten Augen – das Treiben im Vorbeigehen beobachteten.

Und so kam es, dass Rudolph Harten, der Skeptiker, der Ingenieur, dem klare Berechnungen und eindeutige Zahlenreihen in all den Jahren mehr bedeutet hatten als kirchliche Gesänge und hochgeistige Glaubenslehren, im Namen Letzterer in das Geschehen eingriff. Ohne lange zu überlegen, hatte er einen der sich auf der Erde rollenden blau berockten Soldaten am Kragen gepackt und ihn mit einem kräftigen Ruck von dem Ministranten weggerissen, auf dessen Brust er gerade noch mit triumphierender Miene gesessen hatte.

Mit einem empörten Aufschrei ballte der Raufbold die Faust und holte zum Schlag aus, ließ sie aber sogleich wieder sinken, als er in Rudolph den Offizier erkannte. Sein Atem ging keuchend, Blut lief aus einem tiefen Riss in seiner Unterlippe, seine Augen glänzten.

»Was denkst du, was du hier tust, Freundchen?«, fuhr Rudolph den jungen Soldaten an und schüttelte ihn so heftig, dass sein Kopf vor und zurück schnellte. »Wieso greifst du Zivilisten an?«

Wut und Rebellion ließen den Körper des Burschen erstarren. »Was heißt hier angreifen?« Er brüllte fast. »Das war Verteidigung! Reine Notwehr. Er hat mir die Mütze vom Kopf gerissen, dieser, dieser...« Sein ausgestreckter Finger wies zitternd in Richtung des pummeligen Messdieners, der unsicher wieder auf die Beine kam und ängstlich in die Richtung seines Peinigers blickte. »Der Kerl da hat mir die Mütze vom Kopf geschlagen, mich aufs Übelste beschimpft...«

»Weil du seinen Glauben geschmäht hast, du Lump.« Rudolph hatte Mühe, sich zu beherrschen, sich seiner eigenen Prinzipien zu entsinnen und dem Jungen nicht noch einen Schlag hinterher zu verpassen.

Dieser zuckte zurück, als hätte er einen solchen erhalten. »Was habe ich? Was sollte ich...« Noch immer in Rudolphs

Griff schien er so entrüstet zu sein, dass er fast vergaß, sich zu wehren. »... bei diesen abergläubischen Katholen, diesen Papisten diesen ... diesen ...« Seine moralische Empörung war so groß, dass ihm die Worte ausgingen.

Rudolph packte ihn noch eine Spur fester. »Nun hör mir mal zu, Junge. Als dein König vor einigen Jahren zum Souverän dieses Landes hier wurde, hat er versprochen, die Sitten und den Glauben der Bevölkerung zu respektieren. Ist dir das klar?«

Ein Röcheln war die Antwort, da der Griff am Kragen dem Soldaten mehr und mehr die Luft nahm.

»Und wenn dein König dies bei seiner Ehre gelobt hat, dann gilt das verdammt noch mal auch für dich, verstanden?«

Rudolph ließ den allmählich violett anlaufenden Raufbold so abrupt los, dass dieser mit dem Hinterteil zuerst auf der Erde landete.

Nach Luft japsend sah er sich um, wohl, um zu schauen, wo seine beiden Kameraden abgeblieben waren. Doch diese hatten offenbar beim Anblick des aufgebrachten Offiziers die Beine in die Hand genommen und das Weite gesucht.

Niemand prügelte sich mehr, und auch die Prozession war weitergezogen, hatte lediglich den Hauch von Weihrauch in der schwülen Abendluft hinterlassen.

»Verschwinde, Kerl!«, zischte Rudolph und sah mit stummem Groll, wie der Angesprochene hastig dem Befehl Folge leistete.

Rudolph wollte endlich nach Hause. Fort von den in Weihrauch gehüllten Heiligenstatuen. Und fort von dem hämischen Spott der blau uniformierten Umstehenden, die ihre gefühlte Überlegenheit dazu nutzten, um sich mit den Einheimischen ständig kleine Scharmützel zu liefern.

Sein Schädel dröhnte, als er schließlich im Rheingässchen ankam und sich die knarrenden Stufen zu seiner Wohnung hinaufquälte. Was für Menschen waren diese Rheinländer? Hitzig und stur verteidigten sie ihre Herkunft, ihre Werte und Ideen. Dabei ging es ihnen nur darum, keines der politischen und gesellschaftlichen Privilegien zu verlieren, die ihnen in den vergangenen Jahrzehnten in den Schoß gefallen waren.

Die Luft in der kleinen Wohnung war stickig und abgestanden. Fritz hatte noch immer Urlaub, und so war nicht gelüftet worden. Hastig nahm Rudolph Tschako und Degen ab, zog die Uniformjacke aus und warf sie aufs Bett. Dann humpelte er zum Fenster, stieß es auf und atmete tief die hereinströmende Luft ein, die jedoch keine Abkühlung brachte. Die Zunge klebte ihm am Gaumen, und einige Atemzüge lang starrte er hinaus in die enge, abendliche Gasse, in der das Leben allmählich zur Ruhe kam. Ein Leben, eingeschlossen in dieser Festungsstadt, deren Wälle und Mauern sich täglich ein wenig weiter zum Himmel reckten, täglich ein wenig fester zuzogen.

Nur, vor wem sollte diese Festung sie schützen? Gegen einen Feind von außen? Gegen Frankreich, das jetzt besiegt war und von einem schwachen König regiert wurde? Wo die alten Machtverhältnisse im Rahmen der heiligen Allianz wiederhergestellt waren? Lag die eigentliche Gefahr nicht vielmehr im Inneren des Landes? Im Herzen dieser neuen Nation, in der zwei verfeindete Volksgruppen, zwei entgegengesetzte Mentalitäten aus Ost und West zwangsweise zusammengewürfelt worden waren? Die jedoch nicht zusammenpassten und nicht zusammenwachsen wollten? Die ihren gegenseitigen Hass und ihre Ablehnung nicht einmal zu übertünchen suchten?

Rudolph lehnte sich an die Wand und presste die Stirn gegen die raue, kühle Tapete. Bis vor wenigen Wochen hatte er kaum einen Gedanken daran verschwendet, was man hierzulande dachte, und ob Rheinländer und Preußen, die hier so unfreiwillig zusammenlebten, überhaupt miteinander auskommen konnten.

Doch seit er Franziska Berger kannte, war es anders geworden. Das Bild ihres Gesichts erschien vor seinem inneren Auge, die hellen Züge unter dem schwarzen Haar, die vor Aufregung und – er musste lächeln – heiliger Empörung geröteten Wangen. Womöglich hätten sie zumindest Freunde werden können. Aber nun wusste er, dass eine Sache für immer zwischen ihnen stehen würde...

Wieder zogen die Bilder der letzten Schlacht bei Belle-Alliance vor seinem inneren Auge vorbei. Wieder glaubte er den beißenden Rauch in der Lunge, den unerträglichen Schmerz in seinem zerschossenen Bein zu spüren.

Schweiß rann ihm den Rücken hinab, als er zur anderen Seite des Raums ging und die obere Schublade der Kommode aufzog. Es lag nicht viel darin – einige Schnupftücher, ein vergilbter Zeitungsausschnitt, eine Bibel und eine unförmig verbogene Musketenkugel. Er musste nicht lange kramen, bis er fand, was er suchte, und mit schweißfeuchten Fingern ans Licht zog: ein Tuch mit getrockneten Blutflecken, das unter seiner festen Berührung ein wenig bröselte. Vorsichtig schlug er es auseinander und betrachtete im schwachen Licht den darin eingeschlagenen Ring.

Auf dem Schmuckstein befand sich ein fein graviertes Wappen, mit einem gebogenen Hirtenstab, um den sich einige Weinranken wanden.

Kapitel 34

Franziska wusste, dass ihr nicht viel Zeit blieb. Als sie am späteren Abend durch eines der Sprossenfenster sah, wie eine in einen schwarzen Umhang gehüllte Person durch den Vorgarten eilte, erkannte sie, dass nun der Moment zum Handeln gekommen war. Sie raffte ihre Röcke und rannte die Treppe hinunter. Glücklicherweise begegnete ihr niemand. Noch bevor sie den Ausgang erreichte, hatte sie sich Schürze und Häubchen heruntergerissen und beides in eine große Ziervase gestopft, die auf der Kommode in der Diele stand.

Ihr Herz hämmerte zum Zerspringen, das Blut rauschte in ihren Ohren. Einen Moment hielt sie inne. Das, was sie vorhatte, war nicht ungefährlich. Es konnte sie leicht ihre Stellung hier im Hause kosten. Im schlimmsten Fall, wenn man sie erwischte, würde man ihre wahre Herkunft herausfinden und sie ebenfalls als mutmaßliche Landesverräterin festnehmen. Immerhin hatte sie sich unter falschem Namen und Vorspiegelung falscher Tatsachen in den von Rülowschen Haushalt eingeschmuggelt.

Doch ein Gefühl sagte ihr, dass die dunkle Gestalt etwas mit der Spionageangelegenheit zu tun hatte. So vergewisserte sie sich noch einmal kurz, dass sie nicht beobachtet wurde, und schlüpfte nach draußen in den milden Sommerabend. Als sie durch das Gartentor trat, bog die verhüllte Frau in eine Seitenstraße ab und verschwand aus ihrem Sichtfeld.

Franziska holte tief Atem, dann begann sie zu rennen.

Rudolph hielt ein Glas in der rechten Hand, das fleckige Tuch mit dem Ring in der linken und starrte aus dem Fenster.

Wie lange er auch das Motiv auf dem Ring betrachtete, mit den Fingern darüberstrich und dabei den schweren Wein trank – nichts vermochte den Schmerz der Erinnerung auszulöschen, der ihn seit einigen Wochen wieder verstärkt überkam. Seit Capitain von Rülow angedeutet hatte, er halte Rudolph des Landesverrats für fähig. Aufgrund dessen, was er in der Nacht nach der Schlacht von Belle-Alliance getan haben sollte.

Rudolph stieß einen Fluch aus. Diese Nacht hatte ihm alles geraubt, was er, ein junger Mann damals, als Lebensziel vor Augen hatte: einen unversehrten Körper, eine glänzende Karriere. Mit einem bitteren Auflachen presste er die Hand so fest um das Gefäß, dass es leise knirschte.

Gebrochen, das traf es wohl am besten. Seit jener Nacht war er gebrochen, und das an Leib ... und Seele.

Mit einem kräftigen Zug leerte er das Glas. Doch an diesem Abend vermochte auch der starke Alkohol nicht, ihm Linderung zu verschaffen. Er betäubte weder den Kampf, der in seinem Inneren tobte, noch löste er die eisernen Krallen, die sich Tag und Nacht mit qualvoller Intensität in seinen Schenkel bohrten.

Wieder fiel sein Blick auf das Wappen des Rings, doch bevor ihn die Erinnerung erneut übermannen konnte, schob sich ein herzförmiges Gesicht dazwischen, lachend, eigensinnig, mit aus der Frisur gelösten Locken.

Großer Gott, welcher Hohn, welche Ironie! Wie war so etwas möglich? Welcher Gott, welcher Teufel konnte so etwas eingefädelt haben? Eine solche Begegnung nach so langer Zeit ... Ein Aufbrüllen kämpfte sich durch seine Kehle und machte sich Luft. Heftig schleuderte er das Glas an die Wand, wo es klirrend in tausend Scherben zerbarst.

Während Rudolph schwer atmend mit zu Fäusten geballten Händen den Schaden begutachtete, den er angerichtet hatte, spürte er wieder den Ring, und plötzlich wusste er, was er tun musste. Wenn es etwas gab, das er dieser Familie schuldete, dann war es, die Wahrheit herauszufinden.

Schmerzen und Widerwillen niederkämpfend zog Rudolph seine Uniformjacke über und setzte den Tschako auf. Auch wenn er die Vorstellung hasste, so fiel ihm in diesem Moment nur eine Person ein, die ihm wesentliche Antworten vorenthalten hatte. Und genau diese würde er nun aufsuchen.

*

Bald erblickte Franziska die Gestalt wieder vor sich. Es fiel ihr nicht schwer, der Frau zu folgen, die leichtfüßig und zügig in südlicher Richtung unterwegs war. Ein paar Mal drehte sich die Person um, als wolle sie sichergehen, dass ihr niemand auf den Fersen war, und Franziska musste sich rasch hinter einem Mauervorsprung oder einer Hausecke verbergen.

Während sie sich bemühte, die Frau nicht aus den Augen zu verlieren, fragte sie sich, ob der angekohlte Brieffetzen, den sie in der Asche gefunden hatte, vielleicht von ihrer Herrin stammte. Gab es eine Verbindung zwischen deren ehebrecherischem Verhalten und den verschwundenen Dokumenten? Oder hing beides überhaupt nicht zusammen und Franziska riskierte gerade ihre Anstellung wegen eines Hirngespinstes?

Atemlos seufzte sie auf. Es konnte auch jemand anderes aus dem Haus in die Sache verwickelt sein. Franziska dachte an das Versteck unter den Dielen der Speisekammer, an die Münzen und diese merkwürdige Kette. Und plötzlich kam ihr Berte in den Sinn, die blonde Küchenmagd, die sich an so manchen

Tagen erfolgreich vor der Arbeit drückte. Ob sie etwas damit zu tun hatte?

Als plötzlich die Baustelle in der Nähe des kurfürstlichen Schlosses mit der halb errichteten Stadtbefestigung vor ihr auftauchte, blieb die Frau so abrupt stehen, dass Franziska um ein Haar gestolpert wäre. Was wollte Henriette von Rülow – falls sie es überhaupt war – hier, an diesem Ort?

Hastig sah sich Franziska nach einem Versteck um und schlüpfte rasch hinter einen großen Stapel Mauersteine, die dort sorgfältig auf einer freien Fläche aufgeschichtet waren. Mit zusammengekniffenen Augen ließ sie ihren Blick über die Umgebung schweifen. Sie hatte es so eilig gehabt, der Person zu folgen, ohne entdeckt zu werden, dass sie gar nicht so genau darauf geachtet hatte, wohin diese lief. Entlang der Flussseite erhob sich eine vielleicht fünf Fuß hohe Mauer, ein Teilabschnitt jenes Rings, der die Festungsstadt einmal gänzlich umgeben sollte.

Franziskas Herz pochte, als sie begriff, was das bedeutete: Henriette von Rülow wollte sich, mit wem auch immer sie das heimliche Stelldichein hatte, irgendwo außerhalb von Coblenz vergnügen. Und allem Anschein nach hatte sie einen guten Grund, die Stadt nicht auf einem der offiziellen Wege zu verlassen. Während sie darüber nachgrübelte, ließ sie die Gestalt nicht aus den Augen. Diese spähte nach allen Seiten, wie um sicherzugehen, dass sich keine der Patrouillen in der Nähe befand. Dann hob sie die Röcke und kletterte mit der Eleganz einer Seiltänzerin auf die Mauer.

Dieses Bild war so absonderlich, so irrwitzig und unpassend, dass es Franziska große Mühe kostete, einen Ausruf des Erstaunens zu unterdrücken. Bei der akrobatischen Aktion war der dunkle Umhang verrutscht und gab einen Blick auf hellblondes Haar und tiefrote Seide frei. Franziska schluckte, es war tatsächlich Henriette von Rülow!

Einen endlos scheinenden Moment verweilte die Frau des Capitains bewegungslos auf dem höchsten Punkt der Befestigung, die Wangen gerötet, den Blick nach Süden gerichtet. Wie eine fleischgewordene Statue, unwirklich und zugleich voller Leben. Im nächsten Augenblick sprang sie so behände auf die andere Seite hinunter, dass Franziska Mühe hatte, überhaupt zu begreifen, was geschehen war. Mit klopfendem Herzen hockte sie in ihrem Versteck, ein solches Kribbeln und Ziehen im Körper, dass es all ihre Geduld erforderte, nicht einfach loszurennen. Sie sah sich um, bis sie sicher war, dass sich niemand in der Nähe befand. Erst dann kroch sie hinter dem Steingebilde hervor.

Ihre Füße waren von der kauernden Haltung eingeschlafen, und so humpelte sie, als sie zu der Mauer ging. Vorsichtig stellte sie sich auf die Zehenspitzen, spähte hinüber und war erleichtert, als sie Henriette von Rülow wiederentdeckte.

Einen Moment lang zögerte sie. Sollte sie es wagen, ebenfalls über diese unfertige Wehrmauer zu steigen, um die Offiziersgattin weiter zu verfolgen? Zwar kannte sie die Anordnungen nicht, doch wie sie die Preußen einschätzte, stand es sicherlich unter Strafe, über eine militärische Absperrung zu klettern – selbst wenn diese sich noch im Bau befand.

Wieder trat ihr das Gesicht ihres Bruders vor Augen, sein Entsetzen, als er verhaftet wurde, der Schmerz in den Augen ihrer Mutter – und ihr Entschluss stand fest. Mochten die Preußen mit ihren Verordnungen und Befehlen zur Hölle fahren! Sie musste einfach herausfinden, mit wem sich die Frau Capitain zu einem Schäferstündchen traf. Ihre Intuition sagte Franziska, dass dieses Wissen von großer Bedeutung für sie wäre. Entschlossen schob sie den Saum ihres Rockes ein wenig nach oben, während ihr Fuß Halt suchte. Ohne eine helfende Hand kostete es sie Mühe, und sie kam nicht umhin, Henriette von Rülows Geschicklichkeit zu bewundern. Für eine Dame der Gesellschaft verfügte sie über eine erstaunliche körperliche Geschicklichkeit.

Ein leises Knirschen ließ Franziska einen Moment innehalten. Soweit es ihre Position, halb über dem Gemäuer hängend, erlaubte, wandte sie den Kopf. Womöglich stand ein bis an die Zähne bewaffneter preußischer Wachposten hinter ihr, der gekommen war, um sie wegen der Überschreitung einer militärischen Grenze zu inhaftieren. Da sie aber niemanden entdeckte, kletterte sie hastig weiter und atmete schwer, als sie schließlich oben angekommen war. Rittlings saß sie auf der Mauer, die Festungsstadt auf der einen Seite und die weite Ebene des Rheintals auf der anderen. Schnell vergewisserte sie sich, dass auch drüben keine Wache patrouillierte oder sonst jemand Zeuge ihrer sträflichen Aktion war. Dann schwang sie auch das andere Bein hinüber, was sich durch den steifen Stoff ihres langen Rockes als etwas schwierig erwies.

Gerade als Franziska überlegte, ob sie es wagen konnte, mit einem Satz hinunterzuspringen, ohne sich das Genick zu brechen, vernahm sie hinter sich das Geräusch von Schritten. Bevor sie Gelegenheit hatte, sich umzudrehen, wurde ihr linker Unterarm von einem festen Griff gepackt. Entsetzt schrie sie auf, versuchte, irgendwo Halt zu finden. Doch sie wurde nach hinten gerissen und schlug hart mit dem Kopf auf. Sterne tanzten vor ihren Augen. Zu überrumpelt, um Angst zu empfinden, lag sie einen Augenblick still da und rang um Atem.

Panik schlug über ihr zusammen, und hastig versuchte sie, sich aufzusetzen. Sogleich legten sich zwei Hände von hinten um ihren Hals und begannen zuzudrücken. Franziska wollte schreien, brachte aber nur ein ersticktes Röcheln hervor. Verzweifelt trat sie um sich und wand sich unter der Umklammerung. Hoffnungslos! Todesangst überfiel sie. Von irgendwoher vernahm sie ein heiseres Brüllen. Ein weiterer brutaler Stoß warf sie nach hinten. Sie verlor den Halt und stürzte die Mauer hinab auf die Erde. Der Aufprall war so hart, dass er ihr die Luft aus der Lunge presste. Einen Moment lang rang sie nach Atem. Dann verspürte sie einen Schlag auf die Schläfe und versank in Dunkelheit.

*

Die Schankwirtschaft, die Rudolph betrat, war ein unauffälliger, schlicht verputzter Bau, in der sich – wie allgemein bekannt war – häufiger die Feldwebel und Unteroffiziere zu einem abendlichen Bier trafen. Gleich beim Eintreten schlug ihm die nach Rauch, Kohl, Bratenfett, Alkohol und Schweiß geschwängerte Luft entgegen. Seine Stiefel knarrten auf den schmutzigen Dielen, als er sich den Tischen näherte.

Blaue Uniformen waren in der Mehrheit – ein Großteil der Stühle war mit Soldaten besetzt. Nur wenige einfach gekleidete Männer, teils in Westen, teils hemdsärmelig, saßen an einem Tisch beisammen. Die einheimische Bevölkerung schien dieses Lokal zu meiden. Zielstrebig ließ Rudolph seinen Blick über die anwesenden Militärs gleiten, konnte aber nirgends Bäskes bullige Gestalt entdecken.

Bei seiner Ankunft waren beinahe gleichzeitig alle Köpfe herumgefahren. Sogleich scharrten Stühle, und eine Handvoll Männer beeilte sich, strammzustehen.

Langsam ging Rudolph auf sie zu und beobachtete stumm die Veränderung auf den Gesichtern derjenigen, die ihn erkannten. Ingenieure wie er, Offiziere, verkehrten üblicherweise nicht in dieser Schenke. Daher musste allen klar sein, dass er in dienstlicher Angelegenheit hier war.

»Wo ist Feldwebel Bäske?«

Seine Frage schien von der abgestandenen, überhitzten Luft im Raum, den gekälkten Wänden und dem groben Holzboden geschluckt zu werden.

Es dauerte eine Weile, bis einer der Soldaten den Mut fasste zu antworten. »Der is nich da, Herr Leutnant.«

Kopfschütteln von allen Seiten, vereinzelt ein Blick, der zu Boden glitt.

Rudolph trat einen Schritt näher. »Tatsächlich? Dabei hat man mir gesagt, ich würde ihn hier finden.«

»Jetzt isser aber nich hier«, kam von irgendwo die Antwort, und etwas wie trotziges Aufbegehren klang in der Stimme mit. Der Alkohol hatte einem im Rang weit unter ihm Stehenden offensichtlich ungeahnte Courage verliehen.

»Wo finde ich ihn dann?«, knurrte Rudolph mühsam beherrscht.

Keine Antwort. Die Anspannung, die sich in der Schankstube ausgebreitet hatte, war so deutlich zu spüren, dass sich sogar die wenigen Einheimischen zu dem Grüppchen Uniformierter umdrehten.

»Is doch seine Sache, wo er sich abends rumtreibt oder...«, ließ sich einer der nicht mehr ganz Nüchternen vernehmen und zuckte grinsend mit den Schultern.

Trotz des aufkeimenden Zorns klang Rudolphs Stimme fest. »Es mag die Angelegenheit des Feldwebels sein, wo er sich nach Dienstschluss aufhält. Aber es wird meine sein, Sie für Ihr respektloses Verhalten zur Rechenschaft zu ziehen.« Mit einem Blick auf die Uniform fügte er hinzu. »Sergeant.«

Das Schweigen, das daraufhin folgte, war ebenso düster wie kurz. Dann flammte eine tiefe Röte im Gesicht des Angesprochenen auf, der sich sogleich bemühte, Haltung anzunehmen. »Zu Befehl, Herr Leutnant.«

Rudolph wartete einen Moment, ließ seine Augen über die

Gesichter der Soldaten gleiten. Von diesen Männern würde er nicht erfahren, was er wissen wollte.

Grußlos wandte er sich ab und verließ das Gasthaus.

*

Ein Schmerz, der sich wie ein Messer in den Kopf bohrte, ein Dröhnen, das den Schädel erbeben ließ ...

Dazu diese Übelkeit. In Wellen durchzog sie ihren Körper, raste durch ihre Eingeweide und ließ ihre Schultern erzittern. Eine plötzliche Enge auf der Brust erschwerte das Atmen. Ihre Angst zu ersticken löste sich schließlich in einem befreienden Husten.

Was war mit ihr? Wo befand sie sich? Wieso lag sie keuchend auf dem Boden, die Finger in die Erde gekrallt?

Sie wartete, dass die Schwärze um sie herum wich, aber es geschah nicht.

»*Can ye hear me, lass?*« Eine vertraute Stimme drang an ihr Ohr. »*Hey, lassie, come back to me.*«

Ein Tätscheln an ihrer Wange weckte sie aus der Benommenheit. Stöhnend schlug Franziska die Augen auf und sah in ... Dunkelheit. Sie blinzelte, rieb sich die Augen, und ganz langsam klärte sich ihr Blick. Am Horizont war von ferne der graue Steifen der erst kürzlich untergegangenen Sonne zu sehen. Dann fokussierte sich ihr Blick und fiel im Halbdunkel auf ein bärtiges Gesicht. Ein Paar helle, von Falten umgebene Augen stachen daraus hervor und musterten sie besorgt.

»Mr. McBaird«, krächzte sie leise und war überrascht, wie heiser sie klang, wie kraftlos sie sich fühlte ... und dass sie immer noch nicht wusste, wo sie sich befand.

Und noch weniger, wie sie dorthin geraten war.

»*Ye waukent? Praised be the Lord.*« Ohne sich die Mühe zu

machen, ins Deutsche zu wechseln, half der Schotte ihr, sich aufzusetzen, wobei Franziska im ersten Moment einen solch starken Schwindel verspürte, dass sie schwankte.

»*Hush, lassie, hush*...« Mit einem festen Griff hatte McBaird sie in eine sitzende Position gezogen und lehnte dann ihren Rücken gegen etwas, das Franziska bei vorsichtigem Befühlen als eine Steinmauer ausmachte.

Ein Pochen an ihrem Knie zeigte ihr, dass sie verletzt war. Doch hielt die Anwesenheit des Schotten sie davor zurück, den Rock anzuheben und die Wunde zu begutachten. Stattdessen tastete sie nach ihrer Stirn und zuckte schmerzerfüllt zurück, als sie dort eine Schwellung berührte, die von etwas Klebrigem bedeckt war. *Blut.*

Wieder überkam Franziska Übelkeit, doch sie riss sich zusammen und murmelte nur einen leisen französischen Fluch. Das Hämmern in ihrem Kopf wollte nicht nachlassen und übertönte alle Erinnerungen an das, was geschehen war. Verwirrt schloss sie für einen Moment die Augen.

Als hätte er ihre Gedanken gelesen, ging McBaird neben ihr in die Hocke, reichte ihr ein sauberes Taschentuch, mit dem sie sich die Stirn abtupfen konnte und fragte: »*Dae ye ken*...« Er räusperte sich. »Wissen Sie, was geschehen ist... Können Sie...«, er schien nach Worten zu suchen, »können Sie sich an etwas erinnern?«

Den Kopf auf die angewinkelten Knie gestützt, das geborgte Taschentuch noch immer an die Stirn gedrückt, zuckte Franziska mit den Schultern.

»*It seems*...« Er klang nun ruhiger, doch schwang etwas wie unterdrückte Anspannung mit. »Es sieht aus, als habe jemand versucht, Sie zu...« Wieder machte er eine Pause, seine Augen verengten sich. »Sie zu überfallen.«

Die letzten Worte spuckte er mit einer solchen Heftigkeit

aus, dass Franziska zusammenzuckte. Erst allmählich begriff ihr noch immer benebelter Geist, was der Schotte gesagt hatte.

Sie erstarrte. Ein Überfall? Auf sie? Aber warum?

»Ich sehe doch wahrlich nicht aus, als wäre bei mir viel zu holen.« Noch immer war ihre Stimme rau, aber erleichtert stellte sie fest, dass sie ihr wieder gehorchte. »Wer auch immer es war, als Straßenräuber haben sie sich wirklich dumm angestellt.« Unwillkürlich sah Franziska an sich hinunter auf das schlichte dunkle Kleid, das sie als Hausmädchen trug, auch wenn sie zuvor die Schürze abgenommen hatte.

Zuvor? Der Hauch einer Erinnerung flackerte vor ihrem inneren Auge auf. Bevor was geschehen war? Wohin war sie unterwegs gewesen? Wie spät war es überhaupt? Das Halbdunkel zwischen Abend und Nacht gab ihr nur eine vage Antwort. Offenbar war sie eine ganze Weile ohne Bewusstsein gewesen.

»*Lucky for you*, dass ich gerade hier unterwegs war.« Der Zorn im Ton McBairds war noch härter als sein Akzent. »Was für ein Glück, dass ich Sie gefunden habe ... Wenn ich nicht ...« Er unterbrach sich und wies mit der Hand auf eine dicke Rolle aus verschnürtem Papier, die er unter dem Arm hielt und die wohl Skizzen enthielt. Wahrscheinlich kam er gerade von einer abendlichen Exkursion auf der Suche nach neuen romantischen Motiven zurück.

Von irgendwoher hatte er eine Flasche hervorgezogen, entstöpselte sie und reichte sie Franziska mit einer beinahe entschuldigenden Geste. »*It will sting a bittie.*«

Franziska setzte an, nahm einen kräftigen Schluck ... und keuchte auf, als eine brennende Flüssigkeit durch ihre Kehle rann.

»*Whiskey, sorry dear. It's a' I hae*«, sagte McBaird und klopfte ihr sacht auf den Rücken.

Nachdem Franziska sich ausgehustet hatte, spürte sie, dass sie – sei es durch den Schrecken oder die Wirkung des Alkohols – wieder zur Besinnung kam, die Schwäche in ihren Gliedern ein wenig abflaute, das Zittern nachließ. Und mit einem Mal kehrten ihre Erinnerungen zurück: Die Frau Capitain, rote Rosen, ihr auffälliges, aufreizendes Kleid ... Alles stand ihr wieder klar vor Augen.

Vorsichtig nahm sie einen weiteren Schluck, der schon weitaus weniger brannte, wischte sich dann den Mund mit einem Ärmel ab und reichte die Flasche McBaird.

»*Whit did* ...« Er unterbrach sich und fuhr auf Deutsch fort: »Was wollten Sie hier, am Abend?«

Franziska schüttelte den Kopf, während unaufhaltsam weitere Erinnerungsfetzen auf sie einstürmten: Henriette von Rülow, die wie eine Seiltänzerin die Stadtbefestigung erklomm, der Angriff, der aussichtslose Zweikampf. Grundgütiger! In was war sie da hineingeraten?

»Ich habe ...«, begann sie und hielt inne. Es war vielleicht besser, ihre geheimen Aktivitäten nicht offenzulegen. Noch nicht einmal bei jemandem, den sie so gern mochte wie diesen Schotten.

»Ich hatte eine Besorgung zu machen. Es ging ...« Sie überlegte fieberhaft, was sie sagen konnte, um möglichst nahe an der Wahrheit zu bleiben, um den Mann, der sie gerettet hatte, nicht zu belügen. »Es ging um eine private Angelegenheit meines Dienstherrn. Ich denke ...«

»Ihr Dienstherr, ja.« Vorsichtig half McBaird ihr auf die Beine. Sie spürte, dass sie noch etwas schwankte, doch allmählich kehrte die Sicherheit in ihren Körper zurück.

»Ihre Freundin Therese hat mir schon erzählt, dass Sie eine Stelle angetreten haben. Dass das der Grund ist, weshalb man Sie nur noch so selten bei ihr sieht ...«

Vorsichtig machte Franziska einige Schritte, erleichtert, dass ihre Beine sie wieder trugen, auch wenn der Kopf noch dröhnte.

»Ich dachte, Sie leben bei Ihrem Onkel, dem Maurer.«

Ein leiser Fluch entfuhr Franziska, ein Stich ging durch sie hindurch. Sie wusste nicht, ob aus Schwäche oder weil sie völlig unverhofft an Hubert Kannegießer erinnert wurde, den sie lieber aus ihrem Leben verdrängen wollte. Ihre Knie gaben nach, und sie wäre zu Boden gestürzt, wenn der Schotte sie nicht sogleich aufgefangen und an sich gezogen hätte.

»*Hush, lassie, hush. Take tent, my little lady* ...«

Wie ein Kind hielt er sie im Arm, sorgte dafür, dass sie nicht fiel. Und für einen aberwitzigen, kurzen Moment genoss Franziska die Berührung, die Wärme und das Wissen, dass sich jemand um sie sorgte – um sie, die seit ihrem sechzehnten Lebensjahr keinen Vater mehr hatte. Nur einen Onkel, der ... Entschlossen schob sie den Gedanken beiseite.

»Danke, Sir. Ich glaube, es geht wieder.« Keuchend lehnte sie mit dem Rücken an der unfertigen Stadtmauer und blickte nach oben, wo eine Unzahl von Sternen den Himmel bedeckte, so weit, so endlos.

»Warum tun Sie das, Miss ...« Wie das Rauschen des Rheins drangen McBairds Worte an ihr Ohr. »Warum tun Sie das, wo Sie sie doch so hassen?«

Franziska benötigte eine Weile, um zu verstehen, dass diese Frage an sie gerichtet war. »Dass ich was tue?«, fragte sie und stellte überrascht fest, wie dumpf und schläfrig ihre Stimme klang.

»Für einen Preußen arbeiten, in seinem Haus leben, ihm zu Diensten sein ... Ich weiß ja, wie Sie zu ihnen stehen ...«

Einen Moment lang war Franziska über seine Direktheit so erschüttert, dass sie nicht wusste, was sie darauf erwidern sollte. Der nächtliche Wind zauste an ihren Haaren und strich über ihr Gesicht. Sie erinnerte sich der Offenheit, mit welcher der Schotte über seine Familie gesprochen hatte, seine inneren Dämonen. Und weil es so viel einfacher war, aufrichtig zu sein, wenn um einen herum die Nacht herrscht, man sich nicht anschauen muss, entschied sich Franziska für die Wahrheit.

»Mein Bruder wurde verhaftet. Wegen Spionage und Landesverrats. Es heißt, er habe geheime Unterlagen aus dem Besitz Capitain von Rülows gestohlen ... Und wenn sie keinen anderen Schuldigen finden, werden sie ihn verurteilen und ... womöglich ... sogar ....«

Schweigen entstand, ein Schweigen, das so tief war, dass sich Franziska beinahe fragte, ob die Umgebung um sie herum plötzlich ausgelöscht war, ob überhaupt irgendetwas oder jemand existierte, außer ihr, der milden Nacht, dem Sternenhimmel und der von der Hitze des Tages noch immer warmen Mauer in ihrem Rücken.

»*That is ...*« Die rauchige Stimme des Schotten durchbrach diesen irrealen Moment. »Das wusste ich nicht, es ...« Er stockte, und sein rasselnder Atem zeigte, dass er um Luft rang. »*Yer brither ... dear Lord.*«

Er war erschüttert, aufrichtig erschüttert. Franziska erkannte es an seinem Gesicht, obwohl es im Halbdunkel nur als Schatten zu erkennen war. Er schien einen inneren Kampf mit sich auszufechten, nach den passenden Worten zu suchen ... als wolle er sie trösten. »*I am sae sorry, lass ... The sacrifices ...*«, wieder unterbrach er sich, »*sae sorry ...*«

Die Trauer und Bestürzung in seinen Worten waren so echt, dass Franziska fast den Eindruck hatte, sie müsse McBaird trösten, obgleich es doch *ihr* Bruder war, dessen Leben auf dem Spiel stand.

Wieder dachte sie an das, was ihr der Schotte damals auf dem

Rückweg von der Kirche erzählt hatte, an all die Grausamkeit und Unterdrückung, die seine eigene Familie erlebt hatte. Sie fragte sich, ob sein feines Gespür, seine Sensibilität für die Gefühle und Bedürfnisse anderer auf diesen Erfahrungen beruhten. Oder ob Künstler generell über mehr Feinsinn verfügten als andere Menschen.

»Ja, mir tut es auch leid«, sagte sie leise. »Es bleibt nicht mehr viel Zeit...« Der Gedanke, was mit Christian geschehen würde, wenn es ihr nicht gelang, ihm zu helfen, ließ den Schmerz in ihrem Kopf aufflammen. Erneut packte sie der Schwindel, und sie musste sich abstützen.

»Ich bringe Sie zurück.«

Langsam, noch immer ein wenig benommen, ergriff Franziska die dargebotene Hand des Schotten. Ihr Schädel dröhnte, ihr ganzer Körper tat ihr weh. Dennoch war sie von der Reaktion McBairds bewegt – seinem aufrichtigen Entsetzen, seiner Fassungslosigkeit, seinem gestammelten Versuch, ihr etwas Tröstliches zu sagen. Wie viel realer doch eine grausame Tatsache wurde, wenn sie sich in den Gefühlen eines anderen widerspiegelte, es war wie die Reflexion des eigenen Schmerzes!

»Soll ich Sie mit ins Gasthaus nehmen? Madam Therese wird sich bestimmt um Sie kümmern.« Er klang freundlich, aber noch eine andere Regung schwang in seinem Ton mit, die Franziska nicht zu deuten vermochte. War es Besorgnis? Oder Trauer?

Vorsichtig schüttelte sie den Kopf, was einen weiteren Schwindelanfall in ihr auslöste. Sie klammerte ihre Hand fester um die des Schotten. »Nein, bitte nicht. Therese hat genug zu tun, und ich...«

Ich muss zurück ins Haus des Capitains, schoss es ihr durch den Kopf. Wenn man dort ihr unerlaubtes Verschwinden entdeckte...

Ein entsetzlicher Gedanke drängte sich ihr auf und ließ sie einen Moment lang erstarren. Nicht genug damit, dass sie ihre Stelle riskierte. Was war, wenn Henriette von Rülow ihr auf die Schliche kam, herausfand, dass sie ihr gefolgt war auf dem Weg zu ihrem ... geheimen Rendezvous oder was auch immer?

Nicht auszudenken, wie die Offiziersgattin reagieren würde. Ganz gleich, was sie dort auch treiben mochte, es musste von solch enormer Wichtigkeit sein, dass es keine Zeugen geben durfte – dass sie womöglich sogar irgendjemanden beauftragt hatte, diese gegebenenfalls aus dem Weg zu räumen.

Wenn McBaird nicht gewesen wäre ... wer konnte schon sagen, was dann mit Franziska geschehen wäre? Und zum zweiten Mal an diesem Abend versagten ihre Beine fast ihren Dienst, und McBaird schloss sie fest in seine Arme.

»*Hush, lassie, hush ... Take care, dear one.*« Der für ihn typische Geruch nach Wolle, Ölfarben und Whiskey stieg ihr in die Nase, und wieder fühlte sich Franziska für einen Moment in seiner Umarmung so geborgen, dass sie am liebsten darin verharrt und die Wirklichkeit ausgesperrt hätte.

»Bringen Sie mich bitte zum Haus des Capitains.« Es kostete Franziska Mühe, diese Worte auszusprechen »Ich muss dorthin zurück und weiß nicht, ob ich den Weg allein schaffe.«

Stumm nickte McBaird und reichte ihr den Arm, damit sie sich darauf stützen konnte. Die Nacht war mild und sternenklar. Auf dem Weg in die Schloßstraße sprach keiner von beiden ein Wort.

Kapitel 35

»Was haste denn gemacht, dat de so aussiehst?« Bertes leiernde Stimme ließ Franziska zusammenfahren. Beinahe wäre ihr der Eimer mit Schmutzwasser, das sie draußen auf die Straße kippen wollte, aus der Hand geglitten. »Biste mit 'nem Brauereifuhrwerk zusammengestoßen oder woher kommt das Veilchen?«

Mühsam hielt Franziska das noch immer geschwollene linke Auge geöffnet, um den Blick der Küchenhilfe zu erwidern. Statt einer Antwort zuckte sie nur die Achseln, entschlossen, die Magd mit so wenigen Informationen abzuspeisen wie möglich.

Doch Berte ließ sich nicht so einfach abwimmeln. Mit fachmännischem Blick musterte sie Franziska und sagte dann – halb tadelnd, halb triumphierend: »Hab ich ja gleich gesagt, dat de gestern Abend noch auf 'ner kleinen Runde unterwegs warst, nich?«

In Franziskas Brust krampfte sich etwas zusammen, als sie verstand, was das bedeutete, gab sich jedoch Mühe, sich ihr Erschrecken nicht anmerken zu lassen. »Wie kommst du darauf?«

»Mir ging's gestern Abend nich so gut, und da hat Johanna nach dir geschickt ...« Berte kaute auf etwas Undefinierbarem herum und machte eine kleine Pause.

Typisch, da hatte die sich wieder wegen irgendeines Wehwehchens ins Bett gelegt. Welche Fähigkeiten außer Kartoffelschälen und Karottenschnipseln mochte sie wohl besitzen, dass sie trotz ihrer häufigen Ausfälle noch nicht ihre Anstellung verloren hatte? Aber Franziska biss sich auf die Zunge und schwieg. Es war nicht der richtige Moment, spitzfindige Fragen zu stellen.

»Und da warst de nich zu finden«, fuhr Berte fort, »nirgendwo im Haus. Sag schon, wo haste dich rumgetrieben?«

Franziskas Herz hämmerte, während sie fieberhaft überlegte. Sie musste eine halbwegs plausible Erklärung finden, etwas, das nicht wie *Davonlaufen* oder gar wie *Eindringen in persönliche Angelegenheiten der Herrschaft* klang.

»Ach ja, tatsächlich, das tut mir aber leid ... ich ...«, begann Franziska, dann jedoch kam ihr eine Idee. Trotz ihrer momentanen Situation konnte sie sich ein schadenfrohes Lächeln nicht verkneifen. »Mir war auch ziemlich übel gestern Abend ... ich musste mich ein paar Mal übergeben. Da bin ich etwas vor die Tür, um ... na ja ... du verstehst?«

Bertes Augen wurden kreisrund.

»Und ich fühle mich noch immer ganz flau. Sicher geht gerade was Ansteckendes um. Wenn's sogar mich getroffen hat.«

Mit einer diebischen Freude stellte Franziska fest, wie die Küchenmagd einen Schritt zurück machte und ängstlich um sich blickte, als würde die Ansteckungsgefahr sichtbar in der Luft hängen.

»Meinste wirklich?«

Franziska hob die Augenbrauen und schüttelte den Kopf. »Na ja, mir war auf jeden Fall so furchtbar schlecht, dass ich etwas frische Luft brauchte und plötzlich ...« Sie machte eine dramatische Pause und beobachtete genüsslich, wie Berte bei ihren Ausführungen immer blasser wurde. »Plötzlich ist mir schwarz vor Augen geworden, und ich bin mit dem Gesicht gegen eine Mauer gefallen.«

Noch immer schien Berte nicht zu wissen, ob sie sich weiter auf Abstand halten oder die Geschichte als bloßen Unfug abtun sollte. Unterdessen war sie leicht grünlich angelaufen, und Franziska fragte sich, ob es möglich sei, sich mit einer erfundenen Erkrankung zu infizieren.

»Aber jetzt geht's mir wieder besser«, sagte sie schnell, um nicht auch noch Gefahr zu laufen, irgendwelche Hinterlassenschaften Bertes aufzuwischen oder ihre Arbeit mit übernehmen zu müssen. »Ich denke, ich hab nur was Falsches gegessen... Oder... Du weißt schon...« Sie machte eine verschwörerische Pause und legte eine Hand auf ihren Unterleib, »diese speziellen Tage im Monat, wo man sich nicht so wohl fühlt.«

»Und die hauen dich tatsächlich so um?«, fragte Berte schließlich, nachdem sie sich wieder ein wenig gefangen hatte. »Aber naja, ich verrat dich schon nich.« Sie schluckte ihren letzten Bissen herunter. »Wirst schon wissen, was mit dir los ist. Solang wir deswegen keinen Ärger kriegen oder deine Arbeit mitmachen müssen.« Sie zuckte die Achseln. Es sah aus wie ein Friedensangebot.

Franziska knurrte innerlich. So etwas ausgerechnet von einem faulen Stück wie Berte – wenn das nicht Ironie war. Außerdem traute sie dem Küchenmädchen nicht. Sie verbarg irgendetwas, so wie jeder hier im Haus seine kleinen Geheimnisse zu haben schien.

Wieder erinnerte sich Franziska an Rudolphs Worte. Dass er eine blonde Frau in Dienstmädchenkleidung aus dem Haus habe schleichen sehen... heimlich, verstohlen, darauf bedacht, nicht gesehen zu werden. War das Henriette von Rülow gewesen – oder doch Berte? Die einzige Gemeinsamkeit zwischen den beiden Frauen waren ihre auffällig hellblonden Haare. Ansonsten war die eine hochgewachsen und schlank, mit eleganten, beherrschten Bewegungen, die Magd hingegen ein wenig plump und üppig. Franziska bedauerte, dass sie Rudolph nicht nach einer näheren Beschreibung der Person gefragt hatte. Doch da sie ohnehin niemandem im Hause traute, ließ sie bei allen Bewohnern eine ähnliche Vorsicht walten.

Ein durchdringendes Klingeln riss sie aus ihren Gedanken. Erschrocken fuhr sie zusammen, sah entsetzt die Glocke an, dann Berte.

»Die gnädige Frau ruft«, murmelte sie, und ein eisiger Schauer lief über ihren Körper. Warum ausgerechnet jetzt?

Es war eine Sache, von der trägen Berte ausgefragt zu werden, aber von Henriette von Rülow? Unzählige Fragen schwirrten Franziska durch den Kopf. Hatte die Herrin herausbekommen, dass sie am Vorabend bei ihrem kleinen Ausflug verfolgt worden war? Von ihrem eigenen Hausmädchen?

Hatte derjenige, der Franziska den Schlag versetzt hatte, der Frau Capitain davon berichtet oder gar in deren Auftrag gehandelt? Hatte er sie erkannt, als eine Hausangestellte der Familie? Wusste er vielleicht sogar, wer sie, Franziska, wirklich war? Dass sie sich hier in dieses Haus eingeschmuggelt hatte? Und wenn ja ... Franziska spürte, wie bei diesem Gedanken ihre Beule am Kopf wieder stärker zu pochen begann ... war sie dann in Gefahr? In Lebensgefahr womöglich. Erstarrt in ihren Überlegungen und ihrem Schrecken stand sie wie angewurzelt da, bis Berte sie unsanft anschubste.

»Na lauf schon! Was is los mit dir? Die da oben wird leicht ungeduldig.«

Genau das fürchtete Franziska auch. Sie konnte nur hoffen, dass die gnädige Frau lediglich den Wunsch nach einer frischen Tasse Kaffee und einem Törtchen äußern würde.

Aber es half nichts, weiter darüber nachzugrübeln. Sie würde es bald erfahren. Franziskas Hände zitterten, als sie Berte den

Eimer in die Hand drückte, ihre Schürze glattstrich und sich vergewisserte, dass ihr Häubchen richtig saß.

Dann stieg sie mit Herzklopfen die Treppe hinauf.

*

»Was ist dir denn widerfahren?« Henriette von Rülows wohlgeformter Mund stand vor Überraschung ein wenig offen, als ihr Blick auf Franziskas blaues Auge und die blutigen Schrammen auf Gesicht und Händen fiel. »Großer Gott, Mädchen, bist du gegen eine Mauer gerannt, oder hat man dich verprügelt.«

Mit einem lauten Kläffen sprang der Pudel vom Arm seiner Herrin und begann schwanzwedelnd, Franziskas Rocksaum zu beschnüffeln.

Nein, ich bin von *einer Mauer gestürzt, doch das mit dem Verprügeln trifft es recht gut*, durchzuckte es Franziska heftig und nicht ganz ohne Ironie. Gleichzeitig empfand sie Erleichterung. Entweder war die Dame des Hauses eine hervorragende Schauspielerin, oder sie war tatsächlich ahnungslos, was den Vorabend betraf.

Wenn sie nicht über den unrühmlichen Ausflug ihres Dienstmädchens informiert war, konnte das nur bedeuten, dass derjenige, der Franziska überfallen hatte, nicht wusste, dass sie eine Hausangestellte derer von Rülow war. Dankbar murmelte sie ein stummes Gebet. Dann wäre sie noch einmal davongekommen.

Noch immer war der Blick der Hausherrin nachdenklich und ein wenig indigniert auf sie gerichtet, und Franziska erinnerte sich daran, dass sie ihr eine Frage gestellt hatte. »Mir war nicht gut«, log sie schnell, entschlossen, hier die gleiche Geschichte zu erzählen wie der einfältigen Berte. »Deshalb war ich draußen ein wenig frische Luft schnappen. Doch es hat nicht geholfen, ich bin gestürzt ... und ...« In einer, wie sie hoffte, entschuldigenden Geste wies sie auf ihre Hände und ihr Gesicht.

»Sieht es so schlimm aus, wie es sich anfühlt, gnädige Frau?«

»Schlimmer noch, Mädchen, schlimmer.« Stirnrunzelnd trat Henriette von Rülow näher und begutachtete das Malheur. »Wie kann man von einem Sturz solche Spuren davontragen ... hmmm. Wenn ich es nicht besser wüsste, würde ich fast annehmen, du wärst in eine Gasthausprügelei geraten.«

»Aber, Madame«, erschrocken sog Franziska die Luft ein, »Wie können Sie so etwas von mir denken?«

Die Frau Capitain ließ von ihr ab und schnalzte mit der Zunge. »Nein, so etwas würdest du nicht tun. Dazu ist jemand wie du zu ... ehm ... anständig, nicht wahr?«

Es klang beinahe wie ein Vorwurf, und so enthielt sich Franziska einer Antwort.

»Wie kann ich Ihnen behilflich sein, gnädige Frau?«, fragte sie schnell, um einem weiteren Verhör entgehen.

»Ach ja, das hätte ich fast vergessen. Bring mir doch eine Kanne extrastarken Kaffee und etwas von der Salbe, die die Köchin manchmal zusammenrührt, um ihre Kopfschmerzen zu kurieren. Ich glaube, mir platzt gleich der Schädel.«

Erst jetzt bemerkte Franziska die geröteten, an den Rändern geschwollenen Augen der Herrin, die von einer lebhaften Nacht zeugten, bei der ganz sicher außer einer verbotenen Liebschaft auch der Alkohol eine Rolle gespielt hatte.

Die Sache wurde ja immer verworrener. Und nun, da Franziskas Angst vor ihrer eigenen Enttarnung langsam schwand, beschäftigte sie erneut die Frage, was die Frau von Rülow auf ihren nächtlichen Streifzügen so treiben mochte. Ließ sie sich die einsamen Nächte lediglich von einem erfahrenen Liebhaber versüßen oder steckte noch etwas ganz anderes dahinter? Ein weitaus düsteres Geheimnis?

»Hatten Sie gestern einen schönen Abend, gnädige Frau?«, fragte Franziska vorsichtig, und bemühte sich, unterwürfige Höflichkeit statt Neugierde in ihre Stimme zu legen.

Die Angesprochene blickte erstaunt auf, schien sich dann aber wieder der Tatsache zu entsinnen, dass sie am Vorabend selbst mit ihrem Dienstmädchen über ihren kleinen Ausflug gesprochen hatte. Dennoch runzelte sie die Stirn. »Ja, ja, es war, durchaus ... ehm ... interessant zu nennen.« Offenbar wollte sie das Thema nicht weiter vertiefen.

Also keine erquickliche Nacht, übersetzte Franziska den abweisenden Blick. Wie aufschlussreich! War der Liebhaber am Ende gar nicht gekommen? Womöglich, weil er aufgehalten wurde, zum Beispiel, weil er eine allzu neugierige Hausangestellte verprügeln musste? Oder war sonst noch etwas vorgefallen?

Wenigstens schien Henriette von Rülow ihr gegenüber wirklich keinen Verdacht zu hegen. Fast schon wieder beruhigt, knickste Franziska kurz und wollte sich gerade zum Gehen wenden, als ihr Blick auf eine wild durcheinander verstreute Anzahl von Gemälden fiel, die über der mit grünlichem Stoff bezogenen Chaiselongue ausgebreitet lagen. Während ihre Hand schon nach der Türklinke ausgestreckt war, wurden ihre Augen vom Anblick der farbenfrohen, üppigen Bilder gebannt, die ganz offensichtlich eine Zirkusreiterin in verschiedenen Posen zeigten, mit akrobatischen Verrenkungen und einem lebenshungrigen Blick.

Wie von einem unsichtbaren Faden gehalten, blieb Franziska vor diesen Kunstwerken stehen, konnte den Blick nicht davon abwenden. So betörend waren sie in ihrer Wildheit, ihrer Exotik ... und doch kam ihr etwas daran seltsam vertraut vor.

»Sie sind schön, nicht wahr?« Unbemerkt war Henriette von Rülow hinter sie getreten. »Echte, ehrliche Kunst ...«

Franziska wusste nicht, ob ihre Herrin die Fähigkeiten des Malers meinte oder die akrobatisch perfekten Posen der Reiterin, welche dieser so lebensnah eingefangen hatte. Doch würde es auf beides zutreffen. Also nickte sie. »In der Tat.«

»Nun«, langsam begann die Frau des Capitains, die willkürlich verstreuten Bilder einzusammeln und zu einem Stapel zusammenzulegen. »Eine kleine Erinnerung an den Preis des Geldes, und das, was dabei verloren ging – den Verzicht.« Sie schluckte und machte eine kleine Pause. Dann fuhr sie, mehr an sich selbst gewandt, fort: »Und es wird noch ein weitaus höherer zu zahlen sein.«

Verwirrt runzelte Franziska die Stirn. Wovon sprach sie? Welcher Preis, welches Geld und welcher Verzicht? Ihr Blick ging zurück zu den Gemälden, und ihre Augen weiteten sich in ungläubiger Fassungslosigkeit. Denn plötzlich glaubte sie zu wissen, was ihr die ganze Zeit daran so vertraut und zugleich so falsch vorgekommen war: Die dargestellte Reiterin, deren blonde Mähne in einem imaginären Wind um ihren Körper und den ihres Pferdes flatterte, hatte die Gesichtszüge Henriette von Rülows. Auch war es ihr Körper, ihre Art, sich zu bewegen. Wer immer dies gemalt hatte, war ein begnadeter Künstler, denn sie war so außergewöhnlich gut eingefangen, dass Franziska sich wunderte, warum es ihr nicht gleich aufgefallen war.

Sie glaubte, die Antwort zu kennen. Man sah meist nur, was man erwartete, und dazu gehörte ganz sicher nicht die Gattin eines steifen, preußischen Capitains in aufreizender Pose auf einem Zirkuspferd.

Wieder erinnerte sich Franziska an die Leichtfüßigkeit, mit der Henriette von Rülow die Stadtbefestigung erklommen hatte, an ihren wilden, ungezügelten Blick hinaus in die weite, freie Landschaft. Zudem kamen ihr die Worte der Köchin

Johanna in den Sinn, dass der Schein bisweilen trüge und nicht jeder das sei, was er zu sein vorgebe.

War es also das? War dies das Geheimnis, welches die selbstbewusste und ungeduldige, jedoch nicht grausame Herrin des Hauses umgab, deren Verhalten bisweilen ein wenig einfältig und naiv zu nennen war? Dass sie keine Dame war, sondern eine ehemalige Zirkusreiterin? Jemand, der das ungeheure Glück – oder auch Unglück – hatte, von einem Mann von Stande geheiratet und dadurch ehrbar gemacht worden zu sein?

Doch wenn dem tatsächlich so war, was bedeutete diese Entdeckung für Franziskas Nachforschungen? Konnte es in irgendeinem Zusammenhang mit dem Verschwinden der Pläne stehen? Franziska blieb keine Gelegenheit, weiter darüber nachzudenken, denn ein wenig unsanft wurde sie von hinten angestupst.

»Ich warte noch immer auf meinen Kaffee, also lauf schon, oder soll ich hier verdursten?«

Wahrlich keine feine Dame!

Franziska knickste schnell und beeilte sich, dem Auftrag nachzukommen. Schließlich hatte sie an diesem Tag noch etwas anderes zu erledigen.

Kapitel 36

Hastig stolperte Franziska durch die engen, von der Sommerhitze aufgeladenen Gassen. Immer wieder musste sie Fuhrwerken ausweichen, an Passanten oder Händlern vorbeischlüpfen. Ein Trupp Soldaten kreuzte ihren Weg. Einige davon machten anzügliche Bemerkungen oder pfiffen ihr nach. Doch sie achtete nicht darauf und bahnte sich weiter ihren Weg durch die Stadt, wo an allen Ecken und Enden gebaut wurde. Nicht nur die neue, stetig wachsende Stadtumwallung und -mauer, auch mehrere Stadttore und Pforten sowie eine beträchtliche Anzahl von Festungswerken gehörten zu den Anlagen, welche die im Entstehen befindliche Festung Coblenz und Ehrenbreitstein zu der bedeutendsten des ganzen Landes machen würde.

Ein erfrischender Luftzug empfing Franziska, als sie den Rhein erreichte und auf die Schiffsbrücke zueilte. Zähneknirschend kramte sie ihre Geldbörse hervor, um die Brückenmaut zu zahlen. Dann lief sie mit hämmernden Schritten über die von Schiffskörpern getragenen Holzplanken bis hinüber zum gegenüberliegenden Rheinufer des Ehrenbreitsteins.

Noch immer dröhnte ihr Schädel von dem Schlag, den sie am Tag zuvor erhalten hatte, unangenehm brannte der Schweiß in den kaum verkrusteten Schürfwunden. Ihr ganzer Körper war erhitzt, ihre Wangen glühten. Doch rührte Letzteres nicht nur von den sommerlichen Temperaturen her, sondern auch von dem Gedanken an das vor ihr liegende Zusammentreffen mit Leutnant Harten. Seit ihrem Streit auf der Rückfahrt von

Cöln war sie ihm nicht mehr begegnet, und sie wusste nicht recht, wie sie sich ihm gegenüber verhalten sollte.

Ein wenig atemlos raffte Franziska ihren dunklen Rock, als sie sich an den Aufstieg den alten Felsenweg hinauf zum Ehrenbreitstein machte und dabei betete, dass sie nicht ihrem Onkel oder sonst jemandem über den Weg laufen würde, der an ihrer Anwesenheit Anstoß nehmen würde. Auch verstand sie nicht, was der Leutnant von ihr wollte, dass er sie hier hochbeordert hatte. Und obgleich etwas in ihr danach drängte, ihn wiederzusehen, hätte sie seine Vorladung am liebsten ignoriert. Allerdings war Rudolph Harten kein Mann, dessen Befehle man einfach so missachten konnte.

Ihr Puls hämmerte, und es schwindelte ihr ein wenig, als sie die Festungsbaustelle erreicht hatte, mit der ihrer aller Schicksal verbunden zu sein schien. Bevor einer der Wachposten sie abweisen konnte, sah sie Harten. Mit dem für ihn typisch festen Schritt, bei dem er das linke Bein kaum merklich nachzog, kam er ihr entgegen und wechselte ein paar Worte mit dem diensthabenden Soldaten. Dieser salutierte und ließ sie passieren.

Ein Gefühl der Beklemmung hatte sich in Franziskas Brust ausgebreitet, als sie nun – zum ersten Mal seit dem Tag nach Christians Verhaftung – hier heraufkam.

»Was ist passiert?« Der aufrichtige Schrecken in der Stimme des Leutnants, der sich beim Anblick ihres zerschundenen Gesichts in seinen Augen abzeichnete, tat Franziskas wohl. Anders als das neugierige Geplapper von Berte und der Frau Capitain war seine Anteilnahme echt, und das Gefühl, jemand sorge sich um sie, legte sich wie Balsam auf ihre Seele und ließ den Schmerz – den körperlichen wie den seelischen – ein wenig abklingen.

»Ich wurde überfallen, zusammengeschlagen. Jemand

hat ... Aber es ist nichts geschehen, es geht mir gut«, beeilte sie sich hinzuzufügen, als sie sah, wie sich Hartens Miene verdüsterte und Zorn darin aufblitzte, von dem sie nicht wusste, ob er ihr galt oder dem unbekannten Angreifer.

»Wo ist das geschehen?« Seine Worte klangen sachlich, doch der Ton war schneidend.

»Am Rande der Stadt, im Süden, in der Nähe des kurfürstlichen Schlosses. Ich war Frau von Rülow gefolgt, die sich vermummt aus dem Haus geschlichen hat und dann aus Coblenz hinaus. Ich wollte sehen, wo ...«

»Sie haben *was* getan?« Ein leises Grollen wie der Vorbote eines aufsteigenden Gewitters schwang in seiner Stimme mit. »Sind Sie denn völlig verrückt geworden, ein solches Risiko einzugehen? Das hätte Sie Ihre Stellung kosten können und, wie es aussieht, auch Ihren Kopf. Sie dummes Weibsbild, so etwas auf eigene Faust zu unternehmen!«

Einen Moment musste Franziska schlucken, um ihre Empörung über diese Beleidigung zu verdauen. Was nahm sich dieser Preuße heraus, sie herumzukommandieren, als wäre sie eine seiner Untergebenen? Doch dann bemerkte sie die Sorge, die sich in seinem Blick mit blanker Wut mischte, eine Angst, die *ihr* galt, so gut er diese auch unter Strenge zu verbergen suchte. Und das stimmte sie versöhnlich. Mehr noch, es schmeichelte ihr. Sie spürte die gleiche Wärme in sich aufsteigen wie in der Cölner Schankstube, als der Leutnant sie verteidigt hatte.

Großer Gott! Schon wieder diese Gefühle für den grimmigen Leutnant mit seinem Befehlston, seiner Überkorrektheit und seiner Besessenheit für militärische Pläne und trockene Berechnungen?

»Wenn Sie mitkommen wollen, im Baubureau gibt es Verbandsmaterial und unverdünnten Alkohol. Bisweilen verletzt sich einer der Arbeiter. Damit kann ich Sie ... dann können Sie die Wunde versorgen.«

»Das wird nicht nötig sein.« Einem Impuls folgend berührte sie mit den Fingerspitzen ihr Gesicht, zuckte bei dem Schmerz zusammen und ärgerte sich darüber, so entstellt vor diesem seltsamen Offizier zu stehen, aus dem sie nie so recht schlau wurde. »Es geht mir gut. Die Kratzer verheilen, und die Blutergüsse schwellen schon ein wenig ab.«

Eine ordentliche Portion Skepsis lag in seinem Blick, der ihr zeigte, wie schlimm sie noch immer aussehen musste. Doch beharrte er nicht auf seinem Vorschlag, sondern gab Franziska einen Wink, ihm zu folgen.

Dankbar, dass er sie nicht länger mit Vorwürfen maßregelte, folgte diese ihm. Sie nahm die neugierigen Blicke der Arbeiter, Soldaten und Ingenieure wahr. In dieser Situation nicht allein zu sein, beruhigte sie mehr, als sie bereit war, sich einzugestehen.

»Und, haben Sie herausfinden können, wohin Frau von Rülow wollte?«, fragte er, während sie gemeinsam die Baustelle durchquerten.

Franziska schüttelte den Kopf. »Nichts Genaues. Nur, dass sie leichtfüßig wie eine Akrobatin über die Befestigung gehuscht und in Richtung Süden verschwunden ist, dort wo Capellen liegt. Merkwürdig, da gibt's doch gar nichts, oder?«

»In Richtung Süden, sagen Sie?« Ruckartig war der Leutnant stehen geblieben, sodass Franziska einen Schritt zurück machen musste, um nicht über ihn zu stolpern. »Nach Capellen?« Aus der Art, wie er fragte, seinem alarmierten Blick, schloss Franziska, dass ihm die Antwort auf seine Frage sehr wichtig war.

Sie nickte. »So sah es für mich aus. Doch bevor ich ihr folgen konnte, wurde ich von der Mauer gezerrt und bewusstlos geschlagen.«

Hartens Kiefermuskeln verkrampften sich sichtbar. Er schluckte, als kämpfe er gegen eine in ihm aufsteigende Regung. »Konnten Sie jemanden erkennen?«

»Nein.« Franziska schüttelte den Kopf. »Aber Ihr alter Freund McBaird hat mich gerettet. Er muss dem Angreifer in die Quere gekommen sein, bevor er mir Schlimmeres antun konnte.«

»Alasdair.« Ein Lächeln erschien auf Hartens Gesicht. »Der alte Knabe ist immer für eine Überraschung gut. Ich wusste gar nicht, dass Sie sich kennen.«

»Aus dem Gasthaus meiner Freundin Therese«, erklärte Franziska. »Aber warum ist es wichtig, wohin die Frau Capitain verschwunden ist? Haben Sie irgendeinen Verdacht?«

Einen Moment schien sich Harten zu sträuben, als zögerte er, seine Überlegungen mit ihr zu teilen. Doch schließlich berichtete er ihr von seinem Fund, den nachgezeichneten militärischen Plänen in dieser Ruine der verfallenen Burg, etwa zwei Fußstunden südlich von Coblenz, über dem Dörfchen Capellen gelegen.

»Also glauben Sie, Frau von Rülow war unterwegs zu der Ruine, um dort irgendwem irgendwelche geheimen Pläne zu übergeben – oder diese zu hinterlegen?« Franziska runzelte die Stirn. »Ist das nicht ein wenig weit hergeholt? Warum sollte sie so etwas tun? Was könnte sie auch nur im Entferntesten mit Frankreich zu schaffen haben?« Sie erinnerte sich, dass ihre Herrin kaum ein Wort Französisch sprach. »Ich hatte vielmehr den Eindruck, sie träfe dort einen Mann ... einen Geliebten.« Die Flut roter Rosen auf dem Tisch der Frau Capitain, ihre erhitzten Wangen standen Franziska wieder vor Augen.

»Nun, das gilt es noch herauszufinden. Aber nicht mehr auf

eigene Faust – verstanden?« Wieder dieser befehlsgewohnte Ton, der keinen Widerspruch duldete.

Franziska verkniff sich ein Nicken, das einer Befehlsbestätigung gleichgekommen wäre, und folgte dem Leutnant, als er wieder ausschritt. Benommen wie nach dem Genuss eines Glases schweren Weins ging sie hinter ihm her. Und zum ersten Mal glaubte sie, den Anblick der immer weiter in den Himmel wachsenden Mauern der Feste mit ihren seltsam unregelmäßigen Winkeln, Höfen und Gebäuden mit *seinen* Augen sehen zu können. Nicht als ein Dorn im Fleisch, nicht als Fremdkörper im eigenen Land, das die Preußen den Einheimischen aufzwangen – nur um noch mehr Einfluss, noch mehr Macht demonstrieren und ausüben zu können.

Zwar war sie schon früher gelegentlich hier oben gewesen, wenn sie ihrem Onkel eine Nachricht oder einen Imbiss zu bringen hatte. Doch noch nie zuvor hatte sie diese Baustelle von der Perspektive eines Menschen betrachtet, der darin seinen persönlichen Stolz sah, sein Lebenswerk – das Ziel all seines Strebens. Und wenn sie die Reaktionen des sonst so distanzierten, korrekten Offiziers an ihrer Seite richtig deutete, dann war dies hier oben, weit über dem Rhein, weit über der Moselmündung, tatsächlich der Ort, für den sein Herz schlug, dem seine Begeisterung galt und – falls ein Preuße überhaupt eine solche besaß – seine ganze Leidenschaft.

Denn auch ohne, dass er etwas sagte, bemerkte sie die Veränderung, die in ihm vorging. Die Anspannung wich aus seinem Körper, sein Blick wurde weicher, beinahe freundlich, seine Mundwinkel zogen sich ein wenig nach oben. Selbst sein Schritt schien leichter und fester zu werden.

Während Franziska aufgewühlt und irritiert hinter ihm herging, wurde sie zum ersten Mal von der Faszination der Gebäudekomplexe ergriffen, der Präzision der stumpfen Winkel, in denen die halbsternförmige Feste heranwuchs. Ein Meisterwerk, in der Tat. Ein Bau, an dem so viele Menschen von nah und fern, aus Preußen und Sachsen, aus den Niederlanden, aus Tirol, aus dem Rheinland arbeiteten, mit ihrem Wissen und ihren Ideen, ihren Planungen und Berechnungen und viele mit ihren bloßen Händen.

»Warum haben Sie mich hierhergebracht?« Außer Atem blieb Franziska einige Schritte hinter Harten stehen. »Warum ausgerechnet mich, die Schwester eines angeblichen Verräters, was soll...?« Der Rest des Satzes blieb ihr in der Kehle stecken, als sie seine Miene sah, ernst, stumm, warnend.

»Kommen Sie mit!« Statt einer Antwort schlug er eine andere Richtung ein und gab ihr ein Zeichen, ihm zu folgen.

Es blieb ihr nichts anderes übrig, als der Aufforderung zu entsprechen.

Anders als unten in der Stadt, wo sich seit Wochen in der drückenden Hitze kaum ein Lüftchen regte, wehte hier oben auf dem Ehrenbreitstein ein stetiger Wind, der die Bänder von Franziskas Schute flattern ließ und ihre Röcke aufbauschte. Mit unsicheren Tritten folgte sie dem Leutnant, der sich trotz seiner alten Kriegsverletzung mühelos seinen Weg über Geröll, Schutt und provisorisch ausgebaute Wege bahnte.

Schließlich hatte er den Rand der Klippe erreicht, von der aus man zum Rhein hinabschaute. Aus einiger Entfernung war das monotone Rattern des Lastenaufzugs zu hören, der den Großteil des Baumaterials vom Tal hinauf auf den Felsen beförderte. Ein modernes Wunderwerk, für dessen riesige Winde offenbar eigens ein Gebäude errichtet worden war, das nun in der Nähe des Abhangs thronte.

Das Schaudern, das Franziska überlief, kam nicht nur von dem böigen Wind, der kühl über ihre verschwitzte Haut strich und sie frösteln machte. Sie ließ ihren Blick über die zahllosen

Handwerker, Arbeiter und Transporttiere schweifen, zwischen denen überall das Blau preußischer Uniformen herausstach.

Ein Bein fest auf einen Felsvorsprung gestemmt, stand Harten da und schien zu warten, dass sie zu ihm aufschloss. Zögernd näherte sich Franziska und musste ihre Schute festhalten, damit sie nicht vom Wind weggeweht wurde.

»Wer auch immer diesen Verrat begangen hat, die Pläne zu stehlen und sie an die Franzosen zu verkaufen, hat all das hier in Gefahr gebracht«, sagte der Leutnant und ließ seine ausgestreckte Hand von Süden nach Norden wandern. »Dieses Bauwerk, die Stadt da unten ... ja, selbst das umliegende Land ... Mosel und Rhein ...« Seine Stimme klang heiser und zugleich seltsam bewegt. »Und die Zukunft Preußens ...«

Franziskas Herz klopfte schneller. Sie glaubte zu spüren, wie es das Blut durch ihren Körper pumpte, und fühlte sich bis in die Fingerspitzen lebendig. Fast magisch wurde ihr Blick angezogen von den einprägsamen, wenn auch nicht wirklich schön zu nennenden Zügen seines Gesichts, dem leicht hervorspringenden Kinn, der dominanten Nase. Vor allem aber faszinierte sie die grenzenlose Begeisterung in seinen Augen.

»Warum habe Sie mich hergeführt?«, fragte sie.

»Ich wollte, dass du das hier siehst.«

Nur kurz nahm Franziska zur Kenntnis, dass er, womöglich ohne es selbst zu bemerken, zu der vertrauten Anrede übergegangen war. Dann ließ sie den Blick in die Runde schweifen und nahm voller Bewunderung in sich auf, was Natur und Kultur, göttliche Schöpfung und menschliche Ingenieurskunst auf diesem Felsen erschaffen hatten. Einen Moment schloss sie die Augen, ein leichter Schwindel packte sie, und die Umgebung um sie herum versank in einem Gefühl der Unwirklichkeit.

»Aber warum zeigen Sie das ausgerechnet mir? Warum ...

jemandem wie ... jemandem, der ...« Franziska Stimme erstarb, alle Worte, die ihr in den Sinn kamen, erschienen ihr hohl und nichtssagend in Anbetracht der imposanten Festungsanlage vor dem Hintergrund dieser atemberaubenden Landschaft.

Harten wandte sich wieder ihr zu. »Es war mir wichtig, dass du verstehst, was diese Feste bedeutet. Nicht nur für den König, nicht nur für den Staat, sondern auch für dein Land, deine Heimat ... und für *mich*.« Einen Moment schwieg er, und einige Atemzüge lang glaubte Franziska, er hätte ihr bereits alles gesagt. Dann jedoch griff er nach ihrer Hand. Seine Finger umschlossen die ihren, fest und warm. »Und ich wollte dir sagen, dass ich dir glaube ...« Er hatte so leise gesprochen, dass Franziska ihn kaum verstand.

»Was haben Sie gesagt?«

»Ich glaube dir, dir und deinem Bruder ... Was auch immer er vor dir geheim hält, ich bin sicher, dass es nichts mit Spionage zu tun hat oder gar mit Landesverrat. Und ...«, er zögerte, »ich wollte, dass du das weißt.«

Von fern war das Lärmen der Arbeiter zu hören, vom Tal drangen gedämpfte Geräusche herauf, und der Wind brauste in ihren Ohren.

»Das ist ...« Franziska fehlten auf einmal die Worte. Obgleich sie zwei Sprachen perfekt beherrschte, wusste sie in diesem Moment nicht, was sie erwidern sollte. Ihre Gedanken überschlugen sich, während sie langsam ein vages Gefühl der Erleichterung überkam. Prickelnd wie der Champagner, von dem ihr Vater sie einmal zu einem besonderen Weihnachtsfest hatte kosten lassen.

Sie räusperte sich leise. »Das ist ...«, wiederholte sie atemlos, unterbrach sich dann aber erneut. »Danke.« Sie sah ihn an, während er noch immer ihre Hand hielt. »Heißt das, Sie ...?«, fragte sie heiser.

Harten schüttelte den Kopf, die Augen zusammengezogen, die Miene ernst. »Es gibt nicht viel, was ich tun kann. Ich bin nur ein Ingenieur, auch wenn man mich zu diesem Fall hinzugezogen hat. Niemand, der wirklich etwas ausrichten könnte, aber ...«

»Aber ...?«, hauchte Franziska, so sehr fürchtete sie, die aufkeimende Hoffnung könnte verschwinden, wenn sie ihr allzu laut Ausdruck verlieh.

»Aber ich werde den geringen Einfluss, den ich habe, an den richtigen Stellen geltend machen. Ich werde zu von Rülow gehen und mit ihm reden, und ich werde mir Feldwebel Bäske noch einmal vornehmen, um zu hören, welche Beweise er hatte, um deinen Bruder festsetzen zu lassen. Und wenn der General aus Berlin zurückkommt, werde ich darum bitten, dass ich als Verteidiger eingesetzt werde ...«

»Da war doch dieses Geld in seinem Bett.« Noch immer wagte Franziska nicht zu hoffen.

Hartens Blick ging an ihr vorbei, hinüber zur Baustelle, wo die trutzigen Mauern in sorgfältig berechneten Linien zum Himmel hinaufwuchsen. Erneut schüttelte er den Kopf. »Das ist zu überprüfen. Wenn dein Bruder wirklich alles über Monate hinweg gespart hat, seinen Sold, das was er durch seinen Sonderdienst beim Festungsbau verdient hat, und ...«

Es klang nicht sonderlich beruhigend. Franziska konnte nicht verhindern, dass ihr ein leises Stöhnen entfuhr und ihr Blick verschwamm, als sich ihre Augen mit Tränen füllten.

Eine Hand strich ihr über die Wange, rau und bestimmend, aber auch liebevoll. »Du zitterst ja.«

Sie schluckte. »Ich habe Angst.«

»Sei ohne Sorge. Ich werde nicht zulassen, dass ein Unschuldiger vor das Exekutionskommando gestellt wird.«

Ein Schauder durchlief ihren Körper, der all das ausdrückte, was sie empfand – Angst, Hoffnung, aber auch noch etwas anderes. Etwas, das mit dem Offizier an ihrer Seite zu tun hatte.

»Komm mit!« Bevor Franziska verstand, was er vorhatte, packte er ihren Unterarm und führte sie mit sicherem Schritt ein Stück weit den Hang hinab, sodass sie von neugierigen Augen und Ohren der Baumannschaften ein wenig verborgen waren.

Wieder war sie verwundert, wie sicher sein Tritt war. Sie selbst hätte es vorgezogen, festen Boden unter den Füßen zu haben, statt diesem Gewirr aus Fels, Geröll, trockener Erde, Gestrüpp und mehrere Fuß hohem Gras.

»Setz dich!« Widerstandslos ließ sie sich von ihm auf die Erde drücken, während zu ihren Füßen der steil abschüssige Hang bis zum Rhein hinunterreichte, der die Mosel in sich aufnahm. Beide Flüsse reflektierten das helle Sommerlicht, und für einen Moment musste Franziska geblendet die Augen schließen.

»Hör mir zu«, sagte Harten. »Ich habe viel nachgedacht. Keines der Indizien gegen deinen Bruder ist wirklich stichhaltig. Das muss selbst der Capitain einsehen. Auch ihm kann nicht daran gelegen sein, einen Verräter aus den eigenen Reihen zu präsentieren, einen von seinen Leuten ...« Er unterbrach sich, und der Ausdruck in seinem Blick veränderte sich, wurde weich. »Franziska ...« Mit den Fingerkuppen hob er ihr Kinn an, sodass sie gezwungen war, ihm in die Augen zu schauen. »Ich verspreche dir, dass ich alles in meiner Macht Stehende versuchen werde, um deinen Bruder zu retten. Die letzten Beweise zu finden, die seine Unschuld belegen. Ganz gleich, was mich das kostet.«

Es hatte wie ein Schwur geklungen, und Franziska wagte nicht, sich zu rühren, etwas zu sagen oder zu tun, was diesen seltsam unwirklichen und doch so realen Moment zerstören könnte. Das Rauschen in ihrem Kopf, das Hämmern des Herzens in ihrer Brust schien jedes andere Geräusch zu übertönen, als ihre freie Hand wie von selbst in die Seine glitt. Einige Herzschläge lang geschah nichts. Dann fiel ein Schatten auf sie, als sich Harten über sie beugte. Sie spürte seinen Atem an ihrem Hals, die Hitze, die seine Haut ausstrahlte.

»Ich verspreche dir ...« Mehr hörte sie nicht, denn sein Mund war ganz nah vor ihrem. Das Rauschen wurde immer mächtiger, ein Beben durchlief sie und machte ihr jede Faser ihres Körpers bewusst. Sehr bewusst.

Und so wehrte sie sich nicht, als Harten sich noch weiter vorbeugte, sie an sich presste und sich ihre Lippen berührten. Unwillkürlich erwiderte sie diese Umarmung. Heftig, fest, mit dem Mut der Verzweiflung. Wie eine Ertrinkende klammerte sie sich an ihn und lauschte seinen leisen Worten, in diesem seltsam rauen Tonfall, den sie bereits so gut kannte. Einer Stimme, die nun jedoch weder abweisend noch unterkühlt klang, sondern ... Franziska überlief eine Gänsehaut ... verständnisvoll, sanft und eindringlich.

Das war der letzte Moment, den sie bewusst wahrnahm. Dann blinzelte sie noch einmal hinunter zum Tal, wo sich Mosel und Rhein miteinander vereinigten, schloss die Augen und fand, dass ihre Heimat in Preußen vielleicht doch gut aufgehoben sein mochte.

*

Grundgütiger, was tat er hier gerade?

Rudolph durchfuhr ein Schauder, der nur zum Teil von der Erkenntnis herrührte, dass er dabei war, die Schwester des Hauptverdächtigen zu küssen, die Tochter eines französischen

Offiziers, noch dazu auf des Königs höchsteigener Baustelle. Weich und warm schmiegte sich ihr Körper an seinen. Es fühlte sich gut an.

Seine Lippen strichen sacht über ihre, dann über ihre Wangen, die zart, erhitzt und gerötet waren. Zierlich war sie, die kleine Person, schutzbedürftig und doch stärker, als man es auf den ersten Blick vermutet hätte. Spitzen ihrer schwarzen Locken, sicher das Erbe ihres südfranzösischen Vaters, wehten ihr ums Gesicht, kitzelten ihn an der Stirn, und plötzlich war der Wunsch, alles zu tun, um ihr die Angst um ihren Bruder von den Schultern zu nehmen, übermächtig. Stärker als seine Leidenschaft für seine Feste, stärker als die Faszination, die bisher nur exakt berechnete Winkel und perfektes Mauerwerk in ihm hervorgerufen hatten, wahrscheinlich sogar stärker – Gott mochte ihm vergeben – als die Loyalität und Treue zu seinem Land.

In diesem Moment zählte nichts mehr außer dem zerbrechlichen Geschöpf in seinen Armen, dieser jungen Frau, die mit dem Herzen einer Löwin um das Leben ihres Bruders kämpfte. Ein Kampf, der – so hoffte Rudolph zumindest – bald gewonnen wäre.

»Herr Leutnant!« Wie leises Donnergrollen drang eine Stimme weit entfernt an sein Ohr. »Leutnant Harten.«

Einen kostbaren Moment lang verharrte Rudolph regungslos, hielt Franziska umschlungen, spürte ihren Herzschlag an seiner Brust. Dann besann er sich wieder seiner Aufgabe und löste sich von ihr. Sanft, vorsichtig und widerwillig. Gedankenverloren strich er sich mit der Hand übers Gesicht, als müsste er erst die Erinnerung an diese Berührung wegwischen, um wieder ganz Herr seiner Sinne zu sein.

Mit zusammengepressten Lippen sah er, dass ein junger Uniformierter den felsigen, von Gras bewachsenen Hügel hinabgestolpert kam, wenige Schritte vor ihm Haltung annahm und salutierte.

»Bitte entschuldigen Sie, Herr Leutnant. Aber ich hab eine wichtige Meldung zu machen.«

»So wichtig, dass es nicht eine halbe Stunde warten konnte?«, knurrte Rudolph, verärgert über die Störung und über seine eigenen, unkontrollierbaren Gefühle, das Bedürfnis, länger mit dieser Frau allein zu sein.

»Ja, Herr Leutnant, sehr wichtig.« Flüchtig ging der Blick des jungen Gefreiten zu Rudolphs Begleiterin und wieder zu ihm zurück. »Ich muss Ihnen mitteilen, dass der Gefangene, Pionier Berger, versucht hat, sich in seiner Zelle das Leben zu nehmen. Sie sollen sofort kommen.«

Kapitel 37

Franziska wusste nicht, wie sie hierhergelangt war, wie sie den endlos langen Weg vom Ehrenbreitstein bis hinunter ins Militärarresthaus zurückgelegt hatte. Nichts von alledem war real, und die Erinnerung daran verschwamm in schlierigem Nebel. Nur vage noch sah sie Rudolphs ungläubig erstarrtes Gesicht vor sich, den Zorn und das Entsetzen in seinen Augen, die auf unheimliche Art ihre eigenen Empfindungen widerspiegelten.

Alles in ihr fror. Ihre Zähne schlugen aufeinander, und als die Mauern des Arresthauses in Sicht gekommen waren, hatte sie geglaubt, dass ihre Beine nachgeben würden. Wie von weit entfernt nahm sie wahr, dass Rudolph sie fester am Arm packte, sie mit sich hineinzog in das schattige, im Halbdunkel liegende Gebäude, das nach Angst, Schmerz und Tod roch.

Rasch wechselte Rudolph einige Worte mit dem wachhabenden Soldaten, der noch wie ein halbes Kind wirkte und völlig erschüttert, blass und hilflos in seiner blauen Uniform dastand.

Durch den Kokon ihrer Panik gedämpft stürmten diese Bilder auf Franziska ein und flackerten vor ihren Augen. Doch nur kurz. Dann sah sie, wie Rudolph eine weitere Tür aufstieß, hindurchschritt und plötzlich so abrupt innehielt, als sei er gestolpert.

Ohne zu überlegen, folgte sie ihm. Wie von Ferne vernahm sie den Schrei, den sie selbst ausstieß, heiser, schrill und verzweifelt, als ihr Blick auf die gekrümmte Gestalt fiel, die mit dem Rücken zu ihr regungslos auf dem Boden lag. Einem

Boden, der – wie sie verstört bemerkte – mit kantigen Latten vernagelt war.

Sofort fiel sie neben dem leblosen Körper ihres Bruders auf die Knie und drehte ihn zu sich herum. Sein Gesicht war wächsern und bleich, die geschlossenen Augenlider violett gerändert, einen kurzen, schrecklichen Moment lang glaubte sie, er sei tot. Hastig riss sie ihm das Hemd auf, legte ihre Hand auf seine Brust und stieß zitternd den angehaltenen Atem aus, als sie ein schwaches, unregelmäßiges Heben und Senken unter ihrer Hand verspürte.

Er lebte. *Noch.*

Dann erst nahm sie die Blutergüsse wahr, die Schrammen, Schürfwunden und Schnitte auf seiner Haut. Ungläubig starrte sie darauf, während ihr langsam die ganze, entsetzliche Wahrheit ins Bewusstsein drang.

Sie hatten ihn geschlagen. Misshandelt.

So, wie es aussah, mehr als einmal, wahrscheinlich immer wieder seit dem Tag seiner Verhaftung. Ihr Blick verschwamm beim Anblick der teils bereits verblassten, teils frischen Verletzungen.

Und er hatte ihr nichts davon gesagt, noch nicht einmal eine Andeutung gemacht. Ihr kleiner Bruder war wie ein gemeiner Verbrecher verprügelt worden! Jedes Mal hatte sie ihn gefragt, wie es ihm ginge, wie er behandelt würde. Doch er hatte geschwiegen. Warum hatte Christian sich ihr nicht anvertraut? Hatten sie nicht immer alle Geheimnisse miteinander geteilt! Was glaubte er, vor ihr verbergen zu müssen? Und zu welchem Zeitpunkt hatte sie sein Vertrauen verloren? Vorsichtig fasste sie seine Hand und umklammerte seine verkrampften Finger. Tränen liefen ihr über die Wangen, tropften auf sein lebloses Gesicht, auf die geschlossenen Augen mit den dunklen, vollen Wimpern.

Franziska hatte das Gefühl, die ganze Welt um sie herum würde versinken. Ihr war, als würde sie zum zweiten Mal in ihrem Leben ihre Vergangenheit verlieren, ihre Familie... alles, was ihr lieb und teuer war.

Sie unterdrückte ein Würgen, gefolgt von einem Aufschluchzen. Wie durch Watte hindurch vernahm sie, dass Rudolph etwas zu dem jungen wachhabenden Soldaten sagte, zornig, aber beherrscht. Sie verstand den Sinn nicht, doch hörte sie, wie der andere zögernd antwortete. Wahrscheinlich wollte Rudolph wissen, was geschehen war. Doch hatten Worte keine Bedeutung mehr in dieser Welt, in der Unaussprechliches geschah. Nichts hatte Bedeutung, nichts war real, nur der Anblick des gekrümmt daliegenden Körpers und die schillernden Blutergüsse, Schnitte... das süßlich riechende getrocknete Blut. Das schwache Pulsieren unter der Haut, direkt am Hals, das ihr zeigte, dass ihr Bruder trotz alledem noch lebte.

Stumm ging der Wachsoldat aus der Zelle, überließ sie alleine dem Schmerz, der Trauer.

Franziska war zu erschüttert, um zu weinen, zu schwach, um zu schreien. Der ganze Raum schien sich um sie zu drehen, sie spürte, dass sie schwankte. Als Rudolph den Arm um sie legte, sie mit festen Händen zu sich heranzog und ihren Kopf auf seine Schultern bettete, nahm sie es kaum wahr. Erst als seine leisen, tröstenden Worte an ihr Ohr drangen, seine Hand sanft über ihr Gesicht strich, erkannte sie ihn... und eine eisige Kälte breitete sich in ihr aus.

War sie jetzt zur Verräterin geworden? Weil sie, während ihr Bruder mit dem Tod rang, in den Armen eines Preußen gelegen hatte?

*

Rudolph war außer sich. Sein Zorn war so unermesslich, dass es ihn drängte, etwas zu zerschlagen – nein, jemanden ganz Bestimmten zu schlagen. Dieser verfluchte Bäske! Nur mit Mühe konnte er sich beherrschen und – zumindest nach außen hin – Ruhe bewahren.

Durch unüberlegtes Handeln hätte er alles nur noch schlimmer gemacht. Schlimmer für sich selbst, schlimmer für den jungen Soldaten, der bleich und leblos vor ihm auf der Erde lag. Vor allem aber schlimmer für Franziska, die er noch nie so hilflos, so verzweifelt gesehen hatte wie in jenem Moment, als sie die Gestalt ihres Bruders entdeckt hatte. Gerade so, als wäre ihr das Herz gebrochen. Ein Herz, das schon so vieles hatte aushalten müssen, so viel Verlust, so viel Schmerz. Und das er, Rudolph, schon so lange ...

Nein! Entschlossen ballte er die Hände zur Faust, drängte seine aufsteigenden Gefühle beiseite und zwang sich, noch einmal alle bekannten Fakten durchzugehen. Er musste etwas übersehen haben. Er hatte das untrügliche Gespür, dass dieses *Etwas* direkt vor seinen Augen lag. Doch immer, wenn er versuchte, danach zu greifen, zerfloss es wie eine Spiegelung auf der Wasseroberfläche, in die ein Stein fiel.

Hinter sich hörte er Franziska leise schluchzen und konnte es kaum ertragen, einfach nur danebenzustehen, ohne helfen zu können. Weder ihr noch ihrem Bruder. Wenigstens war inzwischen nach einem Arzt geschickt worden.

Rudolph presste die Kiefer aufeinander, als er daran dachte, was der Wachsoldat ihm erzählt hatte. Bäske habe den Gefangenen aufgesucht, da es neue Beweise gäbe. Der Mann habe längere Zeit mit Berger gesprochen, und kurz darauf habe man den Pionier in diesem Zustand aufgefunden.

Feldwebel Bäske ...

Rudolph spürte, wie sich sein Puls drastisch beschleunigte.

Bittere Galle und Wut stiegen in ihm auf, und er hatte das Bedürfnis auszuspucken. Wo immer er in dieser unseligen Angelegenheit nachhakte, schien dieser Kerl die Hände im Spiel zu haben. Bei der Verhaftung, bei den mangelhaft durchgeführten Untersuchungen. Und auch jetzt bei dieser »Befragung«, die den Gefangenen um ein Haar das Leben gekostet hätte.

Langsam sah Rudolph zu Franziska hinüber, die noch immer neben ihrem Bruder auf dem Steinboden kauerte und seine Hand hielt. Dann betrachtete er die Verletzungen an Bergers Körper. Sicher, der Junge war verhört worden, wahrscheinlich mehrmals. Und man brauchte nicht viel Phantasie, um zu erkennen, dass man dabei nicht gerade zimperlich mit ihm umgegangen war. Aber dennoch ... Etwas daran war falsch, völlig falsch, und das nicht nur deshalb, weil die Spuren körperlicher Gewalt immer etwas Abstoßendes hatten.

Ruhelos schritt Rudolph an der Wand auf und ab. Für einen Moment schloss er die Augen und sah dabei wieder Franziskas ungläubiges, entsetztes Gesicht vor sich, den Körper ihres Bruders, der von hellen und dunklen Blutergüssen übersät war, den Spuren frisch getrockneten Blutes. Mit einem Ruck blieb er stehen. Das war doch ...

Plötzlich verstand er, was daran nicht stimmte: Manche der Wunden mochten auf frühere Verhöre zurückgehen. Doch dazwischen waren eindeutig frische Schwellungen und Schnitte zu erkennen, die dem Gefangenen erst vor einigen Stunden zugefügt worden sein mussten und ... die zweifelsohne auf einen Kampf hinwiesen.

Ein Kampf? Hier im Arresthaus? Vor ganz kurzer Zeit? Womöglich zur gleichen Zeit, als der Junge angeblich versucht haben sollte, sich umzubringen?

Aber das würde ja bedeuten...? Rudolph zwang sich,

ruhig und regelmäßig zu atmen, während sich eine Erkenntnis in seinem Inneren abzeichnete. Klar, deutlich und messerscharf.

Ganz sicher hatte sich der Pionier nicht eigenhändig an den Rand des Grabes gebracht. Es war kein Selbstmordversuch, sondern versuchter Mord, ein feiger Anschlag auf einen Wehrlosen, der ... Rudolph konnte den Gedanken nicht zu Ende führen, so sehr begann der Zorn in ihm zu brennen, heiß, drängend und voller Empörung.

Und wer immer das getan haben, wer auch dahinterstecken mochte – es konnte für diese hinterhältige Tat nur ein einziges Motiv geben: Berger aus dem Weg zu räumen, ihn auszuschalten, endgültig zum Schweigen zu bringen. Ein Verräter, der sich selbst richtet, so sollte es wohl aussehen.

Flüchtig warf Rudolph einen Blick über die Schulter und sah, dass Franziska noch immer neben dem leblosen Körper ihres Bruders kauerte, sein Gesicht streichelte und ihm leise, unverständliche Koseworte zuflüsterte.

Es kostete ihn einige Mühe, sie von dem jungen Mann loszureißen. Da aber gerade der Arzt eintraf und anwies, dass alle den Raum zu verlassen hatten, ließ sie sich schließlich schweigend von Rudolph hinausführen.

Kapitel 38

»Sie haben ihn gefoltert...« Dumpf und tonlos drang ihre Stimme durch den kleinen Raum. »Er hat niemandem etwas getan, und trotzdem haben sie ihn geschlagen und misshandelt.« Regungslos kauerte Franziska in einer Ecke auf dem Boden, den Blick stumpf, die Lippen trocken und rissig wie nach einem Fieberschub. Ihre Knie waren angewinkelt, der Rücken an die Wand gelehnt.

Nachdem sie in der Gefängniszelle beinahe zusammengebrochen war, hatte sich Rudolph nicht anders zu helfen gewusst, als die junge Frau erst einmal zu sich nach Hause mitzunehmen. Seine Wohnung im Rheingässchen befand sich nicht allzu weit vom Arresthaus entfernt, und er musste ihr beistehen, solange sie in diesem Zustand war.

In der Vergangenheit hatte er sich oft genug über ihr vorlautes Mundwerk, ihre Disziplinlosigkeit und ihre aufrührerischen Ideen geärgert. Aber sie so zu sehen, mutlos, gebrochen... ohne Hoffnung, war mehr, als er ertragen konnte.

Selbst als er sie im Hause derer von Rülow ertappt, sie als Schwester eines mutmaßlichen Verräters entlarvt hatte, war sie ihm mutig und entschlossen entgegengetreten, obgleich sie wusste, dass er sie verhaften und verhören lassen konnte. Und widerwillig hatte er ihrer Courage, ihrer Unerschrockenheit Respekt gezollt. Aber nun schien alle Kraft aus ihr gewichen, nachdem sie ihren Bruder mehr tot als lebendig vor sich hatte liegen sehen, die Spuren von Misshandlungen an seinem Körper. Ohne sagen zu können, ob er den nächsten

Tag erleben oder in der Nacht seinen Verletzungen erliegen würde.

Der Arzt würde alles tun, um den Jungen am Leben zu erhalten, und sei es nur, damit dieser nicht starb, bevor er seinen Verrat gestehen und die Namen seiner Kontaktleute nennen konnte.

Wortlos ging Rudolph zum Fenster und sah hinaus. Von Franziska wusste er, wie ihr Bruder den Militärdienst hasste, den unbarmherzigen Drill, die Spötteleien über seine französische Herkunft ... und dass er überzeugt war, Feldwebel Bäske lege es darauf an, ihn zu schikanieren und zu demütigen. Aber war Bäske tatsächlich auch zu einem Mord fähig?

»Maman wollte herkommen ...«, hörte er Franziska hinter sich murmeln, »und ich habe sie davon abgehalten. Sie wollte ihren Sohn sehen und jetzt ... vielleicht ...« Sie brach ab, doch Rudolph wusste, was sie meinte: *Vielleicht wird sie ihn jetzt nie mehr wiedersehen.*

Es gab nichts, was Rudolph ihr sagen konnte, um sie zu trösten. Dennoch wandte er sich vom Fenster ab, ging langsam auf sie zu. Ein heftiger Schmerz durchzuckte sein Bein, als er vor ihr in die Hocke ging, doch er ignorierte ihn.

Behutsam strich er ihr die Haare aus der Stirn, die sich aus der Frisur gelöst hatten und ihr halbes Gesicht verdeckten, und spürte die Wärme ihrer Wangen unter seinen Fingern. Noch vor wenigen Stunden waren sie oben auf dem Felsen gewesen, auf seiner Baustelle – dem Ort, der ihm bis vor Kurzem alles bedeutet hatte, sein ganzes Streben, sein ganzer Stolz. Er dachte an den unsagbar kostbaren Moment, den sie dort gemeinsam verbracht hatten, die Sonne auf ihrem Gesicht, auf ihrem Haar. Ein Moment, der jäh unterbrochen worden war durch eine Nachricht, die alles verändern sollte.

Stumm sah er, wie Tränen aus Franziskas Augen über ihr

Gesicht rannen und auf den dunklen Stoff ihres Rocks tropften, in den sie noch immer die Finger gekrallt hatte. Beim Anblick ihres Dienstbotenkleides verspürte er einen galligen Geschmack auf der Zunge. Sie hatte gelogen, um sich im Hause des Capitains anstellen zu lassen, sie hatte sich der Gefahr der Entdeckung ausgesetzt – all das hatte sie auf sich genommen, um ihren Bruder zu retten, und nun ...

In unterdrücktem Zorn stand Rudolph auf und wandte sich ab. Bei Gott, er hatte den Krieg erlebt, hatte Männer auf dem Schlachtfeld fallen und sterben sehen – war selbst kaum mit dem Leben, ja als halber Krüppel zurückgekehrt. Und doch glaubte er, dass ihn noch nie ein Anblick so bewegt hatte wie der dieser jungen Frau, die weinend vor ihm kauerte, in stummer, hoffnungsloser Verzweiflung.

Rastlos marschierte er in dem kleinen Zimmer auf und ab und versuchte, seine Gedanken zu ordnen. Was war mit diesem Feldwebel, dass er es offensichtlich so auf Berger abgesehen hatte? Welchen Grund mochte es dafür geben?

Die Nacht hatte sich über die Stadt gelegt, und es war Zeit, dass er Franziska zurückbrachte, zum Hause des Capitains oder zum Gasthaus ihrer Freundin. Nur hierbleiben konnte sie nicht. Zumindest, wenn er sie nicht in Verruf bringen wollte.

Als ob es darauf noch ankäme! Als ob es noch auf irgendetwas ankäme. Hier, in diesem Raum, an diesem Ort, allein mit ihr, hatte er beinahe das Gefühl, alles andere aussperren zu können, seine Erinnerungen an den Krieg, die Ereignisse um den jungen Pionier ...

Verflucht! Wie gerne würde er sie hierbehalten, seine Hände über ihr Haar gleiten lassen und dort weitermachen, wo er wenige Stunden zuvor aufgehört hatte, auf dem Ehrenbreitstein. Als die Welt noch eine andere gewesen war und es so ausgesehen hatte, als gäbe es eine Hoffnung, eine Zukunft.

»Du musst jetzt gehen«, sagte er leise, und seine Stimme klang belegt.

Langsam hob Franziska den Kopf, sah ihn an. In ihren Augen lag eine solche Qual, dass er sie am liebsten in den Arm genommen und an sich gedrückt hätte, um sie zu trösten, ihr einen Ort zu bieten, wo sie sich sicher fühlen könnte.

Doch das wäre ein falscher Trost gewesen. Wenn es etwas gab, das er für sie tun konnte, dann war es, noch einmal mit Bäske zu reden und zu versuchen, herauszufinden, was wirklich geschehen war. Der Feldwebel war es gewesen, der Berger als Letztes gesprochen hatte.

Bäske ... Der Kerl schien tiefer in diese ganze Angelegenheit verstrickt, als Rudolph es bisher vermutet hatte.

Als er dem Feldwebel gesagt hatte, es gebe Unstimmigkeiten in den Ermittlungen zu dem Verrat, hatte dieser verunsichert gewirkt. Wann immer Rudolph ihn um Auskünfte gebeten hatte, war er ihm mit Hass und Feindseligkeit begegnet. Und als er ihn an jenem Abend in der Schankwirtschaft aufsuchen wollte, hatte er ihn nicht angetroffen ... War das nicht die Nacht gewesen, in der Franziska überfallen worden war?

Langsam atmete Rudolph aus. Er musste die Pläne dieses Verbrechers durchkreuzen, ihn mit seinen eigenen Waffen schlagen. Aber das würde verdammt schwer werden. Wenn auch nur ein Teil seiner Verdächtigungen zutraf, hatte dieser Mensch keinerlei Skrupel.

Er trat zu Franziska. »Ich bringe dich nach Hause«, sagte er leise, »draußen ist es schon dunkel.« Es war nicht der richtige Moment, sie mit seinen Überlegungen zu belasten, die womöglich ins Leere führten.

Sie nickte. Vorsichtig reichte er ihr die Hand und half ihr auf die Beine. Einen Moment schwankte sie, bis sie sich wieder in der Gewalt hatte. Im blassen Schein der beiden Kerzen, die den

Raum nur schwach ausleuchteten, wirkte sie so dünn und zerbrechlich, dass ihm weh ums Herz wurde. Bevor er es sich anders überlegen und sie bitten konnte, doch zu bleiben, nahm er Degen und Uniformrock vom Stuhl und legte beides an. Dann setzte er den Tschako auf, öffnete die Tür und ließ Franziskas Arm nicht los, als er sie durch die nächtlichen Gassen begleitete.

Kapitel 39

Krachend schlug die Tür gegen die Wand der Stube, als Rudolph sie, ohne anzuklopfen, aufstieß. Feldwebel Bäske, der noch kurz zuvor an einem kleinen Tisch gesessen hatte, fuhr von seinem Stuhl auf. Sein Körper war angespannt, sein Atem ging heftig. Als er sah, dass ein vorgesetzter Offizier den Raum betrat, nahm er Haltung an. Dann jedoch erkannte er Rudolph, und ein spöttisches Grinsen überzog sein Gesicht.

»Ach, der Leutnant Harten.« Es klang wie ein hingeworfener Fehdehandschuh.

Doch Rudolph war zu wütend, um darauf einzugehen. Er hatte genug von Bäskes Spielchen und wollte ein für alle Mal klare Antworten.

»Wie beruhigend, dass Ihre Augen noch so einwandfrei funktionieren, Feldwebel. Denn mit Ihrem Verstand scheint es nicht zum Besten zu stehen.«

Der Spott in Bäskes Gesicht verschwand.

»Was haben Sie mit Pionier Berger gemacht?«, fragte Rudolph barsch. »Der Junge liegt mehr tot als lebendig auf dem Boden seiner Zelle.«

Ein Aufblitzen stahl sich in die Augen des Feldwebels, gefährlich, herausfordernd und lauernd. »Was hat das mit mir zu tun?«

Einen Moment war Rudolph nahe daran, dem widerlichen, vor Kraft und Selbstbewusstsein strotzenden Kerl seine Vermutung ins Gesicht zu schleudern: dass er versucht habe, den

Pionier aus der Welt zu schaffen, ihn kaltblütig zu ermorden. Doch damit würde er alle Chancen verspielen, von Bäske weitere Hintergründe zu erfahren. Also fuhr er etwas besonnener, jedoch nicht weniger zornig fort: »Sie waren die letzte Person, die Berger im Militärarresthaus aufgesucht hat. Der wachhabende Soldat gab an, er habe in dieser Zeit Schreie und Lärm vernommen.«

»Und was wollen Sie damit sagen, Herr Leutnant?«, fragte Bäske mit trotzig hochgezogenen Augenbrauen.

Du hast versucht, ihn zu töten, du verdammter Hundesohn!, wollte Rudolph brüllen. Stattdessen sagte er nur: »Sie haben ihn gefoltert.«

Mit dieser Vermutung konfrontiert zu werden, schien Bäske nicht zu irritieren. Betont langsam hob er die Schultern und ließ sie dann wieder fallen. »Der Pionier hat sich geweigert, eine Aussage zu machen und es vorgezogen, mich weiter mit Lügen abzuspeisen.« Mühsam beherrscht schluckte Rudolph die Wut herunter, die bei dieser Zurschaustellung gespielter Gleichgültigkeit in ihm aufkochte.

»Was auch immer Sie mit ihm angestellt haben, der Gefangene hat anschließend versucht, sich das Leben zu nehmen.« Es kostete Rudolph einiges an Überwindung, diese Charade mitzuspielen, so zu tun, als wisse er es nicht besser. Als wisse er nicht, dass es ein *Mordversuch* war.

»Ich hab davon gehört.« Bäske zeigte sich noch immer nicht sonderlich berührt.

Unwillkürlich knirschte Rudolph mit den Zähnen. »Vielleicht ist es ja Ihrer Kenntnis entgangen, dass Folter und Körperstrafen an untergebenen Soldaten im Königreich Preußen verboten sind.«

»Ach ja.« Beinahe gelangweilt schüttelte er den Kopf, während sein Blick aus dem Fenster ging. »Ich glaube, Herr Leutnant, dass Sie sich über diesen Punkt zu sehr den Kopf zerbrechen.«

»Wenn Sie darauf anspielen, wie wichtig es mir ist, dass die Gesetze unseres Landes eingehalten werden, dann gebe ich Ihnen recht.« Rudolphs Stimme klang heiser.

Bäske lächelte dünn. »Ich habe nur Befehle befolgt.«

Rudolph hasste diese Aussage, hasste diesen Satz, den er im Krieg oft genug gehört hatte, und der immer dann vorgebracht wurde, wenn es darum ging, nicht für die eigenen Taten zur Verantwortung gezogen zu werden. »Wessen Befehle?«, fragte er leise.

»Außerdem war ich nicht der Einzige, der den Gefangenen auf diese Weise befragt hat«, fügte Bäske statt einer Antwort hinzu.

»Wer?« Wie das Echo einer krachenden Ohrfeige hing diese Frage im Raum. »Wer hat ihn noch verhört?« *Und derart zugerichtet?*

Bäske zuckte mit den Schultern. »Mal der, mal der. Alle haben versucht, irgendwas aus diesem verstockten Franzmann rauszubekommen. Wie er sich Zugang zum Haus des Capitains verschafft hat, wer seine Kontaktleute sind, ob noch weitere Personen hier in Coblenz an der Sache beteiligt waren. Nichts...«

»Wer hat ihn noch befragt?«, wiederholte Rudolph barsch.

»Alle eben. Der vorgesetzte Leutnant des Pioniercorps, der ranghöchste Soldat in der Stube..., der Auditor der Compagnie. Alle haben nacheinander mal ihr Glück versucht, sich aber die Zähne an ihm ausgebissen.«

Rudolph erinnerte sich an den panischen Blick des jungen Soldaten, den Ausdruck der Verzweiflung in seinem Gesicht, jedes Mal, wenn er dessen Zelle betreten hatte. Kein Wunder – er fürchtete sich vor dem, was nun wieder kommen würde.

»Man wird Sie zur Rechenschaft ziehen, Feldwebel. Jeden Einzelnen von Ihnen. Sie haben den militärischen Kodex missachtet ... Sie haben ...«

»Machen Sie sich doch nicht lächerlich!« Der Gesichtsausdruck des Feldwebels wirkte nun sichtbar desinteressiert, und diese Kaltblütigkeit erschütterte Rudolph. »Keiner von uns hat auf eigene Faust gehandelt, als wir den Jungen ein bisschen in die Mangel genommen haben.«

Rudolph dachte an die Schwellungen, Blutergüsse, das verkrustete Blut und fluchte innerlich.

»Wir hatten eine entsprechende Order.«

Bäskes Worte machten Rudolph hellhörig. Konnte das sein? Oder war es nur eine weitere Ausflucht, der kühl berechnete Versuch dieses Kerls, zu vertuschen, was tatsächlich geschehen war?

»Von wem?«

»Sie werden nicht von mir verlangen, dass ich die Kommandokette durchbreche und Ihnen derart geheime Informationen preisgebe ...«

»Von wem kam diese Order?«, brüllte Rudolph und war kurz davor, den Feldwebel zu packen und mit dem Kopf gegen die Wand zu schleudern, um ihm eine Dosis seiner eigenen Medizin zu schmecken zu geben.

Funkelnder Spott stand in Bäskes Augen, er schien den Zorn seines vorgesetzten Offiziers zu genießen. »Der Befehl kam von ganz oben ...«

»Genauer, Feldwebel! *Wer* hat den Befehl gegeben?«

Das Schweigen breitete sich aus wie Dampf in einem Kessel. Bäske sah ihn so seelenruhig an, als ginge es lediglich um die Frage, wer als Erster von ihnen die Nerven verlieren würde.

»Capitain von Rülow«, gab er dann erstaunlich bereitwillig Auskunft. »Er hat die Order erteilt, jedes Mittel zu nutzen, um den Gefangenen zum Reden zu bringen. Aus Gründen der Sicherheit des Staates und der im Bau befindlichen Festung.«

Von Rülow ... Rudolph keuchte auf. Einen kurzen Moment war er versucht, ungläubig den Kopf zu schütteln. War das eine dreiste Lüge des Feldwebels, um sich selbst zu schützen?

Doch dann fragte er sich, weshalb er nicht selbst darauf gekommen war. Wer sonst, außer dem Capitain, konnte ein derart brennendes Interesse daran haben, die Wahrheit hinter den Vorfällen der vergangenen Wochen herauszufinden? Waren es doch *seine* Unterlagen, die man gestohlen hatte, *seine* Integrität und Ehre, die auf dem Spiel standen.

Noch hatte Rudolph seine Erschütterung über diese Eröffnung nicht überwunden, als Bäske ohne Aufforderung fortfuhr: »Außerdem ist nicht davon auszugehen, dass es die Befragungen waren, weshalb der Franzmann den Freitod als letzten Ausweg gesehen hat.«

»Nicht?«

»Nein. Die Last der Beweise war mit einem Schlag so erdrückend geworden, dass ihm, wie ich glaube, nur noch der Tod als Lösung erschien.«

Alarmiert horchte Rudolph auf. »Welche Beweise?«

Der unverhohlene Ausdruck von Triumph lag in Bäskes Augen, als er antwortete: »Hätten *Sie* Ihre Untersuchungen mit der gebotenen Sorgfalt ausgeführt, wüssten Sie es, Herr Leutnant.«

Das war die Retourkutsche für den Rüffel, den Rudolph dem Feldwebel wegen seiner Nachlässigkeit bei den Ermittlungen erteilt hatte, doch er beschloss, diese Spitze zu ignorieren.

»Eine genauere Inspektion der persönlichen Gegenstände Bergers«, fuhr Bäske genüsslich fort, »sowie von dessen Stube und Schlafplatz hat ergeben, dass Sie eine ganz wichtige Sache übersehen haben...« Er machte eine bedeutungsschwangere Pause.

»Die da wäre?«, zischte Rudolph ungeduldig.

Das Lächeln des anderen wurde hämisch. »In der Strohmatratze waren auch militärische Pläne versteckt... mit allen Einzelheiten des Festungsbaus.«

Kapitel 40

»Capitain von Rülow also ...«, flüsterte Franziska kaum hörbar und nagte an ihrer Unterlippe, »Bist du sicher?«

Rudolph entging nicht, wie angespannt die junge Frau war, wie blass und übernächtigt sie aussah. Er fragte sich, ob sie seit dem Zwischenfall mit ihrem Bruder überhaupt geschlafen hatte.

Fast körperlich glaubte er zu spüren, dass sich die Schlinge immer fester um sie alle zuzog. Um ganz sicherzugehen, hatte er sich die angeblich in Bergers Bett gefundenen Pläne von Bäske zeigen lassen und überrascht festgestellt, dass es sich dabei diesmal – anders als in der Ruine Stolzenfels – tatsächlich um Originale und nicht um Kopien handelte. Er war sich ganz sicher, dass sich diese Unterlagen zuvor, bei seiner Untersuchung damals, noch nicht in der Strohmatratze befunden hatten und daher auch nicht von Berger dort versteckt worden sein konnten.

Dennoch war nun die Last der Beweise gegen den Pionier erdrückend. Zudem stand die Rückkehr General von Thielemanns und der damit unweigerlich anstehende Prozess kurz bevor ... Was also konnten sie noch für Franziskas Bruder tun?

Auf keinen Fall jedoch war Rudolph bereit, aufzugeben und den Jungen einfach seinem Schicksal zu überlassen, zumal er nach den jüngsten Ereignissen mehr denn je von dessen Unschuld überzeugt war. Aus diesem Grund hatte er nicht warten wollen, bis Franziska das nächste Mal dienstfrei hatte. Stattdessen war es ihm gelungen, sie auf ihrem Weg zum Gemüsemarkt abzufangen, wo sie für ihre Herrschaft Besorgungen machen sollte. Ohne auf ihren Widerstand zu achten, hatte er sie ins Innere der nahe gelegenen Liebfrauenkirche gezogen. Er musste mit ihr sprechen, musste noch einmal mit ihr durchgehen, was sie bisher alles herausgefunden hatten. Vielleicht hatten sie ja doch etwas übersehen. Nun kniete Franziska im hintersten Winkel des Seitenschiffs hinter einem eckigen Pfeiler, während Rudolph neben ihr in der Bank saß.

Der Hauch von Weihrauch hing zwischen den Mauern, dem hohen, von einem Sterngewölbe gekrönten Kirchenschiff. Stumm blickten Heilige von den Wänden und bunten Fensterscheiben zu ihnen herab. Um diese Tageszeit waren die Bänke fast menschenleer. Nur eine ältere Frau war in einer einsamen Ecke in ihr Rosenkranzgebet vertieft.

»Könntest du dir vorstellen, dass hinter der ganzen Sache mit den verschwundenen Plänen mehr steckt, als es bisher den Anschein hatte? Dass der Capitain selbst der Drahtzieher der ganzen Angelegenheit ist?«, fragte Rudolph leise, vermied es aber in Anbetracht des Ortes, an dem sie sich befanden, Franziska zu berühren.

»Ich ... ich weiß es nicht.« Hilflos zog sie die Schultern hoch, und ihre Augen füllten sich mit Tränen.

Unbehaglich verlagerte Rudolph das Gewicht von einer Seite auf die andere. Er konnte es kaum ertragen, Franziskas Verzweiflung mit anzusehen, ihre Erschöpfung und Mutlosigkeit. So lange verrichtete sie nun schon harte Arbeit im Hause eines Offiziers der ihr so verhassten Preußen, um ihren Bruder zu retten. Doch sah es im Augenblick so aus, als sei alles umsonst gewesen. Immerhin, Berger war noch am Leben, wenn auch nur selten bei Bewusstsein. So viel hatte Rudolph in Erfahrung bringen können, obwohl man ihn nicht zu dem Gefangenen durchließ.

»Tatsächlich gehen im Rülowschen Haus seltsame Dinge

vor«, sagte Franziska nachdenklich, »aber bisher hatte ich nie den Capitain selbst in Verdacht. Auch wenn mir dieser steife Knochen nicht sonderlich sympathisch ist.«

Eine Einschätzung, die Rudolph aus ganzem Herzen teilte. »Lass uns noch mal die Einzelheiten durchgehen«, schlug er leise vor.

Seit er am Vormittag nach dem Zusammenstoß mit Bäske dessen Stube verlassen hatte, wurde er das Gefühl nicht los, etwas Wichtiges übersehen zu haben. Seine Gedanken drehten sich im Kreis, ohne dass er bisher eine halbwegs logische Erklärung für das Ganze hätte finden können.

Bäskes Behauptung, ein Teil der gestohlenen Pläne wäre im Strohsack von Christians Bett gefunden worden, woraufhin dieser versucht habe, sich das Leben zu nehmen, war eindeutig eine Lüge.

Rudolph selbst hatte doch das Bett, den Strohsack und jedes einzelne von Bergers Kleidungsstücken und Uniformteilen, sogar seine persönlichen Besitztümer durchsucht. Und da war nichts gewesen, nichts außer dem Geld, was jedoch nicht viel zu bedeuten haben musste. Da also, trotz aller Sorgfalt, zuvor keine Pläne zu finden gewesen waren, mussten sie erst später in den Strohsack gesteckt worden sein. Fragte sich nur, von wem. Wer wollte Berger vorsätzlich belasten? Und weshalb? Um von sich selbst abzulenken? Von eigenen krummen Geschäften?

»Da hätten wir also Berte.« Franziskas Flüstern riss ihn aus seinen Grübeleien. »Sie verbringt auffällig viel Zeit damit, irgendwelche Wehwehchen auszukurieren und sich vor der Arbeit zu drücken.« Sie überlegte. »Und sie ist blond, wie die Frau, die du aus dem Haus schleichen gesehen hast. Außerdem hat sie problemlos Zugang zu Küche und Vorratsraum, wo ich das Geld und diese Silberkette mit dem seltsam geformten Anhänger gefunden habe.«

Rudolph nickte stumm, fragte sich jedoch, welches Motiv die Küchenmagd haben sollte, bei einer militärischen Verschwörung als Spitzel zu dienen. Wenn es stimmte, was Franziska sagte, dann war das Mädchen wohl kaum in der Lage, einer komplexeren Tätigkeit nachzugehen, als Kartoffeln klein zu schneiden und nebenbei aufzupassen, sich nicht zu überarbeiten.

»Dann gäbe es noch die Dame des Hauses, die ganz offensichtlich ihre eigenen Wege geht, wenn ihr Gatte verreist ist«, fuhr Franziska fort.

»Nicht nur dann ... wenn die Gerüchte stimmen, dass sie gelegentlich außergewöhnlich bunte Gesellschaften zusammenstellt und reichlich unpassende Gäste in ihrem Haus empfängt.« Rudolph erinnerte sich daran, was man ihm in Cöln zugetragen hatte.

»Zudem ist Henriette von Rülow ebenfalls blond.« Franziska schluckte. »Vielleicht war sie es, die du beim Verlassen des Hauses beobachtet hast, als Dienstmädchen getarnt. Und womöglich ...«, fügte sie resigniert hinzu, »steckt nichts weiter dahinter, als dass sie sich heimlich mit einem Liebhaber trifft. Und wir stochern an der falschen Stelle herum – wo doch nichts zu finden ist, außer einer gelangweilten Offiziersgattin, die ein wenig Ablenkung außerhalb des ehelichen Schlafzimmers sucht, sich aber ...« Angespannt rieb sie sich mit den Fingerkuppen über die Augen.

»... sich aber nicht für die militärischen Angelegenheiten ihres Mannes interessiert«, vollendete Rudolph den Satz. Schweigen entstand, und er horchte in sich hinein, ob er diese These für glaubwürdig hielt.

Das tat er nicht. Denn was sollte der Überfall auf Franziska bezweckt haben, wenn nicht, deren Nachforschungen zu verhindern? Zu verhindern, dass sie etwas mitbekam, das nicht für ihre Augen und Ohren gedacht war? Zugegeben, das konnte auch eine geheime Liebschaft sein, doch eine innere Stimme sagte ihm, dass mehr dahintersteckte.

»Bleibt noch der Capitain selbst.« Blinzelnd sah Franziska zu einer der Heiligenstatuen auf, als erhoffte sie sich von dieser irgendwelche Hilfe. »Fragt sich nur, wie er in diese Angelegenheit verwickelt sein könnte. Immerhin ist er doch der Geschädigte.«

»Es sei denn, all diese Diebstähle wären lediglich inszeniert, um den Blick von etwas abzulenken, das ihm schaden könnte.« Bei seinen Worten spürte Rudolph, wie sehr er sich wünschte, diesem arroganten, selbstgerechten Mann am Zeug flicken zu können. Für die offen ausgesprochenen Demütigungen, die dreisten, haltlosen Unterstellungen. Doch er musste sachlich bleiben und durfte sich nicht in einen persönlichen Rachefeldzug verstricken.

»Was könnte das wohl sein?« Franziska schien wenig überzeugt, was er ihr nicht verdenken konnte.

Er hob die Schultern. »Womöglich Fehler bei irgendwelchen Berechnungen. Fehlschlüsse in seiner Planung, die er lieber nicht an die Öffentlichkeit dringen lassen wollte.«

Franziska schüttelte den Kopf. »Ich weiß nicht so recht...«

Verzweifelt fuhr sich Rudolph durchs Haar. »Es war von Rülow, der den Befehl erteilt hat, die Untersuchungen und Verhöre mit aller Härte durchzuführen. Falls Bäske in diesem Punkt nicht gelogen hat.«

Ein Zittern fuhr durch Franziskas Körper, und einem Impuls folgend ergriff Rudolph ihre Hand. Einen Augenblick lang drückte er sie tröstend, während sein Daumen zärtlich über ihre Finger strich. Dann ließ er sie wieder los, und ein leises Gefühl der Leere blieb in ihm zurück.

»Was auch immer hinter der Sache steckt, es muss für

irgendjemanden bedrohlich genug sein, um deswegen einen Soldaten auf unzulänglichen Verdacht hin, inhaftieren, foltern und schließlich durch einen vorgetäuschten Selbstmord aus dem Weg schaffen zu lassen.« Rudolph atmete hörbar aus, bevor er fortfuhr. »... und um eine junge Frau zu überfallen und bewusstlos zu schlagen.«

Franziska war blass geworden. »Ich weiß nicht, was geschehen wäre, wenn McBaird nicht dazwischengekommen wäre ...«

Wieder spürte Rudolph, wie diese Vorstellung ihn mit Grauen erfüllte, gefolgt von kalter, unbändiger Wut. Zugleich nahm er sich vor, wenn das alles hier vorbei war, seinen alten Freund Alasdair zu einem guten Abendessen einzuladen – für mehr würden seine bescheidenen Mittel als Leutnant nicht reichen.

»Zumindest dieser Überfall steht ganz eindeutig im Zusammenhang mit Henriette von Rülow«, fügte Franziska hinzu.

Rudolph nickte stumm, noch immer einen bitteren Geschmack auf der Zunge.

»Wenn ich nicht so unvorsichtig gewesen wäre ...«, fuhr Franziska angespannt fort, »und mich nicht hätte übertölpeln lassen ... wer weiß, was ich dann alles hätte in Erfahrung bringen können.«

Eine Idee stieg in Rudolph auf, eine Idee, die so absurd und wagemutig war, dass sie beinahe schon wieder Sinn ergab. »Nun, vielleicht gibt es ja eine Möglichkeit, das nachzuholen.« Noch während er sprach, verfestigte sich die Vorstellung in seinen Gedanken, und plötzlich sah er einen Weg vor sich, der sie weiterbringen mochte. »Wir müssen einfach dafür sorgen, dass sehr bald wieder ein solches Treffen stattfindet.« *Bevor deinem Bruder der Prozess gemacht wird*, fügte er in Gedanken hinzu.

»Und wie sollen wir das deiner Meinung nach bewerkstelligen?« Franziskas Stimme war angespannt, fast ein wenig atemlos, und wieder fiel Rudolph auf, dass in derartigen Situationen nicht nur der rheinische Singsang stärker wurde, sondern sich auch unmerklich ein weicher französischer Akzent in ihren Ton mischte.

Es klang außerordentlich anziehend, und Rudolph verfluchte die Umstände, die es ihm verboten, sich auf dieses Gefühl ihr gegenüber einzulassen. »Es müsste möglich sein, sie in flagranti zu erwischen«, sagte er nachdenklich. »Vielleicht würden wir dann nicht nur erfahren, wer dieser geheimnisvolle Liebhaber ist, sondern auch, ob die ganze Angelegenheit mit den verschwundenen Unterlagen oder Spionageaktionen zu tun hat.«

Es knarrte leise, als sich die ältliche Beterin aus ihrer Bank erhob und durch den Mittelgang zum Ausgang schlurfte. Rudolph und Franziska schwiegen, bis eine Tür mit verhaltenem Knall hinter der Frau zufiel. Nun waren sie allein.

»Du glaubst also, Henriette von Rülow würde sich regelmäßig mit einem französischen Agenten zu einem Stelldichein treffen und ihm nach einer heißen Liebesnacht – und einer üppigen Bezahlung – die Unterlagen aushändigen?«, nahm Franziska schließlich den Faden wieder auf.

Rudolph schüttelte den Kopf. »Nicht unbedingt ein Franzose.«

Nichts im von Rülowschen Haus wies bisher auf eine wie auch immer geartete Verbindung zu Frankreich hin, keine Münzen, keine Briefe. Rein gar nichts. Das Einzige, was er bisher noch immer nicht zuordnen konnte, war diese seltsame Kette, die Franziska unter der losen Diele in der Speisekammer gefunden hatte und dessen Anhänger laut ihrer Beschreibung wie ein Hirschgeweih aussah. Aber welchen Bezug sollte dieses Schmuckstück zu Frankreich haben? Zeigte es doch weder Ähnlichkeit mit der Bourbonenlilie noch mit irgendwelchen

Bienen, oder was immer sich dieser größenwahnsinnige Napoleon seinerzeit als Wappentiere auserkoren hatte.

»In jedem Fall trifft sie sich mit jemandem«, sagte Rudolph halb zu sich selbst. »Du hast sie beobachtet, und damit du es nicht ausplaudern kannst, hätten sie dich fast getötet. Wenn man das bedenkt, muss es bei diesen Treffen um weitaus mehr gehen als um den... ehm... Austausch von ehebrecherischen Zärtlichkeiten.«

Franziskas Augen ruhten auf ihm, und er spürte, wie ihm die Hitze ins Gesicht stieg.

»Sie hat also einen Kontaktmann.« Ihre Worte waren so leise, dass sie beinahe von den dicken Kirchenmauern verschluckt wurden.

»Oder einen Verbündeten«, warf Rudolph ein.

»Oder das.«

»Aber wir haben nicht die Zeit, einfach nur abzuwarten, um zufällig herauszufinden, mit wem sie sich trifft. Dein Bruder...« Er unterbrach sich, als er sah, dass Franziska zusammenzuckte.

Sie wussten ohnehin beide, was er hatte sagen wollten. Es blieben nur noch wenige Tage, um den Prozess und eine mögliche Hinrichtung Christian Bergers zu verhindern.

»Ich werde sie herauslocken.« Ein fiebriger Glanz überzog plötzlich Franziskas Gesicht, ein Aufleuchten in ihren Augen sprach von einer solchen Entschlossenheit, dass Rudolph sogleich ein ungutes Gefühl beschlich, wie eine Warnung vor einer drohenden Gefahr.

»Was hast du vor?«

»Nun...« Franziska wirbelte herum. »Ich schreib ihr einen Brief!«

Rudolph spürte, wie sich sein Magen verkrampfte. »Du tust was?«

»Ich ... schreibe ... ihr ... einen ... Brie... hief«, trällerte Franziska, und er fragte sich, ob dies das erste Anzeichen einer beginnenden Hysterie war. »Immerhin arbeite ich lange genug in diesem ehrenwerten Haus, um etwas über die Korrespondenz der ... ehm ... *gnädigen* Frau zu wissen. Und deshalb«, fuhr sie rasch fort, »werde ich sie mit süßen Worten – und einer Imitation der Handschrift auf dem verkohlten Zettel – zu einem kleinen Rendezvous einladen. An den gewohnten Ort – wie immer.« Sie lächelte, doch in diesem Lächeln lag keine Fröhlichkeit, nur Bitterkeit und ... Verzweiflung.

Es kostete Rudolph Überwindung, seine Hände auf ihren Arm zu legen und sich ihr zuzuwenden. »Das wirst du nicht tun.«

»Ich werde sie noch einmal verfolgen, und diesmal stelle ich es geschickter an. Ich werde mich nicht erwischen lassen. Und schon gar nicht werde ich mich zusammenschlagen lassen, von einem ...«

»Du tust nichts dergleichen«, donnerte Rudolph. Seine Stimme hallte so laut im Kirchenschiff wider, dass Franziska zusammenzuckte, ihn jedoch weiterhin mit entschlossener Miene anschaute.

»Ich glaube, das ist nicht der richtige Weg«, fuhr er sanfter fort. »Sie haben schon einmal bemerkt, dass du ihr gefolgt bist, und werden deshalb nun besonders wachsam sein. Wenn du es wieder versuchst ...« Er schüttelte den Kopf. »Das könnte sogar unseren ganzen Plan gefährden.«

»Aber ...«

»Hör zu!« Mit einer Geste, die keinen Widerspruch duldete, stoppte er ihren Einwand. »Deine Idee ist nicht schlecht. Sie hat sogar einiges für sich und ist wahrscheinlich unsere einzige Möglichkeit.« Er bemühte sich, den Klang von Anerkennung in seine Stimme zu legen. »Doch werde ich ihr nicht auf ihrem

Weg zu ihrer wie auch immer gearteten Verabredung folgen, sondern sie am Treffpunkt selbst erwarten.«

Befriedigt nahm Rudolph wahr, dass sich ungläubige Überraschung in Franziskas Gesicht abzeichnete.

»Am Treffpunkt ... ja, aber wo ist das?«

»Ein Ort, der schon manche Überraschung zu bieten hatte und wohl bald ein Geheimnis weniger verbergen wird«, sagte Rudolph vage, als ihm ein anderer Gedanke kam. »Und wenn ich mit meiner Vermutung recht habe, werde ich dort noch auf einen weiteren alten Bekannten treffen.« Sein Blick ging durch Franziska hindurch. Er fragte sich, wie er die ganze Zeit über so blind gewesen sein konnte, dass er die Zusammenhänge nicht gesehen hatte. Oder narrte ihn nur seine Phantasie, in dem verzweifelten Wunsch, eine Lösung herbeizuführen?

Das, was er vorhatte, war nicht ungefährlich. Doch welch anderer Weg blieb ihnen noch, um an die Informationen zu gelangen und – wenn das Schicksal es gut mit ihm meinte – die Falle hinter dem wahren Verräter zuschnappen zu lassen? Er schaute zurück zu Franziska, die mit halb geschlossenen Augen auf einen unbestimmten Punkt starrte. Betete sie?

Vorsichtig beugte er sich zu ihr hinüber, so dicht, dass er den Geruch ihrer Haut wahrnahm und nur mit Mühe den Drang im Zaum halten konnte, sie in seine Arme zu ziehen, ihr Trost zu spenden, sie nie wieder loszulassen. »Versprich mir, dass du dich aus dieser Sache raushälst. Schreib den gefälschten Brief und bring damit die ganze Angelegenheit ins Rollen. Den Rest aber überlässt du mir. Verstanden?«

Noch immer erfolgte keine Reaktion. Nur das Licht der Kerzen spiegelte sich flackernd in Franziskas Pupillen. Um seiner Anweisung Nachdruck zu verleihen, legte er fest seine Hand auf ihre Schulter. »Hast du mich verstanden? Du lässt *mich* die Sache zu Ende führen, und du ...«

Hastig sprang Franziska auf und ergriff ihren Korb. »Ich muss jetzt gehen, meine Einkäufe, Johanna wartet...« Noch ehe sie den Satz zu Ende gesprochen hatte, war sie in eine tiefe Kniebeuge versunken, schlug schnell ein Kreuzzeichen und lief mit flatternden Röcken aus der Kirche.

Stumm vor Ärger blieb Rudolph allein zurück.

Diese halsstarrigen Rheinländer! Immer glaubten sie, ihren Kopf durchsetzen zu müssen, ganz gleich zu welchem Preis. Allerdings wusste er, dass ihm nicht so sehr der Zorn auf Franziskas Aufsässigkeit zu schaffen machte, sondern vielmehr die Angst um sie ... und um ihren Bruder. Was, wenn ihr Plan nicht aufging? Gäbe es dann überhaupt noch eine Möglichkeit, Berger zu retten?

Und wenn ihre Intrige aufflog? Rudolph konnte nur ahnen, welche Folgen das für ihn persönlich hätte. Degradierung wäre wohl das Mindeste, was er zu erwarten hätte. Sicher würde man ihn sogar vom Festungsbau abziehen. War es das alles wert? Sein Lebenswerk zu riskieren, für jemanden, dessen Unschuld er lediglich vermutete?

Ein anderer Gedanke drängte sich ihm auf und schob die Sorge um die eigene Person beiseite. *Franziska*... Was, wenn sie nicht auf seinen Rat hören, seine gut gemeinte Warnung in den Wind schlagen und doch versuchen würde, sich weiter in diese Angelegenheit einzumischen?

Das mochte Rudolph sich gar nicht erst vorstellen, so schrecklich waren die möglichen Konsequenzen, die daraus für die junge Frau entstehen konnten.

Und zum ersten Mal seit dem Krieg, seit er mit zerschossenem Bein um sein Leben gekämpft hatte, seit er sich den klaren Berechnungen, Zahlen und der festen Materie zugewandt hatte, begann Rudolph, aufrichtig zu beten.

Kapitel 41

Franziska war ganz und gar nicht wohl bei dem Gedanken, ein weiteres Mal das Haus zu verlassen, ohne die Herrschaft um Erlaubnis gebeten zu haben. Insbesondere nach dem, was ihr bei der Verfolgung Henriette von Rülows zugestoßen war.

Entschlossen schob sie ihre Befürchtungen beiseite, und es gelang ihr, sich unbemerkt aus dem Seiteneingang durch den Vorgarten zum Tor zu schleichen. Als sie auf die Schloßstraße trat, wurde ihr bewusst, dass der schwierigste Teil des Weges noch vor ihr lag – der Kampf mit einem preußischen Dickschädel. Rudolph hatte vor, Henriette von Rülow an dem Ort zuvorzukommen, den er als ihr geheimes Schlupfloch ansah – oder auch ihr Liebesnest. Auf jeden Fall wollte er ihr dort auflauern ... ihr und dem Mann, mit dem sie sich dort zu treffen pflegte. In diesem Moment war Rudolph wohl gerade auf dem Weg zu besagtem Ort. Doch was immer er auch vorhatte, sie würde ihn auf gar keinen Fall allein dorthin gehen lassen!

Und sie hatte eine vage Ahnung, von wo aus er sein Unternehmen starten würde. Durch den Hintereingang betrat sie Thereses Gasthaus, ignorierte die überraschten Aufrufe von deren Töchtern, die gerade eifrig in der Küche werkelten, und gab ihnen ein Zeichen, um ihre Anwesenheit kein Aufhebens zu machen. Dann schlüpfte sie die alte, modrige Treppe hinab in die Kellerräume, in denen Weinfässer, Säcke mit Getreide, Mehl und Kartoffeln sowie andere Vorräte aller Art lagerten. Das Knurren in ihrem Magen zeigte Franziska, dass sie schon lange nichts mehr gegessen hatte, doch war nun nicht der richtige Zeitpunkt, um sich zu stärken.

Sie durchquerte den feuchtkühlen Raum, bis sie an der rückwärtigen Wand zu einer kleinen, mit einem festen Riegel verschlossenen Tür gelangte. Es war der alte, kaum verwendete Kellerausgang, der direkt zum Moselufer führte und gelegentlich zum Auffüllen des Vorratsraums genutzt wurde. Aufgrund preußischer Anordnung hätte er längst zugemauert werden müssen. Sobald die Stadtbefestigung abgeschlossen sein würde, wäre er ohnehin überflüssig.

In diesem Augenblick jedoch war er mehr als nützlich. Franziska keuchte heftig, als sie ihr ganzes Körpergewicht einsetzen musste, um den Riegel aus seiner Verankerung zu lösen. Es knarrte leise, als sie die Tür öffnete. Ehe sie Gelegenheit hatte, es sich anders zu überlegen, trat sie nach draußen. Einen Moment blieb sie stehen und betrachtete die nächtliche Mosel, die beinahe lautlos vor ihren Augen dahinglitt.

Einen Moment zögerte Franziska und fragte sich, wovor sie sich mehr fürchtete: vor dem, was sie an dem geheimen Versteck Henriette von Rülows erwartete – falls es sich tatsächlich als ein solches herausstellen sollte – oder davor, Leutnant Rudolph Harten entgegenzutreten und ihn mit der Tatsache zu konfrontieren, dass sie ihn gegen seinen Willen, ja gegen seine ausdrückliche Anordnung begleiten würde. Nun denn, was schlimmer war, würde sich sehr bald zeigen. Zumindest, wenn sie ihrem Herzen einen Stoß gab und endlich den Stier bei den Hörnern packte.

Wortlos bekreuzigte sie sich und begann zu laufen.

*

Trotz der Dunkelheit entdeckte Franziska Rudolph bereits von Weitem. Das blasse Mondlicht brach sich in den dunklen Wellen der Mosel und erhellte auch die Gestalt des Mannes so weit, dass seine Umrisse auszumachen waren. Doch selbst wenn sie nur einen Schatten von ihm hätte sehen können, hätte sie ihn erkannt. Es war nicht nur seine Größe, die ihn von den meisten anderen Männern unterschied, sondern auch etwas in der Art, wie er sich bewegte.

Bemüht, keine Geräusche zu machen, während sie sich ihm näherte, ließ sie ihn nicht aus den Augen. Gerade schien er mit dem Fährmann zu verhandeln, steckte ihm einen kleinen Gegenstand, sicher eine Münze, zu und wies mit einem entschiedenen Fingerzeig in die Richtung, in die es gehen sollte.

Schon oft hatte sie sich gefragt, weshalb Rudolph trotz seiner Kriegsverletzung, die ihm sichtlich große Schmerzen bereitete, stets so wirkte, als habe er alles unter Kontrolle. So sicher, als beherrsche er durch seinen schieren Willen nicht nur den eigenen Körper, sondern auch alles um sich herum.

»Rudolph«, flüsterte sie, als sie unweit von ihm ein wenig außer Atem innehielt und angespannt auf seine Reaktion wartete. Er hatte sie nicht gehört, und das gab ihr Gelegenheit, ihn einige Momente länger zu beobachten, seine aufrechte Haltung, den ernsten, verschlossenen Gesichtsausdruck. Franziska spürte, wie ihr Hitze und Kälte gleichzeitig durch den Körper schossen, als sie nun ein wenig lauter seinen Namen rief. »Rudolph.«

Diesmal wandte er sich zu ihr um. Seine Miene, die einen Moment zuvor noch unnahbar gewirkt hatte, wurde weich. Im nächsten Augenblick verfinsterte sie sich jedoch, sodass Franziska einen Schritt zurücktaumelte. »Was tust du hier?«, zischte er.

Entschlossen, sich nicht einschüchtern zu lassen, hob sie das Kinn. »Ich begleite dich.«

Seine Augen verengten sich. »Auf keinen Fall! Verschwinde!«

»Nein!« Ihre Antwort kam so entschlossen, dass der Fährmann überrascht zu ihr hinübersah und Rudolphs Haltung sich versteifte. Seine Kiefermuskeln spannten sich an, sein Blick war schneidend, als er einen Schritt näher trat. »Nun hör mir einmal zu, Mademoiselle. Das, was ich vorhabe, ist nicht nur viel zu gefährlich, als dass ich erlauben könnte, dich dem auszusetzen. Zudem handelt es sich um eine geheime militärische Operation.« Sein Ton war dazu angetan, eine Einheit zu befehligen oder aufsässige Rekruten das Fürchten zu lehren. In Momenten wie diesen konnte Franziska verstehen, wie es ihm gelungen war, sich von ganz unten hochzuarbeiten, zu einem Offizier, zu jemandem, der Befehle gab, in dessen Hände man Verantwortung legte. »Und ich verbiete dir, dich hier einzumischen.«

Franziska rührte sich nicht vom Fleck.

»Geh nach Hause!« Eine unausgesprochene Drohung klang in den drei Worten mit.

»Und wenn ich es nicht tue, was dann? Sperrst du mich dann ein? Lässt mich verprügeln – was ihr Preußen ja so gerne tut, wenn ihr nicht mehr weiterwisst?« Verzweiflung und Zorn ließen ihre Stimme zittern. »Wie meinen Bruder?«

Rudolphs Augen verdunkelten sich. Franziska spürte, dass ihn ihre Worte getroffen hatten, und bereute sie fast, nahm sie aber nicht zurück.

»Herr Leutnant, wir müssen ... alles ist bereit. Und die Wachposten ...«, drängte der Fährmanns ein wenig nervös.

»Du musst mich mitnehmen. Ich kann dir helfen. Außerdem ...«, fügte sie schnell hinzu, bevor Rudolph Gelegenheit hatte, sie zu unterbrechen, »bist du es mir schuldig. Nach alldem, was deine Armee meiner Familie angetan hat.«

Er wollte protestieren, es stand in seinem Gesicht, war in seinen Augen zu lesen. Doch nach ihren letzten Worten änderte sich sein Ausdruck schlagartig, Betroffenheit war darin zu lesen und ... konnte das sein ... *Schuld?*

Rudolph atmete schwer, schien mit sich zu ringen, doch schließlich nickte er und trat einen Schritt beiseite. »Du weißt nicht, auf was du dich einlässt«, sagte er resigniert, hielt sie aber nicht auf, als sie an ihm vorbei zu dem Fährmann ging und sich von ihm auf das kleine Boot helfen ließ.

»Danke«, murmelte sie, als Rudolph nach ihr einstieg und das Boot auf den dunklen Wellen der Mosel schwankte.

Sein Blick ging an ihr vorbei. »Es gibt keinen Grund, sich für diesen Leichtsinn auch noch zu bedanken.« Das Holz der Planken knarrte ein wenig, als er sich niederließ. »Doch du hast das Recht, etwas für deinen Bruder zu tun.«

Der Fährmann stieß vom Ufer ab, und langsam setzte sich der Kahn in Bewegung. Der Fluss lag schwärzlich vor ihnen, und nur das Klatschen der Wellen zeugte von der Lebendigkeit des Gewässers.

Kapitel 42

Wie eine blasse Scheibe stand der Mond am Himmel und erhellte die Landschaft unter sich: die Felsen, verdorrtes Gebüsch, der steile Abhang, der zum Rhein hinabführte, die unwirklich scheinende, hoch aufragende Ruine der Burg Stolzenfels. Auch ohne es von ihrem derzeitigen Platz aus sehen zu können, wusste Franziska, dass sich das Mondlicht in der Wasseroberfläche spiegelte, dort wo die Lahn in den Rhein mündete, tausendfach gebrochen in den kleinen kräuselnden Wellen. Ein glitzerndes Abbild des Leuchtens am sternenbedeckten Himmel. Eine leichte Brise trieb ihr den Duft der Sommernacht in die Nase, den Duft nach Erde, nach trockenem Gras und der von Licht getränkten Luft, die noch immer den Hauch des Tages in sich trug.

Gut versteckt saßen Franziska und Rudolph auf dem warmen Boden und hielten die Ruine im Blick. Dennoch fröstelte Franziska. Ein Schaudern lief durch ihren Körper, und verstohlen zog sie das Schultertuch enger um sich. Der Wollstoff kratzte auf ihrer Haut. Das alles war aber nur ein schwacher Widerhall des Aufruhrs, der in ihrem Inneren herrschte. Was wäre, wenn ihr Plan nun nicht funktionierte, wenn niemand auf das fingierte Schreiben reagierte und sie umsonst warteten?

Rudolph sagte nichts, keine leeren Worte, um sie zu trösten, die doch nichts weiter gewesen wären als Lügen. Sie wusste genauso gut wie er, dass diese Nacht, diese verzweifelt wahnsinnige Aktion vielleicht ihre letzte Chance war, um ihren Bruder zu retten – sie aber auch das eigene Leben kosten konnte.

In diesem Moment liebte sie Rudolphs Geradlinigkeit, seine Klarheit, seine Ehrlichkeit. Darin ähnelte er ihrem Vater. War es das Charakteristikum eines Soldaten gleich welchen Landes, eines Offiziers? Oder doch...

Franziska führte den Gedanken nicht fort, genoss stattdessen das stumme Beisammensein, das Gefühl der Nähe, den Geruch nach Wolle und Leder, den er dezent verströmte. »War es damals auch so?«, fragte sie leise, um irgendetwas zu sagen, um die Stille zu durchbrechen, die drohend auf ihnen lastete. Und um die Hitze zu besänftigen, die seine Gegenwart in ihr auslöste, die allerlei Wünsche, Gedanken und Bilder in ihr aufsteigen ließ, die nichts mit dem zu tun hatten, weshalb sie in dieser Nacht hier waren, und die sie verwundbar, schwach und anfällig machte.

»Damals?« Rudolphs Frage war kaum zu verstehen, doch verriet ein leichtes Beben in seiner Stimme, dass er ahnte, worauf sie anspielte.

»Damals, im Krieg...in...in...«

Sie scheute sich, den Namen des Ortes auszusprechen, an dem ihr Vater gefallen war. Belle-Alliance... *Waterloo*. Irgendwo dort in den fernen Niederlanden, in Brabant... Ihr Mund war trocken, ihre Augen brannten. Stumm wartete sie auf eine Antwort.

»Die Nächte im Krieg...«, kam es schließlich leise, wie von weit her, und so zögerlich, dass sie glaubte, der Satz würde mittendrin einfach abreißen. »Das Warten auf den neuen Tag, auf das blutige Morgenrot, auf den Beginn der Schlacht.« Und dann, nach einer kurzen Pause fügte er hinzu: »Auf den Tod.«

»Ich glaube nicht, dass wir heute Nacht sterben werden.« Franziska wusste, dass ihre Entgegnung wie eine Frage klang, unsicher, verloren und sehr verletzlich.

Seine Hand strich über ihr Gesicht, sein Arm umfing ihre

Schulter. Er zog sie an seinen Körper, warm und fest. »Nein«, sagte er, »nein, das werden wir nicht. Und dein Bruder auch nicht, verlass dich drauf!«

Franziska schloss die Augen, spürte den schwachen Nachtwind auf ihrem Gesicht und wünschte sich, genau dies tun zu können: sich darauf zu verlassen, dass Christian nichts geschehen würde, genauso wenig wie ihr. Und auch nicht ... ihr Herz hämmerte fester bei diesem Gedanken ... auch nicht dem Mann an ihrer Seite. Diesem Preußen, diesem Fremden, der ihr so vertraut geworden war. »Erzähl mir mehr von dieser Zeit. Vom Krieg«, sagte sie, um die Gedanken und Gefühle, die in ihr aufstiegen, zu verscheuchen.

Wieder folgte Schweigen, ein Schweigen, das so tief war, dass Franziska bereits bedauerte, diese Bitte überhaupt geäußert zu haben. Wer erinnerte sich schon gern an solch furchtbare Dinge, an die Kämpfe, an Schlachten, Schreie, Blut und Tod.

Ihr Vater selbst hatte nur bei ganz seltenen Gelegenheiten davon gesprochen, dabei die unvorstellbaren Grausamkeiten einer Schlacht aber stets nur angedeutet. Nie hatte er ein Geheimnis daraus gemacht, dass er froh war, sich ins Privatleben zurückziehen zu können, ins Geschäftliche.

Hätte nach den Niederlagen der Franzosen im Jahre 1813 und dem Sturz Napoleons 1814 nicht dieser Wiener Kongress begonnen, der die Gefahr einer Rückwendung ganz Europas zu den alten Zeiten, zurück zu Standesdenken, Unfreiheit und Aristokratie heraufbeschwor. Und wären da nicht jene verhängnisvollen hundert Tage im Frühjahr 1815 gewesen, in denen sich Napoleon nach seiner Flucht von der Insel Elba noch einmal aufgemacht hatte, erneut die Macht an sich zu reißen, und ihr Vater – erschüttert von den politischen Entwicklungen – sich wieder zu den Waffen hatte rufen lassen ...

Vielleicht wäre alles anders gekommen. Aber nach anfänglichen Siegen war dieser letzte Versuch des *Empereur*, das Ruder der Geschichte noch einmal herumzureißen, grausam in der Schlacht bei Belle-Alliance, bei Waterloo geendet – wo auch ihr Vater den Tod gefunden hatte.

»Der Krieg ist kein Thema für ein romantisches Stelldichein.« Rudolphs Worte rissen Franziska aus dem Schmerz der Erinnerung.

»Ist es das denn?«, fragte sie in die Nacht hinein. Ohne sich zu ihm umzudrehen, ohne sich auch nur einen Zoll in dieser kostbaren, warmen Umarmung zu rühren. »Ein Stelldichein?«

»Wahrscheinlich nicht.« Enttäuschung klang in Rudolphs nüchternen Worten mit, und Franziska bereute, was sie gesagt hatte.

Warum war alles nur so kompliziert? So entsetzlich verworren? Da saß sie nun, die Tochter eines französischen Offiziers, der für seinen Kaiser Napoleon gefallen war, und schmiegte sich in die Arme eines preußischen Leutnants, der sieben Jahre zuvor diesem wohl als Feind auf dem Schlachtfeld gegenübergestanden und erbittert versucht hatte, die Grande Armée zu besiegen und den Kaiser der Franzosen in die Knie zu zwingen. Schlimmer noch, eines Leutnants, dessen Lebenstraum, dessen Feste, ihren Bruder womöglich das Leben kosten würde. Franziska spürte, wie ihre Wange feucht wurde und sich ein Aufschluchzen seinen Weg bahnte.

»Der Krieg...«, begann Rudolph leise, »der Krieg bringt immer die Extreme im Menschen zum Vorschein. Das Beste und das Schlechteste – oder beides.«

Franziska wusste nicht, worauf er anspielte. So blieb sie stumm und stellte auch keine Frage, um ihn nicht zu unterbrechen, um keine Silbe von dem zu verpassen, was er im Begriff war, mit ihr zu teilen.

»Meist jedoch ... ist es das Schlechteste ...« Seine Augen waren in die Ferne gerichtet, helles Mondlicht schimmerte in seinen Pupillen. Und mit einem Mal sah Franziska alles vor sich: einen jungen Offizier, entschlossen in seinem Einsatz, bereit, den Feind vor sich zu schlagen ... Fast meinte sie das Krachen des Kanonendonners, den beißenden Geruch nach Pulver und Rauch wahrzunehmen. Unwillkürlich tastete sie nach Rudolphs Hand, als wolle sie ihn festhalten, ihn schützen vor den Bildern seiner Vergangenheit, die sie heraufbeschworen hatte.

Beinahe rüde stieß er sie beiseite. Ein kleiner Stich durchfuhr Franziska, als das Gras unter seinen Füßen raschelte und er aufstand. Nach ein paar Schritten blieb er stehen, den Körper angespannt, sein Blick glitt über die endlose, nächtliche Landschaft. Sie konnte hören, wie heftig sein Atem ging.

Alles in ihr drängte sie, ebenfalls aufzustehen und ihm zu folgen, den Arm um seine Schultern zu legen und zu fragen, was ihn so umtrieb, welche Dämonen der Vergangenheit sie mit ihren Worten geweckt hatte. Doch sie schwieg.

Regungslos beobachtete sie, wie der Mann einen inneren Kampf mit sich ausfocht. Obwohl er sich keinen Zoll bewegte, glaubte Franziska beinahe zu sehen, wie es ihn hin und her riss. Schließlich ließ er die Schultern sinken und machte kehrt. Nur einen Schritt von ihr entfernt blieb er stehen, setzte sich jedoch nicht wieder zu ihr. Stattdessen verharrte er eine Weile stumm in dieser Position. Sie konnte nicht sagen, ob er konzentriert nach etwas Ausschau hielt oder mit seinen Gedanken anderswo, ganz weit weg war.

»In jener Schlacht vor sieben Jahren, damals bei Belle-Alliance ...«

In Rudolphs Worten lag eine solche Eindringlichkeit, dass sich ihre Nackenhaare aufstellten. Sie ahnte, dass das, was er nun sagen würde, von fundamentaler Bedeutung war. Für ihn, für sie ... vielleicht für sie beide.

Doch so direkt, wie er das Thema angesprochen hatte, beendete er es wieder und starrte wortlos in den von Sternen übersäten Nachthimmel. Als hätte ihn irgendetwas unterbrochen.

»Was hast du?«, flüsterte sie.

Statt einer Antwort gab Rudolph ihr das Zeichen zu schweigen. Seine Augen waren in die Ferne gerichtet, als versuche er, durch die Dunkelheit zu spähen. Dann ging er in die Hocke, so geräuschlos wie eine Katze. Langsam glitt er einige Fuß nach vorn und lehnte sich über einen bröckligen Mauervorsprung, der eine begrenzte Aussicht nach unten ermöglichte. Franziska folgte ihm vorsichtig, stolperte über das lose Gestein und wäre beinahe ins Rutschen geraten.

»Pst!« Warnend legte Rudolph den Zeigefinger an die Lippen und reichte ihr die Hand, damit sie, ohne Lärm zu verursachen, zu ihm aufschließen konnte.

Gemeinsam kauerten sie an der verrotteten Brüstung, halb hinter Mauerresten, halb im Schatten der Nacht verborgen und starrten hinab zu dem kaum erkennbaren Trampelpfad, der zur Ruine führte.

Noch immer konnte Franziska niemanden erkennen, doch nun vernahm auch sie die Schritte, die von dort unten kamen und sich rasch näherten. Einen Moment lang bedauerte sie die Unterbrechung. Zu gern hätte sie gewusst, was Rudolph ihr hatte sagen wollen. Aber das musste warten.

Kapitel 43

Am liebsten hätte Rudolph Franziska weggeschoben, sie fortgeschickt und dafür gesorgt, dass sie sich irgendwo in einem sicheren Schlupfwinkel verbergen und dort abwarten würde, bis alles vorüber war. Da er aber wusste, dass sie ihm in diesem Fall nicht gehorchen würde, unternahm er erst gar nicht den Versuch.

Die Schritte wurden lauter. Endlich konnte er eine Gestalt in einem schwarzen Umhang erkennen, die sich zügig der Ruine näherte. Zunächst war das Gesicht in der Dunkelheit nicht auszumachen, doch verrieten die Statur und die Bewegungen, dass es sich um eine Frau handelte. Einige Fuß unterhalb des Verstecks, in dem sich Rudolph und Franziska verbargen, blieb sie stehen und ließ die Kapuze vom Kopf gleiten, während sie sich hektisch umschaute. Henriette von Rülow.

Stumm beglückwünschte sich Rudolph dazu, diesen Platz als Beobachtungsposten gewählt zu haben. Er bot freie Sicht bis fast hinunter ins Tal, sodass sich von dort niemand unbemerkt nähern konnte. Zugleich konnten sie von dort einen Teil der Ruine im Auge behalten, wenn auch die herausragenden Mauern und verwinkelten Räume nicht zur Gänze zu überblicken waren. Die Frau Capitain war sichtlich nervös. Grimmig lächelte Rudolph in sich hinein. Nun, dazu hatte sie auch allen Grund, wenn sich auch nur ein Teil seines Verdachts gegen sie bestätigte.

Es überraschte ihn nicht, dass sie sich auf direktem Wege in die Kammer mit dem Versteck begab. Lautlos folgten ihr

Rudolph und Franziska und verbargen sich hinter einem erhöhten Mauervorsprung. Von dort aus konnten sie beobachten, wie Henriette in die Knie ging, während sie mit ihren behandschuhten Händen die Wand abklopfte. Zielsicher griff sie in die kleine Öffnung im Mauerwerk und zog einen Packen Papiere heraus. Ihr erleichtertes Aufatmen war bis zu Rudolphs Versteck zu hören. Ganz offensichtlich hatte die Frau nicht gewusst, was sie in der Ruine zu erwarten hatte.

Gut! Verunsicherung war immer gut, sie ließ die Menschen unvorsichtig werden und Fehler begehen.

»Was hast du ihr geschrieben?«, hauchte Rudolph kaum hörbar, doch statt einer Antwort lächelte Franziska nur wissend, als wollte sie sagen: *Lass dich überraschen.*

Einen Moment schien die Frau des Capitains unschlüssig zu sein, was sie mit den Plänen tun sollte. Schließlich schob sie die Rolle zurück in das Versteck und verschloss die Mauerritze wieder zusätzlich mit etwas von dem herumliegenden Laub. Dann erhob sie sich und begann, aufgeregt hin und her zu laufen. Es war offensichtlich, dass sie jemanden erwartete.

Unser Plan funktioniert!, schoss es Rudolph durch den Kopf, und seine Anspannung wuchs.

Eine Weile jedoch geschah nichts, doch die steigende Nervosität der Offiziersgattin schien die gesamte Kammer unter ihnen auszufüllen. Plötzlich fuhren drei Köpfe gleichzeitig herum, als von außerhalb ein Geräusch laut wurde. Wieder näherten sich Schritte.

Rudolph spürte, wie Franziskas Hand sich verkrampfte. Nun würde sich zeigen, ob seine Vermutungen richtig waren.

Langsam ließ er Luft aus seiner Lunge entweichen, als sich die kräftige Gestalt Feldwebel Bäskes aus der Dunkelheit schälte. Im schwachen Mondlicht wirkte sein Körper wie die fleischgewordene Vision des perfekten Soldaten, kräftig, stählern und unbezwingbar. Das leichte Aufkeuchen Franziskas an seiner Seite zeigte ihm, wie überrascht sie war.

»Bäske«, flüsterte sie. »Wieso ist *der* auch hier?«

Rudolphs Blick ließ nicht von dem Feldwebel ab, als er leise antwortete: »Nun, ich habe auch ein paar Zeilen geschrieben. Die unbeholfene Schrift der Frau Capitain von ihrer Einladungskarte abzukupfern, war eine Kleinigkeit.«

Zielsicher stapfte der Kerl in die Kammer, und das Gefühl von Triumph stieg in Rudolph auf. Sein riskantes Spiel hatte sich gelohnt! Er beobachtete, dass Henriette von Rülow einen Moment unsicher in ihrer Nische verharrte, dann jedoch dem Feldwebel entgegenlief. Sie seufzte hörbar, als Bäske aus dem Schatten trat. Sogleich warf sie sich ihm in die Arme. Sie hob ihm das Gesicht entgegen, und ihre Lippen trafen sich. Stöhnend rieb sie sich an seinem Körper, während er seine Hände tiefer gleiten ließ, ihr Gesäß umfasste und sie ungestüm an sich zog.

Rudolphs Herz raste. Es stimmte also! Feldwebel Bäske war der heimliche Liebhaber der Frau Capitain. Während er durch zusammengekniffene Augen den beiden halb im Schatten verborgenen Personen in ihrem Liebestaumel zusah, befiel ihn das unerklärliche Gefühl, dass etwas nicht stimmen konnte. Dieser selbstgerechte, grausame Mann mochte ein Menschenschinder und gewissenloser Frauenheld sein. Aber er war kein Verräter am eigenen Land, am preußischen Staat, dem er sich mit Leib und Leben verschrieben hatte. Es musste etwas anderes dahinterstecken.

Laut und heftig atmend zog Henriette von Rülow den Feldwebel mit sich zu Boden. Sie streifte ihren schwarzen Umhang ab und begann, die Knöpfe seines Uniformrocks aufzunesteln. Wieder bereute Rudolph, dass er Franziska mitgenommen hatte und nun nicht verhindern konnte, dass sie Zeuge dieses ehebrecherischen Aktes wurde. Doch nun war es zu spät, sich darüber Gedanken zu machen.

»Es tut so gut, dass du hier bist…« Die Worte der Frau waren ein wollüstiges Aufstöhnen.

Einen Moment lang bestand die einzige Antwort aus dem Rascheln von Stoff, dem scheuernden Geräusch von Haut auf Haut. »Ja, richtig gut…«, kam die gedämpfte Antwort. »Hmm… ich hab mich sehr gefreut, als ich deine Nachricht erhielt.«

Das Rascheln verstummte, als Henriette von Rülow plötzlich innehielt und sich aufsetzte. »Was sagst du da?«

Bäske, der das Zögern seiner Gespielin nicht zu bemerken schien, ließ seine Hand um ihren schlanken Nacken gleiten und wollte ihr die Ärmel ihres matt schimmernden Kleides von den Schultern streifen.

Doch die Offiziersgattin packte sein Handgelenk und hielt ihn zurück. »Was hast du gesagt?«

Unwillig versuchte er, sich aus dem Griff zu befreien, der ihn so rüde daran hinderte, ans Ziel seiner Bedürfnisse zu gelangen.

»Was tust du denn?«, grunzte er unwillig. »Lass das!«

»Ich habe gefragt, was du gerade gesagt hast.« Ihre Stimme verbat sich jeden Widerspruch.

Mit zerzausten Haaren tauchte Bäske zwischen den bereits abgelegten Kleidungsstücken auf. »Was?«

»Ich will wissen, was du gesagt hast!« Schneidende Ungeduld klang aus diesen Worten und der Hauch eines bösen Verdachtes.

»Was? Ach ja, dass ich mich über deine Nachricht gefreut hab. Warum?« Ein begieriges Schimmern lag in Bäskes Augen. »Können wir jetzt weitermachen?«

Doch statt des erhofften Kusses erhielt er nur eine weitere

Abfuhr, als die Frau an seiner Seite ruckartig die Ärmel des Kleides wieder überstreifte. »Aber *du* warst es doch, der *nach mir* geschickt hat.«

Ganz offensichtlich war Bäske noch zu sehr im Rausch seiner Sinne gefangen, um gleich zu verstehen, was das bedeutete. »Hab ich nicht. Da verwechselst du was, und nun komm her.«

Sie hatte sich so abrupt von Bäske losgerissen, dass dieser zurücktaumelte. Hastig sprang sie auf.

»Hast du nicht?«, zischte sie. »Bist du ganz sicher? Du warst es nicht, der mir geschrieben und mich eingeladen hat, wieder hierherzukommen? An den *üblichen Ort*? So wie immer?« Sie keuchte fast, und selbst im Mondlicht war ihr das Entsetzen deutlich anzumerken, als ihr dämmerte, dass hier etwas nicht stimmte.

Noch immer unwillig, aber offensichtlich ebenfalls alarmiert schüttelte Bäske den Kopf. »Nein, das war ich nicht... du hattest doch... oh verflucht!« Wie vom Blitz getroffen fuhr er auf und sah sich um. Dann stopfte er hastig sein Hemd in die Hose und knöpfte sie wieder zu. »Was wird hier gespielt?«

»Dummkopf!«, fauchte sie, während sie ebenfalls ihre Kleidung wieder in einen halbwegs akzeptablen Zustand brachte.

»Man hat uns hinters Licht geführt...«, flüsterte Henriette von Rülow fassungslos. »Jemand hat... aber wer?« Aufgeregt marschierte sie auf und ab, während sie noch immer an ihrem Kleid zerrte.

Bäske schien schlagartig ernüchtert. Während er seinen Uniformrock überstreifte, blickte er argwöhnisch um sich, blinzelte ins Halbdunkel und lauschte. Alles an ihm der perfekte Soldat. »Eine Falle«, murmelte er, so leise, dass es kaum zu verstehen war. »Das muss eine Falle sein. Wo sind die Pläne?«

»An ihrem Platz... niemand hat sie entdeckt.«

»Ist dir jemand hierher gefolgt?« Der Feldwebel klang wie

bei einem Verhör, nur dass sich die Frau ihm gegenüber nicht so leicht einschüchtern ließ.

»Aber wo denkst du hin! Keine Menschenseele weit und breit ... Das hätte ich bemerkt«, entgegnete sie ungehalten.

»Bist du sicher?« Bäske blickte wie ein Raubtier vor dem Angriff, misstrauisch und gnadenlos.

»Natürlich, du Narr. Für wie dumm hältst du mich eigentlich? Immerhin führe ich nun schon recht lange meinen Mann hinters Licht.« Bei der Erinnerung lachte sie kurz auf.

»Kein Grund zum Lachen, Weib.« Einen Moment lang dachte Rudolph, Bäske wolle die Frau packen und schütteln, doch dann fuhr der Feldwebel herum wie ein Wolf, der etwas wittert. »Wir sind nicht allein«, murmelte er. »Wenn das eine Falle ist, dann ist sicher jemand ... Warte hier!« Mit einer befehlsgewohnten Geste beschied er seiner Geliebten, sich einen sicheren Platz zu suchen, dann zog er eine Pistole. »Ich werde mal nachsehen ...« Er machte sich auf den Weg, offensichtlich, um das Gelände zu durchforsten.

Rudolph stieß einen unterdrückten Fluch aus. Es war höchste Zeit, Franziska unbemerkt von hier wegzubringen. Er hatte gehört, was er wissen musste, hatte sogar eine Zeugin, und fürs Erste erwartete er keine weiteren Informationen. Stumm signalisierte er Franziska, sich zurückzuziehen. Sein Plan war, die Ruine von der anderen Seite aus zu verlassen, um dann über einen Umweg zurück zum Rhein zu gelangen, wo der Fährmann an einer nicht einsehbaren Stelle auf sie wartete. Franziska nickte zum Zeichen, dass sie verstanden hatte, und überraschend geschickt gelang es ihr, an der bröckeligen Wand entlangzugleiten, dicht gefolgt von Rudolph, der ihren Rückzug deckte.

Plötzlich jedoch glitt sie aus, taumelte und versuchte, sich an der Mauer festzuhalten. Dadurch lösten sich einige der lockeren Steine und polterten mit lautem Getöse hinab. Das alte Gemäuer reflektierte den Hall. Es klang wie eine Explosion.

Sofort fuhr Bäske herum, die Pistole im Anschlag.

Rudolph blieb wie angewurzelt stehen, doch gelang es ihm noch, mit einer kurzen, entschiedenen Bewegung, Franziska aus dem Sichtkreis der beiden zu schieben.

Der Blick des Feldwebels traf ihn, in Bäskes Augen stand der blanke Hass. »Sie schon wieder, Herr Leutnant ...« Er sprach bedächtig und gedehnt, und Rudolph nahm die Mischung aus Spott und einer unausgesprochenen Drohung wahr. »Warum überrascht es mich nicht, Sie hier zu sehen? Irgendwie scheinen Sie immer dann aufzutauchen, wenn man Sie nicht brauchen kann.« Langsam machte er einige Schritte in Rudolphs Richtung. »Deshalb sind Sie doch hier, oder? Sie wollen Ihre Nase in Dinge stecken, die Sie nichts angehen?«

Rudolph hatte nicht vor, sich von diesem Menschschinder einschüchtern zu lassen. »*Sie* haben geholfen, diese Pläne zu entwenden und an die Franzosen auszuliefern. *Sie* sind der Verräter.« Keine Geste, kein Schwanken in der Stimme verrieten seine Anspannung und seine Angst um Franziska.

»Machen Sie sich doch nicht lächerlich! Was soll ich als aufrechter Diener Seiner Majestät mit den dahergelaufenen Franzmännern zu schaffen haben, das glauben Sie doch selbst nicht.«

Unwillkürlich sah Rudolph zu Henriette von Rülow, die sich ihnen langsam näherte. Konnte es sein, dass er tatsächlich nicht wusste ...?

»Ich bedauere, Sie eines Besseren belehren zu müssen, Feldwebel. Alles deutet darauf hin, dass Sie als Lieferant geheimer militärischer Informationen an unsere französischen Nachbarn fungiert haben.«

Bäskes Augen verengten sich, sein Blick flog hinüber zu seiner Geliebten, die ihn jedoch abweisend musterte.

Rudolph war das nicht entgangen, und sein Verdacht erhärtete sich, so unfassbar er auch sein mochte. »Der Dreh- und Angelpunkt des Ganzen ist diese wildromantische Ruine hier.« Mit der Hand machte er eine vage, weit ausholende Geste. »Schon seit einer ganzen Weile ist mir bekannt, dass dieser Ort das Versteck – und wohl auch die Übergabestelle der gestohlenen Dokumente ist. Aber ein Liebesnest? Das hat mich nun doch ein wenig überrascht.« Vielsagend ging Rudolphs Blick wieder zwischen dem Feldwebel und Henriette von Rülow hin und her. »Weiß der gute Capitain, dass Sie ihm nicht nur heimlich seine Pläne stehlen, sondern auch seine Gattin?«

Mit Genugtuung sah Rudolph, wie sich Bäskes Gesichtsausdruck veränderte, aus Spott und Verunsicherung blinder Zorn wurde. Das war durchaus in seinem Sinne. Zornige Menschen verrieten oft mehr, als ihnen lieb war. Deshalb fügte er mit einem kalten Lächeln hinzu: »Teilen Sie die Frau dann später auch noch mit den Franzosen?«

Bäske sah aus, als wolle er sich jeden Moment auf ihn stürzen, sein ganzer Körper zitterte vor unterdrückter Wut, doch hielt er sich zurück. »Was faseln Sie da die ganze Zeit von Franzmännern?« Die Pistole, die er noch immer in der Hand hatte, zitterte gefährlich. »Was haben *die* denn mit uns hier zu schaffen?«

Rudolph wusste, welch gefährliches Spiel er spielte, indem er diesen bewaffneten Rohling noch weiter reizte, aber er hatte keine andere Wahl, wenn er ihn irgendwie aus der Reserve locken und zum Reden bringen wollte. »Oh, jetzt bin ich aber doch überrascht.« Seine Stimme troff vor beißendem Spott und klang gelassener, als er es in diesem Moment tatsächlich war. »Dann sind Sie also nicht nur der Schoßhund der Frau

Capitain, sondern auch der blinde Handlanger, der nicht mal weiß, aus welchem Grund er etwas tut.«

Bäskes Muskeln zuckten, und für einen kurzen Augenblick glaubte Rudolph, er wäre zu weit gegangen.

»Jetzt machen Sie aber mal einen Punkt, Herr Leutnant!« Mit entschlossener Miene und festem Schritt kam Henriette von Rülow auf die beiden Männer zu. »Ich denke, Ihre Phantasie geht gerade mit Ihnen durch.«

»Tatsächlich?« Rudolph konnte nicht umhin, die Kaltblütigkeit dieser Frau zu bewundern, die ihren Kopf schon in der Schlinge sehen musste und dennoch die Contenance besaß, empört, ja moralisch entrüstet aufzutreten.

»Es ist eine Sache, mich des Ehebruchs zu bezichtigen. Denn, nun ja...«, sie spielte die Zerknirschte, »es gibt nicht viel, was ich dieser Anschuldigung entgegensetzen könnte, nicht wahr, Herr Leutnant?« Ihre Augen blinzelten verführerisch, ihr Mund spitzte sich zu einer Knospe.

»Nein, Madame.« Rudolph zeigte sich unbeeindruckt.

Henriette von Rülow nickte. »Aber zu behaupten, das hier hätte irgendetwas mit den Franzosen zu tun ... ist das nicht allzu sehr an den Haaren herbeigezogen?«

»Sagen Sie es, Madame«, entgegnete Rudolph ruhig.

»Sie schließen wohl von sich auf andere«, knurrte Bäske.

Rudolph wandte sich zu ihm. »Was meinen Sie damit, Feldwebel?«

»Nun...« Selbst im nächtlichen Halbdunkel war zu sehen, dass die Augen des Mannes gehässig aufblitzen. »Es ist ja kein Geheimnis, dass der Herr Leutnant im Krieg gemeinsame Sache mit dem Feind gemacht hat.« Angewidert spuckte Bäske aus.

Einen Moment lang flammte das Feuer in Rudolph auf, der alte Zorn, der ihn zu überwältigen drohte. Sein Mund wurde trocken, und er spürte, wie seine Hand sich um den Knauf seiner Pistole krallte, die er im Hosenbund versteckt hatte. Doch er begegnete Bäskes Blick kühl und mit der seinem militärischen Rang angemessenen Herablassung. »Mit den Franzosen scheinen Sie es ja zu haben.« Er sah Henriette von Rülow an. »Sagen Sie es ihm, Madame. Sagen Sie ihm, wie Sie die wertvollen Pläne, die Ihr Liebhaber ganz offensichtlich für Sie aus der Münzkaserne besorgen musste, ebenso gegen gutes Geld an die Franzosen verscherbelt haben wie die Unterlagen, die Sie selbst aus dem Arbeitszimmer Ihres Mannes gestohlen haben.«

Wütend fuhr der Feldwebel herum. »Was redet der Kerl da von den Franzmännern, Henriette? Du hast doch gesagt, wenn ich dir helfe, würde das die Position deines Mannes schwächen und dann könntest du ... könnten wir ...« Seine Kiefermuskeln zitterten. »Sag, dass das nicht wahr ist!«

Die Frau des Capitains schwieg. Sie schwieg so lange, den Kopf gehoben, den Blick stumm auf den Feldwebel gerichtet, dass dieser verstand.

»Nein«, keuchte er ... »Nein, das kann nicht sein, das ist nicht ...« Die Hand, die seine Pistole umklammert hielt, zuckte, und einen Moment lang sah es so aus, als wolle er sie gegen seine Geliebte richten.

»Hiermit verhafte ich Sie wegen Landesverrats, Feldwebel Bäske.« Rudolphs Worte hallten dröhnend in der nächtlichen Ruine wider. »Sie haben geheime militärische Pläne aus dem Bureau eines vorgesetzten Offiziers entwendet und es zugelassen, dass diese über einen Kontaktmann, Pardon, eine Kontaktfrau, in die Hände der Franzosen gelangen konnten.« Langsam machte er einen Schritt auf Bäske zu, obgleich ihn das gefährlich nahe in die Schusslinie von dessen Pistole brachte. »Darüber hinaus besteht der Verdacht, dass sie versucht haben, gewaltsam den Tod des Pioniers Bergers herbeizuführen, als sie mit ihm allein und unbeobachtet in dessen Zelle waren.« Rudolphs Blick ging zu Henriette von Rülow, die noch immer mit unbewegter Miene dastand. Nur ihre Brust, die sich heftig hob und senkte, verriet ihre Anspannung. »Und ich bezichtige Sie des Ehebruchs mit der Gattin des besagten vorgesetzten Offiziers«, schloss Rudolph.

Einige Herzschläge lang schwieg er und betrachtete die ganze Szenerie um sich herum, die wie eingefroren wirkte. Die beiden Gestalten im fahlen Mondschein, ein zerzauster, hasserfüllter Feldwebel mit gezogener Waffe, eine nur nachlässig bekleidete Dame, in deren blondem Haar sich das schwache Licht der Nacht verfing. Dazu das verwitterte Gemäuer der Burgruine – wie das Gemälde eines phantastischen, dem Rausch verfallenen Malers.

Das Knirschen von Rudolphs Stiefeln zerriss den Schleier der unwirklichen Traumlandschaft. »Kommen Sie mit, Feldwebel. Ich werde Sie dem Gericht übergeben, das dann das Urteil über Sie fällen wird.«

Ein lautes Aufbrüllen zerriss die Nacht. »Vergiss es, du Bastard!« Mit einem heftigen Ruck hatte Bäske seine Pistole wieder hochgerissen und feuerte ab, den Lauf direkt auf Rudolph gerichtet. Dieser hatte eine solche Reaktion jedoch vorausgeahnt und fuhr reflexartig herum, brachte sich selbst aus der Schusslinie und schlug Bäske zugleich die Waffe aus der Hand.

In tödlicher Umklammerung gingen die beiden Männer zu Boden. Zu Rudolphs Vorteil kam der Feldwebel unter ihm zu liegen. Mit einem heftigen Krachen war Bäske auf dem Rücken gelandete, und hörbar wurde ihm die Luft aus der Lunge gepresst. Dann fing er sich jedoch wieder, riss sich mit einem Ruck herum. Verzweifelt rangen sie miteinander. Ein Kampf, bei dem es nur einen Überlebenden geben würde.

Mit einem zielsicheren Griff gelang es Rudolph, das Messer, das er vor seinem Aufbruch dort versteckt hatte, aus dem Schaft seines Stiefels zu ziehen. Während er seine ganze Kraft einsetzte, um den massigen Körper des Gegners am Boden zu halten, drückte er ihm die Klinge seiner Waffe an den Hals.

Bäske erstarrte in der Bewegung. Nichts war zu hören als der keuchende Atem der beiden Männer. »Und nun, Feldwebel, kommt noch tätlicher Angriff gegen einen vorgesetzten Offizier zu den Anklagepunkten hinzu. Sie sind am Ende, Bäske.«

»Ich hätte dich umbringen sollen, als ich die Gelegenheit hatte, Harten!« Speicheltropfen flogen Rudolph entgegen, doch er ließ nicht locker und presste den anderen weiterhin mit ungebrochener Kraft auf die Erde. »Aber Sie haben es ja vorgezogen, dieses dumme Weibsbild hinter uns herzuschicken, statt wie ein Mann selbst die Sache in die Hand zu nehmen.«

Franziska!, schoss es Rudolph durch den Kopf. *Er muss Franziska meinen.* Dann war es also Bäske gewesen, der Franziska damals zusammengeschlagen und dermaßen zugerichtet hatte. Ein Glück nur, dass der Kerl sie nicht kannte, dass er weder ahnte, dass sie als Dienstmädchen im Hause derer von Rülow arbeitete, noch dass sie die Schwester des Mannes war, der wegen des Verrats unschuldig einsaß. Hätte Bäske das damals gewusst, nicht auszudenken ...

Schrecken und Ekel schossen durch Rudolphs Körper, doch unbeirrt verharrte er in der Position. »Ich nehme an«, sagte er gepresst, »dass somit ein weiterer versuchter Mord auf Ihr Konto geht. Ganz schön lange Liste, was? Aber was sollte man von einem dreckigen Verräter auch anderes erwarten?«

Mit einem Brüllen schnellte Bäske hoch. Rudolph war von dem plötzlichen Aufbäumen so überrascht, dass er für einen kurzen Moment lockerließ und der andere herumfahren konnte.

»Sofort aufhören!« Es war die Stimme Henriette von Rülows.

Als Rudolph den Kopf umwandte, sah er direkt in den Lauf einer Pistole, die bebend, aber doch sicher in der Hand der Offiziersgattin lag.

»Warum sind Sie hergekommen?« Ihre Stimme zitterte, erfüllt von aufrichtiger Trauer. »Warum konnten Sie uns nicht einfach in Ruhe lassen, uns erlauben, unser Glück ein wenig auszukosten. Warum?«

Obgleich Rudolphs Herz so heftig gegen seine Brust schlug, dass er kaum seine eigenen Worte hörte, sagte er ruhig: »Weil Menschen zu Schaden gekommen sind, Madame, zwei fast getötet wurden, deshalb.« *Und weil meine Feste in Gefahr war, verflucht!* Brennend wie Feuer schoss bei dieser Vorstellung Zorn durch seinen Körper.

»Aber es war das Einzige, was das Leben hier erträglich gemacht hat ... in dieser Festungsstadt, diesem Gefängnis. Unsere Treffen an diesem Ort, so still, so verzaubert, nur wir beide ...« Henriettes Blick ging erst zu den Mauern der Ruine, dann zurück zu dem Feldwebel, der noch immer regungslos, aber mit wutverzerrtem Gesicht auf dem Boden kauerte. »Wissen Sie, wie einsam das Leben an der Seite von jemandem sein kann, den nichts anderes interessiert als seine Arbeit, sein Rang, sein Steinbruch, dem er das große Geld entlockt ... und der«, fügte sie flüsternd hinzu, »kaum noch seinen Mann steht.«

Mit Tränen in den Augen, aber dennoch entschlossen, hob sie die Waffe ein wenig höher, zielte genau auf Rudolphs Herz, »das lasse ich mir nicht nehmen!« Es knackte, als sie den Hahn spannte. »Ihnen fehlen ohnehin jede Beweise für ihre Behauptung. Also verschwinden Sie jetzt. Verschwinden Sie aus meinem Leben und lassen Sie uns in Frieden.« Ihre Hände zitterten.

»Nein!« Ein heiserer Schrei zerschnitt die Nacht, und aus den Augenwinkeln sah Rudolph, wie Franziska aus ihrem Versteck stürzte, das Gesicht weiß vor Entsetzen.

Erschrocken fuhr Henriette herum. »Wer zur Hölle ...«

Die Explosion des Knalls so nahe an seinem Kopf brachte Rudolphs Trommelfell beinahe zum Platzen. Er spürte einen dumpfen Druck in der Schulter, brennender Rauch verdunkelte sein Sichtfeld. Für einen kurzen, schrecklichen Augenblick glaubte er, alles sei vorbei. Dann nahm er wahr, wie der Körper Bäskes erschlaffte und langsam zu Boden sank.

Es kostete Rudolph eine, wie ihm schien, endlose Weile, bis er begriff, was gerade geschehen war. Einen Schritt hinter ihm stand Henriette von Rülow, die Waffe noch immer in der Hand, die Augen vor Entsetzen geweitet. Etwas weiter davon entfernt stand Franziska, leicht nach vorne geneigt, die Hände vor den Mund geschlagen.

Er beugte sich über den regungslosen Mann zu seinen Füßen und betrachtete das dunkle Loch in der Vorderseite seines Uniformrocks. Der Feldwebel hatte den Mund halb geöffnet, als wollte er schreien, seine Augen waren nach oben verdreht.

Rudolph schaute zu Henriette von Rülow und dann wieder zu Bäske.

Der Feldwebel war tot, getroffen von der Kugel seiner Geliebten.

Kapitel 44

Die Welt um sie herum war eingefroren. Wie in dem Märchen von Dornröschen, in dem der gesamte Hofstaat plötzlich in der Bewegung erstarrt, schien jeder in Franziskas Umgebung von einem unheilvollen Zauber gefangen, der alle in seinen Bann geschlagen hatte. Noch immer hämmerte ihr Herz im Nachhall der entsetzlichen Panik und Todesangst, die sie empfunden hatte – um Rudolph, nicht um sich selbst –, und das Blut rauschte so laut in ihren Ohren, dass sie glaubte, sie befände sich unter Wasser, irgendwo am Grunde des Rheins.

Plötzlich vernahm sie ein leises Geräusch. Zunächst kaum hörbar, steigerte es sich zu einem Wimmern, das eindringlich und dumpf von den Mauern der Ruine widerhallte. Wie das Heulen eines verletzten Wolfes. Franziska zwang sich, den Kopf zu schütteln, ein paar Mal zu blinzeln, um wieder ins Hier und Jetzt zurückzukehren. Als sie sich umwandte, erkannte sie, dass die Laute von Henriette von Rülow kamen. Zorn stand in ihrem aschfahlen Gesicht, überdeckt von Trauer.

»Sie haben ihn getötet!«, keuchte sie und stolperte einige Schritte in Rudolphs Richtung. »Er war hier, um bei mir zu sein, und Sie Bastard haben ihn umgebracht...«

Es war eine Lüge, selbst sie musste das wissen. Doch wahrscheinlich war sie in diesem Augenblick zu sehr von Schock und Entsetzen erfüllt, als dass sie die Wahrheit hätte akzeptieren können: dass sie selbst ihren Geliebten erschossen hatte.

Bevor Rudolph sie daran hindern konnte, trat Franziska langsam aus dem Schatten. Sie hatte die ganze Charade satt, hatte genug davon, sich als jemand auszugeben, der sie nicht war, ihre Herkunft und ihren Bruder zu verleugnen. Und ein unerklärliches Gefühl sagte ihr, dass die Frau vor ihr, welche die ganze Zeit über ihre Dienstherrin gewesen war, ein Anrecht auf die Wahrheit hatte.

Es dauerte einige Atemzüge, bis Henriette von Rülow ihren Blick von Rudolph löste, den sie hasserfüllt angestarrt hatte. Dann sah sie zu ihr hinüber. »Du?« Mehr als dieses kleine Wort brachte sie nicht hervor, als sie ihr Hausmädchen erkannte, doch in ihrer Miene standen Erkenntnis – und Empörung.

»Ja, ich bin es, Frau von Rülow.« Obgleich Franziskas Herz zum Zerspringen pochte, spürte sie zugleich, dass sich eine tiefe Ruhe in ihr ausbreitete. Aus den Augenwinkeln sah sie, wie Rudolph unmerklich den Kopf schüttelte, doch sie ignorierte es. Zu stark war der Wunsch, endlich für klare Verhältnisse zu sorgen.

»Ich war es schon immer«, fügte sie leise hinzu.

»Wer bist du, Franziska Schäfer?«, fragte Henriette von Rülow heiser. »Ein Spitzel des Ingenieurcorps, eine Spionin meines Mannes? Seine ... Geliebte?«

Franziska war erstaunt, wie beherrscht ihre Stimme klang, als sie antwortete: »Ich bin die Schwester des Pioniers, der wegen Landesverrats sterben soll. Eines Verrats, den *Sie* begangen haben.« Endlich hatte sie die Wahrheit ausgesprochen und spürte mit jeder Faser, wie sie wieder zu sich selbst fand. Die Lüge abstreifte wie eine alte Haut, die zu eng geworden war.

»Sie haben mich ausspioniert, beobachtet ... in meinem eigenen Haus!« Henriette von Rülow Stimme zitterte, eine unerwartete Verletzlichkeit lag darin.

Statt einer Bestätigung, neigte Franziska nur leicht den Kopf.

»Sie sind entlassen!« Es war nicht auszumachen, ob die Entrüstung dieser ehemaligen Zirkusreiterin und nun Gattin eines hochrangigen Offiziers von Adel aufrichtig war oder nur gespielt.

Franziska nickte. Ihre Aufgabe war erfüllt, und sie hatte nicht das Bedürfnis, auch nur einen Tag länger für dieses Ehepaar zu arbeiten. Der Capitain und seine Frau hatten auf jeweils unterschiedliche Art und Weise dazu beigetragen, dass ihr Bruder fast den Tod gefunden hätte.

»Ich muss Sie mitnehmen, Frau von Rülow. Wegen Diebstahls, Geheimnisverrats und wegen...« Rudolph blickte auf den Toten, führte den Satz jedoch nicht zu Ende.

Tränen schimmerten in ihren Augen, mit hängenden Armen machte sie ein paar Schritte auf Bäskes Körper zu und sah auf ihn hinunter. In ihrem Gesicht stand ein solcher Schmerz, dass Franziska sich des Mitgefühls nicht erwehren konnte. Trotz allem, was diese Frau getan hatte.

»Er hat mich geliebt«, flüsterte Henriette von Rülow. »Er war zugänglich und hat mir Glück geschenkt. Nicht wie dieser andere Mann...« Ihre Miene verfinsterte sich, und sie ließ den Rest des Satzes unausgesprochen.

Für einen kurzen Moment fragte sich Franziska, ob sie mit »dem anderen« ihren Ehemann meinte, den überkorrekten, erstickend steifen Capitain, der ihr vielleicht einen guten Namen, einen Platz in der Gesellschaft und ein wohlsituiertes Heim bieten konnte, nicht aber die Leidenschaft und Zuwendung, nach der sie sich sehnte.

»Ich muss Sie jetzt mitnehmen«, wiederholte Rudolph. »Alles andere wird das Gericht entscheiden.« Seine Worte waren sachlich, aber seine Stimme war sanft, als spüre auch er die tiefe Trauer und Einsamkeit der Frau. »Bitte kommen Sie.« Höflich, aber bestimmt reichte er ihr den Arm.

»Niemals!« Das schrille Aufkreischen zerriss die feierliche Atmosphäre. Ein Klatschen folgte, als Henriette von Rülow Rudolph mit der flachen Hand den Arm wegschlug. »Ich lasse ihn hier nicht allein zurück. Er war ... wie könnte ich ...« Ein Schluchzen erstickte den Rest des Satzes.

»Man wird sich um den Leichnam des Feldwebels kümmern, Madame. Sobald ich wieder in der Garnison bin, werde ich unverzüglich jemanden schicken. Seien Sie unbesorgt.« Rudolphs Worte glitten durch die Luft – weich und leise. Überrascht sah Franziska zu ihm auf, erstaunt darüber, wieder diese andere Seite an ihm zu erleben – eine Seite, die er meist perfekt hinter Härte und Disziplin verbarg. Er zeigte Verständnis, ja, Güte, als sie eigentlich Hass, Strenge und das Bedürfnis nach Vergeltung erwartet hatte.

Das Gesicht Henriette von Rülows war verzerrt, ihre Hände zu Fäusten geballt, und für einen winzigen Moment sah es so aus, als wollte sie sich auf Rudolph stürzen, um ihm die Augen auszukratzen, weil er erneut nach ihrem Arm gegriffen hatte. Doch dann straffte sie sich, schüttelte entschieden Rudolphs Hand ab und sah erst zu ihm, dann zu Franziska. »Ich schaffe das allein, seien Sie unbesorgt. Ich werde vorausgehen.« Und mit einem letzten, langen Blick auf ihren Geliebten fügte sie mit einem traurigen Lächeln hinzu: »Nicht nur in der Zirkusarena sollte man wissen, wann der rechte Zeitpunkt für einen Abgang gekommen ist.« Dann wandte sie sich mit einem eleganten Schwung um und machte sich mit festen Schritten auf den Weg hinunter ins Rheintal.

Teil V – Der Duft der Freiheit

Should auld acquaintance be forgot
And never brought to mind?
Should auld acquaintance be forgot,
and days of auld lang syne?

Robert Burns

Nahe der französischen Grenze, 20. Juni 1815

Er schwamm in einem Meer aus Qual. Zuckende Flammen fuhren durch seinen Körper, verbrannten seine Haut, drangen tiefer und tiefer in sein Inneres vor. Ein Schmerz, wie er ihn noch nie zuvor verspürt hatte, schien alles andere zu versengen. Jede Erinnerung, jedes Licht, jeden noch so kleinen Funken Hoffnung ... *Hoffnung?* Hoffnung auf was? Was gab es in der Welt außer diesem Ort hier, der Marter, der Dunkelheit und Hitze?

Jener Gedanke schien sich wie ein Spinnennetz in seinem Geist zu verfangen, dünn, zäh und klebrig. Doch offensichtlich fest genug, um sich schützend um den Teil seiner Seele zu winden, der noch nicht gestorben war, nicht verglüht in dem nie verlöschen wollenden Feuer.

Wo war er? Was war er? Und wie in aller Welt ... Eine Bewegung, ein Zucken, und wieder flackerte die Pein mit einer solchen Heftigkeit in ihm auf, dass es ihn in tiefe Finsternis zurücksinken ließ. Finsternis, aus der er nie wieder allein zurückfinden würde.

Eine Hand packte ihn, Finger umschlangen seinen Unterarm. Wie an einen Rettungsanker klammerte er sich daran, hielt sich daran fest und wartete. Darauf, wieder atmen zu können, darauf, dass es heller um ihn wurde.

Ein Brüllen zerriss den Vorhang aus Nebel und Nacht. Das plötzliche Brennen in seiner Kehle sagte ihm, dass er selbst ihn ausgestoßen hatte.

»*Not good, laddie, not good.*« Eine Stimme, rau wie ein

Donnergrollen, bahnte sich ihren Weg an sein Ohr. »*Not good to wake up, just now ...*«

Die dunklen Schatten um sein Blickfeld lichteten sich, die Konturen eines Gesichts wurden deutlich. Ein Mann beugte sich mit mitleidiger Miene über ihn.

»*Hour after hour*, wir haben gewartet, dass du aufwachst, aber jetzt ... kein guter Zeitpunkt, *lad*.«

Rudolph wusste nicht, wovon der Mann sprach und wer er überhaupt war. Nichts um ihn herum war real – nichts außer dem Schmerz, dessen Feuer immer heißer zu lodern schien, je mehr er das Bewusstsein wiedererlangte. Ein pestilenzartiger Geruch nach Schweiß, Blut, menschlichen Ausscheidungen und Todesangst machte sich breit.

Wo war er? Was war mit ihm geschehen? Der Versuch, sich an irgendetwas zu erinnern, war ebenso qualvoll wie vergebens. Da war nichts, nichts als tiefe Schwärze. Hatte er sein Gedächtnis verloren? Panik schlug über ihm zusammen, die für einen Moment alles andere verdrängte. Wieder glitt sein Blick zu dem Besucher an seinem Lager. Langes Haar fiel dem Mann wirr ins Gesicht, und sein Mund verzog sich zu einem traurigen Lächeln.

Rudolphs Herz hämmerte, sein Kopf rauschte. Und plötzlich, plötzlich war die Erinnerung wieder da. Der Nebel in seinem Geist schwand so unerwartet wie eine Decke, die ruckartig weggezogen wurde. McBaird, Colonel McBaird war der Name des Mannes, der da vor ihm stand. Ein Offizier der britischen Armee und Verbindungsoffizier der alliierten Truppen im Kampf gegen Napoleon.

Erst jetzt nahm Rudolph auch die Geräusche um sich herum wahr. Ein Wimmern und Stöhnen, verhaltenes Schluchzen und immer wieder laute, qualvolle Schreie, die durch die stickige Luft an sein Ohr drangen. Schwerfällig wandte er den Kopf und sah, dass rechts und links von ihm Soldaten lagen, dicht an dicht. Zwischen den Pritschen liefen Menschen umher, deren Gesichter vor Erschöpfung grau und deren Hände, Arme und Kleidung mit Blut besudelt waren. *Ein Lazarett...*

Und in diesem Moment kehrte der Rest der Erinnerung zurück. Belle-Alliance. Die Schlacht. Die Dämmerung. Die Verfolgung der französischen Truppen. Jene Nacht in der Scheune. Der Überfall...

Er stöhnte laut auf.

»*They found ye*«, sagte Mc Baird. »Sie haben dich gefunden und hierhergebracht. *Whit was it ye did, doon thonder? They*... Sie nennen dich einen Verräter.«

Er, ein Verräter? Der Gedanke brachte Rudolph vollends in die Realität zurück. Nur mühsam gelang es ihm, sich an Einzelheiten zu erinnern. Die heranrückenden Soldaten, das Krachen der Schüsse...

Ein heftiger Hustenanfall schüttelte seinen Körper. Wie ein glühendes Messer schnitt ihm der neu aufflammende Schmerz in Kopf, Schulter und Schenkel. Er brüllte auf wie ein verwundetes Tier. Schweiß schoss aus seinen Poren, tränkte die Reste seiner blutverschmierten Uniform.

Ein düsterer Schatten flog über das Gesicht des Colonels, der noch immer zu ihm herabstarrte. Seine Augen verengten sich, seine Brauen zogen sich zusammen. Als Rudolph dem Blick folgte, sah er es.

Sein linkes Bein... In Fetzen endeten die Reste seiner Hose unterhalb der Hüfte. Sein Oberschenkel war in alles andere als saubere Leinenbinden eingeschlagen, auf denen sich eine nur leicht angetrocknete rötlich-gelbe Flüssigkeit abzeichnete. Dieser Anblick, gepaart mit dem daraus aufsteigenden Gestank, machte Rudolph schlagartig seine Situation bewusst.

Eiter und Blut traten aus seinem durchschlagenen, notdürftig versorgten Oberschenkelknochen aus. Diese Wunde, mit der er sich stundenlang durch den Dreck und die schlammige Erde von Brabant geschleppt hatte, verdankte er einem unbekannten französischen Schützen. Die Erinnerung an den Offizier, der ihn schließlich fand, verblasste im Angesicht der Verletzung. Und dem tödlichen Gift, das diese durch seinen Körper pumpte, ihn von innen heraus zu versengen drohte.

Was hatte der Colonel gesagt? Ein schlechter Moment, um aufzuwachen? Eine vage Ahnung, was damit gemeint sein könnte, kroch wie eine eisige Hand über Rudolphs Rücken.

Wie auf ein Stichwort, wie die Antwort auf eine nicht gestellte Frage, tauchte plötzlich ein weiterer Mann hinter dem Briten auf. Eine bleiche Gestalt in einer weißen, blutgetränkten Schürze und mit einer Säge. Ein Chirurg.

Nein!

Das Entsetzen, das Rudolph packte, war grenzenlos und verdrängte einige Atemzüge lang alles andere aus seinem Bewusstsein: den Schmerz, die Angst und die schwache, dunkle Erinnerung an die Nacht nach der Schlacht. Nichts weiter war Realität, als diese Pritsche, auf der er lag, der eiternde Schenkel und der Chirurg zu seinen Füßen, der offensichtlich gekommen war, um das Bein zu amputieren. Sein Herz klopfte so heftig, dass es ihn schwindelte. Ein weiterer Schrei stieg in seiner Brust auf.

Welch grausame Wahl: die Chance auf ein Überleben im Tausch dafür, dieses Leben bis zu seiner Neige als hilfloser Krüppel zu verbringen, als Schatten seiner selbst, unfähig, für immer auf die Hilfe anderer angewiesen.

Niemals! Rudolph wusste, wie seine Entscheidung ausfallen würde – er hatte sie bereits getroffen. »Verschwinde!«, fuhr er den Arzt an. »Verschwinde, und lass mich sterben!« Der vollkommen erschöpfte Chirurg reagierte nicht, blieb weiterhin vor seiner Pritsche stehen. »Ich hab gesagt, hau ab! Und nimm dein Schlachterwerkzeug mit.« Panik und Zorn verliehen Rudolphs Stimme eine ungewohnte Wucht.

Noch immer schien der Feldarzt nicht zu begreifen. Ratlos sah er zu dem Colonel hinüber, der resigniert die Schultern hob. »*The Lieutenant would liefer die nor lose a leg.*«

Rudolph ahnte die Bedeutung dieses Satzes, ohne ihn zu verstehen.

»Schick mir den verfluchten Totengräber, wenn du musst, aber verschwinde.« Die Anstrengung hatte seine ganze Kraft gekostet, es gab nichts mehr, was er der Qual entgegensetzen konnte. Mit einem lauten Aufstöhnen sank er zurück auf die Pritsche, sein Magen schien sich nach außen stülpen zu wollen. Er würgte keuchend.

Als er wieder aufsah, bemerkte er, dass der Arzt verschwunden war. Zurückgeblieben war nur McBaird, der ihn ernst und traurig ansah. »*I've no' done ye ony good.* Dein Tod wird schwer auf meiner Seele lasten...«

Hatte der Schotte den Chirurgen fortgeschickt? Hatte er es wirklich fertiggebracht, dass dieser Metzger mit seiner Säge von ihm abließ? Aber hier gab es so viele Verwundete, dass sich wahrscheinlich niemand länger als nötig mit einem verstockten Offizier abgeben wollte, der den Tod der Verkrüppelung vorzog. Angst und Hoffnung fochten einen ungleichen Kampf in Rudolphs Brust aus. Ein Anflug von Schuld, dass er mit dieser Entscheidung so unüberlegt sein eigenes Todesurteil unterzeichnet hatte, überfiel ihn.

Das erneute Anschwellen des Schmerzes entband ihn weiterer Überlegungen. Ein Stöhnen unterdrückend, krümmte sich sein Körper in einem qualvollen Krampf. Da ergriff eine Hand die seine, warm, trocken und tröstlich.

»*Mibbe...*« Wieder schüttelte McBaird den Kopf, in einer

Geste solch tief empfundener Hoffnungslosigkeit, dass sich erneut alles in Rudolph zusammenzog. »Vielleicht, *I can burn the wound* ... die Wunde ausbrennen.«

Doch der Ausdruck in den Augen des britischen Offiziers sagte Rudolph, dass dieser selbst nicht daran glaubte, dass diese Maßnahme helfen würde. Einen Moment lang verharrten beide schweigend in dem Bewusstsein der unleugbaren Gewissheit, dass sie mit dem Chirurgen die letzte Hoffnung auf Rettung abgelehnt hatten.

»*Weel then ... Even death ...*« Der Colonel räusperte sich, »selbst dem Tod tritt man besser mit einem guten Schluck entgegen.« Von irgendwo hatte er eine Flasche hervorgezogen und öffnete sie. Fest packte er Rudolph an den Schultern, setzte ihn auf und drückte ihm die Öffnung an die Lippen. Hart, heiß und scharf bahnte sich der Whiskey den Weg durch seine Kehle. Einen Moment wollte ein weiteres Würgen in ihm aufsteigen.

Mit einem fleckigen Tuch wischte McBaird ihm den Schweiß von der Stirn und sah ihn an. »*I'll bide with you* ... Ich bleibe hier, solange Sie, solange du ...« Seine Augen blitzten. »*Mibbe we can outwit death ...*« Und als er bemerkte, dass Rudolph nicht verstand, fügte er hinzu: »Vielleicht können wir dem Tod ein Schnippchen schlagen – du und ich.«

Die Wirkung des starken Alkohols lullte Rudolph ein. Barmherzige Taubheit breitete sich in ihm aus und nahm der Marter ein wenig von ihrer Schärfe. Zitternd nahm er einen weiteren Schluck, wobei ihm die Hälfte über das Gesicht rann.

Dem Tod ein Schnippchen schlagen ... Diese Finte könnte noch nicht einmal die siegreiche preußische Armee vollbringen.

Kapitel 45

Coblenz, Juli 1822

Das morgendliche Sonnenlicht, das durch das Fenster der kleinen Kammer fiel, warf helle Kringel auf die Bettdecke, die sich unter den regelmäßigen Atemzügen des Schlafenden hob und senkte. Nun, einen Tag nach seiner Haftentlassung, sah ihr Bruder schon nicht mehr ganz so blass und ausgezehrt aus, was Franziska mit Erleichterung zur Kenntnis nahm.

Rudolphs Aussage war es zu verdanken, dass alle Vorwürfe gegen Christian fallen gelassen worden waren und er bis zu seiner vollständigen Genesung eine Woche Urlaub erhalten hatte. Verständlicherweise wollte er diese Zeit nicht bei seinem Onkel verbringen, der ihn lieber seinem persönlichen Vorteil geopfert hätte, als ihm zu helfen. Daher hatte Franziska Therese gebeten, auch ihren Bruder aufzunehmen. Da sie nun nicht mehr im von Rülowschen Hause angestellt war, musste sie schauen, wo sie zukünftig unterkommen und wie sie sich ihren Lebensunterhalt verdienen konnte.

Wie nicht anders zu erwarten, hatte die Freundin eingewilligt, noch bevor Franziska die Bitte ganz ausgesprochen hatte. So bewohnte Christian nun eine kleine Kammer unter der Dachschräge, die er ganz für sich hatte, und schlief die meiste Zeit. Seine Verletzungen heilten gut, und Franziska verspürte unendliche Dankbarkeit, ihn lebend und halbwegs wohlbehalten zurückzuhaben. Gleich nach seiner Freilassung hatte sie einen Brief an ihre Mutter in Cöln geschrieben und ihr von der positiven Wendung der Dinge berichtet.

Langsam stand sie von ihrem Stuhl auf, trat an das Fenster,

und sah durch die milchigen Scheiben auf die Straße hinunter. Es war noch früh am Morgen, aber es herrschte bereits ein reges Treiben. Für eine Weile beruhigte und tröstete sie dieser Anblick ein wenig, aber noch immer gab es etwas, das sie beschäftigte. Trotz des guten Verlaufs der Dinge, trotz der Tatsache, dass die wahren Schuldigen überführt waren und ihr Bruder noch lebte.

So vieles war noch nicht geklärt! Ihr Bruder hatte Geheimnisse, an denen er sie nicht teilhaben ließ, Geheimnisse, von denen sie nichts geahnt und nur durch Zufall erfahren hatte. Was hatte sein plötzlicher Aufbruch nach Cöln zu bedeuten gehabt? Was war mit den seltsamen Fragen, die er ihrer Mutter gestellt hatte? Mit dem Geld, das in seinem Bett gefunden worden war?

»Fanchon...«

Sie wandte sich vom Fenster ab und trat wieder an Christians Bett. Lächelnd stellte sie fest, dass er die Augen aufgeschlagen hatte, sein Blick wieder klar war. »Wie geht es dir?«

»Besser.« Noch immer schien ihn das Reden anzustrengen, seine Stimme klang matt und ein wenig heiser.

»Was kann ich dir bringen? Möchtest du etwas essen oder trinken?«

Christian schüttelte den Kopf. Franziska setzte sich auf die Bettkante und nahm seine Hand. Sie fühlte sich noch immer recht warm an, aber das Fieber war gesunken: Bald würde er wieder bei Kräften sein.

»Therese hat mir erzählt, was du für mich getan hast«, flüsterte er, ohne den Kopf zu heben. »Dafür danke ich dir.«

Statt einer Antwort drückte Franziska behutsam seine Hand.

»Die Schuldigen sind also gefunden.«

»So sieht es aus«, bestätigte Franziska. Noch immer schüttelte es sie, wenn sie daran dachte, dass ihr Bruder um ein Haar wegen der Verbrechen anderer hingerichtet worden wäre. Die

Erinnerung daran machte es ihr schwer, die Fragen zu stellen, die ihr auf der Seele brannten.

»Ich muss zugeben, dass es mir um Bäske nicht leidtut.« In Christians Stimme klang Verbitterung mit, aber auch Erleichterung. Er seufzte, als sei ihm eine Zentnerlast von den Schultern genommen. »Er hat es nicht besser verdient. Er ist ... er war ... mehr als nur ein Verräter an seiner eigenen Sache ... er war ein Schwein!«

Wie mein kleiner Bruder sich verändert hat, ging es Franziska durch den Kopf. Gleichzeitig wunderte sie sich darüber, dass ihr das erst jetzt auffiel: Er war ein Mann geworden. Kaum noch etwas erinnerte an den stillen, sensiblen, beinahe verträumten Jungen, mit dem zusammen sie aufgewachsen war. Die Zeit bei der preußischen Armee hatte ihren Tribut gefordert. Doch letztendlich war er daran gereift und nicht zerbrochen.

»Dabei schwört Henriette von Rülow, Bäske hätte nichts von dem Verrat gewusst«, fuhr sie fort, während ihr das verworrene Geständnis der Offiziersgattin wieder in den Sinn kam, das diese auf dem Weg zurück von der Ruine abgelegt hatte. »Bei all seinen verqueren Vorstellungen von preußischer Macht und Ehre hätte er sich auch nie dazu bereitgefunden, etwas zu tun, das seinem Land Schaden zufügt.« Sie schüttelte den Kopf. Es klang abstrus, aber es ergab dennoch Sinn. »Mit seinem Tun wollte er lediglich die Position des Capitains ins Wanken bringen und seine Geliebte für sich gewinnen. Seltsam, wohin verblendete Leidenschaft einen bisweilen führen kann.«

Christian nickte nur, mit seinen Gedanken schien er weit weg zu sein. Dann sah er Franziska an und lächelte. »Und du? Wie ist es dir bei den Preußen ergangen? Hat sie dir sehr zugesetzt, die Frau von Rülow, als du ihre Schuhe poliert und ihr den Tee serviert hast?«

Franziska überlegte. Zwar verachtete sie die Frau des Capitains wegen ihres ruchlosen Verhaltens, aber eine unangenehme Dienstherrin war sie nicht gewesen. Nie hatte sie ihr Personal herabgewürdigt oder schlecht behandelt. Und das war mehr, als man von manch anderen Damen der gehobenen Gesellschaft sagen konnte. Eine Tatsache, die vielleicht damit zusammenhing, dass sie auch nicht aus diesen Kreisen stammte, sondern – man mochte es kaum glauben – aus dem Zirkus. Irgendwie musste es ihr in ihrer Jugend gelungen sein, den steinreichen von Rülow nicht nur um den Finger zu wickeln, sondern ihn sogar zu einer Eheschließung zu bewegen. Franziska lächelte. Es gab eben gewisse Talente, die sich mit Geld nicht aufwiegen ließen. Wahrscheinlich hatte der Capitain die Gelegenheit ergriffen, seine Heimat im Osten zu verlassen und sich an den Rhein versetzen zu lassen, weil hier die Herkunft seiner Frau nicht allgemein bekannt war.

Für Franziska lag auf der Hand, dass von Rülow und seine Frau keine glückliche Ehe führten. Deren Worte in der Ruine, die nach Überdruss und Einsamkeit geklungen hatten, hallten noch immer in Franziskas Ohren nach. Offenbar hatten der Offiziersgattin ihre – durch die gute Partie erreichte – gesellschaftliche Position und das Vermögen von Rülows nicht ausgereicht. Stattdessen hatte sie nach immer mehr gehungert, nach mehr Zerstreuung, nach mehr Anerkennung, nach mehr Zärtlichkeit … möglicherweise auch nach mehr Geld. All das, schloss Franziska, hatte sie nicht nur in den Ehebruch getrieben, sondern letztendlich auch in den Verrat an ihrem Ehemann und dem Staat, dem dieser diente.

Die Münzen, die Franziska in der Vorratskammer gefunden hatte, gehörten zweifelsohne Henriette von Rülow und waren vermutlich der Judaslohn für ihren Verrat gewesen. Was wiederum die Frage aufwarf, wie sie überhaupt in diese Spionagegeschichte hineingeraten war. Doch musste sich Franziska damit abfinden, dass die letzten Rätsel dieser Angelegenheit womöglich nie gelöst werden würden. Für sie war nur wichtig, dass es ihrem Bruder gut ging und es bald keine Geheimnisse mehr zwischen ihnen gab.

»Da wäre noch eine Sache, die ich nicht verstehe«, begann sie vorsichtig und sah, wie Christian sich ihr zuwandte.

»Dieses Geld, das du in deiner Matratze versteckt hattest, deine freiwillige Meldung zu zusätzlichen Arbeitsstunden am Festungsbau und diese... diese Reise zu unserer Mutter... eine Reise, von der du mir nie auch nur ein Sterbenswörtchen gesagt hast...« Franziska unterbrach sich kurz, als sie bemerkte, wie flehentlich ihre Stimme klang. »Was bedeutet das alles?«

Christian schloss die Augen, seine Haut wurde blass, und mit einem Mal sah er wieder schrecklich krank und elend aus. Eine Gänsehaut lief über Franziskas Rücken, und sie fragte sich, ob sie die Antwort überhaupt wissen wollte. Aber solange sie glaubte, dass ihr Bruder wichtige Geheimnisse vor ihr verbarg, würde sie nicht zur Ruhe kommen.

»Ich hab es einfach nicht mehr ausgehalten, Fanchon. Ich konnte nicht mehr, die alltäglichen Schikanen, der Drill... Feldwebel Bäske, der mich von Anfang an persönlich fertigmachen wollte...«

Eine ungute Ahnung stieg in Franziska auf und zog ihr den Magen zusammen, doch unterbrach sie ihren Bruder nicht.

»Ich dachte, bei der geringen Löhnung, die ich bekomme... da wäre es von Vorteil, mich nach Dienstschluss freiwillig zum Festungsbau zu melden, damit ich etwas Geld zurücklegen kann. Um es vor Bäskes Nachstellungen und Onkel Huberts Habgier zu schützen, hab ich das Ersparte vorsichtshalber in meinem Strohsack versteckt.«

Ein Spatz kam zum Fenstersims geflogen, ließ sich darauf

nieder und drehte neugierig seinen Kopf in alle Richtungen, bevor er wieder flatternd davonstob.

In die Freiheit.

»Zuletzt habe ich dann noch die Goldkette mit Grand-Mères Medaillon verkauft, die Vater mir gegeben hat, bevor er ...« Christian unterbrach sich und sah vor sich auf die Bettdecke.

»Du hast was?« Franziska wusste, wovon er sprach, konnte seine Worte jedoch nicht glauben. Kurz bevor er in die Schlacht aufbrach, von der er nicht zurückkehren sollte, hatte Lucien Berger seinem Sohn ein goldenes Medaillon geschenkt, das er einst von seiner Mutter erhalten hatte. Es zeigte den Heiligen Victor, den Schutzpatron seiner Heimatstadt Marseille, und von diesem Tage an hatte sich Christian nie davon getrennt. Wenn er es tatsächlich verkauft hatte, musste er einen schwerwiegenden Grund dafür gehabt haben.

Franziska wurde schwer ums Herz, als ahnte sie bereits, was als Nächstes käme.

»Maman?«, fragte sie leise. »Als du sie besucht hast, warum hast du sie da nach Vaters Familie in Marseille gefragt?«

Christian hatte die Augen geschlossen, als hätte er nicht die Kraft, seine Schwester anzusehen.

»Ich wollte Maman noch einmal sehen, so wie ich mich auch von dir verabschieden wollte, an dem Abend, an dem sie mich verhaftet haben.«

»Wieso verabschieden?«, fragte Franziska tonlos.

»Ich wollte zu unseren Leuten. Über die Grenze und runter nach Marseille. Ich war so sicher, dass ich es nicht einen Tag länger aushalten würde, in dieser Uniform, unter Bäskes Knute. Jeden Tag diese Preußen zu sehen. Einer von ihnen hat Vater getötet, seinen Traum von Freiheit und Republik zerstört ... Ich konnte einfach nicht mehr, Fanchon!«

Franziska brauchte einen Moment, um zu begreifen. »Du wolltest ... abhauen? Desertieren.« Obgleich sie leise sprach, war ihre Stimme heiser. »Du hast die zusätzliche Arbeit an der Festung auf dich genommen und das Medaillon von Grand-Mère verkauft, damit du genug Geld hast, um es bis nach Südfrankreich zu schaffen ... Und du bist nicht nur deshalb zu Mutter gegangen, um zu erfahren, wo Vaters Verwandte leben ... sondern auch, um sie ... noch einmal zu sehen.«

Christian hob die Schultern. Es wirkte fast wie eine Entschuldigung. »Ich konnte ihr nicht schreiben. Das wäre zu gefährlich für sie gewesen. Und ich wollte nicht, dass sie durch mich in Schwierigkeiten gerät.«

Für einen Moment glaubte Franziska, die Welt um sie herum müsse versinken, als die Wahrheit sich nach und nach in ihr Bewusstsein brannte, ein Gesamtbild ergab, das sie erschütterte. In all den Wochen, in denen sie ihren Bruder kaum zu Gesicht bekommen, in denen er Zusatzdienste beim Festungsbau geleistet und immer so unerträglich müde, erschöpft und mutlos ausgesehen hatte ... In dieser Zeit hatte er heimlich Geld gespart und Pläne geschmiedet, die Armee zu verlassen, außer Landes zu flüchten und sich nach Südfrankreich durchzuschlagen.

»Ich wollte dich nicht in Gefahr bringen. Dich nicht und Mutter auch nicht. Wenn ihr von meinem Vorhaben gewusst hättet ...« Er brach ab, doch Franziska verstand, was er ihr sagen wollte.

Die ganze Zeit über hatte er geschwiegen, um sie und ihre Mutter zu schützen. Deswegen hatte er sich Rudolphs Fragen verweigert und hatte auch von den anderen Militärs, allen voran Bäske, nichts aus sich herausprügeln lassen. Um nichts von seiner geplanten Desertion preiszugeben. Seine Verzweiflung musste so groß gewesen sein, dass er lieber für einen Verrat, den er nicht begangen hatte, vor das Erschießungskommando getreten wäre, als seine Pläne aufzugeben, seine Hoffnung auf Freiheit.

Wie entsetzlich! Und doch, irgendwie auch wie ihr Vater, dachte Franziska wehmütig. Geradlinig und loyal gegenüber seiner Familie, wie auch gegenüber seinen Ideen und Idealen. Eine Weile wusste sie nicht, was sie sagen sollte. Schweigend beobachtete sie, wie sich der Brustkorb ihres Bruders angespannt hob und senkte, als erwarte er eine Entgegnung, irgendeine Reaktion von ihr, vielleicht die Absolution. Diese konnte sie ihm jedoch nicht erteilen ... nicht, wenn zu vermuten stand, dass es ihn zu einer weiteren Dummheit verleiten würde. Einer Dummheit, die ihn womöglich wirklich das Leben kosten würde.

»Nun hör mir mal gut zu, *petit frère*.« Es fiel ihr unendlich schwer, eine Festigkeit in die Worte zu legen, die sie nicht empfand. *Bei Gott, wie gut sie ihn verstehen konnte!* »Das erste Jahr aktiven Dienst hast du doch schon fast geschafft. Nur noch zwei liegen vor dir. Die wirst du auch noch durchstehen, und dann bist du frei ... *frei*, hast du gehört?«

Christian zeigte keine Regung. Stumm und mit geschlossenen Augen lag er in seinem Bett. Er schlief nicht, sondern schien sich abzuschotten, als wolle er nichts sehen und nichts hören, schon gar nicht das, was sie zu ihm sagte. Seine große Schwester, die Stimme der Vernunft.

Franziska wurde übel bei der Vorstellung, ihr Bruder könnte irgendetwas unternehmen, wodurch er gezwungen wäre, jahrelang, vielleicht für immer, als Gejagter zu leben. Er würde sich zeitlebens verstecken müssen, könnte niemals nach Hause zurückkehren, ja vielleicht nie mehr Kontakt zu ihr aufnehmen. Ganz abgesehen davon, was sie mit ihm täten, wenn sie ihn finden und zurückbringen würden. Bittere Galle sammelte sich in ihrem Mund, sie schluckte. »Du wirst nicht desertieren, versprich mir das.«

Noch immer erhielt sie keine Antwort. Eisiges Schweigen lag zwischen ihnen wie ein zäher, dichter Nebel, der sie trotz der räumlichen Nähe voneinander trennte. Gerade, als Franziska glaubte, er sei eingeschlafen, vernahm sie sein Flüstern.

»Und wenn sie mich verpflichten, in einen Krieg zu ziehen? Die Waffe zu erheben, gegen ... gegen Franzosen?« Noch immer hatte er die Augen geschlossen. »Was dann?«

Eine bedrückende Stille senkte sich über den Raum und legte sich auf Franziskas Brust. Ein kalter Schauder lief ihr über den Rücken und ließ sie frösteln.

»Das wird nicht geschehen«, sagte sie leise und eindringlich, fast beschwörend. »Der letzte Krieg ist gerade erst vorbei, also hör auf, darüber nachzudenken.« Doch konnte sie nur beten, dass sie recht behielt. Die Vorstellung, Christian könne genötigt sein, auf die Landsleute seines Vaters, *ihres* Vaters, zu schießen – womöglich auf dessen Kameraden oder gar Verwandte –, war zu absurd, zu unerträglich, um sie auch nur zuzulassen.

Wieder spürte sie diese Zerrissenheit, die das Rheinland und seine Bewohner kennzeichnete, die alten wie die neuen. Halb in dieser Welt, halb in jener stehend, das Herz noch der Vergangenheit verhaftet, den Kopf in der Zukunft. Eine in sich gespaltene Bevölkerung, von der ein Teil nichts mit dem anderen zu tun haben wollte, es vielleicht auch nicht konnte, weil die Unterschiede einfach zu groß waren. *Unüberbrückbar.*

»Und dieser Preuße?«, fragte Christian plötzlich in ihre Gedanken hinein. Sein Tonfall verriet, wie lange er diese Frage schon hatte stellen wollen, wie sehr sie ihn umtrieb.

Franziska erstarrte.

»Leutnant Harten.« Er spuckte den Namen aus, als sei es ein Schimpfwort. »Was hast du mit ihm zu schaffen?«

»Er ist ...« Franziska zögerte. Wie konnte sie ihrem Bruder

von der Verwirrung erzählen, die in ihrem Herzen jedes Mal entstand, wenn sie an Rudolph dachte. Von der Dankbarkeit, die sie empfand, wenn sie sich bewusst machte, was er aufs Spiel gesetzt hatte, um Christian zu retten. Von dem Gefühl seiner Lippen auf ihren.

»Er ist...« Nur stockend kamen die Worte über Franziskas Lippen. Es war das erste Mal in ihrem Leben, dass sie ihren kleinen Bruder belog. Aber sie konnte ihm nicht die ganze Wahrheit sagen, also musste er sich mit Teilen davon zufriedengeben. »Leutnant Harten hat mir geholfen, als ich ihn brauchte, um deinen elenden Dickkopf zu retten. Auch wenn du es nicht wahrhaben willst: Die Tatsache, dass du nicht mehr in einer Zelle sitzt und auf das Erschießungskommando wartest, verdankst du vor allem ihm.«

»Schläfst du mit ihm?«

Wie unter einem Schlag fuhr Franziska zusammen. Die Offenheit der Frage erschreckte sie, noch mehr aber die darunter verborgene, schwelende Verzweiflung. Die Angst ihres Bruders, er könnte sie an einen Preußen verloren haben. Er könnte ihr nicht mehr vertrauen, weil sie einem Feind, *seinem* Feind, das Bett wärmte. Einem seiner Vorgesetzten, der bereit gewesen wäre, ihn für die Sicherheit seiner Festungsanlage dem Gericht zu übergeben.

»Nein«, brachte sie schließlich hervor und spürte, wie trocken ihr Mund plötzlich wurde. »Ich schlafe nicht mit ihm. Ich habe...« Sie zögerte, wissend, dass das, was sie nun hinzufügen würde, eine weitere Lüge war. »Ich hab dir doch gesagt, dass ich ihn gebraucht habe, um dich da rauszuholen. Er...«

»Liebst du ihn?«

Deutlich hörbar stieß Franziska die Luft aus. Sie zitterte. Alles in ihr sträubte sich, der Wahrheit ins Gesicht zu sehen, zugleich wehrte sie sich dagegen, noch eine Lüge auszusprechen.

»Sag schon, liebst du diesen Preußen?«

In Christian Blick lag ein Flehen, eine solch verzweifelter Zorn, dass sie es nicht über sich brachte, ihn zu verletzten. Nicht, wo es ihm so schlecht ging, nicht, nach alldem, was er hinter sich hatte. Es würde sich die Gelegenheit finden, ihm alles zu erklären, aber nicht jetzt.

»Nein«, sagte sie schließlich. »Ich liebe ihn nicht.«

Und mit einem Mal wusste Franziska, wie es sich anfühlte, eine Verräterin zu sein.

Doch das Einzige, was derzeit zählte, war, dass Christian lebte, Vernunft annahm und sich nicht wiederum in Gefahr brachte.

Offenbar hatte ihre Antwort ihn tatsächlich beruhigt. Der schmerzverzerrte Ausdruck war aus seinem Gesicht gewichen, nur noch eine unbestimmte Unruhe, ein leise schwelendes Misstrauen lag darin.

Alles in Franziska sehnte sich danach, dieses zu vertreiben, sie wünschte sich den sensiblen, fröhlichen Jungen zurück, der ihr Bruder einmal gewesen war, bevor sein Onkel ihn zu einem Knecht degradiert, bevor die preußische Armee ihn in den Fingern gehabt hatte.

Je t'aime, Fanchon.

Sie lächelte stumm und legte ihm den Finger auf den Mund. »Sei still, du musst dich ausruhen.«

Mit einer entschiedenen Geste schob Christian die Hand beiseite. Eine andere Frage schien ihm auf der Seele zu brennen. So heftig, dass er stöhnend versuchte, sich aufzurichten, um seiner Schwester dabei in die Augen zu sehen. »Und wenn ich es doch tue ...« Er senkte die Stimme. »Desertieren, meine ich. Wenn ich keinen anderen Ausweg sehe. Wirst du mich dann verraten? Bei deinem Leutnant...? Wirst du mich ans Messer liefern?«

Ein Grauen packte Franziska bei der Erkenntnis, dass er weiterhin an seinen Fluchtplänen festhielt. Und dass er ihr misstraute, immer noch, grundlegend. Dass er glaubte, eine amouröse Verstrickung zu einem Ingenieuroffizier der Preußen könnte sie dazu verleiten, ihn zu verraten.

Ihre Stimme klang belegt, als sie antwortete und zugleich seine Hand ergriff, wie zu einem Schwur. »Nein, das werde ich nicht. Ich verspreche es dir.« *Aber ich bete von ganzem Herzen darum, dass du es nicht tust.*

Dann ließ sie Christians Hand jäh los, so als hätte sie sich daran die Finger verbrannt, und sprang auf. Ein Schwindel packte sie, als sich die Erleichterung nach dem ausgestandenen Schrecken, der Angst und Verzweiflung der vergangenen Wochen mit der neuen Erkenntnis mischte, dass doch noch nicht alles vorbei war, es vielleicht auch nie wirklich vorbei sein würde, und dass noch immer etwas zwischen ihr und ihrem Bruder stand. Etwas oder jemand. Jemand, der ihr in der letzten Zeit wesentlich näher gekommen war, als gut für sie war, und der doch... Rasch nahm sie das leere Glas und den Krug vom Tisch und wandte sich um. »Ich bringe dir frisches Wasser und ein Frühstück. Ich bin gleich zurück.«

Sie stolperte fast, als sie zur Tür eilte, begierig darauf, den Raum zu verlassen, und blieb abrupt stehen, als sie sich Rudolph gegenübersah. Alle Farbe wich aus ihrem Gesicht, als sie den Ausdruck in seinen Augen bemerkte. Kalt, zornig, unnahbar. Großer Gott! Wie lange stand er schon da?

Und vor allem: Was hatte er alles mitgehört?

Kapitel 46

Rudolph verharrte regungslos in der Tür. Mit eisigem Blick musterte er Franziska so lange, bis sie es nicht mehr aushielt und einen Schritt nach hinten machte, um ihn einzulassen. Dann trat er wortlos in die kleine Dachkammer, schaute kurz über die einfache, aber saubere Einrichtung, bis er schließlich Franziskas Bruder ansah. Christian war blass, doch zeichneten sich rote Flecken auf der hellen Haut ab. Eine Mischung aus Erschrecken, Trotz und Angst stand in seinem Gesicht geschrieben. Dennoch senkte er weder den Blick noch machte er Anstalten, den vorgesetzten Offizier zu begrüßen.

Einem Impuls folgend stellte sich Franziska vor das Bett, als wolle sie versuchen, Christian allein mit ihrem Körper vor dem stummen Zorn zu schützen, den Rudolphs Miene und seine ganze Haltung ausstrahlten.

»Für das, was hier besprochen wurde, könnte ich eine Arretierung anordnen lassen.«

Der Leutnant hatte leise gesprochen, und doch dröhnten seine Worte lauter als ein Trommelwirbel in Franziskas Kopf wider.

Christian schien immer mehr in sich zusammenzusinken, aber der Ausdruck trotzigen Widerstands blieb.

Langsam wandte Rudolph den Kopf und sah Franziska an. Seine Augen waren zu Schlitzen verengt. Enttäuschung und unterdrückte Verbitterung las sie darin. »Die ganze Zeit über habe ich Ihnen vertraut, Fräulein Berger. Das war ein Fehler, wie ich nun weiß.«

Die förmliche Anrede, die plötzliche Distanziertheit schüchterte Franziska stärker ein als die Angst vor einem Wutausbruch. Sie grub die Hände in den Rock ihres Kleides und senkte die Augen. *Was hatte sie nur gesagt? Was davon hatte er gehört?*

Dass er ihr gleichgültig wäre. Dass sie ihn nur benutzt hätte und nichts für ihn empfinde ... Grundgütiger Gott! Er musste doch wissen, dass das nicht der Wahrheit entsprach, er musste doch spüren, wie sehr sie ihn liebte. So sehr, dass es wehtat.

»Es stimmt anscheinend doch, was man sich in ganz Preußen über die neuen Provinzen am Rhein und ihre Bewohner erzählt«, sagte Rudolph rau. »Ihr seid ein treuloses, verräterisches Volk ohne Ehre, das nur an seinen eigenen Vorteil denkt und dabei auch nicht vor Lügen und Betrug zurückschreckt.«

Jedes seiner Worte schmerzte, und wäre nicht ihr Bruder im gleichen Raum gewesen, verletzt und gebrochen – vielleicht hätte Franziska dann die Kraft gefunden, etwas zu erwidern, Rudolph darzulegen, wie es wirklich war.

»Eine Weile hatte ich beinahe geglaubt ...« Er unterbrach sich und ließ den Rest des Satzes unausgesprochen. »Aber ich habe mich geirrt.«

Einen Moment blieb er vor Franziska stehen und sah sie an. Fragend, so als wolle er ihr Gelegenheit geben, sich zu erklären, ihm zu versichern, dass alles nur ein Missverständnis sei. Doch sie schwieg.

»Nun, wenn das alles ist, dann gibt es hier nichts mehr für mich zu tun. Ich werde den neuen Feldwebel, der an Bäskes Stelle tritt, über den Stand der Dinge in Kenntnis setzen. Er soll ein Auge auf diesen Verräter haben.«

Noch einmal glitt sein Blick über ihr Gesicht. Sie las seinen Schmerz darin, die tiefe Verletzung, die sie ihm zugefügt hatte. Dann wandte er sich um und ging aus der Tür. Um ihren Bruder zu melden. Um vielleicht nie mehr zurückzukehren – zurück zu ihr. Wie ein Blitz durchzuckte sie diese Erkenntnis, und plötzlich kam wieder Leben in sie. Stolpernd eilte sie ihm nach und fasste nach seiner Hand. »Das wirst du doch nicht tun? Du wirst ihn doch nicht verraten? Nicht nach dem, was zwischen uns ...«

Rudolph entzog ihr die Hand, und sein Blick brachte sie zum Schweigen. Im schattigen Flur wirkten seine Augen fast schwarz. »Der Pionier hat gestanden, dass er vorhatte, die Armee des Königs aufs Schändlichste zu verlassen. Wollen Sie, dass ich meinen Eid breche, der mich an Seine Majestät bindet, indem ich das verschweige und eine Desertion zulasse?«

Nein!, hätte Franziska am liebsten geschrien. *Alles, was ich will, ist, dass du mich ansiehst, richtig ansiehst und mir zuhörst.* Doch sie brachte kein Wort heraus. Und sie wusste, dass er ihr Schweigen als zusätzliches Schuldgeständnis deuten musste.

»Und Sie, Mademoiselle, Sie haben Ihrem Bruder Ihr Wort gegeben, seinen Frevel zu decken.« Er schloss kurz die Augen, bevor er gepresst fortfuhr: »Oder wollen Sie das bestreiten?«

»Verraten Sie ihn nicht, Herr Leutnant.« Es tat Franziska weh, Rudolph so förmlich anzusprechen, als wäre nie etwas zwischen ihnen gewesen, als wäre er tatsächlich der Feind, für den sie ihn zu Beginn gehalten hatte. »Ich bitte Sie inständig darum.«

»Was mit dem Pionier geschieht, entzieht sich nun meinem Einfluss. Ich wünsche Ihnen einen guten Tag. Leben Sie wohl, Fräulein Berger.«

Damit wandte sich Rudolph um und stieg die schmale Holztreppe hinunter.

Jeder Schritt seiner Stiefel dröhnte im morgendlichen Flur nach.

Kapitel 47

»Sicher wissen Sie, weshalb ich Sie herbestellt habe, Leutnant Harten.«

Die Stimme Capitain von Rülows troff von Wichtigkeit – doch entging Rudolph nicht die Anspannung, eine leichte Vibration von Unsicherheit, die darin mitschwang. Einen Moment war er versucht, eine provozierende Antwort zu geben, entschied sich jedoch anders. »Ich nehme an, es geht um die Dokumente, Pläne und Berechnungen, die Ihnen gestohlen wurden.«

»In der Tat, Herr Leutnant, in der Tat...« Die Hände hinter dem Rücken verschränkt, begann der Capitain, auf und ab zu marschieren. Die geöffneten Fenster seines Bureaus in der Münzkaserne boten einen atemberaubenden Ausblick auf den Rhein, die Moselmündung und die Silhouette der gegenüberliegenden Stadt Coblenz.

Das Schweigen, das folgte, dauerte so lange an, dass Rudolph sich schließlich genötigt fühlte, das Gespräch wieder in Gang zu bringen.

»Wie werden Sie nun weiter verfahren, Herr Capitain?«

Es kostete ihn Mühe, seinen Vorgesetzten anzuschauen. Beinahe körperlich glaubte er, die Scham zu spüren, die dieser empfinden musste. Immerhin hatte er *ihn* die ganze Zeit über falschen Verdächtigungen ausgesetzt und ihn dies allzu deutlich spüren lassen. Und um allen Peinlichkeiten die Krone aufzusetzen, hatte dann ausgerechnet Rudolph Henriette von Rülow in einer höchst verfänglichen Situation ertappt, als Ehebrecherin und Verräterin. In diesem Moment wollte Rudolph nicht in der Haut dieses Mannes stecken.

»Nun...« Von Rülows Blick flackerte, als er die Brille von der Nase nahm und begann, die Gläser mit einem Tuch zu säubern. »Es freut mich, Ihnen mitteilen zu können, dass es sich um ein Missverständnis handelte«, fuhr er fort, als er sie umständlich wieder aufsetzte.

»Ein... Miss-ver-ständ-nis?« Rudolph war so überrumpelt, dass er jede Silbe einzeln hervorbrachte, und versuchte, sich einen Reim auf das Wort zu machen, das in seinen Ohren keinen Sinn ergab.

»Ja, Herr Leutnant, wie gesagt, ein Missverständnis.« Noch immer vermied es der Capitain, ihm direkt in die Augen zu sehen. »Es hat sich gezeigt, dass...«, er räusperte sich, ehe er fortfuhr, »dass nie ein Diebstahl stattgefunden hat und die Dokumente sich die ganze Zeit über... wie soll ich sagen... nun ja, in meinem Haus befunden haben. In der Stadt.« Er machte eine vage Bewegung in Richtung der gegenüberliegenden Rheinseite, schaute jedoch noch immer nicht zu Rudolph hinüber.

Fassungslosigkeit und Unverständnis mischten sich in Rudolphs Kopf, während ihm allmählich aufging, worauf sein Vorgesetzter hinauswollte.

»Es ist wohl meiner eigenen... ehm... Nachlässigkeit anzulasten, dass ich einige Unterlagen abends mit nach Hause genommen habe, um sie nach dem Diner ein weiteres Mal zu studieren, und die Dokumente dann dort... Sie verstehen...«

Rudolph verstand überhaupt nichts. Das hieß, er begriff sehr wohl, was von Rülow sagen wollte, welche Rolle er zu spielen gedachte. Doch verstand er nicht, wie sein Vorgesetzter die Unverfrorenheit an den Tag legen konnte, einen solch schwerwiegenden Fall von Spionage, Geheimnisverrat und zuletzt sogar den tödlich endenden Unfall zu vertuschen suchte.

»Nein, ich fürchte nicht, Herr Capitain«, brachte er mühsam beherrscht hervor, »Sie müssen es mir erklären.«

Wieder räusperte sich von Rülow und wischte sich fahrig mit dem Unterarm über die Stirn. Dann rang er sich ein Lächeln ab, das deutlich machte, dass er gerade die Rolle wechselte: Aus dem jovialen, großherzigen Vorgesetzten wurde der Mann, den die eigene Gattin hinters Licht geführt und dem sie zudem Hörner aufgesetzt hatte. »Ich denke, ich muss mich bei Ihnen entschuldigen, Premierlieutenant.«

Rudolph schluckte. Mit dieser Masche hatte er nicht gerechnet. Da er aber ahnte, was als Nächstes kommen würde, wartete er schweigend ab.

»Habe ich doch die ganze Zeit über geglaubt ... nun ja, Sie wissen ja, ich hatte den Verdacht, Ihnen sei nicht zu trauen. Sie hätten womöglich Ihre ... Ihre Finger in krummen Geschäften ... mit den Franzosen, Sie wissen, was ich meine?«

Rudolph wusste es. Er wusste es so gut, dass ihm die Zornesröte ins Gesicht schoss und es ihn Mühe kostete, nicht hörbar mit den Zähnen zu knirschen.

Der Capitain setzte ein gezwungenes Lächeln auf, Schweißperlen standen ihm auf der Stirn, doch er spielte seine Rolle weiter: »Umso besser, dass sich die ganzen unseligen Verdächtigungen als haltlos erwiesen haben und ich Ihnen sagen kann, dass Ihr Ruf vollständig wiederhergestellt ist.«

Wenn Rudolph in der Position dazu gewesen wäre, hätte er gebrüllt, dass ihn sein verfluchter Ruf nun auch nicht mehr schere, nachdem ein Mann zu Tode gebracht worden war und ein zweiter, ein Unschuldiger noch dazu, grausam gefoltert und wegen Intrigen und Falschaussagen beinahe hingerichtet worden wäre. Doch so blieb ihm nur ein eisiges Schweigen, seine demonstrative Weigerung, auf das beifallheischende Gebaren seines Vorgesetzten zu reagieren.

Als von Rülow dies begriff, veränderte sich seine Miene. Der leutselige Ausdruck verschwand und wich einer Mischung aus Unsicherheit und Distanziertheit.

»Ach ja, bevor ich es vergesse, Herr Leutnant«, ergriff er nach einer Weile wieder das Wort. »Dieser andere kleine Zwischenfall, bei dem Sie meine Gattin freundlicherweise aus einer recht ... hm ... misslichen Lage gerettet haben ..., der bleibt am besten unter uns Ehrenmännern, ja?«

Ein Zwischenfall, bei dem seine – wie er andeutete – hilflose Gattin gerettet werden musste? Rudolph spürte, wie seine Muskeln sich anspannten.

»Nun, Herr Leutnant, ich wäre Ihnen zu Dank verpflichtet, wenn das nicht an die Öffentlichkeit dringen würde. Privatangelegenheiten, wissen Sie ... und das sensible Gemüt meiner Frau hat durch die jüngsten Vorfälle bereits genug gelitten.«

Das sensible Genick seiner Frau würde wohl sehr bald in einer Schlinge stecken, sobald das ganze Ausmaß ihrer Taten ans Tageslicht käme, dachte Rudolph. Noch dazu wäre es um den Ruf und die Karriere des Capitains geschehen.

»Und der Tod Feldwebel Bäskes?«, fragte er. »Was gedenken Sie in dieser ...«

»Feldwebel Bäske wurde das Opfer seiner eigenen sündhaften Triebhaftigkeit. Ein Mann seines geringen Standes, der versucht hat, sich an der Frau eines hochrangigen Offiziers zu vergehen ...« Von Rülows Antwort kam so prompt, dass Rudolph keine Gelegenheit hatte, seine Frage zu Ende zu führen.

Vergehen? Rudolphs Erschütterung war so groß, dass es ihm für einen Moment die Sprache raubte. So sollte also die

Wahrheit vertuscht werden, mit der Behauptung, der Feldwebel sei in Notwehr ums Leben gekommen, als sich Henriette von Rülow vor einer Vergewaltigung schützen musste?

Die nächsten Worte von Rülows bestätigten seinen Verdacht. »Unfassbar, was sich dieser Kerl herausgenommen hat. Der Tod ist da noch eine allzu gnädige Strafe.« Der Capitain hob die Stimme und machte damit deutlich, dass er keinen Widerspruch duldete.

Bitterkeit stieg in Rudolph auf. So waren sie, diese Junker, diese Adeligen und vornehmen Gutsbesitzer. Sie glaubten, allein mit ihrer Autorität die Welt so zurechtbiegen zu können, wie es ihnen passte, ihre Macht dazu missbrauchen zu können, die Wahrheit zu ihren Gunsten zu verdrehen. Ähnliche Szenen aus seiner Kindheit fielen ihm ein. Szenen, in denen er ohnmächtig dabei gestanden und mit angesehen hatte, wie Männer wie von Rülow über Abhängige angeblich Recht sprachen. Recht, das oft genug himmelschreiendes Unrecht gewesen war. Vielleicht war die Französische Revolution doch nicht so falsch gewesen, wie er stets gedacht hatte.

Erschrocken über diese aufrührerischen Gedanken, zwang Rudolph sich dazu, wieder in die Gegenwart zurückzukehren.

Ganz so einfach wollte er den Capitain nicht davonkommen lassen.

Allerdings fehlten letztendlich die Beweise. Es würde Aussage gegen Aussage stehen, Rudolphs Wort gegen das seines Vorgesetzten und dessen Gattin. Franziska würde man ohnehin für befangen erklären, und es gehörte nicht viel Phantasie dazu, um sich vorzustellen, wem man letztendlich Glauben schenken würde.

Langsam atmete Rudolph aus und zwang sich, seine Gedanken zu ordnen. Ein Teil von ihm, der aufrichtige und ehrliche mit einem Sinn für Klarheit und Gerechtigkeit, drängte danach, der ganzen Welt die Wahrheit ins Gesicht zu schleudern: dass geheime Pläne gestohlen worden waren, und zwar von der Frau eines der leitenden Ingenieuroffiziere und deren Liebhaber, einem altgedienten Feldwebel der preußischen Armee. Und dass das Ganze, nachdem diese Machenschaften aufgedeckt und die Schuldigen überführt worden waren, nun auch noch vertuscht werden sollte.

Alles, wovon Rudolph überzeugt war, alles, woran er glaubte, sträubte sich dagegen, eine solche Ungeheuerlichkeit auch nur in Betracht zu ziehen. Irgendwo musste es doch so etwas wie Gerechtigkeit geben. Dafür stand dieser Staat, an den Rudolph glaubte, die Armee, der er diente. Und dafür hatte sein Förderer Gneisenau sich von jeher stark gemacht, auch wenn es ihm letztlich nicht gedankt wurde.

Ein anderer Gedanke schob sich dazwischen. Und obwohl er nicht einmal wusste, warum er sich für diesen treulosen Burschen überhaupt einsetzen sollte, hatte er ihn bereits ausgesprochen. »Der Pionier Berger«, rief er dem Capitain in Erinnerung, »wurde wochenlang unter schärfsten Bedingungen inhaftiert und verhört.« *Fast wäre er dabei zu Tode gekommen.* »Wegen eines Verbrechens, das – wie Sie gerade erklärt haben – nie stattgefunden hat. Aufgrund eines angeblichen Diebstahls, der sich nun lediglich als Folge Ihrer eigenen Zerstreutheit herausstellt.« Rudolph blieben beinahe die Worte, mit denen er von Rülows offensichtliche Lüge aufgriff, in der Kehle stecken. »Meinen Sie nicht, Herr Capitain, dem Jungen gebührt eine Wiedergutmachung, wenn nicht gar eine Entschuldigung?«

»Entschuldigen?« Von Rülows Fassungslosigkeit mischte sich mit Zorn. »Eine Entschuldigung gegenüber einem ... einem ...« Er unterbrach sich, doch Rudolph wusste, was er damit sagen wollte. Wie käme der Freiherr von Rülow dazu, sich bei einem dahergelaufenen Soldaten, der gesellschaftlich derart weit unter ihm stand, zu entschuldigen?

Rudolph nickte. »Das wäre nur recht und billig, Herr Capitain.«

Hinter der Stirn von Rülows arbeitete es. Langsam wich der Zorn aus seinem Gesicht, der Ausdruck des Erkennens machte sich darauf breit. Er wusste, wie nahe er am Abgrund stand. Er und auch seine Frau.

»Also gut. Drei Wochen Sonderurlaub für den Burschen, damit er bald wiederhergestellt und diensttauglich ist. Und …«, fuhr er mit einem Blick auf Rudolph fort, der ihn noch immer mit unnachgiebiger Miene anstarrte, »ich werde dafür sorgen, dass er in nächster Zeit von jeglichen zusätzlichen Arbeiten freigestellt wird.«

»Ist das alles?«, fragte Rudolph.

»Was denn noch?« Von Rülow hatte Mühe, sich zu beherrschen.

»Seit Beginn seiner Dienstzeit wurde Berger von Feldwebel Bäske vorsätzlich schikaniert und gedemütigt. Ein solches Verhalten widerspricht ganz und gar dem Reglement im Umgang mit Wehrpflichtigen, wie Sie sicher wissen. Nicht davon zu reden, was er mit dem Pionier während der Haft angestellt hat. Der Gefangene hat die Hölle erlebt, und …«

»In Ordnung«, zerschnitt der Capitain das Wort. »Ich werde mich darum kümmern, dass er auf einen anderen Posten versetzt wird. Vielleicht als Bursche einer meiner Offiziere, dann kann er meinetwegen den halben Tag auf der faulen Haut liegen.«

Rudolph zog die Augenbrauen hoch, wusste er doch, dass diese Beschreibung die Verantwortlichkeiten eines Offiziersburschen nur höchst unzulänglich traf. Aber er nickte. Mehr würde er für den Jungen nicht herausschlagen können.

Warum tat er das überhaupt? Er war dem Pionier Berger wahrlich zu nichts verpflichtet.

»Sind Sie nun zufrieden, Herr Leutnant?« Von Rülows Stimme riss ihn aus den Überlegungen.

Nein, er war nicht zufrieden. Er war alles andere als zufrieden. Hier wurden Recht und Gerechtigkeit gebeugt, der Wahrheit ins Gesicht gelacht, und er konnte nichts dagegen tun. Wieder dachte er an Christian Berger, wie knapp dieser dem Tod entronnen war ... dass es aber ein anderes Vergehen gab, dessen dieser sich tatsächlich hatte schuldig machen wollen und auch jetzt nicht davon abließ. *Desertion*. Vielleicht war es tatsächlich besser, wenn die ganze Angelegenheit hier und jetzt zu einem Ende kam. Selbst wenn die Gerechtigkeit dabei ein weiteres Mal auf der Strecke blieb.

»Nun denn, Herr Leutnant«, sagte von Rülow, bereits wieder in seiner Rolle als der joviale Vorgesetzte, »natürlich sollen Sie sich all Ihre Mühen nicht völlig umsonst gemacht haben. Bitte erlauben Sie mir, dass ich Ihnen für Ihr *Entgegenkommen*...«, die Art und Weise, wie der Capitain dieses Wort aussprach, zeigte an, dass er es durchaus doppeldeutig meinte, »dass ich Ihnen einen besonderen Dank überreiche. Sehr exklusiv, wie ich betonen möchte.«

Er wies mit der Hand auf einen kleinen Beistelltisch, und erst in diesem Moment bemerkte Rudolph, dass darauf eine Flasche Wein und eine weitere mit teurem Whiskey standen sowie eine recht ansehnliche Kiste mit – wie es aussah – allerbesten Zigarren aus Übersee. Ein Bestechungsversuch!

Rudolph spürte den bitteren Geschmack von Galle in seinem Mund, besaß jedoch genügend Selbstbeherrschung, um nicht vor seinem Vorgesetzten auszuspucken. Was dachte dieser Mann von ihm? Glaubte er, nur weil Rudolph in ärmlichen Verhältnissen aufgewachsen war, besäße er kein Ehrgefühl –

oder wäre zu einfältig, um zu merken, wann er manipuliert werden sollte?

Voller Abscheu starrte Rudolph die teuren Geschenke auf dem Beistelltisch an. Er war so wütend, dass er kaum einen klaren Gedanken fassen konnte. Er wollte von Rülow packen und schütteln, seinen Kopf gegen die Wand schlagen und ihm ein für alle Mal klarmachen, was er getan hatte: Der Capitain hatte entgegen dem Reglement einen unschuldigen Mann tagelang brutal verhören lassen. Zudem hatte er einen seiner Offiziere grundlos der Mitwisserschaft oder gar Mithilfe zum Verrat bezichtigt. Und jetzt wollte er die Wahrheit vertuschen.

»Nun, Herr Leutnant, möchten Sie sich einen schönen Abend machen ... oder auch zwei?« Einladend wies von Rülow auf die kostbaren Gaben.

Auch wenn Rudolph unsicher war, wie er sich in dieser Situation am besten verhalten sollte, stand jedoch eines außer Frage: Er war nicht käuflich. »Danke, Herr Capitain, aber ich rauche nicht, und bei diesen Temperaturen würde mir der starke Whiskey nur zu Kopf steigen...« Ohne ein weiteres Wort zu verlieren oder dazu aufgefordert worden zu sein, salutierte er und verließ den Raum.

*

Rudolphs Anspannung hatte sich noch nicht gelegt, als er in das Rheingässchen einbog, um dort seine kleine Wohnung aufzusuchen. Er brauchte einige Augenblicke für sich allein, bevor er in der Lage wäre, der Einladung Capitain von Huenes zu folgen, der seine Ingenieuroffiziere zu einem Umtrunk ins Offizierscasino bestellt hatte.

Kaum hatte er die Tür aufgestoßen, warf er auch schon Tschako, Degen und Rock auf das Bett, humpelte zu der Kommode und schenkte sich etwas Branntwein ein. Dann trat er ans Fenster und blickte grimmig hinaus auf die Straße.

Seine Feste war gerettet, die Verschwörer unschädlich gemacht. All das, worum er die vergangenen Wochen über so verbissen gekämpft hatte, war erreicht. *Er* hatte es erreicht ... er selbst. Doch statt der zu erwartenden Erleichterung verspürte er nur Verbitterung und einen unendlich schmerzhaften Verlust.

Capitain von Rülow, der so versessen auf die Aufarbeitung dieses Falles gedrängt hatte, dass er sogar vor Betrug und Folter nicht zurückgeschreckt war, stellte sich nun vor die wahre Schuldige. Zwar war Rudolphs Lebenswerk nun außer Gefahr, doch sein Sinn für Recht und Gerechtigkeit sträubte sich mit aller Macht gegen diese billige, alle Wahrheit verhöhnende Lösung.

Und Franziska? Dieses intrigante, ausgefuchste Weibsbild hatte ihn die ganze Zeit hintergangen, ihn belogen, ihm etwas vorgemacht! Und er? Er war so dumm gewesen, ihr tatsächlich zu glauben. Zu glauben, dass sie ein gemeinsames Ziel vor Augen hätten, ja, dass sie tatsächlich etwas für ihn empfände... In Wirklichkeit war es ihr nur darum gegangen, ihren Bruder zu retten. Zu diesem Zweck hatte sie ihn schamlos ausgenutzt. Nun war diese gewissenlose Rheinfranzösin auch noch bereit, die beabsichtigte Desertion ihres Bruders zu decken. *Wie konnte er nur ...* Er stieß einen ebenso wütenden wie verzweifelten Schrei aus.

»Jrundjütija, der Herr Leutnant!«

Erschrocken fuhr Rudolph herum. Einige Schritte hinter ihm stand Fritz, der gerade aus der kleinen Nebenkammer getreten sein musste. Wassertropfen rannen ihm über das Gesicht, mit einem Handtuch rubbelte er seine Haare trocken. In seiner Miene zeichnete sich Erstaunen ab. Offensichtlich hatte er seinen Offizier nicht kommen hören.

»Fritz!« Rudolph versuchte sich zu fassen, sich seinen aufgebrachten Zustand nicht anmerken zu lassen. »Du bist wieder zurück?«

»Sieht janz so aus, Herr Leutnant. Just vor eener Stunde. War jrade dabei, mir 'n Staub von de Reise abzuwaschen und mich ordentlich anzuziehen, und dann hab ick Lärm jehört...«

Seine Augen zogen sich zusammen. »Ärjer jehabt, Herr Leutnant?«

»Nichts von Bedeutung.« Unwirsch schüttelte Rudolph den Kopf, zornig darüber, dass er sich derart hatte gehen lassen, und mehr noch, dass jemand Zeuge seines Gefühlsausbruchs geworden war. »Wie steht es um deine Mutter?«

Fritz strahlte. »Der jeht's wieder janz manierlich, Herr Leutnant. Is'm Tod noch mal von de Schippe jehopst, wie man so schön sagt. Hat sich so jefreut, ihren lang vermissten Sohn wiederzusehen, dat se sich jlatt ufm Krankenbett ufjesetzt hat.«

»Das ist schön zu hören«, brummte Rudolph.

»Und mit der großzüjijen Löhnung, den der König unsereins zahlt, hab ick ihr noch wat Kräftijendes zu essen jekoft.« Bei der Ironie seiner eigenen Worte musste Fritz grinsen. »Und inzwischen kann se sojar wieder ufstehn. Se müsste sich eenfach mehr schonen, jlob ick. Zwölf Kinder ... un die janze Arbet.«

Rudolph schluckte trocken. Er wusste, wovon sein Bursche sprach, kannte diese Verhältnisse doch nur zu gut aus eigener Anschauung.

»Umso mehr freue ich mich, dass es deiner Mutter nun besser geht«, sagte er ein wenig heiser.

Einen Moment zögerte er, dann trat er einen Schritt vor und legte Fritz, den er um Haupteslänge überragte, die Hand auf die Schulter. »Sicher ist sie sehr stolz auf dich.«

Überrascht über diese persönlichen Worte sah Fritz ihn an und nickte dann.

Rudolph presste die Kiefer zusammen. Offensichtlich hatte die Nähe zu dieser jungen Frau schon Spuren in seinem Verhalten hinterlassen.

Franziska ... *Verflucht.* Dabei hatte er sich geschworen, nicht mehr an sie zu denken.

»Verzeih'n Se meene Offenheit, Herr Leutnant. Aber et sieht janz so aus, als hätten Se mehr als nur Ärjer jehabt. Da lastet Ihnen doch wat janz jewaltich uf de Seele.«

Der Anflug von Anteilnahme, den sein Offizier gezeigt hatte, schien Fritz' Redseligkeit neue Nahrung zu geben.

»Um meine Seele kümmert sich schon der Garnisonspfaffe«, gab Rudolph zurück. *Da brauche ich nicht noch einen, der darin herumwühlt,* fügte er in Gedanken hinzu.

Der Bursche ließ ein kaum hörbares Pfeifen vernehmen und murmelte daraufhin etwas, das wie »Oh, oh, hab ick ja jleich jesagt« klang.

Rudolphs Augen verengten sich. Doch er verzichtete auf eine Rüge und ging stattdessen steifbeinig zur Anrichte und goss sich erneut ein.

»War ja mächtich wat los jewesen, Herr Leutnant, hier in der Stadt, als ick wech war.«

Ein Blick aus den Augenwinkeln zeigte Rudolph, dass sein Bursche das Handtuch beiseitegelegt hatte und sich daranmachte, die kleine Wohnung in Ordnung zu bringen, was ihn jedoch nicht daran hinderte, unentwegt weiterzureden.

»De Spatzen pfeifn's von allen Dächern, und zwar so laut, dat et mir im Jehör dröhnt.« In gespieltem Ernst presste Fritz die Handballen auf seine nicht gerade klein zu nennenden und beinahe rechtwinklig vom Kopf abstehenden Ohrmuscheln.

Rudolph ahnte, dass er gerade einen eigens für ihn hinge-

worfenen Köder schluckte, ging aber trotzdem darauf ein.
»Was meinst du damit?«

Fritz' Grinsen wuchs in die Breite. »Beim Capitan von Rülow muss et janz schön jekracht ham, erzählen se sich. Seen holdet Weib, det jar nich so hold is, soll sich außerhäusig verjnügt haben ... weil's ihr mit ihrm Alten wohl 'n bisschen langweilich war.«

Das war wieder einmal typisch für Fritz. Kaum ein paar Stunden zurück im Lande, und schon hatte er den neuesten Tratsch und Klatsch aufgesammelt. »Du solltest dich als Spion beim Geheimdienst anwerben lassen, mit deinen riesigen Ohren.«

»Nich wahr, det wär doch wat für meenerener, Herr Leutnant. Na ja, de kleenen Verjnüjungen wird die Frau Capitan zukünftig bleiben lassen müssen, denn ihr Herr Jemahl hat se für längere Zeit nach Kreuznach zur Kur jeschickt ... um ihre innere Unruhe auszuheilen, wie et heeßt.«

Innere Unruhe ... wie höflich ausgedrückt. Wieder spürte Rudolph Bitterkeit in sich aufsteigen. Eine Ehebrecherin und Verräterin, die – wenn auch unfreiwillig – sogar das Leben ihres Geliebten auf dem Gewissen hatte. Und statt vor Gericht gestellt zu werden, würde sie sich in der nächsten Zeit an den Kreuznacher Heilquellen kurieren lassen. So viel zur Gerechtigkeit.

»Und wo der jute Capitan jrade dabei is, Ordnung in seim Haushalt zu schaffen, hat er och jleich zwee von den Dienstmädchen entlassen.«

Rudolph horchte auf. »Zwei?«

»Jenau, zwee, Herr Leutnant. Stellen Se sich det mal vor! Eene war wohl 'ne Französin. Wat, unter uns jesagt, ja wohl kein Jrund is, det arme Ding direktemang uf de Straße zu setzen. Keener kann ja wat für seene Abstammung.«

Rudolph schluckte, als ein feiner Stich durch seine Brust zog.

»Und de andere ...« Fritz grinste ein wenig anzüglich. »Det soll der Frau Capitain ihre Liebesbotin jewesen sein. So 'ne üppije kleene Blonde. Hat für de Herrin Nachrichten zu ihrem Kerl jebracht und so. Et wird sojar jemunkelt, die gnädige Frau hätte manchmal die Kleidung von dem Dienstmädchen anjezogen, damit se unverdächtich ausm Haus schlüpfen konnte ... Haben Se so wat schon jehört, Herr Leutnant?«

In diesem verfluchten Rheinland gab es kaum etwas, das Rudolph noch überraschen konnte. Doch diese Information war ihm neu und erklärte einiges. Dann war es also doch Henriette von Rülow gewesen, die er beim heimlichen Verlassen des Hauses beobachtet hatte, in Dienstbotenkleidung getarnt, wahrscheinlich auf dem Weg zu ihrem Liebhaber – oder zur Übergabe geheimer, gestohlener Dokumente. Und sicher war sie es dann auch gewesen, die damals am Rheinufer seine Sachen durchwühlt hatte.

Und was das andere betraf: Wenn die dralle Berte tatsächlich von ihrer Herrin mit einer solch delikaten Aufgabe betraut worden war, hatte sie sich ihrer Stellung im Hause ja vergleichsweise sicher fühlen können. Kein Wunder also, dass sie immer mal wieder unabkömmlich war und sich in der übrigen Zeit gerne erfolgreich vor der Arbeit gedrückt hatte, ohne irgendwelche Konsequenzen befürchten zu müssen.

Und Franziska hatte ständig für das faule Ding einspringen müssen...

Franziska.

Wie die Wucht einer Woge traf Rudolph der Gedanke an ihre letzte Begegnung. Der Verrat, der noch immer bitter schmeckte und eine tiefe, schmerzhafte Leere in ihm zurückgelassen hatte.

»Is Ihnen nicht jut, Herr Leutnant? Se sehn mit'm Mal so blass aus. Vielleicht sollten Se sich besser hinsetzen, bevor Se noch umkippen.«

Besorgt war Fritz herbeigeeilt und zog einen Stuhl heran. Doch Rudolph wies ihn unwirsch ab. So weit war es mit ihm noch nicht gekommen, dass er wegen eines Weibsbildes derart die Fassung verlor. Er hinkte wieder zum Fenster und sah nach draußen. »Frauenzimmern ist einfach nicht zu trauen«, stieß er zwischen zusammengepressten Zähnen hervor. »Schon gar nicht hier im Rheinland.«

»Sagen Se det nich, Herr Leutnant, sagen Se det nich.« Fritz grinste noch ein bisschen breiter. »Och hierzulande jibt et nette Mädchen. Sin zwar 'n bisschen temperamentvoll, aber ... die eene oder andere könnt mir jefallen, hier in der Stadt. Wenn nich zu Hause schon meen Lottchen uf mich warten tät, und dem will ick ja nich det Herz brechen, wa?«

Das Lottchen ... beinahe musste Rudolph bitter auflachen bei dem Gedanken, welche unverbrüchliche Treue der gute Fritz seiner Hunderte von Meilen entfernt lebenden Verlobten hielt, der er regelmäßig, wenn auch sehr mühsam, Briefe schrieb.

»Pass ja auf dein Lottchen auf, Fritz«, brachte er schließlich heiser hervor. »Wenn sie nach all der Zeit noch immer auf dich wartet, muss sie eine der wenigen rühmlichen Ausnahmen unter dem Frauenvolk sein.« Als er den Kopf umwandte, sah er, dass sich in den Zügen seines Burschen ein Ausdruck des Verstehens breitgemacht hatte.

»Dann stimmt et also, wat man sich erzählt, Herr Leutnant?«

Rudolph spürte, wie er unwillkürlich den Atem anhielt. »Was ... erzählt?«

»Na, von Ihnen und der kleene Schwarzhaarije. Wollt meenen Ohren nich trauen, als ick davon jehört hab ...«

Kleine Schwarzhaarige ... Rudolph keuchte. Offensichtlich war er nicht diskret genug vorgegangen, wenn Fritz gleich nach seiner Ankunft davon brühwarm berichtet worden war.

»Et heeßt, Se wären öfters in der Bejleitung eenes hübschken Schwarzschopfs jesehen worden. De Willi meente ja, Se hätten se sojar ... da oben ... uf der Baustelle ... da hätten Se se sojar jeküss ...«

Der eisige Blick Rudolphs brachte ihn zum Verstummen. »So, erzählt man sich das?«

Fritz schien zu merken, dass er zu weit gegangen war. Er schluckte, brachte jedoch keine Antwort hervor, sondern nickte bloß.

»Nun denn«, knurrte Rudolph, verärgert über seine eigene Unvorsichtigkeit und die Schwatzhaftigkeit der unteren Ränge, »in Zukunft wird es nichts mehr zu reden geben.«

Fritz sog deutlich hörbar die Luft ein. »Wat heeßen soll, det Dämchen is bei Ihnen in Verschiss ...«

Hastig duckte er sich, wie um einem Schlag auszuweichen. Eine kluge, aber völlig überflüssige Vorsichtsmaßnahme. Denn der Einzige, dem Rudolph in diesem Augenblick eine Ohrfeige hätte geben wollen, war er selbst. Wie hatte er sich nur auf ein solches Gespräch mit seinem Burschen einlassen können?

»Was du nicht sagst.« Die Bitterkeit in seiner Stimme übertönte den darin enthaltenen Spott.

»Hat se Se mit 'nem andern anjeschmiert oder nach Strich und Faden ausjenommen?« Noch immer hielt Fritz zu seinem Vorgesetzten eine gewisse Distanz, plapperte aber unverdrossen weiter.

Mühsam verkniff sich Rudolph eine ironische Antwort. Bei seinen desolaten finanziellen Verhältnissen würde ein *Ausnehmen*, wie Fritz es nannte, sehr schnell an seine Grenzen stoßen.

Und doch hatte Franziska genau das getan. Wenn auch nicht in Bezug auf Geld, so hatte sie ihn doch benutzt. Seine Stellung, sein Wissen, seine Verantwortlichkeit in dem Fall um ihren Bruder ... All das hatte sie gewollt und bekommen, ihn glauben gemacht, sie würde etwas für ihn empfinden, wo sie doch in Wirklichkeit nur ...

»Det dürfen Se nich so tragisch nehmen, Herr Leutnant. Manche Mädchen sind eenfach so arm dran, det se sich nich anders zu helfen wissen.«

Unwillkürlich zuckte Rudolph zusammen. *Arm dran*, das traf auf Franziska sicher zu, wenn auch in einer anderen Hinsicht, als sein Bursche es vermutete. Aber dennoch ...

»Die meenen det och nich böse. Se sehn nur die schöne Uniform, die joldenen Knöppe und jlauben, da wär wat zu holen. Wer soll's ihnen verdenken, manche haben et hier nich eben leicht ...«

Rudolph wollte nicht verstehen, wollte nicht verzeihen. Er hatte seinen Hals riskiert für dieses Weibsstück und seinen Bruder! »Sie ist bereit, einen Deserteur zu decken, wenn du es genau wissen willst.« Die Worte waren schneller heraus, als Rudolph sie zurückhalten konnte. »Sie würde ihm auch noch zur Flucht verhelfen und mir gleichzeitig schöne Augen machen, nur, damit ich ihn nicht verrate.«

Er atmete schwer. Sein Blick ging zu Fritz, dessen Gesichtsausdruck sehr nachdenklich geworden war.

»Desertion, ick verstehe ... Det is 'n übles Verbrechen am König und seinem Staate.«

»In der Tat.«

»So'n Verbrecher muss hart bestraft werden, aus welchem Jrund och immer er et jetan hat.«

Derart ernst hatte Rudolph seinen Burschen noch selten gesehen. Eine Tatsache, die ihn aufmerken ließ. Der andere jedoch hatte sich bereits abgewandt und angefangen, die Stiefel seines Offiziers zu putzen. Etwas verbot Rudolph, diesen stummen Rückzug zu akzeptieren.

»Was willst du mir damit sagen?«, knurrte er.

»Jarnüscht, Herr Leutnant.« Fritz sah nicht auf.

Rudolph glaubte ihm kein Wort. »Heraus mit der Sprache, was ist los?« Es klang wie ein Befehl.

Langsam ließ Fritz den Lappen sinken. »Dieser Deserteur, Herr Leutnant. Vielleicht meent er et ja och nicht bös. Jenauso wenich wie Ihr Mädchen.«

»Das ist ja wohl kaum eine Entschuldigung.«

Fritz zog die Schultern hoch, sah jedoch noch immer zu Boden. »Det nich, aber vielleicht 'n triftijer Jrund.«

Schon wollte Rudolph zu einer scharfen Erwiderung ansetzen, hielt dann jedoch inne. Seine Zeit mit Fritz hatte ihn gelehrt, dass er bisweilen gut daran tat, dem Jungen zuzuhören.

»Wissen Se, Herr Leutnant...« Mit langsamen Bewegungen fuhr dieser damit fort, das Leder zu polieren. »Et jibt Momente, da... wie soll ick sagen... Nu...« Das gleichmäßige Wienern des Lappens war das einzige Geräusch, das die abendliche Stille durchbrach. »Wenn Se nich neulich, als dieser Brief aus Berlin jekommen is, wenn Se da nich für mich um Urlaub nachjefragt hättn... Und meene Mutter, wenn et ihr wirklich schlechter jejangen wär, so schlecht, det... na ja, Se wissen schon.« Er hob die Schultern und schüttelte langsam den Kopf. »Ick wär trotzdem jefahren. Ob mit Urlaubsschein oder nich. Ejal, wat dann mit mir passiert wär...«

Nur ganz langsam dämmerte Rudolph die ganze Tragweite dessen, was er gerade gehört hatte. Sein Bursche gestand ihm, dass er, wenn die Umstände ihn dazu gezwungen hätten, zu einer Desertion fähig gewesen wäre, bereit, die Armee des

Königs einfach zu verlassen. Noch nicht einmal im Krieg, nicht aus Furcht vor dem Feind, sondern, um in Zeiten der Not seiner Familie beizustehen.

Familie, Freundschaft, Loyalität – in Rudolphs Kopf drehte es sich. Was bedeuteten diese Begriffe für jemanden wie ihn, der keine Familie mehr hatte? Für den Freundschaft etwas war, das nurmehr einer gesellschaftlichen Verpflichtung gleichkam? Und dessen Loyalität ausschließlich dem preußischen Ingenieurcorps galt, seiner Arbeit, dem Bau seiner Feste, die ihm all das ersetzten, Familie, Freunde ...

Rudolph atmete tief ein. Dann wandte er sich zu seinem Burschen um, der wie versteinert auf dem Schemel saß, Stiefel und Wischlappen in der Hand, offensichtlich voller Unbehagen ob des plötzlichen, bedeutungsschwangeren Schweigens.

Nun denn, der Junge hatte einen feinen Instinkt. Und es galt, ihn von seiner Sorge zu befreien, womöglich zu viel gesagt zu haben.

»Danke«, brachte Rudolph schließlich hervor. »Danke für deine Offenheit.«

Fritz sah auf, ein vorsichtiges, ein wenig schuldbewusstes Lächeln auf dem sommersprossigen Gesicht. »Ick jlob, Herr Leutnant, ick sollte in Zukunft besser mal meene Zunge hüten, wa?«

Rudolph nickte. »Das könnte sich unter Umständen als vorteilhaft erweisen. Aber ...«, er räusperte sich, »ein rechtes Wort kann zum rechten Zeitpunkt auch vom Charakter eines Mannes zeugen.« *Und du hast mir einiges zum Nachdenken gegeben.*

Mit stiller Belustigung sah er, wie Fritz rot wurde, sein Gesicht bis zu den hellen Haarwurzeln in Flammen stand und ihm – vielleicht zum ersten Mal, seit Rudolph ihn kannte – tatsächlich die Worte fehlten.

»Leg mir doch bitte eine saubere Uniform zurecht, Fritz. Ich gehe noch aus.«

Allerdings würden Capitain von Huene und die anderen Ingenieure an diesem Abend auf seine Anwesenheit verzichten müssen.

Kapitel 48

»He, Thres, noch ein Plemb. Bei der Hitz klebt einem jo die Zung am Gaume fest!« Dem lallenden Tonfall war anzumerken, dass der Sprecher bereits mehr als einem kühlen Bier zugesprochen hatte. Doch erntete er ein gutmütiges Lachen als Reaktion, und kurze Zeit später stand ein bis zum Rand gefüllter Krug mit einer luftigen Schaumkrone vor ihm.

Therese klopfte ihm auf die Schulter, in ihrer Stimme klang wohlwollender Spott. »Wohl bekomm's. Aber nicht alles auf einmal trinken, ja?« Sie wackelte ermahnend mit dem Zeigefinger, und der Zecher schnappte spielerisch danach.

Noch immer lachend zog die Wirtin von dannen und steuerte geradewegs auf einen Tisch am Fenster zu. Dort saß Andres, der es sich nicht hatte nehmen lassen, auf den guten Ausgang der Geschichte anzustoßen, zusammen mit Franziska und deren Bruder Christian.

»Na, ihr drei Hübschen, darf ich euch noch was bringen?« Thereses Gesicht schien von innen heraus zu strahlen. Franziska empfand tiefe Dankbarkeit dafür, dass ihre Freundin sich so aufrichtig mit ihr darüber freute, dass alles ein glimpfliches Ende gefunden und ihr Bruder mit halbwegs heiler Haut davongekommen war. Und besonders dafür, dass Therese ihr und Christian Zuflucht gewährt hatte.

»Komm her, Weib, und setz dich ein bisschen zu uns.« Statt einer Antwort hatte Andres den Arm seiner Angetrauten gepackt und zog sie zu sich auf den Schoß, was diese sich mit einem lauten Auflachen gefallen ließ.

»Aber Andres, das geht doch nicht, wir haben Gäste!«
Er drückte seiner Frau sein halb ausgetrunkenes Glas Wein in die Hand. »Um die wird sich Ännchen kümmern. Komm, setz dich eh bessje zo uns. Hier gibt's wat zu feiern. Also los!«
Mit einem belustigten Kopfschütteln rutschte Therese von Andres' Knien, hielt feierlich das Glas in der Hand und prostete der kleinen Runde zu: »Na dann, auf uns alle hier und darauf, dass unser Christian bald wieder wohlauf sein wird. Er sieht ja ziemlich angeschlagen aus, der Ärmste.«
Wie auf ein Stichwort schlang Franziska die Arme um die Schultern ihres Bruders. Christian zuckte bei dieser Berührung zusammen, als bereiteten ihm seine Verletzungen noch immer Schmerzen. Dann entspannte er sich jedoch und lächelte seiner Schwester zu. Nach wie vor war er ein wenig blass im Gesicht, sein Haar ohne Glanz, doch dieses Lächeln war der erste Trost, den Franziska seit jener Diskussion an seinem Krankenlager verspürte, seit Rudolph die Dachkammer des Gasthauses im Zorn verlassen hatte.
In ungebrochener Fröhlichkeit ließ sich Therese auf einen der freien Stühle fallen und wuschelte durch Christians kurz geschnittenes Haar. »Du wirst sehen, Junge, in ein paar Tagen bist du wieder bei Kräften und steigst den Mädchen nach.«
Der Angesprochene wurde ein wenig rot und zog den Kopf ein.
»Wie schön, dass wir hier alle zusammen sind.« Therese blickte sich um und runzelte die Stirn. »Nun ja, fast alle. Ich denke, unser lieber McBaird wird noch im Laufe des Abends eintreffen. Keine Ahnung, wo er gerade steckt, ich hab ihn schon den ganzen Tag lang nicht gesehen. Und dein Preuße...« Forschend sah sie Franziska in die Augen, »sollte der nicht auch hier sein und mit uns anstoßen?«
Natürlich hatte Therese keine Ruhe gegeben und Franziska

so lange nach den Erlebnissen der vergangenen Wochen ausgefragt, bis diese ihr einiges erzählt hatte. Allerdings hatte sie es so weit wie möglich vermieden, dabei einen gewissen Leutnant zu erwähnen und die Rolle, die dieser in der ganzen Angelegenheit gespielt hatte. Als dieser dann jedoch im Gasthaus erschienen war, um sich nach Franziska und Christian zu erkundigen, hatte Thereses Neugier kein Halten mehr gekannt. Sie hatte die ganze Geschichte wissen wollen und, lebensklug wie sie war, aus dem, was die Freundin preisgab – und mehr noch aus dem, was sie verschwieg – ihre Schlüsse gezogen.

Franziska spürte, wie sie rot wurde, und senkte den Blick. Doch nicht aus Scham, sondern aus aufrichtig empfundener tiefer Traurigkeit. Ob sie ihn wohl je wiedersehen würde? Nach ihrer letzten Begegnung glaubte sie nicht mehr daran. Und vielleicht war es auch besser so.

Welche Zukunft hätte das schon? Sie, eine halbe Französin, und ein Preuße? Überdies ein Offizier, der ohne Genehmigung des Königs nicht einmal eine Bindung eingehen durfte, noch dazu ein Evangelischer und überhaupt...

Franziska fand keinen Trost in der Stimme der Vernunft. Ihr war heiß. Die stickige Luft des Schankraums drang ihr in Nase und Mund.

Therese knuffte sie in die Seite und riss sie aus ihren Gedanken. »Na, sag schon, wann kommt dein Leutnant?«

Zumindest die Freundin schien nichts Verwerfliches an einer solch skandalösen Verbindung zu finden. Ebenso wenig wie ihre Mutter Luise, erinnerte sich Franziska. Doch nun war es ohnehin zu spät, er würde nicht zurückkehren.

Nicht zu ihr. Nicht, nach dem, was zwischen ihnen vorgefallen war.

»Dem Herrn Leutnant steht es frei, zu kommen oder zu gehen, wann es ihm beliebt. Bitte entschuldigt mich.« Ohne auf die Reaktion der anderen zu achten, schob Franziska den Stuhl beiseite und stand auf. »Ich brauche ein bisschen frische Luft.«

Therese schickte sich an, der Freundin zu folgen, aber mit einer stummen Geste gab Franziska ihr zu verstehen, dass sie allein sein wollte. Ohne sich die Mühe zu machen, ihre Schute aufzuziehen, durchquerte sie den Schankraum und öffnete die Tür.

Die sternenklare Nacht wirkte belebend auf sie. Hier draußen war es zwar ebenfalls warm, aber merklich angenehmer und weniger stickig. Sie konnte wieder durchatmen. Dankbar ließ Franziska die saubere Luft, getränkt vom Duft des Sommers, dem algigen Dunst der nahe liegenden Mosel und trockenem Gras, in ihre Lunge strömen. Durch die geöffneten Fenster des Gasthauses drangen laute Stimmen zu ihr heraus, gelöst, fröhlich, weinselig.

Niedergeschlagen stand sie da und lauschte, während sich das Gefühl von Einsamkeit wie eine schwarze Decke über sie legte und die Sehnsucht einhüllte, die leise gegen ihre Brust pochte. *Warum bin ich nur so unruhig?* Im hämmernden Rhythmus ihres Herzens stiegen Fragen in ihr auf. *Was hindert mich daran, einfach glücklich zu sein, wie die anderen da drin? Mich zu freuen, dass jetzt alles vorbei ist?*

Weil es nicht vorbei war. Weil es vielleicht nie vorbei sein würde. Weil alles anders geworden war.

Unwillkürlich hatte sie den Weg zum Rheinufer eingeschlagen. Sie wollte nur noch fliehen. Weg, weg aus diesem Gasthaus, aus dieser entsetzlichen Festungsstadt, die alles um sie herum so einzupferchen schien wie ein Käfig. Und nicht zuletzt fort von den Erinnerungen an die letzten Tage und Wochen. Der Anblick des Wassers, in dem sich der nächtliche Himmel brach, würde sie beruhigen. Das hatte ihr früher schon geholfen, als sie noch ein unbeschwertes Kind gewesen war ...

Doch sie kam nicht weit. Nur wenige Schritte von Thereses Gasthaus entfernt, beinahe noch in dessen Sichtweite, stand eine reglose Gestalt im blassen Mondlicht.

Ihr Herz setzte einen Schlag aus. Diesen Mann hätte sie immer und überall erkannt.

»Rudolph!«

Ohne es zu wollen, hatte sie seinen Namen geflüstert, und er drehte sich zu ihr um. Als wäre sie gegen eine unsichtbare Wand gelaufen, blieb sie stehen, und auch ihr Gegenüber schien wie erstarrt, den Blick stumm auf sie gerichtet.

Was hatte er hier zu suchen? Hatte er auf sie gewartet? Was ...?

»Ich musste dich sehen«, flüsterte er, und seine Worte wurden von der Nacht und ihren leisen Geräuschen beinahe verschluckt. Die Bedeutung dieses Satzes drang langsam, feinen Rinnsalen gleich, in Franziska ein, wie Wasser, das ausgetrocknetes Erdreich tränkt. Er war ihretwegen hier!

»Ich war bei Therese«, begann sie mit belegter Stimme und machte eine vage Bewegung in Richtung des Gasthauses. »Alle sitzen da drin und feiern. Aber ich hatte das Bedürfnis ... ein bisschen Luft zu schnappen ... ich ...«

»Wie geht es deinem Bruder?«

Die Vertraulichkeit seiner Anrede legte sich wie Balsam auf ihre Seele. Erst jetzt, da sich die Anspannung löste, spürte Franziska, wie fest diese sie die ganze Zeit über in ihrem Griff gehalten hatte. »Es geht ihm gut. Therese hat ihn vortrefflich versorgt. Er ist auf dem Weg der Besserung ...«

»Er wird diese Tage nie vergessen – ich weiß, wovon ich spreche.«

Franziska dachte an die verkrusteten Wunden, die geschwollenen Blutergüsse und nickte. Sie hatten in der Haft nicht nur den Körper ihres Bruders verletzt, sondern auch seine Seele. »Mit der Zeit wird er wieder Zuversicht fassen. Doch es wird eine Weile dauern.«

Schweigen entstand, der warme Nachtwind strich Franziska durch das Haar. Das laute Zirpen der Grillen mischte sich mit den aus den Schankwirtschaften dringenden Geräuschen, dem Geplauder und Gesang.

»Danke, dass du dich für ihn eingesetzt hast«, fügte sie schließlich hinzu, um die unerträgliche Stille zu durchbrechen, aber auch, weil sie das bisher versäumt hatte.

Doch er reagierte nicht darauf. Stumm fixierte er einen imaginären Punkt auf der Erde, schien einen inneren Kampf mit sich auszutragen. »Ich habe mich dir gegenüber falsch verhalten«, sagte er dann.

Franziskas Augen verengten sich, ihr Herz schlug hart gegen ihre Brust, doch sie wartete und schwieg.

»Ich hätte dich gestern Morgen nicht so behandeln dürfen. Du hast nichts Unrechtes getan.«

Vorsichtig machte er einige Schritte auf sie zu, sodass sie einander gegenüberstanden. Sie sah die Aufrichtigkeit in seinen Augen und die Anspannung in seinem Gesicht. Es war deutlich, dass es ihn Mühe gekostet hatte, diese Worte auszusprechen.

»Ein Preuße, der sich einen Fehler eingesteht – offensichtlich gibt es doch noch Hoffnung für diese Welt.« Sie schürzte die Lippen.

Für einen Moment huschte der Schatten eines Lächelns über sein Gesicht, dann wurde er wieder ernst. »Du warst loyal gegenüber deinem Bruder und hast zugleich getan, was du konntest, um ihn von seiner wahnwitzigen Idee abzubringen. Und ich habe es nicht verstehen wollen ... ich war ...« Er schien noch etwas hinzufügen zu wollen, irgendetwas, das verdächtig nach einem Bekenntnis klang, besann sich dann jedoch anders. »Verzeih mir bitte«, sagte er schlicht.

Franziska schloss einen Moment die Augen und spürte, wie ihr plötzlich warm wurde, ja geradezu heiß. *Ich liebe ihn nicht*, hatte sie zu Christian gesagt. *Der Leutnant ist niemand, er hat mir geholfen, ich habe ihn gebraucht, aber ich liebe ihn nicht.* Ihr schwindelte bei dem Gedanken, dass Rudolph ihre Worte gehört hatte. Der trockene Straßenbelag knirschte unter seinen Stiefeln, als er sich zum Gehen wandte. »Das wollte ich nur sagen. Ich freue mich, dass es deinem Bruder besser geht. Gute Nacht.« Er nickte kurz, dann drehte er sich um.

»Ich hab gelogen!«, rief Franziska in die Dunkelheit.

Rudolph blieb stehen. »Was sagst du?«

»Bei meinem Bruder, ich habe ihn angelogen.«

Langsam wandte er sich wieder zu ihr um. Die Augen ungläubig zusammengekniffen, den ganzen Körper angespannt. Mit wenigen Schritten hatte Franziska ihn eingeholt und blieb nah vor ihm stehen. »Es tut mir leid«, sprudelte sie hervor. »Ich weiß nicht, warum ich es getan habe. Ich meine, ich wollte Christian nicht verletzen, ich wollte nicht, dass er sich verraten fühlt. Deswegen hab ich ihn belogen was, was ...« Sie unterbrach sich und spürte, wie ihr die Röte ins Gesicht schoss, während sie flüsterte: »... was uns beide betrifft. Ich habe ihm erzählt, dass du ... dass ich ...« Sie kam ins Stocken. »Alles, was ich ihm über dich erzählt habe, war *un mensonge* ... eine Lüge. Du bist mehr für mich – du bist ...«

Obgleich sie nicht weitersprach, schien Rudolph es zu begreifen, wenn auch nicht zu glauben. Die Bitterkeit verschwand aus seinen Zügen, und Misstrauen trat an ihre Stelle, Misstrauen und Zweifel. Dann jedoch kam Leben in seine Augen. Sein Atem ging heftiger, sein Blick schien Franziska zu durchbohren, als wolle er sichergehen, dass sie diesmal die Wahrheit sagte, ihm keine weitere Lüge auftischte.

»Es ist wahr«, sagte sie leise in die Dunkelheit, »*Je suis tombée amoureuse de toi ... de tout mon cœur.*«

Seine Arme packten Franziska, er zog sie an sich und hielt sie umschlungen. Im ersten Moment war sie so erschrocken, dass sie aufschreien wollte, doch als sie Rudolphs vertrauten Geruch wahrnahm, seinen Herzschlag spürte, entspannte sie sich sogleich wieder.

Er entgegnete nichts, er rührte sich nicht. Noch nicht einmal einen Kuss versuchte er sich zu stehlen. Stattdessen drückte er sie nur fest an seine Brust, während seine raue Hand über ihr Haar strich, ihren Nacken, ihre Schultern – und Franziska sich fragte, ob sie alles nur träumte.

✻

»Ich war auch nicht immer ganz offen zu dir«, begann Rudolph leise.

Franziska hob den Kopf und sah ihn an, fragend, beunruhigt.

»Nein, ich habe nicht gelogen. Niemals. Doch gibt es etwas ... etwas, das ich dir verschwiegen habe. Etwas, das du wissen musst.«

Wortlos schaute sie zu ihm auf, und ihn überkam die Angst, dass das, was er ihr mitzuteilen hatte, womöglich alles zerstören würde. Diese kostbare Nähe, das Vertrauen, das sie ihm geschenkt hatte. Er schluckte. Seit jenem Tag ... nein ... jener Nacht in Brabant hatte er sich nicht mehr so hilflos gefühlt wie in diesem Moment. Fest schlang er seine Finger um ihre, als wolle er sie davon abhalten, von ihm wegzulaufen. »Ich war dabei, damals, vor sieben Jahren, bei Belle-Alliance, bei dieser Schlacht«, sagte er.

Sie nickte. »Ich weiß.«

»Es war entsetzlich«, fuhr Rudolph fort: »Zwei Tage zuvor in Ligny waren wir von Franzosen angegriffen worden, eine Niederlage, die uns vierzehntausend Mann kostete... und uns zugleich daran hinderte, rechtzeitig den britischen Verbündeten zu Hilfe zu eilen.«

Wieder unterbrach er sich, wartete auf eine Reaktion von ihr, die zeigte, ob sie gewillt war, die Geschichte aus seiner Sicht anzuhören, aus der Perspektive des Gegners. Doch mit einem leichten Nicken hieß sie ihn fortzufahren.

»Erst gegen Abend ist es uns gelungen, den Briten als Verstärkung zu dienen, die französischen Truppen bei Plancenoit zu erreichen. Manche von uns waren so erschöpft durch den langen Marsch und die zurückliegenden Kämpfe, dass sie an Ort und Stelle zusammenzubrechen drohten. Dennoch haben wir gesiegt. Kurz vor dem Ende haben sich die Truppen Wellingtons und Blüchers vereint und Napoleon geschlagen. Endgültig.«

Rudolph hielt erneut inne. Wusste er doch, dass diese Schlacht nicht nur das Ende der napoleonischen Herrschaft, sondern auch den Tod von Franziskas Vater zur Folge gehabt hatte. Dieser Sieg der Briten, Preußen und ihrer Verbündeten hatte eine neue Epoche eingeläutet und gleichzeitig das Ende all dessen bedeutet, was die junge Frau zuvor gekannt und geliebt hatte. Aber noch immer machte sie keine Anstalten, ihn zu unterbrechen. Stumm und nachdenklich sah sie auf einen unbestimmten Punkt, als könne sie dort all das sehen, was er ihr in schlichten Worten beschrieb.

Nun kam der schwerste Teil seiner Geschichte. Er räusperte sich. »Am Abend nach der Schlacht gab Gneisenau den Befehl, die fliehenden Franzosen zu verfolgen. Sicherzustellen, dass sie sich nicht erneut unter Napoleon sammeln und dass sie nie wieder gegen England, Preußen oder ein anderes Land marschieren könnten. Die ganze Nacht haben wir sie gejagt...« Seine Stimme versagte. Erneut spürte er den Zorn, den er damals vor sieben Jahren empfunden hatte, seinen Hass auf diese französischen Kriegstreiber, der in jener Nacht größer gewesen war als seine Erschöpfung.

Rudolph drückte ihre Hand ein wenig fester, als er fortfuhr: »Mein Pferd lahmte, sodass ich mir ein neues Tier besorgen musste. Bevor wir losgeritten sind, hat Gneisenau mich beiseitegenommen. Er wollte, dass ich die Fluchtrouten skizziere, genau protokolliere, wie die Verfolgung ablief. Deshalb bin ich ein bisschen später aufgebrochen als die anderen...« Wieder überwältigte ihn die Erinnerung an das im trüben Mondschein liegende Schlachtfeld, die Schreie der Verwundeten, das Stöhnen der Sterbenden, der Anblick der verkrümmt daliegenden Leiber, bei denen die Lebenden nicht von den Toten zu unterscheiden waren.

»Ich bin nicht allzu weit gekommen. Ein gutes Stück vor der französischen Grenze wurde ich aus einem Hinterhalt heraus angeschossen. Das Pferd verendete unter mir, mein Bein wurde zerschmettert...« Er schüttelte den Kopf, um die Bilder zu vertreiben. Es war ihm wie eine Ewigkeit vorgekommen, als er sich allein durch die Nacht geschleppt hatte, halb wahnsinnig vor Schmerz, den sicheren Tod vor Augen.

»Ein Franzose hat mich schließlich gefunden, ein Offizier, wie sich herausstellte. Er hat mich gefangen genommen und mich in eine entlegene Scheune geschafft, wo er sich mit einigen seiner Männer versteckt hielt...«

Rudolph fiel es zunehmend schwer, weiterzusprechen. Nicht nur wegen seiner Gefühle, die ihn bei jedem weiteren Wort stärker aufwühlten. Vielmehr, weil er wusste, was seine Schilderungen für die Frau an seiner Seite bedeuten mussten.

»Was geschah dann?« Offenbar hatte Franziska sein Zögern bemerkt, denn nun sah sie ihm direkt in die Augen.

Und Rudolph, der Mann der festen Materie und klar berechenbarer Ereignisse, betete stumm darum, dass seine Worte nicht all das zerstören würden, was sich – so unmerklich – zwischen ihnen entwickelt hatte.

»Er ließ meine Wunden verbinden, mein Bein notdürftig schienen. Dass ich heute noch lebe, verdanke ich wohl diesem beherzten Eingriff. Die ganze Nacht haben wir zusammen ausgehalten, in dieser Scheune, zwischen Wachen und Schlafen, Hoffen und Verzweiflung, irgendwo im Niemandsland nahe der französischen Grenze. Er, ich und seine Männer. Erschöpft, verwundet, gefangen in einer absurden Schicksalsgemeinschaft ... nicht wissend, was die nächste Stunde bringen, wer uns als Erstes entdecken würde.«

Sanft strich Franziskas Daumen über Rudolphs Handrücken, wie zur Ermutigung fortzufahren.

»Er hätte mich töten können, dieser Offizier. Womöglich hätte er mich töten sollen. Doch stattdessen hat er mich am Leben gelassen und meine Wunden versorgt. Ich sei nicht der Feind, hat er gesagt ... irgendwie muss er meine Herkunft erkannt haben, die einfachen Verhältnisse, aus denen ich komme. Und dass es in diesem Krieg nicht um Grenzen und Völker gehen dürfe, sondern allein um die Freiheit.«

Rudolphs Augen brannten, er spürte einen Kloß im Hals, und die nächsten Worte konnte er nur flüstern. »Er hat gesagt, man müsse wissen, wann es vorbei sei, wann ein Krieg kein gerechter Kampf mehr sei, sondern nur noch blanker Mord.« Er hob die Schultern. »An den eigenen Männern und denen des Feindes ...«

Vor seinem inneren Auge sah er sich, wie er dort in der Scheune gekauert hatte, halb wahnsinnig vor Schmerz, unsicher, was das Morgen bringen würde. Innerlich fast um den Tod flehend, um das Ende ... Langsam atmete er aus.

Wieder war es Franziska, die ihn ins Hier und Jetzt zurückbrachte. »Und dann?

Es fiel Rudolph schwer, ihr in die Augen zu sehen. »Kurz vor Morgengrauen kam ein Trupp von Gneisenaus Männern. Noch immer hatten sie ihre Suche nicht aufgegeben. Sie waren besessen davon, Napoleons Truppen aus dem Land zu vertreiben, von der Erdkarte zu löschen. Vor Schmerz wie gelähmt, war ich unfähig, darüber Erleichterung zu empfinden – oder Furcht. Denn immerhin war ich eine Geisel dieser Franzosen. Ein Leichtes, mich zu töten, aber ...«

Er ertrug Franziskas Blick nicht mehr, so aufrichtig, so unvoreingenommen und doch ... so wissend. *Großer Gott*, war es möglich, dass sie ahnte, was er ihr sagen würde?

»Ich habe überlebt«, presste er schließlich hervor und spürte, dass seine Hände feucht wurden. »Ich bin am Leben geblieben, aber alle anderen Männer in dieser Scheune, alle Franzosen, fanden ihr Ende. Bevor ...« Wieder rang er um Atem, etwas Schweres schien auf seiner Brust zu lasten. »Bevor er starb, bevor der preußische Trupp mich aus der Scheune befreite, hat dieser französische Offizier mir noch etwas in die Hand gedrückt.« Rudolphs Finger verkrampften sich, als er in seine Tasche griff und ein mit getrocknetem Blut beflecktes Schnupftuch hervorzog. Er faltete es auseinander, sodass der Ring zum Vorschein kam, der darin eingeschlagen war. Auf dem Schmuckstein war ein Hirtenstab zu sehen, um den sich eine Weinranke wand, umgeben von drei Bienen. Die Initialen, die eine Ecke des Tuches zierten, lauteten *L.B.*

Unter Aufbietung all seiner Willenskraft hob Rudolph den Kopf, sah Franziska an und wusste, dass sie verstand. Ihr Gesicht war weich, in ihren Augen schimmerten Tränen. Zitternd berührten ihre Fingerspitzen das mit inzwischen bräunlich verfärbten Blutflecken übersäte Tuch und den Ring, dessen Gegenstück sie selbst trug.

»Père«, murmelte sie kaum hörbar. *Vater* ...

Kein Aufschrei, kein Vorwurf, keine dramatische Szene.

»Seine letzten Worte galten seiner Frau und seinen Kindern«, fügte Rudolph leise hinzu.

Eine Träne rann ihr über die Wange, aber sie blieb weiterhin stumm.

Ein Strom der Erleichterung durchzog Rudolph, und zugleich empfand er tiefen Respekt vor der jungen Frau, die seinen Bericht über die letzten Stunden und den Tod ihres Vaters so gefasst aufgenommen hatte.

»*L.B.* – Lucien Berger, nehme ich an«, sagte er schließlich leise. »Ich wusste den Namen des Offiziers nicht, sonst hätte ich früher eine Verbindung hergestellt. Erst in Cöln, als deine Mutter ihn erwähnt hat ...« Er unterbrach sich und wies auf den Ring, der an ihrer Hand steckte. »Nun war mir auch klar, warum mir das Gesicht deines Bruders von Anfang an so vertraut vorkam. Er gleicht eurem Vater, ist fast sein Ebenbild ... und du siehst ihm auch sehr ähnlich.«

Noch immer hatte Franziska keine großen Gefühle gezeigt, und langsam fragte sich Rudolph, ob das nun ein gutes oder ein schlechtes Zeichen war. Vielleicht schwieg sie lediglich, um nach Worten zu suchen, sich endgültig von ihm zu verabschieden. Von ihm, dem preußischen Feind ...

»Ich danke dir«, sagte sie endlich und sah zu ihm auf. »Danke für deine Ehrlichkeit und deinen Mut.«

Rudolph konnte kaum glauben, was er hörte.

»Und danke auch, dass du bei meinem Vater warst, als er starb.« Trotz ihrer Trauer schien sie zugleich gelöst zu sein, als wäre eine große Last von ihren Schultern genommen worden, etwas, das sie schon lange niedergedrückt hatte. »Es ist ... für mich ... das bedeutet mir viel.«

Rudolph ergriff Franziskas Hände, zog sie noch enger an sich, umfasste sie mit seinen Armen, Ring und Tuch noch immer in der Linken haltend. Sie wandte sich nicht von ihm ab, obwohl sie nun die Wahrheit kannte.

»Ich hatte verhindern wollen, dass sie schießen, unsere Leute. Aber ...«, abgehackt kamen diese Worte hervor, »es war Krieg. Und alles, was ich erreicht habe, ist, dass ich seither in dem Ruf stehe, ein Verräter zu sein. Dass es Stimmen gab, die munkelten, diese Nacht mit Franzosen in dieser Scheune habe konspirativen Charakter gehabt. Noch dazu, da ich um ihr Leben gebeten habe. Wäre Gneisenau nicht gewesen, hätte man mich sicher meines Postens enthoben. Aber so ...« Einen Moment verharrte er in den Erinnerungen an seinen Vorgesetzten und Förderer. »In dieser Zeit hatte Gneisenaus Wort noch Gewicht ... nur deshalb wurde ich nach meiner Genesung nicht entlassen oder degradiert, sondern auf seine persönliche Empfehlung hin zur Ingenieurschule nach Charlottenburg geschickt. Und so bin ich einige Jahre später dann hierhergekommen, an den Rhein.«

»Um meinem Bruder das Leben zu retten ...« Langsam löste sich Franziska aus seiner Umarmung und sah ihn fest an. Noch immer wirkte sie erschüttert. Trauer schimmerte in ihren Augen, doch auch tiefe Dankbarkeit, Dankbarkeit und noch etwas anderes. Etwas, das nur ihm galt. Hier und jetzt.

Rudolph hätte Franziska vor Freude an sich drücken mögen, beugte sich aber stattdessen nur über sie und berührte mit seinen Lippen leicht ihre Stirn.

Ihr Körper erbebte bei dieser Liebkosung, sie wich jedoch nicht zurück. Sie nahm ihm das Tuch und den Ring aus der Hand, betrachtete beides einen Moment lang und ließ es dann im Ausschnitt ihres Kleides verschwinden. »Mutter soll es haben. Auch sie wird ... dankbar sein, die Wahrheit zu erfahren, endlich zu wissen, wie er gestorben ist.« Mit dem Handrücken wischte sie sich eine Träne von der Wange, dann lächelte sie zu Rudolph auf, und noch nie war ihm ihr Gesicht so schön vorgekommen. »Ich hoffe, auch Christian wird es guttun, all das zu erfahren«, setzte sie hinzu. »Ich denke, es wird ihm helfen. Es wird ... er muss es wissen.« In einer dieser selbstverständlichen Gesten, die er so an ihr liebte, streckte sie ihm die Hand entgegen. »Komm, wir wollen reingehen und es ihm sagen, ihm und den anderen. Sicher machen sich Therese und Andres schon Sorgen um mich.«

Rudolph konnte nicht verhindern, dass sich sein Mund zu einem fast schalkhaften Lächeln verzog. »So, was glauben die beiden denn, wenn du nicht mehr zurückkommst?«

»Natürlich nur das Allerschlimmste. Irgendetwas mit preußischen Offizieren und leichtfertigen Mädchen.« Franziskas Augen blitzten schelmisch.

In gespieltem Ernst streckte sich Rudolph. »Nun denn, etwa, dass es in der Familie Kannegießer-Berger zu einer weiteren gesellschaftlich nicht tragbaren Verbindung gekommen ist?« Ein Glücksgefühl stieg in ihm auf, während er Franziskas Hand so fest drückte, als hätte er Angst, seine Worte könnten womöglich einen Sinneswandel bei ihr hervorrufen. »Dass der Apfel nicht weit vom Stamm fällt und die schamlose Tochter es der Mutter gleichgetan und sich ebenfalls einem fremden Soldaten an den Hals geworfen hat.«

Franziska lachte, und Rudolph hoffte, diesen glockenhellen, unbeschwerten Klang noch oft aus ihrem Mund zu hören.

»Sie vergessen, dass weder er noch Sie, Herr Leutnant, wirklich Fremde sind. Maman und ich verstehen es lediglich, uns den Umständen anzupassen. Damals waren wir alle Franzosen, und meine Mutter hat einen solchen geehelicht. Heutzutage sind wir eben – hm, nun ja – eben Preußen, und von daher dachte ich ...« Wieder musste Franziska lachen, und der Rest des Satzes ging darin unter.

Er sah sie an, halb spöttisch, halb ernst. »Und doch wird sich so mancher in der Gesellschaft das Maul zerreißen über dich. Sei nur gewarnt.«

»Zur Hölle mit der selbstgerechten Gesellschaft!« Sie zog an seiner Hand, die noch immer die ihre umfasst hielt. »Und jetzt komm mit rein, bevor Andres und Therese einen Suchtrupp losschicken. Außerdem verdurste ich gleich, wenn ich nicht bald etwas zu trinken bekomme.«

»Na, das wollen wir ja nicht, nach allem, was du hinter dir hast.« Ohne Widerstand ließ sich Rudolph von Franziska mit in die Schankstube führen.

KAPITEL 49

Hand in Hand mit Rudolph betrat Franziska den Raum. Einen kurzen Moment lang hatte sie das Gefühl, Tausende kleiner Flügel in ihrem Bauch zu verspüren, die sie streichelten, kribbelten, flatterten. Die Welt um sie herum schien sich zu drehen, so schnell und heftig, dass es nichts mehr gab als diesen in flackerndes Licht gehüllten Schankraum, und Rudolph, dessen Finger mit ihren verschränkt waren. Ein unwirkliches Gefühl, euphorisch, unendlich leicht.

Alle Augen richteten sich auf das Paar. Erst wandte sich Andres zu ihnen um, dann Christian und zuletzt Therese, die gerade im Begriff war, aufzustehen und sich wieder ihren anderen Gästen zu widmen.

Nacheinander fielen ihre Blicke zunächst auf Franziska, dann auf Rudolph und schließlich auf Franziskas Hand in der des Leutnants.

Andres' Ausdruck wechselte von Fassungslosigkeit und Erstaunen zu einem breiten Grinsen. Therese murmelte etwas, das verdächtig nach »Hab ich's doch gleich gesagt« klang und mit einer sehr zufriedenen Miene vorgebracht wurde.

Nur Christians Blick wurde eisig, blieb einige Herzschläge lang auf Rudolph haften und ging dann ins Leere.

Ein kleiner Stich traf Franziska ins Herz. Es tat weh, war jedoch erträglich. Langsam ließ sie Rudolphs Hand los und ging zu ihrem Bruder. Sie legte ihm den Arm um die Schulter, flüsterte ihm ins Ohr, hoffte, dass er verstand. *Ich liebe dich, Christian. Ich wollte dich nie verletzen. Das alles habe ich nur für dich getan, und nun ... nun ist es eben so gekommen.* Sie wusste nicht, was davon sie ihm wirklich sagte, welche dieser Worte nur in ihrem Kopf nachklangen. *Maman hat es verstanden, sie hat es gebilligt, sie hat mich ermutigt. Oh, Christian, wie sehr hat man dich verletzt?*

Doch ihr Bruder blieb stumm, reglos in ihrer Umarmung, die er nicht erwiderte, aber auch nicht abwehrte. Und daraus schöpfte Franziska neuen Mut. Er musste erfahren, wie sein Vater die letzten Stunden seines Lebens verbracht hatte. Und wem er die letzten Dinge anvertraut hatte. Sie spürte seinen Widerstand, als sie Christians Hand ergriff und ihn mit sich zu einem freien Tisch in einer Nische zog, wo sie niemand belauschen konnte. Anfangs schien es, als weigere er sich, ihr zuzuhören, aber dann entspannte er sich langsam und schenkte ihr seine Aufmerksamkeit. Kurz bevor sie endete, war Rudolph in einigem Abstand hinzugetreten und hatte schweigend zugehört.

Als sie verstummte, standen Tränen in ihren Augen, und auch Christian rang offenbar um Fassung. Er sah zu Rudolph auf, dann wieder zu Franziska. Der Zorn in seinem Blick war verschwunden, doch sie sah, dass er lange brauchen würde, um seinen Hass zu überwinden, um die Hilflosigkeit zu vergessen, die er erfahren hatte, die endlosen Demütigungen – und den Schmerz.

»Pionier Berger.« Es war Rudolphs Stimme, die das Schweigen brach.

Langsam, als würde er aus einer Trance aufwachen und zugleich gegen inneren Widerstand ankämpfen, stand Christian auf und nahm Haltung an.

Rudolph trat einen Schritt vor und musterte ihn einen Moment schweigend, dann setzte er wieder an. »Leider ist es mir nicht möglich, im Namen des gesamten Ingenieurcorps zu sprechen, daher tue ich es nur in meinem eigenen: Ich möchte Ihnen danken für Ihren Einsatz und Ihre Beharrlichkeit in dieser Sache und spreche Ihnen meine Entschuldigung aus für die unrechtmäßigen Verdächtigungen, Ihre Inhaftierung...« Einen Moment sah es so aus, als wolle er noch etwas hinzufügen, unterließ es dann jedoch. »Das ist alles, Pionier. Sie können wegtreten.«

»Hier wird nicht weggetreten, Herr Leutnant«, rief Therese und trat an ihren Tisch. »Jetzt kommt mal alle her und stoßt auf das Wohl der jungen Leute hier an. Franziska und Christian!« Von irgendwoher hatte sie eine riesige Flasche geholt und schwenkte sie ungezwungen vor Rudolphs Nase hin und her. »Das spült den Schreck aus dem Körper und vertreibt alle düsteren Gedanken. Na?« Ohne eine Antwort abzuwarten, goss Therese hell schimmernden Wein in die Gläser, die Andres ihr hinhielt. Dann reichte sie reihum jedem eines davon. »Sie trinken doch sicher mit uns, Herr Leutnant?«

Der gewinnenden Art Thereses vermochte niemand so leicht zu widerstehen, und so wunderte es Franziska nicht, dass Rudolph nach kurzem Zögern das ihm dargebotene Glas ergriff.

»Der Wein geht aufs Haus, ihr seid heute Abend meine Gäste«, verkündete Therese laut, ehe sie ihr Glas erhob und rief: »Auf Christian, dass er wieder in unsrer Mitte weilt, und auf seine Schwester Franziska, der das alles zu verdanken ist.« Sie räusperte sich und fügte fast schelmisch hinzu: »Und auf den Leutnant Seiner Majestät, der sie so überaus großmütig dabei unterstützt hat. Mögen sie alle noch viele gute Zeiten erleben, wo Rhein und Mosel sich vereinen.« Sie grinste. Ehe Franziska vor Verlegenheit rot werden und Rudolph protestieren konnte, hatte Therese schon ihr Glas zum Mund geführt. Alle taten es ihr gleich.

Himmel, was mache ich hier bloß?, schoss es Franziska durch den Kopf, während das angenehm gekühlte Getränk durch ihre Kehle rann, *da stehe ich nun in einer Schankwirtschaft und trinke Wein mit einem preußischen Offizier, der dabei auch noch meine Hand hält.* Doch zum ersten Mal empfand sie keine Schuldgefühle dabei, gegenüber ihrer Mutter, gegenüber ihrem Vater. Nach dem, was Rudolph für sie getan, ja vor allem, was er ihr erzählt hatte, war die Welt plötzlich eine andere geworden.

Von der Aufregung durstig und erhitzt nahm Franziska noch einen Schluck und lächelte. Genau genommen fühlte es sich sogar richtig an. Sehr richtig und sehr gut. Ihr Blick glitt wieder zu Rudolph, und beglückt stellte sie fest, dass er ihr eines dieser seltenen Lächeln schenkte, das sein ernstes Gesicht für einen kurzen Moment nahezu freundlich wirken ließ.

Der Wein stieg Franziska zu Kopf, prickelte auf ihrer Zunge und wärmte sie angenehm von innen, auch wenn er nicht die Tiefe und Weichheit der Weine hatte, die ihr Vater seinerzeit aus Marseille und den südlichen Gefilden Frankreichs importiert hatte. Dennoch war alles in bester Ordnung, so gut, wie es nur sein konnte. Selbst körperlich spürte Franziska, wie die Anspannung der letzten Wochen von ihr abfiel, der Knoten in ihrem Magen sich löste, sie wieder frei durchatmen konnte. Frei und unbeschwert.

Alles war gut, ihr Bruder gerettet, und alle Menschen, die ihr auf der Welt etwas bedeuteten, hatten sich hier um diesen Tisch versammelt. Alle, bis auf ihre Mutter, der sie aber bereits längst vom guten Ausgang der Ereignisse geschrieben hatte, und McBaird, dessen warmherzige Kommentare und dröhnendes Lachen sie vermisste. Und noch ehe sie den Gedanken zu Ende gedacht hatte, war sie aufgesprungen. »Wisst ihr was? Ich hole McBaird. Er soll mit uns anstoßen und eines seiner schotti-

schen Gedichte vortragen. Heute ist der passende Abend dazu.«
Ohne eine Erwiderung abzuwarten, nahm sie eine Kerze aus der Halterung und lief los, kam aber dann nach einigen Schritten zurück und wandte sich an Rudolph: »Begleitest du mich zu unserem Gast? Es scheint mir doch mehr als ungehörig, die Unterkunft eines fremden Herrn ganz allein aufzusuchen.«

Als sie die Tür zu McBairds Zimmer erreicht hatten, klopfte sie an. Nichts geschah. Keine Regung, keine Antwort. Sie klopfte wieder, doch noch immer folgte keine Reaktion.

Irgendetwas stimmt hier nicht, mahnte sie ein ungutes Gefühl, drängend und ungeduldig. Völlig absurd! Womöglich schlief der Schotte oder war zu einem seiner künstlerischen Streifzüge unterwegs und hatte sich dabei ein wenig verspätet.

War er nicht damals auch noch in der Nacht unterwegs gewesen, als er sie nach dem Überfall gerettet hatte. Gerettet, ja ... aber wozu sollte ein Maler im Dunkel der Nacht überhaupt unterwegs gewesen sein? Es sei denn ... Etwas krampfte sich in Franziska zusammen, etwas ganz tief in ihrem Inneren. Wie, um diesen Gedanken zu verscheuchen, drückte sie die Klinke herunter und stieß die Tür auf.

»Was machst du?«, fragte Rudolph erstaunt.

Doch sie ignorierte ihn und trat ein. Das Zimmer war leer. Einsam und verlassen lag es im hereinfallenden Mondlicht und dem flackernden Schein der Kerze in Franziskas Hand, gerade so, als sei es nie bewohnt gewesen. Ein Frösteln lief ihr den Rücken hinab. Langsam näherte sie sich dem Bett. Kissen, Decke und Laken lagen sorgfältig zusammengefaltet auf der Matratze. Auf keinem Stuhl, an keinem Haken war etwas Persönliches zu finden, etwas, das auf die Anwesenheit eines Gastes hindeutete. Ein leichtes Ziehen breitete sich in Franziskas Brust aus, ein Gefühl, als rinne ihr Wasser durch die Finger, das sich nicht aufhalten ließ.

McBaird war abgereist, ohne Gruß, ohne Abschied, ohne ein Wort.

Nur vage nahm sie wahr, dass Rudolph hinter ihr den Raum betreten hatte und sich ebenfalls umsah. Er ging zu der Kleidertruhe und öffnete sie, doch sie war leer. »Er ist fort«, sprach er aus, was sie gedacht hatte.

Franziskas Mund war trocken, und sie nickte nur.

»Aber warum? Hat er sich nicht von deiner Freundin Therese verabschiedet?«

Franziska schüttelte den Kopf. Das hatte er nicht. *Aus welchem Grund?* Ein Bild formte sich in ihrem Inneren, eine dumpfe, schmerzhafte Ahnung. Langsam ließ sie die angehaltene Luft aus ihrer Lunge entweichen. *Nein, das konnte nicht sein ...* Hastig, wie getrieben, durchsuchte sie das Zimmer, leuchtete in jede Ecke, in die Truhe, unter den Tisch. Zuletzt riss sie das akkurat gefaltete Bettzeug auseinander, und kullernd fielen ein paar Münzen zu Boden, rollten eine Weile herum und blieben dann nacheinander mit einem leichten Klackern liegen.

Franziska bückte sich danach. Der Lichtschein der Kerze fiel auf etwas, das noch immer halb von der Decke verborgen auf der Matratze lag. Rasch gab sie Rudolph die Kerze und zog es hervor. Es waren zwei Blätter, das eine davon eine Zeichnung, das andere ein kleiner Zettel, auf dem in gestochen klarer Schrift eine kurze Nachricht stand.

Rudolph trat hinter sie, leuchtete Franziska über die Schulter.

Bitte verzeiht, dass ich mich nicht persönlich verabschiedet habe. Es ist besser so und macht es leichter. Anbei das Geld für die hervorragende Unterkunft und ein kleines Bild zum Abschied. Damit ihr – vielleicht – versteht.

Franziska hörte, wie Rudolph laut ausatmete. »Diese Schrift«, murmelte er. »Wo habe ich die zuletzt gesehen?«

Doch sie reagierte nicht darauf. Wie gebannt starrte sie auf das Blatt in ihrer Hand und versuchte zu begreifen, dass der Schotte wirklich fort war – und – was er mit seinem Schreiben sagen wollte. Unruhig griff sie nach der Zeichnung und hielt sie näher ans Licht der Kerze.

Obgleich sie diese Region bisher noch nie selbst gesehen hatte, wusste sie sofort, was darauf zu sehen war. Sie zeigte McBairds Heimat in Schottland, die Highlands seiner Eltern und Großeltern. Wie immer bei McBairds Bildern war auch diese Skizze voller Atmosphäre, ein bezauberndes Spiel von Licht und Schatten, das dem Beobachter die Szenerie plastisch entgegentreten ließ. Daneben bot sie eine Reihe wie zufällig hingeworfener und doch liebevoll ausgearbeiteter Details.

Das Blatt knisterte leise, als Franziska es höher hielt, näher an die Lichtquelle. Warum hatte McBaird das hier gezeichnet, diese Liebeserklärung an seine Heimat, oder besser: Warum hatte er es hiergelassen? War es nur ein kleines Dankeschön, ein Abschiedsgeschenk an seine Freunde und Gastgeber an Mosel und Rhein, oder hatte es noch eine andere Bedeutung?

Ihr Blick blieb an der rechten unteren Ecke des Bildes hängen, wo sich die Signatur McBairds befand, eine sorgfältig ineinander verschnörkelte Unterschrift. Doch was ihre Aufmerksamkeit besonders fesselte, war das florale Muster, mit dem er seine Signatur umgeben hatte, beinahe wie ein Siegerkranz, wie ein Lorbeerkranz. Nur dass es sich nicht um Lorbeerzweige handelte, sondern um von spitzen Zacken begrenzte Blätter, die symmetrisch um eine ebenso spitze Blüte angeordnet waren. Eine Distel. Etwas Ähnliches hatte sie doch vor nicht allzu langer Zeit irgendwo gesehen. Aber wo?

Franziskas Gedanken arbeiteten fieberhaft, und ihr entfuhr

ein Schrei, als sie sich plötzlich wieder erinnerte. Das geheime Versteck im Rülowschen Vorratsraum, das seltsame Schmuckstück aus Silber. Damals hatte sie nicht verstanden, was es darstellen sollte. Und nun stand es ihr plötzlich klar vor Augen.

Es war keine Anspielung auf einen Hirsch oder dessen Geweih, wie sie die ganze Zeit geglaubt hatte. Es war eine Blume, eine Distel ... Sie erinnerte sich daran, dass McBaird in diesem Gespräch vor der Castorkirche erklärt hatte, die Distel sei das Symbol seines Landes, *Schottlands*. Alles um Franziska drehte sich, während sich plötzlich eine Erkenntnis in ihrem Kopf formte, die so grausam war, dass sie laut aufkeuchte. Bei allen Heiligen, wie war das möglich? Wie konnte es sein, dass ...?

Sie war unfähig, den Gedanken zu Ende zu führen, geschweige denn, ihn laut auszusprechen. Stattdessen spürte sie, wie ein tiefer, sengender Schmerz durch ihre Brust fuhr, sich in ihrem ganzen Körper ausbreitete und ihr die Luft abschnürte. Das Licht der Kerze flackerte heftig, als sie herumfuhr. »Was hat man dir in Cöln erzählt, von den Gästen auf den Einladungen in von Rülows Haus?« Tränen brannten in Franziskas Augen, Ungläubigkeit wollte ihre Stimme lähmen. »Hieß es nicht, es seien immer wieder Künstler darunter gewesen? Ja, sogar ... sogar ein Maler?«

Auch ohne aufzusehen, spürte Franziska, wie Rudolph neben ihr erstarrte. Statt einer Antwort führte er die Lichtquelle näher an das Bild heran, das Franziska noch immer in Händen hielt, und betrachtete es schweigend. Die kleine Flamme begann leicht zu zittern, als sich seine Hand fester um die Kerze schloss. Und dieses Zittern bestätigte Franziska, dass ihre Erkenntnis richtig war. Eindeutig und unverrückbar.

»Es war kein Geweih«, sagte sie tonlos. »Diese Kette mit dem Anhänger im Versteck in der Vorratskammer des von

Rülowschen Hauses. Es war eine Distel, eine schottische Distel. Das Geschenk für die Zusammenarbeit bei dem Verrat ... Judaslohn.«

Alles in ihr sehnte sich danach, dass Rudolph sie in den Arm nehmen, zumindest aber ihre Hand ergreifen und ihr erklären würde, dass alles in Ordnung wäre, dass es eine andere Erklärung für all dies gäbe, und nicht das, wonach es aussah. Eine Schlussfolgerung, die unausweichlich und zugleich unerträglich war.

Doch Rudolph rührte sich nicht, machte keinerlei Anstalten, ihre Sorgen zu verscheuchen. »Deshalb ist mir die Schrift so bekannt vorgekommen«, sagte er gepresst. »Und auch dieses Bild, diese Art zu skizzieren und zu zeichnen ... Das habe ich schon mal gesehen. Damals bei den Plänen, die ich in der Ruine gefunden hatte. Es war nicht die Handschrift des Capitains, nicht sein Stil ... es war die von ... von McBaird.«

Die letzten Worte waren ein Flüstern, doch Franziska wusste es ohnehin, was das bedeutete. Sie wusste, dass es tatsächlich stimmte, und spürte, wie ihr eine Träne über die Wange lief. Deshalb also der entsetzte Gesichtsausdruck, als sie dem Schotten gesagt hatte, ihr Bruder säße wegen Landesverrats und gestohlenen Plänen im Gefängnis und warte auf seine Hinrichtung. Bis zu diesem Moment hatte McBaird nicht gewusst, dass er sich mit der Schwester des Mannes angefreundet hatte, der für seine Machenschaften, was auch immer diese bezwecken mochten, würde büßen müssen.

»McBaird ist der eigentliche Verräter«, stieß sie fassungslos hervor. »Er war der Initiator und wohl auch der Kontaktmann zu den Franzosen. Er hat Henriette von Rülow und Bäske wie Marionetten für sich agieren lassen.«

War es das, was sie damals in seinen Augen gelesen hatte,

Erschrecken, Überraschung, Schuldgefühle? Aber warum? Was hatte er davon? Weshalb sollte ein Mann wie er, ein abgedankter Offizier der britischen Streitkräfte, die bekanntlich die Verbündeten Preußens waren, mit dem gemeinsamen Feind paktieren? Mit Frankreich?

Das ergab doch alles keinen Sinn. Oder doch? Bevor Franziska diese Frage für sich beantworten oder doch zumindest neu abwägen konnte, riss Rudolphs Stimme sie aus ihren Gedanken.

»Alasdair, verdammt … *Alasdair.*« Heftig schlug er mit der Faust gegen die Wand, dann stürzte er durch die Tür.

Kapitel 50

Wieder nahm Franziska den Weg durch Thereses Keller zur Mosel, Rudolph, stumm und düster dreinblickend im Schlepptau. Wenn er – als Preuße und Offizier – dieses geheime Schlupfloch beanstandete, so erwähnte er es mit keinem Wort. Gemeinsam traten sie durch die knarrende Tür nach draußen.

Die Luft war warm, der Himmel sternenklar, und nichts in der Natur deutete darauf hin, dass in dieser Nacht irgendetwas anders war als zuvor. Und doch glaubte Franziska, eine aufgeladene Atmosphäre zu spüren, wie vor einem drohenden Gewitter.

Hoffentlich kamen sie nicht zu spät!

Rudolph berührte Franziska nicht, als er mit großen Schritten zum Moselufer lief. Weder reichte er ihr die Hand, noch sah er zu ihr hinüber. Die bevorstehende Konfrontation mit McBaird war seine Angelegenheit, seine persönliche Fehde.

Franziska dachte daran, was sie über die Beziehung der beiden Männer wusste. Sie waren zusammen im Krieg gewesen, hatten in der Schlacht von Belle-Alliance gekämpft – in verschiedenen Einheiten, unter verschiedenen Flaggen, jedoch als Verbündete im Kampf gegen die Franzosen ...

Das Knarren von Planken, das sanfte Geräusch von Wellen, die gegen Holz schlugen, zeigten, dass sie den richtigen Weg eingeschlagen hatten, und lenkten Franziskas Gedanken wieder in das Hier und Jetzt zurück.

Und dann erlebte sie ein Déjà-vu: Wieder erblickte sie einen Mann, der auf einem schwankenden Boot stand und dem

Fährmann gerade eine Münze in die Hand drückte, damit er ihn zu solch unchristlicher Zeit heimlich aus dem Bannkreis der Stadt schaffte.

»Alasdair!«

Franziska konnte nicht sagen, ob Rudolph diesen Namen gebrüllt oder geflüstert hatte, doch schien er plötzlich das ganze Tal auszufüllen, die Distanz zwischen ihnen und dem Boot zu überbrücken.

Langsam hob der Schotte den Kopf, richtete sich vorsichtig in dem schwankenden Boot auf und sah erst Rudolph, dann Franziska an, die atemlos zu diesem aufgeschlossen hatte. Nur noch zwei Armlängen von ihm entfernt standen sie am Ufer.

»Ihr habt mein Abschiedsgeschenk also schon gefunden. Und meine ... Nachricht.«

Es war eine Feststellung, keine Frage. McBaird wusste, dass sie sonst nicht hier wären, wusste, dass sie keine weiteren Antworten von ihm brauchten.

Beim Anblick des preußischen Offiziers mit der bedrohlichen Miene sprang der Fährmann rasch aus dem Boot und verschwand hinter einem Stück Mauerwerk.

»Du warst es, Alasdair! Die ganze Zeit über warst *du* es!« Rudolphs Stimme bebte vor Zorn und Enttäuschung.

McBaird hielt seinem Blick stand, doch waren seine Augen traurig. Sein Körper drückte tiefes, aufrichtiges Bedauern aus. Er antwortete nicht, weder stritt er es ab, noch versuchte er, sich zu rechtfertigen. Gerade so, als hätte er mit dem Bild, mit der kleinen verborgenen Botschaft bereits alles gesagt und dem nichts mehr hinzuzufügen.

Trotz der Wärme der Sommernacht schauderte Franziska und schlang fest die Arme um sich. Es war ein unwirklicher Moment, in dem nichts zu hören war als das leise Plätschern des Moselwassers.

»Warum, Alasdair?« Rudolphs Stimme war heiser. »Du hast doch gewusst, was das für mich bedeutete. Die Feste, dieser Bau ... und all die Vorwürfe und Verdächtigungen gegen mich ...«

»*Those accusations* ... diese Anschuldigungen sind absurd.« Unterdrückte Empörung schwang in McBairds Worten mit. »Die Preußen sind wahnsinnig, wenn sie jemandem wie dir Verrat vorwerfen. Du hast immer deinen Staat, deinen König und deine Pflicht an die erste Stelle gesetzt.«

»Versuch nicht abzulenken!« Scharf hallten Rudolphs Worte durch die Nacht. »Du hast *mich* verraten! *Mich* hintergangen.«

Der leichte Spott in McBairds Blick hatte etwas Entwaffnendes. »Wen? Dich oder deinen König? Seine Armee oder dein Corps?«

»Das ist das Gleiche! Du wusstest genau, was dieser Bau mir bedeutet ...«

»Ich wusste anfangs nicht einmal, dass du daran mitarbeitest. Das hab ich erst viel später erfahren, kurz bevor ich zu dir gekommen bin. Und dass es für dich alles war ... *yer haill life's dream* ... nein ...« Er schüttelte den Kopf. »Doch, es ist etwas anderes, ob man einen Freund hintergeht oder ein Land, ein Regiment, eine Armee. Menschen sind überall gleich, und Freunde, ganz egal, wo auf dieser Welt ... dieses Band ist heilig. *That's why I* ... Ich habe es nicht gewusst ... *I am sae sairy.*«

Schweigend hatte Franziska das Wortgefecht der beiden Männer verfolgt, die sich einmal so nahe gestanden hatten, so vertraut gewesen waren ... in einer anderen Zeit. Und es berührte sie, Tränen in Rudolphs Augen zu sehen.

»Sag mir wenigstens, warum, Alasdair? Was war dir so wichtig, dass du es über all das gestellt hast? Über unsere Freundschaft, über unser Vertrauen. Warum?«

Ein Nachtvogel glitt lautlos über das Boot hinweg und verschwand hinter den Mauern der Stadt. Aus einer Schankwirtschaft drang die lallende Stimme eines Betrunkenen, gedämpft und unendlich weit entfernt.

McBaird richtete sich noch ein Stück weiter auf und sah Rudolph an. Dann glitt sein Blick weiter zu Franziska. »*I thought you got my message* ... Aber gut ... *I did it a' for Scotland.*« Seine Stimme wurde weich. »Meine Heimat, Schottland, deswegen habe ich es getan.«

Franziska und Rudolph schauten sich fassungslos an.

Rudolph fand als Erster die Sprache wieder. »Schottland? Aber ich dachte, es wären die Franzosen, die sich für die Pläne interessiert haben. Wieso sollten die Briten, unsere Verbündeten, irgendein Interesse daran haben, uns zu schwächen? Ich ...« Rudolph brach ab und schüttelte den Kopf.

»Du verstehst nicht, *auld freen*. Es sind nicht die Briten, nicht die Engländer ... ja, noch nicht einmal die Schotten in ihrer Gesamtheit.« Langsam fuhr sich McBaird mit der Hand über die Brust und hielt in der Höhe seines Herzens inne. »Nur ich ... und einige Gleichgesinnte. Mehr nicht.«

Rudolph sah ihn noch immer ungläubig an. »Ich begreife das nicht.«

»Es ist doch schon seit ein paar Jahrzehnten so, dass die Industrialisierung in den wachsenden Großstädten immer mehr Menschen aus ihrer angestammten Heimat treibt, vom Norden in den Süden, vom Land in die Zentren. Nicht genug, dass die Engländer uns alles genommen haben und das ursprüngliche Leben in den Highlands mutwillig zerstört wurde. Schlimmer noch, all das gerät immer mehr in Vergessenheit. Die meisten jungen Leute schauen nur noch nach vorn, und es zieht sie nach London, nach York, vielleicht auch noch nach Edinburgh. Wir sind nicht viele, denen Schottlands Schicksal, ja seine Seele, so am Herzen liegt ... aber wir haben ein festes Ziel.«

McBaird machte eine Pause und wartete, als wolle er seinem Freund Gelegenheit geben, ihm eine Frage zu stellen. Doch Rudolph schwieg.

Also nickte der Schotte und fuhr fort. »Unser Ziel ist es, England zu schwächen, in seinen politischen und militärischen Belangen. Und was würde sich dafür besser eignen als die Stärkung des jahrhundertealten Gegners der Engländer: Frankreich? Eines Landes, das sich über die Zeiten und Generationen hinweg immer wieder als Freund und Verbündeter Schottlands erwiesen hat. Besonders wenn es gegen die Vorherrschaft der Engländer ging und ihre ... arrogante Dominanz.«

Fast glaubte Franziska den Geruch nach Kerzen und Weihrauch zu spüren, so sehr klangen seine Worte nach einer Beichte – die es wohl auch war.

»Wer sind die anderen?«, fragte Rudolph. Es war ein Befehl – ein Befehl zu bekennen und Namen zu nennen.

Ein wehmütiges Lächeln umspielte McBairds Mund. »Gutgläubige Patrioten und Idealisten. Niemand, der dir Sorgen bereiten müsste. Keiner von ihnen war an der Sache mit den militärischen Plänen persönlich beteiligt. Ich bin der Einzige von uns hier in deinem Land. Betraut mit einer Aufgabe, die ich mir selbst ausgesucht und aufgebürdet habe. *I'm alane* ...«

Die letzten Worte hatten so abgrundtief traurig geklungen, dass es Franziska weh ums Herz wurde. Mitleid mit dem Mann, den sie eigentlich hassen müsste, für das, was er ihrem Bruder angetan hatte, stieg in ihr auf.

Als habe er ihre Regung wahrgenommen, drehte sich McBaird zu ihr um. Da war er wieder, dieser aufrichtige, zugewandte Ausdruck in seinem Blick. »*You must hate me, lass, nay? Forgive me*. Ich wusste nicht, wer für meine Taten büßen

würde. *I dinna ken it was yer brither*, Ihr Bruder. Ich wusste überhaupt nicht ... *na, not at aw*, dass ein anderer für mich ...«
Mit einem Mal war McBaird nicht mehr in der Lage, die richtigen Worte zu finden. »*I pray, can ye forgie me?* Verzeihen Sie mir ... bitte.«

In seinem Blick lag ein Flehen, in seinen Augen ein solcher Schmerz, dass Franziskas Gefühle in einen schmerzhaften Widerstreit gerieten, der sie innerlich zu zerreißen drohte. Wie konnte sie einem Mann vergeben, der es billigend in Kauf genommen hatte, dass andere, dass ihr Bruder wegen seiner Machenschaften, seiner Ideale leiden musste – verhört, geschlagen und gefoltert wurde, den sicheren Tod vor Augen?

Und doch ... Ein schwacher Wind wehte von der Mosel herüber, fuhr durch ihr Haar, bauschte den Rock ihres Kleides ein wenig auf. Trotz der sommerlichen Milde fröstelte es sie.

»Ich habe Ihnen von meinen Großeltern erzählt, *remember?*«

Als habe McBaird ihre Gedanken gelesen, sprach er aus, was ihr durch den Kopf ging. Dieses Gespräch über seine Heimat und seine Familie damals bei der Kirche und dann auf dem Rückweg zum Gasthaus der Freundin. Wie oft hatte sie seither daran gedacht.

»Ich habe Ihnen erzählt, wie sie vertrieben wurden, verfolgt, nur weil sie waren, was sie waren«, fuhr McBaird fort. »Sie hatten die Wahl zwischen Exil und Tod. Man hat sie ihrer eigenen Kultur beraubt, ihrer Sprache, ihres Glaubens.«

Noch immer blieb Franziska stumm, nicht bereit, diesem Mann die Vergebung zu gewähren, nach der er verlangte. Dennoch, seine Worte berührten und erschütterten sie. Sie wusste selbst, wie es war, aufgrund seiner Herkunft ausgestoßen und mit beißendem Spott verlacht zu werden, benachteiligt zu sein. Sie kannte das Gefühl der Angst – auch wenn die Rheinländer unter den Preußen sicher weitaus weniger erleiden mussten als McBairds Großeltern und deren Landsleute unter den Engländern.

Und doch hätte es einen anderen Weg für ihn geben müssen. Einen ehrlichen – nicht den des Verrats.

»Jahrhundertelang haben meine Leute es versucht, auf andere Art eine Lösung herbeizuführen. Meine Familie, meine Ahnen, sie haben sich bemüht. Es hat Kriege gegeben und Verhandlungen, Exil und Verbannung, Hoffnung und blutige Schlachten – Frankreich war uns oft ein guter Gefährte *in our battle against the English*. Aber das Ende war immer nur, dass wir Stück für Stück unser Herzblut verloren, alles, was uns ausmachte, alles, was uns heilig war ... und ist.« Wieder war es, als könnte der Schotte Franziskas Gedanken lesen. Er beantwortete Fragen, die ihr auf der Seele brannten, obwohl sie diese nicht gestellt hatte. »Und was das Schlimmste ist: Viele der unseren scheinen sich damit abgefunden zu haben, in einer Welt des industriellen Fortschritts zu leben, die in unseren Städten entsteht, Wohlstand und große Profite verspricht ... *but the soul is dying*. Wer erinnert sich noch daran, *what is lost forever*, was wir verloren haben ... *The bloodsoaked thistle*.«

In McBairds Stimme lag etwas Bittendes, sein Blick heischte um Vergebung. Er war sich bewusst, was er getan hatte, um sein Ziel zu erreichen, und was es sie beinahe gekostet hatte – sie und vor allem ihren Bruder.

Franziska schwieg noch immer, und dieses Schweigen schmerzte sie so sehr, dass sie aufschluchzte.

Der Schotte stieg aus dem Boot, trat auf sie zu und streckte ihr die Hand entgegen. »*But ae thing was never nae lee.*« Er schien nach dem richtigen Wort zu suchen, »Eine Sache war immer ... aufrichtig: *My admiration and freendship*, meine

Bewunderung und meine Freundschaft. Das Schicksal hat uns beide auf entgegengesetzte Seiten gestellt.«

Franziska rührte sich nicht, ergriff nicht die ihr dargebotene Hand, sondern stand nur tränenüberströmt stumm da. Langsam nickte McBaird und ließ seine Hand sinken.

Er wandte sich zu Rudolph um, der schweigend und mit undurchdringlicher Miene zugehört hatte. »Was wirst du jetzt mit mir tun?«

Rudolph richtete sich zu seiner vollen Größe auf und erwiderte den Blick. »Sag du es mir ... Was macht man mit einem Freund und Lebensretter, der zum Verräter geworden ist?«

McBaird drehte die Handflächen nach oben und streckte sie Rudolph entgegen. »Wenn du mich verhaften musst, *haud forrit*. Ich werde dich nicht aufhalten.«

Rudolphs Ausatmen war so schwer, dass es wie ein Zittern klang. »Gib mir die Pläne. Die Pläne, die du abgezeichnet hast. Alles, was du stehlen konntest.«

Eine Weile geschah nichts, und es sah beinahe so aus, als wolle sich der Schotte weigern. Doch schließlich bückte er sich und kramte in seinem Gepäck, das sich erstaunlich bescheiden ausnahm. Er zog ein Bündel Rollen hervor und hielt sie Rudolph hin. »*Tak it. It's a' yours*. Es klebt Blut daran, aber es würde vielleicht noch mehr Blut fließen, wenn ich diese Dinge tatsächlich ihrer Bestimmung zuführen würde.«

Wortlos riss Rudolph ihm die Rollen aus den Händen.

»*I gey near killt a guid man, a saikless chiel – and my saul is tint*, meine Seele wird dafür büßen, dass ich fast das Leben eines Unschuldigen auf dem Gewissen habe. *I'm peyin the price een nou.*« McBaird schwieg eine Weile, bevor er fortfuhr: »Sei unbesorgt. Das ist alles, was ich habe. Noch hat nichts davon seinen Weg nach Frankreich gefunden. Und die Originale ... die hat noch immer Henriette ... Ich hab ihr gesagt, sie solle sie gut verwahren und ihrem Mann bald zurückgeben.«

Henriette von Rülow ... Franziskas Herz hämmerte, alarmiert von dem sanften, beinahe bedauernden Tonfall, in dem er von ihr sprach. Und plötzlich verstand sie.

»War sie auch deine Geliebte?«, fragte Rudolph rundheraus, bevor sie die Frage in ihrem Kopf formulieren konnte. »Hast du mit ihr das Bett geteilt, um sie für ihren Diebstahl zu bezahlen?«

McBairds schüttelte den Kopf. »*Na, na, auld freen*. Wo denkst du hin? Henriette habe ich immer nur mit Gold bezahlt, mit Gold und mit Whiskey ... und einer kleinen Silberkette, damit sie sich erinnert. Aber ... *no* ... die Ehe ist ein von Gott geheiligter Stand, in die ich nie zerstörend eintreten würde. *I mey be a traitor*, ich mag ein Verräter sein, wenn du es so nennen willst, aber ich bin kein Ehebrecher. Auch wenn Henriette sehr einsam ist in ihrem selbst gewählten goldenen Käfig«, setzte er hinzu.

McBaird stand vor ihnen, die Arme herabhängend, den Blick offen, aber unendlich traurig, wie ein gebrochener Mann, der alles verloren hat, was ihm etwas bedeutet und für das er gekämpft hat. Die Verkörperung einer vollständigen Kapitulation.

»*Tak them all, burn them.*« Er nickte in Richtung der Rollen mit den Plänen, die Rudolph in Händen hielt. »*I've sellt my saul for them*. Meine Seele habe ich verkauft. Aber es war umsonst ... alles ... vergeblich. Es wird kein neues Schottland geben, keine Wiedergeburt der alten Könige, Sitten und Gebräuche. Die nach uns Geborenen werden alles vergessen haben.« Seine Hand beschrieb einen großen Kreis, als er weitersprach: »So wie es auch kein neues, im Glanz des Mittelalter erstrahlendes Land am Rhein mehr geben wird, mit seinen

Schlössern und Burgen, geeint von der Hand des Bischofs.« Sein Atem ging schwer, als presse ihm diese Vorstellung die Brust zusammen. »Es wird alles ... alles hier ... Preußen sein, und eure Kinder werden eines Tages mit der Vergangenheit nichts mehr zu tun haben wollen. Sie werden die Ruinen der alten Burgen sehen und sagen: Lasst sie uns abreißen, sie sind hässlich, verfallen, und sie beleidigen unsere Augen.«

Das Schweigen, das nun folgte, schien Franziska so laut, dass es ihr in den Ohren dröhnte und mit den Geräuschen der Nacht, dem Gurgeln der Mosel und dem knarrenden Bootsrumpf zu einer unerträglichen Kakophonie anschwoll.

»Verschwinde, Alasdair ...«, drangen Rudolphs Worte an Franziskas Ohr, durchbrachen die Lähmung, die sie alle drei erfasst hatte. »Verschwinde, und lass dich nie wieder hier blicken.« Noch immer hielt er die Pläne in seinen Händen so fest umklammert, dass seine Knöchel weiß hervortraten. Es sah aus, als wolle er die Rollen zerquetschen.

»*Ye're latting me win awa?* Du lässt mich laufen«, brachte McBaird heiser hervor. »Aber ... *Yer forttress, yer dream* ...« Er brach ab.

Franziskas Blick flog von ihm zu Rudolph, der einen inneren Kampf mit sich auszufechten schien, eine Schlacht, bei der es keinen Sieger geben konnte, kein Gut und Richtig ... »Verschwinde, bevor ich meine Meinung ändere ... du ...« Er wandte sich so heftig um, dass Franziska erschrocken zurückwich. Seine Schritte raschelten im trockenen Sommergras, als er in Richtung Stadt davonschritt.

Franziska blieb mit dem Schotten allein zurück. Sie musterte ihn mit gerunzelter Stirn und dachte daran, wie er sie bei dem Überfall gerettet hatte. Jetzt, in diesem Moment, fragte sie, ob er aus Zufall Bäske in die Quere gekommen war und ihn daran gehindert hatte, sie noch schlimmer zuzurichten. Oder waren die beiden verabredet gewesen, um sich auszutauschen?

Nach allem, was Franziska verstand, war Stolzenfels nicht nur der geheime Treffpunkt zur Übergabe von Geld, Plänen und Informationen, sondern auch der Ort, an dem diese aufbewahrt wurden. Ein äußerst geschickt gewähltes Versteck, diese halb verfallene Burg aus dem Mittelalter, zwei Stunden Fußmarsch von der Stadt entfernt. Zugleich hatte die Ruine auch als das Liebesnest von Henriette von Rülow und Feldwebel Bäske gedient.

Plötzlich glaubte Franziska zu wissen, wer der »andere« war, den Henriette von Rülow erwähnt hatte – dieser Mann, der nicht bereit gewesen war, ihren Wünschen nachzukommen. Es war McBaird, der, wie Franziska nun wusste, die heilige Institution der Ehe in Ehren hielt, weil ihm Familie alles bedeutete. Familie, Ehre, Heimat und die Vergangenheit.

»*It's aa by wi' nou.* Alles ist vorbei.« McBairds sonore Stimme unterbrach ihre Gedanken, und sie hob den Kopf. »Beten Sie für mich. *Pitt up a ward for me to tae the Mither o' God and her son. Mibbe ...* vielleicht finde ich Vergebung, wenn *Sie* darum bitten. *Ae day.*«

Einige Atemzüge lang sprach keiner ein Wort. Regungslos stand Franziska am Ufer, den Blick auf den Schotten gerichtet, der noch immer in ihren Augen Vergebung suchte. So verzweifelt, als hinge davon seine Hoffnung ab, irgendwann wieder Frieden zu finden. Sie sah ihre Mutter vor sich, deren Beispiel ihr immer ein Wegweiser gewesen war und sie geleitet hatte. Und obgleich sich die Bilder von dem gepeinigten Körper ihres Bruders und seinem gebrochenen, entsetzten Blick dazwischenschoben, machte sie, wie von einem inneren Zwang getrieben, einen Schritt nach vorn. Und sie nickte.

»*Thank ye* ...« Die Last eines ganzen Lebens schien in diesen beiden Worten zu liegen. Schweigend drehte sich McBaird wieder zu dem leicht schwankenden Boot um und gab dem Fährmann, der sich noch immer verbarg, ein Zeichen, dass sie jetzt ablegen könnten. Nach einigem Zögern kam der Mann der Aufforderung nach, löste die Taue und kletterte hinter dem Schotten in das Boot. Dann stieß er es vom Ufer ab und begann, mit kräftigen Stößen flussabwärts zu rudern, wo die Mosel in den Rhein mündete. Franziska sah ihnen nach, beobachtete, wie das schaukelnde Gefährt immer kleiner wurde und schließlich in der Dunkelheit verschwand. Und damit Alasdair McBaird, der für eine kurze Zeit ein Freund gewesen war – nicht nur der ihre ...

Doch das war Vergangenheit, so wie McBaird selbst ein Mann der Vergangenheit war, die er nicht hinter sich zu lassen vermochte. Vergangenheit wie ihre eigenen Erinnerungen an ihre Kindheit und Jugend, an ihren Vater, die freien, glücklichen Tage zwischen Revolution und Krieg – aber auch an die Bilder vom Leid ihres Bruders. *Vergangenheit.* Vorbei ...

In Gedanken versunken blickte Franziska auf die sich kräuselnde Wasseroberfläche, die schwarz und unergründlich vor ihr lag. Plötzlich vernahm sie ein Räuspern und wandte sich von diesem Anblick ab ... und von der Vergangenheit.

Wenige Schritte von ihr entfernt stand Rudolph. Er wartete. Auf sie.

»Kommst du ... *mit mir?*«, fragte er leise.

Franziska spürte, dass diese Worte mehr bedeuteten, als in die Castorgasse zurückzukehren, zurück zum Gasthaus, zurück zu ihren Freunden. Es war wie ein Versprechen, ein Angebot. Sie lächelte. Es gab nicht nur eine Vergangenheit, düster und wundervoll zugleich, sondern auch eine Zukunft. Und ihr Herz sagte ihr, dass ihre Zukunft mit diesem wortkargen, zuweilen grimmigen Mann verbunden war, der noch immer schweigend auf eine Antwort wartete.

Statt etwas zu sagen, ging sie langsam auf ihn zu, und als sie nahe genug war, umfasste er ihre Hand mit der seinen – warm, rau und voller Leben.

Dann kehrten sie gemeinsam zurück in die Stadt. Keiner von beiden blickte sich noch einmal um.

Epilog

Ehrenbreitstein, Sommer 1823

Wie ein Gewebe aus Klang schmiegte sich die preußische Königshymne um die Mauern der Feste Ehrenbreitstein, schien sich von dort zu erheben und geradewegs zum Himmel emporzusteigen, der sich wolkenlos über das Mosel- und Rheintal spannte. Fünfhundert Augenpaare unter blauen Feldmützen blickten auf die einzugsbereiten Unterkünfte, die aus festem Stein errichteten Kasernenbauten der Anlage. Vier Jahre nach ihrer Fertigstellung waren sie nun ausreichend getrocknet, um bezogen zu werden.

Rudolph spürte, wie sein Herz bei diesem Anblick hart gegen seine Brust schlug. Sein Traum, sein Lebenswerk stand nun wirklich und wahrhaftig vor ihm. Zumindest der erste Abschnitt, denn die Bauten und Systeme, die näher zum Rheinufer hin lagen, würden erst im Laufe der nächsten fünf Jahre ihrer Bestimmung zugeführt werden können.

Die Hymne war zu Ende. Eine erwartungsvolle Stille hatte sich über die angetretenen Compagnien gelegt, eine Anspannung, die sich auf Rudolph zu übertragen schien. Dann ein gebrüllter Befehl, und fünfhundert blauberockte Soldaten machten kehrt, um in Reih und Glied zu ihren Unterkünften zu marschieren, die endlich dem Standard entsprachen, der ihnen als Diener des Königs zustand.

Einen Moment fühlte Rudolph einen kleinen Stich bei dem Gedanken daran, dass sein früherer Vorgesetzter und Förderer Gneisenau diesen Moment nicht miterleben konnte. Seit er auf politischen Druck hin das Generalkommando vor sieben

Jahren abgegeben hatte, war er durch politische Aufgaben im Osten gebunden. Doch Rudolph wusste, dass mit diesem Bau – ähnlich wie mit den anderen Festungswerken und Kasernen in der Stadt – nicht zuletzt auch die Reformen und Ideale seines Mentors in Stein gemeißelte Realität wurden.

Wirklich das Konstrukt eines neuen Zeitalters.

»Da haben wir gute Arbeit geleistet, nicht wahr, Harten?«

Generalmajor Aster war zu ihm getreten, und einem Impuls folgend nahm Rudolph Haltung an. »Jawohl, Herr Generalmajor.«

Selten war ihm eine Aussage so wahr vorgekommen, und auf dem leutseligen, ein wenig rundlichen Gesicht seines Vorgesetzten spiegelte sich eine ähnliche Begeisterung, wie er sie selbst in diesem Augenblick empfand.

»Ich sehe Sie heute Abend noch, Herr Leutnant?«

»Natürlich.« Rudolph nickte.

Aster hatte die Ingenieuroffiziere zu Ehren des Tages zu einem kleinen Umtrunk eingeladen. Ein solch bedeutendes Ereignis musste gebührend gefeiert werden. Rudolph hatte jedoch nicht vor, allzu lange zu bleiben, denn es gab noch eine andere – weitaus persönlichere – Angelegenheit, die er an diesem Abend zu erledigen hatte. Beinahe körperlich nahm Rudolph die Wärme wahr, die von dem kleinen Silberring ausging, den er bei sich trug. Der Ring war recht schmal, einen kostspieligeren hatte er sich von seinem bescheidenen Salär nicht leisten können, aber er war ein Liebespfand. Noch vor Sonnenuntergang gedachte er ihn einem zierlichen Finger überzustreifen – verbunden mit einem Versprechen.

Wirklich ein außergewöhnlicher Tag.

Rudolph lächelte, als er sich von seinem Vorgesetzten abwandte und noch einmal den Blick über den fertiggestellten Teil der Feste gleiten ließ. *Seine* Feste, sein Lebenswerk ...

Sechs Jahre Bautätigkeit lagen inzwischen hinter ihnen und nun, endlich ... Trotz des Pochens in seinem Bein genoss Rudolph den steilen Abstieg zurück ins Tal, die raue, wilde Natur, die ihn dabei umgab, während seine Gedanken abschweiften – zu den denkwürdigen Geschehnissen der vergangenen Monate.

Capitain von Rülow hatte kurz nach den Ereignissen, die ihn ebenso wie seine Frau betrafen, den Steinbruch verkauft, sein Amt als Offizier niedergelegt und war auf sein Landgut in Masuren zurückgekehrt. Nach anfänglichem Schweigen war es nach und nach doch zu Gerüchten gekommen, die nicht zuletzt dessen fidele Gattin betrafen, Gerüchte, die immer lauter wurden und zuletzt den Ruf des Capitains selbst ruiniert hatten.

Grimmig schüttelte Rudolph den Kopf. Nicht wirklich die Sühne, die einem solchen Verbrechen angemessen gewesen wäre. Doch wahrscheinlich war es für die lebenshungrige Henriette von Rülow ohnehin die härteste Strafe, künftig von dem gesellschaftlichen Leben abgeschnitten und auf ein abgelegenes Landgut verbannt zu sein. Der Capitain – der zwar nicht für den Verrat selbst, aber letztendlich für dessen Vertuschung verantwortlich gewesen war, hatte seine militärische Karriere selbst beendet. Nun denn ...

Ein kleiner Trost in Anbetracht der mangelnden Gerechtigkeit war die Entwicklung von Christian Berger. Nicht zuletzt aufgrund der Fürsorge und Pflege seiner Schwester hatte er sich nach den unseligen Ereignissen im Sommer des vergangenen Jahres recht schnell von seinen körperlichen und seelischen Verletzungen erholt und konnte seinen Dienst wieder aufnehmen. Glücklicherweise zeigte der neue Feldwebel nicht die Grausamkeit, Härte und Arroganz seines Vorgängers Bäske. Er führte seine Männer zwar mit Strenge, aber Umsicht.

Auf Rudolphs Drängen hin hatte von Rülow Wort gehalten und dafür gesorgt, dass Christian seit Beginn des Jahres zum persönlichen Burschen eines der Ingenieuroffiziere abgeordnet war. Diese Neuerung erlaubte ihm, zumindest teilweise aus der erdrückenden Tretmühle und Hierarchie des Garnisonsalltags zu entkommen.

Nach wie vor war es dem Jungen anzumerken, wie sehr er den Dienst unter der preußischen Fahne verachtete. Dennoch hoffte Rudolph aus voller Seele, dass Berger den Plan, zu seinen Verwandten nach Frankreich zu desertieren, endlich aufgegeben hatte. Immerhin würde er nach nur einem weiteren Jahr die aktive Truppe verlassen können.

Rudolph hatte den Rhein erreicht, der wie ein flammendes Band in der Sonne lag, malerisch, wundervoll. Wie das Symbol dieses Landes.

Ein feiner Stich durchfuhr seine Brust, als ihn dieser Anblick an einen Menschen erinnerte, der nicht erst im letzten Jahr für sein Leben eine besondere Bedeutung erlangt hatte. Alasdair McBaird, sein Freund, sein Lebensretter ... der Verräter. Noch immer schmerzte Rudolph dessen Treuebruch mehr, als er sich einzugestehen bereit war. Der Verlust der Freundschaft, der schroffe Abschied ohne Hoffnung auf ein Wiedersehen.

Einige Monate nach jenem letzten Zusammentreffen am Moselufer war ein kurzes Billett bei ihm eingetroffen. Zwar vermerkte es keinen Absender, doch trug es Alasdairs Handschrift. Es enthielt nur drei Worte: *Vergib mir* und *Danke*.

Vergebung ... Wortlos passierte Rudolph den Mautposten und betrat die schwankende Schiffbrücke, um hinüber in die Stadt zu gelangen. Dieses Konzept hatte es bisher in seinem Leben nicht gegeben. Einem Leben, das zunächst von der starren, unnachgiebigen Hierarchie auf dem Gutshof und dann vom Dienst in der preußischen Armee geprägt gewesen war.

Vielleicht war auch das einer der Gründe, weshalb er Franziska so sehr brauchte. Sie lehrte ihn, die Welt anders zu sehen und zu beurteilen, als er es gewohnt war. Sie hatte McBaird vergeben, sogar Verständnis für einen Mann aufgebracht, der beinahe ungeheures Leid über sie, ihre Mutter und vor allem über ihren Bruder gebracht hätte.

Dieses Verständnis, Franziskas Offenheit für Menschen und ihre Anliegen lernte Rudolph Tag für Tag mehr zu schätzen. Das galt auch für ihren Mut, ihre Unerschrockenheit und Geradlinigkeit. Sie scheute sich keineswegs davor, sich mit ihm, einem preußischen Soldaten, in aller Öffentlichkeit zu zeigen. So selbstverständlich wie wohl auch ihre Mutter Luise einst mit Lucien Berger, dem französischen Offizier.

Nicht dass Rudolph Franziska irgendetwas hätte bieten können, so beschränkt wie seine finanziellen Mittel waren. Der Lebensunterhalt eines Leutnants überstieg bei Weitem dessen Sold – und er hatte niemanden, der in der Lage gewesen wäre, ihn zu unterstützen.

Doch Franziska hatte bei ihrer Freundin Therese nicht nur eine Bleibe, sondern auch eine dauerhafte Anstellung gefunden. Noch immer wurde überall in Coblenz gebaut – über Gästemangel war daher nicht zu klagen.

Und an diesem Abend ... Rudolph lächelte still, würde in diesem Gasthaus eine kleine Verlobungsfeier stattfinden.

Kaum hatte er wieder festen Boden unter den Füßen, als ihm sein Bursche Fritz atemlos entgegengeeilt kam.

»Herr Leutnant.« Fritz nahm Haltung an, schnaufte jedoch, als wäre er den ganzen Weg bis hierher gerannt. »Ick hab da 'n Schreiben für Herrn Leutnant, von der Kommandantur. Is jerade eben einjetroffen und bestimmt wichtich.«

»Ein Schreiben ...« Rudolph spürte, wie sein Herz schneller zu schlagen begann, aus Furcht und zugleich aus Hoffnung.

Vor einigen Wochen hatte er bei der Kommandantur offiziell den Antrag zur Erlaubnis einer Eheschließung gestellt. Das war notwendig, da Angehörige der Armee nicht ohne die Zustimmung des Kommandanten oder des Königs eine Ehe eingehen konnten.

Wieder kam es ihm so vor, als strahle der Ring, den er bei sich trug, eine verräterische Wärme aus. Er riss Fritz den Brief aus der Hand, brach hastig das Siegel, faltete das Schreiben auseinander und überflog die Zeilen. Das Lächeln wich aus seinem Gesicht, seine Stimmung sank und der goldene Tag schien sich mit einem Schlag zu verdüstern.

»Verfluchte ...« Er schluckte den Rest des Satzes hinunter und zerknüllte das Schreiben zornig in der Hand.

Im Blick seines Burschen kämpften Neugierde und Mitleid einen einsamen Kampf – wobei Ersteres überwog.

»Ihr Antrag auf Eheschließung, Herr Leutnant?«, fragte er leise.

Ruckartig wandte sich Rudolph um. »Er wurde abgelehnt. Wie nicht anders zu erwarten.« Wütend stapfte er in Richtung Moselufer, gefolgt von Fritz, der jedoch klugerweise zwei Schritte hinter ihm blieb.

Wie hatte er auch nur so dumm sein können, zu glauben, seinem Ansinnen hätte Erfolg beschieden sein können. Offiziere erhielten nur dann eine Heiratserlaubnis, wenn sie mit ihrem privaten Vermögen eine Familie ernähren konnten – oder die finanziellen Möglichkeiten der zukünftigen Braut dies erlaubten. Eine Voraussetzung, die weder bei ihm noch bei Franziska gegeben war. Noch dazu musste die Auserwählte eines Offiziers einen tadellosen Ruf haben, was auf die Tochter eines bonapartistischen Feindes nicht unbedingt zutraf. Davon abgesehen stellten die unterschiedlichen religiösen Bekenntnisse ein schier unüberwindliches Hindernis dar.

Entgegen jeder Vernunft hatte Rudolph dennoch gehofft. So sehr wünschte er sich eine gemeinsame Zukunft an der Seite der Frau, die ihm mehr bedeutete, als alles andere in seinem Leben.

»Ick jeh dann mal, Herr Leutnant.« Mit einem knappen Gruß verschwand Fritz zwischen den Häuserzeilen. Als Rudolph sich umschaute, sah er Franziska unweit der Moselmündung stehen. Sie lächelte, als sie ihn entdeckte, es war deutlich, dass sie auf ihn gewartet hatte.

Rudolph spürte, wie er sich verspannte. Wie sollte er ihr nur die schlechte Nachricht nahebringen?

Schnell lief sie auf ihn zu, schien dann aber zu bemerken, dass etwas nicht stimmte. So blieb sie einen halben Schritt vor ihm stehen und sah ihn fragend an. »Was ist?«

Es kostete Rudolph Mühe, zu sprechen, all ihre Hoffnungen mit einem einzigen Satz zu zerstören. »Das Heiratsgesuch wurde abgelehnt.« Zornig drückte er ihr das zerknüllte Schreiben in die Hand, das sie auseinanderfaltete und rasch durchlas.

Ihre Augen waren ernst, als sie zu ihm aufsah, doch statt Verzweiflung erkannte er darin nur einen stummen Trotz und dahinter einen eisernen Willen. »Hast du etwas anderes erwartet?«, fragte sie leise.

»Nicht erwartet, aber gehofft...« *Sehnsüchtig gewünscht. Großer Gott!*

Einige Atemzüge lang war es Rudolph, als würde die Enttäuschung ihm die Luft abdrücken, der alte, ohnmächtige Zorn wieder zurückkehren. Wenn von Rülow damals die Sache nicht vertuscht hätte und Rudolphs Leistungen bei der Aufklärung nicht verschwiegen worden wären... vielleicht würden dann die Dinge heute anders liegen, aber so?

Franziska machte einige Schritte auf das Ufer zu und betrachtete wortlos das faszinierende Spiel der Wellen, die rötliche Abendsonne, die flammend über dem Rheintal versank.

»Einen schönen Tag hat sich dein König ausgesucht für die Einweihung seiner Feste.«

Rudolph sah auf, irritiert von dem plötzlichen Themenwechsel, der subtilen Aussage, die Franziska damit traf. »Ist er nicht auch dein König?«, fragte er, obgleich er die Antwort bereits kannte.

Nach einem Moment des Schweigens wandte sie sich wieder zu ihm um. »Muss er das sein?«

Kaum merklich schüttelte Rudolph den Kopf. »Wahrscheinlich nicht.«

»Danke.« Sie hatte leise gesprochen, und doch hatte er es gehört.

»Wofür?«

Ein feines Lächeln glitt über ihr Gesicht. »Dafür, dass du nicht versuchst, mich zu etwas zu machen, was ich nicht bin. Was ich niemals sein kann.«

»Wie zum Beispiel meine Frau?«

Ihr Gesicht verdüsterte sich. »Das ist keine Sache, die ich zu entscheiden habe. Dein König erlässt diese Gesetze.«

Mit festem Druck umfassten Rudolphs Finger ihr Handgelenk.

»Ich warte auf dich«, sagte er leise. »Ich bin Soldat und habe gelernt, mich zu gedulden. In ein paar Jahren könnte ich Capitain sein, und dann, wer weiß ...«

»Warten?« Ein Aufblitzen stahl sich in Franziskas Augen. Der entschlossene Ausdruck auf ihrem Gesicht ließ Rudolph alarmiert innehalten.

»Du brütest doch gerade etwas aus, *ma chère*«, flüsterte er.

»Ich weiß nicht, wie du die Sache siehst, Herr Leutnant, aber ich habe nicht vor, kampflos aufzugeben.«

»Sind wir wieder im Krieg?« Rudolphs Stimme klang belegt.

»Sag du's mir. Ich jedenfalls war damals nicht bereit, vor den Preußen zu kapitulieren, und bin es jetzt noch viel weniger.«

»Vergiss nicht, dass in dieser Sache nicht nur der abschlägige Bescheid des Königs im Weg steht, sondern auch die Mischehenverordnungen, da du einen anderen Glauben ...«

»Zum Donnerwetter mit so viel Kleingeistigkeit!«, unterbrach Franziska ihn mit einer schroffen Handbewegung. »Ich kann es nicht mehr hören.«

Beim Anblick der unerschütterlichen Entschlossenheit im Blick der jungen Frau musste Rudolph trotz des Ernstes der Situation auflachen. »Und was hast du vor, dagegen zu unternehmen? Planst du etwa eine neue Revolution?«

Franziska zog die Augenbrauen zusammen. »Das wird sich noch zeigen. Aber klein beigeben werde ich nicht. Es wird sich eine Lösung finden, vielleicht nicht jetzt gleich, aber ... aber ...«

Tränen des Zorns und der Enttäuschung standen ihr in den Augen. Rudolph beugte sich zu ihr, berührte mit seinen Lippen sanft ihre Wangen. Sie erschauderte kurz, ergriff dann aber seine Hand. »Komm mit.«

Nur allzu willig folgte ihr Rudolph die wenigen Schritte durch die Castorgasse zu Thereses Gasthaus, das an diesem Sommerabend einladend die Tür geöffnet hatte. Zu seiner eigenen Überraschung verspürte er bei diesem Anblick ein Gefühl des Trostes, der Vertrautheit. Dieses schlichte Gebäude war in den vergangenen Monaten nicht nur für Franziska, sondern auch für ihn selbst zu etwas wie einem Zuhause geworden.

Erst als sie kurz vor dem Eingang standen, bemerkte Rudolph, dass Franziska leise vor sich hin summte. Eine schwungvolle, kämpferische Melodie, die sehr anziehend klang und zu ihrem ein wenig trotzigen Gesichtsausdruck passte.

Einem Impuls folgend hielt er sie fest. Dann griff er in seinen Uniformrock und zog den kleinen silbernen Ring hervor, der einen Moment hell in der Sonne aufblitzte. »Wenn es dir also nichts ausmacht, gegen die Weisungen des Kommandanten und des Königs, der Armee und des Staates zu handeln...«, brachte er atemlos hervor, »dann verspreche ich dir meine Liebe, meine unverbrüchliche Treue und dass ich, sobald es irgendwie möglich sein wird, mit dir vor den Altar trete.«

Ein Lächeln umspielte ihre Lippen und brach sich in ihren Augen. Wortlos reichte sie ihm die Hand. Seine Finger waren kalt, als er ihr den Ring überstreifte, der wie angegossen passte. »Heißt das, wir sind nun verlobt?«

Er nickte. Langsam und ernst.

Franziska hob die Augenbrauen. »Gegen den Willen deines Königs und Kommandanten?«

Rudolphs Stimme klang belegt. »Man kann mir verbieten, eine Ehe einzugehen, jedoch nicht, eine solche zu versprechen.« *Oder eine Frau zu lieben.*

Zärtlicher Spott schimmerte in ihren Augen. »Premierlieutenant Harten, ein Aufwiegler und Revolutionär... wer hätte das gedacht.«

Ehe Rudolph etwas darauf erwidern konnte, hatte sie sich auf die Zehenspitzen gestellt und ihre Lippen auf die seinen gedrückt. Dann hakte sie sich bei ihm ein und zog ihn hinter sich in die Gaststube, während sie wieder begann, diese Melodie zu summen, mit Inbrunst und ein klein wenig verschmitzt.

Erst als Rudolph sich zu ihr hinbeugte, erkannte er, um was es sich handelte.

Es war die Marseillaise.

Nachwort

Seit mehr als zweitausend Jahren gestaltet sich die Geschichte des Rheinlandes so bunt wie ein Flickenteppich und so aufregend wie die wilden Auswüchse des dort seit alter Zeit heimischen Karnevals. Von jeher kam dieser Region aufgrund ihrer Lage eine besondere kulturelle und wirtschaftliche Bedeutung zu, auch war sie durch die Vielseitigkeit gesellschaftlicher, ethnischer und politischer Strömungen geprägt. Hier siedelten, herrschten und bauten zunächst Kelten, Römer und Germanen. Entlang des Rheins und seiner Nebenflüsse wuchsen bedeutende Städte und Metropolen heran.

Im Mittelalter und in der Frühen Neuzeit regierten die Kurfürsten von Mainz, Köln und Trier über das Land an Rhein und Mosel, das auch nach der Reformation überwiegend katholisch blieb. Als Erzbischöfe hatten die Kurfürsten sowohl die staatliche als auch die kirchliche Macht inne. Das änderte sich erst mit der Französischen Revolution und den darauf folgenden Kriegen, die das Ende der alten Verhältnisse einläuteten. Das Gebiet links des Rheines fiel an Frankreich, die rechtsrheinischen Gebiete wurden dem sogenannten Rheinbund zugeschlagen und damit ebenfalls unter französische bzw. napoleonische Vorherrschaft gestellt. Klöster und Kirchen wurden säkularisiert, viele der alten Zöpfe wurden buchstäblich abgeschnitten, und die Städte am Rhein erlebten eine Liberalisierung. Mit dem *Code Civil* (später auch: *Code Napoléon*) wurde auch hier das französische Gesetzbuch eingeführt, das – zumindest der männlichen Bevölkerung – ein nie gekanntes Maß an persönlicher und bürgerlicher Freiheit garantierte, nicht zuletzt auch von kirchlicher Autorität. Parallel dazu sorgten tiefgreifende Veränderungen wie beispielsweise die Abschaffung des Zunftzwangs für einen gewissen wirtschaftlichen Aufschwung.

Doch nach der Völkerschlacht bei Leipzig im Herbst 1813, den weiteren Niederlagen Napoleons, dessen Abdankung und Verbannung auf die Insel Elba sowie dem Pariser Frieden 1814 sollte die Uhr zurückgedreht werden. Auf dem Wiener Kongress 1814/1815 berieten sich die europäischen Fürsten über das zukünftige Schicksal Europas mit dem Ziel, die alten, vorrevolutionären Verhältnisse wiederherzustellen und die ungeliebten freiheitlichen Ideen der Französischen Revolution ein für alle Mal aus ihren Ländern zu verbannen. Im Zuge der Kongressbeschlüsse fiel das zuvor französische Rheinland unter preußische Herrschaft. Die neuen rheinischen Provinzen Jülich-Kleve-Berg und das Großherzogtum Niederrhein waren ab 1815 Berlin zur Verwaltung unterstellt (im Jahre 1822 sollten sie zur preußischen Rheinprovinz vereinigt werden.)

Nach seiner Flucht von Elba im Frühjahr 1815 ergriff Napoleon erneut die Macht. Sein Aufmarsch gegen die sogenannte Heilige Allianz der drei Monarchen Österreichs, Russlands und Preußens und den mit ihnen verbündeten Briten endete blutig und endgültig in der legendär gewordenen Schlacht von Waterloo (in der zeitgenössischen deutschen Geschichtsschreibung meist Belle-Alliance genannt). Das Schicksal des Kaisers der Franzosen – und ganz Europas – war dadurch besiegelt. Napoleon wurde auf die Insel St. Helena im Südatlantik verbannt, wo er am 5. Mai 1821 starb.

Europas politische Machthaber, die auch nach Napoleons Scheitern erneute revolutionäre Unruhen fürchteten, begannen, die seit der Französischen Revolution gewonnenen Rechte und Freiheiten in ihren Staaten stark einzuschränken, Neuerungen und Reformen rückgängig zu machen. Auch in Preußen herrschte die Angst vor einem politischen Umsturz, einer neuen Revolution, die Sicherheit und Ordnung gefährden würde. Vor diesem Hintergrund wurden im Rheinland ansässige ehemalige französische Soldaten oder Franzosen, die dortgeblieben waren, zunächst streng überwacht. Das schloss manchmal auch die Bespitzelung der persönlichen Post ein. Im gesamten Gebiet des Deutschen Bundes wurde, vor allem auf Druck Österreichs und Preußens, nach und nach ein rigoroses System von Bevormundung, Zensur und politischer Überwachung eingeführt. Besonders die Karlsbader Beschlüsse von 1819 beschnitten erneut die persönliche und politische Selbstbestimmung der Menschen. Die Presse- und Meinungsfreiheit wurde unterdrückt, die Zensur verschärft. Ein rigides Überwachungssystem kontrollierte öffentliche Äußerungen. Das galt auch für Forschung und Lehre. Universitäten und deren Professoren unterlagen einer staatlichen Aufsicht. In dieser Zeit genügte es bisweilen, allzu forsch seine politische Meinung kundzutun, um unter Beobachtung gestellt oder gar inhaftiert zu werden. Selbst Geistliche mussten Entlassung oder Haftstrafen fürchten, wenn ihre Gesinnung oder ihre Predigten mangelnde Staatstreue vermuten ließen. Im Laufe des 19. Jahrhunderts spitzte sich diese Situation weiter zu: Während der sogenannten Kölner Wirren Ende der 1830er-Jahre kam es sogar zur Verhaftung des Kölner Erzbischofs. Auch der unter Bismarck in der zweiten Hälfte des Jahrhunderts ausgefochtene Kulturkampf kann im weitesten Sinne als Fortsetzung dieser Konflikte betrachtet werden.

Insbesondere Friedrich Wilhelm III. war am Wiedererstarken der alten politischen Ordnung gelegen. Der preußische König fürchtete überall aufrührerische und umstürzlerische Umtriebe. Selbst vergleichsweise gemäßigte Reformer wie der im Roman erwähnte Neidhardt von Gneisenau taten sich in diesem politischen Klima schwer. Nach und nach schwand ihr Einfluss auf König und Staat, während die konservativen Kräfte weiter an Macht gewannen. Gneisenau verlor nicht nur das Vertrauen seines Monarchen, sondern gab vor diesem Hintergrund 1816 auch das Generalkommando am Rhein ab und wurde zu unbedeutenden Aufgaben nach Berlin und in den Osten Preußens abkommandiert.

Dennoch waren die im Jahre 1807 begonnenen – vom König eher geduldeten – preußischen Reformen nicht ohne Wirkung geblieben und hatten erhebliche Änderungen im politischen, gesellschaftlichen und militärischen Bereich verankert. So wurde beispielsweise in allen preußischen Provinzen die Leibeigenschaft abgeschafft, auch wenn es noch bis weit ins 19. Jahrhundert mancherorts bei einem komplexen System von Abhängigkeit, wirtschaftlicher und juristischer Bevormundung blieb.

Parallel dazu führte die von 1807 bis 1814 durchgeführte Heeresreform zu Neuerungen innerhalb der preußischen Armee. Für jeden Mann ab dem Alter von 20 Jahren galt die Wehrpflicht. Auf drei Jahre im aktiven Militärdienst folgten weitere drei Jahre als Reservist. Da die Anzahl junger Männer jedoch bei Weitem größer war als der tatsächliche Bedarf an neuen Rekruten, wurde stets nur ein Teil von ihnen tatsächlich eingezogen. Im Zuge der Reformen wurden nun auch Nichtadelige zum Offizierspatent zugelassen, allerdings gaben die damit verbundenen Kosten, die der Offizier selbst zu tragen hatte, weiterhin eine soziale Auswahl vor. Im Ingenieurcorps machten Bürgerliche bald weit über die Hälfte der Offiziere aus.

Zugleich wurden manche der in früheren Zeiten üblichen drastischen militärischen Disziplinarmaßnahmen abgeschafft. Folter und Körperstrafen waren nun entweder verboten oder durften nur noch in Ausnahmefällen, stark eingeschränkt und penibel überwacht, Anwendung finden. Damit ging es in der preußischen Armee in vielerlei Hinsicht humaner und progressiver zu als bei den Heeren mancher deutschen und europäischen Nachbarländer. Dennoch herrschte auch dort weiterhin eine extrem starre Hierarchie. Es galt absolute Disziplin, welche die völlige persönliche Unterordnung forderte.

Als in der Restaurationszeit nach den Napoleonischen Kriegen die konservativen Kräfte auch in der Armee wieder an Einfluss gewannen, drohten manche Ideale der Reformer immer mehr zurückgedrängt zu werden. Doch obgleich es bis in 20. Jahrhundert hinein immer wieder zu Misshandlungen, Übergriffen oder Schikanen von Vorgesetzten gegenüber untergebenen Soldaten kam, behielten die Reformen selbst dauerhaft ihre Gültigkeit.

Um die finanzielle Situation der Militärs war es in Preußen jedoch eher schlecht bestellt. Zwar erhielten einfache Soldaten freie Kost, Unterbringung, Uniformierung, Ausrüstung und ärztliche Versorgung, aber Löhnung bzw. Sold fielen bescheiden aus. Der zusätzliche Dienst beim Festungsbau, der extra entlohnt wurde, hatte daher einen durchaus nicht zu gering zu achtenden Reiz. Aber auch die Offiziere niederer Ränge wie Fähnrich oder Leutnant befanden sich oft in prekären finanziellen Verhältnissen. Anders als bei den Mannschaftsdienstgraden mussten die Offiziere selbst für Ausrüstung, Uniform und den Großteil ihres Lebensunterhalts aufkommen. Auch bei einem verhältnismäßig sparsam lebenden Leutnant überstiegen die Lebenshaltungskosten deutlich dessen Sold. Das bedeutete, dass dieser entweder auf eine finanzielle Unterstützung seiner Familie angewiesen war oder sich Geld leihen musste. Viele jüngere Offiziere waren deshalb über Jahre hinweg verschuldet.

In den Beginn dieser Zeit der konservativen Restauration, des fast gewaltsam durchgesetzten Rückschritts hinter die Zeiten von Revolution und Reformen, fällt die Übernahme des Rheinlandes durch Preußen im Jahre 1815. Diese von beiden Seiten zunächst unerwünschte Zwangsverbindung stellte sich für alle Beteiligten sehr rasch als Kulturschock heraus. Die Kluft schien unüberbrückbar. Auf der einen Seite stand das selbstbewusste Rheinland mit seinen zahlreichen städtischen Zentren, das zumeist tief in der katholischen Tradition verwurzelt und durch 20 Jahre französischer Herrschaft zugleich vom Geist der Revolution und der modernen Zeit beeinflusst war. Preußen hingegen war weitgehend ländlich geprägt, weitaus konservativeren Werten verpflichtet und zudem vorwiegend protestantisch.

Die soziokulturellen, religiösen und politischen Spannungen wurden nicht nur in den Ratssälen und Gerichten ausgetragen, sondern häufig auch auf den Straßen. Gewalttätige Ausschreitungen und Schlägereien waren in diesen unruhigen, politisch aufgeladenen Zeiten keine Seltenheit, wobei der konkrete äußere Anlass oft eine Nichtigkeit sein konnte. Szenen wie die im Roman geschilderten Situationen – bei der Prozession oder in den Schankhäusern – haben sich so und ähnlich tatsächlich in den preußisch gewordenen Städten am Rhein immer wieder abgespielt.

Allerdings führten die neuen preußischen Machthaber auch Änderungen und Neuerungen ein, von denen das Land am Rhein auf lange Sicht profitieren sollte. Dazu zählen vor allem Fortschritte auf den Gebieten der Technik und Medizin. Zudem wurde quer durch das Land eine gut durchdachte Verwaltung und Verkehrsinfrastruktur errichtet. Die im Jahre 1825 eingeführte Schulpflicht sorgte für eine breitflächige Alphabetisierung der Bevölkerung. Zudem trieb Preußen auch die Industrialisierung im nördlichen Rheinland voran.

Wichtige Zentren entstanden, die noch heute von Bedeutung sind. Allerdings verhinderten die durch Stadtbefestigung und Umwallung verursachte Enge und Abgeschlossenheit, dass Festungsstädte wie Koblenz oder Köln an dieser positiven industriellen und wirtschaftlichen Entwicklung teilhaben konnten.

In militärischer Hinsicht war unmittelbar nach der Übernahme des Rheinlandes durch Preußen im Jahre 1815 (faktisch bereits 1814) damit begonnen worden, das Verteidigungskonzept an der Westgrenze Preußens und des Deutschen Bundes zu entwickeln und umzusetzen. Die Festung Koblenz und Ehrenbreitstein war dabei nicht nur die größte und bedeutendste, sondern auch die erste vollständig neu geplante Anlage.

Im März 1815 erteilte Friedrich Wilhelm III. die Order zur Neubefestigung der Stadt Koblenz und der Festung Ehrenbreitstein. Im Zuge dessen erhielt die – bereits zu kurtrierischer Zeit als Festung dienende – Stadt eine fast unüberwindbare Umwallung mit gut gesicherten Toren. Um diese herum wurden vorgeschobene Festungswerke errichtet, die eine starke Verteidigung einschließlich Ausfällen gegen die gegnerischen Stellungen ermöglichten: Neben der Feste Ehrenbreitstein zählen dazu beispielsweise das Fort Asterstein, die Feste Kaiser Franz in Lützel und auf der Karthause die Feste Kaiser Alexander sowie das Fort Konstantin.

Eine Besonderheit der Koblenzer Festungswerke lag darin, dass sie nicht nur für die Kriegs- und Belagerungszeit geeignet, sondern auch in Friedenszeiten durch die Aufnahme der Garnison für die Stadt von Bedeutung waren – die Soldaten mussten nicht mehr in Privatquartieren untergebracht werden. Auch befand sich ab 1815 (bis zum Ende des Ersten Weltkriegs) das Generalkommando des VIII. Armeecorps in Koblenz.

Für viele der Koblenzer Bürger bedeutete dieser Festungsbau einen tiefen Einschnitt in ihr bisheriges Leben. Wurden zu diesem doch durch die preußische Verwaltung zahlreiche Gebäude und Grundstücke zwangsenteignet. Erschwerend kam hinzu, dass die Enteigneten oft nur unzureichend, teilweise sogar um Jahre verzögert, entschädigt wurden, was die betroffenen Familien nicht selten an den Rand des Ruins trieb. Sie waren ihrer Lebensgrundlage beraubt worden, ohne dafür umgehend eine finanzielle Gegenleistung zu erhalten. Noch Mitte des 19. Jahrhunderts wurden Entschädigungsansprüche gestellt, die bis zu diesem Zeitpunkt noch nicht beglichen worden waren. Aber nicht nur die Beschaffung von Baugelände, sondern auch die Heranziehung von Arbeitskräften sorgte für Unmut und Unruhe in den neuen preußischen Rheinprovinzen.
Der Beginn des Festungsbaus in Koblenz 1815 fiel in die Zeit des erneuten Krieges gegen Napoleon (1. März bis 22. Juni 1815), und viele Truppen befanden sich im Feld. Es war also nicht möglich – wie ursprünglich anvisiert –, Soldaten zu den Bautätigkeiten abzukommandieren. Deshalb griff das Militär anfangs auf Fronarbeiter zurück, das heißt, einheimische Rheinländer wurden gegen eine äußerst geringe Entschädigung zu Arbeiten am Bau der Festung zwangsverpflichtet. In dieser Zeit konnten diese ihren Aufgaben im eigenen bäuerlichen oder handwerklichen Betrieb dann natürlich nicht nachkommen – ein weiterer unguter Punkt, der die rheinisch-preußischen Beziehungen nachhaltig beeinträchtigte. Der damalige Koblenzer Oberbürgermeister Johann Josef Mazza legte massiven Protest gegen die Zwangsverpflichtung zu Frondiensten ein. Ab dem Herbst 1816, besonders aber ab Anfang 1817 wurden dann verstärkt freiwillige zivile Arbeiter angeworben. Öffentliche Ausschreibungen sorgten für eine annähernd geregelte Arbeitssituation, bei der sich auch einheimische Baufirmen bewerben

konnten. Parallel dazu war auch das Militär am Festungsbau beteiligt. Wie im Roman beschrieben, wurden dabei oft Pioniere zu Schanzarbeiten herangezogen. Aber auch Soldaten anderer Truppenteile konnten zum zusätzlichen Dienst am Festungsbau abkommandiert werden und erhielten für ihre Tätigkeit täglich einen Groschen zusätzlich.

Die Grundsteinlegung für den Wiederaufbau der Feste Ehrenbreitstein fand im Juni 1817 statt. Dabei wurde diese zum Großteil auf den Grundrissen und Fundamenten der 1801 während der Koalitionskriege geschleiften, kurtrierischen Feste errichtet. Dessen ungeachtet war die preußische Feste ein völlig neuartiger Bau, der – wie auch die gesamte Festung Koblenz und Ehrenbreitstein – alle damals modernen Theorien und Erkenntnisse der Festungsarchitektur integrierte. Er sollte später zum Modell und Vorbild für weitere Festungsbauten in Preußen und im Gebiet des Deutschen Bundes, ja in ganz Europa werden – quasi als Prototyp der »Neupreußischen Befestigungsmanier«.

In dem umfassenden Gebäudekomplex der Feste wurden sowohl althergebrachte als auch neue, im Koblenzer Gebiet unübliche Materialien verbaut, beispielsweise Backsteine. Ehrenbreitstein diente als Lehrbaustelle, auf der Bautechniken, Materialien und Strukturen erprobt und getestet wurden. Von überall her kamen Baumeister und Experten nach Koblenz. Selbst aus dem entfernteren Ausland wurden Fachkräfte angeworben – Backsteinbrenner aus den Niederlanden oder Steinhauer und Maurermeister aus Bayern und Tirol.

Aufgrund der ausgeklügelten Systeme der Verteidigung und Versorgung wäre die Feste Ehrenbreitstein im Fall einer Belagerung mit 1500 Mann etwa ein halbes Jahr in der Lage gewesen, sich selbst zu versorgen. Für die gesamte Festung Koblenz und Ehrenbreitstein war eine Kriegsbesatzung von 11 000 bis

12 000 Mann vorgesehen, notfalls hätten sogar bis zu 50 000 Soldaten aufgenommen werden können. Zwar wurde die Festung im Laufe ihres Bestehens mehrfach in Belagerungszustand versetzt, musste jedoch nie einem klassischen Angriff standhalten.

Auch wenn man in der damaligen Zeit noch nicht über die heutige Waffentechnik verfügte und Kampfhandlungen daher – im Vergleich zu heute – nur begrenzten Schaden anrichten konnten, waren die Folgen des Krieges für die Betroffenen oft entsetzlich. Gerade die Überlebenschance von im Feld verwundeten Soldaten war sehr gering. Trotz aller Fortschritte steckte die moderne Medizin im frühen 19. Jahrhundert ja noch in den Kinderschuhen, nicht zuletzt in Bezug auf Hygiene, Isolation und der damit verbundenen Eindämmung von Epidemien. Vor diesem Hintergrund ist auch Rudolphs Beinverletzung zu sehen. Tatsächlich endeten in dieser Zeit die weitaus meisten offenen Schenkelfrakturen und Durchschüsse tödlich, insbesondere wenn nicht rechtzeitig amputiert wurde. Wer dennoch überlebte, litt fast immer ein Leben lang unter den zahlreichen Spätfolgen: Bewegungseinschränkungen an Knie und Gelenken, Beinverkürzung, dauerhafte, starke Schmerzen sowie Schwierigkeiten beim Gehen. Da bakterielle Erreger zu dieser Zeit noch nicht mit Antibiotika behandelt werden konnten, kam es sogar vor, dass Verletzungen noch Jahre nach der Verwundung nicht ganz verheilt waren und weiter eiterten. Manche Männer starben sogar später an wieder neu aufflammenden Infektionen. Aber auch diejenigen, die es – wie Rudolph Harten im Roman – schafften, ihre Verwundung dauerhaft zu überleben und gar vollständig abheilen zu lassen, konnten oft aufgrund ihrer körperlichen Behinderung und Schmerzen keiner beruflichen Tätigkeiten mehr nachgehen. Ein Großteil glitt in Armut und Trunksucht ab – Alkohol war häufig das einzige Mittel, die ständigen Schmerzen zu betäuben. Es gehörte also ein außergewöhnliches Maß an Entschlossenheit und Willensstärke dazu, sein Leben trotz einer solchen Verwundung und den damit verbundenen Folgen und Einschränkungen weiterhin selbst zu gestalten.

Wie in weiten Teilen Europas im frühen 19. Jahrhundert herrschte auch im Rheinland ein ausgeprägter Fortschrittsglaube, ausgelöst durch zahlreiche technische und wissenschaftliche Entdeckungen und Errungenschaften. Dem gegenüber stand eine romantisierend-verklärende Rückwärtsgewandtheit. Die Epoche in Kunst und Literatur, die später den Namen Romantik erhielt, hatte bereits zu Revolutionszeiten ihren Anfang genommen und gelangte in den ersten Jahrzehnten des 19. Jahrhundert zu voller Blüte. Besonders die Rheinromantik zog unzählige Menschen an, darunter häufig britische Touristen, Maler und Dichter, 1845 sogar Königin Victoria selbst. Die tief empfundene Sehnsucht nach der Welt des Mittelalters mit ihren Burgen, Rittern und Edelfräulein, die rückblickend als geordnet und überschaubar wahrgenommenen wurde, bildete den Gegenpol zur damaligen, von Umstürzen und Änderungen geprägten Gegenwart. Vor diesem Hintergrund keimte in vielen europäischen Staaten ein Nationalbewusstsein auf, eine Rückbesinnung auf eigene, als traditionell empfundene Werte und Traditionen. Auch in Schottland war ein Wiedererstarken der nationalen Identität und Eigenständigkeit zu erkennen. Schottische Dichter wie Robert Burns, Romanautoren wie Sir Walter Scott und später Robert Louis Stevenson trugen mit ihren Werken dazu bei, diese Sehnsucht, dieses Idealbild weiter zu fördern und trafen damit den Nerv der Zeit und ihrer Leser.

Ein weiteres Charakteristikum dieser Epoche während und nach den Napoleonischen Kriegen waren fast überall am Rhein – nicht nur in Koblenz – die zahlreichen Nachkommen einheimischer Frauen mit französischen Soldaten. Nach dem damals gängigen französischen Namen Jean, also Hans, wurden diese, oft illegitimen Sprösslinge, Schängelchen genannt, eine Bezeichnung, die heute sinnbildlich für Koblenzer im Allgemeinen steht.

In diesem Roman war es mir wichtig, die entgegengesetzten politischen und gesellschaftlichen Strömungen zu Anfang des 19. Jahrhundert zu skizzieren. Daher habe ich Menschen unterschiedlicher sozialer und geographischer Herkunft zu Wort kommen und ihre Sicht der Dinge schildern lassen, um ein authentisches und facettenreiches Zeitbild zu zeichnen. Die Ansichten meiner Romancharaktere entsprechen dabei immer ihrer jeweiligen subjektiven, teils eingeschränkten Perspektive und sind in Details weder sachlich noch politisch korrekt. Wie zu allen Zeiten gab es in der Bevölkerung durchaus widersprüchliche und höchst unterschiedliche Meinungen zu politischen und gesellschaftlichen Fragen, die oft auch von persönlichen Erlebnissen geprägt waren. All das wollte ich so unzensiert und wirklichkeitsgetreu wie möglich darstellen. Dazu gehört nicht zuletzt die Vielzahl an Sprachen und Dialekten, die zu dieser Zeit im Rheinland zu hören waren – der Verständlichkeit halber gibt es davon nur kleine Kostproben.

Ich wünsche mir, dass es diesen schillernden, eigenwilligen und teilweise auch recht halsstarrigen Romanfiguren rheinischer, preußischer, französischer und schottischer Herkunft gelungen ist, eine besondere Epoche an Rhein und Mosel wieder zu neuem Leben zu erwecken.

Maria W. Peter
Sankt Augustin und Schiffweiler
im November 2016

Glossar

Allgemeines Landrecht (für die Preußischen Staaten): Auf Friedrich den Großen und Friedrich Wilhelm II. zurückgehendes, im Jahr 1794 erlassenes Gesetzbuch, das Zivilrecht, Strafrecht und öffentliches Recht für alle preußischen Gebiete regeln sollte. Allerdings setzte die erst nach dem Wiener Kongress preußisch gewordene Rheinprovinz nach zähem Ringen durch, dass dort das französische Recht, der *Code Civil*, nun »Rheinisches Recht« genannt, weiterhin galt und erst 1900 vom BGB (Bürgerliches Gesetzbuch) abgelöst wurde.

Auditor (hier): Militärjustizbeamter der preußischen Armee, der für die militärgerichtlichen Untersuchungen verantwortlich war und auch in militärjuristischen Prozessen wichtige Funktionen übernahm.

Bajonett: Eine Stichwaffe, die am Lauf einer Schusswaffe befestigt und somit im Nahkampf verwendet werden konnte.

Biene (Wappentier): Traditionelles Wappentier, das sich Napoleon als Ersatz für die bis dahin übliche und auf das französische Königshaus verweisende Bourbonenlilie auserkoren hatte.

Blaukopp (rheinisch für: »Blaukopf«): Ein in vielen katholischen Regionen verwendeter, abwertender Ausdruck für Protestanten. Ursprünglich geht der Begriff jedoch auf die preußischen Soldaten zurück, die blaue Uniformen und Kopfbedeckungen trugen.

Bonapartisten: Politische Anhänger Napoleon Bonapartes.
Bourbonenlilie: Die Lilie (*Fleur-de-Lys*) ist das traditionelle Symbol des französischen Königshauses, insbesondere der Könige aus dem Adelsgeschlecht der Bourbonen. Napoleon I. ersetzte es durch ein neues Wappentier, die Biene.

Capitain (hier): Ein Offizier der preußischen Armee im Range eines Hauptmanns.
Centime: Kleinste Einheit der französischen Währung, ein Hundertstel Franc.
Code Civil (später auch: *Code Napoléon*): Das unter Napoleon Bonaparte eingeführte Gesetzbuch zum Zivilrecht, das in der preußischen Rheinprovinz bis zum Jahr 1900 Gültigkeit besaß.

Demagogie: Im 18. und 19. Jahrhundert abwertend gebrauchter Begriff für politisch geprägte aufrührerische Rede oder Hetze. Oft wurde bereits öffentlich geäußerte Unzufriedenheit mit dem Staatsoberhaupt und der Regierung als solche gewertet. Da derartige Kritik nach damaliger Vorstellung die gesellschaftliche und staatliche Ordnung gefährdete, stand sie unter Strafe (insbesondere seit den Karlsbader Beschlüssen).
Desertion: Fahnenflucht, das unerlaubte Verlassen der Truppe oder Einheit durch einen Soldaten, auch das dauerhafte Fernbleiben von militärischen Verpflichtungen. Eine solche Flucht wurde in Kriegszeiten meist mit dem Tode bestraft, in Friedenszeiten eher mit schweren Haftstrafen.
Deutscher Bund: Ein auf dem Wiener Kongress ins Leben gerufener Staatenbund, der im weitesten Sinne als Nachfolger des früheren Heiligen Römischen Reiches Deutscher Nation angesehen werden kann. Er bestand von 1815 bis

1866. Neben den deutschen Staaten, Fürstentümern und freien Städten, gehörten ihm Preußen und Österreich an, aber auch Dänemark und die Niederlande.

Elba: Italienische Mittelmeerinsel nahe der toskanischen Küste, auf die Napoleon Bonaparte nach seiner ersten Abdankung 1814 in die Verbannung geschickt wurde.

Empereur: Französisch: Kaiser, häufig Synonym für Napoleon Bonaparte, den Kaiser der Franzosen.

Fanchon: Alte französische Koseform des Namens Françoise (Franziska).

Faschinenmesser (hier): Werkzeug und Waffe der preußischen Pioniere, ein Hiebmesser mit einer breiten Klinge, deren Rücken in der Regel Sägezähne aufwies.

Feste: Allgemein ein größeres, selbstständig verteidigbares Festungswerk innerhalb einer Festung. In der Festung Koblenz und Ehrenbreitstein ein größeres Festungswerk, dem weitere kleinere Festungswerke zugeordnet sind und das so als Zentrum eines Systems dient.

Festung: Befestigter, für den Kampf mit und gegen Feuerwaffen ausgelegter Platz oder Ort, meist bestehend aus einer Stadtbefestigung und vorgeschobenen Festungswerken.

Festungswerk: Allgemeine Bezeichnung für einen selbstständigen Teil einer Festung.

Füsilieren (auch Füsillade): Die Hinrichtung eines Gefangenen durch Erschießen, oft im militärischen Kontext verwendet.

Fuß: Preußisches Längenmaß, etwa 31 Zentimeter.

Glacis (militärisch): Erdanschüttung vor dem äußeren Graben und dem gedeckten Weg einer Festung, die durch ihre Steigung zur Festung hin den Gegnern einen Angriff erschweren sollte, während die Verteidiger dadurch einen strategischen Vorteil gewannen.

Grande Armée: Die französische Armee in der Zeit zwischen 1805 und 1815 unter Napoleon.

Heilige Allianz: Im Jahr 1815 gegründetes Bündnis der Monarchen Russlands, Österreichs und Preußens, dem nach und nach weitere europäische Staaten beitraten, 1818 auch Frankreich. Obgleich sich die Allianz zunächst vorwiegend den christlichen Werten verpflichtet sah, wurde sie bald auch zu einer Vereinigung reaktionär-konservativer Kräfte gegen liberal und demokratisch gesinnte Bewegungen, die freiheitliche Entwicklungen verhinderte.

Hochamt: Feierliche Form der katholischen Messe, in der meist auch Weihrauch, Gesang und bestimmte festgelegte Riten Verwendung finden.

Hundert Tage (»Herrschaft der 100 Tage«): Die Zeit der vorübergehenden Wiedergewinnung der Macht und Kaiserwürde durch Napoleon Bonaparte nach seiner Flucht von der Insel Elba bis zu seiner endgültigen Abdankung und Verbannung im Anschluss an seine Niederlage in Waterloo (Belle-Alliance), also vom 1. März 1815 bis zum 22. Juni 1815.

Imbécile: Französisch, etwa: Idiot.

Junker (in Preußen): Oft dem Landadel entstammende Gutsbesitzer in den stark ländlich geprägten, ostelbischen Regionen Preußens. Selbst nach der Abschaffung der Leibeigenschaft durch die preußischen Reformen verfügten die Junker über eine starke Machtposition bis hin zu juristischen Befugnissenn über ihre abhängigen Arbeiter und Bediensteten.

Karlsbader Beschlüsse: Eine Reihe von restriktiven und konservativen Gesetzen, die im September 1919 vom Bundestag in Frankfurt beschlossen wurden und für den gesamten Deutschen Bund Gültigkeit besaßen. Beispielsweise schränkten sie die Presse- und Meinungsfreiheit stark ein, verschärften die Zensur und ermöglichten eine Überwachung von Universitäten und Professoren.

Koalitionskriege: Von 1792 bis 1815 geführte Kriege und militärische Auseinandersetzungen zwischen dem revolutionären bzw. napoleonischen Frankreich und den gegnerischen europäischen Staaten.

Leibeigenschaft: Das Abhängigkeitsverhältnis eines unfreien oder hörigen Arbeiters zu dessen Herrn (häufig der Gutsherr). In vielen deutschen Staaten wurde die Leibeigenschaft erst spät, zögerlich und etappenweise eingeschränkt und abgeschafft. Die Französische Revolution sorgte für eine Beschleunigung dieses Prozesses in Europa. 1789 wurde die Leibeigenschaft in Frankreich flächendeckend abgeschafft, und das galt auch für alle im Zuge der Kriege französisch gewordenen Gebiete (u. a. das Rheinland). Im preußischen Kernland hingegen bestand diese Form der Abhängigkeit jedoch bedeutend länger. Zwar wurde die Leibeigenschaft kurz vor der Wende zum 19. Jahrhundert aufgehoben, dennoch hatte sie in den östlichen Provinzen noch bis ins Jahr 1807 Bestand. Selbst nach der Abschaffung der Leibeigenschaft waren die Bauern und früheren Hörigen allerdings nicht wirklich frei, sondern in vielen Punkten nach wie vor wirtschaftlich und juristisch von ihrem Gutsherrn abhängig, der sogar das Recht besaß, sie wegen Flucht oder Ungehorsams zu bestrafen.

Marseille: Wichtige Hafen- und Handelsstadt in Südfrankreich, deren Bedeutung bis in die Antike zurückreicht.
Marseillaise: Kriegslied der Französischen Revolution, in dieser Zeit auch Nationalhymne. Während der Restauration nach den Napoleonischen Kriegen war das Lied als umstürzlerisch verboten. Heute ist es wieder die offizielle Nationalhymne Frankreichs.
Mibbe: Schottisch für: vielleicht.
Mischehe (hier): Eine Ehe zwischen Angehörigen unterschiedlicher religiöser Bekenntnisse, in jener Zeit oft gesellschaftlich geächtet, kirchlich stark eingeschränkt und in Preußen gar staatlich streng reglementiert.
Mocca Faux/**Muckefuck:** Ersatzkaffee, beispielsweise aus geröstetem Getreide oder Zichorie hergestelltes, bitter schmeckendes Getränk, das Kaffee nachahmen sollte, aber wesentlich preisgünstiger war als dieser.

Pfründe: Im historischen Sinn eine Schenkung oder das daraus erzielte Einkommen aus einem Amt, oft einem kirchlichen.
Pioniere (hier): Militärische Truppengattung, deren Aufgabe es ist (z. B. durch bautechnische Mittel) das Vorankommen der eigenen Truppe zu fördern und das des Gegners zu behindern (z. B. durch das Anlegen von Gräben, Stollen oder Tunneln).
Pontonbrücke (Schiffbrücke): »Schwimmende« Brücke, deren Steg auf Schiffen, Flößen oder anderen Schwimmkörpern montiert und daher flexibel ist. Die Schiffbrücke, die im 19. Jahrhundert das linksrheinische Koblenz mit dem rechtsrheinischen Ehrenbreitstein verband, konnte geöffnet

werden, um Schiffe auf dem Rhein passieren zu lassen. Im Falle eines Krieges war es auch möglich, sie abzubauen, damit die gegnerischen Truppen sie nicht benutzen konnten.

Preußische Reformen: Staats-, Verwaltungs- und Militärreformen, die nach der preußischen Niederlage gegen Napoleon bei Jena und Auerstedt den preußischen Staat modernisieren sollten. Bauernbefreiung, Schul-, Heeres- und Bildungsreform waren nur einige der Neuerungen, die diese 1807 begonnenen Maßnahmen begleiteten. Obgleich diese Änderungen »von oben« durch den Staat eingeführt wurden, war der preußische König Friedrich Wilhelm III. zunächst skeptisch. Im Zuge der Restauration nach dem endgültigen Sieg über Napoleon, dem Wiener Kongress und den Karlsbader Beschlüssen wurden Teile der Reformen wieder rückgängig gemacht.

Restauration (allgemein): Die Wiederherstellung einer alten politischen und gesellschaftlichen Ordnung, wie sie vor einer Revolution, einer Reform oder eines Umsturzes vorherrschte. (Hier): Die Zeit zwischen 1814 und 1848, in der nach der Französischen Revolution in vielen europäischen Staaten eine Rückbesinnung auf althergebrachte restriktive und hierarchische Werte stattfand.

Rheinisches Recht: Das auf dem *Code Civil* beruhende, ursprünglich französische Rechtssystem, das im Rheinland während der Preußenzeit Gültigkeit besaß und erst 1900 vom Bürgerlichen Gesetzbuch abgelöst wurde.

Salaud: Französisch, etwa: Mistkerl

Scots: Die schottische Sprache. Sie ist germanischen Ursprungs, weitestgehend mit dem Englischen verwandt und vorwiegend im schottischen Tiefland, aber auch in Städten wie Edinburgh beheimatet. (Nicht zu verwechseln mit dem Gälischen, das der keltischen Sprachfamilie entstammt und vor allem im schottischen Hochland Verwendung findet.) Bis zur Union Schottlands mit England im Jahre 1707 war Scots die Amtssprache in Schottland, wurde dann aber zugunsten des Englischen zurückgedrängt. Nicht zuletzt durch die Gedichte des schottischen Poeten Robert Burns, das Wiedererstarken des schottischen Nationalbewusstseins im frühen 19. Jahrhundert und die Strömung der Romantik gewann das Scots als Sprache wieder an Bedeutung.

Schute: Hutähnliche Haube mit breiter Krempe, umgangssprachlich auch: Biedermeierhut.

Stadtbefestigung: Die Gesamtheit der Befestigung um eine Stadt oder Festungsstadt (bestehend aus Wall, Mauer oder Palisade usw.).

Stadtumwallung: Aus Mauern und Kasematten erbaute, mit Erdbrustwehren bekrönte und von einem Graben gesicherte Umschließung einer befestigten Stadt, die Geschützstellungen aufnahm und auch mit Toren versehen war.

Strenger Arrest: Eine der härtesten zulässigen Bestrafungen seit der weitgehenden Abschaffung von Körperstrafen durch die Heeresreform Anfang des 19. Jahrhunderts. Ein mit strengem Arrest bestrafter Soldat musste jeweils drei Tage am Stück bei Wasser und Brot im Dunkeln verbringen. Die Zelle war unmöbliert, und am Boden festgenagelte Holzlatten erschwerten ein Hinsetzen oder Hinlegen. Den vierten Tag konnte der Gefangene bei Tageslicht und ausreichender, auch warmer Nahrung in einer normalen Zelle mitsamt Liegemöglichkeit verbringen. Aufgrund der extremen körperlichen und seelischen Belastung durfte dieser Arrest nur gesunden Männern auferlegt werden, zudem wurden sie überwacht, um Leben und Gesundheit des straffällig gewordenen Soldaten nicht zu gefährden. Die Höchstdauer des strengen Arrests betrug sechs Wochen.

Thrissil (auch *thrissel*): Schottisch für: Distel.
Traîtresse: Französisch für: Verräterin
Tschako: Militärische Kopfbedeckung in zylindrischer Form, die von der Epoche der Napoleonischen Kriege bis in die Mitte des 19. Jahrhunderts in ganz Europa weit verbreitet war. Wurde in großen Teilen des preußischen Heeres von 1807 bis 1842 getragen.

Wiener Kongress: Der vom 18. September 1814 bis zum 9. Juni 1815 tagende Kongress unter der Führung des in Koblenz geborenen österreichischen Außenministers Clemens Fürst von Metternich sollte Europa nach Napoleons Niederlage neu ordnen. Die Teilnehmer waren konservativen Geistes, standen Neuerungen und Reformen kritisch gegenüber und versuchten, viele Folgen und Errungenschaften der Französischen Revolution rückgängig zu machen. Allerdings sind dieser fast zehn Monate andauernden Zusammenkunft von Vertretern europäischer Mächte auch zukunftsweisende Beschlüsse zu verdanken, wie beispielsweise die Ächtung der Sklaverei und die Stärkung diplomatischer statt militärischer Mittel zur Lösung von zwischenstaatlichen Konflikten.

Zitadelle: In sich abgeschlossener, selbstständiger Festungsbau innerhalb oder am Rande einer größeren Festung oder Festungsstadt, eine die Stadt oder Siedlung beherrschende Anlage.
Zoll: Preußisches Längenmaß, etwa 37,66 Millimeter.

Die Figuren der Handlung

Franziska Berger
Christian Berger, Franziskas Bruder
Luise Berger, geb. Kannegießer, ihre Mutter
Lucien Berger, ihr verstorbener Vater

Hubert Kannegießer, Maurermeister in Coblenz, ihr Onkel
Magda Kannegießer, seine Frau

Premierlieutenant Rudolph Harten, preußischer Ingenieur

Feldwebel Bäske

Capitain von Rülow
Henriette von Rülow, seine Frau
Johanna, schlesische Köchin
Berte, Küchenhilfe
Erich, Hausdiener

Alasdair McBaird, schottischer Maler und Rheintourist

Therese Fassbender, beste Freundin von Franziska
Andres Fassbender, ihr Mann
Ännchen und Ursula, deren Töchter

Generalmajor Ernst Ludwig Aster

Historische Persönlichkeiten

Friedrich Wilhelm III.
(* 3. August 1770 in Potsdam, † 7. Juni 1840 in Berlin), Markgraf von Brandenburg und ab 1797 König von Preußen, gehörte dem Adelshaus der Hohenzollern an. In seine Amtszeit fielen die preußische Niederlage bei Jena und Auerstedt (1806), die Zeit der französischen Besetzung Preußens (1807–1814), die Befreiungskriege (1807–1815), der Wiener Kongress (1814/1815), die Übernahme der Rheinlande durch Preußen und fast die gesamte Restaurationszeit (1814–1848).

Napoleon Bonaparte
(* 15. August 1769 in Ajaccio auf Korsika als Napoleone Buonaparte, † 5. Mai 1821 auf St. Helena im Südatlantik), französischer General. Ab 1799 Erster Consul der Französischen Republik und von 1804 bis 1814, nochmals 1815, Kaiser der Franzosen.

Ludwig XVIII. von Frankreich
(* als Louis Stanislas Xavier am 17. November 1755 in Versailles, † 16. September 1824 in Paris), von 1814 bis 1824 König von Frankreich und Navarra.

Ernst Ludwig (von) Aster
(* 5. Oktober 1778 in Dresden, † 10. Februar 1855 in Berlin), zunächst sächsischer, seit 1815 preußischer Ingenieuroffizier, von 1826 bis 1837 Kommandant der Festung Koblenz und

Ehrenbreitstein. Aster prägte die preußischen Festungsanlagen in der Rheinprovinz bedeutend mit. 1844 wurde er vom preußischen König geadelt. Im Jahr der Romanhandlung (1822) bekleidete er den Rang eines Generalmajors.

August Wilhelm Antonius Graf Neidhardt von Gneisenau
(* 27. Oktober 1760 in Schildau, Kurfürstentum Sachsen, † 23. August 1831 in Posen, Provinz Posen), preußischer Generalfeldmarschall und Reformer. Er hatte bedeutenden Anteil an den preußischen Reformen des beginnenden 19. Jahrhunderts und war auch als Generalleutnant an den Napoleonischen Kriegen beteiligt. Im Herbst 1815 erhielt er das preußische Generalkommando am Rhein. Aufgrund seiner liberalen, fortschrittlichen Einstellung begegneten ihm die konservativen Kräfte und auch der preußische König selbst in der Restaurationszeit nach dem Wiener Kongress mit Misstrauen. Daraufhin legte er das Generalkommando nieder und wurde zu unbedeutenderen Aufgaben nach Berlin und Brandenburg abgezogen.

Georg Wilhelm von Hofmann
(* 24. Dezember 1777 in Wetzlar, † 30. November 1860 in Neuwied), Generalmajor, von 1818 bis 1826 Kommandant der vereinigten Festungen Koblenz und Ehrenbreitstein.

Heinrich Friedrich Ernst Georg Wilhelm von Hoiningen, genannt Huene
(* 6. Mai 1790 in Halle, † 6. März 1857 in Koblenz), preußischer Ingenieuroffizier. Nach seiner Teilnahme an den Befreiungskriegen war er im Juni 1815 nach Koblenz abkommandiert worden und bis zu deren Fertigstellung im Sommer 1823 maßgeblich am Wiederaufbau der Feste Ehrenbreitstein betei-

ligt. Ab 1815 hatte er den Posten des Ingenieurs vom Platz für die rechte Rheinseite inne, ab 1825 für die gesamte Festung Koblenz und Ehrenbreitstein. Zur Zeit der Romanhandlung (1822) hatte er den Rang eines Capitains inne.

Gotthilf Benjamin Keibel

(* 29. November 1770 in Pasewalk, † 21. Oktober 1835 in Berlin), preußischer Ingenieuroffizier. Seit 1818 bekleidete er den Rang eines Obersts, seit 1819 war er Brigadier der 1. Rheinischen Festungsbrigade und seit 1821 Inspekteur der 1. Rheinischen Festungsinspektion. Er leitete den Wiederaufbau der Feste Ehrenbreitstein und den Ausbau der Festung in Saarlouis. Krankheitsbedingt schied er im März 1822 (kurz vor Beginn der Haupthandlung des Romans) im Range eines Generalmajors aus dem Dienst aus.

Carl Joseph Heinrich Schnitzler

(* 25. Januar 1789 in Düsseldorf, † 25. April 1864 in Köln), preußischer Ingenieuroffizier. Während der gesamten Bauzeit von 1817 bis 1826 war er maßgeblich am Wiederaufbau der Feste Ehrenbreitstein beteiligt. Im Jahre der Romanhandlung 1822 hatte er den Rang eines Premierleutnants inne.

Johann Adolph Freiherr von Thiel(e)mann

(* 27. April 1765 in Dresden, † 10. Oktober 1824 in Koblenz), zunächst sächsischer, später preußischer Offizier. In den Napoleonischen Kriegen kämpfte er zunächst auf der Seite Sachsens für Frankreich, wandte sich dann aber von Napoleon ab und trat in russische Dienste. Russland war durch die Heilige Allianz (siehe Glossar) mit Preußen verbündet, und so konnte Thielemann 1815 schließlich in preußische Dienste treten und wurde als Generallieutenant angestellt. Am Ende der Befreiungskriege war er maßgeblich am Sieg über Frankreich beteiligt. Während der Romanhandlung im Jahre 1822 fungierte er als Kommandierender General des in Koblenz stationierten VIII. Armeecorps.

Dank

Wie bei meinen früheren Romanen habe ich auch bei diesem Buch größten Wert auf historische Genauigkeit und Detailtreue gelegt und intensiv in Primärquellen und Fachliteratur recherchiert. Unverzichtbar war mir darüber hinaus die Zusammenarbeit mit einigen wundervollen Experten und Fachleuten. Sie waren so freundlich, mich an ihrem Wissen und Forschungsergebnissen teilhaben zu lassen, beantworteten mir unzählige knifflige Fragen und boten mir auf vielfache Weise eine äußerst wertvolle Unterstützung.

Dr. Angela Kaiser-Lahme (Direktorin Burgen Schlösser Altertümer Rheinland-Pfalz, Generaldirektion Kulturelles Erbe Rheinland-Pfalz) hat gewissermaßen die Patenschaft für das Buch übernommen und mir durch viele anregende Gespräche besonders bei der Figur meines Ingenieurleutnants richtungsweisende Impulse gegeben. Mit ihren engagierten, innovativen Ideen und Projekten trägt sie entscheidend dazu bei, die Vergangenheit der Feste Ehrenbreitstein lebendig zu erhalten und den interessierten Besuchern auf vielfältige Weise nahezubringen... nicht zuletzt auch einer Autorin wie mir.

Dr. Jürgen Herres (Berlin-Brandenburgische Akademie der Wissenschaften) versorgte mich mit zahlreichen punktgenau passenden Primärquellen, klopfte in stundenlangen persönlichen Gesprächen die Figurenkonstellation und die Romanhandlung auf historische Plausibilität ab und löste auch zwischendurch immer wieder meine verzwickten historischen Probleme.

Manfred Böckling M. A. hat viele zentrale Passagen des Romans mehrfach Korrektur gelesen und mir über Monate hinweg als wissenschaftlicher Berater jede noch so komplexe Frage beantwortet. Auch bei Nachwort und Glossar war er mir eine unschätzbare Hilfe. Ohne seine beständige und intensive Beratung wäre das Buch nicht annähernd so authentisch und schillernd geworden. Nicht zuletzt Herrn Böcklings detailreiche Ortsbegehungen und Führungen in Koblenz haben es mir ermöglicht, alle Schauplätze des Romans genau in Augenschein zu nehmen, zu erfühlen und zu erleben.

Dr. Petra Weiß M. A. und **Michael Koelges M. A.** (Stadtarchiv Koblenz) haben mir von Anfang an mit Rat und Tat zur Seite gestanden und mir Primärquellen- und Kartenmaterial sowie Baubeschreibungen, historische Namens- und Adresslisten zur Verfügung gestellt. Sie verankerten die Wohnverhältnisse meiner Protagonisten in authentischen Straßen und gewährten mir Einblicke in die Originaldokumente preußischer Vorschriften, Gesetze und Anordnungen (und erteilten mir dabei ganz nebenbei Nachhilfe im Lesen zeitgenössischer Handschriften).

Dr. Klaus T. Weber (Johannes Gutenberg-Universität Mainz) gab mir mit seinen umfangreichen Forschungsarbeiten zum Festungsbau eine unerschöpfliche Informationsquelle an die Hand. Zudem klärte er für mich unermüdlich und ausführlich bauhistorische Detailfragen und wies mich auch vor Ort in die Geheimnisse des Festungsbaus ein.

Erich Engelke (Deutsche Stiftung Denkmalschutz) geleitete mich geduldig und kompetent in verborgene Winkel der Feste Ehrenbreitstein und informierte mich über Aufbau und Versorgung der Systeme.

Reinhold Gottwald (Schloss Stolzenfels Förderverein e. V.) ließ mir alte historische Pläne der Burg Stolzenfels und ihrer Umgebung zukommen, beantwortete mir viele Fragen über den Zustand der Bausubstanz der Ruine und korrigierte die entsprechende Romanpassage.

Stefan Lewejohann M. A. (Kölnisches Stadtmuseum) führte mich durch die verwinkelten Straßenzüge und Gassen des alten Kölns, machte mich mit der Bebauung im frühen 19. Jahrhundert vertraut und kontrollierte sorgfältig die entsprechenden Passagen.

Professor em. Dr. Bernhard Kroener (Universität Potsdam) gelang es, mir das komplexe Prozedere preußischer Kriegsgerichte aufzuzeigen und verständlich zu machen.

Dr. Markus Meumann (Forschungszentrum Gotha der Universität Erfurt) gewährte mir einen ausführlichen Einblick in Strukturen und Entwicklungen der preußischen Militärgerichtsbarkeit.

Professor Dr. Marian Füssel (Georg-August-Universität Göttingen) verdanke ich Antworten auf so manche Fragen zu den Napoleonischen Kriegen und zur Schlacht von Waterloo.

Professor Dr. Wolfgang Neugebauer (Humboldt-Universität zu Berlin) war dankenswerterweise bereit, mir einige spezielle Fragen zur preußischen Geschichte, Gesellschaft und Politik zu beantworten.

Dr. Astrid von Schlachta (Universität Regensburg) nahm sich viel Zeit, um noch zusätzliche historische Quellen zu Alltag, Verwaltung und Gerichtsbarkeit in Preußen für mich zusammenzustellen und widmete sich intensiv meinen oft recht komplexen Fragen.

Professor Dr. Holger Th. Gräf (Philipps-Universität Marburg) lieferte mir wertvolle Hinweise zum Thema Reisen im frühen 19. Jahrhundert.

Professor Dr. med. Tim Pohlemann (Direktor der Klinik für Unfall-, Hand- und Wiederherstellungschirurgie, Universitätsklinikum des Saarlandes) befasste sich auch bei diesem Roman wieder mit den Kriegsverletzungen meiner Figuren sowie deren Folgen und beriet mich dazu ausführlich.

Dr. Nicole Meier (Universität Bonn) ist eine wundervolle Expertin in Sachen schottischer und alter englischer Sprache, der Alasdair McBaird seine authentische Ausdrucksweise verdankt.

Manfred Gniffke hatte als Koblenzer Urgestein ein waches Auge auf Sprache und Akzent meiner Alt-Coblenzer Romanfiguren.

Heike Müller legte als waschechte Berlinerin Rudolphs Burschen Fritz den entsprechenden Dialekt in den Mund.

Horst Tschage war so freundlich, der schlesischen Köchin den passenden Akzent zu verleihen.

Dr. Martin Klöffler lieferte mir von Beginn des Romanprojektes an detaillierte Informationen zum historischen Ingenieurwesen, dem preußischen Militär und den Alltagsgepflogenheiten des beginnenden 19. Jahrhunderts. Ein nicht unbedeutender Teil von Rudolphs Biographie geht auf seine Impulse zurück.

Herbert Nitschke schilderte mir sehr anschaulich die grausigen Details der Feldmedizin während der Napoleonischen Kriege und machte mir nebenbei wieder einmal bewusst, wie gut es doch ist, im 21. Jahrhundert zu leben.

Jörg Höfer vermittelte mir einen überaus anschaulichen Einblick in Leben und Alltag der preußischen Armee und stand stets für diesbezügliche Fragen zur Verfügung.

Peter Weiser erteilte mir ein weiteres Mal Nachhilfe in der Funktionsweise alter Schusswaffen.

Jean-Noël Charon gewährte mir gerade zu Beginn meiner Recherche erste wertvolle Einblicke in den Militäralltag Preußens und der Napoleonischen Kriege. Er hatte immer ein offenes Ohr.

Frank Moser verdanke ich eine kundige Einführung in den Alltag und die Struktur der preußischen Armee.

Marc Becker, ein Reisender durch verschiedene Epochen, war so freundlich, mich bei Fragen zum preußischen Militär zu beraten. Er nahm sich die Zeit, mich im historischen Freilichtmuseum Roscheider Hof in voller preußischer Uniform ins 19. Jahrhundert zu entführen.

Petra Pakropa beriet mich ausführlich bei einigen Fragen bezüglich Alltag und Haushaltsführung in vergangenen Epochen.

Joachim Gebhardt danke ich für die Bereitschaft, mir einen Einblick in die verflossene Epoche des frühen 19. Jahrhunderts zu geben.

Eugen Lisewski (Militärhistorisches Museum der Bundeswehr, Dresden). Nicht zuletzt auch seiner engagierten Beratung verdankt der Roman Spannungsbogen und Tempo.

Sehr gute Erinnerungen habe ich auch an die interessanten Gespräche mit der historischen Darstellungsgruppe **Preußisches Fußartillerie-Regiment Nr. 9** auf der Festung Ehrenbreitstein sowie deren authentische Wiedergabe und Schilderung der Zeit um 1900.

In diesem Zusammenhang schulde ich **Karen Bossmann** von der Generaldirektion Kulturelles Erbe Rheinland-Pfalz meinen ganz besonderen Dank. Sie war maßgeblich an der Planung und Durchführung der Preußentage beteiligt – einer Veranstaltung, die mir ganz entscheidende Eindrücke und Impulse zur Arbeit an vorliegendem Buch gegeben hat.

An dieser Stelle möchte ich mich auch herzlich bei **Wolfgang Apel** bedanken, der mir wichtige Kontakte zur Recherche vermittelt und dadurch noch tiefere Einblicke in alte Schriftstücke und die geheimnisvolle Vergangenheit des Rheinlandes ermöglicht hat.

Ein ganz besonderes Dankeschön schulde ich meinen unvergleichlichen Testleserinnen **Katharina Areti Dargel, Susanne Degenhardt, Svenja Bach**, die Manuskript, Handlungsverlauf und Figuren einer sorgfältigen Prüfung unterzogen haben. Der Roman in seiner jetzigen Form verdankt ihnen viele wertvollen Impulse und Verbesserungen.

Darüber hinaus erwiesen sich **Verena Gottert, Monika Ries, Jacqueline James, Gabriele Hörniß, Carmen Butenschön und Katja Frensch** als unschätzbare Hilfen bei der Entstehung dieses Buches.

Große Unterstützung erhielt ich auch diesmal von der Leitung, den Mitarbeiterinnen und Mitarbeitern der Stadtbücherei Sankt Augustin. Insbesondere **Stefanie Hoffmeister** und **Marion Krause** danke ich für das Besorgen unzähliger Fernleihetitel und Originalquellen. **Peter Schulte-Noelke** und **Ulrike Fehres** für die großzügige Verlängerung der entliehenen Recherchemedien.

Allen voran möchte ich jedoch **Monika Peter** danken und meiner hilfsbereiten Patentante **Walli**. Eine besonders süße Motivation war auch meine kleine Tochter, die sich in den vergangenen zwei Jahren zu einem begeisterten Koblenz-Fan entwickelt hat und nicht müde wurde, fast täglich nachzufragen, wann wir denn wieder dorthin fahren und dem Kaiser Hallo sagen.

Für das außergewöhnliche Kartenmaterial danke ich **Dr. Helmut Pesch**, der sich mit viel Mühe und der ihm eigenen Akribie in die Details der preußischen Festungsstadt eingearbeitet und dieser damit auch optisch ein Denkmal gesetzt hat.

Last but not least möchte ich meinen beiden wundervollen Lektorinnen danken. Wie immer war die Zusammenarbeit eine Freude, bereichernd und sehr fruchtbar. **Lena Schäfer** vom Bastei Lübbe Verlag hat mich vom Anfang des Buchprojektes an intensiv begleitet, durch inspirierende Hinweise bei der Arbeit unterstützt und sich für die unterschiedlichsten Rückfragen stets Zeit genommen. Das Gleiche gilt für meine Außenlektorin **Dr. Ulrike Brandt-Schwarze**. Darüber hinaus hat sie meinem Text durch ihr sprachliches Feingefühl den letzten Schliff verliehen und mir über Monate hinweg als nahezu jederzeit verfügbare, motivierende Ansprechpartnerin zur Seite gestanden.

Sollten mir wider Erwarten trotz sorgfältiger Recherche, ausgiebiger Beratung und Korrektur dennoch historische und sachliche Fehler unterlaufen sein, liegt die Verantwortung hierfür allein bei mir.

Auf den Spuren von Franziska und Rudolph – Reise- und Stöbertipps

Dieser Roman spielt an ganz wundervollen Orten, deren Besuch sich unbedingt lohnt. Darüber hinaus behandelt er auch spannende Themen, die es wert sind, sich ein wenig tiefer damit zu befassen. Für beides habe ich hier einige Reise- und Stöbertipps zusammengestellt.

In Koblenz:

Allem voran ist hier natürlich die Festung Ehrenbreitstein zu nennen, die nicht nur zu jeder Jahreszeit ein traumhaftes Ausflugsziel darstellt, sondern zudem mehrere Restaurants, Museen, Ausstellungen, Übernachtungsmöglichkeiten und zahlreiche Kulturprogramme bietet – um nur einiges zu nennen.

Festung Ehrenbreitstein
56077 Koblenz
(Ins Navi bitte *Greiffenklaustraße, Koblenz* eingeben)
Tel.: (02 61) 66 75-40 00
Fax: (02 61) 66 75-26 99
www.diefestungehrenbreitstein.de

Wer Geschichte einmal hautnah und lebendig erleben möchte, dem seien die hervorragenden Erlebnis-, Kostüm- und Schauspielführungen ans Herz gelegt, von denen aus Platzgründen an dieser Stelle nur eine Auswahl aufgelistet ist.

Der Ewige Soldat

Die Akte Humphrey

Führung im Waffenrock

Büchsenmacherwerkstatt

Auch das neue Theaterstück »*Blut und Königsbleiche*« von Autorin Maria W. Peter über die Zeit des Deutsch-Französischen Krieges 1870/71 wird auf der Festung Ehrenbreitstein regelmäßig aufgeführt werden.

Informationen zu diesem Stück und auch zu den oben genannten Schauspielen und Führungen finden Sie unter:
www.diefestungehrenbreitstein.de
www.diefestungehrenbreitstein.de/index.php?id=livinghistory

Besonders eng mit der Geschichte der Feste Ehrenbreitstein verbunden ist auch die Darstellungsgruppe Preußisches Fußartillerie-Regiment Nr. 9, die zu verschiedenen Gelegenheiten den Militäralltag im Koblenz der Kaiserzeit wieder lebendig werden lässt. Auch die interessante Homepage der Gruppe lädt zum Stöbern ein: *www.fuss9.de*

Historische Stadtführungen, Vorträge und belebte Geschichte der besonderen Art bietet auch **Manfred Böckling** an, der zudem einige hervorragende Reiseführer verfasst hat. Weitere Infos unter: *www.manfred-boeckling.de*

Eine Auswahl an spannenden **Gäste- und Themenführungen** findet sich auch unter: *www.koblenzer-gaestefuehrer.de*

Informationen zum Festungsjubiläum 2017 – 200 Jahre Festungsstadt Koblenz – finden Sie unter:
www.koblenz-touristik.de/events/highlights-im-fruehjahr/ festungsjubilaeum.html

Hochkarätige kulturelle Angebote auf dem Festungsgelände und darüber hinaus bieten des Weiteren die beiden dort ansässigen Fördervereine:

Förderkreis Kulturzentrum Festung Ehrenbreitstein e. V.
Festung Ehrenbreitstein
56077 Koblenz
Tel.: (02 61) 6 14 13
Fax: (02 61) 17 18 37 70 88
E-Mail: info@foerderverein-festung-ehrenbreitstein.de
www.foerderverein-festung-ehrenbreitstein.de

Verein der Freunde und Förderer des Landesmuseums Koblenz e. V.
Festung Ehrenbreitstein
56077 Koblenz
Tel.: (02 61) 6 67 50
Fax: (02 61) 70 19 89
E-Mail: landesmuseum.koblenz@gdke.rlp.de
www.landesmuseum-koblenz.de/index.php?id=foerderverein

Wer sich gastronomisch und kulinarisch auf der Festung Ehrenbreitstein verwöhnen lassen möchte, hat dazu mehrere Möglichkeiten:

Jugendherberge Koblenz (auf der Festung Ehrenbreitstein)
Tel.: (02 61) 97 28 70
Fax: (02 61) 9 72 87 30

E-Mail: koblenz@diejugendherbergen.de
www.diejugendherbergen.de/jugendherbergen/koblenz/portrait/

Café Hahn auf der Festung
Restaurant Casino; Tel.: (02 61) 66 75 20 20
Weinwirtschaft in der Langen Linie; (02 61) 66 75 20 00
Dazu Biergarten und Kiosk
E-Mail: anfrage@cafehahn.de
www.cafehahn.de/festung_92.html

Auch die anderen historischen Festungsanlagen in Koblenz sind einen Besuch wert. Hier eine Auswahl:

Fort Großfürst Konstantin
Pro Konstantin e. V.
Am Fort Konstantin 30
Postfach 20 12 03
56012 Koblenz
Tel.: (02 61) 4 13 47
Fax: (02 61) 9 42 56 50
Mail: info@pro-konstantin.de
www.pro-konstantin.de

Feste Kaiser Franz
Mayener Straße 48–52
56070 Koblenz-Lützel
E-Mail: kontakt@feste-franz.org
www.feste-franz.org

Neuendorfer Flesche
www.neuendorfer-flesche.eu

Fort Asterstein
www.awo-koblenz.de/angebote/fort-asterstein

Ein besonderes Prachtstück preußischer Rheinromantik und zudem mehrfacher Schauplatz dieses Romans ist

Schloss Stolzenfels
56075 Koblenz
(Ins Navi bitte *Rhenser Straße 15, Koblenz* eingeben)
Tel.: (02 61) 5 16 56
Fax: (02 61) 5 79 19 47
www.schloss-stolzenfels.de

Weitere Informationen, Anlaufstellen, Ausstellungen und Museen:

Koblenz-Touristik
Bahnhofplatz 7
56068 Koblenz
Tel.: (02 61) 30 38 80
www.koblenz-touristik.de

Tourist-Information Koblenz im Forum Confluentes
Touristeninformationszentrum
Zentralplatz 1
56068 Koblenz
Tel.: (02 61) 1 94 33

Mittelrhein-Museum
Zentralplatz 1
56068 Koblenz
Tel.: (02 61) 1 29 25 20
E-Mail: info@mittelrhein-museum.de
www.mittelrhein-museum.de

Romanticum Koblenz
Bahnhofplatz 7
56068 Koblenz
Tel.: (02 61) 3 03 88-0
Tel.: (02 61) 3 03 88-11
E-Mail: info@koblenz-touristik.de
www.romanticum.de

In Köln:

Natürlich lohnt es sich auch, Franziska und Rudolph nach Köln zu folgen. Es ist nicht nur die Stadt, in der meine Protagonistin aufgewachsen ist und in der ihre Mutter Luise lebt, sondern auch heute noch ein großartiges Reiseziel für jede Jahreszeit, mit viel Geschichte an jeder Ecke. Die folgenden Hinweise bieten natürlich nur einen winzigen Ausschnitt aus dem historischen und kulturellen Reichtum der Stadt und beziehen sich ausschließlich auf die Themen des Buches.

Kölnisches Stadtmuseum
Zeughausstraße 1–3
50667 Köln
Tel.: (02 21) 2 21-2 57 89
Kasse: (02 21) 2 21-2 23 98
Fax: (0221) 2 21-24154
ksm@museenkoeln.de
www.museenkoeln.de/koelnisches-stadtmuseum

Informationen zu Köln als historische Festungsstadt:
Kölner Festungsmuseum
Militärringstraße 10

50996 Köln-Marienburg
E-Mail: festungsmuseum@crifa.de
www.museum.crifa.de

Festungsstadt Köln
www.koelner-festungsbauten.de

Fortis Colonia Köln
www.fortis-colonia.de

Schauplätze des Romans in Köln:

Das historische Gasthaus »Zum Elephanten«, das Franziska und Rudolph besuchen, existiert heute noch nahe des Eigelsteintores. Nun nennt es sich »Em Kölsche Boor« und ist eines der ältesten Brauhäuser Kölns:

Brauhaus »Em Kölsche Boor«
Eigelstein 121
50668 Köln
Tel.: (02 21) 13 52 27
Fax: (02 21) 13 52 29
E-Mail: info@koelscheboor.com
www.koelscheboor.com

Weitere Informationen zu den Kölner Sehenswürdigkeiten und Veranstaltungen:

KölnTourismus GmbH
Kardinal-Höffner-Platz 1
50667 Köln
Tel.: (02 21) 3 46 43-0

Fax: (02 21) 3 46 43-4 29
info@koelntourismus.de
www.koelntourismus.de

Weitere Reisetipps auf Historischen Spuren:

Wer sich für die Geschichte der Preußen im Rheinland interessiert, findet dazu spannende Informationen im

Preußen-Museum NRW

Preußen-Museum Minden
Simeonsplatz 12
32427 Minden
Museumkasse: (05 71) 8 37 28-24
minden@preussenmuseum.de
www.preussenmuseum.de

Preußen-Museum Wesel
An der Zitadelle 14–20
46483 Wesel
Telefon: (02 81) 3 39 96-0
Telefax: (02 21) 82 84-48 61
E-Mail: preussenmuseum-wesel@lvr.de

Auch verschiedene Freilichtmuseen in der Region lassen die Vergangenheit wieder lebendig werden:

LVR-Freilichtmuseum Kommern
Rheinisches Landesmuseum für Volkskunde
Eickser Straße

53894 Mechernich-Kommern
Tel.: (0 24 43) 9 98 00
E-Mail: kommern@lvr.de
www.kommern.lvr.de

Freilichtmuseum Roscheider Hof e. V.
Roscheiderhof 1
Tel.: (0 65 01) 9 27 10
Fax: (0 65 01) 92 71 11
E-Mail: info@RoscheiderHof.de
www.roscheiderhof.de

Rheinland-Pfälzisches Freilichtmuseum
Nachtigallental 1
55566 Bad Sobernheim/Nahe
Tel. (0 67 51) 85 58 8 0
Fax: (0 67 51) 8 55 88 10
E-Mail: info@freilichtmuseum-rlp.de
www.freilichtmuseum-rlp.de

WEITERE KULTURTRÄGER:

Verschiedene Organisationen, Vereine, Initiativen tragen zur Erhaltung sowie zur wissenschaftlichen und touristischen Erschließung historischer Kulturgüter der Region maßgeblich bei und bieten ein anspruchsvolles Kulturprogramm:

Mittelrhein.de
Waldstraße 10a
55432 Damscheid
Tel.: (0 67 44) 94 91 88
E-Mail: kontakt@mittelrhein.de
https://mittelrhein.de

Rheinischer Verein für Denkmalpflege und Landschaftsschutz e. V.
Ottoplatz 2
50679 Köln
Tel.: (02 21) 8 09 28 05
Fax: (02 21) 8 09 21 41
rheinischer-verein@lvr.de
www.rheinischer-verein.de

Verein für geschichtliche Landeskunde der Rheinlande
Am Hofgarten 22
53113 Bonn
Tel.: (02 28) 73 74 82
E-Mail: landesgeschichte.verein@uni-bonn.de
www.landesgeschichte.uni-bonn.de/verein-fuer-geschichtliche-landeskunde-der-rheinlande

Generaldirektion Kulturelles Erbe Rheinland-Pfalz
Direktion Burgen, Schlösser, Altertümer (B. S. A.)
Festung Ehrenbreitstein
56077 Koblenz
Tel.: (02 61) 66 75-0
Fax: (02 61) 66 75-41 14
www.gdke-rlp.de
www.burgen-rlp.de

ZUM WEITERLESEN:

Weitere Infos finden sich natürlich auch in klassischen Bildbänden, Wander- und Reiseführern, wie z. B.:

Koblenz – Stadtwanderführer
(ISBN 978-38312395)

Reise durch Köln
(ISBN 978-3800342327)

Wandern auf dem Rheinsteig, Rheinburgenweg
(ISBN 978-3770180165)

Trotz sorgfältiger Prüfung kann natürlich keinerlei Haftung für die oben angegebenen Adressen und deren Korrektheit sowie die Inhalte und persönlichen Meinungsäußerungen auf den Homepages übernommen werden.

Für weitere Fragen und Anregungen stehe ich gerne jederzeit zur Verfügung. Zusätzliche historische und aktuelle Informationen finden Sie auch auf meiner Homepage:
www.mariawpeter.de
www.facebook.com/mariawpeter

Auf Anfrage auch unter: mwp-history@web.de

Und nun wünsche ich viele spannende Erlebnisse auf den Spuren meiner Romanfiguren!

Vom Waldecker Land nach Pennsylvania – eine große Auswanderersaga

Maria W. Peter
DIE KÜSTE DER
FREIHEIT
Roman
880 Seiten
ISBN 978-3-404-16735-7

1775: Als ihr geliebter Lorenz mit seinem Regiment nach Amerika in den Krieg geschickt wird, ist Anni zutiefst verzweifelt. So verzweifelt, dass sie sich als Schuldmagd in die amerikanischen Kolonien verkauft. Bald schon findet sie sich mit zahlreichen anderen Auswanderern auf einem Schiff in die Neue Welt wieder. Doch der Weg in die Freiheit und zur Liebe ist weit ...

Gut recherchiert und mit leichter Hand geschrieben.

Bastei Lübbe